Rimbaud
et la modernité

兰波
与现代性

李建英　主编

华东师范大学出版社
上海

华东师范大学出版社六点分社 策划

目　录

写在前面/李建英
Avant-propos ·························· Li Jianying　1

被诅咒的兰波或不可能的逃离/[法]多米尼克·德·维尔潘
Rimbaud maudit ou la fuite impossible ········· Dominique de Villepin　1

古代与现代的兰波/[法]皮埃尔·布吕奈尔
Rimbaud antique et moderne ·················· Pierre Brunel　73

兰波与科学　规划与写作/[意]乔瓦尼·杜托利
Rimbaud et la science Projets et écriture ············ Giovanni Dotoli　128

论兰波和特拉克尔诗歌色彩的象征性/[法]贝尔纳·弗朗科
Rimbaud et Trakl: pour une symbolique des couleurs
 ··························· Bernard Franco　199

兰波与日本现代文学/[日]中地義和
Rimbaud et la littérature japonaise moderne ······ Yoshikazu Nakaji　248

反叛者兰波与中国新文学的"现代性"/袁筱一
Rimbaud révolté et la modernité de la nouvelle littérature chinoise
.... Yuan Xiaoyi　296

晦涩与清晰——经受汉语考验的兰波/秦海鹰
Obscurité et clarté : Rimbaud à l'épreuve du chinois ...... Qin Haiying　322

兰波在中国/李建英
Rimbaud en Chine .... Li Jianying　358

兰波的不幸与沉默/王以培
Le malheur et le silence de Rimbaud .... Wang Yipei　406

文学的希望，未来的希望/[法]皮埃尔·布吕奈尔
L'espoir de la littérature, l'espoir de l'avenir .... Pierre Brunel　452

为什么今天我们仍需要兰波？/黄荭　[法]安德烈·纪尧　鹜龙
Pourquoi avons-nous encore besoin de Rimbaud?
.... Huang Hong, André Guyaux, Ao Long　481

写在前面

李建英

19世纪法国著名诗人阿尔蒂尔·兰波,主动承担起"盗火"的使命,以"通灵"诗学指明了诗歌"现代性"的方向。如今,说不尽的兰波又为诗歌和文学带来何种启示?在兰波诞辰165周年之际,上海师范大学人文学院举办了"兰波与现代性"国际学术研讨会。会议持续了两天,兰波的现代性吸引着来自法国、意大利、日本和国内的多位兰波研究专家。大家或以宏观,或以独创的视角,对这位"至今仍走在我们前面"的"通灵诗人"进行了多方面的探讨,从兰波的生存环境、兰波诗歌中古代与现代的关系、放弃诗歌之后的写作等方面对他的"现代性"作了新的解读,从接受的角度论证了兰波的现代性对时空的穿越。

兰波的"现代性"新解

兰波具有"被诅咒的诗人"的特质,对此,法国前总理、文学评论家多米尼克·德·维尔潘(Dominique de Villepin)进行了追根溯源。他认为,兰波拒绝将自己禁锢在固执己见的母亲和宗教双重的压迫下的狭小生命空间中,他要颠覆一切:创作上致力于超越旧的诗歌形式;信仰上以暴力的方式摒弃宗教;生活上将诗歌和生命合二为一。德·维尔潘因而将兰波的现代性归结为对出发的渴望,一次次的出发刺激着他的创作,甚至他生命中的不断出发本身也是创造诗歌语言的过程。他无休止地出走又回归,却没有实现"逃离",但他并未因此放弃远行。他在拓展了诗歌的边界之后,回归生活本身,为发现世界的"未知"而再出发。因此放弃诗歌并不意味着失败,沉默反过来补充了诗歌的话语。他的话语和沉默,他的出走和回归,都是在创造新的可能性,探索通向未来的通道。

关于现代性的问题,法兰西道德与政治科学院院士、著名比较文学专家皮埃尔·布吕奈尔(Pierre Brunel)在题为《兰波的古代与现代》的发言中提出了全新的独特的观点。人们研究兰波的现代性,往往强调他对传统的突破,关注他提出的现代诗学思想,却很少关注这些思想与古代传统之间的联系。但皮埃尔·布吕奈尔认为:要求"绝对现代"的兰波始终在寻求古代与现代的完美结合。兰波在中学时期擅长拉丁语创作,但一经发现拉丁语无助于现代世界,便放弃而改用法语创作。兰波在形式上大胆创新,在内容上借古讽今。尤其在《地狱一季》和《彩图集》中,他大量借用古代神话改造众神的形象,利用词语意义的扩大化体现诗歌的现代性。放弃诗歌后的兰波对世界依旧好奇,为此,他探索古希腊人和古罗马人都不曾了解的非洲。此时的兰波享受着开放的世界,并未与现代完全割裂。兰波从古代走向现代,直到生命的终点都渴望进一步从已知走向未知。

意大利巴里大学名誉教授乔瓦尼·杜托利(Giovanni Dotoli)则另辟蹊径,重新评价兰波作为勘探者与探险者、作为记者与诗人等方面的特别之处。他描绘出一个渴望成为工程师而托人采购大量科学仪器和书籍的另类兰波。兰波将个人经历与地理、经济和政治信息结合在一起，为的是实现他工程师和科学家的理想范式。兰波从未中断创作，他认为虚构文本的时代已经过去，应该尝试书写科学。他向法国报刊投通讯稿，撰写在非洲的科学考察报告和与科学相关的商品研究报告，筹集没有文字的"奇特影集"。所有这些都是他诗人生涯的继续，是他诗歌创作的另一种新形式。账单、商品清单、图像、照片成为他的诗歌新语言，甚至缄默都是他新的诗歌表达方式。他要通过简洁、晓畅、实用的语言摆脱华而不实的浪漫，让事物忠实于本质，使纯科学的写作成为寻找真实的新工具。作为"探索者"，兰波始终走在探索的路上。兰波这种科学写作的尝试和他以往的诗学写作在追寻"真实宇宙"的基础上遥相呼应，是他在认识世界过程中想要"揭开所有谜团"最重要的工具。

兰波的现代性对小说的创作也产生了重大影响。有专家认为，象征主义打破了文学与音乐、绘画的界限，波德莱尔的"应和"思想为各种艺术类别的融合提供了理论基础，兰波"打乱一切感官感受"的主张和马拉美的"诗歌-音乐"主张则促进了这种融合的深化。小说直到20世纪才迎来与其他艺术类型融合的高峰，如米兰·昆德拉的《玩笑》在结构和主题上与音乐呼应，但米兰·昆德拉的"应和"是要利用抽象的音乐，在时间坐标里消解符号的意义。除了米兰·昆德拉，亨利·米肖的创作也体现出了现代与古代的争议。他推崇兰波，主张离开西方文化的语境，渴望达到未知。整体而言，虽然昆德拉和米肖所处的时代不同，但他们的创作都受到了兰波的影响。亨利·米肖走遍世界各地，在探索中确立自己的身份，昆德拉的身份则要从法国文化、小说、翻译等各种途径中去重建。在追寻兰波足迹的背后，20世纪文学实际上是要思考"身份"的问题，不管是"我是另一个"，还是"生活在别处"，"我"是否真的能够探索到"另一个"，这是兰波留给现代文学最本质的思考。

"穿越时空"的兰波

法国著名学者克洛德·让科拉(Claude Jeancolas)说:"兰波的声音穿越时空,不分年代,不分地点,无时不在,无处不在。"索邦大学教授贝尔纳·弗朗科(Bernard Franco)则说:"如果说一个诗人的现代性可以拥有无数意义,那首先说明他有能力在不同的时代体现他的现代性。"因此,他着眼于"奥地利兰波"格奥尔格·特拉克尔(Georg Trakl,1887-1914),从不同层面分析了兰波的现代性如何体现于不同时代、不同地域的特拉克尔。从人生轨迹层面看,两位诗人的诗歌创作生涯相当早熟,而且对战争的态度相似;从诗歌意象层面看,特拉克尔以一种截然不同的方式——心理暗示,表现色彩的象征性,且体系更完整;从互文性层面看,特拉克尔的诗歌中经常出现兰波的诗歌,比如《圣诗》中有《醉舟》的痕迹等。弗朗科认为,特拉克尔对兰波诗歌的回应,重新激活了兰波的诗意世界,揭示了兰波现代性的另一个方面,他在兰波作品中获得新的诗学原理:诗意的愿景建立在一个象征色彩的体系之上,这些色彩具有象征意义,因为它们与"我"联系在一起,从而与思想的世界联系在一起。

在时空穿越方面,大家还着重讨论了中国和日本对兰波的接受以及作品翻译方面的问题。东京大学教授中地义和(Yoshikazu NAKAJI)主要从诗歌语言的创新、文学史、兰波对年轻读者的影响三个方面论述兰波对日本现代文学的重要性。他提出,日本第一批译者一开始运用五言和七言格律来翻译西方诗歌,效果虽不尽如人意,但兰波的诗歌创新还是在一定程度上促进了日本文学的发展。兰波后来备受欢迎,应归功于两位功臣：日本现代文学评论的创始人小林秀雄（Hideo KOBA-YASHI,1902-1983）翻译的《地狱一季》用日语重现了原作语言的激烈性、碎片化等特征；抒情诗人中原中也（Chûya NAKA-HARA,1907-1937）在1937年出版了日译版的兰波作品全集，全面展示出年轻诗人兰波流浪以及无赖的一面，与小林秀雄翻译的兰波散文诗相得益彰。

中国学者关注的是兰波与中国新文学之间的关系。华东师范大学袁筱一教授认为，兰波在20世纪二十年代的译介中没有反响有两方面原因：一方面归根于当时的中国译者和法国文学专家的个人问题，比如当时拥有法国留学背景的李璜和中国象征主义诗人李金发，都因政治生涯不成功而逐渐被遗忘；另一方面归根于兰波形象的认知问题，即如茨威格所言的"缺乏内在管束"，或者昆德拉所言的"奔跑的诗人"背后对于青春和生命持有嘲笑的态度，而兰波真正的形象并不止于此。此外，袁筱一提到，应该重新审视中国新文学中"现代"的概念，因为西方在19世纪末的"现代"概念更重视文学自治、对美的重新审视、社会迷失感等问题，而中国新文学的"现代"宣扬一种和以往中国的文学传统告别的姿态，两者反叛的态度相同，但反叛的对象和本质不同。结合以上种种原因，当亲近现代主义的一些中国作家很快转向左翼文学的阵营后，兰波也就错过了外国诗歌在中国译介的黄金时期。我非常赞同袁教授的观点，但同时认为在戴望舒、李金发等人的诗歌作品中可以清晰地看到兰波的痕迹。例如，戴望舒作为第一个将《彩图集》翻译成中文的人，在他后期的作品《灾难的岁月》中，兰波所产生的影响比较明显，而"诗怪"李金发的"怪"则具有兰波诗歌的某些特征。

翻译是兰波在中国被接受的重要组成部分。晦涩是兰波诗歌的典型特征。对此，北京大学秦海鹰教授认为，汉语没有时态和变位,描绘的是当下的感觉,这正好契合兰波诗歌中"当下的""现代的"图像。兰波诗歌中名词并列的结构很多,相比于马拉美的诗歌汉译,难度较低。然而,两种语言的差异也造成了词义选择困难、难以复现原诗风貌的问题。此外,著名翻译家郑克鲁教授认为,对于无法直译传递的,汉语译者可以借其他手段补偿,例如用形容词。面对包含自造新词、俚语的晦涩兰波诗歌,究竟如何"找到一种语言"翻译兰波,是译者们面临的首要难题。

同为诗人的王以培认为,兰波是不幸的,因为他"通灵"(现代的)。然而,兰波为了人类的进步心甘情愿使自己遭受不幸。当兰波通过长期的、广泛的、理智的方式打乱一切感官感受使自己成为"通灵人"时,他是不幸的,因为他走在时代的前面,他比同时代的人看得更远。正是兰波的"不幸"使我们走到了一起,他的"通灵"诗学(现代性)架起了中法文化交流的桥梁。2009 年,伊夫·博纳富瓦(Yves Bonnefoy)呼吁"我们需要兰波"。那么,"为什么今天我们仍需要兰波?",南京大学黄荭教授提出了这样的问题。为此,她和她的学生鹜龙采访了索邦大学教授、19 世纪法国文学专家安德烈·纪尧(André Guyaux)先生。纪尧给出了如下回答:"或许,我们对他的需要依然存在,这种需要建立在总有关于兰波的事情我们不知道、我们不理解的缺憾之上。"的确,关于兰波,我们还有东西需要了解,我们需要兰波的很多东西,但最主要是需要他永不停步、永远向前的精神。为了"改变生活",为了"绝对现代",我们需要追随他的脚步,不断前行。在法国如此,在中国也是如此。这就是研讨会的目的,也是此论文集的目的。

(原文题为《说不尽的兰波》,发表于《社会科学报》第 1666 期第 5 版。公众号推送的题目是《"通灵者"兰波,驾着一叶"醉舟"与我们相遇》,推送日期为 2019 年 7 月 19 日。本文有所改动。)

Avant-propos
LI Jianying

Arthur Rimbaud, célèbre poète français du XIXe siècle, s'est assumé la mission de «voleur de feu» et a éclairé de sa «voyance» la voie de la modernisation de la poésie. Sa poésie a nourri les littéraires de générations en générations. Aujourd'hui, qu'est-ce qu'il nous apporte encore, à la poésie et à toute la littérature? À l'occasion du 165e anniversaire de la naissance de Rimbaud, l'Université normale de Shanghai a organisé un colloque international sur le thème «Rimbaud et la modernité». Passionnés de Rimbaud, de nombreux experts rimbaldiens venus de France, d'Italie, du Japon et de Chine s'y sont rencontrés et ont eu une discussion chaleureuse autour de ce poète qui a solennellement déclaré il y a plus d'un siècle qu' «il faut être absolument moderne», dont la modernité a été envisagée d'un point de vue global ou personnel sous divers aspects. Nous sommes heureux de constater qu'au cours de ce colloque qui a duré deux jours, la modernité de Rimbaud a fait l'objet de nouvelles interprétations, affirmant que la modernité de Rimbaud a voyagé à travers le temps et l'espace grâce aux efforts de introducteurs-traducteurs.

De nouvelles interprétations de la modernité de Rimbaud

À propos de la modernité de Rimbaud, Dominique de Villepin, ancien Premier ministre français et critique littéraire, l'associe à son désir de départ. Selon lui, la nature obstinée de sa mère et la religion où se baignent les Occidentaux, dont Rimbaud est victime, le conduisent à refuser de se confiner dans un espace restreint. L'idée de s'en enfuir le hantait tout le temps, et il part et revient sans cesse, d'où vient le nom de «l'homme aux semelles de vent». Il fait du départ sa créativité et sa vie rythmée par les départs constants fait partie de la création du langage poétique. Après avoir repoussé les limites de la poésie, il repart à la découverte de l'inconnu du monde. Il est toujours sur la route du départ, son adieu à la poésie et ses activités en Afrique créent de nouvelles possibilités de partir et ouvrent la voie poétique à l'avenir.

À ce sujet, Pierre Brunel, membre de l'Académie des sciences morales et politiques, grand spécialist dans la littérature comparée, offre une perspective nouvelle et unique en donnant un discours intitulé «Rimbaud antique et moderne». S'agissant de la modernité de Rimbaud, l'accent est souvent mis sur sa rupture avec la tradition et les idées modernes qu'il nous a proposées, mais très rare sur les liens entre celles-ci et la tradition antique. Tandis que selon Pierre Brunel, Rimbaud, qui revendique une «modernité absolue», cherche toujours une combinaison parfaite entre l'antique et le moderne. Rimbaud collégien composait parfaitement des poèmes en latin, mais lorsqu'il s'est rendu compte que le latin n'aidait pas à la modernisation du monde, il l'a abandonné au profit du français. Il était audacieux et innovant dans la forme et le fond. En particulier dans *Une saison en enfer* et *les Illuminations*, il emprunte beaucoup aux mythes antiques, transforme les images des dieux et utilise le sens détourné des mots pour illustrer la modernité de la poésie. Après avoir dit adieu à la poésie, Rimbaud reste curieux du monde. S'il est allé aventurer en Afrique, pays inconnu des Grecs et des Romains de l'Antiquité, c'est parce qu'il voulait passer de l'antique au moderne. En effet, jusqu'à la fin de sa vie, il aspire à passer encore du connu à l'inconnu.

Giovanni Dutori, professeur émérite à l'Université de Bari, en Italie, apprécie d'une approche différente les qualités particulières de Rimbaud en tant que prospecteur et explorateur, journaliste et poète. D'après lui, le poète Rimbaud n'a jamais cessé de créer. Sa correspondance avec la presse française et sa famille, ses comptes rendus d'expéditions scientifiques en Afrique, ses recherches sur les produits scientifiques, son «curieux album de photographies» etc., s'inscrivent dans la continuité de sa carrière de poète et dans une nouvelle forme de création poétique. Les factures, les listes de marchandises, les images, les photographies sont devenues le nouveau langage de sa poésie, et même le silence a été une nouvelle expression poétique. Il a voulu se débarrasser de l'écriture du tape-à-l'œil par un langage simple, clair et pratique, garder l'originalité des choses et faire de l'écriture scientifique un nouvel outil de recherche de la vérité. En tant qu' «explorateur» constant, Rimbaud est toujours sur le chemin d' «explorer» la modernité.

La modernité de Rimbaud a également exercé une profonde influence sur la création des romans. Certains experts affirment que si le symbolisme a fait tomber les frontières entre la littérature, la musique et la peinture grâce la *Correspondance* de Baudelaire, l'idée de «poésie-musique» de Mallarmé et le «dérèglement de tous les sens» de Rimbaud ont approfondi la fusion des arts. Mais ce n'est qu'au XXe siècle que le roman a atteint l'apogée de son intégration à d'autres genres artistiques, par exemple dans *La Plaisanterie* de Kundera, la structure, les thèmes et la musique se font écho, de sorte que la musique abstraite a réussi à dissoudre la signification des symboles dans les coordonnées du temps. Tandis que la création d'Henri Michaux reflète la controverse entre la modernité et l'antiquité, et il préconise l'idée de Rimbaud qu'il faut abandonner la culture occidentale pour l'orientale afin d' «arriver à l'inconnu». Bien que Kundera et Michaux aient vécu à des époques différentes, leurs créations ont toutes les deux étés influencées par Rimbaud. «Je est un autre», «la vie est ailleurs», dit Rimbaud, la restauration de l'identité du sujet pourrait être l'une des essentielles de la modernité que Rimbaud a laissée à la littérature moderne. Michaux a parcouru le monde pour revendiquer sa propre identité par l'exploration, tandis que l'identité de Kundera a dû être reconstruite par divers moyens, tels que la culture française, les romans et les traductions. Et est-ce que «Je» pourrait devenir «un autre», là c'est une question que Rimbaud nous a posée.

Rimbaud à travers le temps et l'espace

Le célèbre rimbaldien français Claude Jeancolas a déclaré que la voix de Rimbaud est une «voix d'autres temps, de tous les temps, pas une époque qui ne nous parle de lui. Voix d'autres lieux, de tous les lieux, pas une terre, si isolée fût-elle et désertique, où ne s'éveilla un jour son évangile en une langue neuve». Bernard Franco, professeur à la Sorbonne Université n'a pas dit autre chose: «Si la modernité d'un poète a pu prendre d'innombrables sens, elle désigne avant tout sa capacité à être actuel à différentes époques, ce qui se manifeste par sa constitution en modèle pour des mouvements littéraires et artistiques postérieurs.» En ce sens il a pris Rimbaud pour «un modèle pour la poésie expressionniste» et mis Georg Trakl à côté de Rimbaud comme un «Rimbaud autrichien». Il analyse l'influence de Rimbaud sur Trakl à différents niveaux: au niveau de la vie, les deux poètes sont tous précoces et partagent le même avis envers la guerre; au niveau de la poétique, Trakl pratique une manière très différente de celle de Rimbaud pour illustrer les couleurs dont son système est plus complet; au niveau intertextuel, les poèmes de Trakl contiennent souvent des vers de Rimbaud, par exemple des vers du *Bateau ivre* dans *Psalm* (*Psaume*). Selon Franco, Trakl, en donnant une réponse par ses poèmes à la poésie de Rimbaud, anime le dynamique de celle-ci et nous montre un autre aspect de la modernité de Rimbaud, dans lequel il récupère un nouveau principe poétique : la vision poétique repose sur un système de couleurs symboliques, symboliques parce que liées au « je », donc au monde des idées.

À propos du « voyage » que Rimbaud a effectué à travers le temps et l'espace, la discussion a été également portée sur sa réception en Chine et au Japon et sur la traduction de ses œuvres. Yoshikazu Nakaji, professeur à l'Université de Tokyo, discute de l'importance de la contribution de Rimbaud à la littérature japonaise moderne, principalement en termes d'innovations dans le langage poétique, d'histoire littéraire et d'influence de Rimbaud sur les jeunes lecteurs japonais. Il suggère que les premiers traducteurs japonais ont d'abord utilisé le pentamètre et l'heptamètre pour traduire la poésie occidentale et que, bien que les résultats aient été insatisfaisants, les innovations poétiques de Rimbaud ont contribué au développement de la littérature japonaise dans une certaine mesure. La popularité ultérieure de Rimbaud peut être attribuée à deux contributeurs : Kobayashi Hideo (1902-1983), le fondateur de la critique littéraire japonaise moderne, dont la traduction d'*Une saison en enfer* a réussi à recréer en japonais la parole véhémente, saccadée, caractéristique de l'œuvre ; et le poète lyrique Nakahara Chûya (1907-1937), qui a publié sa traduction japonaise des œuvres complètes de Rimbaud en 1937, mettant admirablement en évidence le côté vagabond et voyou du jeune poète, constitue un beau diptyque avec la traduction des proses rimbaldiennes par Kobayashi.

Les chercheurs chinois se sont intéressés à la relation entre Rimbaud et la nouvelle littérature chinoise. Selon Yuan Xiaoyi, professeure de l'École Normale Supérieure de l'Est de la Chine, le manque de réaction aux traductions de Rimbaud dans les années 1920 était dû à deux raisons : d'une part, il est attribué au fait que les traducteurs chinois et les spécialistes de la littérature française de l'époque ont été progressivement oubliés en raison de leurs carrières politiques infructueuses, comme Li Huang, Li Jinfa ; d'autre part, il s'agissait de l'image biaisée de Rimbaud, en raison de « l'absence d'entraves intérieures » selon le terme de Zweig, qui rend impossible une véritable compréhension du poète. En outre, la « modernité » occidentale n'était pas celle que la nouvelle littérature chinoise cherchait, car « ce n'était pas du tout la même réalité—sociale ou littéraire—à laquelle la nouvelle littérature du 20e siècle faisait face. » Quand certains écrivains proches du modernisme ont rapidement basculé dans le camp de la littérature de gauche, Rimbaud a manqué la période dorée de la traduction de la poésie étrangère en Chine. Je partage l'avis de la professeure Yuan, mais je pense que malgré le fait que Rimbaud ait été peu accepté par le public littéraire lors de la formation de la nouvelle littérature chinoise, il a tout de même laissé son empreinte dans les œuvres poétiques des poètes de cette époque. Par exemple, Dai Wangshu, qui a été le premier à traduire les *Illumination* en chinois, a composé *les Années d'épreuves* d'un certain style rimbaldien; Tandis que le «monstre de la poésie» (shi guai 诗怪) Li Jinfa, son «étrangeté de la poésie», qui ont subi de violentes critiques, n'est en effet que la particularité de la poésie de Rimbaud.

La traduction a joué un rôle très important dans la réception de Rimbaud en Chine. Les difficultés qui existent dans la traduction chinoise des poèmes de Rimbaud sont inhérentes en raison que le français et le chinois appartiennent respectivement à deux systèmes linguistiques, d'autant plus que les poèmes de Rimbaud sont «plus durs à craquer qu'un noix». Cependant, Qin Haiying, professeure de l'Université de Beijing, souligne que l'incompatibilité des deux langues engendre non seulement des désavantages, mais aussi des avantages. Après avoir fait l'analyse de plusieurs versions chinoises des *Illuminations*, elle a tiré les conclusions suivantes: tout d'abord, l'absence de temps et de conjugaison des verbes du chinois facilite la restitution des images dans les poèmes de Rimbaud, car elle est conforme aux caractéristiques des images rimbaldiennes: il s'agit d'images du présent inventées par lui, et non de reproductions d'images d'une certaine réalité. D'autre part, les poèmes de Rimbaud sont souvent composés sous forme de juxtaposition de noms et de syntaxe simple, et sont donc relativement moins difficiles à traduire que les poèmes de Mallarmé à la syntaxe complexe. Mais généralement disant, l'obscurité étant une qualité essentielle de la poésie de Rimbaud, la question de savoir comment «trouver une langue» pour traduire Rimbaud est le premier et principal défi auquel sont confrontés tous les traducteurs. Tout traducteur a ses propres habitudes de formulation, tandis que les lecteurs ont leur propre horizon d'attentes. De toute façon, le principe que les traducteurs doivent observer réside dans le fait que le sens poétique que les lecteurs chinois percevront dans la version chinoise doit être correspondant au plus haut degré à celui des poèmes originaux de Rimbaud.

Autour de la traduction chinoise, Zheng Kelu (1939-2020, grand traducteur de Victor Hugo et d'autres écrivains français), Wang Yipei, traducteur de l'intégralité des œuvres de Rimbaud, et moi, nous avons eu une vive discussion à propos de la fidélité de traduction aux textes orignaux. Selon Zheng Kelu, en plus de «spécificatif numéral», le traducteur pourrait encore recourir aux adjectifs pour compléter le sens original des œuvres.

Selon Wang Yipei, qui est poète lui aussi, Rimbaud est malheureux, parce qu'il est voyant (moderne). Lorsque le poète «[s'est] fait voyant par un long, immense et raisonné dérèglement de tous les sens», il est certainement malheureux, car il était en avance sur son temps et il voyait plus loin que ses contemporains. Cependant, Rimbaud s'est volontairement soumis au malheur dans l'intérêt du progrès de l'humanité, et toute sa vie de «se faire voyant» mérite d'être saluée. Et c'est pour cette salutation que nous nous sommes réunis à Shanghai, c'est le «malheur» de Rimbaud qui nous a rassemblés, et sa «voyance» (modernité) a jeté des ponts entre les cultures chinoise et française. Yves Bonnefoy a lancé l'appel suivant

« Nous avons besoin de Rimbaud ». Alors « pourquoi avons-nous encore besoin de Rimbaud aujourd'hui ? » C'est la question que se pose la professeure Huang Hong de l'Université de Nanjing. À cette fin, elle a fait un interview avec son étudiant Ao Long à André Guyaux, professeur de littérature française du XIXe siècle à Sorbonne Université, qui a donné la réponse suivante : « Peut-être ce besoin existe-t-il, fondé sur un manque englobant tout ce que nous ne savons pas, tout ce que nous ne comprenons pas. » Certes, Rimbaud reste à se faire comprendre le plus possible, mais son esprit d'aller toujours en avant et de ne jamais s'arrêter consiste notre plus grand besoin pour « changer la vie » et « être absolument moderne », et en France comme en Chine. Suivre les pas de Rimbaud, c'est l'objet de notre colloque et de ce recueil.

被诅咒的兰波或不可能的逃离

［法］多米尼克·德·维尔潘

中国比较文学学者李建英教授在她的博士论文中,将法国与中国两位相似的被诅咒的诗人兰波和顾城做了比较:兰波想要成为"盗火者",①而顾城这位 20 世纪的中国诗人,借用他自己的话来说,是一位"试图不断地燃起愿望之火的人"。诚如这部论著所强调的那样,"火"的内涵在两位诗人的心目中是一致的,尽管他们的生活相隔一个世纪。②

然而,"火"的内涵在不同时期的不同文化中产生了各种各样的变化。古希腊神话中,普罗米修斯从奥林匹斯诸神那里为人类盗火并赋予人类智慧。对诗人和艺术家而言,火是创造的力量,兰波和后来的雅克·瓦谢(Jacques Vaché)、安托南·阿尔托(Antonin Artaud)、让-皮埃尔·杜普雷(Jean-Pierre Duprey)以及其他

---

① Arthur Rimbaud,«Lettre à Paul Demeny du 15 mai 1871», *Poésies complètes*, introduction, chronologie, bibliographie, notices et notes par Pierre Brunel, Paris, Le Livre de Poche, 2016, p. 153. ［本文中兰波诗歌译文大多出自《兰波作品全集》(王以培译,北京:作家出版社,2012 年),引用时有改动。——译者注］

② 李建英, *Gu Cheng*, *Un Rimbaud chinois*, Editions Universitaires Européennes, 2010, p. 212.

几位盗火者一样,焚烧自己,为的只是在他们的内心建起另一个帝国。毫无疑问,这个帝国是窥探他们未解之谜的标准,这个标准就是他们的自由,他们正是通过自由摆脱了我们。

谈论他们中的任何一位,我们都要保持谦卑,因为我们必须承认,关于他们,从来不存在任何既定的真实。对兰波来说尤其如此,因为他沿着没有地图的道路,以各种牺牲和矛盾为代价,以一种努力赢得的自由,创造了这个至善的帝国。在资料有限的时代,有些人,例如莎士比亚或荷马,可能更想抹去世间的一切痕迹,从而使事物更为神秘,兰波就是其中之一。

盗火者的行为有巨大的吸引力。1883 年,保罗·魏尔伦(Paul Verlaine)成为第一个反省"被诅咒的诗人"这个特殊群体的诗人,几年后,他又将他们称作"纯粹的诗人"。

一、"被诅咒的伟人"

根据《利特雷词典》(成书于兰波的时代)的定义,被诅咒的人就是"被厄运击中"的人。

首先符合这个定义的形象就是撒旦或"被上帝诅咒的该隐"。过了很久以后,人们才渐渐接受"被诅咒的"这个形容词的转义,即"被所处社会和同时代的人所抛弃的人"。

1. 古老的形象

该隐和撒旦在西方文化中是最古老的被诅咒者,波德莱尔在 1857 年第一版的《恶之花》中就引入了这两个形象。他从《圣经》中汲取灵感,又改变了人物原本的面貌。《圣经》中该隐杀死了弟弟亚伯,堕落天使路西法变成了象征着恶魔的撒旦。被诅咒的人在恶中自称无所不能,但它同时又保持着最初形象的影子。正如雨果在第四首《颂歌集》中写道：

> 魔鬼被自己的狂热所揭露，
> 得胜的魔鬼身影中我们看到了天使流放。①

为了证实反叛的正义性，波德莱尔站在该隐一边：支持该隐和他那因饥荒而堕落、流浪、腐蚀的"种族"——反叛和"种族"也是兰波创作的两个动机，总有一天，他们会带着仇恨升上天空并将上帝摔向地面。紧接着，在长久的连祷之后，人们会向撒旦祷告，而不再向上帝祷告。

虽然兰波很少提起波德莱尔，但他一度是波德莱尔的追随者。1871年5月15日，正是巴黎公社起义期间，兰波在写给帕那斯派诗人保罗·德默尼（Paul Demeny）的"通灵者书信"中承认，波德莱尔是"第一位通灵人，诗人之王，真正的上帝"，②他并未将波德莱尔称为被诅咒的诗人。兰波给"真正的上帝"加着重号，也许带有某种讽刺意味。

1871年5月，短暂而激烈的巴黎公社运动最后失败了。但运动期间，兰波与起义者及那些献出生命的"劳动者"站在一起。在5月15日的前两天，他给曾经的老师、将他引荐给保罗·德默尼的伊藏巴尔（Georges Izambard）写信说，"疯狂的愤怒将我推向巴黎战争"，③尽管他看上去并未真正参与其中。兰波并未梦想成为"诗人之王"，亦未像后来的魏尔伦在生命行将结束时

---

① Victor Hugo, «Ode quatrième», Œuvres complètes, Poésie I, Odes et balades I, Paris: E. Muchaud, 1843, p. 77.
② Arthur Rimbaud, «Lettre à Paul Demeny du 15 mai 1871», Poésies complètes, éd. cit., p. 156.
③ Arthur Rimbaud, «Lettre à Georges Izambard du 13 mai 1871», Poésies complètes, éd. cit., p. 144.

正式得到"诗人中的王子"的称号。他想要成为完整意义上的"劳动者",这意味着要全身心地投入自由事业,甚至成为普罗米修斯式的劳动者。正如那封长信中所明确阐释的:"诗人是真正的盗火者。"①

1871年5月,兰波写给伊藏巴尔和德默尼的两封信中,一再地强调既包含先知力量,又包含超然力量的"通灵人"一词:"我工作是为了让自己成为通灵人",②"我认为诗人应该是一个通灵人,使自己成为通灵人"。③ 写给德默尼的信更受关注,因为"被诅咒的人"一词首次出现在此信中:

> 必须经历各种感觉的长期的、广泛的、有意识的错轨,各种形式的情爱、痛苦和疯狂,诗人才能成为一个通灵人,他寻找自我,并为保存自己的精华而饮尽毒药。在难以形容的折磨中,他需要坚定的信仰与超人的力量;他与众不同,将成为伟大的病夫,伟大的罪犯,伟大的被诅咒者,——至高无上的智者!——因为他达到了未知!④

兰波没有举例。"伟大的病夫"就是波德莱尔提到的塔索(Tasse),或被关进疯人院的热拉尔·德·奈瓦尔(Gérard de Nerval)。"伟大的罪犯"是该隐或在中世纪因谋杀罪而被判处

---

① Arthur Rimbaud, «Lettre à Paul Demeny du 15 mai 1871», *Poésies complètes*, éd. cit., p. 153.
② Arthur Rimbaud, «Lettre à Georges Izambard du 13 mai 1871», *Poésies complètes*, éd. cit., p. 144.
③ Arthur Rimbaud, «Lettre à Paul Demeny du 15 mai 1871», *Poésies complètes*, éd. cit., p. 150.
④ Arthur Rimbaud, «Lettre à Paul Demeny du 15 mai 1871», *Poésies complètes*, éd. cit., pp. 150-151.

绞刑的弗朗索瓦·维庸(François Villon)。"伟大的被诅咒者"是撒旦或那些把自己置于撒旦符号下的诗人们，比如波德莱尔。

因此，兰波召唤了三个邪恶的形象：于身体而言，恶是疾病；于精神而言，恶是犯罪；于灵魂而言，恶是诅咒，即绝对的恶，它似乎使波德莱尔的诗文更加明晰。

2. 在诅咒的源头

兰波意欲成为被诅咒者的坚定信念从何而来？这个问题比诗歌《记忆》第一版的手稿被发现和出售并在 2004 年出版更值得关注。这一版《记忆》的标题是《被诅咒的家庭》，前面还有"来自埃德加·坡"(D'Edgar Poe)的字样。埃德加·坡的诗歌从未用过这个题目，因此不可能作为兰波诗歌的原型，但据兰波的同学欧内斯特·德拉埃(Ernest Delahaye)证实，在夏勒维尔读书的几年中，兰波自主读过几部波德莱尔翻译的埃德加·坡的作品。埃德加·坡被看作被诅咒的诗人，这一点人尽皆知。诅咒作为不可抹去的话语，是一个符号，一个被选中的标记，代表与旁人不同。即便如此，诅咒也使人陷入痛苦之中，无休止的痛苦使人精神分裂。正如开裂之中的"厄舍古厦"，处在死亡之中的兄妹没有死，痛苦、秘密和禁忌却将他们联系在一起。他们或许也属于被诅咒的人。

所谓被诅咒的家庭，无须比较最小的细节，便知道兰波的家庭就是。神情傲慢的"夫人"(她"挺直腰板站立于草原")，正监督"孩子们在鲜花盛开的草地上读/红色的羊皮书"[①]（或许指《圣经》），这让我们想到了兰波的母亲。"母亲""了不起的娘

[①] Arthur Rimbaud, «Mémoire», *Poésie. Une saison en enfer. Illuminations.*, édition établie par Louis Forestier, Paris, Poésie/Gallimard, 1973, pp. 118-119.

亲",兰波无法忍受母亲的权威,在1871年8月28日写给德默尼的信中抱怨不已:"一位像七十三个戴铅头盔的衙门一样强硬的母亲痛下决心。"①为了逃离母亲,他于同年9月第四次逃往巴黎,魏尔伦接待了他。

然而,在《被诅咒的家庭》中,母亲的精神却已去往别处。母亲站在此,内心却"冰冷、阴暗,行色匆匆!自从那人离去!"②像极了附近的河流。兰波的父亲,军官弗雷德里克由于职业原因,在家庭中鲜有露面。1860年,兰波6岁时,父亲彻底离家。兰波不可避免地感到痛苦,但他亦无法接受自己成为"静止不动的小舟"。他在《被诅咒的家庭》的末尾处抱怨道,"小舟","静止不动",③这似乎暗示了兰波此后的方向,在母亲的枷锁下,他踏上了父亲离开的路。

1871年5月26日,兰波在寄给德默尼的诗歌《七岁诗人》中,承认自己也属于生活在"母亲"和"作业本"权威下的诗人,渴望逃离,"写小说/写大漠中自由流浪的生活"④。他想要"猛烈地扬帆远航",⑤正如他在1871年夏季刚刚完成的百句诗歌《醉舟》中所写的那样。

诚然,这位可怕的母亲用天主教的方式养育了兰波和他的兄弟姐妹。有人还保存着兰波和哥哥弗雷德里克初领圣体的照片。应该是1871年5月14日(写作《通灵人书信》的前夜),在

---

① Arthur Rimbaud, «Lettre à Paul Demeny du 28 août 1871», *Poésies complètes*, éd. cit., p. 176.
② Arthur Rimbaud, «Mémoire», *Poésie. Une saison en enfer. Illuminations.*, éd. cit., p. 119.
③ 同上。
④ Arthur Rimbaud, «Les Poètes de sept ans», *Poésie. Une saison en enfer. Illuminations.*, éd. cit., p. 67.
⑤ 同上,第68页。

参加并抗议小妹伊丽莎白的初领圣体仪式后,他写作了最初版本的《初领圣体》。兰波在其中揭露"可笑的神秘信仰/和圣母院、稻草圣像一样豪华"①,他还回忆到"(他)的初领圣体已经结束",他肯定希望背弃它,即使他感到"(他)的整个身心/都(还在)遭受过耶稣的不洁之吻"。②

事实上,耶稣基督绝不会被赦免。在诗歌《初领圣体》的末尾,耶稣被指责为"活力的永恒窃贼"。③ 在他另一首后来写的诗歌《米歇尔与克里斯蒂娜》中,"克里斯蒂娜"被念出来就足以代表了"田园诗的终结",因为"克里斯蒂娜"这个名字中包含了耶稣。米歇尔与克里斯蒂娜也许是一对想象的夫妇,暗示着神秘的结合。

《耻辱》可能也作于1872年,他在这首诗的末尾自称"讨厌的孩子/愚蠢的野兽",④"就像石山中的一只猫/熏臭了整个世界",希望"他死后,哦,我的上帝!/还会有人祈祷!"⑤

3. 救赎的追求和承诺

常常很难判断兰波是彻底抛弃了宗教还是保留了一些宗教教育的影响,我们不敢说他还残留着信仰。

确切地讲,这真的称为"残留"吗?这难道不是萨特在波德莱尔身上看到的既向着天使又向着恶魔的"双重诉求"吗?就像渎神的祷告,抑或灵魂受到宗教伤害后对宗教发出的挑战。不用提克洛岱尔眼中的兰波,也不用提皈依者甚至殉道者眼中的

---

① Arthur Rimbaud,«Les premières communions», *Poésie. Une saison en enfer. Illuminations.*, éd. cit., p. 88.

② 同上,第92页。

③ 同上,第93页。

④ Arthur Rimbaud, «Honte», *Poésie. Une saison en enfer. Illuminations*, éd. cit., p. 117.

⑤ 同上。

兰波,他们为了找寻真正的信仰甘愿忍受奥古斯丁式的折磨。在兰波的作品中,介于背弃和宽恕之间,的确存在着体现宗教秩序的话语。

但除此之外,还需知道这种宗教话语能带来什么:是反宗教还是要其他宗教?兰波很晚才被列入现代性的先知之列。他在支持圣母领报和宣告废除之间摇摆不定,跟和他差不多同时代的查拉图斯特拉一样,大肆利用诅咒和幻象——我们有理由认为相隔十年的兰波和尼采具有相似性,它关乎一个属于"人"的宗教的许诺,这是处在历史之中但摆脱了道德和传统束缚的"人",是于上帝而言渺小得如同煤气灯之于太阳的"人",他可以挑战,可以释放,但又难以以卵击石。兰波偷走了火,但带来了光,他穿越地狱,不顾诅咒,只为给《彩图集》以色和光,这正是他诗性语言的肌理。

预言能揭示未来,它又潜藏在历史的根源中。兰波主张要尽可能回到过去,回到他的"高卢祖先"那里,高卢人是不信基督的。"高卢祖先"[1]几个字开启了《坏血统》,又显露了"假皈依"的迹象,这是《地狱一季》的开篇之作,而《地狱一季》也是他1873年10月唯一自费在布鲁塞尔出版的作品。他唯一确信的是自己"一向属于劣等民族"。[2] 在中世纪,他可能被卷入了十字军东征,这是一场带有宗教色彩的征战,但这也是受诅咒的,"我在火红的林间空地与老妇、孩子们一同狂舞"。[3]"今天",无论如何,"异教徒的血液重新归来",[4]他发觉"现在我被诅咒"。[5]

---

[1]　Arthur Rimbaud,《Mauvais sang》, *Poésie. Une saison en enfer. Illuminations*, éd. cit., p. 124.
[2]　同上。
[3]　同上。
[4]　同上,第126页。
[5]　同上,第127页。

他意识到了这些信仰的曲折反复,然而他又思忖:"基督他为什么不帮我,不让我的灵魂自由、高贵?"这个问题的结论是:"哎呀,福音已成为过去!福音已成为过去!"①这句话重复了两遍,以"哎呀"引导出来,难以判断兰波在此究竟是诚恳的还是戏谑的。

《坏血统》被分成了多节,包含了一套戏剧性行动里的众多具体行为。《坏血统》这样的文本不是要表现一种坚定的意志,而是要传达缺少连贯意义而又不断转变的想法。比如,他刚刚戏谑地表明"我内心深处向往上帝",②紧接着就发现"我太愚蠢了!"或者就是,被罚入地狱的人反过来指责"牧师""教授""法官",说他们将自己交送(社会或上天的)审判是错误的,"我从不属于这群人"。③ 他呐喊道:

> 我从来不是基督徒;我属于面对极刑而歌唱的种族;我不懂法律,也没有道德;我是个未开化的野蛮人,你们搞错了……④

但在下文中,他又声称自己无辜:"是的,在你们的光芒中我闭上了眼睛,我是一头野兽,一个黑奴。可我会得救。"⑤除非仁慈是"毒药",是"被诅咒了上千次的吻",⑥就像接下来在《地狱之夜》中所说的那样。

---

① 同上,第126页。
② 同上,第127页。
③ 同上,第128页。
④ 同上。
⑤ 同上。
⑥ Arthur Rimbaud, « Nuit de l'enfer », *Poésie. Une saison en enfer. Illuminations*, éd. cit., p. 134.

所以，先知同样也是革命者，作为《圣经》中引导奴隶反抗的形象，先知能解放卑下者，就像《光辉历史》中的一幕，引导人们走出黑暗。在此意义上，昙花一现的兰波背负着过去和未来的愿望和意义，穿过向他敞开怀抱的天空，这片天空承载着历史中的幻象和梦想。他身处的时代令他激动万分，这个时代热衷于历史的运行法则和决定论，也热衷于对被埋葬的文明进行考古；这个时代第一次将全世界的人类历史纳入思考范围，最大程度地开阔了人类视野。兰波领先于他的时代，必然会急躁万分，会感到极度失望。诅咒不正是因此才会逐渐发生变化吗？"被诅咒的诗人们"以弗朗索瓦·维庸为先驱，他们被社会所放逐，不被世人理解，难道不正是在他们的影响下，诅咒的意义悄然发生了转变？先知高呼，不为渎神，只为自己对救赎之火的承诺。难道不正是因为身处在一个政治性强的宗教中，先知才要在荒野中高呼？其中不正是有一位曾经未像著名先知那样获得重视的，与他的时代、历史、社会格格不入的笨拙的兰波吗？

在这个转变的过程中，必然有所失去，但同时也融入了对其他东西的憧憬，寻求救赎就得从离开法国甚至离开欧洲开始：

> 最聪明的办法是离开这片大陆，这里，疯狂四处游荡，寻找苦难的人们作为人质。我进入了含的子孙的真正王国。[1]

1873 年 10 月，他转向非洲，"真正的"非洲。"真正"这个品

---

[1] Arthur Rimbaud,《Mauvais sang》, *Poésie. Une saison en enfer. Illuminations*, éd. cit., p. 129.

质形容词在他的笔下被赋予力量,就像他在《通灵人书信》中形容波德莱尔是"真正的上帝",①在后来的《谵妄 I》中形容他和地狱伴侣的生活——虽然没有明言,但基本可以断定是魏尔伦,他承认"真正的生活"并不存在。

一直到他人生中最黑暗的哈勒尔时期——此时他短暂的生命已经快要走到尽头,他也没有丧失对得救的追求。就像他在《地狱一季》中表现的那样,他时而放弃信仰甚至义愤填膺,时而皈依上帝("上帝赐我力量,我赞美上帝"②),随即又再次抛弃上帝,然后宣称这是一个"无休止的闹剧"。为此他指责自己太过看重这个闹剧,无论这个玩笑是世俗的、斗争性的还是过于虔诚的。

正因为如此,《彩图集》中出现一首以《虔敬》为名的诗也就不足为奇了。在兰波之前,另外两位被诅咒的诗人阿洛伊休斯·贝特朗(Aloysius Bertrand)和波德莱尔也分别在《黑夜的加斯帕》与《巴黎的忧郁》中使用过《彩图集》中这种短散文诗的新形式。

虔敬首先献给两位修女路易丝·瓦纳昂·德·伏林根和莱欧妮·奥布瓦,她们的假贵族名字骗不了人,其后附了一个可笑而又倨傲的"Baou"。随后是向某位叫璐璐的人致敬,根据弗农·安德伍德(Vernon Ph. Underwood)的说法,这是一位在伦敦卖艺的杂技演员,她在文章中被形容为"魔鬼"。向"夫人＊＊＊"致敬,可能是向兰波虔诚又令人畏惧的母亲致敬。向被她逼迫去初领圣体("致曾经年少的我")又被她要求崇敬"神圣老人"的人致敬,向"穷人的精神"致敬,向"高傲的教士"致敬,他立

---

① Arthur Rimbaud, «Lettre à Paul Demeny du 15 mai 1871», *Poésies complètes*, éd. cit., 2016, p. 156.

② 同上,第130页。

刻就明白了他的卑鄙无耻。向一位我们无从了解的喀耳刻（Circé）致敬，她在这里被写成阳性，"高高冰层上的希尔赛多（Circeto）"，为了进行"默祷"，她从《奥德赛》中阳光明媚的希腊小岛被移至北极的夜，但默祷被突然打断了（"但再没有'今后'"）。①

4. 创造的精神

毋庸置疑，今天的读者必须了解，兰波紧张的创作阶段从1871年7月至9月他到达巴黎开始，之后他和魏尔伦一起去往比利时。1872年7月两人前往伦敦，一年后回到比利时首都，至魏尔伦开枪打伤兰波并被监禁一年半画上句号。

兰波经由同伴魏尔伦的介绍，加入"丑陋的家伙"与"被诅咒的诗人"这两个巴黎文学群体，起初被热情接纳，1872年5月突然被当作叛徒逐出。他受自身发明创造精神的启发，尝试各种极具梦幻的办法，创造出的诗歌虽然保留了十四行诗的形式，但实际上越来越自由，《元音》就是一例。

诗人兰波先是致力于超越旧的诗歌形式。他对前人发表了大量犀利的见解和尖锐的批评。他评判缪塞的作品"乏味"，对于他欣赏的诗人，诸如雨果甚至是波德莱尔，他也毫不留情地评论他们的诗歌形式"平常"。② 滑稽的选择使他与同时代的诗歌创作日渐疏远：梅拉（Mérat）和科佩（Coppée）为此买单，甚至泰奥多尔·德·邦维尔（Théodore de Banville）也在1871年7月15日兰波寄给他的诗歌《与诗人谈花》中受到讽刺，尽管一年之

---

① Arthur Rimbaud, «Dévotion», *Poésie. Une saison en enfer. Illuminations*, éd. cit., p. 193.

② Arthur Rimbaud, «Lettre à Paul Demeny du 15 mai 1871», *Poésies complètes*, éd. cit., p. 155.

前兰波还曾请求他帮忙在杂志上发表诗歌。

同样地，兰波在诗歌理论方面的思考也随着与一些通信者的往来越来越深入。他首先选择的通信对象是老师乔治·伊藏巴尔、朋友保罗·德默尼，他先后分别寄给两人《通灵人书信》，此外还有邦维尔。之后的对话主要是与魏尔伦，在1871年5月15日寄给德默尼的信中，他称魏尔伦是"真正的诗人"。①

在《地狱一季》的两个中心篇章中，兰波将《通灵人书信》中提出的创新精神作了拓展，毫不犹豫称之为"谵妄"。《谵妄I》是在地狱伙伴陪伴下的色情性谵妄，《谵妄II》是从《元音》开始就已经表露出来的诗性谵妄。早在1871年5月，他就宣称要成为通灵人，要做"伟大的被诅咒者"，"至高无上的智者"。②

兰波引经据典，甚至常常以自己修改过的典故，为自己选择的道路寻找支撑，然而在这条道路上，他可能会陷入发疯的恐怖境地，甚至面临死亡以及作为被诅咒者被罚下地狱的威胁，尽管经受过"彩虹"，③寻找过真正的诗歌。他不愿对幸福感到失望，所以他认为要"向美致敬"，④也就是要放弃文学。

放弃文学可能并非突然的决定，但在1875年和魏尔伦决裂后，兰波就只写信或者偶尔写写报告了。在1879年回夏勒维尔的途中，他曾在塞浦路斯逗留了两天，当时他对德拉埃说他不再想着"这个"——诗歌。阿尔弗雷德·巴尔代（Alfred Bardey）是他在亚丁和哈勒尔工作期间商业公司的老板，兰波在生命的最后十年，曾跟他说自己的文学作品是可鄙的"污水"。

---

① 同上，第156页。
② 同上，第151页。
③ Arthur Rimbaud, «Délires II. Alchimie du verbe», *Poésie. Une saison en enfer. Illuminations*, éd. cit., p.145.
④ 同上，第146页。

5. 追求未知

无疑,他没有放弃"未知",但这已不是他在 1871 年 5 月 15 日写给保罗·德默尼的长信中所提到的"未知"。这是关于这个世界的未知,他本想发现关于整个世界的未知,却只发现了部分的世界:埃及、阿拉伯、阿比西尼亚还有荷属印度。1891 年 11 月 9 日,在马赛离世的前夜,他给为自己守夜的妹妹写了最后一封信。当时他因癌症住院,已被截了一条腿。写信是为了告诉海上运输公司的老板,他的身体目前至少还有部分知觉,他还想登上阿菲纳尔公司的船:没人听说过这个名字,人们可以将它翻成"无尽"。一段无尽的旅程,不是或不再是地狱中的旅程。

这位不想成为信徒的将死之人是否最后相信了宗教?答案无法确定。他的妹妹伊莎贝尔是虔诚的天主教徒,所以她的证言有待推敲。1891 年 10 月的一天,伊莎贝尔经过一番努力,说服兰波接受了医院牧师肖利耶神甫(Chaulier)的到访,并从他口中得知哥哥阿尔蒂尔有信仰。

但是,哥哥的信仰是什么呢,属于什么宗教呢?是基督教吗?另有一些证言声称病入膏肓的兰波用阿拉伯语叹息"Allah Kerim",即"安拉需要你"。事实上,众所周知,在哈勒尔的漫长生活期间,在那个国家进行商业旅行的间隔中,兰波追寻着父亲过去的足迹。兰波的父亲曾是驻扎在阿尔及利亚的军人,他留下的资料证明他对阿拉伯语言文化以及伊斯兰教都很感兴趣。兰波还曾坚持要家里寄《古兰经》给自己。

这依旧是未解的秘密。

* * *

尽管如此,我们依旧可以得出一些初步的结论。兰波在很小的时候就试图脱离他成长的天主教环境。他与自己的过去、与自己的母亲决裂,但他的决裂并非彻头彻尾。这也是为什么他的作品或内心有时会反复无常。

作为一位创作者、一位艺术家,他愿意被诅咒,他甚至颂扬"伟大的被诅咒者"。因此,兰波是一位时常以暴力的方式摒弃基督以及基督教的诗人,是一位立志要褪去羞怯、打破传统和惯例并重建规则的人。这或许就是魏尔伦口中的"纯粹的诗人",他以此修正了之前封于兰波的被诅咒者的称号。兰波的诗歌试图与一切脱节,拒绝一切束缚,但纯粹的诗歌终难逃脱失败的厄运。大胆的尝试以失败告终,命中注定的失败为他贴上被诅咒的标签。或许正是如此,兰波接受了他在历史及人生之中的一切结果:盗火者是人类历史的见证者,他反对众神贪得无厌,而留给自己的,只有经受折磨。

他如其所愿地和文学、和诗歌创作发生了彻底的决裂,从而改变了命运。这也是他要成为创造者、发明者的时候想要拥有的命运,仿佛他最初要成为"伟大的被诅咒者"的志向在此终结了。但是与平凡的生活决裂并不那么简单,而且当这位被诅咒的诗人到达未知领域时,正是生活本身将他交给了神秘。诅咒成为一种转折,带来了颠沛流离,也就是一种不可能实现的逃离;它开启了一种闭合的人生,在出走与回归、否定与忏悔中循环往复。一旦原先的"知善恶树"被连根拔起,诅咒就开启了一个无法定居的世界,这是一方属于探险和未来的土地。

二、不可能的逃离

兰波逃离这个世界,被驱逐,被诅咒,被罚入地狱,每个人都可以对此做出不同的阐释,但有一点可以确定,年轻的兰波从年少起便将无休止地前行视为生命所需,并且越走越远。他为逃离夏勒维尔的地狱,为逃离他的家庭,为逃离"欧洲气候"的寒冷以及"法兰西乡下"①的空虚,为投身到远方的宁静与热情之中而前行。

1. 无休止地前行

诗人或流浪者,无数次出走的艺术家或狡黠的游荡者,兰波的双重身份貌似不可调和。首先,这的确事关出发。为了抓住诗歌,充当盗火者或偷光贼,以及追赶碎片或闪电的人,年轻的兰波必须重视他身上的"另一个"。其次,这更是一种为了抓住生活本身而选择的回归,要回归真正的生活,回归跟随沙漠商队的原始生活,就好像只有通过流浪的生活,他才能拾回那颗"受刑的""被偷的心"。

那么,对于他来说,为了寻找"太阳之子"②的新"状态"而选择诸如塞浦路斯、亚丁、欧加登或者哈勒尔的远方土地,是不是逃脱法兰西的命运,逃离"野蛮人"或者"劣等民族"的方式?

除了计划回归最本初的生活,改变语言,将声音转化为色彩与图像,并通过"语言炼金术"经历"各种感官长期的、广泛的、有意识的错轨"③来充当"通灵人",他还在1871年的诗作《对于我

---

① Arthur Rimbaud, «Lettre à Ernest Delahaye en mai 1873», *Rimbaud : complete works, selected letters : a bilingual edition*, translated with an introduction and noted by Wallace Fowlie, updated, revised and with a foreword by Seth Whidden, Chicago: The University of Chicago Press, 2005, p. 392.

② Arthur Rimbaud, «Vagabonds», *Poésie. Une saison en enfer. Illuminations*, éd. cit., p. 174.

③ Arthur Rimbaud, «Lettre à Paul Demeny du 15 mai 1871», *Poésies complètes*, éd. cit., p. 150.

们来说,我的心是什么……》中表达了另一个更野心勃勃的计划,宣称要摧毁原本的秩序:

(……)工业家、王子、议员,
灭亡吧!打倒权势、法院、旧规则。①

以另外一种旅行的名义,以一种闻所未闻的变身为代价,他向往着改变世界、种族、时代,远离崩坏消亡的第二帝国和充满谎言的第三共和国,期待在现实中到达"含的子孙的真正王国"。②

这种雄心壮志在他诗歌之旅行将结束时被清晰证实:"出发,到新的爱与新的喧闹中去!"③这是一种怎样的解放?对于一个在《彩图集》中号称"被驱赶"、"被抛弃"、"被活埋"并且整日惶恐、惧怕在夏勒维尔被分解的孩子来说,这又是一种怎样的回报呢?

但是应该注意,这位诗人,甚至在他坚定地默默开启东方之旅前,就已经看见了一切,想象出了一切:语言改变的时代;世界变幻的时代——这是对西方、对家庭以及对使他备受束缚的圣洗仪式的复仇之路;以殖民冒险、非法买卖、黄金幻影为代价的"种族"改变的时代。

在成为同学德拉埃口中的阿比西尼亚"流浪的新犹太人"之前,兰波首先想成为一个"波西米亚人",一位"自由的自由"的

---

① Arthur Rimbaud, « Qu'est-ce pour nous, mon cœur…», *Poésie. Une saison en enfer. Illuminations*, éd. cit., p. 99.
② Arthur Rimbaud, « Mauvais sang », *Poésie. Une saison en enfer. Illuminations*, éd. cit., p. 129.
③ Arthur Rimbaud, « Départ », *Poésie. Une saison en enfer. Illuminations*, éd. cit., p. 165.

使徒。他在1870年3月的诗歌《感觉》中表达了远行的渴望："顺从自然——快乐得如同身边有位女郎"。①1870年11月2日给乔治·伊藏巴尔的信更加强烈地表达了兰波的渴望："好多次我都想重新上路。——上路,戴上帽子,裹着风衣,双拳插在兜里,出发!"②

无休止的前行刺激着兰波的一生,也在他"挑衅与使命共存"的文学道路中发挥作用,正如皮埃尔·布吕奈尔(Pierre Brunel)证实的那样。他在很长的一段时间里通过模仿学习,进而"研究"拉丁诗,通过模仿甚至戏谑的方式,从阿尔贝·梅拉、弗朗索瓦·科佩甚至邦维尔开始了解同时代的诗人。在众多抨击对象中,兰波选择了面对普鲁士的威胁而经常出没"巡逻队"的家乡,以及皇帝、王子这些王室成员。不过,从表面看,他只是将箭射向那些蹲坐的人,比如米洛图斯兄弟(frère Milotus)以及"手指萎缩如弯曲的藤条"的"坐客",所有这些时常"编排着座椅"③的"老朽"。这就是年轻天才笔下呈现的不走路的人:"噢,别让他们站立!他们陷入海难……"④

2. 出发和诗歌灵感

面对这些坐客,兰波无休止的前行愈发显得频繁。众所周知,在1871年魏尔伦邀请他前往巴黎之前,在1870年到1871年期间,他已经三番两次地出走至巴黎。他经受着一种诱惑,

---

① Arthur Rimbaud, «sensation», *Poésie. Une saison en enfer. Illuminations*, éd. cit., p. 99.

② Arthur Rimbaud, «Lettre à Paul Demeny du 2 novembre 1870», *Poésies complètes*, éd. cit., pp. 67-68.

③ Arthur Rimbaud, «Les Assis», *Poésie. Une saison en enfer. Illuminations*, éd. cit., p. 58.

④ 同上, p. 59.

这种诱惑源自大城市、诗人以及文学小圈子，同样也源自道路崎岖的历史，如帝国的倒台、普鲁士的入侵，或许还有巴黎公社事件。1872 年和 1873 年，他与魏尔伦一起在法国、英国、比利时流浪，其间曾于 1873 年短暂地返回罗什。从 1874 年到 1879 年间，他经历了真正意义上错误的出发：离开伦敦和斯图加特之后，经由圣戈达高原从瑞士到达米兰。他在前往锡耶纳的途中中暑晕倒，1874 年 8 月中旬短暂地回到夏勒维尔。之后，在妹妹维塔利（Vitalie）去世以后，他重新开启了东行之路，并于 1876 年 4 月短暂停留在维也纳。5 月，他向布鲁塞尔出发。他在鹿特丹参军并登陆巴达维亚，但在爪哇岛做了逃兵回到法国，直到 1877 年再一次地离开夏勒维尔。他试图加入美国海军，但并未成功。后来人们在德国、瑞典甚至在丹麦和挪威都找到过他的踪迹，之后他本打算前往埃及却因胃病折磨不得不停留在意大利。1878 年末，他再次从热那亚出发，此行以埃及和塞浦路斯为目的地。1879 年，由于发烧，他不得不返回罗什治病。

1880 年，他又朝着亚历山大港和塞浦路斯进行了一次重大的远行，后来他停留在亚丁，但旅行并未就此结束。1880—1881 年间，他在哈勒尔旅行。1882 或 1883 年他返回亚丁，1883—1885 年间又去往哈勒尔。他在 1885—1887 年间游历了绍阿，于 1888—1890 年再次回到哈勒尔。之后由于不堪忍受腿部和右膝盖强烈的疼痛，他不得不返回法国。1891 年 5 月 20 日他在马赛下船。截肢手术后，他短暂地留在家庭农场休养。他于 5 月 23 日再次乘上去往马赛的火车并于 11 月 10 日病逝，妹妹为他送终。

兰波的生命主线是前行，前行给予他力量并使他成为独一无二的他。他在《醉舟》中透露出在旅行中辞世的梦想："噢，让我通体迸裂,散入海洋!"①前行在他的作品中留下了深刻的印记,因此在《感觉》以及《我的波希米亚》中,前行这一主题统领着全篇:首先是孩子的前行,然后是波西米亚人在自然、在诗歌中的前行。在《地狱一季》中,"前进"如同惩罚一般在《坏血统》中回荡,前行的动作变得不确定。它介于动与静两者之间,是一种诗人无法承受的静态。

《彩图集》重新运动起来:《致一种理性》中出现了"前进",②《民主》中出现了"上路"。③ 但是这种永不停止的运动以什么为基础? 这份冲动,这份如此强烈的活力从何而来? 显而易见,它来自兰波从年少时就表现出的反叛,这是一种由百折不挠和狂傲不羁的精神所孕育的反叛。

3. 新幻象和新语言

兰波的诗歌斗争也是如此,也许最重要的是,它是一场为新幻象和新语言而进行的斗争。在1871年的那些伟大的诗歌中,滑稽模仿占了主导位置,《醉舟》《捉虱的姐妹》,或许还有《与诗人谈花》,都属于这样的作品。滑稽模仿一直系统地延续至《诅咒诗画集》,这个群体延续了"丑陋的家伙"的风格。在《诅咒诗画集》中,兰波兴之所至,轮番取笑莱昂·迪尔克斯(Léon Dierx)、阿尔芒·西尔韦斯特(Armand Silvestre)、路易·拉蒂斯博纳(Louis Ratisbonne)、弗朗索瓦·科佩还有路易·贝尔蒙泰(Louis Belmontet)。这种滑稽模仿的创作方式渐渐让位于

---

① Arthur Rimbaud, «Le Bateau ivre», *Poésie. Une saison en enfer. Illuminations*, éd. cit., p. 94.

② Arthur Rimbaud, «A une raison», *Poésie. Une saison en enfer. Illuminations*, éd. cit., p. 166.

③ Arthur Rimbaud, «Démocratie», *Poésie. Une saison en enfer. Illuminations*, éd. cit., p. 194.

一场完全不同规模的诗歌革命,这场诗歌革命在《通灵人书信》中已经初具雏形,后又在《地狱一季》中有所发展,而此时的魏尔伦在比利时被判处两年监禁。

《语言炼金术》中所展现的诗歌哲学建立在对"荒诞的绘画、门贴、舞台幕布、联欢会的布景、招牌、民间彩绘、过时的文学、教堂的拉丁文、错字连篇的淫书以及那种祖母爱读的小说、童话、小人书、古老的歌剧、愚蠢的谣曲、单纯的节奏"①的新品味上。换言之,兰波想从陈词滥调之中汲取新养分,并且将诗歌从辞藻浮夸、装腔作势、矫揉造作之流的手中解放出来。尽管出发点发生了改变,但他的愿望并未改变:"找到一种语言"②,唤醒未知,从而创造"巨大的进步"。③ 诗歌为挖掘自我服务而不再为字词服务,反而是字词可以被随意书写和锻造。兰波寻找自身最佳的锻造温度,从而促进新的语言形成,新的声音涌现。这个声音破坏诗歌的小作坊,宣告语言的战争和暴动。当大量前辈都试图隐匿于他们的文字后面时,兰波那忍受着痛苦和灼热的身躯前行着,成为锻造诗歌新语言的熔炉。

兰波1872年的诗歌尤其能够体现出通灵人阿尔蒂尔·兰波"语言炼金术"的独特艺术,这些诗歌中的创造精神尤为突出:《元音》《泪》《黄金时代》《米歇尔与克里斯蒂娜》《晨思》以及《鸡冠花花坛》和《噢,季节,噢,城楼》。

兰波用其他的方式观看世界并且用语言捕捉其他东西,将"沉默"和"黑夜"书写,将"无法言表之物"捕捉,使"天旋地转"恢

---

① Arthur Rimbaud, «Délires II. Alchimie du verbe», *Poésie. Une saison en enfer. Illuminations*, éd. cit., p. 139.

② Arthur Rimbaud, «Lettre à Paul Demeny du 15 mai 1871», *Poésies complètes*, éd. cit., p. 153.

③ 同上,p. 154.

复稳定,这就是"盗火者"的天才之处。他的"客观诗"使他区别于前人,但当他登上艺术的顶峰时,除了保持沉默之外,他还能做什么呢? 对于年轻的阿尔蒂尔而言,艺术通过他的脚步,在一寸一寸的空间和一秒一秒的时间中展开。早在"旅行"诗人和"背包客"诗人出现之前,无休止的出发就已成为兰波的发明创造。但正如皮埃尔·布吕奈尔明确指出的那样,为了前进和写作,他需要春天。事实上,春天是他最高产的季节。在 1870 年 5 月,兰波把自己最初的几首诗歌寄给邦维尔,虽未明言,但兰波是将自己的第一次收获以及"美好的信念""希望"和"感受"一并交予了他:"我把这些称为春天。"①

4. 季节的流逝

兰波的诗歌创作,有几个鲜明的季节。1870 年的春天是他从事滑稽模仿的诗歌创作阶段。1871 年的春天,在巴黎公社运动的背景下,他的诗歌具有反叛色彩。第三个春天属于他的炼金术,如果说他从 1873 年 4 月开始写作《地狱一季》的话,那说明在结束了以魏尔伦因两枪入狱为标志的伦敦和布鲁塞尔之行后,兰波的确在罗什度过了一段潜心创作诗歌的日子,手稿能够证明写作日期是 1873 年 4 月或者 8 月。最后一个值得关注的季节依旧是春天,是 1874 年的春天,那时他完成了《彩图集》手稿,后来他在 1875 年 2 月于斯图加特把手稿交给魏尔伦后,便去往远方并终止了诗歌创作。

在所有的春天里,1872 年的春天代表了一次真正的断裂,他这一年的诗歌也能为此佐证。他诗歌的形式与本质都进一步

---

① Arthur Rimbaud, «Lettre à Théodore de Banville en mai 1870», *Rimbaud : complete works, selected letters : a bilingual edition*, éd. cit., p. 362.

从"诗歌中古老的成分"之中解放出来,古老的成分在他的诗歌中变得无足轻重,但是却曾给予了他灵感。先是1873年7月的危机,然后又是与魏尔伦的决裂,这都促使他带着《地狱一季》走得更远,他在《地狱一季》中坚定地表达了要摆脱过去的意愿。于是他可以摆脱之前长期束缚他的东西,包括他成长的城市、他的母亲、"悲伤的小地方"罗什、自然,直到他受洗的时候,把约翰的福音还给他的圣父。他认为寻找"古代盛宴的钥匙",①要通过美、真实尤其是"仁慈",在女人的心上去隐约发现。但是"仁慈的姐妹"和其他女仆一样令人失望,这些女仆就是正义、进步甚至是死亡。在很早以前,即1871年5月15日的信中,他曾希望"到达未知"。②

当陷入僵局,他应该满足于"(他)这个下地狱的人的手记上这可憎的几页"③。他应该在他的"异教徒之书"或者"黑人之书"中重新出发,在"坏血统"中控诉殖民者、"假黑奴"④,甚至那些"忠诚的灵魂",⑤然后总结道:"况且,没有一个人考虑别人。"⑥魏尔伦本人也没有幸免于这种冲动。布鲁塞尔的走火、玛蒂尔德如"疯狂的童女"般的回心转意让他看清了真相,和兰波组建家庭的可笑幻想破碎了。但在这一过程中,兰波没有怜

---

① Arthur Rimbaud, « jadis, si je me souviens bien... (prologue) », *Poésie. Une saison en enfer. Illuminations*, éd. cit., p. 123.

② Arthur Rimbaud, « Lettre à Paul Demeny du 15 mai 1871 », *Poésies complètes*, éd. cit., p. 151.

③ Arthur Rimbaud, « jadis, si je me souviens bien... (prologue) », *Poésie. Une saison en enfer. Illuminations*, éd. cit., p. 123.

④ Arthur Rimbaud, « Mauvais sang », *Poésie. Une saison en enfer. Illuminations*, éd. cit., p. 128.

⑤ Arthur Rimbaud, « Nuit de l'enfer », *Poésie. Une saison en enfer. Illuminations*, éd. cit., p. 132.

⑥ 同上。

惜自己，而是把攻击的矛头转向了自己，这是他对自己致命的伤害。他的"异教徒"血统、"圣洗"以及"谵妄"，这一切都抛弃了他，无论是东方、工作，甚至是"圣诞"精神，一切都不会拯救他。沉默守在他身旁，让他重返孤独。

《彩图集》可能完成于 1884 年 3 月兰波短暂逗留伦敦期间，那时的兰波与朋友热尔曼·努沃（Germain Nouveau）在一起，这一切在《季节》中可以得到证明。与"我是另一个"中的"我"不同，这时的"我"为迎接《精灵》中宣告的新黎明而积攒自己的力量。然而这部诗集没有固定的编录顺序，所以很难真正获悉他行动的本质意义：是"精灵"的庆典，还是"贱卖"的清算。

在这两种情况中，始终有一种冲动占据上风。然而，《地狱一季》提供通往地狱的钥匙，《彩图集》则提供通往天堂的钥匙，但这个天堂虚幻而模糊，它是一间能洗涤我们内心的"野生剧场"，[1]有可能通向另一个地狱。诗人兰波拥有一种纯粹的渴望。为此无论是在《通灵人书信》或是在《元音》字母表中，他都致力于更新语言、理论和实践。于是他可以在"语言炼金术"中衡量取得的进展："如今我才懂得向美致敬。"[2]他从此拥有了打造某种语言所需的工具，"这种语言将来自灵魂并为了灵魂，包容一切：芳香、音调和色彩，并通过思想的碰撞放射光芒"。[3]

但是只有冲动还不够。在《地狱一季》的《永别》中，他还表

---

[1] Arthur Rimbaud, «parade», *Poésie. Une saison en enfer. Illuminations*, éd. cit., p. 162.

[2] Arthur Rimbaud, «Délires II. Alchimie du verbe», *Poésie. Une saison en enfer. Illuminations*, éd. cit., p. 146.

[3] Arthur Rimbaud, «Lettre à Paul Demeny du 15 mai 1871», *Poésies complètes*, éd. cit., 2016, p. 154.

现出另一个野心:"必须绝对现代。"①这就是从失败生活的废墟上开启新征程的迫切需要,失败的生活带着"诗歌中古老的成分"②的标记,他想摆脱它,投身于救赎的"前进",以求"保持已有的进步"。③

"洪水过后",诗人有责任纠正世界,实现"新的和谐"④,随着"新人"⑤的出现,产生"新的爱情",⑥就像《精灵》中所预示的一样。《彩图集》的现代性也体现在形式上,通过不断革新的散文诗,现代性拒绝一切使它远离"新"的单一模式和自我满足,避免被迫陷入《传说》中"资产阶级的戏法"⑦的无聊重复。

因此,这位被诅咒的诗人不可能满足于"新"的假象,他拒绝愚弄自己,所以他将诗歌作为解药,继续他的诗歌之路直至自己将进步贱卖。一切都可以售卖,一切都来自交易。兰波的运动持续到他死亡前夕,他躺在马赛医院的病床上,1891年11月9日,由他的妹妹伊莎贝尔代笔写了他生命中的最后一封信,这封信的开头就是兰波清点要出售的象牙库存:

---

① Arthur Rimbaud, «Adieu», *Poésie. Une saison en enfer. Illuminations*, éd. cit., p. 152.
② Arthur Rimbaud, «Délires II. Alchimie du verbe», *Poésie. Une saison en enfer. Illuminations*, éd. cit., p. 141.
③ Arthur Rimbaud, «Adieu», *Poésie. Une saison en enfer. Illuminations*, éd. cit., p. 152.
④ Arthur Rimbaud, «A une raison», *Poésie. Une saison en enfer. Illuminations*, éd. cit., p. 166.
⑤ 同上。
⑥ 同上。
⑦ Arthur Rimbaud, «soir historique», *Poésie. Une saison en enfer. Illuminations*, éd. cit., p. 190.

一批货物:一个象牙
一批货物:两个象牙
一批货物:三个象牙
一批货物:四个象牙
一批货物:两个象牙。①

* * *

结尾令人唏嘘,他最后的诗作竟是以中止工作合同的形式呈现。但是他的前行无论如何都不可能停下来,尽管他彼时已是"高位截肢""残废"的"苦人",兰波仍然想要朝着苏伊士的方向前进。出发与剥离并存,就像重新开张和结算以一种无限的耐心在更新的练习中不断交替。在这个过程中,地狱和天堂被不懈地耕耘,直至在他生命最后的十年里,他的感情在那里深深地扎了根:阿登,"丑陋的山岩";哈勒尔,"还是那个糟糕的哈勒尔"。"未知"对于他来说是一张熟悉的面孔,是离"地狱"近在咫尺的地方。然而,他比任何人都更想一次又一次地回到这里。当他"急于找到一个场所,确立一种形式"②的时候,他感觉自己曾变成诗歌和生活的囚徒,更不用提缠绕着他的"烦恼"了。远离了前往"含的子孙的真正王国"这个古老而光荣的梦想,但是"地狱"仍旧属于他,这里依旧孕育着新的开始,新的承诺。

---

① Arthur Rimbaud, Œuvres Complètes, édition établie, présentée et annotée par Antoine Adam, Paris: Gallimard, coll. «Bibliothèque de la Pléiade», 1972, p. 707.

② Arthur Rimbaud, «vagabonds», Poésie. Une saison en enfer. Illuminations, éd. cit., p. 174.

三、摆渡人颂歌

兰波作为通灵诗人,尽管他最终没能逃脱自己命运的法则,他前进的道路被阻断,走向"崎岖的现实",但他预想到了一切新时代的诗歌,开辟了新的道路。不过他一定没有预料到自己会拥有这么多后辈,影响这么多子孙。这些来自各个领域的追随者、信奉者和艺术家都以他为楷模,崇尚他的冲动,他的大胆。通过他的作品,他创作的季节,他那沉默和真实交会的道路,甚至他那受尽痛苦的死亡结局,他最终留下了永不磨灭的足迹,实现了向命运的复仇。临终时的兰波触摸到了神秘,并且确信自己是通向未来的摆渡人。

他的话语和沉默,他的出走和回归,他奇妙的在场与缺席,都为后人开拓道路,打开新的天地,从而创造别的可能性。如果说我们在他身上找到了我们自己,就如在我们每位被诅咒的兄弟身上找到自己那样,那是因为大家都是文字的兄弟,"人类的兄弟",他们为我们开辟了道路。从吕特伯夫(Rutebeuf)、维庸或欧比涅(Agrippa d'Aubigné)开始的这一类诗人,都和兰波一样甘愿让诗歌成为自己生命的核心,他们为了拯救我们而拼死抵抗,全然不顾自己的生命安危。兰波在困扰和纠缠他的几种声音之间进退两难,听一听他在《坏血统》末尾处的呐喊,他叫道:"开火!向我开火!马上!否则我就投降。——懦夫——我杀了自己!我纵身扑向马蹄!"[①]枪火吞噬了他,这就是他通过他的话语和他的沉默向我们传达的。这场在19世纪末借由兰

---

① Arthur Rimbaud, « Mauvais sang », *Poésie. Une saison en enfer. Illuminations*, éd. cit., p. 131.

波既备受折磨又硕果累累的生命和语言进行的诗歌革命,在我们这里被不断地发扬光大。

1. 折磨

继他之后的诗人分裂成两派,为选择哪一派深深困扰。勒内·夏尔(René Char)向"履风之人"的选择致敬:"你离开得好,阿尔蒂尔·兰波!我们这些人相信你有可能获得幸福。"①无论是对于哈勒尔的商人兼探险家兰波,还是对于在德军占领塞雷斯特时逃避兵役的勒内·夏尔来说,行动都是话语的补充。这种近乎于放弃的离开不是懦弱,而是谦逊的抵偿,是对人与诗歌真理的抵偿,通过这样的牺牲,他的话语能获得完全不同的分量。还有与之相反的另一种观点,《纽约复活节》和《跨越西伯利亚的散文》的作者布莱斯·桑德拉尔(Blaise Cendrars)情不自禁地表达了遗憾:"他本应该回来,不管他是保持缄默还是重新开始创作,都会是另一番结局了。"②

通过这些反应,我们更能明白兰波这颗现代诗歌流星的奇特之处。他身处在一段时间、一门语言和一种命运之中,然而他又从中逃脱,决裂,离开,前进。因此,他的诗歌不仅是话语的成果,更是沉默的结晶,沉默使他变得强大而成为他自己。兰波的诗歌对法国乃至世界上以沉默为特征的诗歌来说,都投射出了重要的光辉。此后马拉美则会以最纯粹的结晶,以"音色虚无的饰品不知所终"再次来丰富这种沉默。③

---

① René Char, *Fureur et Mystère*, Paris: Poésie/Gallimard, 1967, p. 212.

② Cendras, «sous le Signe de François Villion», *La Table ronde* n°51, mars 1952, pp. 55-56.

③ Stéphane Mallarmé, «ses purs ongles très haut...», *Poésies*, Préface d'Yves Bonnefoy et Edition de Bernard Marchal, Paris: Poésie/Gallimard, 1992, p. 59.

那么,如何与一种忠实于其语气并关注其意义的语言恢复联系,同时避免让语言反过来伤害到诗人:正如勒内·多马尔(René Daumal)所言:"整夜,他试图从内心挣脱无声的词语,而这个词语却在他的胸中变大,令他窒息,提到他的嗓子眼儿,像笼子里的狮子一样总在他的脑海里游荡。"[1]对于其他盗火者而言,反抗的呼声就是最后的求助。正因如此,在罗德兹医院接受多年的精神病治疗之后,1947年1月,安托南·阿尔托在"老鸽棚"的舞台上终于呼喊出来,正如乔治·沙邦尼埃(Georges Charbonnier)所见证的那样:"那天,他曾呼喊/呼喊/他的的确确发出呼喊/在灵魂崩塌之际的呼喊/[……]/在词和话语的信誉面前,在那些从未遗忘'转变'的人面前。"

然而,语言的爆炸还包含着另一种威胁,就是在大量流于形式的实验过后,音符与步调不再一致,乐器已经走调,语言面临干涸和萎缩。

多年以来,兰波的正确和他的真诚不断得到检验,正如魏尔伦在得知兰波死讯后,他看着伊莎贝尔笔下一幅兄长身穿东方服饰的画作,说道:

> 你,死亡,死亡,死亡!但至少如你所愿地死亡,
> 白皮肤的黑人,辉煌的野性
> 文明的,漫不经心地教化……
> 啊,死亡!无数火光在我身上存活。[2]

---

[1] René Daumal, «Les dernières paroles du poète», *Le Contre-ciel suivi de Les dernières paroles du poète*, Poésie/Gallimard 1970(1936).

[2] Paul Verlaine, «LXIII-A Arthur Rimbaud II», *Oeuvres complètes-Tome III volume III*, Paris: Vanier, 1901, p. 162.

2. 有待完成的任务

无论是对兰波还是对许多其他的盗火者来说,话语的困扰都并非单独袭来。他们同样肩负着探索深渊的职责,他们要呼喊并发掘到自我的最深处,直到最遥远的天际,直到与自我身上的"另一个"或自己的另一面相遇。这种探索也滋养着维克多·谢阁兰(Victor Ségalen)、艾梅·塞泽尔(Aimé Césaire)或爱多尔德·格列森特(Edouard Glissant)的前行。正因为兰波,诗歌的边界循着前进的渴望,朝向其他人和其他世界,朝着通灵人所能感知到的最终边界不断扩大:

> 终于找到了。
> 什么?永恒。
> 它是大海
> 伴着太阳远行。①

通过兰波的努力,一般概念对于科学家或哲学家来说不再是一种抽象原则。它总能在某个内心或某种声音中实现具体化,从而被每个人理解。无论是以亚丁或哈勒尔,还是以伊甸园或某个"地狱"的模样展现出来的"别处",都从植根于诗人的孤独中的某个场所借用了名字和颜色。

兰波和弗朗索瓦·维庸一脉相承,他让"词语"组成的诗歌通过他或者与他一起变成"行动"的诗歌,从而使"我"能讲述"我们"的故事,正如塞泽尔所说:

---

① Arthur Rimbaud, «L'Eternité», *Poésie. Une saison en enfer. Illuminations*, éd. cit., p. 109.

我们是黑奴贩子的呕吐物
我们是卡勒巴尔的犬猎队。①

这里的"我们"与肤色、出身和信仰无关。这不是通过种族联合,而是通过博爱、平等和身份认同形成的"我们"。只有超越历史的界限、地理的疆界、语言的差异和思想的限制,才能够通过诗歌形成联合。它在诗歌声音的碰撞和韵律的交叠中实现了自己在对话与交流中的使命,一个新的空间由此产生。但依照兰波的宗旨,我们不应该还想被限制在这个空间之中。

3. 离开,诗人的话语

离开,意味着长久的轻松,意味着摆脱一切无用的负担。为此,直到生命的最后一天,也应该以他为榜样,怀着对未来的唯一关切,去继续清点、结算、贱卖。

诗人、商人探险家阿尔蒂尔·兰波开拓了那么多新的领地,发起那么多新的挑战,清点了那么多新的诺言。他在行囊里零乱地塞入诗句、散文、话语和沉默,他在场和不在场都以重振诗歌为目的,在我们今天的世界产生回响。

如果在我们的旅程结束之际,我们仍质疑1875年的事件在兰波转变过程中的重要性,那么我们应该关注一项近期的发现,即他于1874年4月16日写给原巴黎公社社员茹尔·安德里厄(Jules Andrieu)的书信。强硬的风格和突兀的问题证明了这封信的真实性,兰波这位20岁的年轻诗人在信中请求收信人抽出"半小时的谈话时间",目的是要写作一本题目就能开宗明义的

---

① Aimé Césaire, «Et ce pays cria», *Cahier d'un retour au pays natal*, Paris: Présence africaine, 1992, p. 39.

著作:《光辉历史》。

多年以来,兰波受到了许多评论家的褒奖或批判,我们可能已经丢失了他原本的声音,他最初的音调,但这封信的数行文字又再次将他的声音传递给了我们。这封信的作者处在一个被巴黎公社和镇压"流血周"等事件打上烙印的时代,他是一位曾介入时代纷争和时代关切的人。他的思想被他的主题——历史浸淫,他带着一些必要的讽刺在"大众"面前表现成"双重通灵人"的样子,但当他要面对由"几届中学毕业生"组成的大众进行"广告宣传"时,他还应该更务实甚至更厚颜无耻。总之,兰波并不掩饰他对维持生计的担忧,他通过描绘历史寓言和幻想故事来挣钱。这些作品或许并不缺少道德训诫的意味,但相比之下他更善于通过表现"多少有些残酷"的日子,比如"战斗,转移,革命场景"来直击灵魂。

我们深知,兰波被"转变"的记忆占据了头脑,被一些诡计和花招所诱惑。要在从前,他怎能保持"救赎"的激情和雄心壮志不变,而那在通灵人时期是十分必要的?"打乱一切"的手段也不足以对抗习惯和利益的驱使,它们能像影响每个人一样影响着他。因此我们应该把他想象成"拙劣诗才"、沙龙诗人还有社团知识分子的样子。这样,我们相信,高傲的孤独保护着他,正如急躁的内心使他一直不想停下脚步。

正因如此,自 1875 年起,兰波更加无视一切,更加频繁地出走。他没有把自己局限在一个只会引起厌恶的"这里"和"在场"之中。此后他唯一关切的事情就是离开这里,走得更远,为了扩大通灵人时期的视野,他拒绝只在诗歌领域的内部继续开拓。

* * *

作为结语,请允许我强调,阿尔蒂尔·兰波之所以能多年来一直活跃在人们的视野中,按照马拉美的说法,因为他是"引人注目的过客",这包含他的相似性和现代性。

诅咒和逃离让我们可以更清楚地看到兰波身上存在的矛盾,看到新的对立、不可调和的辩证关系不断滋生,甚至在讽刺和争辩中也是如此——话语喷涌和沉默接受共存。他渴望不停地出发,却还要忍受不断归来;他依旧跃跃欲试,但却疾病缠身。对于后人来说,也许真正的逃离是在于他完美地隐匿在矛盾中,隐匿在无法捉摸中。他的身上承载着三重矛盾:天使堕落而人道,因而过于人道;在话语上获得自由的囚徒,成为模糊看到真正自由的囚犯;最后,真正的说谎者,是那个寻找绝对真实的人。

首先,我要强调他痛苦的人性,他先后披上过模范学生、"小痞子"和造反者的外衣,后来成为忠心的职员,成为哈勒尔不知疲倦的"劳动者"。在他短暂的生命中,他学着为生活欢庆,为愤怒呼喊,直至任由他长久的抱怨在流浪的岁月中膨胀,而这都是同一个声音。在 1882 年 7 月 10 日从亚丁寄出的家信中,他亲口承认:"如果我埋怨,其实是一种歌唱的方式。"他的抱怨一直持续到去世前。1888 年 8 月 4 日,他写道:"那么,这不是苦难吗,举目无亲、不用思考地活着,在一群黑人中迷失自我地活着。"截肢后,他在 1891 年 6 月 24 日的信中表现得如同宿命论者:"好吧,我听天由命了。我会在命运抛弃我的时候死去。"[1]7 月 15 日,就在去世前几周,他充满绝望地形容自己:"像个彻底的废人一样坐着,唉声叹气,等待黑夜降临,等待彻夜的无眠和比前一天更加悲哀的清晨。"[2]

---

[1] Arthur Rimbaud, «Lettres d'Arthur Rimbaud à sa sœur Isabelle, Marseille, 24 juin 1891», in Documents [en ligne], disponible sur http://www.mag4.net/Rimbaud/Documents.html (consulté le 19 juillet 2019)

[2] Arthur Rimbaud, «Lettres d'Arthur Rimbaud à sa sœur Isabelle, Marseille, 15 juillet 1891», in Documents [en ligne], disponible sur http://www.mag4.net/Rimbaud/Documents.html (consulté le 19 juillet 2019)

关于我们的兄弟兰波的人道,还应该提及,兰波渴望自由,但他选择的生活自由是挣扎在屈服与反抗之间。一方面,他屈服于特别固执的母亲,形容自己"顺从得冒汗",但在诗歌传统桎梏下,面对帕纳斯派、象征主义或颓废派的派系竞争,这样的屈服是要不得的。屈服也表现在他经商期间,商务逼迫着他,令他筋疲力尽,而他只能幻想着"无拘无束的自由"。① 另一方面,他坚定地拒绝任何与当时"中产阶级意识"一致的身份认同,他拒绝一切与诗人或社会名流相关的身份地位,因为那只会把他禁锢在过于狭小的生命空间。

最后,我们不应忘记,兰波身上还有另一种古老激情,它使我们看到了一个"痴迷的旅行者"(德拉埃语),他充满活力,富有人情味,只为了追求真理。尽管有时这位天才少年会摆个架势,耍耍花招做足伪装,但他从未改变在《地狱一季》最后表达的追求:"在灵与肉中获得真理。"②这一追求为我们还原了兰波,诗人和冒险家的身份构成了他人生的统一和完整,他的确是被诅咒的诗人,但显然是"纯粹"的诗人。

(王洪羽嘉译,李建英校)

---

① Arthur Rimbaud, «Lettres d'Arthur Rimbaud à Georges Izambard, Charleville, 2 novembre 1870», in Documents [en ligne], disponible sur http://www.mag4.net/Rimbaud/Documents.html(consulté le 19 juillet 2019)

② Arthur Rimbaud, «Adieu», *Poésie. Une saison en enfer. Illuminations*, éd. cit., p. 152.

Rimbaud maudit ou la fuite impossible
Dominique de Villepin

Dans sa thèse, Mme Li Jian Ying qui nous accueille aujourd'hui, a rapproché ceux qu'elle considère comme deux poètes maudits : Arthur Rimbaud qui a voulu être *«voleur de feu»*, et Gu Cheng, poète chinois du XXe siècle qui, selon ses propres termes, a cherché «*à allumer sans cesse le feu électrique*». L'image de la quête du feu, comme elle le souligne, reste identique à un siècle de distance.

Et pourtant cette image a varié au cours des siècles et des civilisations. Dans la mythologie grecque, Prométhée a volé le feu aux dieux de l'Olympe pour en faire don à l'homme et lui donner l'intelligence. Pour un poète, pour un artiste, ce feu est celui du pouvoir de la création, et Arthur Rimbaud, comme plus tard Jacques Vaché, Antonin Artaud, Jean-Pierre Duprey, et bien d'autres voleurs de feu se consumèrent pour ne bâtir d'autre empire qu'à l'intérieur d'eux-mêmes. Cet empire, sans doute, est la mesure de leur énigme. Elle est leur liberté même, par laquelle ils nous échappent.

Parler de l'un d'entre eux est une invitation à l'humilité, car il faut accepter qu'il n'y ait jamais, les concernant, aucune vérité définitive. C'est particulièrement vrai de Rimbaud tant il a su créer cet empire absolu, d'une liberté conquise, au long d'un chemin sans carte, aux prix de bien des sacrifices et de contradictions. Il est de ceux même dont, dans un temps moins documenté, certains auraient préféré nier toute trace terrestre pour parachever le mystère, comme Shakespeare ou Homère.

Cette entreprise des voleurs de feu est fascinante et Paul Verlaine, le premier, s'est interrogé en 1883 sur cette tribu bien particulière des «*poètes maudits*», qu'il qualifiera également quelques années plus tard, de «*poètes absolus*».

* * *

«LE GRAND MAUDIT»

Le maudit, selon la définition du dictionnaire Littré, contemporain de Rimbaud, est celui qui est «*frappé de malédiction*».

À l'appui de cette définition, la figure première est celle de Satan ou de «*caïn maudit de Dieu*». Il faudra attendre longtemps pour voir reconnu le sens figuré de l'adjectif «*Maudit*», «*Qui a été rejeté par la société, par ses contemporains*».

Les figures anciennes

Caïn, Satan, telles étaient bien les deux figures de maudit retenues par Charles Baudelaire dès la première édition des

Fleurs du Mal en 1857. Dans la Bible, dont il s'inspire en en inversant les données, Caïn tue son frère, le pieux Abel, et Lucifer, l'ange déchu, est devenu Satan, la figure du Diable. Le maudit s'est voulu tout-puissant dans le mal, et pourtant il demeure quelque chose de sa figure première. Comme l'écrivait déjà Victor Hugo dans l'une de ses *Odes* :

> *Par ses propres fureurs le maudit se dévoile,*
> *Dans le démon vainqueur on voit l'ange proscrit.*

Baudelaire prenait, pour illustrer la révolte, le parti de Caïn: lui et sa *«race»* déchue, errante et rongée par la faim — deux motifs qu'on retrouvera chez Rimbaud —, prendront un jour leur revanche en montant jusqu'au ciel pour jeter Dieu sur la terre. Puis s'élevait, après de longues litanies, une prière à Satan qui se substituait à l'habituelle prière à Dieu.

Rimbaud a été un admirateur de Baudelaire, même s'il l'évoque rarement. Dans la longue lettre dite *«Du Voyant»*, adressée au poète parnassien Paul Demeny le 15 mai 1871, donc encore au temps de cette révolte populaire que fut la Commune de Paris, il reconnaissait en Baudelaire *«Le premier voyant, roi des poètes*, un vrai Dieu »*, sans aller jusqu'à faire de lui un poète maudit. L'expression soulignée par lui, un vrai Dieu, pourrait même contenir quelque ironie.

À cette date du mois de mai 1871, qui va aboutir à la défaite et à la fin de la Commune, cette brève et intense révolution parisienne, Rimbaud est du côté des insurgés, ces *«travailleurs»* qui sacrifient leur vie. Comme il l'écrit deux jours plus tôt, le 13 mai, à son ancien professeur Georges Izambard, qui lui a fait connaître Paul Demeny, «*Les colères folles[l]e poussent vers la bataille de Paris*», même s'il ne semble pas y avoir participé effectivement. Il ne rêve pas de devenir «*roi des poètes*», ni même «*prince des poètes*» comme le sera officiellement Verlaine à la fin de sa vie. Il veut être, au sens plein du terme, un *travailleur*, ce qui implique un dévouement total à la cause de la liberté, et même un travailleur prométhéen, comme ce voleur de feu qui est explicitement désigné dans la longue lettre suivante, avec la célèbre formule «*Donc le poète est vraiment voleur de feu*».

Dans ces deux lettres de mai 1871, l'accent est mis sur le mot *voyant* qui recèle des pouvoirs tant prophétiques que surnaturels: «*je travaille à me rendre* voyant», dans la lettre à Izambard, «*je dis qu'il faut être* voyant, *se faire* voyant » dans la lettre à Demeny. Mais la seconde retient d'autant plus l'attention que le mot «*Maudit*» y est brandi par lui pour la première fois:

> «*Le Poète se fait voyant par un long, immense et raisonné dérèglement de tous les sens. Toutes les formes d'amour, de souffrance, de folie; il cherche lui-même, il épuise en lui tous les poisons, pour n'en garder que les quintessences. Ineffable torture où il a besoin de toute la foi, de toute la force surhumaine, où il devient entre tous, le grand malade, le grand criminel, le grand maudit,*

—et le suprême Savant—Car il arrive à l'inconnu!»

Il ne donne pas d'exemples. «*Le grand malade*», c'était le cas du Tasse, évoqué par Baudelaire, ou de Gérard de Nerval, enfermé chez les fous. «*Le grand criminel*» c'est Caïn, ou même François Villon, au Moyen Age, condamné à être pendu à la suite de meurtres. «*Le grand maudit*», c'est d'abord Satan et le même mot peut s'appliquer aux poètes qui se sont placés sous le signe de Satan, comme Baudelaire.

Rimbaud convoque ainsi les trois figures du Mal: du corps, la maladie; de l'esprit, le crime; et de l'âme, la malédiction— c'est-à-dire un Mal absolu, comme s'il décantait la leçon baudelairienne.

Aux sources de la malédiction

D'où a pu venir à Arthur Rimbaud la conviction d'être maudit? La question mérite d'autant plus d'être posée qu'a été retrouvé, mis en vente puis publié en 2004, le manuscrit d'une première version du poème «*Mémoire*». Elle a pour titre *«famille maudite»*, ce titre étant précédé par l'indication «*D'Edgar Poe*». Aucun poème d'Edgar Poe ne porte ce titre, aucun n'a pu servir de modèle à Rimbaud, mais on sait par son camarade Delahaye qu'il lisait volontiers certaines de ses œuvres dans la traduction de Baudelaire, au cours de leurs années de compagnonnage à Charleville. Edgar Poe passe pour être un poète maudit, et cette mention ne saurait être surprenante. Parole ineffaçable, la malédiction est un signe, une marque d'élection et de différence, fût-ce dans la souffrance, une faille ouverte dans l'esprit, à l'origine d'une répétition sans fin. Comme se fissure la Maison Usher, dans la mort sans mort du frère et de la sœur, unis par la souffrance ou par le secret et l'interdit. Peut-être eux aussi maudits.

Cette famille maudite, c'est bien celle d'Arthur lui-même, sans qu'il faille pour autant faire intervenir la comparaison pour le moindre détail. «*Madame*», avec son allure altière (elle «*se tient trop debout dans la prairie*»), veillant sur «*Des Enfants lisant dans la verdure fleurie/Leur livre de maroquin rouge*» (la Bible peut-être), fait penser à Madame Rimbaud, la «*Mother*», la «*Daromphe*», dont l'autorité a fini par paraître si insupportable à Arthur qu'il s'est plaint dans une autre lettre adressée à Paul Demeny, le 28 août 1871, des «*Atroces résolutions d'une mère aussi inflexible que soixante-treize administrations à casquettes de plomb*». Et c'est pour y échapper que, pour la quatrième fois, il est parti le mois suivant pour Paris où il a été accueilli par Verlaine.

Mais l'esprit de cette mère est ailleurs, dans «*famille maudite*». Elle est là, debout, et pourtant en esprit elle «*court! après le départ de l'homme*», «*toute froide, et noire*», comme la rivière voisine. En effet, le père, le capitaine Frédéric Rimbaud, qui en raison de sa carrière était déjà peu présent dans le foyer conjugal, a choisi de partir définitivement en 1860, quand Arthur avait six ans. Ce dernier en a inévitablement souffert, mais parallèlement, il n'a pas pu supporter longtemps d'être un «*canot immobile*», un «*canot*», il s'en plaint à la fin de

«*Famille maudite*», «*toujours fixe*», comme s'il y avait là une annonce des cycles ultérieurs, dans les pas du père et de retour, sous le joug de la mère.

Déjà, dans «*Les poètes de sept ans*», daté du 26 mai 1871 et adressé à Paul Demeny, il confiait avoir été un de ces poètes qui, toujours sous l'autorité de «*La Mère*» et de son «*Livre de devoir*», rêvait d'évasions, «*faisait des romans, sur la vie/ Du grand désert, où luit la Liberté ravie*». Il se montrait «*pressentant violemment la voile* », comme celle de ce «*Bateau ivre*» dans le poème de cent vers qu'il venait de composer au cours de ce même été 1871.

Certes, cette mère terrible l'avait élevé, ainsi que son frère et ses sœurs dans la religion catholique, et l'on a même conservé la photographie où Frédéric, son aîné, et lui sont en premiers communiants. C'est peut-être après avoir assisté, révolté, à la première communion de sa plus jeune sœur, Isabelle, le 14 mai 1871 (la veille de la longue lettre du voyant), qu'il a écrit la première version du poème qui porte ce titre «*Les Premières Communions* », où il dénonce «*Des mysticités grotesques* [...]/*Près de la Notre-Dame ou du Saint empaillé*» et où, se remémorant«[s]*a Communion première* [qui] *est bien passée*», il la veut définitivement reniée, même s'il sent que «[s]*on cœur et* [s] *a chair/Fourmillent* [encore] *du baiser putride de Jésus*».

Le Christ, en effet, n'est nullement épargné. Il est accusé, à la fin des «*premières Communions*», d'être l'«*éternel voleur des énergies* ». Dans un autre poème, sans doute postérieur,

«Michel et Christine», il suffit que ce deuxième prénom contenant «christ», soit prononcé pour que ce soit «La fin de l'Idylle», celle peut-être d'un couple imaginaire réunissant un Michel et une Christine, dans la possibilité d'une union mystique.

Et pourtant à la fin du poème «Honte», qui date sans doute lui aussi de l'année 1872, s'exprime pour «L'enfant/Gêneur, la si sotte bête», qui ne cesse «comme un chat des Monts-Rocheux/ D'empuanter toutes sphères», le vœu «Qu'à sa mort pourtant, ô mon Dieu! /S'élève quelque prière!».

La quête et la promesse du salut

Il est souvent difficile, avec Rimbaud, de faire le départ entre le rejet de la religion et un reste de son éducation religieuse, on n'ose dire un relent de la foi.

À dire vrai, est-ce tout à fait un « reste»? N'y a-t-il pas là quelque chose de la «Double postulation» angélique et démoniaque que Sartre voit chez Baudelaire, comme une prière blasphématoire, le défi d'une âme blessée par la religion. Sans revenir sur la vision claudélienne de Rimbaud, celle du converti et du presque martyre, prêts à des tourments augustiniens pour trouver la vraie foi, il y a chez Rimbaud une parole d'ordre religieux, entre reniements et pardons.

Mais au-delà, se pose la question de savoir ce que promet cette parole religieuse: une anti-religion ou une autre religion? Rimbaud a été reçu, tardivement, en prophète de la Modernité. Il vacille entre dénonciations et annonciations, brandit les anathèmes et les visions comme son presque contemporain Zarathoustra et on a pu souligner à juste titre les proximités entre Rimbaud et Nietzsche à une décennie de distance, cette promesse d'une religion de l'Homme, de l'Homme dans l'Histoire mais libéré des conventions de la morale et de la tradition, d'un Homme qui serait à Dieu ce que le bec de gaz est au soleil, un défi, une émancipation, en même temps qu'une insuffisance. Rimbaud vole le feu, mais porte la lumière, il traverse les enfers, brave les malédictions, pour offrir les *Illuminations* de couleurs et d'éclats qui font la texture de sa parole poétique.

La prophétie, à mesure qu'elle dévoile l'avenir, plonge dans les racines de l'histoire. Rimbaud n'hésite pas à remonter plus loin dans le passé, jusqu'à ses *«Ancêtres gaulois»*, qui n'étaient pas chrétiens. C'est sur ces mots que s'ouvre la section *«Mauvais Sang»*, la première qu'il ait rédigée, avec l'indication *«fausse conversion»*, pour *Une saison en enfer*, le seul livre qu'il ait publié à Bruxelles, en octobre 1873. Sa seule certitude est qu'il a *«toujours été de race inférieure»*. Au Moyen Âge, il aurait pu être entraîné dans une croisade, donc chrétien. Mais tout aussi bien maudit, *«Dans [ant] le sabbat dans une rouge clairière, avec des vieilles et des enfants». Aujourd'hui»*, en tout cas, il sent que *«Le sang païen revient»*. Il constate *«Maintenant je suis maudit»*.

Il est donc conscient de ces allers et retours, et pourtant il se demande: *«pourquoi Christ ne m'aide-t-il pas, en donnant à mon âme noblesse et liberté?»* La raison serait que *«L'Evangile a passé! l'Evangile a passé!»*. Ce constat redoublé lui arrache un «*Hélas*!» dont on ne sait s'il est sincère ou théâtral.

Un texte comme «*Mauvais sang*», divisé en plusieurs sections tels les actes d'une action dramatique, témoigne non d'une volonté obstinée, mais de velléités interrompues, allant dans un sens ou l'autre. Par exemple un «*De profundis Domine*!», une prière immédiatement suivie de son rejet avec ce constat: «*suis-je bête*!». Ou bien, à l'inverse, mais d'une manière complémentaire, le faux damné s'en prend aux «*prêtres*», aux «*professeurs*», aux «*Maîtres*», quelle que soit leur obédience, qui se trompent en le livrant à la justice (de la société ou du Ciel) alors qu'il n'a «*jamais été de ce peuple-ci*», et il clame:

> *Je n'ai jamais été chrétien; je suis de la race qui chantait dans le supplice; je ne comprends pas les lois; je n'ai pas le sens moral, je suis une brute: vous vous trompez...*

Mais un peu plus loin, il clame son innocence et ce sont ses accusateurs qu'il charge: «*Oui, j'ai les yeux fermés à votre lumière. Je suis une bête, un nègre. Mais je puis être sauvé*». A moins que la charité, comme il le suggère dans la section suivante, «*Nuit de l'enfer*», ne soit qu'un «*poison*», un «*Baiser mille fois maudit*».

Prophète, donc, mais révolutionnaire également, figure biblique à la tête de la grande révolte des esclaves, déchaînant les humbles, guidant, mais en lui-même, comme en un théâtre intérieur de l'«*Histoire Splendide*» des peuples hors des ténèbres.

A ce titre, Rimbaud le météore traverse un ciel prêt à l'accueillir, un ciel chargé de visions et de rêves historiques, surchargeant les temps anciens et à venir d'espérances et de sens. Il vibre dans une époque qui se passionne pour l'archéologie des civilisations déterrées comme pour les lois et les déterminismes de l'Histoire; une époque capable de penser pour la première fois l'Histoire des hommes à la mesure du monde entier, dans un élargissement sans précédent des horizons. Rimbaud est en avant de son temps, nécessairement impatient, forcément déçu. N'est-ce pas là que s'opère le glissement des malédictions, ce changement subreptice de significations qui va s'imposer sous la figure des *«poètes maudits»*, marginaux, incompris, malaimés, mis au ban de la société, prenant désormais pour patron François Villon? N'est-ce pas cette fonction de prophète parmi les hommes d'une religion si politique qui fait d'eux des voix clamant dans le désert, non pour leur blasphème, mais pour leur promesse du feu rédempteur? N'y a-t-il pas un Rimbaud empêtré contre son gré dans son temps, dans son histoire, dans sa société, auquel on a prêté moins attention jusqu'ici qu'au fulgurant prophète.

Dans ce mouvement, il y a un rejet bien sûr mais n'y a-t-il pas aussi une aspiration à autre chose, une quête du salut envisagée comme départ, hors de la France, hors de l'Europe même:

Le plus malin est de quitter ce continent où la folie rôde pour pourvoir d'otages ces misérables. J'entre au vrai royaume des enfants de Cham.

À cette date d'octobre 1873, c'est donc déjà vers l'Afrique qu'il se tourne, une Afrique vraie, avec toute la force que peut avoir sous sa plume cet adjectif qualificatif, qu'il s'agisse de Baudelaire comme *«vrai Dieu»*, dans la longue lettre du Voyant, ou de la *«vraie vie»* dont plus loin, dans *«Délires I»*, il s'accordera avec son compagnon d'enfer—sans doute Verlaine, sans qu'il soit nommé—, à constater l'absence.

Jamais cette recherche du salut ne l'abandonnera, jusqu'aux heures les plus sombres de la traversée du Harar vers la fin de sa trop courte vie. Toujours, comme c'est le cas dans cette section d'*Une saison en enfer*, il y a des abandons et des sursauts, et même des retours à Dieu (*«Dieu fait ma force, et je loue Dieu»*) suivis de nouveaux rejets, de la dénonciation d'une *«farce continuelle»* à laquelle il se reproche de s'être trop prêté, qu'elle soit civile, militaire ou même faussement dévote.

On ne sera donc pas étonné de voir revenir le mot de *«Dévotion»* comme titre de l'une des *Illuminations*, ces nouveaux petits poèmes en prose, une forme utilisée avant lui par deux autres poètes maudits, Aloysius Bertrand dans *Gaspard de la nuit* et Charles Baudelaire dans *Le Spleen de Paris*.

Ces prières sont d'abord adressées à d'apparentes religieuses, Louise Vanaen de Voringhem et Léonie Aubois d'Ashby, dont les noms faussement aristocratiques ne trompent pas et pour des dévotions entrecoupées d'un *«Baou»* dérisoire et méprisant. Puis à une certaine Lulu qui, si l'on en croit Vernon Ph. Underwood, était trapéziste à Londres et est désignée dans le texte comme

«*Démon*». A une certaine «*Madame* * * *» qui pourrait être encore sa dévote et redoutable mère. A celui à qui elle imposa de faire sa première communion («*A l'adolescent que je fus*») et d'orienter ses dévotions vers un «*saint vieillard*», «*à l'esprit des pauvres*» et «*à un très haut clergé*» dont il a très vite compris la bassesse. Mieux vaudrait encore on ne sait quelle Circé, devenue au masculin, «*circeto des hautes glaces*», dérivée de son île grecque si lumineuse dans l'*Odyssée* vers les régions de la nuit polaire, pour une prière d'ailleurs «*Muette*», et brutalement interrompue («*Mais plus* alors»).

L'esprit d'invention

Sans doute faut-il faire la part, essentielle pour nous lecteurs d'aujourd'hui, de la période de création intense qui s'est étendue de son arrivée à Paris, en juillet-septembre 1871, à son départ avec Verlaine pour Bruxelles puis pour Londres en juillet 1872 et jusqu'au terrible incident un an plus tard, dans la capitale belge, quand Verlaine tira sur lui deux coups de revolver, le blessa et fut emprisonné pendant un an et demi.

Introduit par son compagnon dans les milieux littéraires parisiens, les «*vilains Bonshommes*» et le «*cercle zutique*», Arthur Rimbaud y avait été d'abord admiré puis il en fut brutalement exclu, comme renié, en mars 1872. Pratiquant tous les modes de la fantaisie, encouragé dans son esprit inventif, il a évolué vers une poésie de plus en plus libre, même quand la forme est celle du sonnet, comme c'est le cas dans «*voyelles*».

Rimbaud poète poursuit d'abord le combat poétique pour

dépasser les formes anciennes. Il multiplie jugements acides, critiques et coups de griffes à l'encontre de ses prédécesseurs. Musset voit ainsi son œuvre qualifiée de *«fadasse»*. Et ceux-là mêmes qu'il dit admirer, ne sont pas épargnés à l'instar de Hugo, voire de Baudelaire dont il évoque les formes *«Mesquines»*. Le choix parodique lui permet de prendre ses distances par rapport à la création poétique de l'époque: Mérat et Coppée en font les frais, mais aussi Théodore de Banville dans le poème qu'il lui envoie le 15 juillet 1871: *Ce qu'on dit au poète à propos des fleurs*, après avoir sollicité son aide, l'année précédente, pour une publication dans sa revue d'un de ses poèmes.

De même, il avance dans sa réflexion théorique sur la poésie avec quelques interlocuteurs choisis, son professeur, d'abord, Georges Izambard et Paul Demeny à qui il adresse successivement la première et la deuxième *Lettres du Voyant*, puis à Théodore de Banville. Dialogue, qui se développera surtout par la suite avec Paul Verlaine qualifié dans sa lettre du 15 mai 1871 adressée à Demeny, de *«vrai poète»*.

Cet esprit d'invention, qu'il appelait dans la longue lettre du Voyant, a pu se déployer jusqu'à ce qu'il n'ait pas hésité à appeler *«Délires»* dans les deux sections centrales d'*Une saison en enfer*. Délires érotiques, les *«Délires I»*, avec le compagnon d'enfer. Délires poétiques, les *«Délires II»*, quand, précisément à partir du sonnet des *«voyelles»*, il a voulu être le voyant annoncé en mai 1871, donc *«Le grand maudit»* et en même temps «Le suprême savant».

Tout ce parcours qu'il déroule avec des citations à l'appui, citations remaniées quelquefois, l'aurait conduit vers la terreur de devenir fou, la crainte même de la mort, de la damnation du maudit, même si c'est «*par l'arc-en-ciel*» — la recherche de la vraie poésie—qu'il avait «*été damné*». Ne voulant pas désespérer du bonheur, il a cru bon de «*saluer la beauté*», c'est-à-dire de renoncer à la littérature.

Sans doute ce rejet n'a-t-il pas été aussi brutal. Mais après la rupture définitive avec Verlaine en 1875, il n'écrira plus que des lettres ou, rarement, des rapports. Il dira à Delahaye, lors d'un retour à Charleville en 1879, entre deux séjours à Chypre, qu'il ne pense plus à «*ça*» — la poésie. Devant Alfred Bardey, le patron de l'entreprise commerciale dans laquelle il travaille, à Aden puis Harar, dans les dix dernières années de sa vie, il parle de ses œuvres littéraires d'autrefois comme de «*rinçures*» méprisables.

La poursuite de l'inconnu

Certes, il n'a pas renoncé à «*L'inconnu*». Mais ce n'est plus celui dont il parlait à Paul Demeny dans sa longue lettre du 15 mai 1871. C'est l'inconnu de ce monde, du monde entier qu'il aurait voulu découvrir et qu'il n'a qu'en partie découvert, l'Egypte, l'Arabie, l'Abyssinie, et même les Indes néerlandaises. Et quand, la veille de sa mort à Marseille, dans l'hôpital où, atteint d'un cancer, il a été amputé d'une jambe, il dicte à sa sœur qui le veille un ultime message, le 9 novembre 1891, c'est pour dire au directeur des Messageries maritimes que, dans l'état physique où il est et dont il est au moins en partie conscient, il veut s'embarquer sur un navire de la «*compagnie d'Aphinar*»: ce nom est inconnu, et on peut le traduire par «*sans fin*». Un voyage sans fin qui ne serait pas ou ne serait plus un voyage en enfer.

Est-il devenu croyant, ce mourant qui ne veut pas l'être? Rien ne permet de l'affirmer. Le témoignage de sa sœur Isabelle, fervente catholique, a paru suspect. Etant parvenue, non sans peine, à lui faire accepter, un jour d'octobre 1891, d'être visité dans sa chambre de malade par l'aumônier de l'hôpital, l'abbé Chaulier, elle aurait reçu de lui l'assurance que son frère Arthur avait la foi.

Mais quelle foi, dans quelle religion? La religion chrétienne? D'autres témoins auraient entendu le grand malade soupirer, en arabe «*Allah Kerim*», c'est-à-dire «*Allah l'a voulu*». Et l'on sait, en effet, que surtout au cours du long séjour au Harar, entre maints voyages commerciaux à l'intérieur du pays, il était revenu sur le passé de son père, qui avait été militaire en Algérie et avait laissé des archives prouvant qu'il s'était intéressé à la langue et à la culture arabes, et même à la religion musulmane. Il avait réclamé avec insistance l'envoi du Coran.

Le mystère reste entier.

※ ※ ※

De premières conclusions toutefois s'imposent. Très tôt, Arthur Rimbaud s'est voulu dégagé de la religion catholique dans laquelle enfant il avait été élevé. C'était la conséquence d'une rupture avec ce passé, avec sa mère, sans que cette rupture eût jamais été totale. D'où parfois des retours, sous sa plume ou dans son âme.

En tant que créateur, en tant qu'artiste, il s'est voulu maudit. Il a même exalté «*Le grand maudit*». C'est alors un poète qui parfois rejette avec violence le Christ et le christianisme. Un poète surtout qui a l'ambition de renier les timidités, les conventions, les règles et de créer du nouveau. Peut-être donc le «*poète absolu*» dont Verlaine a parlé aussi, corrigeant son appellation première. Sa poésie qui se veut déliée de tout, tenue seulement désormais par le refus de toute contrainte. Une poésie absolue donc pour laquelle l'échec était inévitable. Car c'est bien cela que porte en lui le maudit, l'audace d'une tentative qui ne peut qu'échouer, l'échec fait destin. C'est cela peut être que Rimbaud a accepté dans toutes ses conséquences, dans l'histoire comme dans sa vie d'homme: le voleur de feu n'a d'autre issue que le supplice, au nom de son témoignage pour l'humanité et contre l'avarice des dieux.

Mais la rupture avec la littérature, avec la création poétique, a été si brutale que, conformément à son vœu, sa destinée a changé. Une destinée dont il s'est voulu aussi le créateur, l'inventeur, comme si c'était le terme ultime de son ambition première de «*Grand maudit*». Mais il n'est pas si simple de rompre avec la vie ordinaire, et c'est la vie elle-même qui l'a laissé au seuil du mystère quand le poète maudit «*Arrive à l'inconnu*». La malédiction fait charnière. Elle entraîne avec elle l'errance, c'est-à-dire la fuite et son impossibilité; elle ouvre la vie des cycles, les départs et les retours, les reniements et les repentirs. La malédiction ouvre un monde devenu inhabitable, terrain de parcours offert à l'aventure et à l'avenir, une fois déraciné l'Arbre de la Connaissance.

LA FUITE IMPOSSIBLE

Rimbaud en fuite, chassé, évadé, damné, chacun peut retenir l'interprétation qu'il voudra, mais une chose est sure, le jeune Arthur, dès son plus jeune âge, est emporté par le besoin vital de marcher sans cesse, toujours plus loin. Marcher pour échapper à l'enfer de Charleville, de sa famille, du froid du *«climat d'Europe»*, du vide de la *«campagne française»*, pour s'élancer ailleurs dans le silence et la chaleur du lointain.

Le mouvement perpétuel

Les deux visages d'Arthur Rimbaud paraissent irréconciliables : le poète ou le vagabond, l'artiste aux mille fugues ou l'errant rusé. Dans un premier temps, il s'agit bien d'un départ. Le jeune Arthur doit compter avec cet autre en lui pour tenter d'étreindre la poésie et s'ériger voleur de feu ou de lueurs, chasseur de fragments ou d'éclaircies. Dans un deuxième temps, il s'agit plutôt d'un retour pour étreindre alors la vie même, la vraie vie, la vie primitive au fil des caravanes, comme si le *«cœur volé»*, *«supplicié»* ne pouvait être rendu à lui-même que par la vie nomade.

N'est-ce pas ainsi pour lui le moyen d'échapper à un destin

français, celui d'un «*Barbare*», d'une «*race inférieure*», par le choix d'une terre lointaine, en vue d'un nouvel «*état*» de «*fils du soleil*», à l'image de Chypre, d'Aden, de l'Ogaden ou du Harar?

Au projet de la première vie, changer de langue, transmuter sons en couleurs et images, en s'érigeant «*voyant*» à travers l'«*Alchimie du verbe*» par un «*Long, immense et raisonné dérèglement de tous les sens*» s'ajoute un autre projet plus ambitieux encore, qui suppose la destruction de l'ordre ancien annoncé dans *Qu'est-ce pour nous, mon cœur...*, un poème de 1871:

> (...) *Industriels, princes, sénats,*
> *Périssez! Puissance, justice, histoire, à bas*

Au terme d'un autre voyage, au prix d'une métamorphose inouïe, il aspire à changer de monde, changer de race, changer d'époque, loin d'un Empire moribond et d'une Troisième République mensongère, dans l'espoir de rejoindre effectivement le «*vrai royaume des enfants de Cham*».

L'ambition est clairement affirmée au bout de son périple de poète: «*Départ dans l'affection et le bruit neufs!*» Quelle libération? Quelle revanche, pour celui qui se disait enfant «chassé», «*Abandonné*», «*Enterré vivant*» dans les *Illuminations*, hanté par la crainte de la décomposition à Charleville.

Mais il faut noter que le poète, avant même de rentrer dans le silence obstiné de sa marche à l'Orient, avait tout entrevu, tout imaginé: le temps du changement du verbe; le temps du changement du monde— «*La marche vengeresse contre l'Occident*», contre sa famille et son baptême qui le tiennent en servitude —; le temps du changement de «*race*» au prix de l'aventure coloniale, des trocs et trafics, des mirages de l'or.

Avant même de devenir, selon son camarade Delahaye le «*Nouveau juif errant*» d'Abyssinie, Rimbaud s'était d'abord voulu «*Bohémien*», apôtre de «*La liberté libre*», désireux d'aller loin: «*par la Nature,-heureux comme avec une femme*», tel qu'il l'évoque dans *Sensation*, un poème de mars 1870. Il se montre désireux surtout de «*repartir encore bien des fois. —Allons, chapeau, capote, les deux poings dans les poches et sortons!—*» indique-t-il le 2 novembre 1870 dans une lettre à Georges Izambard.

Le mouvement perpétuel qui agite Rimbaud tout au long de sa vie, se retrouve dans sa quête littéraire même où, «*La provocation est inséparable de la vocation*» comme l'affirme Pierre Brunel. Il fait le long chemin de l'apprentissage par l'imitation latine à «*L'étude*», par imitation encore et souvent parodie et pastiche de ses contemporains, à commencer par Albert Mérat, François Coppée ou même Théodore de Banville. Parmi ses cibles préférées, il distingue sa ville natale saisie de «*patrouillotisme*» face à la menace prussienne ainsi que la famille impériale, l'Empereur comme le jeune Prince. Mais symptomatiquement, il décoche ses flèches tout particulièrement en direction des accroupis, à l'instar du frère Milotus et des «*Assis*», aux «*Doigts boulus crispés à leurs fémurs*», tous ces «*vieillards*» qui «*Ont toujours fait tresse avec leurs sièges*». Voilà sous la plume du jeune prodige la galerie de ceux qui ne marchent pas : « *-oh ! ne les faites pas lever ! c'est le naufrage*».

Départs et inspiration poétique

Face à ces Assis, ses déplacements incessants n'en ressortent que davantage. On peut distinguer, le temps des fugues à Paris en 1870 comme en 1871, avant l'invitation de Paul Verlaine à le rejoindre. Il subit l'attraction de la grande ville, des poètes et des cénacles littéraires mais aussi de l'histoire en marche à travers les soubresauts de la chute de l'Empire, de l'invasion prussienne et peut-être surtout les évènements de la Commune. Puis en 1872 et 1873, c'est le temps de la vie errante avec Verlaine, en France, en Angleterre et en Belgique, interrompue par un bref retour à Roches en 1873. De 1874 à 1879, c'est le temps des vrais faux départs : après Londres et Stuttgart, il traverse la Suisse pour rejoindre Milan par le St Gothard. Victime d'une insolation sur la route de Sienne, il rentre brièvement à Charleville mi-août 1875. Après la mort de sa sœur Vitalie, nouveau départ pour l'Orient, en avril 1876 qui s'interrompt à Vienne. En mai, il prend la direction de Bruxelles. Il s'engage à Rotterdam dans l'armée coloniale hollandaise, embarque pour Batavia mais déserte à Java et rentre en France avant de quitter à nouveau Charleville en 1877. Il veut sans succès s'enrôler dans la Marine Américaine. On le retrouve en Allemagne, en Suède, peut-être même au Danemark et en Norvège, puis c'est un faux départ pour l'Egypte puisqu'il est débarqué en Italie à la suite de douleurs gastriques. Il repart depuis Gênes fin 1878 pour l'Egypte et Chypre. Victime de fièvre, il doit rentrer se faire soigner à Roches en 1879.

Le grand départ a lieu au début 1880 pour Alexandrie et Chypre avant de s'installer à Aden. Mais le périple ne s'arrête pas là. Le voyage se poursuit au Harar durant les années 1880 et 1881. Il revient à Aden en 1882/1883, puis séjourne à nouveau au Harar de 1883 à 1885. De 1885 à 1887, il parcourt le Choa avant de revenir, de 1888 à 1890 au Harar. La maladie le force à rentrer en France, souffrant de douleurs atroces à la jambe et au genou droit. Il débarque à Marseille le 20 mai 1891. Après un bref séjour de convalescence dans la ferme familiale suite à son amputation, il reprend le train pour Marseille le 23 août et meurt le 10 novembre avec sa sœur à son chevet.

Un fil directeur parcourt sa vie, celui de la marche qui lui confère force et unité. C'est le rêve de s'en aller en voyage, à l'image du *Bateau Ivre* : « *Ô que ma quille éclate ! Ô que j'aille à la mer !* » Il laisse une trace profonde dans son œuvre. Ainsi dans *Sensation*, comme dans *Ma bohème*, ce thème de la marche domine, celle de l'enfant qui marche d'abord, puis celle du bohémien qui avance au sein de la nature comme de la poésie. Dans la *Saison en enfer*, «*En marche* » résonne comme la punition dans *Mauvais sang* et le mouvement se fait plus indécis, une sorte d'entre-deux, une immobilité insupportable pour le poète.

Dans les *Illuminations*, le mouvement reprend: «*En marche*» retentit dans *A une raison* tandis que «*En avant route*» apparaît dans *Démocratie*. Mais sur quoi se fonde ce mouvement perpétuel, où puise-t-il son élan, sa vigueur si saisissante? À l'évidence, le moteur en est cette révolte qui monte en lui depuis son plus jeune âge. Une révolte nourrie d'esprit de résistance et de désobéissance.

Visions nouvelles et langage nouveau

Mais le combat poétique de Rimbaud se veut aussi et peut-être surtout un combat pour des visions nouvelles et un langage nouveau. L'étude parodique qui domine au départ dans les grands poèmes de l'année 1871 : le *«Bateau Ivre»*, *«Les chercheuses de poux»* ou *«ce qu'on dit à propos des fleurs»* se poursuit systématiquement tout au long de l'*«Album zutique»* dont le *Cercle* prend la suite des *«vilains Bonhommes»*. Dans l'*«Album»*, Rimbaud donne libre cours à sa verve, moquant tour à tour Léon Dierx, Armand Silvestre, Louis Ratisbonne, François Coppée ou encore Louis Belmontet. La parodie laisse peu à peu la place à une entreprise de révolution poétique d'une tout autre ampleur esquissée déjà dans les deux *lettres du Voyant* puis développée dans *Une Saison en Enfer*, au moment même où Paul Verlaine est incarcéré pour deux ans en Belgique.

Cette philosophe poétique exposée dans l'*Alchimie du Verbe* se fonde sur un goût nouveau pour *«Les peintures idiotes, dessus de portes, décors, toiles de saltimbanques, enseignes, enluminures populaires, la littérature démodée, latin d'église, livres érotiques sans orthographe, romans de nos aïeules, contes de fées, petits livres de l'enfance, opéras vieux, refrains niais, rythmes naïfs»*. Autant dire qu'il veut puiser dans tout un bric-à-brac ancien et poussiéreux et arracher la poésie des mains des rhéteurs, poseurs et autres précieux. Le point de départ change, mais l'ambition reste intacte: *«trouver une langue»*, *«éveiller»* de *«L'inconnu»*, pour s'affirmer un *«Multiplicateur de progrès»*. La poésie devient travail sur soi et non plus travail sur les mots, qui seraient donnés à tourner et façonner. Rimbaud cherche la température de la forge intérieure pour que puisse se faire l'amalgame du langage nouveau, pour que surgisse une voix. Ce message, destructeur des petits ouvroirs poétiques, vaut déclaration de guerre et insurrection du langage. Le corps en mouvement, en souffrance ou en fièvre, devient le creuset poétique d'une incarnation du verbe nouvelle, quand tant de ses prédécesseurs semblaient s'efforcer à disparaître derrière leurs mots.

Témoignent tout particulièrement de cet art unique de Voyant d'Arthur Rimbaud les poèmes de l'année 1872, dans l'esprit de l'*Alchimie du Verbe*, comme *«voyelles»* où triomphe l'esprit d'invention: *«Larme»*, *«âge d'or»*, *«Michel et Christine»*, *«Bonne pensée du matin»* ou encore *«plates-bandes d'Amarantes»* et *«Ô saisons, Ô châteaux»*.

Voir autrement et capter par le langage autre chose, écrire des *silences*, des *nuits*, saisir *l'inexprimable*, fixer des *vertiges*, tel est bien le génie du poète *Voleur de feu*. Son entreprise *«Objective»* le distingue de ses prédécesseurs, mais une fois porté au sommet de son art, pouvait-il faire autrement que de rester sans voix? Cet art se déploie, pour le jeune Arthur, à travers la marche, sur tous les terrains et partout les temps.

Ce mouvement incessant est sa marque de fabrique bien avant les poètes *«voyageurs»* ou *«Bourlingueurs»*. Mais pour avancer, comme pour écrire, il a besoin de printemps, comme l'a fort justement noté Pierre Brunel. En effet, c'est bien à ce moment précis qu'il se révèle le plus productif. Adressant ses premiers poèmes à Théodore de Banville en mai 1870, ne lui disait-il pas, en lui confiant sa première moisson, ainsi que ses *«Bonnes croyances»*, ses *«Espérances»*, ses *«sensations»* : *«Moi, j'appelle cela du printemps»*.

Le passage des saisons

Dans son œuvre poétique, plusieurs saisons peuvent être ainsi distinguées. La première au printemps 1870 est celle de l'affirmation parodique, tandis que le deuxième printemps de 1871 est celui de la révolte marquée à l'arrière-plan par le drame de la Commune. Le troisième printemps sera celui de l'alchimie. S'il commence l'écriture de sa *Saison en enfer*, dès le mois d'avril 1873, il s'y attelle vraiment à Roches à son retour de Londres et de Bruxelles, séjours marqués par les deux coups de feu qui conduiront à l'enfermement de Paul Verlaine. Le manuscrit portera bien comme date avril/août 1873. Une dernière saison est à noter, encore un printemps celui de 1874, qui lui permettra de mettre une dernière main au manuscrit des *Illuminations* qu'il remettra, en février 1875, à Verlaine à Stuttgart avant son départ et son silence poétique définitif.

Au milieu de ces printemps, une véritable rupture intervient en 1872 dont témoignent les poèmes de cette année-là. Rupture de forme et de fond d'une poésie qui s'émancipe plus avant de la *«vieillerie poétique»* qui, même pour s'en moquer, continuait de l'inspirer. La crise de juillet 1873, puis la rupture avec Verlaine, lui offrent la possibilité d'aller encore plus loin avec la *«Saison en Enfer»* où il affirme sa volonté d'exorciser le passé. Il peut entreprendre alors, de se défaire de tout ce qui longtemps l'avait attaché à sa ville, à sa mère, au *«triste trou»* de Roches, à la Nature même et jusqu'à ce baptême qui l'enchaînait, retournant l'Evangile de Jean, son saint-patron. Et de quêter la *«clé du festin ancien»* qu'il croit entrevoir au cœur de la femme, à travers la beauté, la vérité et surtout *«La charité»*. Mais, *«Les sœurs de charité»* se sont révélées décevantes comme tant d'autres servantes: la justice, le progrès, la mort même. Comme il est loin le temps de sa lettre du 15 mai 1871 où il pouvait espérer *«Arriv(er) à l'inconnu »*.

Réduit à l'impasse, il doit se contenter de *«Quelques hideux feuillets de (s)on carnet de damné»*. Il doit se résigner dans son *«Livre païen»* ou *«Livre nègre»* à recourir, dans *Mauvais sang*, au procédé de la charge contre les colons, les *«faux nègres»* et même *«Les âmes honnêtes»* avant de constater: *«puis, jamais personne ne pense à autrui»*. Verlaine lui-même n'est point ménagé dans cet élan. Le coup de feu de Bruxelles, le retour de Mathilde comme celui de la *«vierge folle»* lui ont ouvert les yeux, balayent ses dernières illusions sur ce drôle de ménage trompeur qu'il avait formé avec lui. Mais ce faisant, Rimbaud ne s'épargne pas et retourne ses attaques contre lui-même, marqué d'une fatalité atroce. Tout l'expose, son sang *«païen»*, le *«Baptême»*, les *«Délires»*. Rien ne saurait le sauver, ni l'Orient, ni le travail, pas même l'esprit de *«Noël»*. Le silence guette de plus en plus lourdement, le renvoyant à sa solitude.

Les *«Illuminations»*, sans doute presque achevées lors de son court séjour à Londres, en mars 1984, en compagnie de Germain Nouveau reprend le témoin, là où la *«saison»* l'a laissé. Loin du *«je est un autre»*, le *«je»* se fortifie, rassemble ses forces pour une nouvelle aurore qu'annonce *«Génie»*. Mais le recueil n'ayant pas un ordre constitué, il est difficile de savoir véritablement quel est le sens dominant de son mouvement: la célébration de *«Génie»* ou au contraire la liquidation de *«solde»*.

Dans les deux cas, un élan l'emporte. Cependant, là où la *«saison en Enfer»* donne les clés de l'Enfer, les *«Illuminations»* révèlent plutôt celles du Paradis, mais un paradis illusoire et ambigu, une *«parade sauvage»* avec une démultiplication à l'intérieur de nous, débouchant peut-être sur un autre enfer. Le Rimbaud poète est porté par une soif d'absolu. Pour cela, il s'attacha à renouveler la langue, théorie et pratique, dans *«Les lettres du Voyant»* ou le tableau des *«voyelles»*. Il peut ainsi dans *«Alchimie du verbe»* mesurer le chemin parcouru: *«je sais aujourd'hui saluer la beauté»*. Il possède désormais les instruments nécessaires pour façonner une langue qui *«sera de l'âme pour l'âme, résumant tout, parfums, sons, couleurs, de la pensée accrochant la pensée et tirant.»*.

Mais, cet élan ne saurait suffire. Dans l' *«Adieu»* d' *«une*

Saison en Enfer», il se fixe une tout autre ambition: «*Il faut être absolument moderne*». Tel doit être l'impératif d'une conquête nouvelle, sur les décombres d'une vie d'échecs, portant les stigmates de la «*vieillerie poétique*» dont il veut se débarrasser en se projetant dans un «*En avant*» salvateur, pour «*tenir le pas gagné*».

«*Après le déluge*», il appartient au poète de corriger le monde pour atteindre «*une nouvelle harmonie*», avec l'apparition de «*Nouveaux hommes*», pour faire surgir un «*Nouvel amour*» comme l'annonce «*Génie*». La modernité qui éclot dans les «*Illuminations*» se veut aussi de forme, à travers des poèmes en prose sans cesse réinventés, refusant tout moule unique, toute satisfaction qui l'éloignerait du «*Neuf*» pour le condamner à la répétition de la «*Magie bourgeoise*» de la «*Légende*».

Pour autant, le maudit ne saurait céder aux illusions du «*Nouveau*», refusant d'être dupe de lui-même. Aussi, comme un antidote, Rimbaud poursuit sa marche poétique jusqu'à solder le progrès lui-même. Tout est à vendre, issu de la marche même. Et le mouvement se poursuit dans la vie jusque sur son lit de mort, à l'hôpital de la Conception à Marseille, où dans sa dernière lettre du 9 novembre 1891 dictée à sa sœur Isabelle, il commence par dresser le solde de ses dernières cargaisons d'ivoire:

«*un lot : une dent seule*
Un lot : deux dents
Un lot : trois dents

Un lot : quatre dents
Un lot : deux dents. »

* * *

Triste bilan, dernier poème en forme de congé. Mais le mouvement ne saurait s'arrêter à aucun prix. Même *«cul de jatte»*, *«Impotent»*, *«Malheureux»*, Rimbaud veut repartir encore pour suivre le voyage en direction de Suez. Le départ et le dépouillement restent toujours mêlés, comme si recommencer et liquider allaient de pair dans un exercice renouvelé d'une infinie patience, où Enfer et Paradis sont inlassablement labourés jusqu'à ces lieux de la fin où il donne le sentiment, dans les dix dernières années de sa vie, de s'être profondément enraciné: Aden, ce *«roc affreux»*, Harar, *«toujours cet exécrable Harar»*. L'*«Inconnu»* a désormais pour lui un visage familier, d'une terre très proche de l'*«Enfer»*. Et pourtant, il veut y revenir encore et encore lui qui, plus que quiconque, s'est senti prisonnier de la poésie, de la vie même quand il ne cessait de quêter *«Le lieu et la formule»*. Sans parler de cet *«Ennui»* qui le poursuit. Nous sommes loin du rêve ancien et glorieux du *«royaume des enfants de Cham»*. Mais cet *«Enfer»* est désormais le sien, riche encore de nouveaux départs possibles, de nouvelles promesses.

ELOGE DU PASSEUR

Rimbaud, poète voyant, avait tout imaginé de la poésie des

temps nouveaux, éclairé bien des chemins, même s'il n'a pas échappé à la loi de son propre destin d'une marche interrompue, rendu à «*La rugueuse réalité*». Mais, il n'avait certes pas imaginé engendrer une telle descendance, nourrir une telle postérité, de fidèles, de disciples, d'artistes de tous horizons, portés par son exemple, son élan, son audace. A travers son œuvre, d'une saison créatrice, son chemin de croix de silence et de vérité, et sa mort même de supplicié, il prend sa revanche en laissant une trace qui ne cessera de grandir. Rimbaud, à peine mort, atteint le mythe et s'affirme passeur d'avenir.

Ses paroles comme ses silences, ses départs comme ses retours, sa formidable présence comme ses absences, ouvrent autant de chemins, jettent des grappins nouveaux sur l'horizon pour inventer d'autres possibles. Et si nous nous retrouvons en lui, comme en chacun de nos frères maudits, c'est bien parce que frères de mots, «*frères humains*», ils nous ouvrent le chemin. Ainsi cette longue chaine de poètes, depuis Rutebeuf, Villon ou Agrippa d'Aubigné, à l'instar de Rimbaud, font le vœu d'une poésie au cœur de la vie, entrée en résistance pour nous sauver, au risque de leur propre existence. Ecoutons le cri de Rimbaud à la fin de *Mauvais sang*, écartelé entre plusieurs voix qui parlent en lui et le hantent: «*feu! feu sur moi! Là! ou je me rends. −Lâche! Je me tue! Je me jette aux pieds des chevaux.*» Un feu le dévore, qu'il nous transmet par sa parole comme par son silence. Ceux-ci n'ont cessé de grandir en nous depuis cette révolution poétique qu'il opère en cette fin du XIXe siècle, à travers une vie et une langue, à la fois torturées et fécondées.

Le tourment

Une obsession tourmente et scinde en deux le lignage des poètes venus après lui. Ainsi, René Char salue le choix de *«L'homme aux semelles de vent»* : *«tu as bien fait de partir, Arthur Rimbaud! nous sommes quelques-uns à croire le bonheur possible avec toi»*. L'action prolonge ici la parole tant pour le négociant-explorateur du Harar que pour le réfractaire de Céreste, résistant face à l'occupation allemande. Et, ce départ qui pourrait s'apparenter à un renoncement n'est pas lâcheté, mais plutôt gage d'humilité, d'une vérité de l'homme et de la poésie qui, par ce sacrifice, confère un tout autre poids à sa parole. A l'opposé, Blaise Cendrars, l'auteur des *«pâques à New York»* et de *«La Prose du Transsibérien»*, ne peut, lui, s'empêcher d'exprimer ses regrets : *«Il aurait dû revenir, se taire encore ou se remettre à écrire, mais alors tout autre chose»*.

À travers ces réactions, on comprend mieux ce qui fait l'étrangeté de Rimbaud, météore de la poésie moderne, qui, à la fois, s'enracine dans un temps, une langue, un destin, et s'y soustrait, en rupture, au départ, en avant. Ainsi, la poésie avec lui n'est pas seulement le fruit de la parole, mais aussi de ses silences qui la font grandir et advenir. Cette ombre portée pèse lourd sur l'héritage poétique en France et dans le monde marqué par ce silence qu'enrichira à son tour Mallarmé, des plus pures concrétions, *«D'un aboli bibelot d'inanité sonore»*.

Mais alors, comment renouer avec une langue fidèle à son souffle et soucieuse de son sens sans risquer qu'elle se retourne contre le poète: «*toute la nuit, comme le rappelle René Daumal, il essaie de s'arracher du cœur le mot imprononçable, mais le mot grossissait dans sa poitrine et l'étouffait et lui montait dans la gorge et tournait toujours dans sa tête comme un lion en cage.*» Pour d'autres voleurs de feu, le cri de révolte constitue le dernier recours. Ainsi, Antonin Artaud, sur la scène du Vieux Colombier, en janvier 1947, après tant d'années d'internement psychiatrique à l'hôpital de Rodez, en vient à crier, selon le témoignage de Georges Charbonnier: «*ce jour-là, il a crié/CRIÉ/il a poussé véritablement des cris/des cris en effondrement de l'âme/(...) devant les crédités du mot et de la parole, devant ceux qui n'avaient jamais perdu la mémoire des « tours».*»

Mais il est une autre menace dans l'explosion de la langue, son assèchement, son rétrécissement, à travers le laboratoire des recherches innombrables et par trop formelles, quand la note n'est plus accordée au pas et que l'instrument s'en trouve faussé.

Au fil des années, la justesse, la sincérité de Rimbaud ne cesseront de se vérifier comme en témoignera Verlaine après avoir appris sa mort et regardant un dessin d'Isabelle représentant son frère en costume oriental:

«*toi, mort, mort, mort ! Mais mort du moins tel que tu veux,*
En nègre blanc, en sauvage splendidement

Civilisé, civilisant négligemment...
Ah, mort ! Vivant plutôt en moi de mille feux»

Le devoir à accomplir

Mais le tourment de la parole, pour Rimbaud, comme pour nombre de voleurs de feu, ne vient pas seul. Pèse sur eux également un devoir d'exploration des gouffres, crier et creuser au plus profond d'eux-mêmes, jusqu'aux plus lointains horizons, jusqu'à la rencontre de cet autre en soi ou de l'autre face à soi qui nourrira la quête de Victor Segalen, Aimé Césaire ou Edouard Glissant. Car, grâce à Rimbaud, l'horizon de la poésie ne cesse de s'élargir, porté par son désir d'en avant, vers d'autres hommes, d'autres mondes, jusqu'à ce dernier horizon pressenti par le voyant :

«*Elle est retrouvée.*
Quoi? L'éternité.
C'est la mer allée
Avec le soleil. »

L'universel grâce à lui ne reste pas un principe abstrait pour scientifiques ou philosophes. Il trouve à chaque fois, une incarnation, un cœur, une voix où chacun peut se reconnaître. L'ailleurs, qu'il prenne le visage d'Aden ou du Harar, de l'Eden ou de n'importe quel *«Enfer»*, emprunte le nom et la couleur d'un lieu enracinant la solitude du poète.

La poésie en «*Mots*», devient par lui et avec lui, dans la lignée de François Villon, une poésie en «*Actions*» où il est désormais permis au «*je*» de dire «*Nous*», comme le proclame Césaire:

> «*Nous vomissure de négrier*
> *Nous vénerie des Calebars.*»

«*Nous*», quelles que soient la couleur de notre peau, notre origine, nos croyances. «*Nous*», par fraternité, par égalité et identité d'hommes et non par communauté de racine. Par-delà les bornes de l'histoire, par-delà les frontières de la géographie, l'hétérogénéité des langues et les limites de la pensée, une unité s'affirme à travers la poésie. Elle affirme sa vocation au dialogue et à l'échange, dans l'entre choquement des sons, le chevauchement des rythmes. Grâce à elle, un nouvel espace vient à naître. Mais, forts de l'expérience rimbaldienne, nous aurions tort de vouloir nous fixer et prendre attache.

Partir, parole de poète

Partir, signifie s'alléger, se défaire en permanence de toute charge inutile. Pour cela, jusqu'au dernier jour, il faut à son exemple poursuivre l'inventaire, liquider, solder, avec le seul souci de l'avenir.

Combien de nouveaux territoires ainsi défrichés, combien de nouveaux défis relevés, de nouvelles promesses recensées par le soin de notre poète négociant-explorateur, Arthur Rimbaud.

Dans ses bagages, il enfourne pêle-mêle vers et prose, paroles et silences, présence et absence pour ranimer la poésie, en multiplier l'écho dans notre monde d'aujourd'hui.

Et si au terme de notre voyage, nous avons encore un doute sur l'importance de la transformation qui s'opère en Rimbaud au tournant de l'année 1875, il faut se pencher attentivement sur cette récente découverte d'une de ses lettres du 16 avril 1874, retrouvée récemment, adressée à l'ancien Communard, Jules Andrieu. Son style impératif, ses questions en saccades, ne laissent tout d'abord que peu de doute dans l'authenticité de ce courrier, par lequel le jeune poète de vingt ans vient solliciter de la part de son destinataire *«une demi-heure de conversation»*, en vue de l'écriture d'un ouvrage au titre révélateur: *L'Histoire splendide*.

Soumis depuis tant d'années aux jugements, glorieux ou critiques, de tant d'auteurs, nous avions perdu peut-être le timbre, l'accent originel de sa voix, qui nous parvient à travers les quelques lignes de cette lettre. Celle d'un homme engagé dans les débats et les préoccupations de son temps, marqué par les évènements récents de la Commune et la répression de la *«semaine Sanglante»*. Un esprit aussi, pénétré de son sujet, l'Histoire, conscient avec quelque ironie du besoin de se poser en *«Double-voyant»* vis-à-vis de la *«foule»*, mais pragmatique encore, voire cynique quand il affirme vouloir recourir au procédé de *«La réclame»*, visant un public composé de *«Bachelier(s) de quelques années»*. En un mot, Rimbaud ne cache pas son souci alimentaire, faire de l'argent, en brossant quelques fables et fantaisies historiques, non dépourvues peut-être de portées morales, mais capables surtout de frapper les esprits, par le choix des dates *«plus ou moins atroces»*, qu'il s'agisse de *«Batailles, migrations, scènes révolutionnaires»*.

Déjà, on le voit bien, Rimbaud est envahi par la mémoire des *«tours»*, la tentation des artifices, des procédés. Comment aurait-il pu garder cet élan, cette ambition de *«Dégagement»* qui lui étaient si nécessaires à l'heure de la voyance? Pas même les dérèglements n'auraient pu suffire à contrer le poids des habitudes, des intérêts qui ne pouvaient manquer de le guetter comme tout un chacun. L'imagine-t-on sérieusement en *«pisse-lyre»*, en poète de salons, en intellectuel de cénacles. À cette heure, faisons le pari que son orgueilleuse solitude le protège, tout comme son impatience qui le conduit à ne point chercher à s'établir.

C'est donc à tout cela que Rimbaud tourne le dos à partir de 1875 pour multiplier les départs. Ne point s'enfermer dans un ici et un présent qui ne suscitent en lui que dégoût. Partir, aller loin, tel est désormais son seul souci, sa grande affaire, pour élargir son horizon à l'heure où voyant, il renonce à explorer la page blanche.

* * *

En guise de conclusion, permettez-moi d'insister sur ce qui fait depuis tant d'années la vive présence d'Arthur Rimbaud, ce *«passant considérable»*, selon la formule de Mallarmé, à la fois sa proximité et sa modernité.

La malédiction et la fuite nous permettent d'approcher au plus près de la contradiction qui habite Arthur Rimbaud, de cet engendrement sans fin de nouvelles oppositions, de dialectiques insolubles, même dans l'ironie et la bravade-la parole jaillissante et le silence accepté; le départ sans cesse voulu et les retours subis, le corps exalté mais malade. Peut-être est-ce là la véritable fuite, son échappée belle dans la contradiction et donc, pour nous ses héritiers, dans l'insaisissable. Triple contradiction de l'ange déchu et donc humain, trop humain; du prisonnier comme libéré sur parole et donc condamné à entrevoir la vraie liberté; et enfin du mentir vrai de celui qui cherche une vérité absolue.

En premier lieu, je voudrais souligner son humanité souffrante, lui qui endossa tour à tour, les habits de l'élève modèle, du *«voyou»*, du rebelle, avant de devenir l'employé fidèle, le *«travailleur»* infatigable du Harar. Au fil de sa courte existence, il s'exerça à fêter la vie, puis à crier sa rage, jusqu'à laisser enfler sa longue plainte dans les années d'errance. Il s'agit bien de la même voix. Il le reconnaîtra lui-même dans une lettre à sa famille du 10 juillet 1882, depuis Aden: *«si je me plains, c'est une espèce de façon de chanter»*. Jusqu'à la mort, cette plainte ne cessera de monter. Le 4 août 1888, il écrit: *«Et puis, n'est-ce pas misérable, cette existence sans famille, sans occupation intellectuelle, perdue au milieu des nègres»*. Le 24 juin 1891, après son amputation, il se montre fataliste: *«Eh bien, je me résignerai à mon sort. Je mourrai où me jettera le destin»*. Le 15 juillet de la même année, quelques semaines avant son dernier souffle, saisi par le désespoir, il se décrit lui-même : «*Assis comme un impotent complet, pleurnichant et attendant la nuit, qui rapportera l'insomnie perpétuelle et la matinée encore plus triste que la veille*».

À cette humanité de notre frère Arthur, il faut ajouter son aspiration à la liberté, celle d'une vie choisie, écartelée entre soumission et révolte. D'un côté, la tentation de la soumission est là face à une mère inflexible quand il se décrit «*suant d'obéissance*» ; elle menace également sous le joug d'une poésie aux prises avec les jeux d'écoles du Parnasse, Symboliste ou Décadent ; elle persiste enfin, quand négociant, il s'attelle à un travail qui l'obsède et l'écrase, alors qu'il ne rêve que de «*La liberté libre*». De l'autre côté, il marque son rejet de toute assignation à une identité toute faite, conforme à l' «*Esprit bourgeois*» du temps, à un état, à un statut, de poète ou de notable qui l'eussent enfermé dans une vie trop petite pour lui.

Enfin, ne l'oublions pas, il y a en lui cette autre rage ancienne qui nous rend «*ce voyageur toqué*», selon la formule de Delahaye, si vivant et si fraternel : la quête de vérité. Et même si parfois l'adolescent génial semble prendre la pose, multiplier les ruses et les masques, l'essentiel est pourtant là d'une ambition qu'il révèle à la fin d'une «*saison en Enfer*» : «*posséder la vérité dans une âme et un corps* ». Cette quête nous restitue l'homme Rimbaud, poète et aventurier dans son unité et son entièreté, poète maudit certes mais à l'évidence poète «*Absolu*».

古代与现代的兰波

[法]皮埃尔·布吕奈尔

一

在选择此次上海之行的学术报告题目时,征得李建英教授同意后,我今天的报告采用"古代与现代的兰波"这个题目,这是沿用我的一本学术专著的书名:《古代与现代的波德莱尔》(2007,索邦大学出版社)。无论是古代与现代的波德莱尔,还是古代与现代的兰波,我的题目灵感都来自阿尔弗雷·德·维尼(Alfred de Vigny)的《古今诗集》(Poèmes antiques et modernes)这部伟大作品。这本诗歌集发表于 1826 年 1 月,当时法国正处于浪漫主义的初期阶段。

在兰波身上体现了"古代"与"现代"的交相呼应,"古代"是今天被看作兰波最后一部作品《彩图集》(Illuminations,1886)中一首诗的题目,"现代"一词则回荡在他生前唯一自费出版的诗集《地狱一季》(Une saison en enfer,1873)的最后一篇诗作《永别》(« Adieu »)之中:必须绝对现代。

在古代与现代之间来回穿梭是兰波的特点之一,维尼则在他的第一部诗集中把古代和现代独立分叙：首先是"神秘书"，然后是"古代书"，最后是"现代书"。至于波德莱尔，古代与现代始终在《恶之花》(Fleurs du Mal, 1857)中来回穿梭。例如，自第一部分"忧郁与理想"开始，从第五首诗中"我爱这裸体时代的回忆，福波斯喜欢给其雕塑披上金色的外衣"到《灯塔》(« phares »)，诗人描绘了一条从17世纪的鲁本斯到他同时代的德拉克洛瓦的诗学长廊，长廊延伸至19世纪作曲家韦伯(Carl-Maria von Weber)的音乐，其中有艺术家、画家、雕塑家，甚至音乐家，他把"血湖"或"悲伤的天空"等意象与他们联系在一起。

当然，这三位诗人都没有忘记巴黎，维尼在《现代书》(« Livre moderne »)的最后一首诗中将巴黎称为"法国的中心"，这样的论调贯穿于整部诗集。和维尼一样，在《恶之花》的末尾处，波德莱尔也写到了巴黎，他凝视着巴黎这个"声名狼藉的首都"，却无法不爱它。在兰波的创作中，关于巴黎，有《巴黎狂欢节或人口剧增》(« L'orgie parisienne ou Paris se repeuple »)，在这首诗中，波德莱尔"声名狼藉的首都"变成了"该死的巴黎"。但经过1871年的事件之后，巴黎变成了一座被痛苦净化的城市，"脑袋和两只乳房被扔向了未来"。巴黎不是一座古老的雕像，不同于罗马阿文提诺山上木星神庙里的自由女神雕像。它是一座现代雕像，如同法国阿尔萨斯雕塑家巴特勒迪(Frédéric Auguste Bartholdi)设计的"自由照耀世界"自由女神像。这座雕像被法国于1886年赠送给了美国，如今仍矗立在纽约市哈德逊河口，另一个小型的则竖立在巴黎的格勒纳勒桥上。

通向别处？这个"别处"在维尼《古今诗集》(Poèmes antiques et modernes, 1826)中最常见的是古代艺术，它要么自我封闭于"圣经的古文化"和"荷马的古文化"中,要么在表现了《威武的护航舰》(«La Frégate La Sérieuse»)"从勒阿弗尔到苏拉特"之后,在"孤独的湖面上"休憩时抛弃了"别处"。这有点像日后的兰波,阿登省"坑洼"里的"一艘像五月蝴蝶一样脆弱的船"取代了他的《醉舟》(«Bateau ivre»)。至于波德莱尔,1841年被逼前往南方大海的旅行给他留下了痛苦的回忆。最后的旅行,不管在《恶之花》还是在他的实际生活中,都是堕入死亡的深渊。然而,想象中的旅行,曾经期待的旅行,如果可以称为"真正的"旅行,是去往遥远的东方:

> 犹如往日我们启碇向中国远航,
> 眼睛凝望着远离海岸的洋面,任海风把头发吹乱,
> 我们将驶向一片黑暗的海洋,
> 随着年轻的旅人那欣悦的灵魂。
> 　　　　　　　　(《旅途》[Le Voyage])

准确地说,在《彩图集》的《历史性的黄昏》(«soir historique»)这首诗中,兰波用"天朝帝国"这个不同寻常的词组影射中国,他可能像幻想桑给巴尔一样,也幻想着上海。在《运动》(«Mouvement»)一诗中,在远离"世界的征服者"的地方,"孤独地坐在方舟上的一对年轻情侣"有点像"阿尔戈号"船上的俄耳甫斯。15年后,也就是1891年11月9日,兰波本人变成了现代的俄耳甫斯,死亡前夕在马赛,他最后一次要求人们把他"抬到船上",他要登船去神秘的"阿菲纳尔公司"。

我们看到,古老的东西可能始终伴随着现代性,甚至对于那个想要成为"绝对现代"的人来说也没有例外。

二

对兰波的考察必须追溯到起点,即追溯至他的成长和所受的教育。

中学伊始,兰波就在古典科目的学习上给人留下深刻印象。中学同学、日后被兰波托付作品的那位忠实朋友德拉埃(Ernest Delahaye)在《关于兰波的亲密回忆》(*Souvenirs familiers à propos de Rimbaud*,1925)中回忆道,兰波在初一的时候——实际上他11岁时已经跳级到初二——"所写的古代历史概要令人惊讶,克鲁埃老师骄傲地拿着到处炫耀"。他在《兰波,艺术家和道德》(*Rimbaud, l'artiste et l'être moral*,1923)中又进一步肯定说:"兰波写的这份远古历史(埃及、亚述、迦勒底等)的综述作业令克鲁埃老师极为震惊,他骄傲地拿给全校的老师看个遍。"[①]一份关于兰波初二学年的资料至今保存在"北方档案馆"里,可以查阅。"1865—1866学年第一季度的考试成绩"如下:"拉丁作家(好),阐述拉丁作家(良好),阐述希腊作家(良好)。"勒弗雷尔在他出色的兰波传记中指出,兰波的成绩并不像想象中的那么引人瞩目,班上还有其他成绩更好的学生。但是从这里我们可以获取一个重要信息,那就是在初二的时候,兰波确实已经开始学习古希腊历史了。

据德拉埃证实,下一学年,教拉丁文的是一名姓佩雷特的老师,全名是弗朗索瓦·佩雷特(François Pérette)。学生们给这

---

① 参见 Frédéric Eigeldinger et André Gendre, *Delahaye témoin de Rimbaud*. Neuchâtel (Suisse), À la Baconnière, 1974, p. 66, et note 12 de la p. 275,书中提到了这些作品,并详细说到兰波12岁(1865—1866)时已经直升到五年级的班级(相当于中国的初二)。

位老师起了外号,叫做"Bos"或者"Jobos",因为他总用一种奇怪的腔调重复维吉尔一首以"*Flammarumque globos*"①开头的名诗,还因为他总说一个拉丁文的象声词"*Procumbit humi bos*"。佩雷特老师不相信克鲁埃老师吹嘘的那个学生是"小神童",他认为自己班上那个叫阿尔蒂尔·兰波的学生只是一个"普通的又懒又笨的学生",但同时他又不得不感叹兰波掌握知识之全面、完成作业之完美以及书写罗马历史之准确。兰波是一名不折不扣的好学生,但尽管他能经受希腊主题等高难度的学业考验,尽管他始终面带微笑,他却依旧无法获得这位佩雷特老师的赞赏。一天,佩雷特老师在新上任的校长德杜埃(Jules Desdouest)先生面前诅咒兰波,认为他"不会有好下场"②。

初三学年末,即1867年7月,兰波获得多个奖项,其中一个拉丁文诗歌二等奖,这其实是一个练习,后面的表现更出色。兰波初三(1867—1868)第一学期末又获得拉丁文诗歌一等奖、拉丁文散文一等奖、拉丁文主题论述一等奖以及希腊文散文二等奖等殊荣。

然而,"十岁学童的笔记"③向我们提供了与现实情况矛盾的直接证据。根据这本在我看来不是普通学童的笔记,我推断

---

① 此处涉及维吉尔《农事诗》(*Géorgiques*)第1卷第473行:"火球和熔岩滚动"(拉丁语原文为"*Flammarumque globos liquefactaque volvere saxa*",法语是"Et rouler des globes de flammes et des rocs en fusion",参见 Jean-Jacques Lefrère, *Arthur Rimbaud*. Fayard, 2001, p. 54 et 63, note 37。根据班上另一位同学雷昂·秘鲁阿尔(Léon Billuard)的回忆,未来的"年轻的诗人热衷于改编另一首维吉尔诗歌的结尾:*debellare superbos en degueulare superbos*"。

② Jean-Jacques Lefrère, *Arthur Rimbaud*. Fayard, 2001, p. 67. 勒弗雷尔主要是根据德拉埃的证言将 Dédouets 改成了 Dédouest。

③ 此文本在笔者主编的兰波《作品全集》(57—83)中被命名为"十岁学童的笔记本",它首次公开是在1956年4月的《斑鸫》杂志(*La Grive*),我在这里简单提及这个文本。

它应该完成于初二或者初三，甚至更晚的时候。这时那个原本对学习古老语言非常感兴趣的学生，已经转而排斥这些语言了。

所有的推断始于拉丁语词汇 *conspecto*，据我观察，这个词不像 A. 博勒（Alain Borer）所言是个文章题目，而是某段拉丁语引文的开头，或者是兰波自己写的拉丁语句子的开头，也可能出自一篇找不到出处的文章。① 这个词汇后面出现了一个叫亚里士多芬的希腊人，然后是吕底亚王国的最后一个国王克洛伊斯；接下来是赛勒斯、哲学家普罗泰戈拉以及西塞罗。这份名单很奇怪地被一个既不是希腊语也不是拉丁语的名字打断，那就是阿尔蒂尔，之后是卡顿、伊索，暂时放弃"阿尔蒂尔"是因为后面还有"兰波艺术"（早期的阿尔蒂尔）、"阿蒂尔"或者"阿尔梯尔"。之后我们读到了最重要的一篇，一篇散文的《序言》，但那没有真正将我们引入现代，因为叙述者自称"1503 年出生于兰斯"。

巧的是，兰波的父亲是"国王的军队中的军官"。在兰波 10 岁时，可能是父亲把他送进了学校，从那一刻起，他的内心便产生反叛情绪：

> 为什么，我自问，为什么要学习希腊语和拉丁语？我不知道，最终人们又用不着它们。我被人接受与否，跟我有什么关系？被人们接受有什么用处——毫无用处，不是吗？但是，人们说只有被人接受才有立足之地，而我，我不想要那个立足之地。如果他们想要食利者，那我将成为食利者。为何要学习拉丁语呢？没有人说这种语言。有时我会在报

---

① 参见 Arthur Rimbaud, *Œuvre-vie*. Ed. du centenaire établie par Alain Borer, Arléa, 1991, pp. 1 et 981，注意书中的注解和评论，在这本书中，"*Conspecto*"被列在目录的 1864 年一栏，并标注了问号。

纸上看到拉丁语,但谢天谢地,我又不会成为报社记者。

(《序言》)

后来,反叛的声音更加高昂,几近疯狂:

赞颂亚历山大跟我有什么关系?[……]谁知道拉丁人是否存在过呢?也许这是一门被迫使用的语言,甚至可以说,他们要求我成为食利者其实是为了他们自身保留这门语言。我对他们做了什么坏事?以至于令他们如此折磨我?再来说说希腊语……没有人会说这种肮脏的语言,世界上无人说!……啊呀呀!天哪!我会成为一个食利者。在(学校的)板凳上糟蹋自己的屁股不是什么好事……啊呀呀!为了成为擦皮鞋的人,为了在擦皮鞋行业占据一席之地,必须通过一门考试,因为给你们的职位要么是擦皮鞋,要么是猪倌或者牧牛人。感谢上帝,我,我不稀罕!啊呀呀!这样的话,奖赏你们的是耳光,人们把你们看作"畜生",不对,是"小人",等等。

未完待续。啊真见鬼!阿尔(蒂尔)(《序言》)

然而,奇怪的是,他创作的拉丁文诗歌竟在赞许声中获得成功,但在诗行里反映的是该隐的形象,圣经中那个不折不扣的反叛者和该诅咒的人。

在笔者看来,这几页反映他内心活动的笔记并非天真儿语。他已成为一个反叛少年,尽管他的拉丁语、希腊语、古代史功课学习成绩优秀,但是他厌恶学习这些东西。他的古典科目学习也很优秀,但他认为这些东西在现代世界中没有未来,因此,他讨厌它们。

三

兰波在高一(1868—1869)的时候毫不犹豫地选择古典文学作为参加会考的科目。阿登省籍的迪普雷(Émile Duprez)老师认为兰波是一个卓越非凡的学生,除了颁发给他卓越奖之外,还因为他在古代语言(拉丁语诗歌、拉丁语散文、拉丁语记叙文、希腊语诗歌)方面表现优秀而给他颁发了多个奖项。1868年11月6日,迪普雷老师要求学生写一篇拉丁诗文,去参加杜埃学院主办的拉丁文诗歌大赛。诗歌比赛的主题与贺拉斯的一首颂歌有关,围绕着这个主题,兰波创作了拉丁文诗歌《春天》(«c'était le printemps»)。该诗共59行,每行都以"春天(Ver erat)"开头,讲述化身为鸽子的缪斯在乡下为睡梦中的一个叫"俄尔毕利乌斯"的罗马学生加冕的故事。太阳神阿波罗前来在他的额头上用大写字母留下一行字:"你将来是诗人",即先知,神授的诗人。

兰波的这首诗获得了一等奖,并且发表在杜埃学士院的正式刊物《中学教育导报(特色与经典)》上(1869年1月15日,第2期),在这个刊物上他后来仅仅发表过三首法文诗歌。这是兰波公开发表的第一首拉丁文诗歌,被放在兰波《诗歌全集》或《作品全集》某些版本的开篇。正如帕拉西奥(Palacio)在七星文库中的最后一卷所写的那样,这些拉丁语诗文"在数量上超过了兰波已经发表的法语诗文;基本体现了诗人的早熟"[1]。纪尧(André Guyaux)在这一卷前言的开头则这样写道:"'春天……',兰波在中学以这两个词进入文学世界。"[2]

---

[1] Arthur Rimbaud, *Œuvres complètes*. Ed. dirigée par André Guyaux, Gallimard, 2009, p. 809. 拉丁语诗歌在第5—7页,并附有翻译。

[2] Rimbaud, *Œuvres complètes* IX.

此后，兰波的拉丁文作品相继问世：其中有根据南方诗人勒布尔(Jean Reboul)的法语诗歌《天使与孩童》改编的《哦，新年到》(*Jamque novus*，1869年6月1日，第11期)；于1869年7月2日在高一课堂当作练习完成的《朱古达》(*Jugurtha*，1869年11月15日，第22期)。

从时间上看，获奖的是一种拉丁语文本练习，后来的法语诗歌创作是根据卢克莱修的《物性论》中的一段改编的一首诗：《维纳斯的召唤》(«Invocation à Vénus»)，但说实话，诗作更接近普吕多姆(Sully Prudhomme)出版不久的译文。这首诗也作于高一课堂上，尽管1870年4月15日发表于《导报》(*Le Moniteur*)时他已上高二。

《往昔的埃克罗厄斯弗》(«*Olim inflatus*»)的创作也是如此，是根据《伊利亚特》中阿喀琉斯和河神埃克罗厄斯弗之战改编的习作，其中还有修道院院长德力尔(Jacques Delille)所著《耕作人或者法国农民》(*L'Homme des champs ou les Géorgiques françaises*，1800)中的片段。在《导报》上他还发表了《此时此刻》(*Tempus erat*)，但其法语诗歌的风格尚未成型。同在这一期的《导报》上另有一篇很长的拉丁文散文诗，是由拉丁文演说词改写的习作：《希腊人阿波罗论马库斯·西塞罗的演说词》(«*verba Apollonii*» de «*Marco Cicerone*»)。

值得注意的是，这四篇作品同时发表在1870年4月15日的杂志上，并且得到了同年1月才来夏勒维尔中学教修辞的伊藏巴尔(Georges Izambard)的认可。他教的是兰波所在班级的修辞课(当今高三的课程)——这是兰波所上的最后一门课，他的学业被1870年4月打响的普法战争中断，战争对他当时和之后的生活都产生了一连串的影响。

兰波成了伊藏巴尔最得意的学生，在他的指导下，法语和法国文学成了兰波的阅读和写作计划的主要内容。这位年轻老师来自学士院首府所在的北方城市杜埃，在他到任之前，兰波已经完成了他首篇伟大的法语诗歌《孤儿的新年礼物》(«Les Étrennes des orphelins»)，并发表在1870年1月2日的《家庭杂志》(*Revue des familles*)上，他的母亲之前可能订阅了这本杂志。就像翻译《维纳斯的召唤》一样，兰波的这首诗采用了亚历山大诗体，即高贵的十二音节诗，但不是完全使用传统的由两个半句构成的亚历山大体，这在一定程度上代表了他对传统的扬弃："卧室布满阴影，人们隐约听见/两个孩子温柔伤心的低语。"最后一行诗，他采用的是每三个音节组成一节拍的亚历山大诗体(节奏组不是6/6，而是4/4/4)，诗句描述了孤儿母亲的银质徽章，"上面刻着一行金字：'献给母亲'"①。

《家庭杂志》还曾要求这位不知名的年轻诗人将原诗缩减并删除某些内容，而杂志在不久前，即在1869年9月5日的那一期上重新刊登了雨果已经成名的佳作《历代传说》(*La Légende des siècles*, 1859)中的《穷苦人》(«Les Pauvres gens»)，兰波这首诗在某种程度上，是重拾雨果的主题和形式。1869年11月7日，该杂志还重新刊登了德博尔德-瓦尔莫(Marceline Desbordes-Valmore)出版于1839年的诗集《可怜的花朵》(*Pauvres fleurs*)中的第一首诗《我母亲的房子》(«La Maison de ma mère»)，诗中写道："出生时的房屋，哦，安乐窝，世界温柔的角落！"此时，杜埃的女诗人瓦尔莫早已逝世，魏尔伦将她编在1885—1888年完成的《被诅咒的诗人》(*Poètes maudits*)的第二部分之中，而兰波则编在完成于1883—1884年的第一部分之中。至于雨果，1870年距他去世还有15年。这是两个类型的

---

① 笔者关注这一文本并将其收入了笔者主编的兰波《作品全集》(126—129)。

现代诗人，他们还没有像今天这样被载入史册。尤其是，兰波敢于从 1869—1870 年的雨果，即反对拿破仑三世称帝、被迫流亡至比利时、后又流亡到了英格兰-诺曼底小岛的雨果那里汲取灵感。1870 年春天，兰波的母亲怀疑伊藏巴尔让她儿子读雨果的《悲惨世界》，便给他写了一封抗议信，此信仍被保存着，信上说："在给孩子们选择书的时候，必须格外小心"[1]，"让（兰波）读这样的书实在是太危险了"。尽管根据信上的日期 1870 年 5 月 4 日来看，兰波早已不是孩童了。[2]

同年 5 月，确切地说是 5 月 24 号，只有 15 岁半的兰波自称"将近 17 岁了"。不知是自己的主意还是伊藏巴尔的建议，兰波给邦维尔（Théodore de Banville）写了一封长信。当时邦维尔已是一位声名远播的巴黎诗人，《当代巴那斯》（*Parnasse contemporain*）刊物的召集人，同时也是巴那斯运动的领袖之一。

兰波随信附上了三首诗，第一首当时还没有题目，后来定为《感觉》（«Sensation»）。第二首是《奥菲利娅》（«Ophélie»），写于 1870 年 5 月 15 日，他以新的手法描述了莎士比亚戏剧中哈姆雷特的情人自杀的情节——莎士比亚作为伊丽莎白时代的剧作家，自 1825 年司汤达的著作《拉辛与莎士比亚》（*Racine et Shakespeare*）问世以来，与路易十四时代的古典主义势不两立。第三首诗的题目为"*Credo in unam*"（意思为"我只相信一个［女神］"，维纳斯，爱情女神）。正是这篇幅最长的第三首，兰波希望能在邦维尔的支持下，借此"在巴那斯派中占据一席

---

[1] Arthur Rimbaud, *Correspondance*, édition de Jean-Jacques Lefrère, Fayard, 2007, p. 31.

[2] Rimbaud, *Œuvres complètes. Poésie, prose et correspondance*, introduction, chronologie, édition, notes, notices et bibliographie par P. Brunel, Paris, Librairie Générale Française, Le Livre de Poche, La Pochothèque, 1999, pp. 134-141.

小小之地"。①

他的这个心愿是否实现，那首诗的结局如何，至今扑朔迷离。

这里涉及《当代巴那斯》当时的出版情况，它的第一卷问世于 1869 年 10 月 1 日，然而其分册的出版在 1870 年 7 月被暂停，直到 1871 年 6 月才重启，并与第二卷一起出版，但是两卷都没有刊载兰波的作品。1876 年第三卷出版，内容长达 455 页，马拉美、魏尔伦的作品都被排除在外，更不用说兰波的诗作了。而此时的兰波已经自我驱逐于诗歌领地之外了②。《当代巴那斯》的编辑出版是一个现代行为，甚至如书名所示是"当代"的。巴那斯是古希腊神话中的缪斯山，以"当代"修饰古代的巴那斯，如果人们能够接受这样的组合，那就是"现代的古代"。

古代与现代的结合同样也体现在兰波寄给邦维尔的《我只相信一个[女神]》这首诗中，但可能这首诗到邦维尔手上的时间太迟了，所以一度相信自己的诗歌能够刊发在"最后一期巴那斯"上的夏勒维尔的年轻诗人最终没能如愿。未能被刊发可能还有一个原因，那就是这首诗的灵感明显来自邦维尔本人的诗歌《维纳斯的诞生》(« Naissance de Vénus »)。

年轻的兰波内心很想为读者描绘"古希腊行吟诗人歌声中的金色阿芙洛狄忒的生动形象"，而引号中的这句话，我引自贝蒂埃(Simone Bertière)的小说《尤利西斯的传奇故事》(*Le roman d'Ulysse*, 2017)。然而兰波的灵感来自现代诗人邦维尔，并将自己的诗寄给他。一个巴那斯派诗人，的确，也是对古

---

① Arthur Rimbaud, *Correspondance*, édition de Jean-Jacques Lefrère, Fayard, 2007, p. 32.

② 参见 Yann Mortelette, *Histoire du Parnasse*, Fayard, 2005.

代充满崇敬之人。

邦维尔的诗歌围绕着古希腊神话中的人物阿芙洛狄忒展开,但是兰波就敢于把"金色的阿芙洛狄忒"改成了"海上阿芙洛狄忒":

> 我相信你!我相信你!神圣的母亲!海上阿芙洛狄忒。

事实上,当邦维尔坚持用华丽的词汇来描述古希腊女神的时候,兰波借改编的名义试图把自己从基督教中剥离出来,脱离虔诚的母亲强加给他的基督教,从而返回古希腊和古罗马的宗教。另外,在诗歌的开头部分,维纳斯的名字用拉丁文,在后来的新版 credo 中也是:

> 哦!生活是苦涩的,
> 自从另一位神给我们套上了十字架,
> 维纳斯!我只相信你!
>
> (《我只相信一个[女神]》42)

兰波对古代的真诚是发自内心的,甚至发自肺腑,诗歌的标题用拉丁语"Credo in unam"(《我只相信一个[女神]》)就是强有力的证明。这首诗的标题后来改用法语后成为:《太阳与肉身》(«Soleil et Chair»),但那是在 1870 年 10 月结束第二次杜埃之行,作了一些修改收入诗集之后的事,他把诗集交给了伊藏巴尔的朋友德默尼(Paul Demeny)[①]。

---

① 这部集子没有标题,其中的一部分曾以它最常见的标题出版:《杜埃诗作》(Les Cahiers de Douai,Librio,2018),《太阳与肉身》在第 23—28 页。

虽然没有详细对比两个版本,但我想指出一个细节,尽管很小,却非常重要。寄给邦维尔的版本开头是"太阳,温情和生命的家园,/把燃烧的爱情倾洒在欢乐的土地上",第二个版本仍以这句开头,但有一个细微的变化:"太阳"一词的首字母变成了大写,也就是说这里的"太阳"具备了神性,是希腊的太阳神。他既强大又令人生畏,就像荷马《奥德赛》中"太阳神的牧牛"那个故事描述的那样,他将奥德修斯的部下统统杀掉,只因为他们偷吃了他的圣牛。

这个细小的变化使我们注意到,兰波在最后一部诗集《彩图集》的一首诗中表现了自己的雄心。这就是《流浪者》(«Vagabonds»)。这首散文诗讲述了自己的流浪经历,似乎还有与魏尔伦一起犯下的错误。虽然兰波在诗中没有提他的名字,但他还记得他似乎跟他有约定,不管怎样他对自己许过承诺:

> 其实,我满怀赤诚之心,没有食言,尽力恢复他太阳之子的原初状态,——我们四处流浪,饮岩洞之酒,吃路上带的干粮,我急切要找到一个地点和一种方式。(《流浪者》)

《太阳与肉身》这首诗与邦维尔的诗的不同之处在于,兰波在诗的结尾增加了很多神话人物和神话故事,有爱洛斯和雪白的阿芙洛狄忒,阿丽亚娜和忒修斯,解脱神吕科斯,还有宙斯爱上欧罗巴化身为白牛的故事,宙斯化身为天鹅接近丽达的故事,以及希腊传说中的著名英雄赫拉克勒斯。在某种意义上,兰波是在骄傲地卖弄自己的神话知识,但在诗歌的最后几行,他仍然赋予古代的神一种道德力量,对人类表现出一种关注。这与他给邦维尔的信中所称的"诗人的信念"相一致。

尽管兰波在此显然对古代宗教抱以一种现代理念;尽管所

有的巴那斯派诗人也具有同样的理念,虽然各自的理念有细微的差别;尽管兰波在创作这些诗文时是否怀有他自己提出的"诗人的信念"不能完全肯定,但是不管怎样,几个月后,发生了令人震惊的突然转变。他创作了一首十四行诗《另一种形式的维纳斯》(«Vénus anadyomène»),诗歌以无情的口吻,描述了一个从前很可能是妓女的老女人,她的头不是从海浪中探出,而是"从一个破旧的浴缸"中露出:

> 腰间刻着两个词:克拉拉的维纳斯,
> ——整个身体的扭动与美丽肥臀的舒展,
> 都缘于肛门溃烂。
>
> 　　　　　　　　　(《另一种形式的维纳斯》)

这不再是一首古代诗歌,而是一幅现代漫画。

这首诗写于1870年7月27日,兰波将它连同其他诗歌交给了伊藏巴尔,这说明他与老师一直保持联系,尽管这时候老师已经离开夏勒维尔回到自己的家乡杜埃度假去了。

同年8月25日,战争的气息笼罩在夏勒维尔上空,兰波给他最信任的老师寄去一封长信,这封信在当时堪称现代诗歌前沿的自由诗。信中汇报了自己最近的阅读情况,还提到魏尔伦前一年出版的《华宴集》(Fêtes galantes,1869),他十分欣赏作品的奇特、滑稽以及诗歌中"时常出现的破格之处"。但在此信中,更多的笔墨用于赞扬比他年长九岁的前辈女诗人西弗尔特(Louisa Siefert)的第一部诗集:《丢失的光芒》(Rayons perdus,1868)。他将其中令他感动的《玛格丽特》(«Marguerite»)烂熟于心,在信中大段引用。他还从这部诗集的前言中获取灵感,写了一个评论,认为"它就像索福克勒斯笔下的安提戈涅之怨一样美好"。他在手稿中写了一个含义为"未婚"的希腊语形容词,由此可以证实他懂希腊语,并且对希腊悲剧有一定的了解。事实上,从夏勒维尔市初中最初的几堂课开始,他就已经开始学习古希腊文化了。他为这一古老的文化感到自豪,一两年之后,他创作了十四行诗《元音》(«Voyelles»)。人们可以从中发现他熟识希腊字母表,该诗的最后一段以希腊字母的最后一个元音为标志:

> O,奇异而尖锐的末日号角,
> 穿越星球与天使的寂寥:
> ——噢,奥米茄眼里那紫色的柔光!
> 　　　　　　　　(《元音》168)

四

在兰波的诗人成长历程中,他始终将古代与现代相结合,《元音》就是一个例证。这首诗构思于他 1871 年 9 月至 1872 年 3 月旅居巴黎期间,那时他很可能加入了"被诅咒的诗人"群体。该诗为新刊物《文学与艺术复兴》(*La Renaissance littéraire et artistique*)而作,这本杂志由魏尔伦的朋友布莱蒙(Émile Blémont)创办,领导人是埃卡尔(Jean Aicard),他居然不愿发表。① 然而这首诗完美地体现了兰波彼时的新诗学,在《地狱一季》中他首选这首诗来阐释自己关于"语言炼金术"的理念。

1871 年 8 月 15 日,兰波随信给邦维尔寄去自己的诗作《与

---

① 兰波可能在他 1872 年 6 月写给德拉埃的信中提出了这个要求:"如果你见到《复兴》这本文学艺术杂志,不要忘记撕了它"(见 *Correspondance*,第 106 页)。

诗人谈花》(« ce qu'on dit au poète à propos de fleurs »),诗歌讽刺了邦维尔以及他所代表的那一类巴黎诗人的陈旧思维。但奇怪的是,这封信的署名是"阿尔希德·巴瓦(Alcide Bava)",阿尔西德是希腊-拉丁神话中赫拉克勒斯的另一个名字。

1871年夏,在夏勒维尔创作了整100行的《醉舟》,到达巴黎后他便自豪地向"丑陋的家伙"群体介绍这首诗,在第35行,兰波将海上的波浪比作"远古喜剧中的演员"。

关于1872年春夏的诗作,某些诗集版本不恰当地视之为"最后的诗句"。在这些作品中,兰波的创作手法向更自由的方向发展,魏尔伦对此却有所保留,人们发现他们的现代性中丝毫不排除古代的印迹。在《渴的喜剧》(« comédie de la soif »)中出现了"维纳斯,上天的姐妹/激起清波",也就是说维纳斯让水波动了起来。在《清晨良思》(« Bonne Pensée du matin »)中,太阳在巴黎工人的工地上升起,但这里的太阳被称作"赫斯珀里得斯的太阳",在树上挂着金苹果的圣园,赫拉克勒斯完成了十二件大功中的一件——在某种意义上,他也是一名工人。在《耐心的节日》(« fêtes de la patience »)组诗中的第三首诗《永恒》(« L'Éternité »)中出现了拉丁语词汇:"没有希望,/没有新生。"第四首诗重写了"黄金时代"的神话,"黄金时代"属于被拉丁人称为"土星掌权"的四个人类时代之一,其历史可以追溯到土星统治时期。

描写布鲁塞尔摄政王大街的诗歌《布鲁塞尔》(« Bruxelles »)以这样一句开头:"从鸡冠花花坛/到朱庇特的快乐王宫",这是古代与现代结合的又一例证,因为紧接着朱庇特的王宫(可能是布鲁塞尔的一处王宫)的是"几近蓝色的撒哈拉",或者是"一个迷人的火车台"。

在《饥饿的节日》(« fêtes de la faim »)里,兰波提到了"卵石,洪水之子",这让人想起奥维德的《变形记》(*Métamorphoses*)中丢卡利翁和皮拉的神话,这两个洪水过后的幸存者,将鹅卵石扔在身后,新人类从此诞生。而"洪水过后"用于诗名,并放在《彩图集》的最前面也是一个例证。诗中出现的一个面容优雅的美女有个希腊名:休查利斯,她或许是兰波在费奈隆所著《忒勒马科斯历险记》(*Télémaque*,1699)中找到的。

五

古代和现代的结合也体现在《地狱一季》中。

《地狱一季》再现了一些亡者,尤其是他认为自己就是在地狱里度过一季的亡者,这与荷马招魂术有深层的渊源。在《奥德赛》第十一卷中,奥德修斯讲述了自己如何来到辛梅里安人的故乡,又如何做出牺牲使得亡灵来到他身边。

毫无疑问,兰波受到了这部古老作品的感染。在《地狱一季》的核心部分,兰波认为自己的语言炼金术试验只是危险的"谵妄",他为自己放弃诗歌辩解道:

> 我的健康受到威胁。恐惧来临。我倒下,一睡好多天,起来,我又继续那最为愁苦的梦幻。对于死亡我已成熟。我的软弱通过一条危险之路把我带到人世和冥土的交界,那里是幻影和旋风的国度。[1](谵妄 II《语言炼金术》)

奥德修斯来到了辛梅里安,按照女巫喀耳刻的指示,他必须前去召唤亡灵,并获得预言家忒瑞西阿斯关于其中一位亡灵的

---

[1] *Une saison en enfer*, Bruxelles, Alliance typographique (M. J. Poot et Compagnie), 1873, p. 35. 有必要提醒一下这位出版商,兰波最初正是将《地狱一季》交给这家出版社出版的。

预言。《奥德赛》第十一卷中写道:"无论太阳升向星空或从苍穹落回地面,这里的人们生活在从未被阳光穿透的乌云下:一个沉重的死亡之夜笼罩着这些不幸的人们。"①

对于兰波来说,没有什么比这更令人感到厌恶的了,他梦想成为"太阳之子",欲带着他的同伴去追寻光明这位神。1873年7月10日,魏尔伦向兰波开了两枪,随后被监禁在蒙斯监狱。至于兰波,他只想逃离。《地狱一季》的末篇《永别》证实了《谵妄 I》(« Délires I »)中描述的关系——疯狂的童真女与该下地狱的丈夫的关系,开启了通往自由、通往新曙光、通往真正的现代之路。真正的现代性不仅体现在这部诗歌作品中,还体现在生命本身这部更重要的作品上。因此,我认为"必须绝对现代"这句名言应该如此阐释。

六

根据拉科斯特(Henri de Bouillane de Lacoste)的研究成果,尤其根据他 1949 年发表的关于《彩图集》的评论②,它的创作晚于《地狱一季》,至少大多数人这么认为。也许兰波之前就有此计划,1873 年 5 月他在写给同学德拉埃的"莱图(罗什)"之信中谈论到了"我的或他的(指魏尔伦)一些散文片段",魏尔伦可能完成之后交给了兰波③。这件事的真实性无法证明,而且魏尔伦也从未谈起他们之间有过此类合作。然而,手稿是在魏尔伦 1875 年 1 月 15 日出狱之后、1875 年 2 月至 3 月期间他们

---

① Homère, *Odyssée*, Traduction de Victor Bérard pour les vers 14-19, Les Belles Lettres, rééd. de 2001, coll. Classiques en poche, tome II, p. 13.
② 1. *Illuminations.- Painted Plates*, Mercure de France, 1949.
③ Rimbaud, *Correspondance*, p. 135.

在斯图加特重逢时兰波亲手交给他的。只有魏尔伦能够确认这部诗集的题目是《彩图集》，其英文意思是"彩绘的盘子"，即"彩色的雕刻画"[①]。魏尔伦在诗集的前言中做了一个非常肤浅的介绍，结果在1886年正式出版时，由于没有经过兰波本人核对，混淆了"精致的散文或故意美妙地伪造的诗句"，也就是说，他将散文体的短小诗歌与1872年春夏创作的新诗混为一谈了，后来1872年春夏创作的诗都从诗集中删去，仅仅留下两首现代形式的自由诗，即《航海》(« Marine »)和《运动》(« Mouvement »)。

在《航海》中，奔跑着"第一帝国时期戴头饰的贺拉斯的林泽仙女"（古代和现代的奇异结合），回荡着"西伯利亚的圆舞曲"，最出乎意外的是诗歌末尾有"中国女人"（《冬日的节日》）。这些中国女人出自法国18世纪艺术家布歇（1703—1770）的画笔，画家"用灵活的画面与柔和的颜色勾勒出一个感性而优雅的世界"[②]。

至于《运动》，诗人引入了现代海员，一些新的"世界征服者，/在寻求个人的化学命运"；"在水力机车大道的那边"，他还让"一对年轻的情侣孤独地在方舟上""唱着歌，守望着"，恰如俄耳甫斯（未被提及）坐在"阿尔戈号"快船上，和伊阿宋及水手一起去取金羊毛。

以上两例说明，在兰波新的书写方式中，他将古代与现代巧妙地结合在一起，而且成为他自创作以来的一贯风格。

兰波的一些散文诗也有古代与现代结合的例证。在《彩图集》中的《古代》(« Antique »)这篇散文诗中，兰波向"潘可亲的儿子"致敬。早在1870年的诗歌《我只相信一个[女神]》中，这位

[①] 3.参见这一最初版本的前言部分：*Les Illuminations*, Publications de *La Vogue*, 1886, p. 5.

[②] Morvan et al., *Le Robert de poche*, 2008, p. 835.

希腊神潘就已被提及。他当时写道:"我痛惜那古老的青春时光,/多情的林神,野性的牧神",——时光如"滔滔河水,绿树的血液,/在潘的血脉中,注入一个世界"(《太阳与肉身》37)。

但潘自己是谁的儿子呢?《荷马史诗》是唯一献给潘的颂歌,在诗人要求下缪斯介绍说,"赫耳墨斯的儿子,他长着羊腿和羊角","牧神有着美丽的头发,他会蛰伏在高高的雪山上,或者山顶以及石子的小径上",他的母亲可能是水泽仙女戴奥比。

牧神潘还是一个音乐神,每当他狩猎归来,会用芦笛吹奏出美妙的音乐。山林仙女在泉水旁唱歌陪伴他,他高兴地跃入合唱团,跳起欢快的舞蹈。他总披着一件猞猁皮。

牧神潘出生在阿卡迪亚,出生时"面容可怖,长有两只公羊角和羊腿",并且"放声大笑"(36—37行)。虽然他在笑,但是她的母亲非常害怕,夺门而逃,遗弃了自己的儿子。其父赫耳墨斯却不惧怕这个怪物儿子,他将儿子"裹在厚厚的野兔皮毛"中,并把他带上奥林匹斯山。诸神都非常喜欢这个小家伙,尤其是酒神狄俄尼索斯。正因为大家都非常喜欢他,所以给他起名叫潘,这在希腊语中是"一切"[①]的意思。

如同古希腊诗人在诗歌的开篇就赞美赫耳墨斯的宝贝儿子潘一样,兰波也在他诗歌的开头就写道"潘可亲的儿子"。如此兰波重返至古代,但潘的儿子是他杜撰出来的,神话中根本不存在,他以此又一次从古代回到了现代。在兰波的笔下,潘的儿子额头上"点缀着鲜花和浆果",如同山林女神。这些自然之神,眼睛如宝石一样闪闪发光,这些宝石是活的,能转动。他虽然长着动物的獠牙,人的凹陷的脸颊,但那棕色酒渣的酒渍却令人联想到狄俄尼索斯-巴克斯。乐音从他的身体中流动出来,就像来自

---

① Homère, *Hymnes*, pp. 211-212.

阿波罗的身体,但更多的是对这篇散文诗中没有提及的其祖父赫耳墨斯的继承:

> 你的胸膛像一把齐特拉琴,在你金色的手臂流动着叮咚的乐音(《古代》)。

最令人意想不到的是在诗歌的最后,潘的儿子被描述为"双性",即雌雄同体。在荷马史诗的描绘中,潘不满足于吹奏笛子、听山林女神们歌唱,他还"跳到这,跳到那,跳进合唱团,有时还以欢快的脚步跳进教室"(第22—23行)。但在兰波的诗中,潘的儿子在夜里被邀请去散步,"轻轻地迈开这条腿,移动第二条腿,然后是左腿"。他不仅是半人半山羊,而且还是半男半女的双性人,是个能完全带给自己满足感的雌雄同体,也许兰波也曾梦想成为希腊罗马神话中使他向往的双性人。

《彩图集》中古代形象和灵感启发的例子举不胜举:从《黎明》(«Aube»)中的女神(古希腊黎明女神艾奥斯)到《精灵》(«Génie»),比比皆是。要了解"精灵"首先要知道"拉丁守护神",这是"每个人自己特有的神,从出生起就守护着他,与他同生死"①。自初中起,兰波就知道"守护神"这个词,因为在贺拉斯的著作中经常读到这个词,例如《诗体书简》(*Épitre*)第1章第7节中的第194行诗。

兰波没有忘记罗马人熟知的"地方守护神",他在《彩图集》中向地方守护神表达了自己的敬意,以"飞逝的地域之魅力,驿站之间超凡的狂喜"赞美这位神。但是接下来,兰波开始赞美每

---

① Félix Gaffiot, *Dictionnaire latin-français*. Hachette, nouvelle édition, 2000, p. 714. 这本字典也以我们这里提到的贺拉斯诗句作为参考。

个人内心的神，也就是每个人的包括他自己的守护神，"为无穷尽的生命而爱着我们的"那位神。

由此语言的意义扩大了，从而实现了它的现代意义。这首散文诗被许多评论者过度阐释，而兰波主动将救世主般的阐释抛在身后。他不相信人们曾尝试过的过度阐释的"迷信"；他不认可他所惧怕的"所有古代的跪拜仪式"，守护神可以重建仪式；他否认所谓的"仁慈"，并视之为"失败"。从守护神那里，兰波期待获得力量，期待获得世界。为了探索这个世界，他放弃诗歌之后去了意大利，本打算去希腊的一个岛屿，最后则途经亚历山大去了塞浦路斯。他甚至还去了荷属安的列斯群岛作短暂的停留，然后去亚丁和哈勒尔，长期在那里做生意，成了一个探险家，见识了那个不管古希腊人还是古罗马人都很陌生的非洲。

然而，兰波的现代生活是为《埃及博斯普鲁斯海峡》(*Le Bosphore égyptien*)这类报纸撰稿。1887年8月途经开罗时，他结识了探险家J. 波利(Jules Borelli)，在他哥哥O. 波利(Octave Borelli)的撮合下，与这家报纸有了合作。1885年到1886年间，兰波跟绍阿墨涅利克的国王，即未来阿比西尼亚的大帝做了一些军火生意，获得了微薄的收益。苏伊士运河于1869年11月17日通航，它带来的各种可能性是古人无法想象的。兰波于1891年11月10日离世，享年37岁，假如不过早去世，他能享受更多世界开放带来的好处。

从1875年到他去世的这些年间，兰波不再学习希腊文和拉丁文，而对其他正在使用的外语产生了好奇。他应该会说阿拉伯语，甚至对他父亲的过去和档案产生了兴趣，因为他父亲曾在阿尔及利亚担任军官。假如他不过早逝世，很有可能会来中国，并学习中文。临终前，他仍旧对妹妹伊莎贝尔说他要登船去神秘的"阿菲纳尔公司"①,这难道不正是一场没有终点的旅行吗？不是从古代到现代,而是一场从已知走向未知的旅行。

引用文献

Homère. *Hymnes* [*Hymns*]. Texte établi et traduit par Jean Humbert, Les Belles Lettres, 1967,

——. *Odyssée* [*Odyssey*]. Traduction de Victor Bérard pour les vers 14-19, Les Belles Lettres, rééd. de 2001, coll. Classiques en poche, tome II.

Lefrère, Jean-Jacques. *Arthur Rimbaud* [*Arthur Rimbaud*]. Fayard, 2001.

Morvan, Danièle, et al. *Le Robert de poche* 2008 [*The Robert Pocket French Dictionary* 2008]. Edition Le Robert, 2007.

Rimbaud, Arthur. *Œuvres complètes* [*Complete Works*]. Edition dirigée par André Guyaux, Gallimard, 2009.

——. *Œuvres complètes: Poésies, prose et correspondance* [*Complete Works: Poems, prose and correspondence*]. Introduction, chronologie, édition, notes, notices et bibliographie par Pierre Brunel, Librairie générale française, coll. «La Pochothèque», 1999.

——. *Correspondance* [*Correspondence*]. Edition de Jean-Jacques Lefrère, Fayard, 2007.

（高佳华译,李建英校）

---

① Rimbaud, *Correspondance*, p. 961.

Rimbaud antique et moderne
Pierre Brunel

—1—

En choisissant ce titre pour cette communication de Shanghai, avec l'accord de Madame Li JianYing, j'ai été conscient de reprendre celui du livre que j'ai publié en 2007 aux Presses de l'Université de Paris-Sorbonne, *Baudelaire antique et moderne*, et de donner l'impression que, dans les deux cas, je paraphrase le titre d'un grand recueil d'Alfred de Vigny, publié en janvier 1826, donc dans les toutes premières années du premier Romantisme français, *Poèmes antiques et modernes*.

Mais très certainement, en ce qui concerne Arthur Rimbaud, les deux adjectifs se répondaient, du moins dans mon esprit. « Antique » est en effet le titre d'une des *Illuminations*, considéré aujourd'hui comme son dernier recueil poétique. « Moderne » résonne à la fin d'une phrase célèbre et souvent commentée, qui affirme, dans l'« Adieu » d'*Une saison en enfer*, le seul livre qu'il ait lui-même publié, en octobre 1873 :

Il faut être absolument moderne.

Le va-et-vient de l'antique au moderne est donc l'une des caractéristiques de Rimbaud, alors que Vigny a constitué dans son premier recueil des sections cloisonnées : après un « Livre mystique », le « Livre antique », puis le « Livre moderne ». Quant à Charles Baudelaire, il passe souvent de l'un à l'autre au fil des poèmes des *Fleurs du Mal*, par exemple, dès le début de la première partie, «spleen et Idéal», de «j'aime le souvenir de ces époques nues,/Dont Phœbus se plaisait à dorer les statues» (poème V) aux « phares », galerie poétique d'artistes, peintres, sculpteurs et même musiciens, conduisant de Rubens (au xviie siècle) à Eugène Delacroix son propre contemporain, dont il a ici associé les images, « Lac de sang » ou « ciel chagrin », à la musique d'un compositeur lui aussi du xixe siècle, Carl-Maria von Weber.

Aucun des trois poètes, bien sûr, n'oublie Paris, désigné comme « Le pivot de la France » dans le dernier poème du « Livre moderne » de Vigny, donc de son recueil tout entier. C'est d'une hauteur, comme lui, que dans l'épilogue qu'il avait prévu pour *Les Fleurs du Mal*, Baudelaire contemple cette « capitale infâme » qu'il ne peut s'empêcher d'aimer. Et parmi les poèmes de Rimbaud, on trouve « L'orgie parisienne ou Paris se repeuple », où la « capitale infâme » de Baudelaire devient « La putain Paris » mais, après les événements de 1871, une cité purifiée par la douleur, « La tête et les deux seins jetés vers l'Avenir». Ce n'est pas une statue antique, comme la statue de la Liberté dans le temple de Jupiter, à Rome, sur l'Aventin, mais bien plutôt une statue moderne, comme l'est *La Liberté éclairant le monde*, œuvre du sculpteur alsacien Frédéric Auguste Bartholdi, que la France offrira aux États-Unis en 1886 et qui sera érigée dans la rade de New York comme elle l'est, sous forme réduite, à Paris sur le pont de Grenelle.

Ouverture sur un ailleurs? C'était un ailleurs le plus souvent antique dans les *Poèmes antiques et modernes* de Vigny, soit qu'il s'enferme dans l'«Antiquité biblique» et l'«Antiquité homérique», soit qu'après avoir évoqué le départ «Du Havre à Surate» de «La Frégate *La Sérieuse*», il l'abandonne dans un repos final «sur un lac solitaire», un peu comme le fera Rimbaud, pour son «Bateau ivre» cédant la place à «un bateau frêle comme un papillon de mai», dans «La flache» ardennaise. Pour Baudelaire, qui gardait un mauvais souvenir du voyage qu'on lui avait imposé dans les mers du Sud en 1841, le voyage final, et dans *Les Fleurs du Mal* et dans son existence, est un engouffrement dans la mort. Et pourtant le voyage imaginaire, le voyage espéré jadis, si je puis dire le *vrai* voyage, était un voyage vers l'Extrême-Orient:

De même qu'autrefois nous partions vers la Chine,
Les yeux fixés au large et les cheveux au vent,
Nous nous embarquerons sur la mer des Ténèbres
Avec le cœur joyeux d'un jeune passager.

Rimbaud qui, dans les *Illuminations*, et très précisément dans celle qui est intitulée «soir historique», fait une unique allusion à la Chine, au «céleste Empire», a pu rêver de Shanghai comme il a rêvé de Zanzibar. À l'écart des «conquérants du monde» portés par «Mouvement», un «couple de jeunesse s'isole sur l'arche», un peu comme Orphée sur le navire Argo avant que, plus de quinze ans plus tard, à Marseille, le 9 novembre 1891, à la veille même de sa mort, Rimbaud, l'Orphée moderne, demande une dernière fois à «être transporté à bord», d'un navire du mystérieux «service d'Aphinar».

L'antique, on le voit, peut rester un accompagnement constant du moderne, et même de celui qui a voulu être «Absolument moderne».

—2—

Il faut revenir au commencement, c'est-à-dire à la formation même et à l'éducation du jeune Arthur Rimbaud.

Dès le début de ses études secondaires, Arthur s'est fait remarquer par sa réussite dans le domaine des études anciennes. Ernest Delahaye, ce camarade de collège qui lui resta fidèle et qui a laissé plusieurs ouvrages sur lui, rappelle dans l'un d'eux, *Souvenirs familiers à propos de Rimbaud*, que dès la classe de sixième—en réalité plutôt en cinquième, quand il avait onze ans—, il avait fait un «étonnant résumé d'histoire ancienne, montré partout, avec un sombre orgueil, par M.

Crouet», son professeur, et il confirme, dans *Rimbaud, l'artiste et l'être moral*, que ce devoir « contenait un résumé de l'histoire primitive (Égypte, Assyrie, Chaldée, etc.) assez étonnant pour que le professeur (M. Armand Crouet) l'ait montré avec orgueil à tout le personnel enseignant du collège»[①]. De cette année de cinquième a été conservé un document, qui peut être consulté aux Archives départementales du Nord, donnant les résultats de l'«Examen du premier trimestre de l'année 1865 - 1866». L'élève Arthur Rimbaud a obtenu les résultats suivants: «Auteurs latins (Bien), explication des auteurs latins (Assez bien), explication des auteurs grecs (Assez Bien)». C'est moins éclatant qu'on ne pouvait le penser, et d'autres élèves de la classe avaient de meilleurs résultats, comme l'a fait justement observer Jean-Jacques Lefrère dans son excellente biographie[②]. Mais un point important est acquis. Dès cette classe de cinquième, il avait commencé les études de grec ancien.

L'année suivante, toujours selon le témoignage de Delahaye, le professeur de latin était un certain M. Pérette, François Pérette, surnommé Bos ou Jobos parce qu'il répétait souvent et d'une voix étrange le fameux vers de Virgile qui commence par

---

[①] Ces ouvrages ont été repris dans le volume de Frédéric Eigeldinger et André Gendre, Delahaye témoin de Rimbaud, Neuchâtel (Suisse), À la Baconnière, 1974, p. 66, et note 12 de la p. 275, précisant qu'Arthur était entré directement en classe de cinquième dans sa douzième année (1865-1866).

[②] Arthur Rimbaud, Paris, Fayard, 2001, p. 52.

*Flammarumque globos*①ou une autre onomatopée latine *Procumbithumibos*. Ne voulant pas croire que l'élève tant vanté par M. Crouetfût «un petit prodige», M. Pérette s'attendait à avoir plutôt dans sa classe «un simple cancre» surnommé Arthur Rimbaud. Mais il dut s'incliner devant les leçons bien sues, les devoirs bien faits, les sommaires d'histoire romaine exacts. Cet élève était décidément bon, même dans cette épreuve redoutable, le thème grec et même si ses yeux et son sourire ne plaisaient toujours pas à ce redoutable professeur qui avertit un jour le nouveau principal du collège, M. Jules Desdouest, en prophétisant: «Il finira mal»②.

À la fin de cette même année de quatrième, donc en juillet 1867, Arthur obtenait, entre autres prix, le deuxième prix de vers latins, un exercice dans lequel il va se montrer brillant par la suite. En troisième (1867 - 1868), à la fin du premier semestre, c'est le premier prix de vers latins qui lui est attribué, ainsi que le premier prix de version latine, le premier accessit de thème latin, le deuxième accessit de version grecque.

Mais, parallèlement, nous avons une manière de témoignage contrasté et plus direct dans ce qu'il est convenu d'appeler le

---

① Il s'agit des «Globes de flammes» de l'Etna dans les *Géorgiques* de Virgile, Livre I, vers 473 *«flammarumque globos liquefactaque volvere saxa»*, «Et rouler des globes de flammes et des rocs en fusion» (J. J. Lefrère, op. cit., p. 54 et note 37, p. 63). Selon le témoignage d'un autre de ses condisciples dans cette classe, Léon Billuard, le futur «jeune poète [...] se faisait un plaisir de travestir [1]a fin [d'un autre] vers de Virgile, *debellaresuperbos en degueularesuperbos»*.

② *Ibid*., p. 67. J.-J. Lefrère a corrigé le nom de Dédouets, donné au principal par Delahaye, en Dédouest.

« cahier des dix ans »[1] et qui est bien plus à mon sens un cahier d'élève que celui d'un simple écolier. Je le daterais donc pour ma part de ces années de cinquième ou de quatrième, ou même plus tard encore, et l'élève apparemment passionné par l'étude des langues anciennes se retourne contre elles.

Tout commence par un verbe latin *«conspecto»*, je regarde, qui n'est pas un titre, comme l'a suggéré Alain Borer[2], mais le début d'une citation latine, ou plutôt d'une phrase latine écrite par Arthur lui-même, ou empruntée à un texte dont on n'a pas trouvé l'origine. Il y est question d'un Grec nommé Aristomène. Puis apparaît plus loin Creseus, le dernier roi de Lydie; il est question de Cyrus, du sophiste Protagoras, de Cicéron. Cette liste se trouve bizarrement interrompue par l'apparition d'un nom qui n'est ni grec ni latin, Arthur, puis on enchaîne avec Caton, Ésope, abandonné un instant cette fois au profit de « rimbaud art » (début d'Arthur), puis d'*«Athur»* ou d'*«Arthir»*, avant qu'on en arrive au texte le plus important, le « prologue » d'une narration qui ne nous conduit pas véritablement à l'époque moderne, puisque le narrateur se dit « Né à Reims l'an 1503 ».

---

[1] Le texte figure sous le titre « D'un cahier d'écolier » dans mon édition des *Œuvres complètes* d'Arthur Rimbaud, Librairie Générale française, La Pochothèque, 1999, pp. 57-83. Ces feuillets ont été publiés pour la première fois dans la revue *La Grive*, numéro d'avril 1956. J'ai ici légèrement retouché le texte.

[2] Dans Arthur Rimbaud, *Œuvre-vie*, édition du centenaire établie par Alain Borer, Arléa, 1991, p. 1 et 981 dans les notes et commentaires. Sous ce titre, *«conspecto»*, est placée la date de 1864 avec un point d'interrogation.

Son père, bel et bien «Officier dans les armées du roi», l'aurait mis en classe dès qu'il eut dix ans, et c'est dès ce moment-là qu'il se serait révolté intérieurement:

«*Pourquoi, me disais-je, apprendre du grec et du latin? Je ne le sais, enfin on n'a pas besoin de cela. Que m'importe, à moi, que je sois reçu? À quoi cela sert-il d'être reçu,-à rien n'est-ce pas? si pourtant on dit qu'on n'a une place que lorsqu'on est reçu, moi je ne veux pas de place. Je serai rentier quand même on en voudrait une. Pourquoi apprendre le latin? Personne ne parle cette langue. Quelquefois j'en vois sur les journaux, mais Dieu merci je ne serai pas journaliste*».

Et plus loin, le ton monte encore, presque jusqu'à la rage:

«*Que m'importe à moi qu'Alexandre ait été célébré? […] Que sait-on si les Latins ont existé? C'est peut-être quelque langue forcée, et quand même ils auraient existé qu'ils me laissent rentier et conservent leur langue pour eux. Quel mal leur ai-je fait? pour qu'ils me flanquent au supplice? Passons au grec... Cette sale langue n'est parlée par personne, personne au monde!... Ah saperlipopette de Saperlipopette! Sapristi, moi je serai rentier. Il ne fait pas si bon de s'user les culottes sur les bancs* [*de l'école*]... *saperlipopetouille! Pour être décrotteur, gagner la place de décrotteur, il faut passer un examen, car les places qui vous sont accordées sont d'être ou décrotteur ou porcher ou bouvier. Dieu merci, je n'en veux pas, moi! saperlipouille! Avec ça des soufflets vous sont accordés pour récompense, on vous appelle "animal", ce qui n'est pas vrai, "bout d'homme", etc.*

La suite prochainement ah saperpouillotte Arth[ur]»

Or curieusement, des vers latins de son invention suivent ces cris de récolte, mais des vers mettant en scène Caïn, le révolté, le maudit par excellence dans la Bible.

Pour moi, ces pages de son cahier intime n'ont rien d'innocent. C'est déjà l'adolescent révolté contre ces études de latin, de grec, d'histoire antique dans lesquelles il brille, et qui pourtant le dégoûtent. Il est formé aux études classiques, il y excelle, mais il les considère comme sans avenir pour lui dans le monde moderne et, à cause de cela, il les exècre.

En classe de seconde (1868-1869), l'élève Arthur Rimbaud a choisi délibérément la section classique conduisant au baccalauréat littéraire. Le professeur Émile Duprez, Ardennais d'origine, le considère alors comme un élève brillant, et lui attribue, à côté du prix d'excellence, de nombreux prix pour les langues anciennes (vers latins, version latine, narration latine, version grecque). Dès le 6 novembre 1868, il a donné à ses élèves le thème de la composition du concours de vers latins organisé par l'Académie de Douai, dont dépend Charleville. C'est un passage d'une ode d'Horace (Livre III, ode 4) qu'Arthur va développer en 59 vers commençant par *«ver erat»*, « c'était le printemps », où il raconte comment l'écolier romain Orbilius, alors qu'il s'est endormi dans la campagne est couronné de lauriers par les Muses métamorphosées en colombes. Le dieu Phœbus (Apollon) vient graver sur son front ces mots prophétiques *«tu vateseris»*, tu seras poète, et même prophète, donc poète divin.

Rimbaud obtint le premier prix, son poème latin fut publié dans Le *Moniteur de l'enseignement secondaire, spécial et classique*, le bulletin officiel de l'Académie de Douai (numéro 2, 15 janvier 1869). Ce poème latin fut donc son premier poème imprimé, alors que par la suite il n'allait voir publiés que trois de ses poèmes en vers français. Ce poème en latin figure en tête des éditions de ses *Poésies complètes* ou de ses *Œuvres complètes*. Comme l'a écrit Marie-France de Palacio dans le dernier volume de la Bibliothèque de la Pléiade, les vers latins « L'emportent, en quantité, sur le nombre de vers français que Rimbaud a réussi à publier ; ils sont la principale manifestation de la précocité du poète »[1]. La préface d'André Guyaux pour ce volume commence elle-même par cette phrase :

---

[1] Arthur Rimbaud, *Œuvres complètes*, édition dirigée par André Guyaux, Gallimard, 2009, p. 809. Le poème latin est reproduit pp. 5-7, avec la traduction.

« *"Ver erat..."* Rimbaud est entré en littérature par ces deux mots, et par l'école »[1].

Les poèmes en vers latins allaient se succéder: *«jamquenovus»* (n° 11, 1ᵉʳ juin 1869), d'après les vers français d'un poète méridional, Jean Reboul «L'Ange et l'enfant»; *«jugurtha»* (n° 22, 15 novembre 1869, l'exercice, toujours en classe de seconde, ayant eu lieu le 2 juillet 1869).

Prend place alors dans la chronologie un exercice primé de version latine, donc cette fois en vers français, d'après un passage de *De Natura rerum* de Lucrèce, mais à dire vrai, cette version semble bien proche de la traduction que Sully Prudhomme venait de faire paraître. C'est l'«Invocation à Vénus» composée elle aussi en classe de seconde, même si elle a paru quand Arthur se trouvait en classe de première, toujours dans *Le Moniteur*, le 15 avril 1870.

Il en va de même pour *«Oliminflatus* («jadis gonflé»), d'après le combat d'Achille et du fleuve Acheloüs dans l'*Iliade*, un exercice de thème latin plutôt, d'après un passage de *L'Homme des champs ou les Géorgiques françaises* (1800) de l'abbé Jacques Delille, et toujours dans le même numéro du *Moniteur*, *Tempus erat* («En ce temps-là»), dont le modèle français n'a pas été identifié. Enfin, et encore dans ce numéro, un long texte en prose latine cette fois, donc le résultat d'un exercice de discours latin, *«verba Apollonii»* de *«Marco Cicerone»*, c'est-à-dire le dis-

---

[1] *Ibid.*, p. IX.

cours d'un Grec, Apollonios, au sujet de Cicéron.

    Il est à noter que ces quatre textes ont été publiés dans ce numéro du 15 avril 1870 avec la certification conforme de Georges Izambard, le jeune et nouveau professeur qui était arrivé au Collège municipal de Charleville au mois de janvier 1870, prenant donc Rimbaud et ses condisciples en cours d'étude dans la classe de rhétorique (notre première actuelle) − la dernière classe qu'ait suivie Rimbaud, puisque ses études se trouveront interrompues par la guerre franco-prussienne déclarée en juillet 1870 et par ses conséquences immédiates ou lointaines.

    Avec Georges Izambard, c'est pourtant le français et la littérature française qui prennent la place dominante dans les lectures de son élève préféré et dans ses projets d'écriture. Avant même la venue à Charleville de ce jeune professeur, originaire de Douai, ville située dans le nord de la France et alors le chef-lieu de l'Académie, Arthur Rimbaud avait écrit son premier grand poème en vers français, « Les Étrennes des orphelins», et il avait même été publié, le 2 janvier 1870, dans la *Revue des familles* à laquelle sa mère était sans doute abonnée. Il y adopte le vers alexandrin, le vers noble de douze syllabes, comme dans sa traduction de l'«Invocation à Vénus», mais il est révélateur qu'il passe d'un alexandrin classique, composé de deux hémistiches, avec déjà un rejet original:

    La chambre est pleine d'ombre; *on entend vaguement*
    De deux enfants le triste et doux chuchotement (vers 1 et 2)

à un dernier vers qui, lui, est un trimètre (non pas 6/6, mais 4/4/4), présentant les médaillons de la couronne mortuaire de la mère des deux orphelins:

Ayant trois mots gravés en or : «À NOTRE MÈRE» [1].

Cette *Revue des familles*, qui avait d'ailleurs demandé à ce jeune poète inconnu d'alléger son texte et de faire des coupures, avait repris quelque temps auparavant, dans son numéro du 5 septembre 1869, le déjà célèbre poème de Victor Hugo, dans *La Légende des siècles*, «Les Pauvres gens», dont d'une certaine manière, Arthur Rimbaud reprenait le sujet et la forme, et le 7 novembre 1869 «La Maison de ma mère», le premier poème du recueil *Pauvres fleurs*, publié en 1839 par Marguerite Desbordes-Valmore évoquant la «Maison de la naissance, ô nid, doux coin du monde!». À cette date la poétesse de Douai était déjà décédée, mais en 1885-1888, Verlaine lui fera place dans la seconde partie de ses *Poètes maudits*, comme il y a introduit Arthur Rimbaud dans la première série en 1883-1884. Quant à Victor Hugo, en 1870, il avait encore quinze ans à vivre. Il s'agissait donc bien dans les deux cas de poètes modernes, qui n'étaient pas aussi entrés dans l'histoire qu'ils le sont aujourd'hui. Il y avait même de l'audace à s'inspirer en 1869-1870 de ce Victor Hugo qui s'était opposé à

---

[1] Je suis le texte tel qu'il est reproduit dans mon édition des *Œuvres complètes* de Rimbaud, Librairie Générale française, Pochothèque, pp. 126-129.

l'empereur Napoléon III et avait choisi de s'exiler en Belgique, puis dans les îles anglo-normandes. Quand, au printemps 1870, Madame Rimbaud mère soupçonnera Georges Izambard d'avoir fait lire à son fils Arthur «*Les Misérables* de V. Hugot [*sic*]», elle lui adressera, au collège de Charleville, une lettre de protestation qui a été conservée: « Il faut», écrivait-elle, « Beaucoup de soin dans le choix des livres qu'on veut mettre sous les yeux des enfants» et « Il serait certainement dangereux de permettre [à Arthur] de pareilles lectures»①, – même si à cette date, le 4 mai 1870, il n'est plus tout à fait un enfant②.

En ce même mois de mai, très exactement le 24, Arthur qui se donne «presque dix-sept ans» alors qu'il n'en a que quinze et demi, adresse avec ou sans le conseil de Georges Izambard, une longue lettre à Théodore de Banville, poète parisien déjà célèbre qui était en quelque sorte le secrétaire général du *Parnasse contemporain*, publié par l'éditeur Alphonse Lemerre, et l'un des chefs du mouvement parnassien.

Cette lettre était accompagnée de trois poèmes. Le premier, alors sans titre, deviendra par la suite « sensation ». Le deuxième, «Ophélie», daté du 15 mai 1870, évoque de manière neuve le suicide de l'amante de *Hamlet* dans la tragédie de Shakespeare, le dramaturge élisabéthain qui depuis le *Racine et Shakespeare* (1825) de Stendhal est opposé aux classiques du temps de Louis XIV. Le troisième poème est doté d'un titre

---

① Arthur Rimbaud, *Correspondance*, édition de Jean-Jacques Lefrère, Fayard, 2007, p. 31.

② La Pochothèque, pp. 133-141.

latin «*credo in unam*» (c'est-à-dire «je crois en une seule [déesse]», Vénus, la déesse de l'amour). Et c'est sur ce troisième poème, de loin le plus long, que Rimbaud compte pour avoir, grâce au soutien de Banville, « une petite place entre les Parnassiens»①.

La situation d'un tel vœu et d'un tel poème est ambiguë.

Il s'agit bien d'une publication en cours. Le premier *Parnasse contemporain* a commencé à paraître le 1er octobre 1869. Mais la publication en fascicules sera suspendue en juillet 1870 et ne reprendra qu'en juin 1871, avec la reprise en volume d'un deuxième *Parnasse contemporain*, mais toujours sans Rimbaud. Il y aura encore un troisième *Parnasse contemporain* en 1876, contenant pas moins de 455 pages d'où seront exclus Mallarmé et Verlaine, pour ne pas parler de Rimbaud qui, à cette date, s'était lui-même exclu du champ de la poésie②. C'est donc une entreprise moderne et qui, même, se qualifie de contemporaine, tout en reportant cet adjectif sur l'antique Parnasse, la montagne des Muses dans la mythologie grecque. De l'antique moderne en quelque sorte, si l'on veut bien admettre l'alliance de mots.

Cette alliance de l'antique et du moderne est réalisée aussi dans un poème comme le «*credo in unam*» adressé par Arthur Rimbaud à Théodore de Banville, qui arrivait d'ailleurs peut-être trop tard pour pouvoir être publié dans ce que le jeune poète de

---

① *Correspondance*, éd. cit., p. 32.
② Voir le livre de Yann Mortelette, *Histoire du Parnasse*, Fayard, 2005.

Charleville croyait être « La dernière série du Parnasse». Il y a sans doute, une autre raison: c'est que Rimbaud s'inspirait trop évidemment d'un poème de Banville lui-même, « Naissance de Vénus».

Le jeune Arthur Rimbaud s'est senti tenté d'offrir à son lecteur « La vivante image de l'Aphrodite dorée que chante les aèdes». J'emprunte cette citation au roman de Simone Bertière, *Le roman d'Ulysse*, publié en 2017. Mais il s'inspirait tout aussi bien d'un moderne, ce Banville auquel il adressait son poème. Un Parnassien, il est vrai, qui avait le culte de l'Antiquité.

Le poème de Banville s'ouvre sur le nom grec d'Aphrodite, l'«Aphroditè d'or» qui deviendra «Aphroditè marine» dans l'audacieux credo rimbaldien:

> *Je crois en Toi! je crois en Toi! Divine Mère!*
> *Aphroditè marine.*

En effet, là où Banville s'en tenait à une description somptueuse de la déesse grecque, Rimbaud en prend prétexte pour se démarquer de la religion chrétienne que lui a imposée une mère pieuse et pour revenir à la religion des Grecs et des Romains. C'est d'ailleurs le nom latin de Vénus qu'il met en place dans les premiers vers, puis dans ce nouveau *credo*:

> —*Oh! la vie est amère,*
> *Depuis qu'un autre dieu nous attelle à sa croix!*
> *Mais c'est toi la Vénus! C'est en toi que je crois.*

Et cet acte de foi volontaire, trop volontaire même, était déjà fortement mis en place dans le titre latin *«credo in unam»* (Je crois en une seule [déesse]), auquel il substituera un nouveau titre en français « soleil et Chair», quand il reprendra le poème avec des variantes pour le recueil qu'il laissera à Paul Demeny, un ami d'Izambard, à la fin de son deuxième séjour à Douai en octobre 1870[①].

Sans entrer dans le détail de la comparaison entre les deux versions, je crois devoir en signaler une, apparemment minuscule, qui a pourtant à mes yeux une grande importance.

Le poème tel qu'il était adressé à Banville commençait par le soleil, le foyer de tendresse et de vie,

Verse l'amour brûlant à la terre ravie.

Ils sont repris au début de la seconde version, à une minuscule modification près: soleil devient Soleil en majuscule, c'est-à-dire le soleil divinisé, l'Hélios des Grecs, qui peut être un dieu puissant et redoutable, comme dans l'épisode des Vaches du Soleil dans l'*Odyssée* d'Homère, au cours duquel Hélios fait périr tous les compagnons d'Ulysse parce qu'ils ont osé dévorer les vaches sacrées de son troupeau.

Cette variante nous met sur la voie de l'ambition qui sera exprimée dans l'une des *Illuminations*, donc dans le dernier recueil de Rimbaud. C'est le poème en prose intitulé « vaga-

---

[①] Ce recueil était resté sans titre. Il vient d'être édité à part, sous le titre le plus fréquemment utilisé, *Les Cahiers de Douai*, Librio, 2018. « soleil et chair» y occupe les pages 23-28.

bonds» où, évoquant ses errances et peut-être ses erreurs avec Paul Verlaine, sans qu'il soit nommé, il rappelle le pacte qu'il croyait avoir conclu avec lui, et en tout cas la promesse qu'il s'était faite à lui-même:

> *J'avais en effet, en toute sincérité d'esprit, pris l'engagement de le rendre à son état primitif de fils du Soleil,—et nous errions nourris du vin des cavernes et du biscuit de la route, moi pressé de trouver le lieu et la formule.*

À la différence du poème de Banville, celui de Rimbaud, en 1870, multiplie vers la fin les figures mythologiques, Éros et la blanche Kallipyge (c'est encore Aphrodite), Ariane et Thésée, Lysios, l'enlèvement d'Europe par Zeus transformé en taureau, Zeus encore métamorphosé en cygne pour s'unir à Léda, Héraclès. Il est fier en quelque sorte d'étaler sa culture mythologique, mais il donne aussi aux dieux antiques, dans les derniers vers, une force morale, une attention aux hommes, qui correspondrait à ce qu'il appelle dans sa lettre au même Banville, «La foi des poètes».

Qu'il y ait là une conception moderne de la religion antique, c'est net. Qu'elle soit celle de tous les Parnassiens, il y aurait sans doute des nuances à apporter. Que cette «foi des poètes» ait été celle d'Arthur Rimbaud au moment où il a écrit ces vers, ce n'est pas absolument sûr. Et en tous cas, là encore, un renversement brutal et frappant s'opère quand, quelques mois plus tard, il écrit un sonnet, «vénus anadyomène», décrivant avec férocité une femme âgée, très vraisemblablement une ancienne prostituée, dont la tête émerge, non pas des flots de la mer, mais « D'une vieille baignoire » :

> *Les reins portent deux mots gravés : Clara Venus ;*
> *Et tout ce corps remue et tend sa large croupe,*
> *Belle hideusement d'un ulcère à l'anus.*

Il ne s'agit plus d'un poème antique, mais d'une caricature moderne.

Ce sonnet est daté du 27 juillet 1870, et Rimbaud l'avait confié, parmi d'autres, à son professeur Georges Izambard, avec lequel il restait en relations bien qu'à cette date il ait quitté Charleville et soit parti en vacances dans sa ville de Douai.

Le 25 août, de Charleville plongée dans une atmosphère de guerre, l'élève écrit à ce maître en qui il a alors toute confiance une longue lettre où il lui fait part de ses lectures récentes, et en particulier de celle des *Fêtes galantes* de Verlaine, publiées l'année précédente, dont il a apprécié la bizarrerie, la drôlerie et « parfois de fortes licences ». Donc une poésie en liberté qui est alors comme à la pointe de la poésie moderne.

Mais dans cette même lettre, il fait l'éloge, plus longuement, du premier volume d'une jeune poétesse de neuf ans son aînée, Louisa Siefert. Le recueil, publié en 1868, a pour titre *Rayons perdus*. Rimbaud en retient et en cite longuement un poème qui l'a ému, « Marguerite », et il ajoute ce commentaire, qui lui a d'ailleurs été inspiré par la préface du recueil :

C'est aussi beau que les plaintes d'Antigone *anumphè* dans Sophocle.

Le manuscrit atteste qu'il a écrit en caractères grecs l'adjectif qui signifie «Non mariée». On aurait là une confirmation de sa connaissance de la langue et de la tragédie grecques, donc de cette culture qu'il a acquise depuis ses premières classes au Collège municipal de Charleville. Il est fier de cette culture antique, et en particulier de sa connaissance de l'alphabet grec qu'on retrouvera un ou deux ans plus tard dans le célèbre sonnet des «voyelles», dont le dernier tercet est placé sous le signe de la dernière voyelle de cet alphabet:

> *O, suprême clairon plein de strideurs étranges,*
> *Silences traversés des Mondes et des Anges...*
> *—O l'Oméga, rayon violet de ses yeux.*

Au fur et à mesure qu'il s'est affirmé comme poète, Rimbaud n'a pas cessé de conjuguer l'antique et le moderne. «voyelles» en apporte la preuve alors que, conçu lors du séjour à Paris de septembre 1871 à mars 1872, très probablement dans le cadre du «cercle zutique», et destiné à la nouvelle revue, *La Renaissance littéraire et artistique*, qu'avait fondée un ami de Verlaine, Émile Blémont et dirigée par Jean Aicard qui d'ailleurs n'en voulut pas①, il est l'illustration parfaite de sa nouvelle poétique à cette date. Il le placera même en 1873 au début de la liste des poèmes illustrant sa tentative d'« Alchimie du verbe », dans *Une saison en enfer*.

Il a rejeté Banville et la poésie parisienne dans une lettre du 15 août 1871 et le poème qui y était joint « ce qu'on dit au poète à propos de fleurs ». Mais curieusement il l'a signée « Alcide Bava », Alcide étant un autre nom d'Héraclès/Hercule dans la mythologie gréco-latine.

Dans « Le Bateau ivre », ce poème strictement composé en cent vers, qu'il a conçu au cours de l'été 1871 à Charleville et qu'il présente fièrement à son arrivée à Paris dans le cercle des « vilains Bonshommes », les flots marins sont comparés « à des acteurs de drames très-antiques » (vers 35).

Si l'on passe aux poèmes du printemps et de l'été 1872, abusivement appelés dans certaines éditions « Derniers vers », où il évolue vers une versification plus libre à l'égard de laquelle Verlaine émettra des réserves, on s'aperçoit que leur modernité n'exclut nullement des réminiscences antiques. Ainsi, dans « comédie de la soif », reparaît « vénus, sœur de l'azur » qui « Émeu[t] le flot pur », c'est-à-dire le met en mouvement. Dans « Bonne Pensée du matin », le soleil qui se lève au-dessus du chantier des ouvriers parisiens est présenté comme « Le so-

---

① D'où, sans doute, cette demande que Rimbaud a faite à Ernest Delahaye dans sa lettre de « jumphe [juin] 1872 » : « N'oublie pas de chier sur *La Renaissance*, journal littéraire et artistique, si tu le rencontres » (*Correspondance*, éd. cit., p. 106).

leil des Hespérides», dans le jardin légendaire où pendaient aux arbres des pommes d'or et où Héraclès accomplit l'un de ses douze travaux,-d'ouvrier lui aussi en quelque sorte. Un mot latin passe dans la troisième des *Fêtes de la patience*, «L'Éternité»:

Là, pas d'espérance,
Nul orietur

La quatrième renouvelle le mythe de l'«Âge d'or», l'un des quatre âges de l'humanité que les Latins appelaient *Saturniaregna*, comme datant du règne de Saturne.

Le poème évoquant le Boulevard du Régent, à Bruxelles, s'ouvre sur des «plates-bandes d'amarante [allant] jusqu'à/ L'agréable palais de Jupiter». Cet exemple est caractéristique du mélange de l'antique et du moderne, puisqu'à ce palais de Jupiter (qui est peut-être le Palais royal de Bruxelles) succèdent un «Bleu presque de Sahara» ou une «charmante station de chemin de fer».

Dans les «fêtes de la faim», l'évocation des «Galets, fils des déluges» fait penser au mythe de Deucalion et Pyrrha dans les *Métamorphoses* d'Ovide, ces deux survivants, homme et femme, qui lancèrent derrière eux, après le déluge, des cailloux d'où naquit la nouvelle humanité. Et, «Après le Déluge» sera encore le titre de celle qui est placée en tête des *Illuminations*, où apparaît une nymphe au nom grec, Eucharis, une figure de la grâce, que Rimbaud aurait trouvée cette fois dans le

Télémaque de Fénelon.

—5—

Quand on lit *Une saison en enfer*, on est encore pris entre l'ancien et le moderne.

Cette évocation des morts, et plus singulièrement, du mort qu'il a cru être pendant la durée de cette saison en enfer, a pour source profonde la *nekuia* homérique, le chant XI de l'*Odyssée* où Ulysse raconte comment il est venu au pays des Cimmériens pour y faire des sacrifices et faire venir à lui les âmes des morts.

Rimbaud, sans nul doute, était pénétré de ce texte antique et, dans la partie centrale d'*Une saison en enfer*, où il ne veut plus considérer que comme des «Délires» dangereux ses tentatives d'alchimie du verbe, il justifie ainsi l'arrêt de son entreprise:

> *Ma santé fut menacée. La terreur venait. Je tombais dans des sommeils de plusieurs jours, et, levé, je continuais les rêves les plus tristes. J'étais mûr pourle trépas, et par une route de dangers ma faiblesse me prenait aux confins du monde et de la Cimmérie, patrie de l'ombre et des tourbillons*[1].

La Cimmérie, c'est le pays auquel parvient Ulysse quand,

---

[1] *Une saison en enfer*, Bruxelles, Alliance typographique (M. J. Poot et Compagnie), 1873, p. 35. C'est, il faut le rappeler, l'édition originale de ce seul livre que Rimbaud ait fait éditer.

suivant les indications de la magicienne Circé, il doit aller y évoquer les âmes des morts et recueillir la prophétie le concernant de l'un d'entre eux, le devin Tirésias. Dans le chant XI de l'*Odyssée*, on lit que «ce peuple vit couvert de nuées et de brumes, que jamais n'ont percées les rayons du Soleil, ni durant sa montée vers les astres du ciel, ni quand, du firmament il revient à la terre: sur ces infortunés, pèse une nuit de mort»[①].

Rien ne pouvait être plus repoussant pour Rimbaud, qui se rêvait donc «fils du Soleil» et cherchait à entraîner son compagnon dans la direction de cette lumière, de ce dieu. Verlaine est au fond de sa cellule, dans la prison de Mons, après les deux coups de revolver qu'il a tirés sur son compagnon le 10 juillet 1873. Rimbaud, lui, ne veut que s'évader. Et la fin d'*Une saison en enfer*, «Adieu», confirme celle des «Délires I»—la liaison de la Vierge folle et de l'Époux infernal –, ouvrant la voie à la liberté, à une nouvelle aurore, et donc à une authentique modernité, qui n'est pas seulement celle de l'œuvre, mais de cette autre œuvre, si importante, qu'est la vie. C'est ainsi, à mon sens, qu'il faut interpréter la célèbre formule,

Il faut être absolument moderne.

—6—

Depuis les travaux d'Henri de Bouillane de Lacoste et en

---

① Homère, *Odyssée*, Traduction de Victor Bérard pour les vers 14-19, Les Belles Lettres, rééd. de 2001, coll. Classiques en poche, tome II, p. 13.

particulier de son édition critique des *Illuminations* en 1949①, on considère que, pour l'essentiel du moins, ce recueil est postérieur à *Une saison en enfer*. Peut-être Rimbaud en a-t-il eu le projet avant, puisque dans sa lettre de « Laïtou (Roche)» à son camarade Ernest Delahaye, datée de mai 1873, il parle de « Quelques fraguements [*sic*] en prose de moi ou de lui [c'est-à-dire Verlaine]» dont celui-ci pourrait le charger pour le lui remettre②. Mais rien ne permet d'assurer qu'il s'agisse de la même chose et Verlaine lui-même n'a jamais parlé d'une collaboration entre eux de ce type. Mais c'est lui à qui le manuscrit a été remis par Rimbaud quand ils se sont retrouvés en février-mars 1875 à Stuttgart, après sa sortie de prison le 15 janvier et c'est lui seul qui a assuré que le titre en était *Illuminations* au sens anglais de *«coloured plates»*, soit « Gravures coloriées »③. Il en fait dans cette préface une présentation assez superficielle, mêlant comme ce fut le cas dans l'édition originale de 1886 nullement contrôlée par Rimbaud qui, à cette date, était à Harar, « prose exquise ou vers délicieusement faux exprès», c'est-à-dire les petits poèmes en prose et les vers nouveaux du printemps et de l'été 1872 qui, depuis, ont été à juste titre retirés du recueil où ne demeurent que deux poèmes, en vers libres, ceux-là, donc de forme moderne, « Marine» et « Mouvement».

Dans « Marine» virevoltent des « Nymphes d'Horace coiffées

---

① *Illuminations. - Painted Plates*, Mercure de France, 1949.
② *Correspondance*, éd. cit., p. 135.
③ Voir sa préface dans l'édition originale *Les Illuminations*, Publications de *La Vogue*, 1886, p. 5.

au Premier Empire» (étrange alliage de l'antique et du moderne), ainsi que des «rondes Sibériennes» et — ultime surprise —, des «chinoises», mais peintes par un artiste français du xviiie siècle, François Boucher (1703 - 1770), qui passe pour «représenter un monde sensuel et gracieux, par un dessin souple et des couleurs tendres»[①].

Quant à «Mouvement», qui entraîne des marins modernes, de nouveaux «conquérants du monde/Cherchant la fortune chimique personnelle», au-delà «De la route hydraulique matrice», il laisse à part, isolés sur l'arche, «un couple de jeunesse» qui «chante et se poste», comme Orphée (qui n'est pas nommé) sur le navire Argo qui conduisit Jason et ses Argonautes à la recherche de la Toison d'or.

À travers ces deux exemples déjà, on décèle l'alliance subtile de l'antique et du moderne dans la nouvelle manière de Rimbaud et on constate en même temps une permanence depuis ses débuts poétiques.

Certains des poèmes en prose en apporteront la confirmation. Ainsi dans l'illumination intitulée «Antique», Rimbaud salue le «Gracieux fils de Pan». Le dieu grec Pan était déjà nommé en 1870 dans *«credo in unam»*, quand Arthur disait «regrett [er]/les temps de l'antique jeunesse,/Des Satyres lascifs, des faunes animaux»,-temps «Où la sève du monde,/L'eau du fleuve jaseur, le sang des arbres verts,/Dans les veines de Pan mettaient un univers».

---

① *Le Robert de poche* 2008, p. 835.

Mais de qui Pan lui-même était-il le fils ? Le poète de l'unique hymne homérique dédié à Pan demande à la Muse de lui parler « Du fils d'Hermès, le chèvre pied à deux cornes », « Le dieu pastoral à la magnifique chevelure inculte qui a pour apanage toutes les hauteurs neigeuses, ainsi que les cimes des monts et les sentiers pierreux ». Sa mère serait la nymphe Dryopé.

Ce dieu pastoral est un dieu musicien qui, au retour de la chasse, joue sur ses pipeaux des airs suaves. Alors les nymphes des montagnes, les Oréades, l'accompagnent et chantent elles-mêmes près de sources tandis qu'il bondit dans le chœur et entre dans la danse d'un pas animé. Il a toujours sur le dos une peau de lynx.

À sa naissance, en Arcadie, il était « D'aspect monstrueux (*teratôpon*), chèvre-pieds à deux cornes », déjà « Bruyant et souriant » (vers 36-37). Malgré ce sourire, sa mère prit peur et abandonna son enfant. Son père Hermès le recueillit et ne craignit pas de l'emporter sur l'Olympe, « Enveloppé dans la fourrure épaisse d'un lièvre des montagnes ». Il le présenta aux Immortels qui tous l'accueillirent avec joie, et surtout Dionysos. Et c'est parce qu'il avait plu à tous qu'il fut appelé *Pan*, c'est-à-dire en grec, Tout[1].

Comme le poète grec a salué en Pan, dès le premier vers, le fils chéri d'Hermès, Rimbaud salue lui aussi, dès le départ de

---

[1] Homère, *Hymnes*, texte établi et traduit par Jean Humbert, Les Belles Lettres, 1967, CUF, pp. 211-212.

son hymne le «Gracieux fils de Pan». Il revient donc à l'antique, mais en se situant volontairement dans la continuité de l'antique au moderne, avec ce fils de Pan inconnu dans la mythologie, donc inventé par lui. Il lui couronne le front «De fleurettes et de baies», comme le faisaient les Nymphes, ces divinités de la Nature, et, du coup les yeux brillent comme des pierres précieuses, mais des pierres vivantes qui remuent. De l'animal viennent les crocs. De l'homme les joues qui se creusent, à moins que leurs taches de lies brunes n'entraînent plutôt du côté de Dionysos-Bacchos. La musique qui émane de son corps pourrait apparaître comme apollinienne, mais c'est bien plutôt l'héritage d'Hermès, son grand-père, qui ici n'est pas nommé:

Ta poitrine ressemble à une cithare. Des tintements circulent dans tes bras blonds.

La surprise principale est à la fin, dans la révélation du «Double sexe» qui fait de ce fils de Pan un androgyne. Il arrivait dans l'hymne homérique que Pan, non content de jouer de la flûte et d'entendre les nymphes chanter, «Bond[isse], ici et là, dans le chœur, et parfois entre dans la classe d'un pas animé» (vers 22-23). Ici, comme apaisé, le fils de Pan est invité à se promener, la nuit, «En mouvant doucement cette cuisse, cette seconde cuisse et cette jambe de gauche». Il n'est plus seulement mihomme mibouc, mais bien plutôt un être double, masculin et féminin, hermaphrodite qui trouve donc en lui-même une entière satisfaction. Et Rimbaud avait peut-être rêvé de devenir cet être double dont la mythologie gréco-romaine l'a fait rêver.

On pourrait multiplier les exemples de motifs ou de figures antiques dans les *Illuminations*, de la déesse «Aube» (l'*Éôs* des Grecs) au «Génie», en qui il faut reconnaître d'abord le *Genius latin*, ce «Dieu particulier à chaque homme, qui veillait sur lui dès sa naissance, qui partageait toute sa destinée et disparaissait avec lui»[1]. Ce sens du mot en latin, Arthur le connaissait depuis ses années de collège, car on le trouve fréquemment dans les œuvres d'Horace, par exemple dans l'*Épitre* 7 du livre 1, vers 194.

Rimbaud n'a pas oublié que les Romains connaissaient le *geniusloci*, le génie du lieu auquel il rend hommage à son tour quand, dans cette illumination, il célèbre ce génie «Qui est le charme des lieux fuyants et le délire surhumain des stations». Mais il célèbre ensuite le génie intérieur en quelque sorte, et le protecteur de chacun, donc de lui-même, celui «Qui nous aime pour sa vie infinie».

La signification du mot s'élargit donc, se modernise. Rimbaud laisse volontairement derrière lui l'interprétation messianique dont les commentateurs de ce poème en prose ont abusé. Il renie les «superstitions» par lesquelles on a tenté autrefois de l'abuser, «tous les agenouillages anciens» qu'il a en horreur et que ce Génie, précisément, permet de relever, les prétendues

---

[1] *Dictionnaire latin-français* de Félix Gaffiot, Hachette, nouvelle édition, 2000, p. 714. Il donne en référence l'exemple d'Horace repris ici.

« charités » qu'il considère comme « perdues ». De ce Génie il attend la force, il attend le monde, celui-là même qu'il va vouloir découvrir après avoir abandonné la poésie, allant en Italie, et ayant même eu le projet d'aller dans une île grecque avant de se trouver à Chypre en passant par Alexandrie. Il va même faire, brièvement, l'expérience des Indes néerlandaises, puis, beaucoup plus longuement, faire du commerce à Aden et à Harar, devenir explorateur, faire l'expérience de cette Afrique qui n'était inconnue ni des Grecs ni des Romains de l'Antiquité.

Mais la vie moderne était là, avec les journaux comme *Le Bosphore égyptien* auquel il va collaborer par l'entremise d'Octave Borelli, le frère de l'explorateur Jules Borelli, quand il passera par Le Caire en août 1887. Avec le commerce des armes, qu'il pratiquera avec une médiocre réussite en 1885-1886, auprès du roi du Choa Ménélik, futur empereur d'Abyssinie. Avec toutes les possibilités offertes par le canal de Suez, inauguré le 17 novembre 1869, qui était bien sûr inconnu des Anciens. Avec toutes les ouvertures sur le monde, dont il aurait profité bien davantage s'il n'était pas mort le 10 novembre 1891 à l'âge de 37 ans.

Au cours des années qui s'étendent de 1875 à cette date, le grec et le latin ont cédé la place à la curiosité pour d'autres langues, vivantes celles-ci. Il a dû forcément pratiquer la langue arabe, se penchant même sur le passé et les archives de son père, qui avait été militaire en Algérie. Si le temps lui en avait été laissé, peut-être serait-il allé jusqu'en Chine et aurait-il appris le chinois. Le mystérieux « service d'Aphinar [sans fin, avec *alpha* privatif] » dont il parle dans l'ultime billet dicté à sa sœur Isabelle la veille de sa mort[1] n'aurait-il pas dû être un voyage sans fin, non plus de l'antique au moderne, mais du connu vers l'inconnu ?

---

[1] *Correspondance*, éd. cit., p. 961.

兰波与科学 规划与写作

[意]乔瓦尼·杜托利

阿尔蒂尔·兰波与科学,尤其与工程学有着密切的联系。据考证,兰波与铁路专家谢夫纳(Léon Chefneux)、与探险家塞克(Samuel Téléki von Szek)和博赫利(Jules Borelli)、与瑞士工程师阿尔弗·伊尔格(Alfred Ilg)[1]以及与一大批意大利科学家[2]和

---

[1] 参见 A. Rimbaud, *Correspondance*. 1888-1891. Préface et notes de Jean Voellmy, Paris, Gallimard, 1965. Réédition dans la collection «L'Imaginaire», chez le même éditeur, en 1995。我使用的是这一再版版本。关于阿尔弗雷德·伊尔格和兰波,也可参见 C. Jeancolas, *Arthur Rimbaud*, Paris, Flammarion, 1999, pp. 659-661; J.-J. Lefrère, *Arthur Rimbaud*, Paris, Fayard, 2001, pp. 977-978 et passim; C. Zaghi, *Rimbaud in Africa*, Napoli, Guida, 1993, passim; J. Voellmy, *L'esprit d'aventure chez Rimbaud*, *Ilg et Alfred Bardey*, in *Arthur Rimbaud: poesia e avventura*, actes du colloque international de Grosseto, 11-14 septembre 1985, a cura di M. Matucci, Pisa, Pacini, 1987, pp. 223-229; Id., *Alfred Ilg «à la loupe»: 1882-1892*, «parade sauvage», 19, décembre 2003, pp. 179-190; Id., *Rimbaud, employé d'Alfred Bardey et correspondant d'Ilg Arne Kjell Haugen*, *Rimbaud et Ekclöf*, «parade sauvage», 1, octobre 1984, pp. 66-72; Id., *Rimbaud dans les copies-lettres d'Alfred Ilg*, «parade sauvage», 13, mars 1996, pp. 77-82.

[2] 参见我的作品: *Rimbaud, l'Italie, les Italiens. Le géographe visionnaire*, Fasano-Paris, Schena-Presses de l'Université de Paris-Sorbonne, 2004, passim.

工程师均有交集。

实际上,兰波觉得自己适合从事建筑工程行业,梦想着成为一名工程师,"尽管他连高中毕业会考都没有通过"。①

在兰波身处的年代,欧洲人将非洲想象为一块处女地,那么兰波去东非是出于科学原因?此时的苏伊士运河刚开始通航②,他去东非的目的是建立一个新的东方世界吗?用现在的话说,兰波就是一位"探索者"。"兰波的非洲之行有一定的'规划性'。"③

《彩图集》中的短诗《出发》与《地狱一季》中的最后一首诗《永别》构成了不可分割的二元结构,《永别》之后再《出发》的真正意义是什么呢?

我们先来看《出发》这首诗:

> 看够了。视觉触及一切空间。
> 厌倦了。城市的喧嚣,夜晚,阳光下,而且永远如此。
> 受够了。人生驿站。——哦,喧嚣与幻象!
> 出发,到崭新的爱和喧闹中去!④

---

① P. Brunel, *Vies*, in P. Brunel-M. Letourneux-P.-E. Boudou, *Rimbaud*, Paris, Association pour la diffusion de la pensée française-Ministère des Affaires Étrangères, 2004, p. 41.

② 大多数研究者认为,兰波出走非洲既体现出当时欧洲社会语境下自我和社会天然的冲突,也是"被诅咒的诗人"的自我和社会的冲突。(参见 G. Nicoletti, *Lirismo e disfatta*, introduction à Rimbaud, *Una stagione all'inferno. Illuminazioni*, traduzione di Diana Grange Fiori a cura di G. N., Milano, Mondadori, 1979, p. 8 et suiv.)

③ I. Mingo, *Rimbaud d'Afrique. Storia simbolica di una malattia*, Napoli, Edizioni Scientifiche Italiane, 1994, p. 57.

④ Rimbaud, *Œuvres complètes. Poésie*, *prose et correspondance*, introduction, chronologie, édition, notes, notices et bibliographie par P. Brunel, Paris, Librairie Générale Française, Le Livre de Poche, La Pochothèque, 1999, p. 466.

再看《永别》这首诗:"然而竟没有一只友爱之手!去哪里求救?"①去哪里才能够"随心所欲地在灵与肉之中获得真理"?②兰波痛苦地抱怨着自己身处满是"野蛮人或傻瓜的公司",③他的新"职业"真如他所说的那般"愚蠢"吗?

我们应该重新回顾一下兰波在东非时的身份特征,他集男性、作家、勘探者、探险者、记者、诗人于一身。他的创作"没有停止",布勒东(André Breton)说:"如果不研究至诗人生命的最后一刻,那就有可能误解其作品的深刻意义。"④兰波从灵魂到肉体,始终不渝地致力于他那充满智慧、创造力、高要求的规划,决心以一己之力,通过自己的方式,全身心地投入到他生命的冒险之中。

经我考证,从1881年初开始,兰波除了订购大量的科学书籍⑤之外,还购买了数量惊人的精密仪器。这是他1881年1月15日写给家人的一封信件,他估计信在两周后到达罗什⑥,所以日期写为"亚丁,1881年1月30日"⑦:

> 把这封信寄给博丁先生,精密仪器制造商,巴黎,九月四日街,6号。
>
> 亚丁,1881年1月30日

---

① 同上,第441页。

② 同上,第442页。

③ 同上,第626页。

④ A. Breton, *Les pas perdus*, Paris, Gallimard, «L'Imaginaire», 1969, p. 144.

⑤ 参见 G. Dotoli, *Rimbaud ingénieur*. Préface d'A. Tourneux, Fasano-Paris, Schena-Presses de l'Université Paris-Sorbonne, 2005, passim.

⑥ Rimbaud, *Œuvres complètes. Poésie, prose et correspondance*, pp. 564-565.

⑦ 同上,第564页。

先生，

　　我希望将一些精密仪器引入东方国家,故冒昧给您写信,请求以下帮助:请问法国(或者国外)有哪些顶级精密仪器生产商,内容涉及数学、光学、天文学、电力、气象、机械、水力和矿山,但不要手术设备。如果能收集到以上所有仪器产品的目录,我将感谢不尽,我想凭您高超的办事能力一定能办到。

　　同时我还需要物理玩具、烟火制造、魔术用品、简易机械和建筑模型等生产商的清单。如果法国有这类可关注的工厂,或者您知道国外有更好的企业,烦请告诉我这些工厂的地址或者它们的产品目录。

　　回信请寄:"法国阿登省阿蒂尼罗什,兰波收",本人自然承担全部邮费,并且根据您意见提前预付。

　　如您有可靠的、完全现代而实用的《精密仪器制造商大全》,请寄我一本。

兰波,
阿拉伯亚丁

　　请您在这封信的前面加上以下字句:
先生,
　　我们按地址给您寄去的这封信是我们在东方国家的一个亲戚写来的,敬请关注,我们不胜感激。我们将根据您意见,随时提供所需费用。

兰波,
罗什,阿蒂尼,阿登省[1]

---

[1]　同上,第564页。

这封类似订单的信无论哪方面都令人吃惊。首先，兰波以东方国家的精密仪器商自居，想把精密仪器引入那片还不了解现代技术的土地，或者将它们卖给日后会来那里的欧洲人。这是一个用来获取他订购的仪器的诡计吗？他的各种工程项目需要这些仪器吗？我认为这些订单只是要满足他本人对科学求知若渴的需求。他能把这些仪器卖给谁呢？毕竟来到这里的欧洲人都携带着自己的仪器和书籍。

我们应该意识到这是兰波为了实行自己的规划而采用的策略，他总是想超越一切可能，总是对新鲜事物充满着热情，对知识和科学充满着激情。难道他没有把同样的方式应用于文学吗？

兰波想精准地掌握工程师的各种知识，所以他需要布瓦尔和佩库歇式的图书馆。长长的书单令最伟大的科学家也感到惊骇：他需要数学、光学、天文学、电力、气象、机械、水力和矿物学等领域的仪器。具有讽刺意味的是，他明确指出，他不需要"手术设备"！我们瞬间明了为什么兰波想要"所有领域的仪器制造商名单"。他还需要"制造物理玩具、烟火、魔术用品的工厂名册"以及"简易机械和建筑模型制造商清单"等！

仅向博丁先生索要某些领域的制造商清单不足以满足他的野心，兰波还向他询问"法国以及国外是否有相关的工厂"，他想要所有种类的名册，想要"可靠的"，尤其是"非常现代以及实用的""精密仪器制造商总名册"。区区几个领域的精密仪器制造商名册无法满足他，他想要的是所有现代精密仪器制造商的清单！为了获得订购的仪器和相关信息，他愿意支付所有款项。

一年后，在兰波寄给家人的信件中，我们发现了他写给德拉埃的一封信，日期为1882年1月18日。以下是这封信中与我们的主题有关的部分：

亲爱的德拉埃，

很开心收到你的信。

开门见山，如果你现在巴黎，你能帮我一个大忙，下面我详细跟你解释。

我打算写一本书，内容是关于我勘察过的哈勒尔和盖拉族，完成之后交给巴黎地理学会发表。在上述地区我待过一年，供职于一家法国贸易公司。

我刚从里昂订购了一架照相机，将来可以在书中插入在这些奇特的地区拍摄的景物。

我缺少制作地图的仪器，打算购买一些。在法国我母亲那里我还存了一笔钱，用以购买这些仪器。

以下是我需要的东西，如果你通过寻求某些专家帮助，比如咨询你认识的那位数学老师，联系巴黎最好的制造商，能帮我买到，我将感激不尽：

1. 一个旅行经纬仪，个头要小。务必小心调整，仔细包装。经纬仪的售价非常高昂，如果其售价超过 15 到 18 法郎，那就先不要购买，而帮我购买以下两种仪器：一个品质好的六分仪；一个水平勘探罗盘。

2. 购买 300 个矿物样品。这些样品在贸易市场上可以购得。

3. 一个袖珍气压计。

4. 一根麻绳。

5. 一个数学工具盒：一把直尺、一把角尺、一个量角器、一个比例规、一把分米尺、一支直线笔等。

6. 画纸。

[……]

你想象不到你将帮我多大一个忙。

如果可以的话,请你尽快帮我买到这些东西,尤其是经纬仪和矿物样品。另外,清单上的一切我都需要。请仔细包装。

三天后我再给你寄更详细的清单。等你消息,请尽快。诚挚问候。①

这份订购单涵盖了一个科学家户外工作时需要的全部物资。一个"旅行"经纬仪,因为要带去户外,所以需要买一个"小型"的。支付时要注意,如果经纬仪售价太高,超过"15 到 18 法郎"的话,就改为购买符合旅行需求的一套精密仪器:六分仪、罗盘、"袖珍气压计",还有"测量用的麻绳","一个数学工具盒",里面要有"直尺、角尺、量角器、比例规、分米尺、直线笔"等等,还需要"画纸"。接下来不是物品清单,而是一套"可在市场上购得的 300 个矿物样品",这对他与经纬仪同等重要。

他的摄影师身份也值得重新审视。他渴望拥有一架照相机,摄影是他预见的一种新语言?能以其明了而稳定的特质加速科学发展?化学和物理能发现真实吗?新的写作形式正在孕育之中?兰波说:"众所周知,未来是唯物主义的"②,即"在一定程度上,思想和物质、思想和语言将会产生融合"③。"未知的发明需要新的形式"④,兰波宣告完全现代的图像文化,即我们今天的"视觉文化",终将到来。

---

① 同上,第 581—582 页。
② Rimbaud, *Œuvres complètes. Poésie, prose et correspondance*, p. 246.
③ 同上,第 246 页。
④ 同上,第 248 页。

"场所和形式"在于未来的科学？在于工程师的文化体系？普罗亚①在《清晨》和《地狱一季》中发现有视频片段的原始痕迹，认为"大量图像"的运用是一种幻象的叙事方式。这是探讨兰波的另一条路径，证实了一个与科学有关的作家-工程师的存在。兰波感兴趣的似乎是自身的科学规划，而不仅仅是能否完成。他是一个科学的预见者。

毫无疑问，兰波从探索他所生活的未知土地之时起，就有了书写科学知识和科学发现的计划。巴尔代（Alfred Bardey）是否也像兰波一样，通过《巴尔-阿扎姆》②将世界上的这块区域称为"未知的土地"？兰波在三份被人熟知的报告中，在计划为巴黎报界撰写的两本书籍和文章中都使用了这样的措辞。

1883年2月末，兰波重返哈勒尔。也就是从这时候开始，我们有理由将兰波称为"勘探者"，他在非洲的全部生活都表明了他对那个他生活着的、经常独自一人或结伴考察的国度有浓厚的兴趣。

1883年3月22日，从亚丁返回哈勒尔的兰波被巴尔代任命为公司经理。一个和他一起工作的希腊人索蒂罗（Costantino Sotiro）8月考察了欧加登（Ogaden），这个被他称为"欧加蒂"的地方位于哈勒尔与索马里沙漠之间。他9月返回之后，兰波又多次组织了对该地的考察，他本人当然也亲自参与，并在考察中表现出非凡的勇气。索蒂罗做了很多考察记录，他将这些记

---

① F. Proia, *«Aube» vidéoclip*, «plaisance», I, 1, 2004, pp. 45-56.

② A. Bardey, *Barr-Adjam. Souvenirs d'Afrique Orientale*. 1880–1887, précédé de *Le patron de Rimbaud*, par Joseph Tubiana, Paris, Éditions du CNRS, 1981. 关于兰波与阿尔弗雷德·巴尔代在非洲的情况，也可参见 *Souvenirs inédits d'Alfred Bardey patron de Rimbaud en Afrique. Extraits de son ouvrage resté manuscrit: Ber Ajem* [sic] (*Terre inconnue*), présentés par P. Petitfils, «Études rimbaldiennes», I, 1968, pp. 27-54.

录交给巴尔代,巴尔代又把它们交给兰波重新整理,最后寄往法国巴黎地理学会。该学会以《欧加登报告》(*Rapport sur l'Ogadine*)为题将其刊发,署名:"阿尔蒂尔·兰波先生,马泽兰(Mazeran)先生、维亚尼(Viannay)先生和巴尔代先生公司职员,于哈勒尔(东非)"(通讯人为巴尔代先生①)。1883 年 8 月 25 日,兰波写信给上述三位先生,详述了以下事件:意大利探险家皮萨科尼(Pietro Sacconi)"在欧加登从事与我们相同的探险活动",但在 8 月 11 日,他"连同他的三个佣人"都被哈马登(Hammaden)部落杀害了②,案发地在瓦比(Wabi)附近,距离哈勒尔约 250 千米。

在我看来,《欧加登报告》完全是兰波的成果。《意大利非洲学会通报》(Bollettino della Società Africana d'Italia)、欧洲大多数同类地理协会均发布公告,对其勘探成果表示敬意③。虽然兰波探险的踪迹可能只达欧加登的边界,而且起初用意大利文记载的勘探记录很可能出自合作者希腊人索蒂罗,兰波仅仅做了整理、翻译成法语、修改、按照自己的习惯和品味润色等工作,但是在非洲的意大利人,尽管他们是兰波及其他法国探险者的竞争者,依然毫不犹豫地将这个报告归功于兰波。他们的意见是决定性的。有人会问:伟大的诗人兰波哪去了?这份报告看上去只是个平庸之作。是否平庸,取决于判断的角度。我从中隐约看到的是《地狱一季》和《彩图集》中的闪电和光芒,尤其是,它代表着一种科学书写的新形式。

---

① 参见 «compte rendu des séances de la Société de Géographie», Paris, 1884, pp. 99-103, séance du 1er février 1884, in *Œuvres complètes*, cit., pp. 612-617.
② Rimbaud, *Œuvres complètes. Poésie, prose et correspondance*, p. 605.
③ 参见 VIII, 5-6, mai-juin 1889, pp. 135-142.

针对盖拉族和其他伊图族（Itous）聚集的高原牧场和森林地区，兰波认为有必要重新发明一种方法去描述相关的科学发现。实际上，《报告》的语言风格与其书信相同，生硬、强烈、言简意赅，略带一丝诗歌的光芒。文本"客观而务实"，①《欧加登报告》的结论清晰地展现了科学家的写作风格②，地名、民族名称、地理细节、社会和商业观点、句子节奏、相关建议，这一切都让人看到兰波往自然方向的转变。

何以见得？兰波在完成军火生意之后，他和他忠实的加米（Wadaï Djami）休息了一段时间；1887年8月5日，他在马萨瓦（Massaouah）做买卖黑人的生意；8月20日，到达开罗，在那儿待了5个星期。他将自己从恩陀陀（Entotto）到哈勒尔的旅行游记交给《埃及博斯普鲁斯海峡》日报，在旅伴于勒（Jules）之兄、该报社长奥克塔夫·波利（Octave Borelli）的帮助下，得以在27日和28日刊登，题目为《给〈埃及博斯普鲁斯海峡〉日报社社长的一封信》③。茹夫罗伊注意到，在这封"信"中，"他发明了一种将个人经历与人们完全不知的地理、经济和政治信息结合在一起的书写方式，这种书写方式去除所有无用的形容词，不借用文学夸张，不迎合审美喜好，而且兰波的大脑对此的思考异常清晰。"④

写作-实验、超越审美的写作、知识性写作、科学性写作，兰波想通过写作实现他工程师和科学家的理想。虚构文本的时代

---

① A. Jouffroy, *Rimbaud nouveau. Essai sur l'interlocuteur permanent*, avant-propos de J.-L. Steinmetz et préface d'A. Borer, Paris, Éditions du Rocher, 2002, p. 219.

② Rimbaud, *Œuvres complètes. Poésie, prose et correspondance*, p. 617.

③ Rimbaud, *Œuvres complètes. Poésie, prose et correspondance*, pp. 658-668.

④ A. Jouffroy, *Rimbaud nouveau. Essai sur l'interlocuteur permanent*, avant-propos de J.-L. Steinmetz et préface d'A. Borer, Paris, Éditions du Rocher, 2002, p. 248.

已经过去。这是一个应该脚踏实地、洞察生活本质、每天捕捉未知和探索发现的时代。兰波获取了自然之火。报告被刊登在《埃及博斯普鲁斯海峡》日报上之后,兰波并没有就此满足,1887年8月26日,在完成了这篇文章的6天之后,他从开罗的"欧洲酒店"又将一些笔记连同商务方面的建议邮寄给了巴尔代。这篇文章的风格出奇地生硬,完全是流水账,信息详尽,但没有题目,所有的传记作家和评论家都称之为《从恩陀陀到哈勒尔的旅行线路》。以下是引文例证:

1. 从恩陀陀到阿卡库河耕种高原,25千米。

2. 阿比丘的加利兰村,30千米。高原一带,海拔约2500米。步行上山,南边是海勒山(Hérer)。

3. 高原一带。经由尚科拉(Chankora)下至明贾尔(Mindjar)平原。明贾尔土地肥沃,种有农作物,海拔约1800米。(我根据植被类型来判断海拔;只要去过埃塞俄比亚各地,判断基本不会错。)这块高原的长度:25千米。

4. 明贾尔一带:25千米。种植物相同。明贾尔缺水。人们把雨水储存在洞里。

5. 明贾尔尽头。平原到此中断,地势起伏不平;土地不如明贾尔肥沃,种植最多的是棉花。——30千米。

6. 下方是卡萨姆沙漠。没有农作物。大片的金合欢,墨涅利克(Ménélik)从中开了一条10米宽的道路。

7. 这里是贝督因、科内拉地区,炎热的地方。在灌木丛和茂密的金合欢深处有大象和凶猛的动物出没。国王街通向一眼温泉,名为菲尔-瓦哈(Fil-Ouaha)和哈瓦什(Hawasch)。我们在离卡萨姆沙漠30千米的地方露营;

8. 从那儿到哈瓦什20千米,道路夹在陡壁之间。哈瓦什两边的整个地区是卡泰扬(Cateyon),两天半时间可到达。盖拉·贝督因部落掌管着骆驼和其他牲口;正在与阿鲁西斯(Aroussis)交战。哈瓦什通道的高度:约为800米。水位线80厘米;

9. 哈瓦什后面是30千米荆棘丛林。我们走在大象行过的小路上;

10. 我们顺着林荫道很快到达了伊图(Itou)。该地区森林覆盖率高,景色美,但是农作物很少。我们很快又回到了海拔2000米的地方。在加拉索(Galamso)歇脚,阿比西尼亚伍德吉布利尔(Woldé Guibril)德贾奇(dedjatch)哨所上有300到400个士兵在值守。——35千米。

11. 从加拉索到博罗马(Boroma),一千名士兵驻扎在达尔盖岬角(Dargué)——30千米。种有农作物,景色美。有一些咖啡种植园。阿比西尼亚的农作物被杜拉(dourah)取代。海拔高度:2200米。

12. 切切尔彻(Tchertcher)一带,森林十分壮观。一个湖,名为阿罗(Arro)。我们走在一连串的山丘之上。阿鲁西斯在我们行进道路的右侧,地势比伊图高;它广阔的森林和美丽的山脉全景尽收眼底。在一个名叫沃乔(Wotcho)的地方歇脚。——30千米;

13. 行15千米至戈罗(Goro)的贾希亚(Jahia)酋长家。村庄众多。这里是伊图人的中心,聚集着来自哈勒尔的商人和阿比西尼亚的穆斯林商人。

14. 20千米,赫尔纳(Herna)。壮丽的河谷两边是森林,我们行走在树阴下。咖啡树。正是在这里,哈勒尔的酋长阿卜杜拉赫(Abdullahi)派几个土耳其人赶走了阿比西尼亚警卫队,这一事件引发了墨涅利克的变化;

15. 波尔卡（Bourka）：山谷由此被命名为河流或大流量的激流，顺流而下至恩雅（Ennya）。广阔的森林。——30 千米。

16. 奥博纳（Obona），树木繁茂、地势起伏、石灰质土地、贫穷的地方。——30 千米。

17. 查兰科（Chalanko），埃米尔的战场。梅塔（Meta），松树林。沃拉贝利-梅塔（Warabelly-Meta）应该是整条路上的最高点，可能有 2600 米。这段路程：30 千米；

18. 雅巴塔（Yabatha）湖，哈拉莫亚（Harramoïa）湖区。哈勒尔。——40 千米。

总的方向：在我看来，在东北和东南方向之间。

这条路上有很多满载货物的骡子车队；但是信使如果步行的话需要 10 天。

众所周知，在哈勒尔，阿马拉人（Amara）通过没收充公手段敲诈勒索和劫掠；这是国家的祸根。城市变成了藏污纳垢的地方。在我们到来之前，欧洲人都被困在城里！所有这一切的原因是当地人害怕阿比西尼亚人中混入英国人。伊萨（Issa）公路路况非常好，从格德西（Gueldessey）到海勒（Hérer）的路况同样也很好。①

兰波的心思像他的照相机一样，聚焦在考察的地方。他能很快地适应突发事件、各种线路以及周围或者前方的境域。没有学术套路，没有感情因素，没有抽象手法。兰波的科学书写是

---

① Rimbaud, *Œuvres complètes. Poésie, prose et correspondance*, pp. 672-673.

一种"实验记忆"。① 这种写作方式像个打洞器一样将笔记往前推行,兰波似乎故意使用贫瘠的语言,以达到让事物忠实于本质的目的。不再有文学的虚浮,笔下的事物必须去神圣化,摆脱浪漫的混乱,要实用,要有传递功能,能够向读者提供信息。对于他,从事科学的作家应该是一个"天真的游客",远离所有"夕阳下的传奇色彩"。为了实现"不可能的旋律","一个灰白而平坦的小世界[……]将建立起来",这个世界反对一切"中产阶级魔法",甚至连"调查"也会是"一种痛苦"。

文本与作者一样沉默寡言:所有证据都证实了兰波的沉默,他全身心投入于工作、账目、……以及他的梦想。难道对"话语的否定"②已经存在于他的诗歌中?

兰波在哈勒尔的时候,每天都梦想着写一本关于哈勒尔和盖拉族的书籍。在1882年1月18日给老朋友德拉埃的信中,除了请他订购精密仪器外,他还非常清楚地列出书写科学书籍的计划:写一部与他勘察的哈勒尔和盖拉族有关的作品,并交给巴黎地理学会发表。这将是一本描述准确的书,内容包括地图和雕刻、"未知区域的景观"、"地形测量"。

兰波已经变成了一个书写科学的作家,一个书写真实的人,他写出来的东西就像工程师的眼睛所看到的那样真实。并且他已经在为地理学会工作了:"你想象不到你到底帮了我多大一个忙。由此我可以完成这本书,然后由地理公司支付工资"③,兰

---

① A. Jouffroy, *Rimbaud nouveau. Essai sur l'interlocuteur permanent*, avant-propos de J.-L. Steinmetz et préface d'A. Borer, Paris, Éditions du Rocher, 2002, p. 265.

② O. Paz, *L'arc et la lyre*, traduction de R. Munier, Paris, Gallimard, 1965, p. 345.

③ Rimbaud, *Œuvres complètes. Poésie, prose et correspondance*, p. 583.

波将永远留在非洲,直到自己生命的最后一刻。兰波需要当时所有最先进的精密仪器,以便能够做笔记、写作、测量地形、画地图、照相、旅行等。他可能对自己的作品已经有了一个精确的计划,毫无疑问,这部作品的风格肯定与前文提到的报告的风格一致。他不是唯一计划书写这片土地的人,但是他的文字将会别具一格:它的书稿将有一个精确的脉络,精确得如同方程式和数学公式……难道他不是在谈论"场所"和"形式"吗?兰波认为以这种新型的写作方式,生意、考察、贸易、账目,可以将所有的一切都集中起来,写出来的作品也必将不同于以往的历史旅行家、空想家和不精确的地理学家笔下的文章,那将是在习俗、民族、宗教、传统等在各个方面都尊重"场所"的写作。借用自己订购的那些精密仪器,来往于哈勒尔和山谷之间的沙漠商队,对盖拉族和伊图族危险地区的涉足,都成为他用以表现在场与未来的素材。这本书将是一个"报告","这是我们第一次远征欧加登获得的情况报告"①,他的文章《欧加登报告》正是以这种生硬的方式开头的。

巴黎地理学会很快就接受并发表了《欧加登报告》,还于1884年2月1日致信索要他的摄影作品和他的履历。② 兰波是否满足了他们的要求,我们对此一无所知。但我们知道他不喜欢所有官方的形式。他很有可能又担忧"军事索赔",这个问题一直到死都困扰着他。1883年3月14日,他从哈勒尔给家人写信,这次他称他们为"亲爱的朋友":"我打算在哈勒尔赚点钱,一年后就能收到地理学会的经费。"③在这期间,兰波是否继续为巴黎地理学会写稿了,是否为完成他的写作计划向学会申请

---

① Rimbaud, *Œuvres complètes. Poésie, prose et correspondance*, p. 612.
② 同上,第 382 页。
③ 同上,第 598 页。

经费了？我们所能确定的是,他在 1887 年 8 月 26 日递交过申请。梦想写一本科学书籍的念头始终挥之不去,他撰写关于欧加登、阿比西尼亚、哈勒尔,从恩陀陀到哈勒尔的探险路线等报告,都是该书写作的前奏吗？我认为是的,我甚至认为散落在他书信中相关地理的所有内容都是此书的前奏。

1887 年 10 月 4 日,巴黎地理学会通过官方信件回复了兰波的资金申请,声称科学写作的梦想与国家公共机构存在着差距：

> 先生,
>
> 为了答复您 8 月 26 日的来信,地理学会委派我通知您,学会现阶段无法满足您的愿望。或许您可以去公共教育部碰碰运气,他们会把您的申请转给探险和旅游委员会,由它的行政机构给出意见。但我必须明确地告诉您,在过去几个月里,用于探险的资金一直受制于各部门实行的节约政策。恐怕您的探险不会得到法国当局的支持——您信中要求的数额似乎太高了。不过,不管怎样您还是可以把您收集到的关于贝督因部落的种族、农业、道路和地形的笔记和纪念物整理好。如果您认为有必要向该委员会提交申请的话,请您相信,关于这方面的报告,只要它包含新鲜的事物、有益的指示、准确的描述,都是最好的推荐理由。不管怎么说,如果您不是一个新手,而是一名报道者,他们要拒绝您的申请,必须有拒绝的理由。
>
> 如果您认为有必要这样做,我将寻求各种办法,确保您的文章能够发表,使它广为人知。如果作品中附有您的路线草图,那就更好了。您打算探险的地区对欧洲人来说非常可怕,即便您处在特别有利的条件下也是如此。因此,委

员会对您以前的探险和初期的探险成果的认可度越高,反对的声音会越少。

我刚收到巴尔代先生的一封信,信中提供了您从绍阿(Choa)到塞拉(Zeilah)的部分日记节选,非常有价值。这些节选将发表在地理学会的公报上,巴尔代是该学会会员。

请相信,先生,上述意见不是将您拒之门外的托词。我将在力所能及的范围内为您提供帮助,但我仅一己之力,在此问题上有发言权的人都朝有利的方向拿主意,那才是重要的。我和我的朋友,非洲问题专家杜韦耶(Duveyrier)先生谈过您的计划,我相信他也做好了向您提供帮助的准备。他托我向您请教以下问题:天父穆达(Moudda)是否为伊斯兰教隐士? 侯赛因(Hoséin)酋长代表哪一个宗教团体? 以及他是不是像天父穆达一样也是一位穆斯林。

尊敬的先生,很遗憾不能立即满足您的愿望,但还是请您接受我最诚挚的敬意。①

经济上受限制、要参与志愿的事务、要思考撰写一本什么书的建议……那么"无拘无束的自由"呢? 兰波头脑中装的重要笔记,浩瀚如同地球上欢迎他的沙漠。他不仅希望他的书出版,他更想探索,并把探索的成果赠与科学界。那些笔记像是用量角器测得的,如同图纸一样清晰、精确。

这封信他回复了吗? 我想他没有。他继续他的写书计划吗? 我们的兴趣不在这,而是要再次考证兰波的另一种写作形式、他展示的现实画卷、他的论说类型、读者和作者的缺席。茹

---

① 同上,第 448—449 页。

夫罗伊认为:"对于兰波来说,'真正的生活'永远是'缺席'的。"①

他的科学书写是无人称、客观、眼睛可视的事物,而不是心灵所感的东西。"冷冰冰的地理焦点"②是一种视野、是对于世界和未知土地的记录。旅行经纬仪、六分仪、罗盘、袖珍气压计、测角器、麻绳、数学工具盒(其中包括一把直尺、一把角尺、一个量角器、一个比例规、一把分米尺、一支直线笔等),这些工具都是他写作的必需品,他查阅了海量关于科学、地形测量学、实用天文学等领域的书籍,然后将他的发现呈现在了"画纸"上。

为巴黎地理学会著书的主意很有可能是巴尔代提出来的,因为他于1881年1月成为该学会会员。但也完全可能是兰波从自身考虑做出的决定,那是他践行"我是另一个"的组成部分。在一份未注明日期的见证资料中,巴尔代回忆说,当他得知哈勒尔盖拉族宗座代牧区的陶林·卡哈尼(Taurin-Cahagne)阁下也在撰写一本关于盖拉族的书时,兰波可能大叫道:"我也要写一本,把阁下踩在脚下!"③

兰波如果完成了这本对哈勒尔与盖拉族考察的书,那将是一本无言的沉默之书。1890年2月25日,兰波从哈勒尔向我们证实:

不要惊讶我没写太多:主要原因是我从未发现什么有

---

① A. Jouffroy, *Rimbaud nouveau. Essai sur l'interlocuteur permanent*, avant-propos de J.-L. Steinmetz et préface d'A. Borer, Paris, Éditions du Rocher, 2002, p. 251.

② Rimbaud, *Œuvres complètes. Poésie, prose et correspondance*, p. 264.

③ J.-P. Vaillant, *Rimbaud tel qu'il fut d'après des faits inconnus et avec des lettres inédites*, Paris, Le Rouge et le Noir, 1930, p. 36.

趣的东西要说。因为,当人们待在这类地区的时候,需要问的东西多于需要说的东西!沙漠里住满了愚蠢的黑人,没有道路,没有信使,没有旅行者:你们想让我从这样的地方给你们写什么呢?无聊,烦恼,愚蠢,厌倦,但又无法离开,等等,等等!以上就是我能所说的一切,另外,这些东西也无法让别人开心。因此,必须缄默不说。①

此处是沉默。有时候一些细节能够概括一切:"咖啡树结果了。"②兰波1878年11月17日在热那亚写的信中不也是这么说的吗?在那封信中他讲述了徒步攀登圣哥达山(Saint-Gothard)以及他经过陆地、湖泊、山区和平原到达热那亚的过程③。工程师作家和沉默者的写作应该如他每天要填写的预算、收入和支出记录一样简洁明了。

1883年3月19日,兰波在写于亚丁的信件中宣布了撰写另一本书的计划。他除了再次强调他订购并刚刚收到的书籍和照相机对他多么重要外,又即兴写道:"另外,我打算制作一个有关于这一切的奇特影集。"④这个影集是由哪些内容构成呢?它与关于哈勒尔和盖拉族的那本书是同一本吗?我认为这是他的另一个计划。因为关于哈勒尔和盖拉族的地理和科学考察的论著不可能是"奇特"的,相反,应该与他撰写的报告一样是精确的,丝毫没有什么奇特之处。难道这是一本只有插图,没有文字的书?我同意这么认为,尤其是,兰波寄给家人和巴尔代的照片很有可能成为这本书的一部分。

---

① Rimbaud, *Œuvres complètes. Poésie, prose et correspondance*, p. 714.
② 同上,第577页。
③ 同上,第544—546页。
④ 同上,第599页。

人人都说兰波的目光令人着迷，他则想用图像使人着迷于他用生命选择的土地。他将镜头聚焦在这片未知土地上的人群、环境、建筑物、事物和风景。我们知道在图像社会来临之前，兰波就已经完全懂得了图像的力量。他的所见之物成为他的新诗。他的镜头拍下的，与其说是亚丁的，尤其是哈勒尔的植被、动物群、习俗、气候和街道，不如说我们如今看到的他所拍摄的照片，正诉说着他寻找的意义。

兰波不是在做一本哈勒尔的导游手册，而是一本见证书。这本影集记录着地理位置偏远、未经开发的壮丽世界，这是他浓烈情感的结晶，包含着行走、途中和行程的酸甜苦辣。亚丁和哈勒尔是兰波心中最"壮丽"的城市吗？除了这两座城市，这本影集中是否还包含着东非和阿拉伯其他的壮丽城市呢？当兰波急切地等待他的照相机和其他能使照相机效用最大化的必需品时，他一定梦想着创作一本这种类型的作品。

如此，兰波的摄影作品集定会打开波德莱尔在《梦想着幸福》中所说的那种"无限的天窗"。①

科学家兰波的写作计划还有另一种可能。他的书信中包含着详细的商品研究。在此，我仅援引兰波在 1883 年 8 月 25 日于哈勒尔写给马泽兰先生、维亚尼先生和巴尔代先生的信。在这封信中，兰波直接将以下市场调查作为书信的开头：

哈勒尔市场从来没有像今年这个季节那么糟糕，这是大家的共识。

——没有咖啡。代理人贝温和穆萨亚（Bewin et

---

① Ch. Baudelaire, *Œuvres complètes*, texte établi, annoté et présenté par C. Pichois, Paris, Gallimard, 1976, «pléiade», 2 vol., II, p. 619, *Le public moderne et la photographie*.

> Moussaya)以四分之一弗拉希(frasleh)收购的咖啡是从哈拉里耶(Hararies)家族的地板上刮起来的垃圾:他们为此付出了5.5套塔拉里斯(thalaris)。
> ——由于大家都知道的原因,皮革的价格高得离谱;另外,也没有货。2600份皮革送到政府,在拍卖会上卖到70巴拉;我们打算以1.50巴拉一张的价格回购,然后组成一个商队。这些皮革的质地很好。
> ——山羊皮。我们有3000张库存。售价加上省内运输费平均每张价格为4美元。我们已经制定了订购计划,每月不高于这个价格我们能收购2500到3000张。
> ——象牙。我们正在想办法组织货源,但是我们缺少专业人才和特殊商品。①

咖啡,皮革,象牙,以商务语言来表述,中间没有连词,兰波很早就懂得使用最完美的商业用语。上述信中还附有《第七次商品调查》,这可称得上真正的杰作:

> 在哈勒尔-西尔瓦尔-哈贝斯基(Harar Sirwal Habeschi)地区:找到或定制一种轻帆布力的棉布(暖和而粗糙),红色或者蓝色纵向条纹,宽度5厘米,间隔20厘米。
> 按照附件样品定做500件西瓦尔(sirwall)(不用布料)。在盖拉族和阿比西尼亚部落中早有这种稀奇的物品了,此物将会在那里流行。
> 卡米斯(Kamis)。一种简单的上衣,收胸款式,衣长到胯部,袖长到手肘处。同样的布料,定制500件。

---

① Rimbaud, *Œuvres complètes. Poésie, prose et correspondance*, p. 605.

斯佩拉巴（Sperraba）。50件红色或绿色羊毛编织的流苏，盖拉族人和索马里人用于挂在马笼头和马鞍上，长20米的穗子，同样的颜色和同样的羊毛，用于挂在马的前胸，地毯商处有售。

我们已经派了一批人外出猎袭老虎、豹子和狮子，并且叮嘱他们如何剥皮。清晨四五点的哈勒尔，有个森林（比塞迪莫）里有大量凶猛的野兽出没，我们已经通知了周围村子里的村民，让他们来帮我们打猎。

法国有专用捕狼的钢质捕兽器，应该对捕获豹子也很管用。我们可以跟捕狼协会确认一下，经过测试后，让他们给我们寄两个这种捕兽器。①

这是一个既与科学技术有关又与经济和社会有关的报告。阿兰·博勒（Alain Borer）注意到"这些'商品研究'都有标码，就像交响曲一样"②。他说得太好了：兰波的报告是科学写作的交响乐。

兰波本想在巴黎的报纸上刊登这部交响曲，那是他多年前的青春梦想。从16岁开始，他就开始和《杜埃日报》(*Journal de Douai*)、《北方自由主义者报》(*Libéral du Nord*)、《阿登省的进步》(*Progrès des Ardennes*)等合作，以匿名或者笔名发表文章。那时他已经意识到，报纸的散文与诗歌的语言并不矛盾。

1887年12月15日，兰波从亚丁寄给家人的信中写道："我为巴黎地理学会撰写了一篇稿子，内容是关于我在阿比西尼亚旅行的经历。我还给《时报》和《费加罗报》投寄过文章……我还

---

① Rimbaud, *Œuvres complètes. Poésie, prose et correspondance*, pp. 607-608.

② A. Borer, *Rimbaud en Abyssinie*, Paris, Éditions du Seuil, 1984, p. 225.

打算把在东非旅行的一些趣事写下来投稿给《阿登信使报》。我相信这对我没有坏处。"①

他这是想出名,想重新与巴黎社会取得联系吗?因为我发现兰波一度还想写一些有用的考察散文,讲述哈勒尔和这些地区的政治局势。兰波的老同学保罗·伯尔德(Paul Bourde)1883年在《时报》任编辑,一次偶然向巴尔代泄露了其雇员兰波的原有身份。巴尔代是《时报》的合作者,负责殖民问题,很可能建议自己的雇员与该日报合作。那时候大量欧洲人涌入东非,所以兰波与老同学伯尔德取得联系,与报界开展合作。伯尔德在阿尔盖莱(Argelès)的一个温泉村疗养,他回信说,报社对他撰写的有关战争和殖民问题的文章非常感兴趣。下面是他回信的部分内容:

> [……]我原以为您已经离开了人世,所以从未给您写信。
> 错过了与您联系的机会,今天我深感遗憾。下面的内容可能会让您大吃一惊。您处在离我们遥远的地方,所以您可能不知道,您在巴黎已经成为文学圈的一个传奇人物,一个被宣布死亡的人物,但有些崇拜者仍然相信您还活着,他们一直在等待着您的归来。有人将您的作品发表在拉丁区的期刊上,还有人将您早期的随笔、散文和诗稿整理成册;一些年轻人(我觉得他们很天真)尝试以您关于元音颜色的十四行诗为基础建立一个文学体系;这个小团体将您奉为大师,他们不知道您今天变成了什么身份,他们还在盼望着有一天您能够再次出现,把他们从黑暗中解救出来。

---

① Rimbaud, *Œuvres complètes. Poésie, prose et correspondance*, p. 692.

但所有这些对您没有任何实际意义,我急切地将这些情况告诉您,是让您详细地了解。然而,请允许我坦率地告诉您,透过许多支离破碎和奇异的描述,我被您早期作品中惊人的精湛技艺打动了。因为这个原因,还有您在非洲的探险,我时常会和咱们的老同学玛利①一起动情地谈到您,如今他已经成为一个成功的大众小说家。②

为了给《时报》的读者提供报道,兰波曾要求4500法郎的巨款稿费! 于是,伯尔德继续说:

[……]您所提的条件,可能没有任何一家法国报纸能够满足。[……]但是如果您乐意的话,我尽最大努力让《时报》发表您非常熟悉的那些地区的通讯报道,因为马萨瓦(Massaouah)事件引起了人们的关注。对您来说,这绝不是一种生意,而是一种联系,您可以此重返文明生活,并从中取得道德上的益处。我们会以每行50美分的价格付给您报酬,这是报社给非特派记者即志愿记者的报酬标准。如果您确定为报纸供稿,可在第一篇文章中,结合最新情况,分别介绍一下绍阿和阿比西尼亚,因为公众对这两个地区一无所知。但这只是个人建议,如果您有更新更有价值的资讯,那就不要犹豫,按照您自己的方式行事。不要写过多的地理知识,因为读者不借助地图很难把握,多介绍风土人情的细节。

---

① 儒勒·玛丽是兰波在小修道院时的老同学,他以大众小说家的身份跻身于那个时代的名流之列。
② A. Borer-Ph. Soupault-A. Aeschbacher, *Un sieur Rimbaud se disant négociant*, Paris, Lachenal & Ritter, 1984, p.79.

希望您在此信中能看到我真心愿您快乐,看到我对以前从未给您写信的错误行为的懊悔,致以最诚挚的问候。

这封信没有促成任何合作。对于兰波来说,重返"文明生活","取得道德上的益处","每行报酬 50 美分",当志愿记者,不要写过多的地理知识,伯尔德的这些提议多么荒唐。对于像他这样一个有洞察力的地理学家①和一个以新的科学方式写作的工程师的来说,这是一种侮辱!《时报》此后仅收到一位匿名记者的稿件,他的《阿比西尼亚信札》。

兰波是否尝试过与其他新闻机构合作?我想有过。正如博勒所说:"对于那些要留下历史档案的人来说,道路始终畅通!"②这里始终存在一个大问题:阿尔蒂尔·兰波真的中断过写作吗?我的回答很明确:他的写作持续到他生命的尽头,正如《兰波写至生命终点》这篇文章的标题所言。这是茹夫罗伊的专著《新的兰波》③第二部分的内容,他建议把上述兰波所写的报告和写作计划看作他的一种新的写作形式。他的提议是正确的,兰波的遁世显而易见,他习惯于不断再出发,奔向新的写作计划,去尝试新的写作形式。他的《笔记》是火苗,可燎原成一本或几本书,因为他已经给出了书名、目录,写下了很多随笔。

那个关于哈勒尔和盖拉族的写作计划进展如何?那本关于这片土地的摄影作品集怎么样了?以下是他妹妹 1896 年 7 月 21 日从罗什写给贝里雄(Paterne Berrichon)的信,或许我们可

---

① 参见我的作品 *Rimbaud*, *l'Italie*, *les Italiens*. *Le géographe visionnaire*.
② A. Borer, *Rimbaud en Abyssinie*, p. 356.
③ 参见上文提到的 A. Jouffroy, *Rimbaud nouveau*. *Essai sur l'interlocuteur permanent*.

以从中得到答案:

他不再写作了。他仍旧在旅行,目的不是娱乐,而是力求最有效地发挥他非凡的智慧。——他先去了亚丁,又去了埃及,然后去了阿比西尼亚,您知道,他完成了多么崇高而神圣的事业!

在哈勒尔,他写了一些非常严肃的东西,详细地描述了他所在的那个国家和地区一些令人好奇的风俗和种族制度。我毫不夸张地告诉您,内容和文笔都是非凡的。诚然,我们在这些文本中找不到《彩图集》中那种梦幻的语言和神奇的音乐,但是他在哈勒尔写的这些东西非常清晰、明确,尽管其形式极其完美(因为她认为《彩图集》是不完美的),完全个人化。他将这些研究报告寄给各个地理学会,纯粹是为了科学目的,不是期待或渴望发表。这些学会极尽赞美之辞,表示满意,还要求他做其他研究,却让他所做的一切都沉睡在他们那深深的、坚不可摧的档案馆。根据这些研究——我可以肯定地告诉您他完成了——他已经制定了计划,画出了这方面的草图。甚至为撰写最后一次旅行的游记,他收集了必备的材料、笔记和资料,因为这是一次残酷又感人的惊险离奇经历。途中他经受着疾病和痛苦的折磨,在黑人奴仆的照料下,他在阿比西尼亚部落的欢呼、抗议和泪水中,最后一次穿越索马勒(Somal)沙漠。那些部落,他始终以善良和仁慈征服他们。

但是当您谈到文学时,这与您理解的文学不同,是吗?——不管怎么说,也许您是对的。如果他今天还活着,听到那些针对他的名字和年轻时的作品的流言蜚语,他会怎么做,或许对此您已有准确的直觉。他可能会采取令人钦佩的撤回行动，高唱崇高的悔改之歌，抹去最早作品中令人憎恶和诅咒的那部分内容；他可能会创作一部光芒四射的文学杰作，表现至高无上的善和无与伦比的美，以此实现弥补过去的宏伟愿望。

这些都是他临终前在病床上跟我说的。①

撇开这封信中所有神化的内容不谈，我们应该接受其实质。兰波仍然写作不止，只不过他写的是有关科学的散文。难道这不是另一种形式的"无拘无束的自由"吗？他直到生命最后一刻都是诗人。巴尔代可以作证。1897年7月7日，他写信给贝里雄说："我认为他那时仍在写作，但是他从来没有向我透露半点他以前的文学作品。有时候我问他为什么不继续诗歌创作了，可每次得到的回答总是：'荒唐，可笑，恶心等等'。"②

兰波放弃了《彩图集》那样的创作方式而选择了生活，这是否意味着他想成为一个"绝对现代"的人？兰波的房东萨福雷（Armand Savouré）在写给莫雷弗（Georges Maurevert）的一封信中证实：兰波1888年秋天在住他家的一个月里"夜以继日"地在"一张旧桌子上"写东西③。这不能认为他只是在做账！他是在把一些片段记录在笔记本上。这是一时的心血来潮？我不这样认为。在他破旧的书桌前，兰波应该有一个宏大的科学写作计划。兰波的朋友科斯坦蒂诺（Costantino）之兄雷伽（Athanase Righas）1880年在哈勒尔曾与兰波在一起，他对维

---

① Rimbaud, *Œuvres complètes. Poésie, prose et correspondance*, pp. 751-752.

② Cit. in M.-Y. Méléra, *Nouveaux documents autour de Rimbaud*, «Mercure de France», 1ᵉʳ avril 1930, p. 69.

③ A. Borer, *Rimbaud en Abyssinie*, p. 357.

克多·谢阁兰(Victor Segalen)说:"他写了很多东西:为撰写一本关于阿比西尼亚的书做准备……但是我对这本书的内容一无所知。"①弗朗佐伊(Augusto Franzoj)是兰波的一位意大利朋友,他在1913年说道:"我在诺瓦拉还保存了一些兰波的文字,不是诗作,看起来像是有关科学的东西,因为兰波不仅仅只是一位诗人。"②

所有这些关于科学的写作计划是《我的流浪》的续篇吗?《地狱一季》的作者在非洲并没有保持缄默。他始终是那个兰波:任何时候都处在"两个'高度'",一个是诗歌"信仰",一个是人生"梦想"③。从夏勒维尔到哈勒尔,再到马赛,他一直在追寻着"形式和场所",作为通灵者,作为新语言的征服者,探寻"壮丽的城市",寻找象牙和金子,随时随地结束流浪,随时随地去做任何想做的事情。魏尔伦不也称他为"放逐的天使",④"更糟也是更好的戈雅"⑤,"一只羽翼灵活""飞遍所有陆地、海洋,贫穷又高傲的""鹰"⑥吗?谢阁兰在1906年提出的"双重兰波"(le double Rimbaud)只是一个神话,一种方式,表示人们无法理解人类的某个天才发出的信息的深层涵义。科学家兰波已经走得太远了。

我始终认为,真实的宇宙概念是兰波写作的基础,诗学写作

---

① V. Segalen, *Le double Rimbaud*, préface de G. Macé, Fontfroide, Bibliothèque artistique & littéraire, 1986, p. 57.

② 关于兰波和奥古斯托·弗朗佐伊的联系,参见 G. Dotoli, *Rimbaud, l'Italie, les Italiens. Le géographe visionnaire*, cit., p. 231, et passim。

③ 参见 M. Richter, *Les deux «cimes» de Rimbaud. «Dévotion» et «rêve»*. Genève, Slatkine, 1986.

④ P. Verlaine, *Les poètes maudits*, introduction par G.-A. Bertozzi, Milano, Cisalpino-Goliardica, 1977, p. 39.

⑤ 同上,第41页。

⑥ 同上,第55页。

和科学写作在这个基础上相遇了。从阅读希腊和拉丁文字开始,世界的起源和存在形式一直是困扰着他。

兰波想要"揭开所有的谜团"①,有关科学的写作是实现这个目标的重要工具。难道这就是他 1871 年 5 月 15 日在写给德默尼(Paul Demeny)的信中所说的要坚决"寻找"的那种"语言"②? 这种写作承载着流浪、生命-诗歌、介入生活的使命,正如布朗肖所说:这种写作尤其表现为"需要在闪电的瞬间说出一切,它与其他的写作毫不相关,因为其他的都需要时间的持续"。③

引用文献

Baudelaire, Ch. Œuvres complètes [Complete Works]. Texte établi, annoté et présenté par C. Pichois, Paris, Gallimard, 1976, «pléiade», 2 vol., II, Le public moderne et la photographie [The Modern Public and the Photography].

Blanchot, M. Le sommeil de Rimbaud [Rimbaud's Sleep]. In M. B., La part du feu, Paris, Gallimard, 1949.

Borer, A. Rimbaud en Abyssinie [Rimbaud in Abyssinie]. Paris, Éditions du Seuil, 1984.

——. with Soupault, Ph. Aeschbacher, A. Un sieur Rimbaud se disant négociant [Rimbaud self-proclamed businessman]. Paris, Lachenal & Ritter, 1984.

Breton, A. Les pas perdus [The Lost Footprints]. Paris, Gallimard,

---

① Rimbaud, Œuvres complètes. Poésie, prose et correspondance, p. 421.
② 同上,第 246 页。
③ M. Blanchot, Le sommeil de Rimbaud, in M. B., La part du feu, Paris, Gallimard, 1949, p. 159.

«L'Imaginaire», 1969.

Brunel, P. *Vies* [*Lifes*]. In P. Brunel-M. Letourneux-P. -E. Boudou, *Rimbaud* [*Rimbaud*], Paris, Association pour la diffusion de la pensée française-Ministère des Affaires Étrangères, 2004.

Jouffroy, A. *Rimbaud nouveau. Essai sur l'interlocuteur permanent* [*New Rimbaud. An Essai on Permanent Interlocutor*]. Avant-propos de J. -L. Steinmetz et préface d'A. Borer, Paris, Éditions du Rocher, 2002.

Méléra, M. -Y. *Nouveaux documents autour de Rimbaud* [*New documents around Rimbaud*], «Mercure de France», 1er avril 1930.

Mingo, I. *Rimbaud d'Afrique. Storia simbolica di una malattia* [*Rimbaud in Afrique. Symbolical History of an Illness*]. Napoli, Edizioni Scientifiche Italiane, 1994.

Paz, O. *L'arc et la lyre* [*The bow and the lyre*]. Traduction de R. Munier, Paris, Gallimard, 1965.

Proia, F. *«Aube» vidéoclip* [The Video Clip of "Dawn"]. «plaisance», I, 1, 2004.

Richter, M. *Les deux «cimes» de Rimbaud. «Dévotion» et «rêve»* [*Rimbaud's Two Summits.* "Devotion" *and* "Dream"]. Genève, Slatkine, 1986.

Rimbaud, *Œuvres complètes* [*Complete Works*]. Edition établie, présentée et annotée par A. Adam, Paris, Gallimard, «pléiade», 1972.

——. *Œuvres complètes. Poésie, prose et correspondance* [*Complete Works. Poems, prose and correspondence*]. Introduction, chronologie, édition, notes, notices et bibliographie par P. Brunel, Paris, Librairie Générale Française, Le Livre de Poche, La Pochothèque, 1999.

Segalen, V. *Le double Rimbaud*. Préface de G. Macé, Fontfroide, Bibliothèque artistique & littéraire, 1986.

Vaillant, J. -P. *Rimbaud tel qu'il fut d'après des faits inconnus et avec des lettres inédites* [*Rimbaud according to Unknown Facts and Unpublished*

Letters]. Paris, Le Rouge et le Noir, 1930.

Verlaine, P. *Les poètes maudits* [*The Cursed Poets*]. Introduction par G. -A. Bertozzi, Milano, Cisalpino-Goliardica, 1977.

（张默译，李建英校）

Rimbaud et la science Projets et écriture
Giovanni Dotoli

Il y a un lien solide entre Arthur Rimbaud et la science, surtout l'ingénierie. On le découvre souvent à côté du spécialiste de chemins de fer Léon Chefneux, des explorateurs Samuel Téléki von Szek et Jules Borelli, de l'ingénieur suisse Alfred Ilg[1], enfin d'un groupe très important d'hommes de science et d'ingénieurs italiens[2].

---

[1] Cf. : A. Rimbaud, *Correspondance*. 1888-1891, préface et notes de Jean Voellmy, Paris, Gallimard, 1965. Réédition dans la collection « L'Imaginaire », chez le même éditeur, en 1995. J'utilise cette réédition. Sur Alfred Ilg et Rimbaud, voir aussi : C. Jeancolas, *Arthur Rimbaud*, Paris, Flammarion, 1999, pp. 659-661; J.-J. Lefrère, *Arthur Rimbaud*, Paris, Fayard, 2001, pp. 977-978 et passim; C. Zaghi, *Rimbaud in Africa*, Napoli, Guida, 1993, passim; J. Voellmy, *L'esprit d'aventure chez Rimbaud, Ilg et Alfred Bardey*, in *Arthur Rimbaud : poesia e avventura*, actes du colloque international de Grosseto, 11-14 septembre 1985, a cura di M. Matucci, Pisa, Pacini, 1987, pp. 223-229; Id., *Alfred Ilg « à la loupe »* : 1882-1892, « parade sauvage », 19, décembre 2003, pp. 179-190; Id., *Rimbaud, employé d'Alfred Bardey et correspondant d'Ilg Arne Kjell Haugen, Rimbaud et Ekclöf*, « parade sauvage », 1, octobre 1984, pp. 66-72; Id., *Rimbaud dans les copies-lettres d'Alfred Ilg*, « parade sauvage », 13, mars 1996, pp. 77-82.

[2] Cf. mon livre *Rimbaud, l'Italie, les Italiens. Le géographe visionnaire*, Fasano-Paris, Schena-Presses de l'Université de Paris-Sorbonne, 2004, passim.

En effet, Rimbaud se voit proche de l'ingénieur, le vrai, celui qui bâtit et qui construit. Il rêve de s'élever à la fonction d'ingénieur, «Bien qu'il n'ait jamais passé de baccalauréat»①. Serait-il allé en Afrique Orientale pour des raisons scientifiques, dans cette Afrique vierge qui est dans l'imaginaire collectif de son époque? Veut-il partir pour aller édifier le nouveau monde d'un Orient que le Canal de Suez vient de faire redécouvrir②? Nous sommes face à un «chercheur», selon l'acception de notre temps. «Il y a [...] une 'projectualité' dans le Rimbaud africain»③.

Quelle serait alors le sens réel du poème elliptique *Départ*, dans les *Illuminations*, qui constitue la première partie d'un binôme indissociable de celui qui, à la fin d'*Une saison en enfer*, a pour titre significatif *Adieu* ?

Nous lisons dans *Départ*④:

---

① P. Brunel, *Vies*, in P. Brunel-M. Letourneux-P.-E. Boudou, *Rimbaud*, Paris, Association pour la diffusion de la pensée française-Ministère des Affaires Étrangères, 2004, p. 41.

② La plupart des chercheurs voient le départ de Rimbaud en Afrique comme la conclusion naturelle du conflit entre le moi et la société qui a lieu en Europe en ce «temps de misérables» et de «poètes maudits» (cf. G. Nicoletti, *Lirismo e disfatta*, introduction à Rimbaud, *Una stagione all'inferno. Illuminazioni*, traduzione di Diana Grange Fiori a cura di G. N., Milano, Mondadori, 1979, p. 8 et suiv.).

③ I. Mingo, *Rimbaud d'Afrique. Storia simbolica di una malattia*, Napoli, Edizioni Scientifiche Italiane, 1994, p. 57.

④ Rimbaud, *Œuvres complètes. Poésie, prose et correspondance*, introduction, chronologie, édition, notes, notices et bibliographie par P. Brunel, Paris, Librairie Générale Française, Le Livre de Poche, La Pochothèque, 1999, p. 466. J'utilise cette édition.

Assez vu. La vision s'est rencontrée à tous les airs.
Assez eu. Rumeurs des villes, le soir, et au soleil, et toujours.
Assez connu. Les arrêts de la vie. – Ô Rumeurs et Visions!
Départ dans l'affection et le bruit neufs!

Nous lisons dans *Adieu*[1]: « Mais pas une main amie! et où puiser le secours? ». Et dans quel endroit aller où « Il me sera possible de *posséder la vérité dans une âme et un corps* » ? Les nouveaux « Métiers » de Rimbaud sont-ils vraiment « Idiots », comme il le craint douloureusement, parmi des « compagnies de sauvages ou d'imbéciles »[2] ?

Nous devons réévaluer le Rimbaud d'Orient dans son unicité: en homme et en écrivain, en chercheur et en explorateur, en journaliste et en poète. Son œuvre « Ne s'arrête pas »: « On croirait à tort en pénétrer le sens-écrit André Breton-si l'on ne suivait pas le poète jusqu'à sa mort »[3].

Rimbaud demeure toujours le même, dans son âme et dans son corps, dans la poursuite de projets qui naissent grâce à l'intelligence vive, inventive, exigeante, d'un seul et même individu, déterminé à réussir par ses propres moyens, en s'engageant corps et âme dans l'aventure de sa vie.

---

[1] *Ibid.*, pp. 441 et 442.
[2] *Ibid.*, p. 626.
[3] A. Breton, *Les pas perdus*, Paris, Gallimard, « L'Imaginaire », 1969, p. 144.

À partir du début de 1881, outre la masse de livres de science que j'ai essayé de repérer[1], Rimbaud commande une série inouïe d'instruments de précision. Voici la lettre dans la lettre aux siens, du 15 janvier 1881, qu'il date d'« Aden, le 30 janvier 188[1] »[2], en calculant que son courrier arrive à Roche quinze jours plus tard[3] :

Envoyez celle-ci à M. Bautin, fabricant d'instruments de précision, Paris, rue du Quatre-Septembre, 6 :
Aden, le 30 janvier 188[1].

Monsieur,
Désirant m'occuper de placer des instruments de précision en général en l'Orient, je me suis permis de vous écrire pour vous demander le service suivant : je désire connaître l'ensemble de ce qui se fabrique de mieux en France (ou à l'étranger) en instruments de Mathématiques, Optique, Astronomie, Électricité, Météorologie, Pneumatique, Mécanique, Hydraulique, et Minéralogie. Je ne m'occupe pas d'instruments de Chirurgie. Je serais très heureux que l'on pût me rassembler tous les catalogues formant cet ensemble, et je me rapporte de ce soin à votre bienveillante compétence.

---

① Cf. G. Dotoli, *Rimbaud ingénieur*, préface d'A. Tourneux, Fasano-Paris, Schena-Presses de l'Université Paris-Sorbonne, 2005, passim.

② Pierre Brunel nous signale que « Le manuscrit porte la date de 1880 » (*Œuvres complètes*, cit., p. 564, note à la lettre qui suit).

③ *Œuvres complètes*, cit., pp. 564-565.

On me demande également des catalogues de fabriques de jouets physiques, pyrotechnie, prestidigitation, modèles mécaniques et de construction en raccourci, etc. S'il existe en France des fabriques intéressantes en ce genre, ou si vous connaissez mieux à l'étranger, je vous serai plus obligé que je ne puis dire de vouloir bien me procurer adresses ou catalogues.

Vous adresseriez vos communications dans ce sens à l'adresse ci-dessous : «Rimbaud, Roche, par Attigny, Ardennes. France.» Ce correspondant se charge naturellement de tous frais à encourir et les avancera immédiatement sur votre observation.

Envoyez également, s'il en existe de sérieux et de tout à fait modernes et pratiques, un Manuel complet du fabricant d'instruments de précision.

Vous remerciant cordialement,
            Rimbaud,
                            Aden Arabie.

Vous faites précéder cette lettre des mots suivants :
Monsieur,
    Nous vous communiquons une note à votre adresse, d'un de nos parents en Orient, et nous serions très heureux que vous vouliez bien y prêter attention. Nous sommes à votre disposition, quant aux frais que cela occasionnerait.
            Rimbaud,
                Roches, par Attigny, Ardennes.

Cette commande est étonnante à plusieurs titres. Premièrement, Rimbaud se présente comme un marchand d'instruments de précision en Orient, qu'il voudrait placer en ces terres qui ne connaissent pas encore la modernité, ou qu'il devrait vendre aux Européens qui arrivent là-bas au fil des jours. S'agit-il d'un subterfuge pour obtenir les instruments qu'il commande? A-t-il besoin de ces instruments pour ses différents projets d'ingénieur? Je crois que la raison de cette commande s'entend plutôt du côté de la faim scientifique de l'insatiable Rimbaud. À qui aurait-il pu vendre tous ces instruments? Les Européens arrivent tous avec leur bagage d'instruments et de livres.

Ne reconnaissons-nous pas là la stratégie de Rimbaud pour tous ses projets? Il veut toujours aller au-delà du possible, pris par l'enthousiasme du nouveau et par la fièvre de la connaissance et de la science. N'applique-t-il pas cette même méthode à la littérature?

Rimbaud veut connaître tout ce qui se fabrique exactement pour les matières de l'ingénieur, pour lesquelles il demande une bibliothèque à la Bouvard et Pécuchet. La liste épouvanterait le plus grand savant: il a besoin d'instruments de mathématiques, d'optique, d'astronomie, d'électricité, pneumatique, mécanique, hydraulique et minéralogie. Avec une pointe d'ironie, la cinglante ironie que nous lui connaissons, il précise qu'il ne s'occupe pas «D'instruments de chirurgie»! Nous comprenons immédiatement pourquoi Rimbaud veut «tous les catalogues formant un ensemble». Il réclame aussi des «catalogues de jouets physiques, pyrotechnie, prestidigitation», et de «Modèles mécaniques et de construction en raccourci», ... « Etc. » !

Le catalogue de M. Bautin ne luis suffit pas. Il lui demande « s'il existe en France des fabriques intéressantes en ce genre», et, bien sûr, « à l'étranger», avec tout type de catalogue. Et il veut... «également, s'il en existe de sérieux» et surtout «De tout à fait modernes et pratiques», « un *Manuel complet du fabricant d'instruments de précision»*. Pas un catalogue, qui ne lui suffit pas, mais un manuel complet du fabricant des instruments de précision de la modernité! Pour ces commandes et pour ces informations, il est disposé à verser n'importe quel montant.

Un an après, dans la lettre aux siens, d'Aden, le 18 janvier 1882, nous trouvons une véritable perle pour Ernest Delahaye, qui concerne une commande de livres scientifiques. Voici la partie de cette lettre qui nous intéresse[1]:

> *Mon cher Delahaye,*
> *Je reçois de tes nouvelles avec plaisir.*
> *Sans autres préambules, je vais t'expliquer comme quoi, si tu restes à Paris, tu peux me rendre un grand service.*
> *Je suis pour composer un ouvrage sur le Harar et les Gallas que j'ai explorés, et le soumettre à la Société de Géographie. Je suis resté un an dans ces contrées, en emploi dans une maison de commerce française.*
> *Je viens de commander à Lyon un appareil photographique*

---

[1] *Ibid.*, pp. 581-582.

qui me permettra d'intercaler dans cet ouvrage des vues de ces étranges contrées.

Il me manque des instruments pour la confection des cartes, et je me propose de les acheter. J'ai une certaine somme d'argent en dépôt chez ma mère, en France et je ferai ces frais là-dessus.

Voici ce qu'il me faut, et je te serai infiniment reconnaissant de me faire ces achats en t'aidant de quelqu'un d'expert, par exemple d'un professeur de mathématiques de ta connaissance, et tu t'adresseras au meilleur fabricant de Paris :

1° Un théodolite de voyage, de petites dimensions. Faire régler soigneusement, et emballer soigneusement. Le prix d'un théodolite est assez élevé. Si cela coûte plus de 15 à 18 cents francs, laisser le théodolite et acheter les deux instruments suivants :

Un bon sextant ;

Une boussole de reconnaissance Cravet, à niveau.

2° Acheter une collection minéralogique de 300 échantillons. Cela se trouve dans le commerce.

3° Un baromètre anéroïde de poche.

4° Un cordeau d'arpenteur en chanvre.

5° Un étui de mathématiques contenant : une règle, une équerre, un rapporteur, compas de réduction, décimètre, tire-lignes, etc.

6° Du papier à dessin.

[...]

Tu ne t'imagines pas quel service tu me rendras. [...].
Je t'en prie donc, si tu peux le faire, achète-moi ce que je te demande le plus promptement possible ; surtout le théodolite et la collection minéralogique. D'ailleurs, j'ai également besoin de tout. Emballe soigneusement.
A la prochaine poste, qui part dans trois jours, détails. En attendant, hâte-toi.
Salutations cordiales.

Dans cette commande il y a tout le bagage d'un homme de science qui travaille en plein air. Un théodolite, «De voyage» et donc «De petites dimensions», à régler «soigneusement», et si le théodolite coûte trop cher, «plus de 15 à 18 cents francs», alors acheter un véritable magasin d'instruments de précision, un sextant, une boussole, un «Baromètre anéroïde de poche», donc toujours de voyage, «un cordeau d'arpenteur en chanvre», «un étui de mathématiques» qui contienne absolument «une règle, une équerre, un rapporteur, [un] compas de précision, [un] décimètre, [un] tire-lignes», et encore une fois «Etc.», et «Du papier dessin». Et cette fois-ci, si ce n'est pas un catalogue, c'est une collection que demande Rimbaud, «une collection minéralogique de 300 échantillons», qui «se trouve dans le commerce», à laquelle il tient autant qu'au théodolite.

Ainsi, de nouvelles perspectives s'ouvrent même sur Rimbaud photographe. Il veut absolument posséder un appareil photographique. La photographie serait-elle le langage nouveau qu'il prévoit? Accélère-t-elle la lenteur de la science, par sa concision et sa stabilité? La chimie et la physique trouvent-elles la certitude de la réalité? Est-ce la nouvelle forme d'écriture qui est dans l'air? «Cet avenir sera matérialiste, vous le savez»[1], s'écrie Rimbaud, «Dans la mesure où il y aura fusion de la pensée et de la matière, de la pensée et du langage»[2]. «Les inventions d'inconnu réclament des formes nouvelles»[3], dit-il. Rimbaud annonce-t-il la culture de l'image de toute la modernité, et donc notre «culture visuelle»[4]?

Le lieu et la formule seraient-ils dans l'avenir de la science, et donc dans la culture de l'ingénieur? François Proia[5] voit dans *Aube*[6], et donc dans *Une saison en enfer*, une trace ancestrale du vidéoclip, narration du visionnaire, «par la multiplication des images»[7]. C'est une autre piste possible, pour aborder Rimbaud, et pour avoir la confirmation de l'existence d'un écrivain-ingénieur lié à la science. Ce qui semble intéresser Rimbaud est le projet scientifique en lui-même, plus que sa réalisation. Il est un visionnaire de la science.

L'auteur des *Illuminations* a sans aucun doute le projet d'écrire la science et les découvertes de la science, à partir des

---

[1] *Ibid.*, p. 246, [Lettre à Paul Demeny du 15 mai 1871].
[2] P. Brunel, note in *Ibid.*, p. 246.
[3] *Ibid.*, p. 248, [Lettre à Paul Demeny du 15 mai 1871].
[4] P.-E. Boudou, *Les merveilleuses images*, in P. Brunel-M. Letourneux-P.-E. Boudou, *Rimbaud*, Paris, Association pour la diffusion de la pensée française-Ministère des Affaires Etrangères, 2004, p. 136.
[5] F. Proia, *«Aube» vidéoclip*, «plaisance», I, 1, 2004, pp. 45-56.
[6] *Œuvres complètes*, cit., p., 482, *Illuminations*.
[7] F. Proia, *«Aube» vidéoclip*, cit., p. 52.

explorations des terres inconnues où il vit. Alfred Bardey n'appelle-t-il pas *Barr-Adjam*, qui signifie « terre inconnue », cette région du monde[1]? Rimbaud le fait dans trois rapports connus, et dans le projet de deux livres et d'articles pour les journaux de Paris.

Il revient à Harar à la fin de février 1883. C'est plutôt à partir de cette période que l'on peut parler d'un Rimbaud explorateur. Toute sa vie africaine nous prouve son intérêt à l'égard du pays où il vit, qu'il visite souvent, tout seul ou accompagné.

Le 22 mars 1883, il repart d'Aden pour Harar, où il vient d'être nommé directeur de l'agence Bardey. Avec lui travaille un grec, Costantino Sotiro, qu'au mois d'août il va expédier en Ogaden, une région qui se trouve entre Harar et le désert somali, qu'il appelle Ogadine. Sotiro rentre enseptembre. Rimbaud organise d'autres expéditions en Ogaden. Il participe certainement à l'une d'entre elles, en montrant un courage hors du commun. Sotiro écrit des notes sur ces explorations. Il les donne à Bardey, qui les passe à Rimbaud, afin qu'il les réorganise, pour les envoyer à Paris, à la Société française de géographie, qui les publie sous le titre, *Rapport sur l'Ogadine*, *par M. Arthur Rimbaud*, *agent de MM. Mazeran*, *Viannay et*

---

[1] A. Bardey, *Barr-Adjam. Souvenirs d'Afrique Orientale*. 1880 – 1887, précédé de *Le patron de Rimbaud*, par Joseph Tubiana, Paris, Éditions du CNRS, 1981. Sur Rimbaud et Alfred Bardey en Afrique, cf. aussi la contribution essentielle suivante: *Souvenirs inédits d'Alfred Bardey patron de Rimbaud en Afrique. Extraits de son ouvrage resté manuscrit: Ber Ajem* [sic] (*Terre inconnue*), présentés par P. Petitfils, «Études rimbaldiennes», I, 1968, pp. 27-54.

Bardey, à Harar (Afrique orientale). (Communiqué par M. Bardey)①. Dans sa lettre « À MM. Mazeran, Viannay et Bardey» du 25 août 1883, Rimbaud relate que l'explorateur italien Pietro Sacconi «Avait poussé dans l'Ogadine une expédition parallèle à la nôtre» et qu'il «A été tué avec trois serviteurs dans la tribu des Hammaden voisine de Wabi à environ 250 kilomètres de Harar, à la date du 11 août»②.

À mon avis, le *Rapport sur l'Ogadine* est bien de Rimbaud. Le «Bollettino della Società Africana d'Italia» rend hommage à ses explorations en Ogaden③, ainsi que la plupart des Bulletins européens de Sociétés géographiques similaires. Même si Rimbaud ne s'aventurait qu'au seuil de l'Ogaden et que les notes de départ-écrites probablement en italien-étaient de son ami et collaborateur grec Sotiro, et qu'il ne faisait que les reprendre, les traduire en français, les modifier et les adapter à sa façon et à ses goûts, l'avis des Italiens d'Afrique, qui devraient rivaliser avec lui et avec les explorateurs français, est important pour définir la paternité rimbaldienne de ce texte. Ils n'ont aucun doute, en le lui attribuant. On dira: mais où est l'immense poète Rimbaud, étant donné qu'il s'agit d'un texte médiocre? Médiocre? Cela dépend de l'optique que l'on choisit pour le juger. J'y entrevois des éclairs d'*Une saison en enfer* et des *Illuminations*, et surtout une nouvelle forme d'écriture de la

---

① «compte rendu des séances de la Société de Géographie», Paris, 1884, pp. 99-103, séance du 1ᵉʳ février 1884, in *Œuvres complètes*, cit., pp. 612-617.
② *Œuvres complètes*, p. 605.
③ VIII, 5-6, mai-juin 1889, pp. 135-142.

science.

Sur les plateaux de pâturages et de forêts du territoire des Gallas et des Itous, Rimbaud éprouve le besoin de réinventer une autre voie pour dire les découvertes scientifiques. C'est, au fond, la même langue de sa *Correspondance*, sèche, forte, dense, avec quelques étincelles de poésie. Le texte se fait « Objectif et *pragmatique* »①. La conclusion du *Rapport sur l'Ogadine* prouve de toute évidence l'écriture d'un homme de science②. Les noms des lieux et des peuples, les détails d'ordre géographique, les observations sociologiques et commerciales, le rythme de la phrase, les propositions d'intervention, tout laisse penser à une évolution naturelle de Rimbaud.

Une confirmation? Après son aventure de caravane d'armes, avec son fidèle Wadaï Djami, Rimbaud se donne une période de repos: le 5 août 1887, il est à Massaouah, pour toucher l'argent des traites de Makonnen. Le 20 août, il est au Caire. Il y reste cinq semaines. Il donne au journal « Le Bosphore égyptien », grâce à Octave Borelli, frère de son camarade de voyage Jules et directeur de ce quotidien, des notes sur son voyage d'Entotto à Harar, sous le titre *Lettre au Directeur du Bosphore égyptien*, qui paraissent le 27 et le 28③. Dans cette « Lettre », observe Alain Jouffroy④, « Il invente une écriture qui

---

① A. Jouffroy, *Rimbaud nouveau. Essai sur l'interlocuteur permanent*, avant-propos de J.-L. Steinmetz et préface d'A. Borer, Paris, Éditions du Rocher, 2002, p. 219.
② *Œuvres complètes*, cit., p. 617.
③ *Ibid.*, pp. 658-668.
④ A. Jouffroy, *Rimbaud nouveau. Essai sur l'interlocuteur permanent*, cit., p. 248.

articule la relation d'une expérience personnelle à des informations géographiques, économiques et politiques complètement inédites, une écriture débarrassée de tout adjectif inutile, de tout pathos littéraire et de toute complaisance esthétique, Rimbaud révèle la parfaite clarté des opérations de son cerveau».

Écriture-expérience, écriture au-delà de l'esthétique, écriture du savoir, écriture de la science. Rimbaud veut mettre en pratique, par écrit, ses modèles d'ingénieur et d'homme de science. Le temps du texte visionnaire est révolu. C'est le moment d'avoir les pieds sur terre, de voir la vie telle qu'elle est, d'appréhender le connu, les découvertes, au jour le jour. Rimbaud domine son feu naturel. Non content de son rapport «scientifique» pour le «Bosphore égyptien», six jours après avoir écrit ce texte, dans sa chambre de l'Hôtel de l'Europe, au Caire, le 26 août 1887, il envoie des notes à Bardey, en lui proposant aussi des affaires. C'est un texte dont le style est d'une sécheresse inouïe, un véritable état des lieux, et donc détaillé au maximum, auquel il ne donne même pas de titre, et que d'après ses notes tous les biographes et tous les critiques appellent *Itinéraire d'Entotto à Harar*. Le voici, à titre de confirmation[1]:

1° D'Entotto à la rivière Akaku plateau cultivé, 25 kilomètres.

2° Village galla des Abitchou, 30 kilomètres. Suite du plateau : hauteur, environ 2500 mètres. On marche,

---

[1] *Œuvres complètes*, cit., pp. 672-673.

avec le mont Hérer au sud.

3° Suite du plateau. On descend à la plaine du Mindjar par le Chankora. Le Mindjar a un sol riche soigneusement cultivé. L'altitude doit être 1800 mètres. (Je juge de l'altitude par le genre de végétation ; il est impossible de s'y tromper, pour peu qu'on ait voyagé dans les pays éthiopiens.) Longueur de cette étape : 25 kilomètres.

4° Suite du Mindjar : 25 kilomètres. Mêmes cultures. Le Mindjar manque d'eau. On conserve dans des trous l'eau des pluies.

5° Fin du Mindjar. La plaine cesse, le pays s'accidente ; le sol est moins bon. Cultures nombreuses de coton. -30 kilomètres.

6° Descente au Cassam. Plus de cultures. Bois de mimosas traversés par la route frayée par Ménélik et déblayée sur une largeur de dix mètres. -25 kilomètres.

7° On est en pays bédouin, en Konella, ou terre chaude. Broussailles et bois de mimosas peuplé d'éléphants et de bêtes féroces. La route du Roi se dirige vers une source d'eau chaude, nommée Fil-Ouaha, et l'Hawasch. Nous campons dans cette direction, à 30 kilomètres du Cassam ;

8° De là à l'Hawasch, très encaissé à ce passage, 20 kilomètres. Toute la région des deux côtés de l'Hawasch à deux jours et demi se nomme Cateyon. Tribus Gallas Bédouines, propriétaires de chameaux et autres bestiaux ; en guerre avec les Aroussis. Hauteur du passage de l'Hawasch : environ 800 mètres. 80 centimètres d'eau ;

9° Au-delà de l'Hawasch, 30 kilomètres de brousse. On marche par les sentiers des éléphants ;

10° Nous remontons rapidement à l'Itou par des sentiers ombragés. Beau pays boisé, peu cultivé. Nous nous retrouvons vite à 2000 mètres d'altitude. Halte à Galamso, poste abyssin de trois à quatre cents soldats au dedjatch Woldé Guibril. -35 kilomètres ;

11° De Galamso à Boroma, poste de mille soldats au ras Dargué. -30 kilomètres. Très beau pays cultivé. Quelques plantations de café. Les cultures de l'Abyssinie sont remplacées par le dourah. Altitude : 2200 mètres ;

12° Suite du Tchertcher, magnifiques forêts. Un lac, nommé Arro. On marche sur la crête d'une chaîne de collines. L'Aroussi, à droite, parallèle à notre route, plus élevé que l'Itou ; ses grandes forêts et ses belles montagnes sont ouvertes en panorama. Halte à un lieu nommé Wotcho. -30 kilomètres ;

13° 15 kilomètres jusqu'à la maison du cheik Jahia, à Goro. Nombreux villages. C'est le centre des Itous où se rendent les marchands du Harar et ceux de l'Abyssines musulmanes ;

14° 20 kilomètres, Herna. Splendides vallées couronnées de forets à l'ombre desquelles on marche. Caféiers. C'est là qu'Abdullahi, l'émir de Harar, avait envoyé quelques Turcs déloger un poste abyssin, fait qui causa la mise en marche de Ménélik ;

15° *Bourka* : *vallée nommée ainsi d'une rivière ou torrent à fort débit, qui descend à l'Ennya. Forets étendues. -30 kilomètres.*

16° *Obona, pays boisé, accidenté, calcaire, pauvre. -30 kilomètres.*

17° *Chalanko, champ de bataille de l'Emir. Meta, forêts de pins. Warabelly-Meta doit être le point le plus haut de toute la route, peut-être 2600 mètres. Longueur de l'étape : 30 kilomètres ;*

18° *Lac de Yabatha, lacs de Harramoïa. Harar. -40 kilomètres.*

La direction générale : entre N.-N.-E. et S.-S.-E., il m'a paru.

C'est la route avec un convoi de mules chargées ; mais les courriers la font en dix jours à pied.

Au Harar, les Amara procèdent, comme on sait, par confiscation, extorsions, razzias ; c'est la ruine du pays. La ville est devenue un cloaque. Les Européens étaient consignés en ville jusqu'à notre arrivée ! Tout cela de la peur que les Abyssins ont des Anglais.-La route Issa est très bonne, et la route de Gueldessey au Hérer aussi.

Rimbaud focalise les lieux, comme son appareil photographique. Il s'adapte parfaitement aux faits, aux lignes, aux horizons qui sont autour et devant lui. Aucun élément académique, aucun sentiment, aucune abstraction. L'écriture scientifique de Rimbaud est une sorte de « Mémoire expérimentale »①. Elle procède par notes et coups de poing, comme s'il voulait dégraisser la langue, pour la rendre fidèle à son essence, à son origine. Plus de vanité littéraire. La chose écrite doit se désacraliser, sortir du désordre romantique, être utile, véhiculer, renseigner. L'écrivain de la science doit être un « touriste naïf », qui éloigne tous « Les chromatismes légendaires, sur le couchant ». « un petit monde blême et plat […] va s'édifier », pour réaliser « Des mélodies impossibles », contre toute « Magie bourgeoise ». Même « La constatation » sera « une affliction »②.

Le texte se fait taciturne comme l'auteur: tous les témoignages confirment le silence de l'homme Rimbaud, entièrement consacré à son travail, à ses comptes, … et à ses rêves. Est-ce « La négation de la parole » qui est déjà dans sa poésie③?

Pendant toute sa permanence à Harar, Rimbaud rêve d'un livre sur le Harar et les pays Gallas. Dès le 18 janvier 1882, d'Aden, il écrit aux siens la lettre-commande d'instruments de précision à faire suivre pour son ancien ami Ernest Delahaye. Il y écrit avec la plus grande clarté, à propos deson projet de livre scientifique④:

---

① A. Jouffroy, *Rimbaud nouveau. Essai sur l'interlocuteur permanent*, cit., p. 265.

② *Œuvres complètes*, cit., pp. 500–501.

③ O. Paz, *L'arc et la lyre*, traduction de R. Munier, Paris, Gallimard, 1965, p. 345.

④ *Œuvres complètes*, cit., p. 581.

Ci-joint une lettre pour Delahaye, prenez-en connaissance. S'il reste à Paris, cela fera bien mon affaire : j'ai besoin de faire acheter quelques instruments de précision. Car je vais faire un ouvrage pour la Société de Géographie, avec des cartes et des gravures sur le Harar et les pays Gallas. Je fais venir en ce moment de Lyon un appareil photographique ; je le transporterai au Harar, et je rapporterai des vues de ces régions inconnues. C'est une très bonne affaire.

Il me faut aussi des instruments pour faire des levés topographiques et prendre des latitudes. Quand ce travail sera terminé et aura été reçu à la Société de Géographie, je pourrai peut-être obtenir des fonds d'elle pour d'autres voyages. La chose est très facile.

Ce sera un livre précis, de textes, cartes et gravures, de « vues de ces régions inconnues », de « Levés topographiques ». J'ai déjà signalé que dans sa lettre pour Ernest Delahaye, Rimbaud annonce avec solennité[1] :

Mon cher Delahaye,
　Je reçois de tes nouvelles avec plaisir.
　Sans autres préambules, je vais t'expliquer comme quoi, si tu restes à Paris, tu peux me rendre un grand service.

---

[1]　*Ibid.*, pp. 581–582.

Je suis pour composer un ouvrage sur le Harar et les Gallas que j'ai explorés, et le soumettre à la Société de Géographie. Je suis resté un an dans ces contrées, en emploi dans une maison de commerce française.

« sans autres préambules» ... Rimbaud est déjà un écrivain de la science, un compositeur du réel tel que pourrait le voir un ingénieur. Et il se voit déjà travailler pour la Société de Géographie: « tu ne t'imagines pas quel service tu me rendras. Je pourrai achever cet ouvrage et travailler ensuite aux frais de la Société de Géographie»[①], en restant à jamais en Afrique, son pays définitif. Rimbaud demande des instruments de précision de tout type, les plus modernes de l'époque, prend des notes, écrit, lève des plans, fait des cartes, photographie, voyage. Il a peut-être un plan précis de son ouvrage, dont le style devrait sans aucun doute suivre celui des rapports dont je viens de parler. Il n'est pas le seul à projeter un ouvrage sur ces terres-là, mais son texte sera différent: ce sera une trame précise comme celle d'une équation, comme celle d'une formule mathématique ... Ne parlait-il pas du *lieu* et de la *formule* pour le dire? Affaires, explorations, commerces, comptes, tout peut être canalisé, pense-t-il, dans cette nouvelle forme d'écriture, qui ne peut plus être celle des voyageurs de l'histoire, des géographes rêveurs et imprécis. Ce sera une écriture qui respecte le *lieu*, à tout point de vue, les coutumes, les

---

① *Ibid.*, p. 583.

peuples, les religions, les traditions. Les caravanes entre Harar et la côte, les incursions dans le territoire dangereux des Gallas et des Itous, sont l'occasion de dire le présent et l'avenir, grâce à la batterie d'instruments de précision qu'il a commandés. Le livre sera un *compte-rendu*. Son *Rapport sur l'Ogadine* ne commence-t-il pas par ces notes sèches: «voici les renseignements rapportés par notre première expédition dans l'Ogadine»[1]?

La Société de Géographie elle-même reconnaît immédiatement l'écriture scientifique de Rimbaud. Après la publication de son *Rapport sur l'Ogadine*, le 1ᵉʳ février 1884, elle lui écrit, en lui demandant sa photographie et ce que de nos jours on appellerait son curriculum vitae[2]. Rimbaud a-t-il répondu à cette demande? Nous n'en savons rien. Mais nous savons qu'il n'aime pas toute cette forme d'officialité. Probablement, il craint encore une fois des «réclamations militaires», qui le hanteront jusque sur le lit de mort. Le 14 mars 1883, de Harar, il avait précisé aux siens, qu'il qualifie cette fois aussi de «chers amis»: «je compte faire quelques bénéfices au Harar et pouvoir recevoir, dans un an, des fonds de la Société de Géographie»[3]. Écrit-il vraiment à la Société de Géographie de Paris, pendant cette période? Lui demande-t-il des fonds pour réaliser son ouvrage sur le Harar et les pays Gallas? Nous

---

[1] *Ibid.*, p. 612.
[2] *Œuvres complètes*, édition établie, présentée et annotée par A. Adam, Paris, Gallimard, «pléiade», 1972, p. 382.
[3] *Œuvres complètes*, cit., p. 598.

savons bien que le 26 août 1887 il demande des fonds à cette Société. Le rêve d'un livre scientifique sur ces terres est toujours d'actualité. Les rapports de Rimbaud, sur l'Ogaden, sur l'état de la région d'Abyssinie et du Harar et sur l'itinéraire d'Entotto à Harar, sont-ils des bribes de ce livre? Je le pense, et j'y ajoute toutes les notes parsemées dans sa correspondance, qui de temps à autre se fait géographique.

Le 4 octobre 1887, la Société de Géographie répond à la demande de Rimbaud, par une lettre officielle, qui dit toute la distance entre le rêve de l'écrivain scientifique et les structures publiques de l'État[①]:

Monsieur,

En réponse à votre lettre du 26 août, la Société de Géographie me charge de vous informer qu'il ne lui est pas possible, quant à présent, de répondre favorablement au désir que vous exprimez. Peut-être auriez-vous quelque chance de succès en adressant une demande de mission au Ministère de l'instruction publique. Cette demande serait renvoyée à la Commission des missions et voyages, qui en donnerait son avis à l'administration. Je ne dois pas vous dissimuler, cependant, que le fonds attribué aux missions a subi les conséquences du régime d'économies auquel sont soumis les ministères depuis quelques mois. Il est à craindre que-votre voyage

---

① *Œuvres complètes*, «pléiade», cit., pp. 448-449.

n'intéressant pas directement un pays français, la politique française,-la somme demandée dans votre lettre ne paraisse trop élevée. En tout cas, vous feriez bien de rédiger les notes ou les souvenirs que vous avez recueillis sur les races bédouines ou agricoles, leurs routes et la topographie de leurs régions. Soyez persuadé qu'un mémoire à ce sujet, s'il renferme des faits nouveaux, des indications utiles, des notions précises, serait la meilleure des recommandations dans le cas où vous croiriez devoir adresser au ministère une demande de mission. D'emblée, en effet, vous sortiriez du rang des débutants, et le rapporteur, auquel la Commission des missions renverrait votre demande, aurait un point d'appui.

Si vous pensiez devoir adopter cette manière de faire, je me mettrais à votre disposition pour rechercher les moyens d'assurer la publication de votre mémoire, afin de le bien faire connaître. Il serait bon que le travail fût accompagné d'un croquis donnant vos itinéraires. Le pays que vous songez à parcourir est très redoutable pour les Européens, même dans les conditions particulièrement favorables où vous vous trouvez. La Commission se montrera donc d'autant moins réfractaire qu'elle sera mieux à même d'apprécier votre travail antérieur, les résultats de vos premiers voyages.

Je viens de recevoir de M. A. Bardey une lettre dans laquelle il donne des extraits intéressants de votre journal de route du Choa à Zeilah. Ces extraits vont être publiés *au Bulletin de la Société de Géographie, dont fait partie M. Bardey.*

Croyez bien, Monsieur, que les objections présentées ci-dessus ne sont point des fins de non recevoir. Je serais, dans la limite de mes moyens, très disposé à vous aider, —mais je ne suis pas seul, et il importe de décider dans un sens favorable tous ceux qui ont voix au chapitre. J'ai causé de vos projets avec mon ami, M. Duveyrier, spécialiste en choses d'Afrique, et je crois que lui aussi sera bien disposé en votre faveur. Il m'a chargé de vous demander si l'abba Moudda est un marabout musulman, et quelle confrérie représente le scheik Hoséin, ainsi que l'abba Moudda, si ce dernier est musulman.

Veuillez agréer, Monsieur, avec mes regrets de ne pouvoir de suite répondre favorablement à votre désir, l'expression de mes sentiments les plus distingués.

Restrictions économiques, travail bénévole, conseils sur la nature de l'ouvrage à écrire... Et la « Liberté libre »? Rimbaud a dans sa tête des notes essentielles, comme le désert de la terre qui l'accueille. Ce n'est pas seulement la publication de son livre qui l'intéresse. Il veut découvrir et offrir ses découvertes à la communauté scientifique. Ce serait des notes prises par son graphomètre, claires et précises comme des plans.

Répond-il à la lettre ci-dessus? Je ne le crois pas. Continue-il son livre? Ce qui nous intéresse c'est de réaffirmer l'*autre* forme d'écriture de Rimbaud, sa fresque de la réalité, la typologie de son discours, l'absence du lecteur et de l'auteur. «*La vraie vie* est toujours *absente*, pour Rimbaud», observe Alain Jouffroy①.

Son écriture scientifique est impersonnelle, objective, faite du vu et pas du senti. «sa froide focalisation géographique»② est une prise de vue, une note du monde et de l'inconnu de ses terres. Le théodolite de voyage, le sextant, la boussole, le baromètre anéroïde de poche, le graphomètre, le cordeau d'arpenteur en chanvre, l'étui de mathématiques avec règle, équerre, rapporteur, compas de réduction, décimètre et tire-lignes, sont sa plume, sur un «papier à dessin», après avoir consulté une mer de livres scientifiques, de la topographie à l'astronomie appliquée.

Il est probable que cette idée d'un livre pour la Société de Géographie revienne à Alfred Bardey, membre de cette Société depuis janvier 1881. Mais Rimbaud peut parfaitement y avoir pensé par et pour lui-même. Elle fait partie de son *Je est un autre*. Dans un témoignage non daté, Bardey raconte qu'au moment où il apprend que Monseigneur Taurin-Cahagne, vicaire apostolique des Gallas au Harar, est en train d'écrire un livre sur les Gallas, Rimbaud aurait crié: «Moi aussi je vais en faire un, et lui couper l'herbe sous le pied, à Monseigneur!»③.

Le livre de Rimbaud sur le Harar et les pays des Gallas aurait dû

---

① A. Jouffroy, *Rimbaud nouveau. Essai sur l'interlocuteur permanent*, cit., p. 251.

② *Ibid.*, p. 264.

③ J.-P. Vaillant, *Rimbaud tel qu'il fut d'après des faits inconnus et avec des lettres inédites*, Paris, Le Rouge et le Noir, 1930, p. 36.

être le livre du silence, du non dire. Rimbaud ne confirme-t-il pas, le 25 février 1890, de Harar① :

> *Ne vous étonnez pas que je n'écrive guère : le principal motif serait que je ne trouve jamais rien d'intéressant à dire. Car, lorsqu'on est dans des pays comme ceux-ci, on a plus à demander qu'à dire ! Des déserts peuplés de nègres stupides, sans routes, sans courriers, sans voyageurs : que voulez-vous qu'on vous écrive de là ? Qu'on s'ennuie, qu'on s'embête, qu'on s'abrutit, qu'on en a assez, mais qu'on ne peut pas en finir, etc., etc. ! Voilà tout, tout ce qu'on peut dire, par conséquent ; et, comme ça n'amuse pas non plus les autres, il faut se taire.*

L'ici est silence. De temps à autre, quelque détail qui résume le tout : « Les caféiers mûrissent »②. Rimbaud ne fait-il pas de même dans sa lettre de Gênes, le 17 novembre 1878③, où il conte l'ascension du Saint-Gothard à pied, et l'itinéraire de son voyage jusqu'à Gênes, par terres, lacs, montagnes et plaines ? L'écriture de l'ingénieur et de l'homme de science doit être elliptique, comme les notes de budget, de recettes et dépenses, que Rimbaud remplit tous les jours.

Dans la lettre du 19 mars 1883, d'Aden, Rimbaud annonce un autre projet de livre. Après avoir insisté encore une fois sur

---

① *Œuvres complètes*, cit., p. 714.
② Aux siens, Harar, 7 novembre 1881, *Œuvres complètes*, cit., p. 577.
③ *Œuvres complètes*, cit., pp. 544–546.

l'importance des livres et de l'appareil photographique qu'il a commandés, et qu'il vient de recevoir, il note à l'improviste: « je compte, d'ailleurs, faire un curieux album de tout cela »[1]. De quoi se composerait cet album? Est-ce le même livre que celui sur le Harar et les pays Gallas? Je crois qu'il s'agit d'un autre projet. Le « curieux album » dont il parle ne peut pas correspondre au livre géographique et scientifique sur le Harar et sur les pays Gallas, qui n'aurait pas pu être « curieux », mais précis comme ses rapports, qui n'ont rien de curieux. Serait-ce un livre de seules illustrations, sans textes? Je m'accorde à le penser. Et les photographies que Rimbaud envoie à sa famille et à Bardey auraient probablement fait partie de ce livre.

Le regard de Rimbaud fascine, tout le monde le dit. Il veut fasciner par les images des terres de son choix de vie. Il aurait fixé hommes, atmosphères, architectures, choses et paysages, dans cette terre inconnue. Nous savons qu'il comprend parfaitement le pouvoir de l'image, avant la société de l'image. La chose vue est sa nouvelle poésie. Aurait-il, a-t-il fixé la flore, la faune, les habitudes, les climats, les rues d'Aden et surtout de Harar? Les photographies de Rimbaud qui nous sont parvenues disent le sens de sa quête.

Il n'aurait pas fait un guide touristique du Harar, mais un livre-témoignage, un album d'un monde perdu, vierge, splendide, fruit d'une émotion intense, certainement liée au sens de la marche, de la route, du voyage. Aden et Harar sont-elles

---

[1] *Ibid.*, p. 599.

deux des «splendides villes» dont rêvait Rimbaud? Et son album aurait-il contenu des images de ces splendides villes et d'autres splendides villes de l'Afrique Orientale et de l'Arabie? Rimbaud rêve sûrement d'un livre de ce type, quand il attend avec impatience son appareil photographique et tout ce qu'il faut pour l'utiliser au mieux.

Oui, l'album de photographies rimbaldiennes aurait ouvert «Les lucarnes de l'infini» dont parle Charles Baudelaire, dans le «*Bonheur de rêver*» [1].

Autre type de livre possible de Rimbaud homme de science. Sa *Correspondance* contient des morceaux parfaits d'études de marchandises. Je me limite à citer celles de la lettre du 25 août 1883 de Harar, à MM. Mazeran, Viannay et Bardey. Cette lettre s'ouvre directement par les études de marché suivantes [2] :

Marché Harar n'a jamais été plus nul qu'en cette saison de cette année, de l'avis de tous ici.

—Pas de café. Ce que ramasse par ¼ de frasleh l'agent de Bewin et Moussaya est une ordure grattée des sols des maisons Hararies ; ils paient ça 5 thalaris ½ .

—Peaux inabordables pour nous pour les raisons déjà données ; d'ailleurs n'arrivent pas. 2600 cuirs au gouvernement ont atteint 70 paras aux enchères ; nous comptons

---

[1] Ch. Baudelaire, *Œuvres complètes*, texte établi, annoté et présenté par C. Pichois, Paris, Gallimard, 1976, «pléiade», 2 vol., II, p. 619, *Le public moderne et la photographie*.

[2] *Œuvres complètes*, cit., p. 605.

à peu près pouvoir les racheter ensuite à P. 1,50 et en former une caravane. Elles sont de la qualité des dernières.

—Peaux chèvres. En avons 3000 en magasin. Les frais de leur achat et les transports de tous les cuirs de la province les mettent à un prix moyen de D. 4. Mais nous avons organisé leur achat, et chaque mois nous pouvons en ramasser 2500 à 3000 sans qu'elles dépassent ce prix.

—Ivoire. Cherchons à organiser quelque chose. Nous manquons d'hommes spéciaux et des marchandises spéciales.

Café, peaux, ivoire, en un langage technique, sans éléments grammaticaux de conjonction. Rimbaud anticipe même le langage commercial le plus parfait. La lettre que je viens de citer est accompagnée de la 7ᵉ *étude de marchandises* suivante, qui est un véritable chef-d'œuvre[1] :

Pour la contrée du Harar Sirwal Habeschi. Trouver ou faire fabriquer un tissu coton (serré chaud et grossier) de la force de la toile à voile légère, le rayer longitudinalement de bandes rouges ou bleues de 5 centimètres de largeur espacées de 20 centimètres.

Faire fabriquer 500 sirwall de la coupe de l'échantillon

---

[1] *Ibid.*, pp. 607–608.

ci-joint (*non du tissu*). *Aura vogue dans les tribus gallas et abyssines, où il existe déjà des types curieux de ce genre.*

Kamis. Du même tissu, une simple blouse fermée à la poitrine, descendant aux hanches, par la manche arrêtée aux coudes. En fabriquer 500.

Sperraba. 50 glands de laine rouge ou verte tressée, s'accrochant aux brides et aux selles, chez les Gallas et Somalis, et 20 mètres franges longues, de même couleur et de même laine, pour devant le poitrail, de chez les tapissiers.

Nous avons envoyé au dehors une compagnie de chasseurs de tigres, léopards et lions, à qui nous avons donné des recommandations pour l'écorchage.

À 4 ou 5 heures du Harar, il y a une forêt (Bisédimo) abondante en bêtes féroces, et nous avons prévenu les gens des villages environnants et faisons chasser pour nous.

Nous croyons qu'il existe en France des pièges d'acier spéciaux pour la capture des loups, qui pourraient très bien servir pour les léopards.

On peut s'en assurer à la société de louveterie, et après examen nous envoyer deux de ces pièges.

C'est un mélange de technique de rapports scientifiques, commerciaux et sociaux. « Les 'études de marchandises', note Alain Borer, étaient numérotées, comme les symphonies »[1].

---

[1] A. Borer, *Rimbaud en Abyssinie*, Paris, Éditions du Seuil, 1984, p. 225.

Le mot est parfaitement dit : les rapports de Rimbaud sont des symphonies d'écriture scientifique.

Rimbaud aurait voulu transporter cette symphonie dans des articles de journaux parisiens. C'est un vieux rêve de jeunesse. Dès l'âge de seize ans, il collabore au « journal de Douai », dont le rédacteur en chef est son professeur Georges Izambard, au « Libéral du Nord » et au « progrès des Ardennes », d'une façon anonyme ou en signant par un pseudonyme. Il a tout de suite compris que la prose du journal n'est pas incompatible avec la langue de la poésie.

Le 15 décembre 1887, d'Aden, Rimbaud écrit aux siens[1] : «j'ai écrit la relation de mon voyage en Abyssinie, pour la Société de géographie. J'ai envoyé des articles au *Temps*, au *Figaro*, etc... J'ai l'intention d'envoyer aussi au *Courrier des Ardennes*, quelques récits intéressants de mes voyages dans l'Afrique orientale. Je crois que cela ne peut pas me faire de tort ».

Désir de se faire connaître, et de reprendre ses contacts avec le monde parisien? J'ajoute le désir d'écrire de la prose utile, scientifique, sur le Harar et sur l'état de la situation politique dans ces régions. Un ancien camarade de Rimbaud, Paul Bourde, rédacteur au « temps », en 1883, tout à fait par hasard, révèle à Bardey l'identité de Rimbaud, son employé. Bardey, collaborateur du « temps » pour les questions coloniales, conseille probablement à son employé de collaborer à ce quotidien. C'est l'époque de la

---

[1] *Œuvres complètes*, cit., p. 692.

grande pénétration des Européens en Afrique Orientale, et Rimbaud offre sa collaboration journalistique, en contactant son ancien camarade Bourde. D'Argelès, où il est en train de se rétablir dans un village thermal, celui-ci lui répond, en confirmant l'intérêt de son journal pour sa proposition de journaliste de guerre et de questions coloniales. Voici une partie de sa lettre[①]:

> [...] *Moi qui croyais en avoir fini avec les choses de ce monde, je ne vous ai pas écrit non plus.*
> *Aujourd'hui j'ai un vif regret d'avoir manqué cette occasion de rentrer en relations avec vous. Cet intérêt vous surprendra peut-être. Vous ignorez sans doute, vivant si loin de nous, que vous êtes devenu à Paris dans un très-petit cénacle une sorte de personnage légendaire, un de ces personnages dont on a annoncé la mort, mais à l'existence desquels quelques fidèles persistent à croire et dont ils attendent obstinément le retour. On a publié dans des revues du quartier latin et même réuni en volumes vos premiers essais, prose et vers; quelques jeunes gens (que je trouve naïfs) ont essayé de fonder un système littéraire sur votre sonnet sur la couleur des lettres. Ce petit groupe qui vous a reconnu pour maître, ne sachant ce que vous êtes devenu, espère que vous réapparaîtrez un jour pour*

---

① A. Borer-Ph. Soupault-A. Aeschbacher, *Un sieur Rimbaud se disant négociant*, Paris, Lachenal &. Ritter, 1984, p. 79.

le tirer de son obscurité. Tout cela est sans portée pratique d'aucune sorte. Je m'empresse de l'ajouter pour vous renseigner consciencieusement. Mais à travers, permettez-moi de vous parler franchement, à travers beaucoup d'incohérence et de bizarrerie j'ai été frappé de l'étonnante virtuosité de ces productions de la première jeunesse. C'est pour cela et aussi pour vos aventures que Mary[1] *qui est devenu un romancier populaire à succès et moi parlons quelquefois ensemble de vous avec sympathie.*

Pour ses reportages à offrir aux lecteurs du « temps », Rimbaud demande la somme exorbitante de quatre mille cinq cents francs! Ainsi Bourde continue-t-il:

[...] Les conditions que vous faisiez étaient telles qu'aucun journal français n'est en état de se les imposer. [...] Mais si cela pouvait vous être agréable, je me fais fort de faire agréer au Temps des correspondances sur ces régions que vous connaissez si bien et sur lesquels [sic] les affaires de Massaouah appellent l'attention. Ce ne serait nullement une affaire pour vous, mais un lien par lequel vous vous rattacheriez à la vie civilisée, une relation dont vous pourriez peut-être tirer un profit moral. On vous paierait cinquante centimes la ligne. Ce sont les

---

[1] Jules Mary est un ancien camarade de Rimbaud au petit séminaire. Il a eu son heure de célébrité en tant que romancier populaire.

conditions que nous faisons à nos correspondants volontaires qui ne sont pas des envoyés spéciaux. Si l'idée vous plaisait vous pourriez par exemple, dans une première lettre expliquer les situations respectives du Choa et de l'Abyssinie auxquelles le public ne comprend rien, en rattachant cela à une information aussi récente que possible. Ce n'est là qu'une suggestion et si quelque sujet vous paraissait plus actuel et plus intéressant, n'hésitez pas, adoptez-le. Pas trop de géographie, difficile à saisir sans le recours d'une carte, mais plutôt des détails de mœurs.

Ne voyez dans ma proposition qu'une preuve de mon intention de vous être agréable et de réparer la mauvaise opinion qu'un silence excusable a pu vous donner de moi et croyez monsieur, à mes meilleurs sentiments.

L'affaire n'aura pas de suite. Pour Rimbaud, les propositions de Bourde sont absurdes : se relier à «La vie civilisée», «tirer un profit moral», «cinquante centimes la lignes», être considéré comme un correspondant volontaire, pas trop de géographie. C'est une offense, pour un géographe visionnaire[①] et un ingénieur à la nouvelle écriture scientifique tel Rimbaud! «Le Temps» ira se contenter d'un journaliste anonyme, pour ses *Lettres d'Abyssinie*.

---

① Cf. mon livre *Rimbaud, l'Italie, les Italiens. Le géographe visionnaire*, cit.

Rimbaud a-t-il tenté d'autres lieux de publication de ses services journalistiques? Je crois que oui. « La voie reste ouverte pour ceux que tentent les archives!», affirme Alain Borer①. Et ici se pose toujours la grande question. Arthur Rimbaud a-t-il vraiment interrompu son écriture? Ma réponse est nette: il a écrit jusqu'à ses derniers jours. Alain Jouffroy intitule justement, « rimbaud a écrit jusqu'au bout», la deuxième partie de son livre *Rimbaud nouveau*②. Il propose correctement de voir les rapports et les projets dont je viens de parler comme des formes d'écriture différente. Les renoncements de Rimbaud sont apparents. Il repart toujours, comme d'habitude, vers de nouveaux projets, de nouvelles écritures. Ses *notes* sont des étincelles d'un livre, de plusieurs livres dont il ne fait qu'annoncer les titres, les tables des matières, les essais d'écriture.

Où en est resté le projet d'un livre sur le Harar et les pays Gallas? Où s'est arrêté l'album de photographies de ces terres? Comment devons-nous lire la lettre suivante de sa sœur Isabelle à Paterne Berrichon, de Roche, le 21 juillet 1896③?

Il n'écrivit plus. Il voyagea encore, non par plaisir, mais cherchant à employer le plus utilement possible les

---

① A. Borer, *Rimbaud en Abyssinie*, cit., p. 356.
② A. Jouffroy, *Rimbaud nouveau. Essai sur l'interlocuteur permanent*, cit.
③ *Œuvres complètes*, «pléiade», cit., pp. 751-52. Cf. J.-J. Lefrère, *Rimbaud le disparu*, Paris, Éditions du Rocher, 2002, p. 189 et suiv.

aptitudes de son extraordinaire intelligence. —*Et ensuite, à Aden, en Égypte, en Abyssinie, si vous saviez que d'actions généreuses et saintes il a accomplies!*

Là-bas, au Harar, il a écrit des choses très sérieuses, des descriptions du pays, des détails curieux sur les mœurs et les institutions des races qui l'habitent. Je ne vous étonnerai pas en disant que cela était remarquable comme description et comme style. Certes, on n'y trouvait pas le langage de rêve et les musiques magiques des Illuminations, *c'était clair, précis, quoique toujours revêtu d'une forme extrêmement harmonieuse et personnelle. Il envoyait ces études, dans un but purement scientifique, sans espérer ni désirer qu'on les publiât, à diverses sociétés de géographie, lesquelles lui adressaient les marques de leur satisfaction dans les termes les plus laudatifs, lui demandant d'autres travaux, et, sans doute, laissaient dormir le tout dans les profondeurs inexpugnables de leurs archives.* —*De ces œuvres-là je peux vous affirmer qu'il en aurait produit, il a fait des projets, tracé des plans en ce sens. Tout à la fin, il avait même réuni les matériaux nécessaires, notes et documents, pour la relation de son dernier voyage, de cette cruelle et touchante odyssée, où, torturé par la maladie et la souffrance, porté par ses serviteurs nègres, il traversa pour la dernière fois le désert du Somal au milieu des acclamations, des protestations et des larmes de ces peuplades abyssines qu'il avait à jamais conquises par sa bonté et sa charité.*

Mais quand vous parlez de littérature, ce n'est pas ainsi que vous l'entendez, n'est-ce pas?—Et puis peut-être, après tout, avez-vous raison; peut-être avez-vous eu l'intuition exacte de ce qu'il aurait fait, si, vivant aujourd'hui, il avait appris le bruit fait autour de son nom et de son œuvre de jeunesse. Il est possible qu'alors il aurait formulé quelque rétractation admirable, essayé d'effacer, par quelque chant de repentir sublime, telles parties de la première conception abhorrées et maudites; créant ainsi dans son immense désir de racheter le passé un chef d'œuvre littéraire d'un éclat merveilleux, quelque chose de divinement bon et d'incommensurablement beau.

Oui, c'est ainsi qu'il s'est révélé à moi sur son lit de mort.

Si nous éliminons tout élément de sanctification, nous devons accepter cette lettre dans son fond. Rimbaud continue à écrire, mais de la prose scientifique. N'est-ce pas une autre forme de «Liberté libre»? Rimbaud est poète jusqu'au bout. Bardey confirme que là-bas il écrit encore. Le 7 juillet 1897, il communique à Paterne Berrichon[1]: «je crois qu'il écrivait encore, mais il ne m'a jamais laissé faire allusion à ses anciens travaux littéraires. Je lui ai demandé quelquefois pourquoi il ne les continuait pas. Je n'obtenais que ses réponses habituelles:

---

[1] Cit. in M.-Y. Méléra, *Nouveaux documents autour de Rimbaud*, «Mercure de France», 1er avril 1930, p. 69.

« Absurde, ridicule, dégoûtant, etc. ».

Rimbaud délaisse la pratique de la poésie des *Illuminations* pour celle de la vie. Serait-ce là le sens de sa volonté d'« être absolument moderne »? Dans une lettre à Georges Maurevert, Armand Savouré affirme que Rimbaud, dont il est l'hôte pendant un mois en automne 1888, écrit « jour et nuit », « sur une mauvaise table »[①]. Il est impossible de penser qu'il n'écrive que des comptes! Le voilà donc écrire des blocs-notes de fragments. Flambées d'ambition? Je ne le crois pas. Rimbaud devait avoir un immense projet d'écriture scientifique sur sa mauvaise table. Athanase Righas, frère de l'ami de Rimbaud Costantino, qui l'accompagne à Harar en 1880, dira à Victor Segalen: « Il écrivait pourtant beaucoup: il préparait un livre sur l'Abyssinie ... Mais je n'en sais rien »[②]. Un ami italien de Rimbaud, Augusto Franzoj, dira en octobre 1913: « je garde encore à Novare quelques écrits de Rimbaud, non pas de nature poétique, mais je dirais de nature quasi scientifique, car Rimbaud n'était pas seulement un poète »[③].

Tous ces projets d'écriture de la science sont-ils la suite de *Ma Bohème*[④]? L'auteur d'une *Saison en enfer* ne s'est pas tu en Afrique. Rimbaud est toujours le même, lui-même. Il est à

---

① Cit. in A. Borer, *Rimbaud en Abyssinie*, cit., p. 357.

② V. Segalen, *Le double Rimbaud*, préface de G. Macé, Fontfroide, Bibliothèque artistique & littéraire, 1986, p. 57.

③ In G. Dotoli, *Rimbaud*, *l'Italie*, *les Italiens. Le géographe visionnaire*, cit., p. 231, et passim pour les liens entre Rimbaud et Augusto Franzoj.

④ *Œuvres complètes*, cit., p. 222.

tout moment entre ses «Deux 'cimes'», la «Dévotion» à la poésie et le «rêve» de la vie①. De Charleville à Harar à Marseille, il est celui qui cherche «La formule et le lieu», le voyant, le conquérant de nouveaux langages, de «splendides villes», d'ivoire, d'or, dans l'abandon de l'errance, n'importe où, pour faire n'importe quoi. Verlaine ne l'appelle-t-il pas un «Ange en exil», un «Goya pire et meilleur», un «Aigle» qui a «un archet agile» et qui «courut tous les Continents, tous les Océans, pauvrement, fièrement»②? Le «Double Rimbaud» dont parle Victor Segalen③ dès 1906 n'est qu'un mythe, une façon commode pour ne pas comprendre le message profond d'un des génies de l'humanité. L'homme de science Rimbaud est allé très loin.

J'insiste sur le concept de cosmogonie du réel, qui est à la base de l'écriture de Rimbaud, de l'écriture poétique et de l'écriture scientifique, qui chez lui se rencontrent. Ce sont l'origine et la forme du monde qui le hantent, dès ses lectures des textes grecs et latins.

Rimbaud veut «Dévoiler tous les mystères»④. L'écriture de la science sera un instrument capital, pour réaliser ce but. Cette écriture est-elle celle de la «Langue» qu'il veut absolument

---

① M. Richter, *Les deux «cimes» de Rimbaud. «Dévotion» et «rêve»*, Genève, Slatkine, 1986.

② P. Verlaine, *Les poètes maudits*, introduction par G.-A. Bertozzi, Milano, Cisalpino-Goliardica, 1977, p. 39, 41, 46, 55.

③ V. Segalen, *Le hors-la-loi. Le double Rimbaud*, «Mercure de France», 15 avril 1906, in *Le double Rimbaud*, préfacé par G. Macé, cit.

④ *Œuvres complètes*, cit., p. 421, «Nuit d'enfer», in *Une saison en enfer*.

«trouver», dès le 15 mai 1871, dans sa lettre à Paul Demeny[①]? C'est l'écriture de la vocation de l'errance, de la vie-poésie, de l'engagement dans la vie, et surtout du «Besoin de tout dire dans un temps d'éclair, étranger à la faculté de dire qui, elle, a besoin de durée», comme le souligne Maurice Blanchot[②].

---

① *Ibid.*, p. 246.
② M. Blanchot, *Le sommeil de Rimbaud*, in M. B., *La part du feu*, Paris, Gallimard, 1949, p. 159.

论兰波和特拉克尔诗歌色彩的象征性
[法]贝尔纳·弗朗科

如果说一个诗人的现代性可以拥有无数意义,那首先说明他有能力在不同的时代体现他的现代性,他后来成为文学和艺术运动的典范就是例证。兰波可以说是表现主义诗歌的典范,特别是对特拉克尔而言,他声称自己深受兰波的影响。首先,特拉克尔从被诅咒的诗人群体中选取自己的榜样:他将很多诗歌定名为《忧郁》,其中一首公开采用波德莱尔的诗名《致一位过路的女子》。相较而言,他效仿兰波的方式更为隐秘,但也更为深刻。兰波在他的人生中发挥着至关重要的作用,以至于批评家赫尔伯特·许萨尔茨(Herbert Cysarz)在 1928 年,即特拉克尔去世后不到 15 年,给他冠以"奥地利的兰波"[1]的称号。早期的特拉克尔传记都非常强调他与兰波的诗学渊源关系[2];如果说特拉克尔在书信中对兰波保持谨慎态度,那么写于 1912 年、说

---

[1] «Alt-Österreichs letzte Dichtung (1890-1914)», *Preußische Jahrbücher*, Berlin, 1828, p. 40.

[2] Voir Erwin Mahrboldt, «Der Mensch und Dichter Georg Trakl», in: *Erinnerungen an Georg Trakl*, Innsbruck, 1926, pp. 60-62; Paul Wiegler, «Leben Georg Trakls», *Die Literatur*, XVIII, 1926, p. 577; Theodor Spoerri, *Georg Trakl*: *Strukturen in Persönlichkeit und Werk*, Bern, 1954, p. 100.

要去婆罗洲(Bornéo)以消除他心中雷霆之怒①的这封信,则体现了他追随兰波足迹的意愿。赫尔伯特·许萨尔茨还注意到,特拉克尔对兰波的作品非常熟悉,他虽然可以通过 K. L. 阿默尔(K. L. Ammer)于 1907 年出版的德文译本熟读②,但实际上他从阿尔萨斯女老师玛丽·伯林(Marie Boring)那里获得了完美的法语知识。另外,根据多米尼克·霍伊泽(Dominique Hoizey)的研究,特拉克尔追随兰波的诗歌脚步大致始于 1912 年。③

回应兰波

兰波对特拉克尔的深刻影响体现在不同层面。从最明显的层面看,两位诗人的生活轨迹都表现出早熟的特点,两人的诗歌创作生涯都很短。之后,他们当中一个选择了另一种生活,另一个自杀或因服用过量可卡因而亡。在这些明显的差异背后,特拉克尔也像兰波一样,刻意地、有计划地停止诗歌创作,因为就在去世的几天前(他去世于 11 月 2 号到 3 号的深夜),即 1814 年 10 月 27 日,他给他的出版商费克尔(Ficker)寄送去了与战争经历相关的最后两首诗《怨》(*Klage*)和《克洛德克》(*Grodek*)。除此以外,特拉克尔和兰波的叛逆美学都伴随着一

---

① Voir Georg Trakl, *Gesammelte Werke*, éd. Wolfgang Schneditz, Salzburg, 1938-1949, t. III, p. 28.

② Herbert Lindenberger, «Georg Trakl and Rimbaud: A Study in Influence and Development», *Comparative Literature*, Vol. 10, No 1, Winter 1958, pp. 21-35, voir p. 22.

③ Voir Dominique Hoizey, *Une Indicible Tristesse. Vie et mort du poète Georg Trakl* (1887-1914), Paris, Le Chat Murr, 2016, p. 18. Après avoir examiné la place qu'a tenue Verlaine dans la création poétique de Trakl, il souligne que Rimbaud a joué un rôle important dans son inspiration surtout à partir de 1912.

段禁忌之恋,一种是兰波与魏尔伦非同寻常的关系,另一种是特拉克尔与自己的妹妹玛格丽特的乱伦关系①。

特拉克尔面对第一次世界大战的选择与兰波面对 1870 年战争的态度也有相似性。或者可以说,他们的诗歌体现了不少他们生命历程中的共同点,其中首先就是战争。可是特拉克尔在第一次世界大战爆发的同一年去世了,兰波在 1870 年创作了《惊呆的孩子》(Les Effarés),当时他只有 16 岁,通过描述穷苦儿童看着面包师揉面和烘烤面包的场景来反映战争。因此,战争在两位诗人的作品中都留下了强烈的印记,有两首诗可以进行比较:兰波的《山谷眠者》(Le Dormeur du Val)和特拉克尔的《致孩儿伊利斯》(An den Knaben Elis)。② 当然,两首诗之间有一个根本的区别:兰波笔下的人物完全是外在化的,对诗歌主体而言完全陌生,而伊利斯则是作为特拉克尔的替身呈现的。但在这两首诗中,人物的描述都建立在产生震撼效果的基础上,即两首诗都将人物置于一种田园牧歌式的氛围中,暗示他的生存状态,最后突然呈现人物的死亡,从而产生令人震惊的效果。在兰波的作品中,反复强化睡眠的概念。在第二节中,动词"沉睡"戏剧性地出现在"生动"的位置上,其后的描述强调人物与自然的和谐("颈项沐浴在新鲜的蓝色水草中"③)。"睡"这个动词

---

① Voir Matteo Neri, *Das abendländische Lied-Georg Trakl*, Würtzburg, 1996, p. 115. Cf. article «Georg Trakl» de *Wikipédia*, dernière consultation le 23 mai 2019.

② Voir à cet égard Jacques Delavenne, «Le piéton, le fils de Pan et l'enfant aux yeux de cristal: Trakl héritier de Rimbaud?», *Temporel. Revue littéraire & artistique*, 22 avril 2011; et «rimbaud, Trakl et Guillevic: passages de flambeau», publié par Vireton le 08/04/2012, https://lepetitmessagerboiteux.files.wordpress.com/2012/04/georg-trakl1.jpg; dernière consultation le 23 mai 2019.

③ *Œuvres complètes*, éd. Antoine Adam, Paris, Gallimard («Bibliothèque de la Pléiade»), 1972, p. 32.

在下一节重复，在最后一节又重复。在这两节之间又有"他打了个盹"。当然，在这个描述过程中，也有一些令人沮丧的场景："唐菖蒲"①"生病的孩子""他很冷"，或"花香已能使他的鼻翼颤动"，这些都产生一种反差，但这种反差并没有弱化最后一句诗的残酷性："他的右侧有两个红色的弹孔"，这句言简意赅的客观描述，与前面田园牧歌式的抒情形成鲜明的对比。

特拉克尔采取了类似的创作手法，甚至有过之而无不及，因为他的人物伊利斯最初处在运动中："你的嘴唇吸饮着岩石上蓝色泉水的清新"("Deine Lippen trinken die Kühle des blauen Felsenquells")。② 但在两节后面，他被置于的场景与兰波描绘的画面一样：

«Duaber gehst mit weichen Schritten in die Nacht [...]
Und du regst die Arme schöner im Blau.»

你瞧，走向黑夜你脚步轻盈[……]
在蓝色中你挥动手臂更加美丽。

如同兰波的诗歌，展示人物宁静的描写却伴随着更多令人不安的细节。走向黑夜不难理解，但完全可以理解为走向死亡。前面的一节通过飞鸟的意象已经表现出了"不祥的预兆"("dunkle Deutung")。但就像兰波的诗歌一样，这些预兆远没

---

① 唐菖蒲是放在坟墓上的花。——译者注
② «An den Knaben Elis», in: *Werke. Entwürfe. Briefe*, Stuttgart, Reclam, 1984, pp. 56-57; trad. Marc Petit et Jean-Claude Schneider, *Crépuscule et déclin* suivi de *Sébastien en rêve*, Paris, Poésie/Gallimard, 1990 [1972], pp. 116-117.

有直接提及死亡更令人震惊:"噢,伊利斯,很久以前你就去世了"("O, wie lange bist, Elis, du verstorben")。

兰波和克拉特尔诗歌的相似性还表现在诗歌意象中,首先是风景元素的意象。兰波的"青翠葱茏的洞天,小河流水潺潺"与克拉特尔的"石间的蓝色水源"("die Kühle des blauen Felsenquells")有相似性,两位诗人都通过玩弄复杂的色彩游戏来表现风景。兰波通过开头的"青翠葱茏的洞天"(«trou de verdure»)与结尾的"两个红色的弹孔"(«Deux trous rouges au côté droit»)对比来制造诗歌效果,暗含了自然和平与人类暴力的对立,但红色与青绿的对立发生于一个更复杂的色彩系统。人物与自然的和谐关系由"他的绿床"得到了强化,又由"新鲜的蓝色水芹"而更完善。最后,诗人通过对光的描写完成了对色彩的表现。诗歌最后一节提到太阳光,第二节提到"阳光雨",第一节提到河谷中"破碎的银光",但总体来看,所有的色彩运用,只有最后的红色具有消极意义。

如果说特拉克尔继承的显然是象征主义的色彩表现手法,那么他的形式是完全不同的,或许他更具体系性,因为在他的诗中,黑暗的印象占主导地位。诗歌的背景是一片黑色森林("im schwarzen Wald"),黑色在第五节中再次出现,用以修饰岩洞:"一个黑色的岩洞"("Eine schwarze Höhle")。而在第三节中,伊利斯行走在黑夜之中。如果说黑色与自然环境有关,那么蓝色则用于标识人物。在第三节中,人物"在天空中移动手臂更美丽";在第一节中,人物的嘴唇品尝着"岩石的蓝色泉水"。准确地说,蓝色并非人物的颜色,而是用以表现人与自然关系的颜色。最后,通过以下两个场景来表现光亮,以此与景观的黑暗形成对比:第四节中诗人描写了伊利斯"月亮的眼睛"("deine mondenen Augen"),最后一节只有"陨落星辰的最后金色"这一句,以此结束全诗。不过由此看来,光亮与已逝的过去有关,而并不是用以和黑色的场景形成对比关系。

因此,特拉克尔的画面只有两种颜色:风景的黑色和笼罩着伊利斯的蓝色。这与兰波的复杂多样的色彩不同,只有诗歌最后选择的红色是孤立的。此外,特拉克尔通过在颜色的物理意义和道德意义之间的转换,使颜色的象征意义变得明确。在第六节中,"黑露水"("schwartzer Tau")滴在伊利斯的太阳穴上,似乎象征着她的死亡;在前一节中,黑色的岩洞被认定为诗人的沉默:"黑色的岩洞是我们的沉默"("Eine schwartze Höhle ist unser Schweigen");最后一点,在第二节中,黑暗与鸟儿飞行的预兆联系在一起。因此,特拉克尔的完全基于黑色和蓝色并将自我与死亡联系起来的颜色系统,强调了物质世界和道德世界的关联。

兰波的《醉舟》是另一首对特拉克尔产生深刻影响的诗作,从他的《圣诗》(*Psalm*)中可以明显看出《醉舟》的痕迹,尤其是以下这句诗:"有一只空船,在夜晚沿着黑色的运河而下"("Es ist ein leeres Boot, das am Abend den schwarzen Kanal heruntertreibt")[①]。同样,他的《三个梦》(*Drei Träume*)一诗展示了一个奇怪的世界,那是他灵魂的反映,其中可以看出他对兰波在《醉舟》中所展示的幻象的呼应:

在我灵魂的黑镜中
是从未见过的海洋形象,

---

① *Ibid.*, p. 37. Voir à ce propos Dominique Hoizey, *Une Indicible Tristesse. Vie et mort du poète Georg Trakl* (1887-1914), Le Chat Murr, 2016, p. 18. Après avoir examiné la place qu'a tenu Verlaine dans la création poétique de Trakl, il souligne que Rimbaud a joué un rôle important dans son inspiration surtout à partir de 1912.

被遗弃的土地,悲惨的梦幻……①
(« In meiner Seele dunklem Spiegel
Sind Bilderniegeseh'ner Meere,
Verlass'ner, tragisch phantastischer Länder [...]»)

互文性手法

特拉克尔与兰波的之间的互文性联系首先体现为形式,而这种互文性形式又首先体现在互文性的主题上:《奥菲利亚》这首诗,手稿显示创作于 1870 年 5 月 15 日,批评家们通常认为兰波以此创建了一个文学神话。吉尔伯特·杜朗(Gilbert Durand)甚至从脍炙人口的第二句、即在诗歌最后又重复的"洁白的奥菲利亚像一朵盛开的百合花"的诗句来描述这个神话的特点,并将这种神话定义为了"春天的献祭神话"。②

这个神话包含着丰富的互文性,当然并不局限于莎士比亚。事实上,诗歌中这一重复的诗句,兰波想到却是雨果《幽灵》中的两句诗,这首诗写于 1828 年 4 月,收录在一年后出版的《东方集》(*Les Orientales*):

于是奥菲利亚被卷入大河
她采撷花朵时溺水而亡!③

---

① *Ibid*., p. 119. Voir Herbert Lindenberger, art. cit., p. 22.

② « Du *Complexe d'Ophélie* au Mythe du printemps sacrifié », in: M. T. Jones-Davies, *Shakespeare le monde vert: rites et renouveau*, Paris, Les Belles Lettres, 1995, pp. 135-155.

③ « fantômes », in: *Les Orientales*, in: *Odes et Ballades. Les Orientales*, Paris, Editions Rencontre (*Œuvres complètes de Victor Hugo* présentées par Jean-louis Cornuz, vol. 17), 1968, pp. 390 et 394.

这里雨果没有用原义中的"小溪",而改为"大河",其互文性体现为兰波根据自己的需要也用"大河",尤其这一句:

是的,孩子,你已葬身于汹涌的大河!①

而雨果本人是对拉封丹的《溺水的女人》(*Femme noyée*)的呼应,通过反映死亡宿命的一节,列举消失的美女,重温了"她们在哪"("ubi sunt")的古老传统。

因此,互文性是奥菲利亚主题的核心,而特拉克尔在从兰波那里取材时并没有忘记这一点。正如杰拉德·斯蒂格(Gérald Stieg)所指出的那样,奥菲利亚出现在诗人的很多首诗歌中,尤其是在它们的初稿中出现,而又在终稿中消失。例如,在《僧侣听了很久》(« Lange lauscht der Mönch »)这首诗中,首稿中的第一句为"疯癫的奥菲利亚是美女"("Schön ist Ophelias Wahnsinn")。奥菲利亚的确经常被形容为疯癫,疯癫又总是与美丽联系在一起。在《风,白色的声音》(« wind, weiße Stimme »)中也是如此,其中出现了以下几句:

奥菲利亚,行为温柔又疯狂,
迈着焦躁的脚步走向何方?②
(« wo mit rührenden Schritten ehdem Ophelia ging Sanftes Gehaben des Wahnsinns? »)

---

① Voir Rimbaud, *Œuvres complètes*, éd. Antoine Adam, Paris, Gallimard (« Bibliothèque de la Pléiade »), 1972, pp. 11-12.

② Gérald Stieg, « Approches interprétatives du poème "Landschaft" de Georg Trakl », *Etudes germaniques*, n° 262, 2011/2, avr.-juin 2011, pp. 341-355, voir p. 349.

毋庸置疑，兰波表现的是"温柔的疯狂"，并将这种行为与美联系起来，因为她"在轻柔的晚风中哼着浪漫曲"。这些互文关系都暗含在这些诗句中，因此，兰波所构建的奥菲利亚的"神话"首先是对奥菲利亚化身的疯狂之美的赞美。然而，兰波对奥菲利亚的再现来自荷尔德林，通过这个中介，特拉克尔在《生命的一半》(«Hälfte des Lebens»)一诗中重拾"温柔的疯狂"("sanfter Wahnsinn")。另外，这个表述在另一首诗《风景》(*Landschaft*)的草稿中也曾出现，一些评论家因此认为其灵感来自波德莱尔的《风景》。由此可见，互文性的创作手法层出不穷，它不仅体现了与荷尔德林的呼应，也体现了对邦维尔的继承，兰波关于奥菲利亚的"温柔的疯狂"就来自邦维尔的诗《银河》(«La voie lactée»)①。再者，《在沼泽地边》(«Am Moor»)这首表现沼泽的诗，特拉克尔却通过表现秋天的自然来体现，他写下的"吃草的羊群温柔的忧伤"(«Die sanfte Schwermut grasender Herden»)也让我们读到了"温柔的疯狂"。

杰拉德·斯蒂格之所以能够明确指出兰波的奥菲利亚明显存在于《风景》(*Landschaft*)一诗的草稿中，只是在终稿版本中被删去了，那是因为终稿仍然保留着奥菲利亚的痕迹。我想到的首先是这两句诗：

还有那秋天的黄花
面对池塘的蓝色面孔，弯腰无语
« und diegelben Blumen des Herbstes
Neigen sich sprachlos über das blaue Antzlitz des Teiches»

---

① Sur ces trois points, voir Gérald Stieg, *ibid*.

毋庸置疑,这里描绘了池塘中花朵的倒影,但池塘中的"蓝色面孔"让人想到兰波诗中奥菲利亚的"蓝眼睛"。此外,拟人化的池塘"面孔"也暗示了池塘与奥菲利亚的关联。在兰波笔下,同样的自然景物拟人化还有,但展现的景象与此略微不同,因为在此不是自然景物俯向池塘,而是芦苇俯向奥菲利亚的面容:

> 柳枝颤巍巍在她的肩头哭泣,
> 芦苇弯腰匍匐于她多梦的额颈。

在特拉克尔的诗歌中,对兰波的回应还体现在一个更复杂的参照系中。一方面,这首诗的第二句描写了铁匠铺:

> ……铁匠铺里火花四溅。
> «[...] Feuer sprüht in der Schmiede. »

这一句也许与《奥菲利亚》没有直接关系,但它的创作背景与之相关,因为在接着创作了三首诗之后,兰波写了一首描写铁匠的长诗。

另一方面,它体现了与另一首表现死亡的诗的互文关系,通过描述一匹直立起来的黑马,让人想起《丽诺尔》(Lenore)中的那匹黑马,黑马的回归对女孩来说意味着她未婚夫的死亡。比尔格(Gottfried August Bürger)的这首叙事诗写于1773年,1877年由奈瓦尔翻译成法语。典故和参照的相互作用最终成为特拉克尔作品的内在因素,《风景》一诗实际上汇集了散见于他的叙事诗《年轻的女仆》(Die junge Magd)中的一系列典故。诗歌的第四部分,赋予了铁匠更多的展示空间。他同样也采用将自然拟人化的方式,不过这次是芦苇,就像兰波那样,使之与池塘产生联想:"悲伤的芦苇在池塘中咆哮"("Traurig rauscht das Rohr im Tümpel")。最重要的是,特拉克尔远没有通过池塘的拟人化来暗示女孩的存在,而是将她置于池塘的冷水里:她没有死在那里,但"她蜷缩在水中冻得瑟瑟发抖"("Und sie friert in sich gekauert")。

最后,和《风景》一样,兰波在诗中的存在因为参照了另一个文本而显得模糊了。特拉克尔这次引用的是丁尼生(Tennyson)于1833年创作的名诗《夏洛特夫人》(*The Lady of Shalott*)。莎士比亚的世界在不同的背景下复杂化,那就是亚瑟王的传说。丁尼生的这首诗拓展了夏洛特女士的故事,她被迫通过一面镜子看世界。但当她从镜子里看到骑士兰斯洛特(Lancelot)的身影的时候,情不自禁地用目光追随他,并决定登船前往卡米洛特,然而当她被人发现时却已经死亡,尸体早已僵硬。特拉克尔在《年轻的死亡》(«Die junge Madg»)这首诗的一节中借鉴了丁尼生的诗歌《夏洛特夫人》的故事,重拾通过镜子看世界的意象。特拉克尔甚至拓展了这个故事,因为镜子变成了观察年轻女子的人物:

> 银色的形象在镜子里看到她
> 半明半暗中完全是陌生人
> 而他在镜子里枯萎,褪色
> 惊骇于她的纯洁。
> Silbern schaut ihr Blick im Spiegel
> Fremd sie an im Zwielichtscheine
> Und verdämmert fahl im Spiegel
> Und ihr graut vor seiner Reine.

这一节继续以镜子为媒介展示场景,只是这面镜子被拟人化了,它既观察年轻的女人,也观察大自然,而镜子里的目光所表达的正是年轻女子陌生的自我。

此外,《夏洛特夫人》的故事在很多方面与《奥菲利亚》相似:两者都明显表现出反射的动机,将恋爱中年轻女子的死亡与水联系起来。特拉克尔的这首诗除了参照夏洛特夫人的故事之外,还参照了拉斐尔前派的画家沃特豪斯(Waterhouse)的《奥菲利亚》(1888年)画作,这幅画表现的是故事的结局,画中的少女置身于掩映在树影下、漂浮在池塘中的一条船上。两个女性形象,一个是兰波的,另一个丁尼生的,两者的相似性在沃特豪斯的画中体现得十分明显,特拉克尔将两者的互文参考合并继承了下来。

最后一节呈现了一个梦幻的景象("Traumhaft","梦幻的"是这一诗节的第一个词),即年轻女子在舞会上的景象,这个景象既呈现了音乐的回声("Klang"),又呈现了年轻女子的脸和小村庄、她的头发和树枝叠加的景象,这些是诗人的想象力最重要的体现,其手法与兰波在《奥菲利亚》中所展示的如出一辙。特拉克尔以回声来表现沉闷音乐的形式,让人想起兰波《奥菲利亚》中的第四句:"远处的森林传来围猎的嘹号",而他诗性想象力的呈现如同他将《奥菲利亚》的第三部分转述一般。

色彩的象征与应和美学

前文所举的例子让人看到,兰波诗歌世界里的一些元素参与了特拉克尔诗歌意象的构建。例如,取自《奥菲利亚》和《醉舟》的"水"的意象在《风景》中占主导地位;又如,蓝色的运用具有极强的象征意义。《山谷眠者》中的"蓝色水芥"与《醉舟》中的

"蓝色海岸"①相互照应,这赋予《致孩儿伊利斯》中的伊利斯与蓝色产生联想的灵感。在兰波的诗歌中,吸引人们注意的是绿色和蓝色之间的奇怪联系,这种联系构建了《醉舟》的意象系统,第五节中的"绿水"与第十五节"蓝浪"相对,这两种颜色参与了色彩系统的构建,其中蓝色和黑色占主导地位。蓝色,以及在第七节中用的"bleuités"②,被定义为"荒诞/以及白日耀眼下的缓慢节奏",因此它指的是诗人和他的诗歌。至于黑色,不是这首诗要突出的颜色,但它令人惊讶的用法显示了它在诗中的重要性。在诗歌的最后,他以黑色修饰"水洼",旁边蹲着一个伤心的孩子,"松开/脆弱的缆绳如同放飞五月的蝴蝶"。黑色也是海马的颜色,在第十四节的结尾处,他以"黑色的芳香"表现视觉与味觉的通感,试图以此建立应和美学的基石。

当特拉克尔把他的诗歌《致孩儿伊利斯》构筑成一幅以蓝色和黑色为主色调的图景时,他是否了解《醉舟》的色彩表现手法?不管怎样,兰波诗歌中的另一种颜色,即紫色也是引人注意的。第十九节的"紫色薄雾",下一节中由红色和蓝色融合而成"发红的天空",第九节中的"紫色的凝血",所有这些建起了物质世界和道德世界的联系,推进了应和美学的发展。

诗歌中紫色的呈现,让我们想起兰波的十四行诗《元音》(Voyelles),兰波将紫色与希腊字母欧米茄字母联系在一起,置于诗的结尾,将"黑 A"置于诗歌的开篇,使阿尔法与欧米茄对立,形成反差。皮埃尔·佩蒂菲斯(Pierre Petitfils)在他的兰波传记中认为,兰波所营造的色彩联想,有一部分是来自欧内斯特·卡巴纳(Ernest Cabaner)的音乐教育,特别是他将音乐与

---

① Voir *Œuvres complètes*, *op. cit.*, pp. 66-69.
② "bleuités",意为"蓝色",是兰波发明的一个词。——译者注

色差联系起来,给每一个音符冠以不同的颜色。由此,很多评论家认为兰波的《元音》是对波德莱尔的《应和》的发展。不管怎么说,除了听觉和视觉的通感之外,《元音》中最让人难以接受的关系是第一行中的黑色与最后一行中的紫色之间的对立关系,另外也许更具挑战性的是通过字母"O"和希腊字母欧米茄而实现的紫色和蓝色的关联,以及紫色与眼睛颜色之间的联想:"她眼中的紫光",人们可能更多的是期待眼睛被描述为蓝色而不是紫色。

以上的分析,使我们能够更深刻地理解特拉克尔的诗歌《致孩儿伊利斯》中黑色与蓝色的对立关系,更广泛地理解蓝色在他诗歌中的重要性。当然,特拉克尔又一次将两种参照混合在一起,一种来自兰波,另一种来自德国浪漫派给他的灵感。蓝色与诗意的自我相连,自然而然就滑向了蓝色的花朵。例如,在诗歌《致一位年轻的死者》(« An einen Frühverstobenen »)[①]中,"从那个呻吟人的喉咙喷涌而出的血"("das Blut, das aus der Kehle des Tönenden rinnt"),被定义为"蓝色的花朵"(« Blaue Blume »)。这是一种联想方式,通过红色和蓝色的组合构成了兰波式的紫色,同时,通过呈现对战争场面的厌倦,它也是一种表达德国浪漫主义的美学和个人理想的方式。

"蓝色的花朵",我们知道,来自艺术家诺瓦利斯(Novalis)去世前创作但未完成的小说《海因里希·冯·奥弗特丁根》(*Heinrich von Ofterdingen*),它在作者去世后由他的朋友路德维希·蒂克(Ludwig Tieck)于 1801 年出版。这部小说代表艺术家的审美追求,这种追求在小说的开头就由海因里希的梦境

---

① Georg Trakl, *Rêve et folie & autres poèmes suivi d'un choix de lettres/ Traum und Umnachtung & andere Gedichte*, Genève, Editions Héros-Limite, p. 69.

提出来了:诺瓦利斯将旅程作为小说的架构,从而突出了主人公海因里希对蓝花的寻找,但这是一种纯粹的诗意追求。小说不断将其与梦境或虚构的环境联系起来。例如,在第一部分第三章的故事中提到的王国被描述为亚特兰蒂斯(l'Atlantide),这个名字与一些传说①有关。作为理想的爱情和审美的一种象征,花承载着抒情话语,使爱的主题本身成为抒情的形象。这就是出现在小说开头的情形,海因里希的梦幻对应于他父亲年轻时的梦幻:海因里希梦见了蓝花,那是一个女子的形象,他与她失之交臂;而他父亲梦见了他理想的女性,却没有梦见蓝花。在两种对立的形式中,深爱的女人和审美的理想在梦中相遇。

蓝花代表了一种美学理想,它拒绝将诗歌与生活分开,而是将两者等同起来。诺瓦利斯也许在歌德创作于 1798 年的民谣《美妙的小花》(« Das Blümlein Wunderschön »)中找到了原型。这首民谣的副标题是《被囚禁的伯爵之歌》(« Lied des Gefangenen Grafen »),伯爵在这里是个奇怪的人物,在他的记忆中,这朵花是他理想的象征,但是我们不知道是他美学理想的象征,还是爱情理想的象征。而对审美的追求,是沿着一条花朵依次降级的道路进行的。它从寻找玫瑰花开始,"Blumenkönigin","花中的皇后"指向一种宏伟的美学;他继续寻求,走向百合花,追求纯洁的诗意,然后走向康乃馨的多样性和它寓意的异质性的美学。与这些含义非同寻常的不同诗学相对应,紫罗兰象征简单的诗学,即民间的体裁——民谣的诗学。但是,这朵紫罗兰,歌德用另一首民谣也描述过的紫罗兰,只是朝着蓝花所代表的理想迈出的一步,这个理想却总是无法实现,因为蓝花一旦被认同

---

① Voir *Henri d'Ofterdingen*: *un roman*. Traduit de l'allemand par Armel Guerne, Paris, Gallimard, 1997, rééd. 2011, p.146.

为理想就会被摧毁。

在这首诗中,重要的是花的命名方式,并将命名与诗歌理想的定义联系起来的方式。命名的根据来自一个他心爱的女人:

> 她扯下一朵小蓝花
> 然后总是说:别忘了我!
> « wenn sie ein blaues Blümlein bricht
> Und immer sagt: Vergiß mein nicht! »

这句话是伯爵心爱的女人对伯爵说的,"别忘了我"(« vergiß mein nicht »)有两层意思:"不要将我遗忘了",花的名称"勿忘我"。这里提及这朵理想的花朵只是为了否定它,因为除了颜色,它没有身份或特征,甚至它的名字都与他所爱的女人的情话混淆在一起,它从没有进入伯爵与其他花朵的对话之中。最后,这朵蓝花被爱人摘走了,在所有的花中只有这一朵没有被拟人化,它似乎又回归于物质,但与爱人建立了直接的关系。另外,虽然各种花朵在之前的文本中被呈现,并被赋予了特点,但那些花与一个不确定的女性形象联系在一起,而蓝花,这一整个文本的关键词,体现的是相反的联系。

于是,爱情通过双重平行关系而成为诗歌创作的隐喻:抒情主体被分割成两个叠加的人物,即情人和诗人,就是所爱之人既是女人又是花,既是爱的对象又是象征的对象。

特拉克尔对诺瓦利斯和歌德提供的这份蓝花的遗产,进行了移植,或更确切地说,他对色彩作了一种兰波特有的象征主义的解读,即在绿色和蓝色的关联上叠加。例如,在《醉舟》和《山谷眠者》中,通过绿色和蓝色建立人与自然的复杂联系。在特拉克尔的作品中,蓝色等同于诗意的自我,它是理想的颜色,但却是痛苦的理想。

然而,兰波在1872年8月18岁时写的《记忆》一诗中,却将黄花与蓝花相对。这首诗的标题的灵感可能来自先贤祠的外墙。这种对水景忧郁的呈现采取了出现一系列彩色的形式,其中出现了白色、黑色、灰色,当然也有绿色、红色和粉红色。然而,整首诗是建立在黄色和蓝色的对立之上的,"金色的溪流"和"蓝色的天空"与象征理想的花朵产生联想。不过,这两条通向理想的道路对诗人来说似乎都不可得。

  [……]既不是这朵花
  也不是那朵花:既不是令我生厌的黄色花
  也不是蓝色花,它是灰色水的朋友。①

兰波将黄花对立于蓝花时,是否想到了圣伯夫的诗《黄色的光芒》(Les rayons jaunes)? 这首诗选自他的诗集《约瑟夫·德罗姆的生活、诗歌和思想》(Vie, poésies et pensées de Joseph Delorme)(1829),波德莱尔在1862年1月24日的信中宣称自己是他的"不可救药的情人"。在圣伯夫的笔下,是夕阳的光芒,但黄色也使人联想到神圣的弥撒经本或神圣的带耶稣像的十字架,而太阳的最后一缕光芒最终指向死亡,指向"黄色的裹尸布"。这首诗将视觉与听觉紧密结合在一起,黄色,正如兰波的诗表现的那样,既体现风景的特征,也表现为一种渴望,死亡显而易见在"希望永垂不朽的意愿"中找到了对应物。

在《元音》中,每个元音字母被一种颜色所限定,染上颜色的字母又与身体的一部分关联:黑色的"A"是人的八字胡,鲜红的

---

 ① Voir Œuvres complètes, pp. 86-88.

"I"是人的血液,"U"通过对大海的参照,指向"智者额头"的皱纹,而紫色的欧米茄则指眼睛。因此,这个字母系统不经意地构成了一个解剖学,在这种解剖学的背后是一种物相,一种联想,它根据应和原理产生于物质世界和道德世界之间。

这一次,兰波直接接受了德国浪漫主义的创作原则。例如,霍夫曼(Ernst Theodor Amadeus Hoffmanns,1776-1822)在一幅自画像的草图中采用了弗朗兹·约瑟夫·加尔(Franz Joseph Gall)①面相学的表现方法。脸部或半身像的每一个特征或每个部分都配有一个字母,肖像画附有文字说明,用以解释这些特征。因此,他画的半身像是真实的自己。这些字母的顺序(a 代表鼻子,b 代表额头,c 代表眼睛,直到 p 代表半身像的下部)带动了的目光的移动,一种从中心开始向外围移动的环形运动,这种观察视线的向前移动使这幅肖像具有了空间的意义。因此,目光在某种程度上被整合到图画之中,主体在自画像中观察自己,字母的顺序正是目光移动的路线。在《元音》这首十四行诗中,兰波遵循希腊字母表的字母顺序,这种顺序与阅读诗歌的顺序相对应,而在霍夫曼那里,它描述并确定了目光移动的顺序。此外,字母在霍夫曼的画中是双重存在,除了一个逻辑意义上的存在之外,它还保留了一个图画意义的存在:c 的曲线再现了眼窝,b 代替了额头上的皱纹。因此,字母架起了言语(字母对面部表情所暗示的效果的阐释)和图画艺术之间的连接(字母作为绘画本身的一部分)。

兰波的主张并不难以理解:许多评论都对元音字母与文本产生联想的图画价值发表了自己的见解。例如,A 表现了"苍

---

① Archiv für Kunst und Geschichte, Berlin. Reproduit dans: *Fantasie-und Nachtstücke. Fantasiestücke in Callots Manier*, *Nachtstücke*, *Seltsame Leiden eines Theater-Direktors*, p.756.

蝇"或女性的某些"阴影海湾",因此 A 是与黑暗联系在一起的；O,因其圆的形状而让人想到喇叭的吹口,等等①。用"刺耳"修饰喇叭这个例子强调了以下观点：在兰波笔下,字母的声音和视觉是不可分割的,这是产生联觉效应的基础,物质世界和精神世界的联系在此基础上得以实现。喇叭正是通过它的吹口形状和它发出的刺耳声音,与"世界和天使"产生联想。在兰波和霍夫曼的两种不同形式中,字母既进入了感性系统,同时也进入了知性系统。

霍夫曼作品中的一个例子令人印象深刻：将字母 m 置于眼睛的上方,摹拟成额头的皱纹,并在文字说明中,关于这个字母附有这样一条注解："梅菲斯特的音乐,或复仇的愤怒和谋杀的欲望——《魔鬼的万灵药水》"(« Die Mephistophelesmusk. oder Rachgier u Mordlust-*Elixiere des Teufels* »)。他的这条注解完全属于文学范畴,因为霍夫曼通过他的一个身体特征——额头上的皱纹,来描述他自己的作品,即他的小说《魔鬼的万灵药水》。这条皱纹,是起到了解释小说的作用还是描述小说特点的作用？在这里面相学成为叙事的实证。与这种将自己的作品相互印证的方式相连的,是一种显而易见不合常理的设计,它通过最后一个字母 p 表现出来。p 代替外套的纽扣,并附有这样一条注释："诸如此类"("Und so weiter")。因此,对 p 的定格画面的阐释是不可穷尽的,即图画努力在一个空间中确定自己的身份,却无法成功。语言表达绘画反面的东西,但不可能再现。兰波与这种不合常理的手法关系不大,但他用元音 O 将诗歌的结尾与开头连接起来,通过字母在诗歌内的循环,描述了有限的元

---

① Voir *Œuvres complètes*, éd. Antoine Adam, Paris, Gallimard,(coll. «Bibliothèque de la Pléiade»),1972,pp. 900-901.

音数量所包含的无限性,从而展示了诗歌的力量。

尤其重要的是,霍夫曼的肖像,通过面相学在图像与语言、感知与意义之间建立起来的联系,将他的审美目的置于斯维登伯格(Swedenborg)所定义的应和关系之中:"关系或者联系可以通过人的相貌看出来[……],灵魂的所有激情和情感都以一种自然的方式在相貌上被描绘出来。"兰波和波德莱尔一样,也是霍夫曼的继承者,他围绕元音所呈现的应和艺术,赋予了诗歌打通物质世界和精神世界之间联系的功能。

霍夫曼的自画像将语言和绘画结合起来,这个例子说明视觉艺术和诗歌艺术可以融合。因此,建立在这种面相学基础上的诗歌抱负不仅仅在于探索通感美学,它更多的是将对思想世界通道的探寻与各种艺术的融合紧密地结合在一起,而这种结合是由与世界的共鸣关系产生的。这方面在霍夫曼身上表现得很明显,他宣称自己在画家和音乐家的职业之间犹豫不决。这在兰波诗歌中也很突出,他在《语言炼金术》①中这样评论《元音》的诗学价值:"我发明了元音的颜色!——A 黑,E 白,I 红,O 蓝,U 绿。"即使颜色不再与希腊字母有关联,元音在诗歌中却是按照字母排列的顺序呈现的,这样做的目的在于通过遵守字母顺序排列的规范性,超越简单的元音体系:"我规定了每个辅音的形式和变化,而我得意的是,我以它固有的节奏发明了一种诗歌语言,总有一天,它可以通向所有的感官意识。"

因此,这类对一种体系的探寻离不开联觉,联觉使听觉、视觉和理解力之间产生联系,这种联系导致各种艺术的融合。在《语言炼金术》中,兰波还提到了他的审美趣味:"我喜欢白痴的绘画、门帖、装饰品、街头艺人的画布、招牌、穷人的小彩画;过时

---

① Voir Œuvres complètes, op. cit., p. 106.

的文学、教堂里的拉丁文、满纸错别字的淫书、我们奶奶的小说、童话、童年的小人书、旧歌剧、荒谬的副歌、天真的节奏。"这些艺术样式的列举都是并列的，这就告诉我们，如果说诗人是通灵人，那么从本义上讲，他也是画家。

但是，诗歌和绘画这两种类型的作品在同一个艺术家身上的融合，提出了各艺术间的互补性问题，一种艺术能够表达另一种艺术所不能表达的东西，或者能够在另一种审美媒介中重新创造一部作品，甚至完成一部不同类别作品的创作。兰波和特拉克尔的诗歌，通过构建颜色的法则，通过颜色的含义与诗意的自我的连接，具有了图画般的视觉特征，但这种视觉在他们的应和诗学中，开通了进入非物质世界的通道。

特拉克尔的作品与兰波遥相呼应的例子，在表现主义的背景下，重新激活了兰波的诗意世界，揭示了兰波现代性的一个方面。所有的表现主义，以及先锋派，都是色彩主义。但这不仅仅表现了一组诗歌意象，而是特拉克尔从兰波那里继承的一个诗学原理，他的主张是：在色彩能指系统上营造诗意视觉，建立色彩与自我的联系，使色彩具有象征价值，从而与思想的世界联系在一起。

（吕培林译，李建英校）

Rimbaud et Trakl : pour une symbolique des couleurs
Bernard Franco

Si la modernité d'un poète a pu prendre d'innombrables sens, elle désigne avant tout sa capacité à être actuel à différentes époques, ce qui se manifeste par sa constitution en modèle pour des mouvements littéraires et artistiques postérieurs. Rimbaud a ainsi pu être un modèle pour la poésie expressionniste, et en particulier pour Trakl qui s'est réclamé de lui. Bien sûr, Trakl a avant tout pris ses modèles parmi l'ensemble des poètes maudits : plusieurs de ses poèmes sont intitulés « spleen » et l'un d'eux reprend explicitement « A une passante » de Baudelaire. Mais, de manière plus souterraine et sans doute plus profonde, Rimbaud a joué pour lui un rôle séminal, si bien qu'en 1928, moins de quinze ans après la mort de Trakl, le critique Herbert Cysarz l'a même appelé « Le Rimbaud autrichien »[1]. Cette filiation poétique est soulignée

---

[1] « Alt-Österreichs letzte Dichtung (1890-1914) », *Preußische Jahrbücher*, Berlin, 1828, p. 40.

par plusieurs de ses premiers biographes[1]; si sa correspondance reste discrète sur Rimbaud, une lettre de 1912 exprime le souhait de suivre les traces de Rimbaud en se rendant à Bornéo pour se soulager du tonnerre qui gronde en lui[2]. Enfin, en dehors de la parfaite connaissance du français que Trakl tenait de sa gouvernante alsacienne Marie Boring, Herbert Lindenberger a pu établir que Trakl connaissait parfaitement l'œuvre de Rimbaud, ne fût-ce que par sa traduction en allemand par K. L. Ammer, publiée en 1907[3]. Et, d'après Dominique Hoizey en particulier, c'est essentiellement à partir de 1912 que Trakl a suivi les traces poétiques de Rimbaud[4].

Echos rimbaldiens

La présence séminale de Rimbaud auprès de Trakl s'est manifestée à différents niveaux. La manière la plus évidente de la faire apparaître consiste sans doute à croiser les parcours

---

[1] Voir Erwin Mahrboldt, «Der Mensch und Dichter Georg Trakl», in: *Erinnerungen an Georg Trakl*, Innsbruck, 1926, pp. 60-62; Paul Wiegler, «Leben Georg Trakls», *Die Literatur*, XVIII, 1926, p. 577; Theodor Spoerri, *Georg Trakl : Strukturen in Persönlichkeit und Werk*, Bern, 1954, p. 100.

[2] Voir Georg Trakl, *Gesammelte Werke*, éd. Wolfgang Schneditz, Salzburg, 1938-1949, t. III, p. 28.

[3] Herbert Lindenberger, «Georg Trakl and Rimbaud: A Study in Influence and Development», *Comparative Literature*, Vol. 10, No 1, Winter 1958, pp. 21-35, voir p. 22.

[4] Voir Dominique Hoizey, *Une Indicible Tristesse. Vie et mort du poète Georg Trakl (1887-1914)*, Paris, Le Chat Murr, 2016, p. 18. Après avoir examiné la place qu'a tenue Verlaine dans la création poétique de Trakl, il souligne que Rimbaud a joué un rôle important dans son inspiration surtout à partir de 1912.

personnels des deux poètes qui partagent la précocité et le terme prématuré de leur carrière poétique, par le choix d'une autre vie pour l'un, par le suicide ou l'overdose de cocaïne pour l'autre. Derrière ces différences apparentes, Trakl rejoint encore Rimbaud par l'arrêt délibéré et calculé de sa poésie, puisqu'il meurt dans la nuit du 2 au 3 novembre 1914, quelques jours seulement après avoir envoyé ses deux derniers poèmes, «Klage» («plainte») et «Grodek», le 27 octobre, à son éditeur Ficker, poèmes associés à l'expérience de la guerre. De même chez tous deux, la transgression esthétique s'est accompagnée d'une relation interdite, celle avec Verlaine pour l'un, l'inceste avec sa sœur Margarethe pour l'autre[1].

Enfin, l'analogie concerne aussi leur rapport à la guerre, celle de 1870 pour Rimbaud, la Première Guerre mondiale pour Trakl. Or ces éléments communs de leurs parcours personnels ont infusé dans leur poésie, et c'est d'abord le cas de la guerre: tandis que l'un meurt l'année même de la déclaration de la Première Guerre mondiale, l'autre, dans un poème comme «Les Effarés» écrit en 1870, alors qu'il n'a que 16 ans, évoque la guerre à travers le tableau d'enfants pauvres contemplant un boulanger pétrir et cuir son pain. La guerre a donc laissé une trace prégnante dans l'œuvre de chacun des deux poètes, et deux poèmes peuvent être mis en parallèle: «Le Dormeur du Val» de Rimbaud et «An den Knaben Elis»

---

[1] Voir Matteo Neri, *Das abendländische Lied-Georg Trakl*, Würtzburg, 1996, p. 115. Cf. article «Georg Trakl» de *Wikipédia*, dernière consultation le 23 mai 2019.

(«A l'enfant Elis») de Trakl①. Bien sûr, une différence fondamentale sépare les deux poèmes: le personnage mis en place par Rimbaud est présenté dans une totale extériorité, dans une totale étrangeté à l'égard du sujet poétique, tandis qu'Elis apparaît comme un double de Trakl. Mais dans les deux poèmes, la mise en scène du personnage repose sur le même effet choquant qui consiste à présenter le personnage dans un cadre bucolique, à suggérer sa vie, avant de poser brutalement sa mort. Chez Rimbaud, l'idée du sommeil est répétée avec force. Dans la seconde strophe, le verbe «Dort» figure de manière spectaculaire en position de rejet et suit une description qui souligne l'harmonie du personnage avec la nature («La nuque baignant dans le frais cresson bleu»②). Le verbe est répété dans la strophe suivante, puis dans la dernière. Entre-temps, il est repris par «Il fait un somme». Bien sûr, dans le même mouvement, d'autres mentions sont inquiétantes: les glaïeuls, l'enfant malade, «Il a froid», ou encore «Les parfums ne font pas frissonner sa narine» introduisent un contraste. Mais celui-ci n'estompe pas la brutalité de la dernière phrase: «Il a deux trous rouges au côté droit», phrase qui, par la simplicité et la brièveté d'une description objective, contraste avec le lyrisme

---

① Voir à cet égard Jacques Delavenne, «Le piéton, le fils de Pan et l'enfant aux yeux de cristal: Trakl héritier de Rimbaud?», *Temporel. Revue littéraire & artistique*, 22 avril 2011; et «rimbaud, Trakl et Guillevic: passages de flambeau», publié par Vireton le 08/04/2012, https://lepetitmessagerboiteux.files.wordpress.com/2012/04/georg-trakl1.jpg; dernière consultation le 23 mai 2019.

② *Œuvres complètes*, éd. Antoine Adam, Paris, Gallimard («Bibliothèque de la Pléiade»), 1972, p. 32.

bucolique du tableau précédent.

Trakl reprend un procédé similaire, et va même plus loin, puisque son Elis est au départ en mouvement: «Deine Lippen trinken die Kühle des blauen Felsenquells» («tes lèvres boivent la fraîcheur de la source bleue des rochers»①). Et, deux strophes plus loin, il se trouve placé, comme dans le tableau peint par Rimbaud, dans le contexte d'un paysage:

«*Du aber gehst mit weichen Schritten in die Nacht* [...]
Und du regst die Arme schöner im Blau.»

Tu vas, toi, d'un pas lisse vers la nuit [...]
Et tu bouges les bras plus beaux dans le bleu.»

Comme chez Rimbaud, les mentions renvoyant à la paix du personnage sont néanmoins accompagnées de détails plus inquiétants. Ce cheminement vers la nuit se comprend, mais surtout rétrospectivement, comme une marche vers la mort. La strophe précédente évoquait un «présage obscur» («Dunkle Deutung») provenant du vol des oiseaux. Mais tout en la préparant, ces indications n'ôtent rien, comme chez Rimbaud, à l'effet choquant de la mention de la mort: «O, wie lange bist, Elis, du verstorben» («O il y a longtemps, Elis, que tu

---

① «An den Knaben Elis», in: *Werke. Entwürfe. Briefe*, Stuttgart, Reclam, 1984, pp. 56-57; trad. Marc Petit et Jean-Claude Schneider, *Crépuscule et déclin* suivi de *Sébastien en rêve*, Paris, Poésie/Gallimard, 1990 [1972], pp. 116-117.

es mort. »)

Au-delà de cette situation, l'analogie réside aussi dans l'imagerie poétique et en premier lieu dans les éléments du paysage. Au « trou de verdure où chante une rivière » de Rimbaud répond la « source bleue des rochers » de Trakl (« Die Kühle des blauen Felsenquells »). Le paysage est, chez les deux poètes, caractérisé par un jeu complexe sur les couleurs. Rimbaud construit son poème sur une opposition entre le début et la fin, entre le « trou de verdure » et les « Deux trous rouges au côté droit », qui suggère l'opposition entre la paix de la nature et la violence des hommes. Mais cette opposition du vert et du rouge prend place dans un système des couleurs plus complexe. Le lien harmonieux entre le personnage et la nature est souligné par « son lit vert », complété par « Le frais cresson bleu ». Enfin, ce jeu des couleurs est complété par l'insistance sur la lumière, à travers l'évocation du soleil dans la dernière strophe, de la pluie de lumière dans la seconde, et même les « Haillons d'argent » de la rivière, dans la première. De sorte que le rouge est, parmi l'évocation des couleurs, la seule mention négative.

Si le principe d'une symbolique évidente des couleurs est repris par Trakl, c'est bien sûr sous une forme très différente, peut-être plus systématique. Car dans son poème domine l'impression d'obscurité. Le cadre est celui d'une forêt noire (« Im schwarzen Wald »), couleur reprise dans la cinquième strophe pour caractériser la caverne (« Eine schwarze Höhle »). Et dans la troisième strophe, c'est dans la nuit que marche

Elis. Si le noir est associé au cadre naturel, c'est le bleu qui est identifié au personnage. Dans la troisième strophe, celui-ci bouge « Les bras plus beaux dans le ciel» et dans la première, il pose ses lèvres sur « La source bleue des rochers». Le bleu, plus précisément, n'est pas la couleur du personnage, mais elle désigne son contact avec la nature. Enfin, la lumière entre en contraste avec l'obscurité du paysage et elle est évoquée à deux reprises: dans les «yeux de lune» («Deine mondenen Augen») d'Elis dans la quatrième strophe; et dans «Le dernier or d'étoiles déchues» («Das letzte Gold verfallener Sterne»), vers unique de la dernière strophe du poème. Or, la lumière est associée à un passé révolu et n'entre donc pas en opposition avec le noir du paysage.

De sorte que le tableau proposé par Trakl ne présente que deux couleurs: le noir du paysage et le bleu qui enveloppe Elis. Il diffère donc de la complexité et de la variété des couleurs chez Rimbaud, qui a choisi d'isoler la mention finale du rouge. En outre, Trakl explicite la signification symbolique des couleurs en opérant un glissement entre leur réalité physique et leur signification morale. Dans la sixième strophe, la «rosée noire» («schwartzer Tau») goutte sur les tempes d'Elis, comme pour signifier sa mort; dans la précédente, la caverne noire est identifiée au mutisme du poète («Eine schwartze Höhle ist unser Schweigen»; «une caverne noire est notre silence»); enfin dans la seconde, l'obscurité est attachée au présage que forme le vol des oiseaux. Ainsi, le système des couleurs, exclusivement fondé sur le noir et le bleu et associant le moi à la mort, souligne la continuité du monde physique et du monde moral.

Un autre poème qui a profondément marqué Trakl est « Le Bateau ivre ». On en trouve une allusion évidente dans son poème « psalm » («psaume»), en particulier dans le vers: « Esist ein leeres Boot, das am Abend den schwarzen Kanal heruntertreibt»①(« Il y a un bateau vide qui, le soir, descend le noir canal»). Et de même, son poème «Drei Träume» («trois rêves») présente une vision de mondes étranges, reflets de son âme, où l'on peut lire un écho des visions présentées par Rimbaud dans « Le Bateau ivre»:

«In meiner Seele dunklem Spiegel
Sind Bilder niegeseh'ner Meere,
Verlass'ner, tragisch phantastischer Länder [...]»

«Dans le sombre miroir de mon âme
Se trouvent les images de mers jamais observées,
De terres abandonnées, tragiquement fantastiques
[...]»②.

Le jeu de l'intertextualité

Le lien entre Trakl et Rimbaud prend donc d'abord la forme

---

① *Ibid.*, p. 37. Voir à ce propos Dominique Hoizey, *Une Indicible Tristesse. Vie et mort du poète Georg Trakl* (1887-1914), *op. cit.*, p. 18.
② *Ibid.*, p. 119. Voir Herbert Lindenberger, art. cit., p. 22.

de l'intertextualité. Et celle-ci se manifeste en premier lieu dans le sujet intertextuel par excellence, Ophélie, composé, selon le manuscrit, le 15 mai 1870, et dont la critique reconnaît habituellement que Rimbaud est celui qui l'a érigé en mythe littéraire. Gilbert Durand caractérise même ce mythe en tirant du fameux secondvers, « La blanche Ophélia flotte comme un grand lys», repris sous une forme infinitive au dernier vers du poème, la formule désormais fameuse du « Mythe du printemps sacrifié»①.

Or, le mythe suppose une riche intertextualité, qui ne se limite certes pas à Shakespeare. Rimbaud en effet ne pouvait qu'avoir à l'esprit, dans ce vers répété, les deux vers d'Hugo dans son poème « fantômes», daté d'avril 1828 et publié l'année suivante dans *Les Orientales* :

«Ainsi qu'Ophélia par le fleuve entraînée,
*Elle est morte en cueillant des fleurs!»*②

Le lien est d'ailleurs corroboré par l'anomalie représentée par le fleuve, au lieu de la rivière, anomalie reprise à son compte par Rimbaud en particulier lorsqu'il écrit:

---

① « Du *Complexe d'Ophélie* au Mythe du printemps sacrifié», in: M. T. Jones-Davies, *Shakespeare le monde vert: rites et renouveau*, Paris, Les Belles Lettres, 1995, pp. 135-155.

② «fantômes», in: *Les Orientales*, in: *Odes et Ballades. Les Orientales*, Paris, Editions Rencontre (*Œuvres complètes de Victor Hugo* présentées par Jean-louis Cornuz, vol. 17), 1968, pp. 390 et 394.

«*Oui tu mourus, enfant, par un fleuve emportée*» [1].

Enfin, Hugo lui-même faisait écho à la «femme noyée» de La Fontaine, par une strophe sur la fatalité de la mort et il rappelait, par une énumération de beautés disparues, l'ancienne tradition du *ubi sunt*.

L'intertextualité est donc au cœur du sujet d'Ophélie, et Trakl ne l'oublie pas lorsqu'il le reprend à Rimbaud. Ophélie est présente dans plusieurs poèmes, en particulier dans leurs ébauches, car l'aspect explicite de la référence disparaît parfois dans la version définitive, ainsi qu'a pu le montrer Gérald Stieg. Ainsi, dans le poème «Lange lauscht der Mönch» («Le moine écoute longtemps»), la première version faisait figurer, dans son premier vers, «schön ist Ophelias Wahnsinn» («Belle est la folie d'Ophélia»). Ophélie est en effet souvent évoquée par la folie, qui est associée à la beauté. C'est aussi le cas dans «wind, weiße Stimme» («vent, voix blanche»), où figurent les vers suivants:

«*womit rührenden Schritten ehdem Ophelia ging
Sanftes Gehaben des Wahnsinns?*»
«*Où donc allait autrefois Ophélie, de ses pas agités,
Doux comportement de la folie?*» [2]

---

[1] Voir Rimbaud, *Œuvres complètes*, *op. cit.*, pp. 11-12.
[2] Gérald Stieg, «Approches interprétatives du poème "Landschaft" de Georg Trakl», *Etudes germaniques*, n° 262, 2011/2, avr.-juin 2011, pp. 341-355, voir p. 349.

Plus clairement se lit en filigrane dans ces vers la «Douce folie» qu'évoque Rimbaud et qu'il associe aussi à la beauté puisqu'elle «Murmure sa romance à la brise du soir». Le «Mythe» d'Ophélie construit par Rimbaud est donc d'abord un hommage à la beauté de la folie personnifiée par Ophélia. Cependant cette reprise de l'Ophélie de Rimbaud passe par la médiation de Hölderlin, dont Trakl a repris le «sanfter Wahnsinn» (la «Douce folie») dans le poème «Hälfte des Lebens» («Moitié de la vie»). Or, l'expression est employée telle quelle dans l'ébauche d'un autre poème, «Landschaft» («paysage»), dont certains critiques ont pensé qu'il reprenait le «paysage» de Baudelaire. Le jeu d'intertextualité se multiplie donc, non seulement à travers Hölderlin, mais aussi à travers Banville, puisque c'est dans son poème «La voie lactée» que Rimbaud avait, lui, puisé la «Douce folie» d'Ophélie[1]. Enfin, dans son poème intitulé «Am Moor» («Au bord du marais») et qui évoque, cette fois, un marécage, mais à travers une description analogue de la nature automnale, Trakl parle de la «Douce mélancolie des troupeaux qui paissent» («Die sanfte Schwermut grasender Herden»), où l'on peut lire une variation sur la «Douce folie».

Si Gérald Stieg a pu montrer que l'Ophélie de Rimbaud était explicitement présente dans les ébauches du poème «Landschaft» («paysage»), mais que la version finale les a effacées, cette dernière conserve malgré tout la trace d'Ophélie. On pense bien

---

[1] Sur ces trois points, voir Gérald Stieg, *ibid*.

sûr tout d'abord à deux vers:

«und die gelben Blumen des Herbstes
Neigen sich sprachlos über das blaue Antzlitz des
Teiches»
«Et les fleurs jaunes de l'automne
Se penchent, muettes, sur le visage bleu de l'étang».

Il ne s'agit ici bien sûr que d'un reflet des fleurs sur l'eau de l'étang. Mais le « visage bleu » de cet étang ne peut que rappeler l'« œil bleu » d'Ophélia dans le poème de Rimbaud. En outre, la personnification liée au mot « visage » suggère une association de l'étang avec Ophélie. Et chez Rimbaud, une même personnification de la nature donne lieu à une image légèrement différente, puisque ce n'est pas sur l'étang, mais sur le visage d'Ophélie que se penchent les roseaux:

«Les saules frissonnants pleurent sur son épaule,
Sur son grand front rêveur s'inclinent les roseaux».

Chez Trakl, l'allusion à Rimbaud s'inscrit de nouveau dans un jeu plus complexe de références. D'une part, le second vers du poème évoque une forge:

« [...] *Feuer sprüht in der Schmiede.* »
« [...] *du feu crépite dans la forge.* »

La référence concerne peut-être non « Ophélia» directement, mais son contexte, car trois poèmes plus loin, c'est à un forgeron que Rimbaud consacre un très long poème.

D'autre part figure une allusion à un autre poème de mort, à travers l'évocation d'un cheval noir qui se cabre et rappelle celui de « Lenore», où le retour du cheval noir signifiait à la jeune fille la mort de son fiancé. La ballade de Bürger, écrite en 1773, avait été en particulier traduite en français par Nerval en 1877. Le jeu d'allusions et de références est enfin interne à l'œuvre de Trakl, et le poème « Landschaft» (« paysage») rassemble en fait un ensemble d'allusions qui figurent de manière éparse dans sa ballade intitulée « Die junge Magd» («La jeune servante»). Le poème, dans sa quatrième partie, accorde une présence bien plus développée au forgeron. Il reprend également la personnification de la nature, et c'est cette fois un roseau, comme chez Rimbaud, qui se trouve associé à l'étang: « traurig rauscht das Rohr im Tümpel» (« triste le roseau mugit dans la mare»). Surtout, loin de suggérer la présence de la jeune fille par la personnification de l'étang, Trakl l'inscrit dans l'eau froide de l'étang, même si elle n'y meurt pas: « und sie friert in sich gekauert» («Et, elle tremble de froid, accroupie»).

Enfin, comme dans « Landschaft», la présence de Rimbaud se trouve estompée par une autre référence, cette fois au célèbre poème de Tennyson « the Lady of Shalott», écrit en 1833. L'univers shakespearien se voit alors complexifié par un contexte différent, celui de la légende arthurienne. Le poème de Tennyson développe l'histoire de la dame de Shalott, condamnée à voir le monde à travers un miroir. Mais lorsqu'elle y aperçut le reflet de Lancelot, elle ne put s'empêcher de le suivre du regard, décida d'embarquer sur un bateau pour rejoindre Camelot, mais y fut retrouvée morte, le corps gelé. Or, le poème de Trakl « Die junge Madg » présente une allusion à l'histoire de The Lady of Shalott dans une strophe qui reprend l'idée d'une vision à travers un miroir. Trakl va même plus loin car c'est le miroir devenu personnage qui observe la jeune femme:

> *Silbern schaut ihr Blick im Spiegel*
> *Fremd sie an im Zwielichtscheine*
> *Und verdämmert fahl im Spiegel*
> *Und ihr graut vor seiner Reine.*

> *Son image d'argent la voit dans le miroir*
> *Toute étrangère dans la clarté du demi-jour*
> *Et il se fane et il blêmit dans le miroir*
> *Et il est effrayé par sa pureté.*

La strophe reprend donc l'idée d'une vision médiée par le miroir, mais par une personnification du miroir qui observe à la fois la jeune femme et la nature. Et c'est l'étrangeté à soi de la jeune femme qu'exprime ce regard dans le miroir.

Par ailleurs l'histoire de The Lady of Shalott rejoint celle d'Ophélie par différents aspects: toutes deux mettent en scène le motif du reflet et associent à l'eau la mort de la jeune femme amoureuse. En outre, Trakl disposait, pour sa référence à The Lady of Shalott, d'une autre source que celle de Tennyson, à travers le tableau du peintre préraphaélite Waterhouse (1888) qui représente la fin de l'histoire et met en scène la jeune fille sur son bateau, entre les arbres et l'eau de l'étang. L'analogie entre les deux figures féminines, nettement présente chez Waterhouse, est reprise par Trakl dans la juxtaposition des deux références intertextuelles, à Rimbaud et à Tennyson.

Enfin, la dernière strophe présente une vision onirique («traumhaft»-onirique-est le premier mot de la strophe), celle de la jeune femme à un bal, vision qui présente à la fois l'écho («Klang») de la musique et l'image superposée du visage de la jeune femme et du hameau, de sa chevelure et des branches d'arbre, mettant au premier plan l'imagination du poète, tout comme le fait Rimbaud dans «Ophélie». Cette mention d'une musique étouffée sous forme d'écho rappelle le vers 4 de Rimbaud («—On entend dans les bois lointains des hallalis») et la présence de l'imagination du poète peut être lue comme une transposition de sa mise en scène dans la troisième partie d'«Ophélie».

La symbolique des couleurs et l'esthétique des correspondances

Les exemples précédents font apparaître quelques éléments de l'univers poétique de Rimbaud qui ont participé à la construction de l'imagerie de Trakl. Ainsi en va-t-il du paysage dominé par l'eau, issu d'« Ophélie » comme du « Bateau ivre », ou encore de l'usage décalé et fortement symbolique du bleu. Le « cresson bleu » du « Dormeur du val », auquel répondent « Les azurs verts » du « Bateau ivre »①, avait pu inspirer l'association d'Elis au bleu, dans le poème « An den Knaben Elis ». Chez Rimbaud, c'est le lien étrange entre le vert et le bleu qui attire l'attention. Il structure le système des images du « Bateau ivre », opposant « L'eau verte » de la cinquième strophe au « flot bleu » de la quinzième. Il participe à la construction d'un système des couleurs où dominent, dans le poème, le bleu et le noir. Le bleu, celui des « Bleuités » de la cinquième② trophe, s'y trouve défini comme « Délires/Et Rhythmes lents sous les rutilements du jour »; il renvoie donc au poète et à sa poésie. Quant au noir, ce n'est pas sa prégnance, mais son emploi étonnant qui lui donne son importance dans le poème. Il caractérise, à la fin, la « flache » où l'enfant accroupi « Lâche/ Un bateau frêle comme un papillon de mai ». Il est aussi la couleur des hippocampes et il clôt la quatorzième strophe sur une notation synesthésique, avec les « Noirs parfums », comme pour former la clé de voûte d'une esthétique des correspondances.

  Lorsque Trakl élabore son poème « An den Knaben Elis » comme un tableau dominé par le bleu et le noir, a-t-il en tête le jeu des couleurs du « Bateau ivre »? Quoi qu'il en soit, dans le poème de Rimbaud, une autre couleur attire l'attention: le

---

  ① Voir *Œuvres complètes*, *op. cit.*, pp. 66-69.
  ② 此处似乎有误,应为第七节。——主编注

violet, celui des «Brumes violettes» de la dix-neuvième strophe, combinaison du rouge et du bleu que suggère le «ciel rougeoyant» du vers suivant, et celui des «Longs figements violets» de la neuvième strophe, qui, établissant un lien entre monde physique et monde moral, pousse un peu plus loin le jeu des correspondances.

Cette présence du violet rappelle que, dans le sonnet des «voyelles», la couleur, associée au oméga, était la dernière mentionnée et formait un contraste avec le «A noir» sur lequel s'ouvrait le poème, opposant l'alpha et l'oméga. Dans sa biographie de Rimbaud, Pierre Petitfils considère que les associations établies par Rimbaud proviennent en partie de l'enseignement musical d'Ernest Cabaner, et en particulier du chromatisme musical par lequel Cabaner attribuait une couleur auxnotes de musique. Par là, de nombreux critiques ont vu dans le sonnet des «voyelles» un prolongement à celui des «correspondances» chez Baudelaire. En tout cas, au-delà du lien entre sensations auditives et sensations visuelles, l'enjeu principal de la relation entre le premier et le dernier vers du poème réside dans l'opposition du noir et du violet, et peut-être surtout dans le lien entre le violet et le bleu, par celui entre la lettre «O» et l'oméga, et aussi par l'association entre le violet et la couleur des yeux («rayon violet de ses yeux»; on attendrait plutôt des yeux bleus que violet).

Un tel éclairage permet de mieux comprendre l'opposition du noir et du bleu qui structure le tableau proposé par Trakl dans «An den Knaben Elis», et plus généralement l'importance du bleu dans sa poésie. Bien sûr, encore une fois,

Trakl mêle deux sources, celle de Rimbaud et l'inspiration qu'avaient pu lui donner les romantiques allemands. Et le bleu rattaché au moi poétique glisse volontiers à la fleur bleue. Dans un poème comme «An einen Frühverstobenen» («A un jeune mort»), le «sang ruisselant sur la gorge de l'homme qui gémissait» («Das Blut, das aus der Kehle des Tönenden rinnt»)[1] est défini comme «Blaue Blume» («fleur bleue»). C'est une manière de suggérer, par la combinaison du rouge et du bleu, le violet rimbaldien, mais c'est aussi une manière, sous la forme désabusée liée au spectacle de la guerre, de désigner l'idéal à la fois esthétique et personnel des romantiques allemands.

La fleur bleue, on le sait, vient du roman de l'artiste de Novalis, *Heinrich von Ofterdingen* (*Henri d'Ofterdingen*), publié inachevé, de manière posthume, par Ludwig Tieck, l'ami de Novalis, en 1801. Elle figure la quête esthétique de l'artiste, quête posée dès le début du roman par le songe de Heinrich: la recherche de la fleur bleue par le personnage est soulignée, dans le roman, par la structure du voyage que Novalis reprend au roman de formation. Mais il s'agit d'une quête purement poétique. Sans cesse, le roman la rattache au songe, ou à un cadre de fiction. Le royaume dont il est question dans le récit enchâssé du chapitre III de la première partie, par exemple, est caractérisé comme l'Atlantide, mais cette désignation est

---

[1] Georg Trakl, *Rêve et folie & autres poèmes suivi d'un choix de lettres/ Traum und Umnachtung & andere Gedichte*, Genève, Editions Héros-Limite, p. 69.

rapportée à des légendes[①]. Figure d'un idéal à la fois amoureux et esthétique, la fleur en vient à désigner la parole lyrique, à faire du motif amoureux lui-même une image du lyrisme. C'est ce qui apparaît, au début du roman, dans la symétrie entre le rêve de Heinrich et le rêve de jeunesse de son père: Heinrich rêve de fleurs bleues rapportées à une figure féminine qui lui échappe; tandis que son père avait rêvé de son idéal féminin, sans avoir vu les fleurs. Sous deux formes opposées, femme aimée et idéal esthétique se croisent dans le rêve.

La fleur bleue désigne alors un idéal esthétique dans une perspective qui refuse la dissociation de la poésie et de la vie et identifie les deux. Novalis avait pu en trouver le modèle dans une ballade de Goethe de 1798, «Das Blümlein Wunderschön» («La fleurette merveilleuse»), sous-titrée «Lied des Gefangenen Grafen» («chant du comte prisonnier»). Le personnage étrange du comte recherche, dans ses souvenirs, la fleur qui incarne son idéal, idéal dont on ne sait s'il est esthétique ou amoureux. Or, cette quête esthétique suit un parcours tracé par l'évocation de fleurs sans cesse plus petites. Elle part en effet de la rose, la «Blumenkönigin» (la «reine des fleurs»), qui renvoie à une esthétique de la grandeur; elle se prolonge vers la quête, représentée par le lys, de la pureté poétique, puis vers la diversité de l'œillet et l'esthétique de l'hétérogène à laquelle il renvoie. A ces diverses poétiques de l'éloquence, la

---

[①] Voir *Henri d'Ofterdingen: un roman*. Traduit de l'allemand par Armel Guerne, Paris, Gallimard, 1997, rééd. 2011, p. 146.

violette oppose celle de la simplicité, celle justement du genre populaire qu'est la ballade. Mais cette violette, à laquelle Goethe consacre une autre ballade, n'est qu'une étape vers un idéal représenté par la fleur bleue, idéal toujours inaccessible, puisque la fleur est détruite aussitôt qu'elle est identifiée.

L'important, dans le poème, est la manière de nommer cette fleur et d'associer nomination et définition d'un idéal poétique. La nomination intervient par le biais de la référence à la femme aimée:

«*Wenn sie ein blaues Blümlein bricht*
Und immer sagt: Vergiß mein nicht!»

«*Quand elle brise une petite fleur bleue*
Et toujours dit: ne m'oublie pas!»

Cette parole, adressée au comte par la femme aimée, identifie l'apostrophe «Ne m'oublie pas» au nom même de la fleur, le myosotis («vergiß mein nicht» signifie à la fois «Ne m'oublie pas» et «Myosotis»). La fleur idéale n'est ici évoquée que pour être niée: dépourvue d'identité ou de caractérisation autre que sa couleur, son nom même se confondant avec la phrase sentimentale prononcée par la femme aimée, elle n'entre jamais elle-même dans le dialogue. Enfin la fleur bleue est cueillie par l'aimée. Seule des fleurs à ne pas être personnifiée, elle semble redevenir objet, mais entre en relation directe avec l'aimée. De même, si les fleurs étaient précédemment mises en scène dans le texte et caractérisées, elles étaient rapprochées d'une figure féminine indéterminée, tandis que la fleur bleue, terme du parcours, présente la relation inverse.

L'amour devient alors métaphore de la création poétique à travers un double parallèle: le sujet lyrique se dédouble en deux figures qui se superposent, celle de l'amoureux et celle du poète, de même que l'être aimé est à la fois femme et fleur, objet d'amour et symbole.

Cet héritage de la fleur bleue proposé par Novalis et Goethe, Trakl en propose une transposition. Ou, plus exactement, il en propose une lecture imprégnée de la symbolique rimbaldienne des couleurs, celle qui superpose à l'association du vert et du bleu, par exemple, dans «Le Bateau ivre» comme dans «Le Dormeur du val», le lien complexe entre l'homme et la nature. Le bleu est, chez Trakl, identifié au moi poétique, il est la couleur de l'idéal, mais d'un idéal souffrant.

A la fleur bleue cependant, Rimbaud, dans son poème «Mémoire», rédigé à l'âge de 18 ans à peine, en août 1872, oppose la fleur jaune. Le titre de son poème lui avait sans doute été suggéré par la façade du Panthéon. Cette évocation mélancolique d'un paysage aqueux prend la forme d'un florilège de couleurs, où se manifestent le blanc, le noir, le gris, mais aussi le vert, ainsi que le rouge et le rose. Néanmoins l'ensemble du poème se construit sur une opposition du jaune et du bleu, du «courant d'or» et du «ciel bleu», associés à des fleurs qui symbolisent un idéal. Or, aucune de ces deux voies de l'idéal ne semble accessible pour le poète:

«[...] *ni l'une*
ni l'autre fleur : ni la jaune qui m'importune,
ni la bleue, amie à l'eau couleur de cendre. »①

Rimbaud avait-il à l'esprit, en opposant la fleur jaune à la fleur bleue le poème de Sainte-Beuve « Les rayons jaunes », tiré de son recueil *Vie, poésies et pensées de Joseph Delorme* (1829), et dont Baudelaire, dans une lettre du 24 janvier 1862, s'était déclaré « L'amoureux incorrigible »②? Sous la plume de Sainte-Beuve, il s'agit des rayons du soleil couchant, mais le jaune est aussi associé au sacré du missel ou du crucifix et les derniers rayons du soleil renvoient finalement à la mort, au «jaune linceul». Dans ce poème, qui associe étroitement les notations visuelles et auditives, le jaune, comme chez Rimbaud, caractérise à la fois le paysage et une aspiration, l'évidence de la mort trouvant un pendant dans le « vœu d'être immortel».

Chez Rimbaud, dans le sonnet des «voyelles», les lettres sont identifiées aux couleurs, et celles-ci le sont à des parties du corps: le A noir est caractérisé par les moustaches, le I pourpre s'identifie au sang, le U, par le truchement de la référence à la mer, est renvoyé aux rides des «fronts studieux», l'oméga violet aux yeux.

---

① Voir *Œuvres complètes*, pp. 86-88.
② Voir Patrick Labarthe, «joseph Delorme ou "Les Fleurs du mal de la veille"», *Cahiers de l'Association internationale des études françaises*, 2005, n° 57, pp. 241-255; voir p. 246.

Le système des lettres compose donc, discrètement, une anatomie. Et, derrière cette anatomie se lit une physiognomonie, une association, dictée par le principe des correspondances, entre le monde physique et le monde moral.

C'est cette fois directement Rimbaud qui reprend un principe des romantiques allemands. Hoffmann offre par exemple une illustration de la méthode physiognomoniste de Franz Joseph-Gall, dans une esquisse d'autoportrait dessiné①. Chaque trait ou chaque partie du visage ou du buste est accompagné d'une lettre, et le portrait est suivi d'une légende qui donne une explication à ces traits. C'est ainsi une véritable cartographie de son buste qu'il entreprend. L'ordre même des lettres (*a* le nez, *b* le front, *c* les yeux, jusqu'à *p* pour le bas du buste), indique un mouvement du regard, mouvement circulaire qui part du centre pour aller vers la périphérie, et cette progression de l'observation inscrit la signification même de ce portrait dans une spatialité. D'une certaine façon, le regard se trouve ainsi intégré dans le dessin lui-même, et le sujet s'observe dans l'autoportrait, justement par l'ordre alphabétique qui indique le mouvement suivi par l'œil. Dans son sonnet, Rimbaud reprend le principe d'un ordre alphabétique en suivant l'alphabet grec, mais cet ordre correspond au mouvement de la lecture là où il décrit et détermine, chez Hoffmann, celui du regard. Par ailleurs, la lettre de l'alphabet a une double

---

① Archiv für Kunst und Geschichte, Berlin. Reproduit dans: *Fantasie-und Nachtstücke*. *Fantasiestücke in Callots Manier*, *Nachtstücke*, *Seltsame Leiden eines Theater-Direktors*, p. 756.

présence chez Hoffmann. En plus de cette perspective logique, elle conserve une dimension graphique. La courbe du *c* reproduit l'orbite de l'œil, le *b* tient la place d'une ride sur le front. Ainsi la lettre se trouve à l'articulation du langage (comme explicitation de l'effet suggéré par l'expression du visage), et de l'art graphique (comme partie même du dessin).

L'idée de Rimbaud n'est pas éloignée : de nombreux commentaires ont glosé sur la valeur graphique des lettres mise en relation avec le texte : A évoque « Mouches à merde » ou certains « Golfes d'ombre » des femmes-ce qui le rattache au noir ; O, par sa forme ronde, rappelle l'embouchure du clairon, etc.[1] L'exemple du clairon, caractérisé par des « strideurs », le souligne : la lettre chez Rimbaud est envisagée indissociablement dans son aspect sonore et visible, elle est le socle de synesthésies qui conduisent à associer monde physique et monde moral, le « clairon », par la forme de son embouchure comme par le son strident qu'il produit, étant associé à « Des Mondes et des Anges ». Sous deux formes différentes, chez Rimbaud et chez Hoffmann, la lettre s'inscrit donc à la fois dans l'ordre du sensible et de l'intelligible.

Un exemple, chez Hoffmann, est frappant : le *m* mime une ride du front, au-dessus des yeux, et dans la légende, la lettre présente ce commentaire : « Die Mcphistophelesmusk. oder Rachgier u Mordlust-Elixiere des Teufels » (« La musique de Méphistophélès ou rage de vengeance et désir de meurtre-Elixirs du

---

[1] Voir *Œuvres complètes*, éd. Antoine Adam, Paris, Gallimard, (coll. « Bibliothèque de la Pléiade »), 1972, pp. 900-901.

diable»). L'explication proposée par la note s'inscrit ici pleinement dans l'ordre de la littérature, puisque Hoffmann caractérise ici sa propre œuvre, son roman *Les Elixirs du diable*, par un de ses traits physiques, la ride du front: celle-ci joue-t-elle, à l'égard de l'œuvre, le rôle d'explication ou de caractérisation? La physiognomonie devient ici acte narratif. L'ironie, indissociable de cette approche réflexive, est évidente et se manifeste dans la dernière lettre, le *p*, qui tient la place du bouton de la veste, et qui est accompagné de ce commentaire: «und so weiter» («Etcetera»). Ainsi, cette clôture du dessin est renvoyée à l'infini d'une énumération sans borne, celui d'une identité que le dessin s'efforce de circonscrire dans un espace sans pouvoir y parvenir. Le langage exprime ce qui est l'envers du dessin, l'impossibilité de la représentation. Rimbaud, lui, est loin de cette ironie. Mais par la circularité de son poème qui, dans le O, attache la fin et le début, il suggère l'infini embrassé par le nombre fini des voyelles, et décrit ainsi le pouvoir de la poésie.

Surtout, par le truchement de la physiognomonie, le lien établi par le portrait de Hoffmann entre image et langage, entre perception et signification, situe son projet esthétique dans la perspective des correspondances telles qu'elles ont été définies par Swedenborg: «Le rapport ou correspondance se voit clairement sur la Physionomie des hommes [...]. Toutes les passions et affections de l'âme s'y peignent au naturel»[1].

---

[1] *Les Merveilles du ciel et de l'enfer et des terres planétaires et astrales*, trad. A. J. Pernety, Berlin, Decker, 1782, 2 vol., § 91.

Comme Baudelaire, Rimbaud est l'héritier de Hoffmann et le jeu des correspondances qu'il articule autour des voyelles assigne comme fonction à la poésie d'éclairer ce lien entre monde physique et monde moral.

L'exemple de l'autoportrait d'Hoffmann, qui associe le langage et le dessin, illustre une entreprise à la croisée du visuel et du poétique. Le projet poétique qui se fonde sur une telle physiognomonie ne se contente donc pas d'explorer l'esthétique des correspondances; ou plutôt, il associe étroitement cette quête d'un accès au monde des idées à une union des arts, qui résulte d'un rapport synesthésique au monde. Cet aspect est évident pour Hoffmann qui a déclaré hésiter entre la carrière de peintre et celle de musicien. Il est aussi important chez Rimbaud qui commente, dans «Alchimie du verbe»[1], le projet poétique de ses «voyelles»: «j'inventai la couleur des voyelles!—A noir, E blanc, I rouge, O bleu, U vert». Même si elle ne se rapportent plus à l'alphabet grec, les voyelles sont ici de nouveau inscrites dans l'ordre alphabétique, pour insister sur la normativité d'un projet qui va désormais au-delà du simple système des voyelles: «je réglai la forme et le mouvement de chaque consonne, et, avec des rythmes instinctifs, je me flattai d'inventer un verbe poétique accessible, un jour ou l'autre, à tous les sens».

Cette recherche d'un système est donc indissociable des synesthésies, et le lien que celles-ci supposent entre audition,

---

[1] Voir *Œuvres complètes*, *op. cit.*, p. 106.

vision et entendement conduit à une union des arts. Quelques lignes plus haut, Rimbaud évoquait ses goûts en matière esthétique: «j'aimais les peintures idiotes, dessus de portes, décors, toiles de saltimbanques, enseignes, enluminures populaires; la littérature démodée, latin d'église, livres érotiques sans orthographe, romans de nos aïeules, contes de fées, petits livres de l'enfance, opéras vieux, refrains niais, rythmes naïfs». L'énumération se construit sur un parallèle qui nous rappelle que si le poète est voyant, c'est au sens propre, c'est-à-dire comme peintre.

Mais la convergence des deux types d'œuvres-poésie et peinture chez un même artiste suscite la question de la complémentarité des arts, de la capacité d'un art à exprimer ce qui échappe à l'autre, ou encore de la recréation d'une œuvre, voire de son achèvement, dans un autre support esthétique. La poésie de Rimbaud et de Trakl, en construisant une grammaire des couleurs et en associant la signification des couleurs au moi poétique, ont défini leur poésie comme une vision, mais une vision qui, au sein de cette poétique des correspondances, permettait un accès au monde immatériel.

Ces quelques exemples d'échos rimbaldiens dans l'œuvre de Trakl ont ainsi pu faire apparaître un aspect de la modernité de Rimbaud sous la forme d'une réactivation de son univers poétique dans le contexte de l'expressionnisme. Tout l'expressionnisme, ainsi que l'avant-garde, est coloriste. Mais plus qu'un ensemble d'images poétiques, c'est un principe poétique que Trakl a repris à Rimbaud: l'idée d'une vision poétique construite sur un système signifiant de couleurs, des couleurs qui ont valeur de symboles en ce qu'elles établissent un lien avec le moi et, par là, avec le monde des Idées.

兰波与日本现代文学

[日]中地義和

我将从20世纪第一个30年创新诗歌语言的必要性、1920年到1930年文学史的发展以及1940年战争语境下兰波对年轻读者的影响这三个方面来论述兰波在日本文学现代性进程中的重要地位。

一、诗歌语言的革新

众所周知,日本在19世纪中期之前,经历了从1641年到1854年两个世纪的闭关锁国。在这段时间内,日本仅与朝鲜建立外交关系,与中国和荷兰进行极其有限的贸易往来。在西方列强的重压之下,日本最终打开了国门,机械、食品、服装等物质资料方面产生了翻天覆地的变化。不仅如此,日本的体制、文化和精神方面也拥有了全新的面貌。语言和文学亦是如此。在诗歌方面,日本的五言和七言诗歌历史悠久,和歌(waka)传统的音节排列为5—7—5—7—7(在现代文学中,和歌又被称为tanka,也就是短歌),而俳句(haiku)仅由3个诗句组成,音节排列规律为5—7—5。

第一批西方诗歌的译者基本上系统化地保留了日本传统诗歌的五言和七言格律。之后的译者则打破了五言和七言的传统，开始尝试更灵活的节奏。但这两种翻译的方式都不尽如人意，从开放国门之初到进入新千年，在长达半个世纪的时间里，西方诗歌的翻译略显平庸，缺乏诗意，甚至有些滑稽可笑，这时的状况令人感到惋惜。

第一本质量比较高的日译诗集是上田敏（UEDA Bin，1874-1916）于1905年出版的《海潮音》（*Kaichô. on*；*Le Bruit de la marée*）。这部诗选收录了57首法语诗、德语诗、意大利语诗和英语诗的译文。法国和比利时的现代诗歌在这部诗选里的分量最重：57首译诗中有31首来自法语诗歌，29位诗人中有14位是法语诗人。这些作品主要来自勒贡特·德·李勒（Leconte de Lisle）、埃雷迪亚（Hérédia）、弗朗索瓦·科佩（Coppée）等帕纳斯派诗人；亨利·德·雷尼埃（Henri de Régnier）、莫雷亚思（Moréas）、维埃莱-格里范（Viélé-Griffin）、萨曼（Samain）等自称象征主义者的世纪末诗人；维尔哈伦（Verhaeren）和罗登巴赫（Rodenbach）两位比利时诗人，以及波德莱尔、马拉美、魏尔伦三位著名诗人。兰波的作品并未被收录其中，这一点值得注意。事实上，上田敏不仅没有忽略兰波，而且对兰波有着极大的兴趣。四年后，也就是1909年，他翻译并出版了兰波的诗歌《捉虱的姐妹》（*Les Chercheuses de poux*），这是兰波诗歌的日语译本第一次在日本公开发表。上田敏41岁时就离开了人世，之后，人们在他留下的手稿中发现了四个版本的《醉舟》翻译草稿，其中有一份只差最后一小节就完成了。上田敏善于用传统的格律翻译西方古典诗歌，他翻译的《正午》（*Midi*）就是例证，这首诗出自勒贡特·德·李勒的《古代诗集》（*Poèmes antiques*）。以下是《正午》第一节的译文：

「夏」の帝の「<ruby>まひる<rt>眞晝</rt></ruby>時」は、<ruby>おおの<rt>大野</rt></ruby>が原に廣ごりて、
<ruby>しろがねいろ<rt>白銀色</rt></ruby>のに、<ruby>あおぞら<rt>青天</rt></ruby>くだし<ruby>あもり<rt>天降</rt></ruby>しぬ。
寂たるよもの<ruby>けしき<rt>光景</rt></ruby>かな。耀く虚空、風絶えて、
炎のころもひたる<ruby>つち<rt>地</rt></ruby>の<ruby>うまい<rt>熟睡</rt></ruby>の<ruby>しづこころ<rt>静 心</rt></ruby>。

  Natsu no Mikado no/<u>mahirudokiwa</u>/Oonogahara ni/hirogorite   7-6-7-5
  Shiroganeiro no/nunobiki ni/aozora kudashi/amorishinu   7-5-7-5
  Jakutaru yomo no/keshikikana/Kagayaku kokuu/kaze taete   7-5-7-5
  Honoo nokoromo/matoitaru/tuchi no umai no/shizugokoro   7-5-7-5

日文音译

正午,炎夏之王,在平原上扩散,
从高高的蓝天落下万道银光,
万籁俱寂。空气憋闷,光焰闪闪;
大地在火炮包裹中沉入梦乡。

  (郑克鲁译)

  除了几个第 3 行中那种不规则的停顿以外,勒贡特·德·李勒的诗歌基本遵守了古典主义的诗歌格律,在这句诗中,正午的太阳被拟人化为威严的皇帝,散发光热,大地在暑热中沉睡。上田敏的翻译除了在第 1 行诗的第 2 个停顿中出现了 6 音节以外,其余的部分几乎完美地实现了 7 音节和 5

音节的交替。他还以华丽古典的语言风格营造出了原诗中那种庄严的气氛,不仅如此,他的译文甚至给人以神明下凡的璀璨印象。

但当上田敏尝试翻译《醉舟》时,他总是对自己的译文不甚满意。事实上,兰波的亚历山大体诗歌跨行频繁、韵律不规则,与勒贡特·德·李勒依据古典作诗法创作出来的诗歌大相径庭。此外,《醉舟》的主题也加大了翻译的难度,诗歌讲述了随时可能"通体迸裂"的叙述者"我"在海上的冒险经历。为了能用日文格律翻译出这首诗,上田敏在一定程度上做出了灵活的改变。以下是从他完成度最高的那篇《醉舟》手稿中选取的第一节:

われ非情の大河を下り行くほどに
曳舟の綱手のさそひいつか無し。
わめき罵る赤人等、水夫を裸に的にして
色鮮やかにゑどりたるくひ代に結ひつけ射止めたり。

Ware/hijô no taiga wo/kudariyukuhodoni	2-7-8
hikufune no/tunate no sasoi/ituka nashi	5-7-5
wameki nonoshiru/akahitora/suifu wo hadaka ni/mato ni shite	7-5-8-5
iroazayaka ni/ezoritaru/kuini yuitsuke/itometari	7-5-7-5

日文音译

沿着沉沉的河水顺流而下,
我已感觉不到还有纤夫引航:

咿咿呀呀的红种人已把他们当成活靶，
赤条条钉在彩色的旗杆上。
（王以培译）

　　前两行诗都只有 3 个节奏单位，而且和后面两行诗相比，音节数都更少。第 1 行诗完全打破了传统的 5 音节、7 音节停顿规则，第 3 和第 4 行诗则沿用了常规的 4 个节奏单位和传统格律。对于改变格律的尝试，上田敏显得犹豫不决，因为节奏单位的划分始终离不开规则，而且要为这些不符合常规节奏的诗句找到专门的诗歌节奏也很难。尽管上田敏在诗歌方面有所造诣，但他还是难以把握住兰波那些反叛性极强的诗句。尽管他已经用尽全力，但直到离开人世，他的四份手稿还是被锁在抽屉里，因为他始终没能为节奏激烈、跳跃性强的《醉舟》找到合适的乐谱和音调。面对同样难题的不只上田敏一人。

　　除了上田敏的日译诗集，在 1913 年和 1925 年，日本还出版了两部重要的法国诗歌与法语诗歌汇编，分别是小说家永井荷风（NAGAI Kafû，1879－1959）的《珊瑚集》（Sango-shû；Le Corail）和堀口大学（HORIGUCHI Daigaku，1892-1981）的《月下的一群》（Gekka no ichigun；Un troupeau sous la lune）。《珊瑚集》中收录了四十余首诗作，收录最多的是亨利·德·雷尼埃（Henri de Régnier）的作品，有 10 首；其次是波德莱尔和魏尔伦的诗歌，分别有 7 首；这部诗集中只有一首兰波的诗歌，是他早期的短诗《感觉》。

Par les soirs bleus d'été, j'irai dans les sentiers, 　　蒼き夏の夜や
Picoté par les blés, fouler l'herbe menue：　　　　麦の香にひ野草ぐさを踏みて
Rêveur, j'en sentirai la fraîcheur à mes pieds. 　　小みちを行かば

Je laisserai le vent baigner ma tête nue. 心はゆめみ、足さはやかに
わがあらはなる額、
吹く風にみすべし。

    Je ne parlerai pas, je ne penserai rien: われ語らず、われ思わず、
Mais l'amour infini me montera dans l'âme, われたゞ限りなき愛
Et j'irai loin, bien loin, comme un bohémien, 魂の底にるを覚ゆべし。
Par la Nature,-heureux comme avec une femme. 宿なき人の如く
いや遠くわれは歩まん。
恋人と行く如く心うれしく
「自然」と共にわれは歩まん。

  （1ère strophe）
  aoki natsuno yoya（7）// mugi no ka ni yoi/nogusa wo fumite（7-7）// komichi wo yukaba（7）// kokoro wa yumemi/wagaashi sawayakani（7-9）// waga arawanaru hitai（10）// fuku kaze ni/yuamisubeshi（5-7）.
  （2e strophe）
  warekatarazu/ware omowazu（6-6）// ware tada/kagirinaki ai（4-7）// tamashii no soko ni/wakiizuru wo oboyubeshi（8-6-5）.// yadonaki hito no gotoku（10）// iya tooku ware wa ayuman（5-7）.// koibito to yuku gotoku/kokoro ureshiku（10-7）//〈shizen〉to tomo ni/ware wa ayuman（7-7）.

日文音译
＊［n］算作一个音节

  夏日蓝色的傍晚，我将踏上小径，
  拨开尖尖的麦芒，穿越青青草地：

> 梦想者,我从脚底感受到阵阵清新。
> 我的头顶凉风习习。
>
> 什么也不说,什么也不想:
> 无尽的爱却涌上我的灵魂,
> 我将远去,到很远的地方,就像波西米亚人,
> 顺从自然——快乐得如同身边有位女郎。
>
> （王以培译）

虽然译者使用了不少 5 音节和 7 音节的节奏单位,但是 5 音节和 7 音节很少互相交替出现,第 1 节中出现的 7 音节就是如此。简而言之,永井荷风通过跨越译文中空洞却严格的格律障碍,成功地将其译文节奏放缓。同时,他非常自由地调整前两节中的诗句,将第 1 节的 4 音节变成 6 音节,将第 2 节的诗句改成 7 音节,这些改变使译文更准确地表现出了兰波诗作的主题,即一位颤抖的青年意图穿越女性化的大自然,走向远方。我唯一对这首诗的题目译为"Sozoroaruki"持保留态度,Sozoroaruki 意为"闲逛",冲淡了"我"想逃离日常生活,走向未知空间的雄心壮志。除此之外,译者通过自由的调整冲破了诗歌固化的语言,赋予诗歌一种清新、愉悦的节奏,使之能够完全符合漫无目的出走的出发者的心境。

这个漂亮的译文对我来说还有其他的意味。永井荷风从不解释他的选择。人们注意到,永井荷风选取的是兰波最迷人也最短小的诗歌,这首诗歌有顿挫的规律,韵律结构较为简洁,只在最后一句中存在跨行现象,这是为了凸显波西米亚人的愉悦。永井荷风选择这首诗,也表现出他在面对自己喜欢的诗人兰波时,拥有直面翻译困难的勇气。

同样拥有这般勇气的还有堀口大学,他编译了《月下的一群》,是三大法语诗歌汇编之一。这本出版于1925年的诗集收录了66位诗人的339首诗歌,除了波德莱尔、马拉美、魏尔伦之外,主要收录的还有阿波利奈尔(Apollinaire)、科克托(Cocteau)、拉迪盖(Radiguet)等20世纪诗人的作品。令人吃惊的是,兰波的诗作并未收录其中。但是当时,兰波在法国已经赫赫有名,他的作品经妹妹伊莎贝尔(Isabelle)的丈夫帕特纳·贝里雄(Paterne Berrichon)策划,由克洛岱尔(Claudel)作序,于1912年被法国水星出版社(Mercure de France)出版,诗集一经出版便被公认为法国诗坛的代表之作。《月下的一群》诗集在首次发行的27年之后,即1952年,重新出版,堀口大学在再版的后记中写道:

> 我喜欢这样的诗歌,但是无论如何,我都无法将其融于我的日文翻译之中——这难道是因为呼吸方式不同?很久以来,兰波和马拉美都令我叹息。正因为如此,《月下的一群》没有收录兰波的任何作品,即便是最短的诗歌。在《月下的一群》出版十年以后,我终于翻译出了《醉舟》。

事实上,同上田敏一样,堀口大学也将《醉舟》的译稿在抽屉里搁置很长一段时间。

作为法国诗歌翻译的先驱,这三位译者也为未来诗歌语言的确立树立了典范。他们或多或少受到日本传统诗歌语言规范的影响,因此,在面对兰波的诗歌时,总会遇到一些困难。毫无疑问,几位译者在翻译《醉舟》时都遇到了很大的障碍,这首迷惑人心的诗歌恰如一只无法驯服的动物,总是试图冲破诗句,冲破诗行。正如堀口大学所说,兰波的诗歌总体来说令人心生畏惧。兰波的诗歌对读者兼译者们来说困难重重,但是在几十年里又始终吸引着一代又一代的译者们,努力将它融合进自己的文化里。兰波作品全集以及主要作品汇编的日文译本数量高达 10 种以上,这种情况在被译介到日本的诗人中并不多见。他的作品虽少,但解读他的作品是一种挑战,能激发人们理解他、辨认他的欲望和憧憬。兰波由此引领了日本诗歌的演变之路,上文论及的三位译者代表了各自的诗歌语言风格,又分别对应了日本诗歌语言从古典语言的格律诗,到古典语言的自由体诗,最后过渡到现代语言的自由体诗这三个演变阶段。

在日本诗歌的现代性进程中,诗人和译者面对着两个问题。其一,如何在传统的浪潮中摆脱传统诗歌语言的桎梏?其二,诗歌语言解放之后,如何找到一种新的音乐来代替旧的韵律以免落入平庸俗套?20 世纪 20 年代,日本诗坛转向了自由诗创作。萩原朔太郎(Sakutarô Hagiwara,1886-1942)是日本最重要的现代诗人之一,也是日本自由诗的先驱,他于 1923 年明确地指出了诗人创作自由诗时面临的问题:

> 某些散文式的写作充分地展现出了诗意,人们便将其定义为诗歌。也就是说,与散文诗不同的是,自由诗具有节奏。自由诗的节奏不是何时何地都普适的固定节奏,它也不像民歌或者牧歌中的节奏那样具有吸引力。自由诗的内部节奏是我们每个人心中的内在节奏。自由诗创作的重点在于摒弃外部节奏的音乐,创造以情感和内部节奏为根基的新式音乐。自由诗的本质在于诗歌内部节奏与词语节奏的统一。①

---

① Sakutarô Hagiwara, « sur le rythme du vers libre », dans *Aoneko*(「青猫」 *Le Chat bleu*), 1923.

当今的人们仍旧面临着这个问题，或者更确切地说，这个问题本就应该一直被人们不断地思考和重新思考。萩原的创作理论对于译者来说也完全适用。译者应该找到符合每个诗人，甚至是每一首诗歌的内部节奏。在这条道路上，兰波曾经发挥着并一直发挥着一种绝无仅有的促进作用。

二、1920—1930 年代法国"象征主义"的大量译介

为了考量兰波对日本现代文学的影响，还应该把大学里的相关研究成果和公众品味纳入考虑范围。兰波在日本真正的译介始于 20 世纪 20 年代，当时，东京国王大学（现东京大学）的教授辰野隆（Yutaka TATSUNO，1888－1964）和铃木信太郎（Shintarô SUZUKI，1895-1970）对法国象征主义展开了全面的研究。1929 年，大田幸雄发表了《波德莱尔研究概论》（Introduction à l'étude de Baudelaire），这是第一篇关于法国文学的学术论文。大田幸雄思维活跃，既是法国传统戏剧的专家，也关注其他现代作家，如里斯尔亚当（Villiers de Lisle-Adam）、儒勒·列那尔（Jules Renard）和埃德蒙·罗斯丹（Edmond Rostand），他还翻译了里斯尔亚当的《短篇小说集》（Contes）和埃德蒙·罗斯丹的《大鼻子情圣》（Cyrano de Bergerac）。1921 年，他出版了法国文学史《信天翁的眼睛》（Ahôdori no medama；Les Yeux de l'albatros），这部书名具有波德莱尔色彩的文学史中有对兰波的介绍。铃木信太郎于 1924 年教授过法国象征主义诗歌的相关课程，1927 年，他在一次会议当中介绍了马拉美的《变异》（Divagations）。在这两位教授的指导下，学生能同时接触到法国的古典作品和新兴作品，他们也因此读到了波德莱尔和兰波，还有新救国阵线作家雅克·里维尔

(Jacques Rivière)、阿尔贝尔·蒂博代(Albert Thibaudet)、和安德烈·纪德(André Gide)①。

正是在这个时期,小林秀雄(Hideo Kobayashi,1902-1983)进入东京大学法语专业,后来他翻译了《地狱一季》《彩图集》,还开创了日本现代文学评论。他在中学时代就已经表现出了对法国象征主义的浓厚兴趣,他通过阿尔蒂尔·西蒙(Arthur Symons)的专著《象征主义文学运动》(*The Symbolist Mouvement in literature*)了解了象征主义,这本专著的日语译本从1913年开始发行。之后,小林秀雄和他的朋友们关注到了从波德莱尔到新救国阵线的现代作家。法国现代作家对日本文坛的主导性影响直到1960年才消失,这种影响不仅体现在学术研究方面,也体现在公众品味方面。

小林秀雄不仅翻译了兰波的两部散文诗作品,还在1926、1930及1947年分别发表了一篇关于兰波的论文。第一篇出自他用法文撰写的本科学位论文,他沿用了当时的标题《阿尔蒂尔·兰波,生命的挖掘者》(*Arthur Rimbaud, trancheur de la vie*),这个题目不仅使人联想到《彩图集》中《生命》(*Vies*)一诗的三段论述以及《语言炼金术》中的重要片段:"在我看来,每个生命都存在其他的多重生命"(À chaque être, plusieurs autres vies me semblaient dues.),还能让人注意到兰波现实生活中的种种变化。但是,从更深刻的层面来说,小林秀雄是想表现出兰波对于西方文明的否定态度:

---

① Je dois tous ces détails sur l'enseignement de la littérature française à l'Université de Tokyo dans les années 1920 à l'article de Tôru Shimizu, «La réception des œuvres de Paul Valéry au Japon (Kobayashi Hideo et son groupe», *Bulletin des études valéryennes*, N°56-57, Université Paul Valéry, Monpellier, juin 1991.

> 一个艺术家,当他的智力超越感觉,他把生活切成碎片……他以自身的各种各样的变形来蔑视文明。①

小林秀雄在早期的论著中,总是反复使用"宿命"一词或者与"宿命"相关的表述:

> 宿命不似人们在街上看到的石子之类的东西。它既不是人类挑战的对象,也不是人类能够主宰的事物。[……]
> 当我们阅读兰波的各种作品时,我们只会感到眼花缭乱,但是它根本的新颖之处却不在于此。例如,《恶之花》永垂不朽的原因不是其中包含的现代人类方方面面的智慧和激情,而是波德莱尔的文字中传达出的简单纯粹的"宿命通奏"。

小林秀雄的"宿命"既没有超验内涵,也没有瓦莱里"纯我"式的普世价值。它是每个天才特有的强烈个性,是通过作品表现出的根本存在方式。

小林秀雄的第一篇论文就显现出其兰波作品批评的主要特征。他的方法基本上是主观的。他不关心兰波作品与兰波生平之间的关系,也不在意互文性和来源性的问题。他想通过直觉捕捉创作者思想中的内在剧本。此外,小林秀雄不研究诗歌创作者的思维过程,也不关注作者"自我意识的神秘变化",他试图通过自己努力的理解参与其中,并将其转化为自己的内在戏剧。他喜爱各个艺术领域中的天才。他的主要作品即为例证:继《兰

---

① Hideo Kobayashi, « Arthur Rimbaud, trancheur de la vie », mémoire de fin d'études universitaires présenté à l'Université impériale de Tokyo. Remanié, ce mémoire deviendra plus tard « rimbaud I ».

波》之后他还创作了《陀思妥耶夫斯基的一生》《莫扎特》《梵高的书信》等一系列作品。小林秀雄对天才表现出特有的兴趣,他的天才主义常常伴随着对自我的认同,于是人们分不清他是在评论其他人还是在谈论他自己。对于小林秀雄来说,文学批评不是低于艺术创作的次要活动。他认为谈论研究对象与谈论自己本就该密不可分。他总是把重点放在研究对象产生的影响上,而不是研究对象本身。小林秀雄的演讲不是分析性的,虽然他热情地谈论他在阅读某一作品时所产生的情感,但他几乎无视他的情感来源以及作品的具体方面。此外,对于他的第二篇论文以及篇幅最长的第三篇论文,这两篇论文的开头部分就已经显现出其文笔的戏剧性趋势。

> 在我 23 岁那年的春天,我第一次遇到兰波。当时我在神田(Kanda)附近闲逛,如果可以的话,我想这样描述我与他的相遇:一个陌生男子突然朝我走来,并且将我猛然打倒在地。我完全措手不及。我完全无法想象,这本封面平平的小集子《地狱一季》中到底隐藏着多少炸药,它的出版商是法国水星出版社。此外,这本集子中的炸药引爆装置太过于灵敏,以至于我的语言障碍都没能阻挡这次大爆炸。这个小炸药爆炸了;从那时之后的几十年中,我始终都在名叫兰波的运动中无法自拔。我不知道这文学对别人意味着什么,对于我来说,至少是一个想法、一种思想,甚至是一种语言,是一场真正的运动。我确定,这是我第一次领略到这一点,它来自兰波。①

---

① Hideo Kobayashi, « rimbaud III », 1947.

主观的，直觉的，天才的，认同的，自负的……，这些词语可以用来定义小林秀雄的文学批评方法。然而，人们可以找到他批评方法的灵感来源。根源是保尔·瓦莱里，这是日本的瓦莱里研究专家们提出的观点，他们认为小林秀雄的主要灵感来源是瓦莱里的论著，更确切地说，是来自他那时候阅读过的瓦莱里的《音调与偏离》(Note et digression)，以及第二版的《列奥纳多·达·芬奇的方法论导论》(Introduction à la méthode de Léonard de Vinci)这两本专著。下面是小林秀雄论文中的一个片段，清水享(Tôru Shimizu)教授指出在这其中能够清楚地看到瓦莱里的部分原文：

> （在天才的所有作品中总是存在）一种意识的基本永恒性，这一点找不到任何科学依据；正如在交响曲的震撼中，耳朵重新听到又继而听不到一种永不停歇的严肃而持续的声音，但是每一瞬间的声音都被捕捉到了[……]这种深刻的存在"音调"，（我们听起来就像是宿命的脚步声）。①

小林秀雄著名的"宿命通奏"的隐喻就是来源于此。小林秀雄偏爱的其他表达也能在瓦莱里的文本中找到出处："魅力使人沉默"来自瓦莱里的"[……]美丽对人的作用是让他们保持沉默"②；小林秀雄对于批评的著名定义"批评是通过利用他人来谈论自己"来源于瓦莱里的"我敢于在他人的名下考虑自己，并

---

① Tôru Shimizu, *art. cit.*, p. 14. cf. Paul Valéry, *Œuvres I*, coll. «Bibliothèque de la Pléiade», 1957, p. 1228. Je dois ces renseignements à MM. Tôru Shimizu, Tsuneo Tsunekawa et Masanao Nakamura, tous valéryens.

② *Ibid.*, p. 1308.

使用我自身"①。

人们指责小林秀雄的批评方法很"随意",甚至"武断",这种指责的声音有时候非常强烈。实际上,小林秀雄有时候也无法避开这种批评方法的陷阱。但是,在那个时代,一方面,在自然主义潮流的影响下,日本无产阶级文学以及日常生活中的亲密文学泛滥;另一方面,直觉主义的批评能够立即进入研究对象的内心深处,并通过研究对象的危机加深自我认知,对读者产生巨大的影响。这种形式的研究方法在日本文学界长期占据着主导地位。小林秀雄是这种批评方法的真正创立者,他研究的第一个诗人兰波,以及他的精神导师瓦莱里,都在他的学习生涯中给他留下了深刻的印象。

接下来,我想简单地介绍一下兰波的另一位重要译者:中原中也(Chuya NAKAHARA,1907-1937),他也是日本最重要的现代诗人之一。他比小林秀雄小5岁,基本上是通过自学的方式来学习法语,最开始他倾向达达主义,不过后来很快转向了法国象征主义。中原中也基本上翻译了兰波所有的散文诗,包括兰波"最后的诗句"。中原中也是位英年早逝的诗人,他的诗歌韵味更接近于魏尔伦。他自己没有写任何关于兰波的文章,仅有的也只是在日记本上的寥寥几笔,但是他在1937年出版了日译版的兰波作品全集,全面展示出年轻的诗人兰波流浪以及无赖的一面,与小林秀雄翻译的兰波散文诗相得益彰。此外,一段轶事为他们的"兰波式季节"增添了光彩。两位译者爱上了同一个女演员:小林秀雄抢走了中原中也的情人,当其情敌英年早逝时,他体会到强烈的负罪感。他写了一首题为《死去的中原中也》的悼亡诗,这是我们所知的他唯一的一首诗。另外,小林秀

---

① *Ibid*., p. 1232.

雄曾允许中原中也重新翻译自己兰波诗歌的名诗名译"哦,季节,哦,城堡":这是一个宽容大度的举动,目的可能是寻求自我救赎。对于小林秀雄来说,这段三角爱情故事也未得善终,当情人开始因为强迫症而纠缠他的时候,他很快就离她而去。

小林秀雄翻译的《地狱一季》成功地用日语重现了原文语言的激烈性、碎片化等特征。1938年,这一译本被享誉盛名的岩波出版社选入口袋书收藏系列出版,受到一代又一代年轻读者的欢迎,在很长一段时间内,兰波诗集是这套丛书的首推作品。到2017年底,它已经被重印了81次。小林秀雄对兰波作品的翻译以及三篇关于兰波的论文,为兰波在日本的接受起到了决定性的作用,他是将兰波引入日本的先驱。中原中也则在翻译兰波诗歌的过程中,用自己的语言化写了兰波的诗句,所以很难定义这是翻译还是创作。这两位诗人作品的情感基调截然不同。中原中也主要表现的是一种自由的抒情,诗人把自己看作"另一个",讲述另一个人的情感,作品没有什么讽刺或辛辣的自我讽刺,与其说这是兰波式的意趣,不如说这更像魏尔伦式的才情。2013年,中原中也的译本也被选入了与小林秀雄相同的口袋书收藏系列,但是这个译本被归类为日本文学,这说明中原中也的翻译更多地被认为属于译者本人,而非原作者。

这两位风华正茂的一流作家第一次真正把兰波介绍到了日本,这对兰波本人及两位译者的命运都产生了重要的影响。即使到了今天,兰波的名字仍然与他们的名字紧密相连,对于大多数日本人来说,兰波是小林秀雄的兰波,或者是中原中也的兰波。相反,人们不再记得中原中也自己的诗歌,在提到中原中也的生平时不可能不联想到兰波。至于小林秀雄,虽然比起西方作品,他更加重视日本文学的经典作品,但兰波还是以一种独特的光辉照亮了他文学生涯的开端。

三、战争年代的兰波青年读者

小林秀雄和中原中也翻译的兰波作品在 1930 至 1940 年间广泛流传。在当时的学校教育中，西方知识输入被控制，西方语言被禁止，所以青年知识分子几乎接触不到西方书籍，但也正因如此，他们反而对西方事物如饥似渴。现在，我想介绍两位受到兰波影响的青年知识分子，说明兰波对当时日益军国主义化的日本的影响。一个是原口统三（Tôzô HARAGUCHI, 1927-1946），这位才华横溢的高中生是位早熟的诗歌天才，他认为一切言语都是人类心灵为了"被世界所接受"而采取的"一种妥协"，活着就是一种强加的形式、一种任意的表达，为了保持至真至诚，必须将自己封闭在绝对的孤独之中。因此，他选择死亡，他自杀时刚刚 20 岁。在他去世后才于 1947 年出版的《二十年之研究》(*Études de vingt ans*) 由摘录的片段组成，其中有许多篇章都穿插着兰波的语录。对他来说，兰波是唯一能察觉语言的欺骗性并对文学说"不"的人。他在《研究》第二章里写道："《地狱一季》，这本小册是我唯一的圣经。"这本书还收录了其少数诗歌作品中的一首，题为《他睡在大海上的日子》(*Le jour où il dort dans la mer*)；作为题词，他引用了兰波《永恒》的诗句（出自《语言炼金术》）；"这是混合的大海/在阳光下"：

> 他睡在正午的大海上，
> 他睡在遥远幻景的深处
> 与绿色音乐的无限相像；
> 那里，在飘动中香气扑面的头发消失不见，

蓝色的太阳交织着天边的波浪。

所以,经过潮汐的遥远之音
他听见,近在耳边,一个宝贵的词语:
兄弟! 兄弟! 兄弟……

啊! 会在哪边等候着我
这如痴如醉的一天就像梦一场?

另一位名叫宫野尾文平(Bumpei Miyanoo,1923-1945)的作家更加鲜为人知,平井博之(Horoyuki Hirai,1921-1992)在一本书中动情地描述了宫野尾文平短暂生命的最后几年。平井博之原来是东京大学教授(我们曾合作出版了兰波的《诗歌全集》,他负责格律诗,我负责《彩图集》,还有另一位译者负责《地狱一季》,但他没能等到书籍出版就去世了)。1942年,在京都的一所高中里,平井带领着一群喜爱文学的学生一起创办了一本杂志。四月末的一天,宫野来到他的面前,带着三首诗,想要在该杂志上发表。平井一读完,就体会到一种"作者原始的感性"(une sensibilité originale, propre à l'auteur),他立即将这三首诗发表在了他下期杂志的头版上。此后,他们每天见面,热烈讨论兰波和中原中也,整整持续了两个月,直到学校放暑假才告一段落。此后他们再未相见,因为平井于当年八月离开了京都,进入了东京大学,次年九月,两人在文科大学生总动员之时应征入伍。1945年,战争结束,平井身负重伤,返回日本,后来他得知了宫野的死讯。他读了宫野生前在军旅生活中写下的诗篇,这些诗是宫野面对死亡时创作的,这使人联想到写下《最后的诗句》的兰波和中原中也的某些诗歌。他以《一颗星星》(Une étoile）来命名这些诗歌，并为这些诗歌写下了感人至深的评述，试图还原出友人在美国轰炸中丧生的一幕。下面是短诗《幻象》（Illusion）的前四句：

> 闪光的背上，一只蜥蜴
> 墙头覆盖着苔藓
> 悲伤的斜坡
> 正午的幻象
> ……

一只蜥蜴在正午的阳光下一动不动。此处没有任何解释，只有俳句风格的意象，而平井立刻就从中察觉出了"一种极具个性的敏感的特点"。

这些令人悲伤的轶事很容易让人猜测到当时日本青年知识分子的精神状况，尽管他们之中的大多数人没有原口统三与宫野的天赋，但在面临死亡的威胁时，他们也能从小林秀雄和中原中也翻译的兰波诗歌中汲取狂热之情。在战争结束前译介到日本的外国作家里，兰波无疑是最能让青年读者产生共鸣的作家之一。

从战后到 1960 年代，兰波对于许多青年知识分子来说都是至关重要的诗人。然而，自 1970 年代那场类似于法国 1968 年五月风暴的学生罢课运动结束之后，兰波的影响和地位就有些动摇了。当今互联网时代，情况更是如此，人们偏爱更快、更便捷的表达和沟通方式。我还想谈一下一些将兰波与三位日本诗人进行比较的文章，这三位诗人分别是石川啄木（Takuboku ISHIKAWA，1886-1912）、宫泽贤治（Kenji MIYAZAWA，1896-1933）以及前述提及的中原中也，他们三位都与兰波有一定的相似性,他们都像兰波一样英年早逝并且均来自外省。

石川啄木与宫泽贤治两人都来自日本东北部的岩手县(2011年海啸之后的地震严重波及的地区之一)。石川啄木是抒情诗人,比起他的姓氏,他的名字更为人熟知,他写作5—7—5—7—7格律的短诗,有时被称为"日本的兰波"。最近,伊夫-玛丽·艾欧(Yves-Marie Alliuox)翻译了他的第一部诗集《一把沙子》(*Une poignée de sable*)。下面是这部诗集开篇的第一首诗以及艾欧的译文:

東海の	tookai no	5
小島の磯の	kojima no iso no	7
白砂に	shirasuna ni	5
われ泣きぬれて	warenakinurete	7
蟹とたはむる	kani to tawamuru	7

在东海的小岛之滨,
我泪流满面
在白沙滩上与螃蟹玩耍着。

宫泽贤治是一位深受佛家思想和世界大同观念影响的诗人、短篇和长篇小说家。下面是一首他于1922年用自由诗体写成的长诗的开头部分:

在图像的铁灰色里
木通属的茎秆盘绕到云端
犬蔷薇灌木丛或腐殖土沼泽
到处到处是奉承的阿拉伯花饰

（比正午的号角更旺盛

是时候让琥珀的碎片流淌了）

苦涩，愤怒的苍白

在四月的光亮深处

我吐痰，我去，我来，我吱嘎作响

我是一个恶魔

……

  对此我不详加说明。我并不知道将兰波和这些日本诗人进行比较研究会得出何种结论，但是，日本学者从过去到现在一直在尝试将兰波和日本诗人进行比较研究，这说明，日本学者始终对兰波怀有强烈的兴趣，兰波也因此能成为一面镜子，成为某些日本诗人的兴趣和价值标准。

  谢谢大家！

（张默译，李建英校）

Rimbaud et la littérature japonaise moderne

Yoshikazu NAKAJI（中地義和）

Pour présenter la place originale qu'occupe Rimbaud dans la modernité littéraire du Japon, j'adopterai successivement trois points de vue: la nécessité de rénovation de la langue poétique qui se faisait ressentir dans les trois premières décennies du XXe siècle, l'histoire littéraire des années 1920 et 1930, et enfin son impact sur les jeunes lecteurs dans le Japon militariste des années 1940.

Le Japon connut deux siècles d'isolement quasi totale par rapport au reste du monde jusqu'au milieu du XIXe siècle (entre 1641 et 1854, plus précisément), si l'on excepte les relations diplomatiques avec la Corée et quelques échanges commerciaux limités avec la Chine et les Pays-Bas. Quand le pays se décida enfin à se rouvrir, par suite d'une série de pressions des puissances occidentales, on assista à l'irruption non seulement de nouveautés matérielles-machines, nourritures, vêtements-mais aussi de nouveautés institutionnelles, culturelles et spirituelles. Les langues et les littératures ne firent pas exception.

Rénovation de la langue poétique

En ce qui concerne la poésie, la poésie japonaise avait longtemps été pratiquée dans le moule rythmique figé de 5 et 7 syllabes, que ce soit le *waka* 和歌, chant japonais, en 5-7-5-7-7 (appelé *tanka* 短歌, chant court, dans la modernité) ou le *haiku* 俳句, composé de trois vers de 5-7-5. Ce que tentèrent les premiers traducteurs des vers occidentaux fut de les adapter quasi systématiquement à cette métrique traditionnelle de 5 et 7 syllabes. Puis, on commença à s'essayer à un rythme nouveau assouplissant, sans s'en affranchir complètement, le cadre figé de 5 et 7. Mais, dans un cas comme dans l'autre, durant le premier demi-siècle depuis la réouverture du pays jusqu'au tournant du siècle, les résultats firent toujours été plus ou moins déplorables par leur platitude, leur peu de poésie et même leur ridicule.

La première traduction de qualité de la poésie occidentale fut réalisée par Bin UEDA (1874 - 1916), dans son anthologie intitulée *Kaichô'on*『海潮音』(*Le Bruit de la marée*)[1] et publiée en 1905. Cette anthologie comporte 57 poèmes traduits à partir du français, de l'allemand, de l'italien et de l'anglais. La poésie franco-belge moderne y occupe une place prédominante: sur 57 poèmes recueillis, 31 sont des poèmes

---

[1] Dans le *Recueil des poèmes traduits par Ueda Bin*, Livre de poche Iwanami(『上田敏訳詩集』,岩波文庫),1962.

écrits à l'origine en langue française; sur 29 poètes qui y figurent, 14 sont des poètes francophones. On note la présence particulièrement forte de parnassiens comme Leconte de Lisle, Hérédia, Coppée, ou de poètes soi-disants « symbolistes » de fin de siècle comme Henri de Régnier, Moréas, Viélé-Griffin, Samain. Avec deux poètes belges, Verhaeren et Rodenbach, y figurent les trois grands, Baudelaire, Mallarmé et Verlaine. Mais Rimbaud en est absent. Et cette absence est significative, car Bin Ueda n'ignorait pas Rimbaud. Au contraire, Rimbaud l'intéressait vivement. Quatre ans plus tard, en 1909, il publiera la traduction d'un poème de Rimbaud, *Les Chercheuses de poux*, et c'est même là la première publication de Rimbaud en langue japonaise. Parmi les manuscrits posthumes d'Ueda, mort prématurément à l'âge de 41 ans, on trouvera quatre brouillons de traduction du *Bateau ivre*, dont l'un quasiment achevé (il y manquait seulement une strophe). Bin Ueda excellait à transplanter dans le moule strict de la métrique traditionnelle les poèmes eux-mêmes réguliers d'allure classique. En témoigne sa traduction de *Midi*, poème de Leconte de Lisle dans *Poèmes antiques*. En voici la première strophe, suivie de la traduction de Bin Ueda :

Midi, roi des étés, épandu sur la plaine,
Tombe en nappes d'argent des hauteurs du ciel bleu.
Tout se tait. L'air flamboie et brûle sans haleine ;
La terre est assoupie en sa robe de feu.

「夏」の帝の「時」は、大野(おおの)が原に廣ごりて、
白銀色(しろがねいろ)のに、青天(あおぞら)くだし天降(あもり)しぬ。
寂たるよもの光景(けしき)かな。耀く虚空、风绝えて、
炎のころもひたる地(つち)の熟睡(うまい)の静心(しづこころ)。

Natsu no Mikado no/mahirudokiwa/Oonogaharani/hirogorite　　　　　　　　　　　　　7-6-7-5
Shiroganeirono/nunobikini/aozorakudashi/amorishinu
　　　　　　　　　　　　　　　　7-5-7-5
Jakutaruyomo no/keshikikana/Kagayakukokuu/kazetaete　　　　　　　　　　　　　　7-5-7-5
Honoo nokoromo/matoitaru/tuchi no umai no/shizugokoro　　　　　　　　　　　　　7-5-7-5
Transcription phonétique de la traduction japonaise

Malgré quelques césures irrégulières comme au vers 3, les vers de Leconte de Lisle relèvent d'une stabilité métrique solide et d'un classicisme intransigeant avec, ici, la personnification grandiose du soleil-empereur de midi assoupissant toute la terre de sa chaude lumière. La traduction de Bin Ueda recourt à une métrique parfaitement équilibrée basée sur l'alternance de 7 et 5 syllabes, excepté une légère irrégularité dans la deuxième unité du premier vers, qui comportent 6 syllabes au lieu de 5. Le vocabulaire somptueux et les tournures archaïques qu'il mobilise en japonais revêtent sa traduction d'une solennité aussi marquée que celle du poème original, avec, par surcroît, l'impression de la descente du ciel d'une divinité.

En revanche, si ses essais de traduction du *Bateau ivre* n'aboutirent pas, c'est qu'il n'en était pas satisfait. En effet, les alexandrins de Rimbaud, pleins de rejets et d'enjambements et marqués par son peu de respect de la césure au milieu du vers, sont loin de la versification classique à la manière de Leconte de Lisle. Ce choix est exigé d'ailleurs par la thématique de l'aventure maritime du je-narrateur qui court un risque permanent d'éclatement. Afin d'adapter la métrique japonaise à ce poème, le traducteur a cherché à l'assouplir. Voici la première strophe du *Bateau ivre*, avec la traduction de Bin Ueda dans son brouillon le plus achevé :

> *Comme je descendais des Fleuves impassibles,*
> *Je ne me sentis plus guidé par les haleurs :*
> *Des Peaux-rouges criards les avaient pris pour cibles*
> *Les ayant cloués nus aux poteaux de couleurs.*

われ非情の大河を下り行くほどに
曳舟の綱手のさそひいつか無し。
<ruby>喊<rt>わめ</rt></ruby>き罵る赤人等、水夫を裸に的にして
色鮮やかにゑどりたる<ruby>代<rt>ひ</rt></ruby>に結ひつけ射止めたり。

Ware/hijô no taiga wo/kudariyukuhodoni	2-7-8
hikufune no/tunate no sasoi/ituka nashi	5-7-5

wamekinonoshiru/akahitora/suifu wo hadakani/mato-

ni shite

7-5-8-5

iroazayaka ni/ezoritaru/kuini yuitsuke/itometari

7-5-7-5

Transcription phonétique de la traduction japonaise

Les deux premiers vers sont composés de trois unités au lieu de quatre et comportent moins de syllabes que la suite. Le premier vers rompt complètement avec la métrique figée de 5 et 7 syllabes, alors que les vers 3 et 4 reviennent à la composition à quatre temps et à la métrique habituelle. L'essai d'assouplissement de Bin Ueda est hésitant: la démarche d'écart est sans cesse ramenée à la norme et les vers affranchis du rythme habituel n'arrivent pas encore à trouver leur propre rythme poétique. Malgré tout son talent, on voit bien que les vers rimbaldiens lui restaient rebelles. Ueda fit de son mieux pour achever sa version du *Bateau ivre*, mais les quatre brouillons demeurèrent dans ses tiroirs jusqu'à sa mort sans qu'il ne trouve une musique et une tonalité appropriées à rendre la respiration impétueuse et saccadée du *Bateau ivre*. Bin Ueda ne fut pas seul dans ce cas.

Deux autres anthologies importantes paraîtront en 1913 et 1925: *Sango-shû*『珊瑚集』(*Le Corail*)[①] du romancier Kafû NAGAI (1879-1959) et *Gekka no ichigun*『月下の一群』(*Un*

[①] *Le Corail. Anthologie de la poésie lyrique française moderne*, par Kafû Nagai, Livre de poche Iwanami(『珊瑚集　仏蘭西近代抒情詩選』永井荷風訳, 岩波文庫), 1991.

troupeau sous la lune)① du poète Daigaku HORIGUCHI (1892-1981). Parmi la quarantaine de poèmes recueills dans *Sango-shû*, c'est Henri de Régnier qui est le plus présent avec 10 poèmes, suivi de Baudelaire et Verlaine, chacun avec 7 poèmes. Rimbaud y figure à peine, avec un seul poème bien court de sa toute première période: *Sensation*:

  Par les soirs bleus d'été, j'irai dans les sentiers, 蒼き夏の夜や
  Picoté par les blés, fouler l'herbe menue: 麦の香にひの野草を踏みて
  Rêveur, j'en sentirai la fraîcheur à mes pieds. 小みちを行かば
  Je laisserai le vent baigner ma tête nue. 心はゆめみ、足さはやかに
              わがあらはなる額、
              吹く風にみすべし。

   Je ne parlerai pas, je ne penserairien: われ語らず、われ思わず、
  Mais l'amour infini me montera dans l'âme, われたゞ限りなき愛
  Et j'irai loin, bien loin, comme un bohémien, 魂の底にゐるを覚ゆべし。
  Par la Nature,-heureux comme avec une femme. 宿なき人の如く
              いや遠くわれは歩まん。
              恋人と行く如く心うれしく
              「自然」と共にわれは歩まん。

(1ère strophe)
 aokinatsunoyoya (8) // *mugi no ka niyoi/nogusa wo fumite* (7-7) // *komichi wo yukaba* (7) // *kokorowayumemi/wagaashisawayakani* (7-9) // *wagaarawanaruhitai* (10) // *fukukazeni/yuamisubeshi* (5-6).

---

 ① Daigaku Horiguchi, *Un troupeau sous la lune*, Livre de poche scientifique de Kôdan-sha(堀口大学『月下の一群』,講談社学術文庫),1996.

(2^e strophe)

warekatarazu/ware omowazu (6-6) // *ware tada/ kagirinaki ai* (4-7) // *tamashii no sokoni/wakiizuru wo oboyubeshi* (8-6-5). // *yadonakihito no gotoku* (10) // *iyatooku ware waayuman* (5-7). // *koibito to yukugotoku/ kokoroureshiku* (10-7) // ⟨*shizen*⟩*to tomoni/ware waayuman* (7-7).

Transcription phonétique de la traduction japonaise
* [*n*] *est compté comme une syllable.*

Les groupes de 5 syllabes et surtout ceux de 7 syllabes sont toujours présents, mais ils alternent rarement. Ils se combinent plutôt avec d'autres, restent isolés ou se répètent, comme c'est le cas du groupe de 7 dans la première strophe. Bref, en affranchissant sa traduction de la métrique contraignante qui sonnait souvent creux, Kafu Nagai réussit à assouplir ses vers traduits. Il modifie aussi très librement le nombre de vers de chacun des deux quatrains: le premier quatrain est transformé en un sizain, le second en un septain. Le tout donne un équivalent admirable de ce que représentent les vers rimbaldiens: le frémissement du jeune homme dans son projet d'aller loin à travers la Nature-Femme. Ma seule réserve concerne le titre japonais, *Sozoroaruki*, qui signifie « flânerie » et qui banalise l'amibition du « je », car celui-ci se propose d'aller au-delà de l'espace quotidien, de l'univers connu. À part cela, l'affranchissement heureux qu'il a réalisé par rapport aux vers figés pour trouver un rythme frais et allègre s'accorde parfaitement avec le palpitement du cœur de

celui qui est prêt à partir sans destination.
Cette belle traduction me semble dire aussi autre chose. Kafu Nagai n'expliqua jamais son choix. Mais, on remarque qu'il a pris de Rimbaud un de ses poèmes certes charmants, mais aussi les plus courts et dont la structure métrique est des plus simples avec la césure régulière au mileu des vers, sauf le contrerejet intérieur au dernier vers («⁻heureux») afin de mettre en valeur l'euphorie du bohémien. Le choix de ce poème ne fut-il pas aussi une sorte d'esquive de la part d'un traducteur qui s'intéressait à Rimbaud mais dont la traduction lui posait des difficultés.

C'est également le cas de Daigaku Horiguchi, compilateur-traducteur de la troisième anthologie majeure de la poésie française, *Un troupeau sous la lune*, qui date de 1925. Ce recueil réunit 339 poèmes de 66 poètes. Les habitués des anthologies, Baudelaire, Mallarmé et Verlaine, y figurent mais la place majeure est réservée aux poètes du XXe siècle comme Apollinaire, Cocteau et Radiguet. Curieusement Rimbaud ne figure pas dans ce recueil. Et pourtant, il était alors déjà connu, l'édition de ses œuvres de 1912 au Mercure de France, réalisée par Paterne Berrichon époux de la sœur de Rimbaud, Isabelle, avec la préface de Claudel, était diffusée parmi les connaisseurs francisants de poésie. Vingt-sept ans plus tard, en 1952, dans sa postface à une réédition de *Gekka no ichigun*, Horiguchi écrira ceci:

Il y a ce genre de poètes que j'adore mais n'arrive

d'aucune façon —est-ce à cause de nos respirations différentes? —à assimiler dans mon propre japonais. Depuis longtemps Rimbaud et Mallarmé me font pousser de tels soupirs. C'est pourquoi dans Gekka no ichigun ne figure pas un seul poème de Rimbaud, même des plus courts. C'est seulement plus de dix ans après Gekka no ichigun, quand j'ai enfin pu réaliser ma traduction du Bateau ivre.

En effet, Daigaku Horiguchi, tout comme Bin Ueda, avait longtemps gardé dans ses tiroirs, le brouillon ou les brouillons de sa traduction du *Bateau ivre*.

Les trois pionniers de l'introduction de la poésie française en langue japonaise, qui présentaient en même temps le modèle de la langue poétique à venir, chacun suivant la phase de langue poétique qu'il représentait, avaient tous bien du mal à traiter les vers de Rimbaud. *Le Bateau ivre* constitue sans doute un des principaux pôles de résistance: toujours prêt à déborder les cadres du vers et même de la strophe, ce poème *électrisé* en quelque sorte était perçu comme un animal indomptable. Mais Daigaku Horiguchi témoigne que les vers de Rimbaud en général lui étaient redoutables. Or, c'est son côté farouche, cette résistance à l'assimilation et à la transplantation, qui attirera paradoxalement pendant les décennies qui suivirent, les lecteurs-traducteurs. Parmi les poètes du monde entier, Rimbaud est l'un des rares dont les traductions intégrales ou quasi intégrales en langue japonaise se montent à plus de dix. Son corpus est mince, il est vrai, mais c'est surtout à cause du défi qu'il lance, du désir d'appréhension qu'il provoque, avec en arrière-plan une certaine aspiration d'identification. Ce faisant, la poésie de Rimbaud a entraîné la langue poétique japonaise dans son évolution : de la langue classique à rythme figé à une langue moderne à rythme libre, en passant par la langue classique à rythme libre. Ces trois étapes que représentent respectivement les trois traducteurs que je viens de présenter, sont autant d'étape qu'a suivies la création poétique elle-même.

Dans la modernité japonaise, la question qui se pose aux traducteurs comme aux poètes est double. D'abord, *comment libérer les vers figés dans le moule traditionnel* ? Puis, une fois réalisée cette libération, *comment trouver une musique nouvelle qui remplace les mètres anciens* pour ne pas tomber dans la platitude, dans le prosaïsme pur ? Les années 1920 marquent une période de transition vers le vers libre. En 1923, Sakutarô HAGIWARA (1886-1942), l'un des poètes modernes les plus importants et pionnier du vers libre, formule la difficulté qui s'oppose au poète du vers libre :

Il arrive qu'un écrit en prose exerce suffisamment de charme poétique. On peut alors très bien le qualifier de poème. Cela dit, à la différence du poème en prose, le vers libre a un rythme. Et ce n'est pas le rythme tout fait dont n'importe qui peut se servir n'importe quand, et dans lequel une chanson folklorique ou un chant de berger revêt un certain pouvoir de séduction. Au contraire c'est *le rythme inhérent au cœur de chacun de nous, le rythme intérieur du poète du vers libre. Il s'agit de créer une nouvelle musique fondée sur le sentiment, sur le rythme intérieur (inner rhythm), en rejetant la musique provenant du rythme extérieur. L'essentiel du vers libre consiste à faire converger le rythme intérieur et le rythme des mots*①.

La question reste ouverte jusqu'à aujourd'hui, ou plutôt elle doit sans cesse être renouvelée. L'exigence de Hagiwara s'applique parfaitement au traducteur. Le traducteur doit trouver le rythme intérieur adéquat à chaque poète, voire à chaque poème. Sur ce chemin, Rimbaud a joué, et joue toujours, le rôle d'un catalyseur sans pareil.

L'introduction intensive du «symbolisme» français dans les années 1920 et 1930

Pour mesurer le poids de Rimbaud sur la scène littéraire du Japon moderne, il y a une autre piste à explorer: les recherches universitaires et le goût du public. C'est dans les années 1920 que la véritable introduction de Rimbaud commence, avec l'étude intensive du symbolisme français sous l'impulsion de deux professeurs de l'Université impériale de Tokyo (l'actuelle Université de Tokyo): Yutaka TATSUNO (辰野隆 1888-1964)

---

① Sakutarô Hagiwara, «sur le rythme du vers libre», dans *Aoneko* (『青猫』 *Le Chat bleu*), 1923; repris dans les *Œuvres complètes*, t. 1, Chikuma-shobùo(『萩原朔太郎全集』第 1 卷,筑摩書房),1975.

et Shintarô SUZUKI (鈴木信太郎 1895-1970). En 1929, Yotaka Tatsuno soutint la première thèse japonaise sur la littérature française, intitulée « Introduction à l'étude de Baudelaire ». Spécialiste du théâtre français classique, il avait un esprit assez souple pour s'intérresser aussi à des auteurs modernes comme Villiers de Lisle-Adam dont il traduisit des *Contes*, Jules Renard ou Edmond Rostand (dont il traduira plus tard *Cyrano de Bergerac*). En 1921, il avait publié une chronique de nouveautés de littérature française, *Ahôdori no medama* (*Les Yeux de l'albatros*), titre bien baudelairien, qui contient une première présentation d'Arthur Rimbaud. Suzuki, lui, consacre, dès 1924, un de ses cours au symbolisme français; en 1927, il présente les *Divagations* de Mallarmé dans son séminaire. Les étudiants de ces deux professeurs purent connaître les nouvelles publications des plus intéressantes du moment, en même temps que les grands classiques. Ainsi lurent-ils Jacques Rivière, Albert Thibaudet et André Gide, écrivains de la N. R. F, presque parallèlement à Baudelaire et Rimbaud [1].

C'est à cette époque-là que Hideo KOBAYASHI (小林秀雄 1902-1983), futur traducteur d'*Une saison en enfer* et des *Illuminations* et fondateur de la critique moderne au Japon, s'inscrivit au département de littérature française de la même

---

[1] Je dois tous ces détails sur l'enseignement de la littérature française à l'Université de Tokyo dans les années 1920 à l'article de Tôru SHIMIZU(清水徹), « La réception des œuvres de Paul Valéry au Japon (Kobayashi Hideo et son groupe», *Bulletin des études valéryennes*, N°56-57, Université Paul Valéry, Montpellier, juin 1991.

université. Lycéen, Kobayashi avait déjà été initié au symbolisme français grâce au livre *The Symbolist Mouvement in literature* d'Arthur Symons, dont la traduction japonaise existait depuis 1913. Ce sont désormais les auteurs modernes, de Baudelaire aux écrivains réunis autour de la *N. R. F* qui intéressent le plus Kobayashi et ses amis. L'influence prédominante des écrivains français modernes s'établit alors, et elle perdurera jusqu'aux années 1960, non seulement dans les recherches mais aussi dans le goût du public.

En plus de la traduction des deux œuvres majeures en prose de Rimbaud, Kobayashi a écrit trois essais sur le poète, qui datent respectivement de 1926, de 1930 et de 1947. Le premier est issu de son mémoire rédigé en français et soutenu pour un diplôme de licence. Il portait comme titre original *Arthur Rimbaud, trancheur de la vie*. Ce titre fait penser aux trois morceaux de *Vies* dans les *Illuminations*, au fameux passage d'*Alchimie du verbe*: «À chaque être, plusieurs autres vies me semblaient dues» et surtout aux vicissitudes de sa vie réelle. Mais, plus profondément, dit Kobayashi, il s'agit de son attitude négative à l'égard de la civilisation occidentale:

> *Lorsque, chez un artiste, l'intelligence surpasse la sensibilité, il tranche la vie en morceaux.* [...] *il défie la civilisation par toutes sortes de métamorphose de soi*[1].

---

[1] Hideo Kobayashi, «Arthur Rimbaud, trancheur de la vie», mémoire de fin d'études universitaires présenté à l'Université impériale de Tokyo. Remanié, ce mémoire deviendra plus tard «rimbaud I», dans ses *Œuvres complètes*, tome II, Shinchô-sha(「小林秀雄全集」第 2 卷,新潮社), 1968.

Dans les premiers écrits de Kobayashi, revient souvent le mot de *fatalité* ou l'expression *la basse dominante de la fatalité*:

> *La fatalité n'est pas quelque chose comme un caillou qu'on trouve dans la rue. Ce n'est ni ce à quoi l'homme lance un défi, ni ce qu'il domine.* [...]
> *Si nous regardons l'œuvre de Rimbaud dans sa variété, nous ne saurons qu'en être éblouis, mais son originalité essentielle n'est pas là. Par exemple, ce qui rend Les Fleurs du mal impérissable ne réside pas dans la diversité des aspects qu'il comporte de l'intelligence et de la passion de l'homme moderne, mais bien la basse continue pure et simple qu'on y entend de la fatalité de Baudelaire.*

La *fatalité* de Kobayashi n'a pas de connotation transcendantale, ni même de valorisation universelle comme celle du *moi pur* valéryen. Il s'agit d'une personnalité intense propre à chaque génie, de sa façon d'être fondamentale telle qu'elle se révèle à travers ses œuvres.

Dans ce premier essai sur Rimbaud se trouvent déjà révélés les traits majeurs du critique Hideo Kobayashi. Son approche est essentiellement sujective. Il ne s'intéresse guère à la mise en relation de l'œuvre avec les données biographiques de l'auteur, ni aux questions d'intertexualité ou de sources. Il veut capter intuitivement le drame intérieur des esprits créateurs. D'ailleurs, Kobayashi n'examine pas en tant qu'objet ce qui se passe dans les esprits créateurs, dans «La chimie de la conscience de soi» de ses auteurs, mais il tente d'y participer lui-même à travers ses efforts de compréhension et fait sien leur drame intérieur. Sa prédilection va toujours vers les *génies* dans les différents domaines de l'art. Les titres de ses œuvres majeures en témoignent: après *Rimbaud*, *La Vie de Dostoïvski*, *Mozart*, *Les Lettres de Van Gogh*, etc. L'intérêt porté exclusivement aux génies va toujours avec l'identification et le partage, à tel point qu'on ne distingue plus s'il parle des autres ou de lui-même. La critique est, pour Kobayashi, une activité qui n'est point secondaire par rapport à la création artistique au premier degré. Parler de son objet et parler de soi sont étroitement liés et doivent l'être. Même l'accent est toujours mis sur l'effet produit par cet objet sur lui plutôt que sur l'objet lui-même. Le discours de Kobayashi n'est pas analytique. Tout en parlant passionnément de l'émotion qu'il a vécue à la lecture de telle ou telle œuvre, il ne tente guère de voir de près l'origine de son émotion, les aspects concrets de l'œuvre. D'ailleurs, l'ouverture de son troisième et dernier essai, le plus long des trois, montre la tendance dramatisante de sa plume:

> *C'est au printemps de ma vingt-troisième année que j'ai rencontré Rimbaud pour la première fois. Je me baladais dans le quartier de Kanda, pourrais-je écrire ainsi si l'on veut, lorsqu'un homme inconnu s'avançant vers moi, m'a tout d'un coup abattu. Je n'y étais pas prêt. Je n'avais point*

imaginé de quel explosif était piégé ce petit volume d'aspect misérable d'Une saison en enfer, *édition du Mercure de France. De plus, l'appareil d'allumage de cet explosif était tellement sensible que ma faiblesse en langue n'y était pour rien. Le petit explosif a magnifiquement éclaté; dès lors, pendant plusieurs années, je suis demeuré au sein de l'événement nommé Rimbaud. Je ne sais pas ce que signifie la littérature pour les autres, mais pour moi du moins, une pensée, une idée, une parole même, est un événement réel. C'est de Rimbaud, j'en suis sûr, que je l'ai appris pour la première fois*[1].

Sujective, intuitive, élitiste, identificatoire, égotiste..., c'est par ces termes qu'on peut qualifier l'approche critique de Hideo Kobayashi. Or, on a discerné la source d'inspiration de son approche. C'est chez Paul Valéry, et ce sont des varéryens japonais qui l'ont constaté, que Kobayashi puisa son inspiration principale, et plus précisément dans *Note et digression*, seconde version d'*Introduction à la méthode de Léonard de Vinci*, qu'il dévorait à l'époque. Voici un passage du mémoire universitaire de Kobayashi auquel Tôru Shimizu a pu se référer et où il discerne des plagiats de Valéry:

[*Dans toutes les œuvres du génie il y a toujours*] *la permanence fondamentale d'une conscience que rien ne*

---

[1] Hideo Kobayashi, « Rimbaud III », 1947.

supporte ; et comme l'oreille retrouve et reperd, à travers les vissicitudes de sa symphonie, un son grave et continu qui ne cesse jamais d'y résider, mais qui cesse à chaque instant d'être saisi, [...] *cette profonde note de l'existence,* [*nous l'écoutons comme le bruit des pas de la fatalité*]①

La célèbre métaphore de Kobayashi « La basse continue de la fatalité » provient de là, et d'autres formules de prédilection de Kobayashi ont leur origine dans le même texte de Valéry : « Le beau rend muet » vient de « [...] l'action même du Beau sur quelqu'un consiste à le rendre muet②» de Valéry ; la célèbre définition de l'acte de critique par Kobayashi « faire de la critique consiste à parler de soi en profitant des autres » vient de « j'osais me considérer sous son nom, et utiliser ma personne③».

On critique Kobayashi, et parfois très vivement, pour son approche « Arbitraire », « Dogmatique » même. En effet, Kobayashi n'échappe pas toujours aux pièges de cette sorte d'approche. Mais, à l'époque où sévissaient au Japon la littérature prolétarienne d'un côté et la littérature intimiste de la vie quotidienne, dérivée du courant naturaliste, de l'autre, la

---

① Tôru Shimizu, *art. cit.*, p. 14. cf. Paul Valéry, *Œuvres I*, coll. «Bibliothèque de la Pléiade», 1957, p. 1228. Je dois ces renseignements à MM. Tôru Shimizu, Tsuneo Tsunekawa et Masanao Nakamura, tous valéryens.
② *Ibid.*, p. 1308.
③ *Ibid.*, p. 1232.

critique intuitionniste soucieuse d'aller immédiatement au cœur de la vie intérieure de son objet et d'approfondir la connaissance de soi à travers la crise provoquée par l'objet, eut un impact immense sur les lecteurs. C'est cette forme d'approche qui dominera désormais pour longtemps la scène littéraire au Japon. Kobayashi en est le vrai fondateur, et c'est Rimbaud son premier poète, autant que Valéry son maître spirituel, qui l'a marqué dans ses années d'apprentissage.

Je voudrais maintenant présenter brièvement l'autre traducteur important de Rimbaud: Chuya NAKAHARA (1907-1937), l'un des poètes modernes les plus importants. Cadet de Kobayashi de sept ans, quasi autodidacte en langue française, soi-disant *dada* à ses débuts mais très vite orienté vers le symbolisme français, Nakahara traduisit la quasi-totalité des poèmes en vers de Rimbaud, y compris des « Derniers vers». Poète mort jeune, sa veine poétique était plutôt verlainienne. Il n'a laissé aucun écrit sur Rimbaud, sauf quelques bribes dans son journal, mais sa traduction publiée dans son intégralité en 1937[1], rendant admirablement le côté vagabond et voyou du jeune poète, constitue un beau diptyque avec la traduction des proses rimbaldiennes par Kobayashi. D'ailleurs, une anecdote colore leur *saison rimbaldienne*. Les deux traducteurs étaient amoureux de la même actrice: Kobayashi prit à Nakahara sa maîtresse, et il éprouva une forte culpabilité lorsque son

---

[1] La traduction des vers rimbaldiens par Chuya Nakahara est disponible dans la collection du Livre de poche Iwanami(『ランボー詩集』中原中也訳, 岩波文庫), 2013.

rival mourut jeune. Il composa alors un poème de condoléances intitulé *Nakahara mort*, le seul poème qu'on connaisse de lui. Kobayashi avait d'ailleurs laissé Nakahara reprendre pour lui-même son excellente traduction du fameux refrain rimbaldien « Ô saisons, ô châteaux ! » (「が流れる、城寨(おしろ)が見える」 [*toki ga nagareru oshiro ga mieru*]) : un geste généreux motivé peut-être par son désir de se racheter. Cette histoire d'amour triangulaire finit mal pour Kobayashi aussi, qui quitta vite sa maîtresse lorsque celle-ci se mit à le persécuter avec ses troubles obsessionnels.

La traduction d'*Une saison en enfer* par Kobayashi a réussi à recréer en japonais la parole véhémente, saccadée, caractéristique de l'œuvre. En 1938 elle est entrée dans la prestigieuse collection « Livre de poche Iwanami ». Cette édition a rencontré, de génération en génération, une faveur exceptionnelle de la part des jeunes lecteurs. Elle a longtemps été un titre phare de la collection : en 2017 elle en était à sa quatre-vingt-et-unième réédition. Le rôle de pionnier que Kobayashi a joué avec sa traduction, et même ses trois essais sur Rimbaud, a été décisif pour son introduction au Japon. Quant à la traduction des vers rimbaldiens par Nakahara, elle est à ce point assimilée à son propre langage qu'il est difficile de dire s'il s'agit d'une traduction ou d'une création. Pourtant, l'œuvre des deux poètes se caractérise par des tonalités nettement différentes. Celle de Nakahara témoigne essentiellement d'un lyrisme détaché, par lequel le poète se regarde comme un autre, décrit ses sentiments comme ceux d'un autre : peu teintée d'ironie ou d'auto-ironie mordante, elle est d'une veine plus verlainienne que rimbaldienne. Quand sa traduction est entrée dans la même collection de poche que celle de Kobayashi en 2013, on l'a classée dans la catégorie de la littérature japonaise, ce qui montre que les vers rimbaldiens traduits par Nakahara ont été perçus comme relevant davantage du traducteur que de l'auteur.

Le fait que la première introduction véritable de Rimbaud au Japon soit due à deux auteurs de premier ordre dans leur jeunesse, a été capital tant pour la destinée de Rimbaud que pour celle de ces traducteurs. Même aujourd'hui, le nom de Rimbaud est étroitement lié à leur nom: pour la plupart des Japonais, Rimbaud c'est le Rimbaud de Kobayashi ou le Rimbaud de Nakahara. À l'inverse, on ne peut pas évoquer la poésie de Nakahara, ni sa vie et sa mort sans songer à Rimbaud. Quant à Kobayashi, il se familiarisera toujours davantage avec les classiques de la littérature japonaise, en laissant de côté les génies occidentaux, mais Rimbaud ne cesse d'éclairer ses débuts littéraires d'une aura particulière.

Les jeunes lecteurs de Rimbaud aux temps de la guerre

Les œuvres de Rimbaud, traduites par Kobayashi et Nakahara ont été très lues dans les années 1930 et 1940. Les jeunes intellectuels japonais avaient alors d'autant plus faim de ce qui venait de l'Occident qu'ils étaient pratiquement privés des livres européens à cause du contrôle desimportations et de l'interdiction des langues occidentales dans l'enseignement scolaire. Je voudrais évoquer deux témoins de l'impact que Rimbaud put avoir dans ce Japon de plus en plus militariste. L'un s'appelle Tôzô HARAGUCHI (原口统三 1927-1946). Brillant élève au lycée, talent précoce en poésie, obsédé pourtant par l'idée que toute expression verbale est «un compromis» de l'esprit humain pour «se faire accepter au monde», et que vivre étant s'imposer une forme, une expression quelconque, pour maintenir intacte la vraie sincérité il faut s'enfermer dans la solitude absolue, se donner finalement la mort. Il se suicida effectivement à l'âge de vingt ans à peine. Son livre posthume *Hatachino échûdo* (*Études de vingt ans*)[①], publié en 1947, se compose de fragments aphoristiques. Beaucoup de pages sont parsemées de citations de Rimbaud. Celui-ci était pour l'auteur le seul homme qui ait décelé l'imposture du langage et su dire non à la littérature; *«une saison en enfer*,-ce petit livre a été ma seule Bible»,écrit-il dans *Études II*. Voici un de ses rares poèmes recueillis dans ce livre. Le poème est intitulé *Le jour où il dort dans la mer*; il porte comme épigraphe un vers de *L'Éternité* de Rimbaud (dans sa version d'*Alchimie du verbe*); «c'est la mer mêlée/Au soleil»:

　　Il dort dans la mer de midi,

---

① Tôzo HARAGUCHI, *Études de vingt ans*, Livre de poche Chikuma (原口统三「二十歳のエチュード」,ちくま書房), 2005.

*Il dort au fond du mirage lointain
Qui avoisine l'immensité de la musique verte;
Là-bas, là où se noient les cheveux parfumés qui abondent en roulant,
Le soleil bleu se mêle aux flots de l'horizon.*

*Alors, à travers le bruit lointain de la marée
Il entend, tout près de son oreille, un mot cher:
Frère! Frère! Frère...*

*Ah! sur quel bord m'attendrait
Ce jour d'extase pareil à un rêve?*

L'autre auteur, qui s'appelle Bumpei MIYANOO (宮野尾文平 1923 - 1945), est complètement inconnu. On peut lire le récit émouvant des dernières années de la trop courte vie de Miyanoo dans un livre de Horoyuki HIRAI (平井啓之 1921-1992), ancien professeur à l'Université de Tokyo (avec qui j'ai collaboré aux *Poésies complètes* de Rimbaud, publiées en 1994: M. Hirai s'est occupé des vers, moi des *Illuminations* et un troisième collaborateur d'*Une saison en enfer* ; mais il est décédé sans voir le volume achevé). En 1942, dans un lycée de Kyoto, Hirai était le chef d'un cercle d'étudiants intéressés par la littérature. Ils publiaient une revue. Un jour, à la fin du mois d'avril, Miyanoo apparut devant lui avec trois de ses poèmes pour les faire publier dans la revue. À la première lecture, Hirai y discerna «une sensibilité originale, propre à l'auteur». Les trois poèmes parurent naturellement en tête du numéro suivant. Dès lors, se rencontrant tous les jours, ils passèrent deux mois très riches en discussions ardentes portant sur Rimbaud comme sur Nakahara, jusqu'à ce que le début des grandes vacances y mît fin. Ils ne devaient jamais se revoir, car en août Hirai quitta Kyoto pour s'inscrire à l'Université de Tokyo et, au mois de septembre de l'année suivante, l'un et l'autre furent enrôlés au moment de la mobilisation générale des étudiants des lettres. En 1945, la guerre terminée, Hirai, rentrant gravement malade, apprend la mort de Miyanoo. Il lit une série de poèmes que celui-ci avait écrits pendant sa vie militaire, confronté sans cesse à la mort, poèmes évoquant à la fois le Rimbaud des *Derniers Vers* et certains poèmes de Nakahara. Il les présentera sous le titre de *Hoshi hitotsu* (『星一つ』*Une étoile*), avec un commentaire non moins émouvant et un essai de reconstruction de la fin atroce de son ami dans un bombardement américain. Voici les quatre premiers vers d'un court poème intitulé *Illusion* : un lézard est immobile au soleil de midi.

> *Dos brillant un lézard*
> *En haut du mur couvert de mousse*
> *Rampe triste*
> *Illusion de midi*
> *…*

Un lézard est immobile sous le soleil de midi. Ici aucune explication, il n'y a que l'image à la manière d'un haiku. Pourtant Hirai y a décelé tout de suite « La qualité d'une sensibilité très personnelle[①]».

Ces tristes anecdotes font aisément deviner l'état d'âme des jeunes intellectuels de l'époque dont la plupart, n'ayant certes pas le talent d'un Haraguchi ou d'un Miyanoo, n'en cherchaient pas moins, sans cesse menacés par la mort, une exaltation puisée dans la poésie de Rimbaud traduite par Kobayashi et Nakahara. Parmi les écrivains étrangers introduits au Japon avant la fin de la guerre, Rimbaud est sans aucun doute l'un de ceux qui pour les jeunes lecteurs résonnaient le plus dans leur propre existence.

De la fin de la guerre aux années 1960, Rimbaud demeura un poète d'intérêt vital pour beaucoup de jeunes intellectuels. Mais la grève étudiante (sorte de «Mai 68» tardif) terminée, depuis les années 1970, son impact, sa place dans le goût du public, est plus difficile à mesurer. C'est davantage le cas à l'époque actuelle d'internet, où l'on préfère des moyens plus rapides et plus faciles d'expression et de communication. Cependant, je voudrais signaler des essais de comparaison de Rimbaud avec trois poètes japonais (trois Rimbaud, comme on dit), tous morts jeunes et tous provinçaux comme Rimbaud. Takuboku ISHIKAWA (石川啄木, 1886-1912) et Kenji MIYAZAWA (宮澤賢治, 1896-1933), sans reparler de Chûya NAKAHARA.

Takuboku ISHIKAWA et Kenji Miyazawa sont tous les

[①] Hiroyuki Hirai, *Un après-guerre personnel*, Chikumashobô(平井啓之『ある戦後』,筑摩書房), 1983, pp. 177-178.

deux originaires de la préfecture d'Iwate au Nord-Est du Japon
(une des régions violemment touchées par le tremblement de
terre suivi d'un raz-de-marée en 2011). Ishikawa, plus connu
par son prénom Takuboku, est un poète de *tanka*, chant court
de 5-7-5-7-7, d'un lyrisme triste, qu'on surnomme parfois
« Le Rimbaud japonais ». Son premier recueil *Ichiaku no suna*
(『一握の砂』 *Une poignée de sable*[①]) a été récemment traduit
par Yves-Marie Alliuox. Voici le premier poème d'ouverture
du recueil, suivi de la traduction d'Allioux :

東海の	tookai no	5
小島の磯の	kojima no iso no	7
白砂に	shirasuna ni	5
われ泣きぬれて	warenakinurete	7
蟹とたはむる	kani to tawamuru	7

Mer orientale une petiteîle rocheuse où sur le sable blanc
Moi qui baigné de larmes
M'amuse avec un crabe.

Kenji Miyazawa est un poète, auteur de contes et de romans,
profondément marqué par le bouddhisme et une vision utopique du
monde. Voici le début d'un long poème *Le printemps et le démon
Ashura*, écrit en vers libre et daté de 1922 :

[①] TakubokuIshikawa, *Une pognée de sable*, traduit du japonais par Yves-Marie Allioux, Éditions Philippe Picquier, 2016.

Dans l'acier gris de l'image
Les tiges sarmenteuses de l'akébie s'enroulent aux nuages
Buissons d'églantier ou marécages de l'humus
Partout partout les arabesques de la flatterie
(Plus exubérants que les trompettes de midi
C'est l'heure où ruissellent des fragments d'ambre)
Amertume, pâleur de la colère
Au fond de la clarté d'avril
Je crache je vais je viens je grince
Je suis un démon
...... ①

Je n'entre pas dans les détails. Je ne sais pas ce que donneront les comparaisons de Rimbaud avec ces poètes. Mais, les comparaisons qu'on a tentées et tente encore témoignent que l'intérêt pour Rimbaud est toujours vif, et qu'il est désormais un miroir sinon le critère de l'intérêt et de la valeur de certains poètes japonais.

---

① Traduit par Yves-Marie Allioux dans l'*Anthologie de la poésie japonaise contemporaine*, Gallimard, 1986, pp. 51-52.

反叛者兰波与中国新文学的"现代性"
袁筱一

如果说,我们并不怀疑,反叛者兰波几乎完全不为其同时代人所理解,不怀疑其作品在他去世五十年后才得到响应,这一姗姗来迟的理解在某种程度上却因其此后在全世界获得的声名而有所补偿。他几乎成为了反叛的象征,而他的名字也自20世纪初期开始,印刻在了"世界文学"的历史之中,甚至我们可以毫不夸张地断言,兰波的翻译本身就是世界文学的一个经典案例。

正如我们所知,诗歌翻译通常就是目的语新诗的试验场。这一点,对于20世纪初期,正经历文学革命的中国文学来说亦是如此。但奇怪的是,兰波诗歌的翻译似乎是个例外:兰波在很长时间里并不为中国读者熟知,尤其是遭受到了20世纪初第一代新文学运动主将的忽视。这一"例外中的例外"让我们对现代性的生成问题可以有所思考,而"现代性"在不同的文化中也会有不同的解释。

因此,本文想要探索兰波诗歌翻译这一略显特殊的现象。我们的研究目的并不在于勾勒兰波在中国的接受路线,而是要从兰波在中国的翻译出发,试图去理解任何翻译都会提出的"伦理问题"(保罗·利科语),理解为什么从20世纪30年代兰波第一次被翻译到中国直至 20 世纪末,他会遭遇如此长时间的冷遇。

一、反叛者兰波和进入现代化的中国

似乎兰波错过了中国的外国文学翻译第一波浪潮以及随之而来的新文学运动。从兰波的《元音》第一次被翻译到中国,直至兰波诗集第一次在中国面市,中间经过了六十多年的时间,这一现象的确值得我们思考,因为兰波所代表的反叛和青春对于 20 世纪初的中国革命而言还是很重要的。年轻人在革命中能够找到希望、梦想、博爱和改变世界的可能,这些都是兰波的关键词。兰波写给邦维尔的信件中的这些话难道不是所有野心勃勃的年轻人的心声吗:

这些诗不知道是否能在《当代帕尔纳斯》上有一席之地?
——这难道不是诗人的信仰吗?
——我寂寂无名,可这又有什么关系呢?诗人都是兄弟。
这些诗有信仰,它们相爱;它们怀有希望:就是这样。①

可以肯定的是,20 世纪初翻译过来的外国文学作品催生与滋养了新文学与新诗——新是一切意义上的新:美学的,形式的或是主题的,而且覆盖所有主题,诗歌、戏剧、散文或者小说。在这片充满异质的新文学风景中,奇怪的是,我们很少看到兰波的

---

① See Jean-Baptiste Baronian, *Rimbaud*, Gallimard, 2009, p. 33.

身影。除了少数汉法双语的诗人,例如李金发。而且,李金发与兰波之间的相似之处更多体现在他们的个人经历上,而不是他们的诗歌创作观念上。李金发,中国著名的现代主义和象征主义诗人,由于政治生涯的失意,在世界各地流浪。在某种程度上,李金发一直被视作法国象征主义诗歌的"继承人",并成为中国新诗现代派的代表人物,他自己声称更加热爱波德莱尔。如果说后世的比较文学学者认为李金发的诗歌中表达了许多兰波钟爱的主题,例如死亡、幻灭或者神秘主义,这一类的主题其实是中国20世纪初期的一代新诗诗人都不陌生的,与他们的诗歌创作理念往往无关。

事实上,在20世纪上半叶,兰波始终在中国没有引起很大反响。他的名字第一次出现是在李璜1921年6月发表的一篇题为《法兰西诗之格律及其解放》的文章中。此后,那个时代的中国西方文学专家倒是并没有忘记兰波,只是一直将兰波与魏尔伦、马拉美一并提起,将之视为"象征主义"或者"浪漫主义"诗人。这也能够部分解释兰波在中国的"沉默"。而且,李璜,第一个赞美兰波的中国批评家自身也很快被遗忘了,这就使得兰波在中国的接受情况更加复杂。这也许是诅咒:中国20世纪初兰波的译介者始终是不太成功的革命者。而20世纪中国文学的状况始终非常混乱,文学革命与政治革命交织在一起,彼此影响。加上翻译与文学创作本身之间的界限也并不清晰,因此兰波的名字也就不那么容易被中国读者记取。一方面,当时几乎所有的作家都会参与到文学翻译中来,译者兼有作家的身份,因而作家的声名在很大程度上决定了被译的作品的命运;另一方面,一部外国作品,哪怕得到了翻译,倘若它不符合当时的"政治革命"的要求,也很容易在传播中遇到困难,甚至坠入遗忘。

于是我们需要等到30年代才有了兰波诗歌在中国的首译,

即侯佩尹译的《元音》。20世纪30年代,中国已经形成了"新诗的三大流派":现实主义、浪漫主义和现代主义。法国的象征主义在影响中国新诗的诗译中所占比例甚小,更不要说兰波,兰波与波德莱尔甚至魏尔伦相比,也几乎可以说是默默无闻。同样的现象也发生在法国本土之外的地方。兰波在最初会被同一个世纪的另外两位伟大诗人所遮蔽。例如在德国,魏尔伦传记的作者茨威格也觉得自己"从个性上更接近魏尔伦,而不是一触即发的兰波"。①

当然,这一有些奇怪的现象,我们可以归咎为兰波短暂的一生,或是他最终因为转而从商及个人原因对诗歌创作的放弃,亦即所谓"兰波的沉默"。但是我们更趋向于相信,这是兰波独特的个性造成的。就像茨威格在《保尔·魏尔伦传》里所说的一样:"有两样东西使得兰波曾经是一个伟大的诗人:一样是负面的,另一样是正面的,既是条件,也是天赋。首先是负面的,是缺憾:他没有任何内在的束缚,他对自己毫无约束。"②家庭、友谊、祖国或是文化骄傲等等,他都毫不在意。这种极端性使得兰波生前生后都很冷清。冷清,一则是指他和大多数那个时代的诗人一般孤独一生,在诗歌创作中找寻的也是自由而非陪伴。另则,在诗歌史上,他也如此孤单。如果说对于中国乃至世界而言,倘若要和过去切断一切关系,兰波永恒、魔鬼般的青春的形象或许是必不可少的,但是他却无法提供革命需要的其他必要因素,例如激情,或是共情。

这也就是为什么,中国"五四"运动的一代经过比较,在诗歌

---

① Olivier Philipponnat, *Préface* dans *Paul Verlaine*, Stefan Zweig, traduit de l'allemand par Corinna Gepner, Le Castor Astral, 2009, p. 20.
② Olivier Philipponnat, *Préface* dans *Paul Verlaine*, Stefan Zweig, traduit de l'allemand par Corinna Gepner, Le Castor Astral, 2009, p. 35.

上更趋向于波德莱尔或者马拉美。早于兰波的波德莱尔具有一种"从现时的生活中提取其史诗的一面,通过色彩或者图像让我们看到并且理解,戴着领带,穿着亮皮靴子的我们是多么伟大,富有诗意"①,他懂得用 19 世纪法国诗歌遗赠给他的恶,覆满诗歌之田野;而对于中国那一代的年轻诗人来说,马拉美则显然更加是他们的"同时代人",当然,多亏了马拉美的弟子保罗·瓦莱里,他们得以记住了这位晦涩的诗人。

青春的形象并不总是无辜的。我们怎么能够忘记米兰·昆德拉在他的《生活在别处》中的这个兰波:

> 他十六岁的时候第一次挣脱母亲的怀抱。在巴黎,他遭到警察的逮捕,他的老师伊桑巴尔和他的姐姐们(是的,就是俯身为他捉头发里虱子的姐姐们)让他在他们的屋檐下暂避了几个星期,接着,令人窒息的冷冰冰的母爱再次将他重新包围,这一次是从两记耳光开始的。
>
> 但是阿尔蒂尔·兰波再一次挣脱了,并且在以后的日子里,他总是在试图挣脱;他在奔跑,脖子上仍然留着颈圈的痕迹,他的诗歌都是在奔跑中完成的。

兰波在奔跑,他总是在变。在所有他经历过的生活中——一个早熟的小学生的生活,反叛的少年的生活,天才诗人的短暂时光,在魏尔伦身边的伴侣生活,一个世界的旅行者的生活,就像让-巴普蒂斯·巴罗尼安,兰波的传记作家为我们指出的一样——抽象出若干可以供中国那一代革命者使用的品质是件比

---

① Françoise Mélonio, Bertrand Marchal et Jacques Noiray, *La littérature française: dynamique & histoire*, Gallimard, 2007, p. 415.

较困难的事情。如果说在《初领圣体》中,他无情地嘲笑了"怪诞的黑夜",他却对"没有能够阻止对其思想的无耻解释负有责任"。① 但或许正是这一矛盾之处让20世纪初期中国年轻的革命者们无所适从?

20世纪30年代的年轻一代还不能够完全理解兰波。当然,兰波远比那个只知道叫嚷着"必须绝对现代"或者"我是他者""必须改变生活"的可笑形象要丰富得多。要知道,这位年轻的诗人擅长使用维吉尔的语言,而他梦想着彻底改革法国诗歌。从一个发誓说"只热爱两个女神,缪斯与自由"的温柔诗人一直到放弃诗歌,"这是一个不断向前走的过程,每一个阶段,无论多么惊人,都是正义的"②。

正义,另一个有可能让所有时代,所有国家的革命者都产生兴趣的词。兰波显然对于正义者有自己的阐释,他写道:"哦,正义者,我们在你粗糙的肚腹上拉屎。"但是我们可以肯定的是,20世纪初中国的革命诗人一定没有读到这首足以将"受到诅咒的诗人"放入"人道主义者"清单的《惊惶失措的人》:

> 他们听着烤面包的声音
> 　　面包店师傅笑容油腻
> 　　哼唱一支老歌
> 他们停下了,没有一个人在动
> 红彤彤的通风口传来的气息
> 　　暖得如同乳房一般

---

① See Jean-Luc Steinmetz, dans *Oeuvres complètes*, présentation par Jean-Luc Steinmetz, Flammarion, 2016, p. XXV.
② Jean-Luc Steinmetz, dans *Oeuvres complètes*, présentation par Jean-Luc Steinmetz, Flammarion, 2016, p. 7.

无论如何，在兰波在中国的译介与接受中，我们首先能够注意到在 20 世纪初的传播失败。兰波身上原本有三点是可能会满足中国文学现代化的要求的：反叛、流浪和幻灭，但是过去维护和谐社会的价值日趋沦丧，这一深刻的感受却未能引起足够的关注。

二、被新文学错过的兰波

让我们回到现代性的问题。的确，汉语语境中的"现代"与西方文化史上的"现代"（les temps modernes）的语义并不相同。中国的新文学是在 19 世纪末 20 世纪初揭开序幕的，宣告要与过去彻底断裂。定义"中国新文学"以及中国文学的"现代性"就成为一件比较困难的事情。在西方文学中，现代性，或是现代与现代主义都有不同的所指，而对于中国文学来说，两者确实可以混用，甚至互相替代。在题为《中国文学的现代主义》一文中，李欧梵如此定义"中国的现代主义"，即"反抗过去的现时意识"。[①]因此，19 世纪末不仅仅揭开了中国现代文学的序幕，也是中国文学的现代主义的开端时期。

正是在这样的背景下，我们能够理解中国新文学最初的革命者们所选择的外国文学作者——小说家、剧作家或者诗人。如果说，在 19 世纪，西方的现代主义将重点放在文学的自治、对美的重新审视以及某种在工业社会的迷失感上，这一现代性揭示了美的历史性，并且将"当代现实（工业化、城市化的现实，但也包括精神世界的现实）引入进来"[②]。毫无疑问，兰波是赞同

---

① 参见陈思和，《中国文学的世界性因素》，复旦大学出版社，2011 年，第 17 页。
② Françoise Mélonio, Bertrand Marchal et Jacques Noiray, *La littérature française : dynamique & histoire*, Gallimard, 2007, p.416.

这种新的美学观点的,因此也被视作"从波德莱尔到超现实主义的分支之一"。① 兰波曾经想过要成为一个现代主义者,但是他刻意地与之保留一段距离。在他写给视他为"通灵者"的保罗·德迈尼(Paul Demeny)的信中,他写道:"第二波浪漫主义者都是'通灵者':戈蒂耶(Th. Gautier),勒孔特·德·利尔(Leconte de Lisle),邦维尔。但是审视不可见的,听到闻所未闻的,这与激活逝去事物的精神是两回事。波德莱尔是第一个通灵者,是诗人王国的国王,是真正的上帝。可是他还是生活在一个过于艺术的圈子里;他如此重视的形式其实非常平庸:未知的创造要求的是新的形式。"②兰波要求与"传统的形式"完全决裂,"致力于成为通灵者"。

但是我们必须知道,20世纪初中国新文学所面对的现实——无论是社会的,还是文学的——与兰波面对的并不是同样的现实。"第一波浪漫主义者"(如果我们采用兰波的语汇)尚未诞生,理解兰波所谓的"通灵者"为时尚早。事实上,新文学找寻的,首先是新,相对于传统的体制、文化、文学或者诗学的新。从1898年的百日维新,经过梁启超所谓的"新民论",再到五四运动,所有这些性质不同的运动都由对"新"的追求串联在一起。五四一代所树立起的两面旗帜是民主和科学,前者作为原则,后者则作为思维方式。两种不同现实之间的差异是十分明显的:也正因为这样,我们经常将中国19世纪末20世纪初的这个阶段与西方的启蒙时代相类比。

因此我们应该能够理解新文学的概念与西方现代主义并不

---

① Antoine Compagnon, *La littérature française: dynamique & histoire*, Gallimard, 2007, p. 551.

② Rimbaud, *Oeuvres complètes*, présentation par Jean-Luc Steinmetz, Flammarion, 2016, p. 101.

相符,尽管西方现代主义和中国新文学应该说是同时的。正是这种同时代性将两者连接在一起:后者深受当时西方文学的启发。是启发,而并非影响,因为帮助中国文学发生彻底改变的,与其说是形式,还不如说是内容。

兰波本有可能在这一时期开启他的中国之旅,因为毫无疑问的是,兰波回应了巴黎公社。当时的中国知识分子大致可以分成两大阵营:一部分是从美国和英国留学回来的,对位于社会边缘的现代主义持一定的蔑视态度;另一部分则是由日本或法国的留学生组成,他们的立场更接近现代主义。例如处于第一阵营的胡适,他始终否认自己受到美国意象派的影响,他就将中国新文学与西方的文艺复兴相提并论。但是对于鲁迅或是创造社的成员来说,梅特林克、波德莱尔或者陀斯妥耶夫斯基都是他们的热爱,尤其是在 20 世纪的 20 年代。不幸的是,这一文学组织很快就转向了社会主义文学,可能兰波就此错过了进入中国最为宝贵的十年。

因此,中国语言和文学的"现代化"并不在于拥抱同时期的外国(或者说西方)文学。陈思和在《中国文学的世界性因素》中指出,现代中文,即白话,在某种程度上体现了西方文明的逻辑性,也正是从这个时刻开始,中文开始出现拼音等拉丁语音系统。这对于当时的中国文学来说也是一样的。在我们发言的第一部分,我们已经指出过,对于所有的革命而言,反叛精神都相当重要,但是,19 世纪末 20 世纪初法国的反叛和中国的反叛是不同的。新文学,尤其是 20 世纪 30 年代以后的中国新文学恰恰表现出了对兰波激烈反抗的浪漫主义和情感主义的偏好。

由此,我们可以看出新文学针对的是中国的传统文学,以及文言。五四一代是找寻光明、希望和救国之道的一代。虽然分成两个阵营,但是其中的任何一个都没有陷入绝望。兰波表面上的颓废或许为这一代人所不喜。兰波在中国的沉默很可能来源于法国文学史与中国文学史的这种不同步。这两个语言世界的"现代诗人"除了在某些点上——例如诗歌的散文化,或是短音步,以及简短、口语化等任何诗歌革命都会触及的一些变革之外——我们在中国这一时期的新诗中很难找到直接来自兰波的影响。

于是需要等到20世纪的80年代新一波的文学翻译高潮,我们才真正拥抱了西方现代主义作家,真正理解了西方现代主义的多样性和复杂性,同时也真正理解了兰波。从这个时刻开始,我们看到中国诗歌有了能够接纳兰波的土壤。兰波在中国的译介悖论正在于此:社会的现代化是文学现代化的必要条件之一,但文学现代化却并不必然始于社会的现代化。当然,现代化并不意味着进步,尤其相对于文学而言。顾城和海子,两位我们经常与兰波放在一起比较的中国80年代诗人的悲剧充分证明了这一点,但这也是不同语言与不同传统的文学的非同时性的价值所在。是这种非同时性在召唤诗人之间的唱和,而这,也正是世界文学的可能性与必要性所在。

参考文献

[1] Baronian (Jean-Baptiste), *Rimbaud*, Gallimard, 2009.

[2] Compagnon (Antoine), *La littérature française : dynamique & histoire*, Gallimard, 2007.

[3] Mélonio (Françoise), Marchal (Bertrand) et Noiray (Jacques), *La littérature française : dynamique & histoire*, Gallimard, 2007.

[4] Rimbaud (Arthur), *Oeuvres complètes*, présentation par Jean-Luc Steinmetz, Flammarion, 2016.

［5］Zweig(Stefan)，*Paul Verlaine*，traduit de l'allemand par Corinna Gepner，Le Castor Astral，2009.
［6］陈思和，《中国文学的世界性因素》，复旦大学出版社，2011年。
［7］李仕华，《"出走与返乡"——论兰波与海子诗歌的共有主题》，载《当代文坛》2015年第6期，第117—120页。
［8］龙彦竹，《"我是他者"的诗意探寻——论李金发对兰波诗歌的接受与变异》，载《西华师范大学学报》（哲学社会科学版）2013年第5期，第12—16页。
［9］罗文军，《作为"症候"：新时期初的兰波译介》，载《当代文坛》2014年第1期，第89—93页。
［10］彭建华，《现代中国的兰波评述》，载《阜阳师范学院学报》（社会科学版）2014年第3期，第35—39页。
［11］熊辉，《百年中国对兰波的译介与形象构建》，载《广东社会科学》2015年第5期，第170—177页。

Rimbaud révolté et la modernité de la nouvelle littérature chinoise
Yuan Xiaoyi

Si nous ne doutons pas que Rimbaud révolté ne saurait être toléré presque en aucun cas par ses contemporains et ne trouve un écho que cinquante ans plus tard, ce retard serait pourtant récompensé par sa future notoriété au monde entier. Il devient presque le symbole de toutes les révoltes et son nom s'est inscrit, dès le début du 20ème siècle, dans l'histoire de la littérature «Mondiale» dont nous pouvons affirmer même sans exagérer que la traduction de Rimbaud constitue un cas typique.

La traduction poétique, comme nous le savons, est souvent un champ expérimental où sont nées les nouvelles poésies des langues cibles. C'était le cas en Chine, par exemple, au début du 20ème siècle, lorsque la révolution littéraire a eu lieu. Curieusement, la traduction poétique de Rimbaud a fait exception: Rimbaud a été longtemps négligé par les lecteurs chinois et surtout par la première génération de la nouvelle littérature chinoise au début du 20ème siècle. Cette «Exception dans l'exception» nous invite à réfléchir sur la genèse et la conception de «Modernité», qui s'explique différemment dans de différentes cultures.

Ainsi notre présente intervention prétend-elle explorer ce phénomène un peu particulier qui est la traduction de Rimbaud. L'objectif de notre recherche n'est pas de tracer l'itinéraire de Rimbaud en Chine. Partant de la traduction de Rimbaud en Chine, nous essaierons de compredre ce «problème éthique» que toute traduction pourrait poser d'après Paul Ricoeur et, plus concrètement, la raison pour laquelle il y avait ce long silence à l'égard de Rimbaud depuis la première traduction dans les années 30 jusqu'à la fin du 20ème siècle.

I. Rimbaud Révolté et la Chine au seuil de la modernité

Il semble que Rimbaud a raté le premier mouvement de la traduction de la littérature étrangère en Chine et ainsi le mouvement de la Nouvelle littérature. Une soixantaine d'années se sont passées de la première tentation de traduction en chinois de *Voyelles* au premier recueil de Rimbaud qui a vu le jour en Chine, ce qui mérite néanmoins nos réflexions, car l'image de révolté et de jeunesse qu'il représente était quand même importante au moment de la révolution chinoise du début du 20ème siècle. Les jeunes pourraient trouver, dans la révolution, l'espoir, le rêve, la fraternité et la possibilité de changer le monde, enfin bref, tous les mots clé de Rimbaud. Ces mots que Rimbaud a écrit à Banville ne reflètent-ils pas les voix de tous les jeunes ambitieux?

Si ces vers trouvaient place au Parnasse contemporain?
—*ne sont-ils pas la foi des poètes?*
—*je ne suis pas connu ; qu'importe? Les poètes sont frères.*
Ces vers croient ; ils aiment ; ils espèrent : c'est tout. ①

Il est vrai que les traductions des littératures étrangères au début du 20ème siècle ont beaucoup inspiré et nourri la « Nouvelle littérature » chinoise et la « Nouvelle poésie » chinoise-nouvelle en tous les sens : esthétiquement, formellement ou thématiquement et en tous les genres : poésie, théâtre, récit ou roman. Dans ce paysage de la nouvelle littérature chinoise plein d'étrangetés, curieusement, nous voyons rarement la Rimbaud. Sauf quelques poètes francophones tel que Li Jinfa. Et d'ailleurs les ressemblances qui rapprochent Li Jinfa et Rimbaud résident plus dans les expériences personnelles des deux poètes que dans leurs concepts concernant la poésie. Li Jinfa, poète symboliste et moderniste connu en Chine, après avoir tenté, sans succès, la carrière politique, s'exilait dans le monde entier. En plus, si Li Jinfa est depuis longtemps considéré comme l'héritier du symbolisme français et le chef de l'école « Moderniste » de la nouvelle poésie chinoise, il a toutefois déclaré clairement qu'il s'était pris de dévotion pour la personne et l'œuvre de Baudelaire. Si dans le futur, les comparatistes n'hésitent pas à relever chez Li les thèmes chers à Rimbaud, tel que celui de la mort, du désenchantement de l'existence ou

---

① Cité par Jean-Baptiste Baronian, *Rimbaud*, Gallimard, 2009, p. 33.

du mystique etc., n'est-il pas vrai que tous ces thèmes étaient partagés par la plupart des poètes chinois de l'époque, quelle que soit leur conception à l'égard de la poésie?

En fait, pendant la première moitié du 20ème siècle, Rimbaud n'a toujours pas connu de grand retentissement en Chine. Il a apparu, pour la première fois dans *De la libération de la poésie versifiée française* de Li Huang, rédigé en 1921. Depuis lors, les spécialistes chinois de la littérature occidentale de l'époque, tels que Zheng Zhenduo, Mao Dun, n'ont pas oublié Rimbaud, le citant pourtant toujours avec Verlaine, Baudelaire et même Mallarmé, en tant que poète «symboliste» ou «romantique». Cela pourrait expliquer partiellement le «silence de Rimbaud» en Chine. Et le cas de la réception de Rimbaud est d'autant plus compliqué que Li Huang, le premier critique chinoise à louer Rimbaud, lui aussi, a été vite tombé dans l'oubli. Il s'agit peut-être d'une malédiction: au début du 20ème siècle, les introducteurs et les amateurs de Rimbaud restaient tous les révolutionnaires pas trop réussi. La situation de la littérature chinoise au début du 20ème siècle, où s'entremêlaient et s'influençaient la révolution littéraire et la révolution idéologique, était assez tumultueuse. D'ailleurs l'opposition entre la traduction et la création proprement dite est à relativiser, ainsi le nom de Rimbaud n'a pas été retenu par les lecteurs de la langue chinoise. D'un côté, presque tous les grands écrivains de l'époque étaient impliqués directement dans la traduction littéraire et le renom de l'écrivain-traducteur comptait beaucoup au succès de la diffusion de ces œuvres traduites; de l'autre côté, une œuvre étrangère, bien qu'elle soit déjà traduite, pouvait aussi connaître des difficultés dans la diffusion et tomber dans l'oubli, simplement parce qu'ils ne correspondaient pas aux exigences idéologiques de l'époque.

Ainsi faut-il attendre les années 30 que nous avons vu la première traduction de Rimbaud:*Voyelles* traduit par Hou Peiyin. Dans les années 30, se sont formées « trois grandes écoles de la nouvelle poésie chinoise»: le réalisme, le romantisme et le modernisme. Le symbolisme français n'occupait qu'une petite place parmi toutes les traductions qui ont influencé la nouvelle poésie chinoise, sans parler de Rimbaud qui, par rapport à Baudelaire ou même à Verlaine, restait relativement non connue. Nous pouvons constater le même phénomène quand il s'agit de Rimbaud en dehors de l'Hexagone. Il se pourrait bien que Rimbaud, malheureusement, soit éclipsé par ces deux grands poètes. En Allemagne par exemple. Zweig, l'auteur biographique de Verlaine, «Devait se sentir, de caractère, tout de même plus proche de Verlaine que de l'explosif Rimbaud»[①].

Certes, ce phénomène un peu paradoxal, nous pourrions le devoir aussi à la vie éphémère de Rimbaud ou son renoncement définitif à la poésie, ce qu'on appelle « Le silence de Rimbaud», à fin commercial et d'ordre privé. Mais nous préférons l'imputer aux particularités de Rimbaud. Comme Zweig le dit dans *Paul Verlaine* : «Il y a deux choses qui ont fait de lui

---

① Olivier Philipponnat, *Préface* dans *Paul Verlaine*, Stefan Zweig, traduit de l'allemand par Corinna Gepner, Le Castor Astral,2009, p. 20.

le grand poète qu'il a été : l'une négative, l'autre positive, une condition et un don. Un élément négatif, tout d'abord, un manque : l'absence d'entraves intérieures. Il ne connaissait aucun frein. »① La famille, l'amitié, la patrie ou la fierté culturelle, rien ne compte pour lui. Cette outrance rend Rimbaud seul. Non seulement seul dans la vie, comme la plupart des poètes de l'époque, qui cherchaient dans la création poétique une liberté au lieu d'un accompagnement. Mais aussi seul, pour Rimbaud, dans l'histoire de la poésie. C'est-à-dire que, si Rimbaud incarne, en Chine ou au monde entier, l'image de la jeunesse éternelle et diabolique qui est indispensable pour une rupture avec le passé, il ne saurait fournir d'autres outils nécessaires que la révolution exige, tel que la passion ou la compassion.

  C'est la raison pour laquelle la nouvelle poésie chinoise de la génération du 4 mai préférait Baudelaire ou Mallarmé en matière de poésie. Le premier, bien avant Rimbaud, se distingue par sa capacité d'« Arracher à la vie actuelle son côté épique et nous faire voir et comprendre, avec de la couleur ou du dessin, combien nous sommes grands et poétiques dans nos cravates et nos bottes vernies »②, il a su recouvrir le champs poétique que la poésie française du 19ème siècle lui a laissé, le mal ; tandis que le dernier était plus contemporain que Rimbaud pour les jeunes poètes chinois de cette génération. Grâce à son disciple Paul Valéry,

---

  ① *Ibid*., p. 135.
  ② Françoise Mélonio, Bertrand Marchal et Jacques Noiray, *La littérature française : dynamique & histoire*, Gallimard, 2007, p. 415

la nouvelle littérature chinoise au seuil de la modernisation a retenu le nom de ce poète obscur.

L'image de jeunesse n'est pas toujours innocente. Comment nous pouvons oublier ce Rimbaud, le poète qui « court » dans *La vie est ailleurs* de Milan Kundera:

> *Quand il eut seize ans, il s'arracha pour la première fois à ses bras (de la mère). A Paris, il fut arrêté par la police, son maître Izambard et ses sœurs (oui, celles qui se penchaient sur lui pour épouiller ses cheveux) lui offrirent un toit pendant quelques semaines, puis la froide étreinte maternelle se referma sur lui avec deux gifles.*
>
> *Mais Arthur Rimbaud s'enfuyait encore et toujours; il courait avec un collier scellé à son cou et c'est en courant qu'il créait ses poèmes.*

Rimbaud court, il change tout le temps. De toutes ces vies qu'il a vécu-une vie d'écolier précoce, une vie d'adolescent rebelle, une vie éphémère de poète génial, une vie d'*époux* aux côtés de Verlaine, une vie de grand voyageur autour du monde comme Jean-Baptiste Baronian, son biographe nous démontre-il est en effet difficile d'abstraire quelques qualités qui pourraient servir les révolutionnaires chinois de cette époque-là. Si dans *Les Premières Communions*, il s'est moqué impitoyablement d'« un noir grotesque », il est pourtant « coupable... de ne pas avoir rendu tout à fait impossibles certaines interprétations déshonorantes de sa pensée». ① N'est-ce pas cette contradiction qui embêtait les premiers révolutionnaires de la littérature chinoise du début du 20ème siècle et les fondateurs de la nouvelle littérature chinoise?

Il était encore trop tôt pour la jeune génération des années 30 du 20ème siècle de le comprendre complètement. Certes, Rimbaud est beaucoup plus enrichissant que cette image un peu ridicule qui crie qu' «Il faut absolument moderne» ou que «je est un autre» ou encore qu'il faut «changer la vie»... Le jeune poète qui avait su écrire dans la langue de Virgile rêvait de révolutionner la poésie française. De ce poète doux jurant d'«Adorer toujours les deux déesses, Muse et Liberté» jusqu'à celui renonçant la poésie, «Il nous engage dans un parcours qui tire en avant et dont chaque étape, si surprenante soit-elle, semble juste»②.

Juste, un autre mot qui intéressait pourtant les révolutionnaires de toutes les époques et de tous les pays. Rimbaud a évidemment ses propres interprétations sur l'homme juste quand il écrit «Ô justes, nous chierons dans vos ventres de grès». Mais nous sommes sûr que les révolutionnaires-poètes du début du 20ème siècle n'ont pas découvert ce poème intitulé *Les effarés* qui leur aurait permis de mettre ce poète «Maudit» sur la liste des «Humanistes»:

---

① Cité par Jean-Luc Steinmetz, dans *Oeuvres complètes*, *présentation par Jean-Luc Steinmetz*, Flammarion, 2016, p. XXV.

② Rimbaud, *Œuvres complètes*, *présentation par Jean-Luc Steinmetz*, Flammarion, 2016, p. VII.

Ils écoutent le bon pain cuire.
Le boulanger au gras sourire
Chante un vieil air.

Ils sont blottis, pas un ne bouge,
Au souffle du soupirail rouge,
Chaud comme un sein.

De toutes façons, ce que nous pouvons remarquer dans la traduction et la réception de Rimbaud en Chine, c'est d'abord ce premier échec pendant la première moitié du 20ème siècle. Chez Rimbaud, s'il y a au moins trois points qui aurait pu satisfaire la «Modernisation» de la littérature chinoise: révolte, exile et désenchantement de l'existence, pourtant ce sentiment d'un déclin des valeurs participant autrefois à l'harmonie des sociétés n'a pas eu tant de retentissement qu'on aurait cru.

II. Rimbaud raté par la nouvelle littérature chinoise

Retournons alors au problème de modernité. Il est vrai que le *xiandai* ("现代") ne correspond pas exactement aux «temps moderne» de l'histoire de la culture occidentale. Et la littérature moderne chinoise, en déclarant la rupture totale avec le passé a débuté à la fin du 19ème siècle et au début du 20ème siècle. D'où vient la difficulté de définir «La nouvelle littérature chinoise» et la «Modernité de la littérature chinoise». En littérature occidentale, la modernité ou le temps moderne ne signifie pas le modernisme, alors que pour la littérature chinoise, ces deux termes pourraient se confondre et même se remplacer quelque fois. Dans un article *Le modernisme dans la littérature chinoise*, Li Oufan définit ainsi le «Modernisme chinois»: *«A temporal consciousness of present in reaction against the past»*①. Ainsi, la fin du 19ème siècle a marqué non seulement le début de la littérature chinoise du temps moderne, mais aussi celui du modernisme de la littérature chinoise.

C'est dans ce contexte que nous pouvons comprendre qui sont les écrivains étrangers-romanciers, dramaturges ou poètes-que les premiers révolutionnaires de la nouvelle littérature chinoise préféraient. Si au 19ème siècle, le modernisme occidental a mis l'accent surtout sur l'autonomie de la littérature, la réexamination du Beau et un certain sens de perte dans une société industrialisée, cette modernité révèle l'historicité du Beau et «fait entrer la réalité contemporaine (réalité industrielle et urbaine, mais aussi réalité spirituelle)»②. Rimbaud partage certainement ce nouveau concept d'esthétique et est ainsi considéré comme une des branches de «La descendante de Baudelaire au surréalisme»③. Moderniste, il s'est voulu l'être, mais en gardant intentionnellement une distance. Dans sa fameuse lettre à Paul Demeny traitant le

---

① Cité dans Chen Sihe, *La mondialité de la littérature chinoise* (《中国文学的世界性因素》), Presse Universitaire de Fudan, 2011, p. 17

② Françoise Mélonio, Bertrand Marchal et Jacques Noiray, *La littérature française: dynamique & histoire*, Gallimard, 2007, p. 416.

③ *Cf.* Antoine Compagnon, *La littérature française: dynamique & histoire*, Gallimard, 2007, p. 551.

«voyant», il écrit: «Les seconds romantiques sont très *voyants*: Th. Gautier, Leconte de Lisle, Th. De Banville. Mais inspecter l'invisible et entendre l'inouï étant autre chose que reprendre l'esprit des choses mortes, Baudelaire est le premier voyant, roi des poètes, *un vrai Dieu*. Encore a-t-il vécu dans un milieu trop artiste; et la forme si vantée en lui est mesquine: les inventions d'inconnu réclament des formes nouvelles.»[1] Rimbaud exige la rupture avec «Les formes vieilles» et «travaille à (se) rendre *voyant*».

Mais il faut savoir tout de même que ce n'était pas du tout la même réalité—sociale ou littéraire—à laquelle la nouvelle littérature du 20ème siècle faisait face. «Les premiers romantiques» — si nous adoptons le terme de Rimbaud-n'y étaient pas encore nés, il était trop tôt pour comprendre ce que Rimbaud avait dit avec ce terme «voyant». En fait, ce que la nouvelle littérature chinoise a cherché, c'était avant tout la nouveauté, la nouveauté par rapport aux traditions idéologique, culturelle, littéraire ou poétique. De la Réforme avortée de Cent jours en 1898 à la génération du mouvement du 4 mai, via le concept du «Nouveau citoyen» proposé par Liang Qichao, ces mouvements de nature hétérogène étaient liés par cette quête de nouveautés. Les deux drapeaux que la génération du 4 Mai a dressé étaient alors la «Démocratie» et la «science», le premier drapeau comme le principe et le deuxième comme la mode de pensée. Les

---

[1] Rimbaud, *Œuvres complètes*, *présentation par Jean-Luc Steinmetz*, Flammarion, 2016, p. 101.

différences entre les deux réalités se révèlent évidentes; c'est aussi la raison pour laquelle nous comparons plus souvent cette période dans l'histoire chinoise siècle à l'époque des Lumières en Occident.

Nous comprenons ainsi que la nouvelle littérature chinoise ne correspond pas du tout aux concepts du modernisme en Occident, bien que le modernisme occidental et la nouvelle littérature chinoise soient contemporains au sens strict. C'est cette contemporanéité qui rapproche les deux; la dernière a été beaucoup inspirée par la littérature occidentale de l'époque. Inspirée, et non influencée, car c'est plus le contenu que la forme de la littérature occidentale qui a aidé la littérature chinoise à se renouveler de fond en comble.

Et Rimbaud aurait pu tenter sa première chance en Chine, puisqu'il s'est fait, sans aucune hésitation, l'écho de la Commune de Paris. Les intellectuels chinois de l'époque se divisaient alors en deux camps; l'un, constitué des étudiants de retour des Etats-Unis ou de l'Angleterre, montrait un certain « Mépris » vis-à-vis du modernisme un peu socialement marginal; et l'autre, constitué des étudiants de retours du Japon ou de la France, se montrait pourtant proche du modernisme. Par exemple, Hu Shi, qui se trouvait alors dans le premier camp, insistait à nier qu'il avait été influencé par l'imagisme américain et il comparait la nouvelle littérature chinoise plutôt avec la Renaissance. Mais pour Lu Xun ou les membres du Creation Society (CT), Maeterlinck, Baudelaire, Dostoïevski étaient leurs favorites, spécialement dans les années 20. Malheureusement, ce groupe littéraire s'est vite tourné vers le socialisme et il est très possible que Rimbaud a raté les dix ans les plus précieux et les plus décisifs pour entrer en Chine.

Ainsi, la «Modernisation» de la langue et de la littérature chinoise ne consiste pas dans l'embrassement de la littérature étrangère-ou occidentale-de la même époque. Chen Sihe a raison de dire, dans son ouvrage *La mondialité de la littérature chinoise*, que la langue chinoise moderne, le *baihua*, fait preuve, en quelque sorte, de la logique préconisée par la civilisation occidentale et c'est aussi à partir de ce moment le chinois a vu sa latinisation. Tél était aussi le cas de la littérature chinoise de l'époque. Comme nous avons déjà dit dans la première partie de notre intervention, l'esprit de révolte compte pour toutes les révolutions. Pourtant ce n'est pas la même révolte que nous avons eu à la fin du 19ème siècle et au début du 20ème siècle en France et en Chine. La nouvelle littérature chinoise, surtout dès les années 30, ont exprimé clairement une préférence pour le romantisme humaniste ou sentimental contre lequel Rimbaud a farouchement lutté.

La nouvelle littérature chinoise vise de ce fait les vieilles formes de la littérature traditionnelle chinoise. Et l'ancien chinois, qui était une langue des lettrés. La génération du 4 mai est une génération qui cherchait la lumière, l'espoir et la voie pour sauvegarder la nation. Aucun des deux groupes de la nouvelle littérature ne s'est enlisée dans le désespoir. La décadence apparente de Rimbaud aurait pu les déplaire. Et «Le silence de Rimbaud» en Chine s'expliquerait par cette non-correspondance entre les deux périodes importantes dans l'histoire de la littérature française et dans celle de la littérature chinoise. Sauf quelques points sur lesquels les poètes «Modernes» des deux mondes langagiers travaillaient-la poésie en prose par exemple, ou le mètre bref comme chez Rimbaud ou encore la brièveté, l'oralité, bref, quelque chose de générale dans presque toutes les révolutions poétique-nous ne trouvons plus d'influence directe venue de Rimbaud chez les poètes de la première génération de la nouvelle poésie chinoise.

Alors il faut attendre les années 80, une nouvelle vague de la traduction littéraire pour embrasser réellement les écrivains du modernisme occidental et pour comprendre sa multiplicité, sa complexité. Et aussi pour comprendre Rimbaud. C'est à cette époque que nous avons vu la poésie en langue chinoise acquérir son terrain qui permet Rimbaud de s'implanter. Voilà le paradoxe de la traduction de Rimbaud: la modernisation de la société est la condition nécessaire de celle de la littérature, alors que la modernisation de la littérature ne commence pas forcément par celle de la société. Certes, la modernisation ne signifie pas le progrès, surtout dans la littérature. La tragédie de Gu Cheng et celle de Hai Zi, les deux poètes de la nouvelle génération des années 80 que nous comparons le plus souvent avec Rimbaud le prouvent pleinement. Pourtant c'est là justement réside la valeur de la non simultanéité entre les littératures de différentes langues et de différentes traditions. La non-simultanéité appelle l'écho que les poètes s'en feraient les uns des autres. C'est là réside aussi la possibilité et la nécessité de la littérature mondiale.

Bibliographie

陈思和,《中国文学的世界性因素》,复旦大学出版社,2011 年。

李仕华,《"出走与返乡"———论兰波与海子诗歌的共有主题》,载《当代文坛》2015 年第 6 期,第 117—120 页。

龙彦竹,《"我是他者"的诗意探寻———论李金发对兰波诗歌的接受与变异》,载《西华师范大学学报》(哲学社会科学版)2013 年第 5 期,第 12—16 页。

罗文军,《作为"症候":新时期初的兰波译介》,载《当代文坛》2014 年第 1 期,第 89—93 页。

彭建华,《现代中国的兰波评述》,载《阜阳师范学院学报》(社会科学版)2014 年第 3 期,第 35—39 页。

熊辉,《百年中国对兰波的译介与形象构建》,载《广东社会科学》2015 年第 5 期,第 170—177 页。

Baronian (Jean-Baptiste), *Rimbaud*, Gallimard, 2009

Compagnon (Antoine), *La littérature française: dynamique & histoire*, Gallimard, 2007.

Mélonio(Françoise), Marchal(Bertrand) et Noiray(Jacques), *La littérature française: dynamique & histoire*, Gallimard, 2007.

Rimbaud (Arthur), *Oeuvres complètes*, présentation par Jean-Luc Steinmetz, Flammarion, 2016.

Zweig (Stefan), *Paul Verlaine*, traduit de l'allemand par Corinna Gepner, Le Castor Astral, 2009.

晦涩与清晰
——经受汉语考验的兰波

秦海鹰

"当兰波说出'我保留转述权'时,他是否已预想到未来坚持不懈的译者?(这个句子本身就很难翻译。)无论如何,自那时起,兰波的翻译始终繁荣。不难理解其中原因:虽然翻译不能完美地传达兰波诗作的完整含义,但不该只让法国读者享有他灿烂的作品。"[1]

这是 30 年前我发表在《法国研究》上的一段话。在 1988 年 10 月中国举办第一次兰波国际研讨会前夕,《法国研究》专门主持了一组"兰波专题"文章,其中包括精选出的诗歌译文,附有注解和评论(《彩图集》的 31 首诗歌、《语言炼金术》以及两篇"通灵人书信")。这些译文最初产生于我负责的两学期兰波诗作研读课,最终在叶汝琏教授指导下,由(武汉大学)法国问题研究所的教师及硕士研究生们集体合作完成。

我提到这一期杂志,是因为我对兰波诗歌翻译问题的思考萌发于这一阶段。在这之后,我在进行"翻译诗学"演讲或课程教学的过程中,总能用到当时的这组《彩图集》译文,并在将它们

---

[1] 秦海鹰:《说在前面》,《法国研究》,1988 年第 2 期,第 9 页。

与其他译文版本（施蛰存、葛雷、程抱一的译本）进行比较的时候，直观地注意到兰波诗歌中译所出现的特殊问题。这一次"兰波与现代性"的研讨会包括兰波在中国的接受这一议题，使我有机会再次思考兰波诗歌中译的某几个问题，我的思考或许有些久远了，但我仍在此向各位专家提出，以期引起新的讨论。

在思考《彩图集》的翻译给中文译者带来的困扰前，不妨先回顾一下这些诗歌给法语读者带来的问题。众所周知，《彩图集》展现了"文本的错乱"，引发过大量讨论。其中最常涉及的一个问题就是晦涩。诗歌表达了具有唯一性的意义、多重的意义还是根本没有意义？又为什么其意义难以被理解或根本不可被理解？托多罗夫（Todorov）在论文中指出："兰波把那些不谈及任何事物、人们也不知其意的文本提高到了文学的地位。"[1]A.冯加罗（A. Fongaro）则持相反态度："一切文学文本，无论它如何独特，如何晦涩，都有一种意义，甚至是唯一的意义。"[2]而在这两种看法之间，还有不少更为中立的观点，解释了兰波诗歌的晦涩现象。比如，如果按托多罗夫的观点，兰波展现了"辨别指涉对象和理解其意义的不可能性"[3]，那么他是将意义的问题与在现实世界中辨认指涉对象相关联，但其他批评家并不认为指涉对象的缺席是兰波诗歌晦涩的主要原因。诚然，《彩图集》的文本什么也没有谈及，没有可证实的内容亦没有指涉什么，但这不代表它没有任何意义。它不"谈及"（parle de）什么，但却以呈

---

[1] Todorov, « Une complication de texte: les *Illuminations* », in *Poétique*, n°34, avril 1978, p. 252.

[2] 转引自托多罗夫: Todorov, « Remarques sur l'obscurité », in *Rimbaud-Le poème en prose et la traduction poétique*, ouvrage collectif édité et présenté par Sergio Sacchi, Gunter Narr Verlag. Tübingen, 1988, p. 14.

[3] Todorov, « Une complication de texte », *op. cit.*, p. 252.

现而不是再现的方式"言说"(dit)了很多奇异怪诞、不合逻辑规则的事物。这是一种很有效的言说。我个人也认为,无法辨别所提及事物的指涉对象并不是造成兰波诗歌晦涩的最主要原因,诗歌晦涩更大程度上是在于"正常"读者和理性读者无法理解诗人在所谈及的事物之间建立的联系,并将其与现实逻辑对应起来。事实上,除了极个别词本身就晦涩难懂,兰波使用的大多数词汇都属于日常语言,如"玫瑰""水""水晶""带血的肉""旌旗"。这些词语只要被放置在连贯的语境里就会具有清晰的含义,而它们之所以在兰波笔下难以理解,一是因为词语的组合奇特怪诞,如"水玫瑰花""血染的肉色的旌旗""水晶的臂",二是因为这些奇怪的组合被插入在拼凑而成的不连贯的语境里,或是语义不明的句子中。

晦涩既然被看作兰波诗作的典型特征,那么我们这里要提出的问题就是如何用中文翻译晦涩。首先,什么是"翻译晦涩"?由于翻译总是需要进行最小程度的解释,那么译义是否就要"翻译晦涩",即解释、阐释、消除晦涩从而使目标语的读者更好地理解文本?当然不是:如果兰波对于法语读者来说是晦涩的,那就该让他在中国读者面前同样保持晦涩。翻译不以克服文本的晦涩为目标,而应该保留与原文同样的晦涩效果。译者应抵御翻译固有的危险,不能以自己独一的解释代替原文的多义性。在面对多义词或模棱两可的表达时,要避免固定以一种含义限制其他的含义。应该保留兰波不确定的做法,复制他异乎寻常的组合,尊重诗文的断裂,保留同样的语级和语级的突变,再现矛盾的陈述、具象和抽象的组合、混杂的堆砌等等。总之,中译也要尽可能地保持兰波所使用的语言手法,从而把他奇异绚烂的幻象翻译出来。翻译兰波的理想做法或许是"既翻译本义,也翻译所有含义"。

抽象的原则易于总结,翻译实践却复杂得多,但翻译的结果又总是带来不少惊喜。下面的一些看法主要来自我之前在《彩图集》不同中译版本中具体发现的翻译难点和问题。在具体的翻译中可以看到,一些语言上的限制和译者本身的接受或期待视野都会改变译文的意义、强调或模糊原诗的某些效果,同时,译入语的特性也会使译文增加一些额外的效果。

语言的限制

　　在任何法译汉翻译行为中,难以避免的首要困难是两种语言系统之间的根本差异。兰波的作品无疑又加剧了翻译的难度,因为他的语言本身在一定程度上与通用法语有所不同。托多罗夫曾原文征引过尚邦(J. P. Chambon)教授的观点:"兰波的语言与通用法语之间的差别类似于标准英语与'黑人'英语之间的差别,或者类似于法语句法与汉语句法之间的差别。"① 兰波的诗作一旦被译成汉语,或许就能找到它真正的形象。这种假设对译者来说该是多么大的安慰啊！但是严肃地讲,兰波既不是中国人,也不是讲英语的黑人。他的语言虽古怪,但仍旧属于法语范畴。有些法语原语无法在汉语译入语里找到对应词或者对等词,因此在翻译过程中,很难甚至不可能将原语的效果完全呈现出来。反过来讲,中译法的翻译活动也是如此。

　　与汉语相比,法语的特殊资源主要在名词和动词两个方面:前者主要表现为性(阳性、阴性)数(单数、复数)配合和冠词以及它们的限定作用(例如诗歌《洪水之后》(*Après le Déluge*)中的"水"和"悲伤"(eaux et tristesses)两词均使用了复数形式)。对

---

① Todorov, «Remarques sur l'obscurité», *op. cit.*, p. 15.

于动词来说，主要是其时态的变化以及它们代表的不同涵义。汉语里虽然没有动词变位，不过得益于汉语本身的语言手段，我们在翻译的过程中能够或多或少地呈现出动作与状态、未完成体与完成体、延续性动词与非延续性动词等之间的细微差别，但是我们却完全无法复制法语中简单过去时和复合过去时、话语与历史陈述等之间微妙的交替游戏。然而兰波的《彩图集》中却充满着这样的游戏。其中的《黎明》(Aube)就是一个很好的例证。在法语原文中，主体客体化的效果是通过以下手段达到的：动词时态的变化，叙述者"我"当下的言说逐渐演变成由第三人称进行的简单过去时态下的叙事。这一点在我考察的三个译本中均未体现。这是因为汉语中没有动词变位，故而也就没有本维尼斯特(Benveniste)对复合过去时（代表说话者的语境是当下）和简单过去时（代表一种没有任何说话者介入的纯过去）所做的区分——众所周知，学界曾就此进行过讨论。就是说，法语具有通过简单过去时表达"历史意图"(une intention historique)的能力。而从这个角度看，汉语中的动词只有原形，没有变位，汉语永远是现在时，或者更确切地说，它代表一种不确定的时间。中文动词这种"无时间性"(intemporelle)的特质不可能不影响《彩图集》的翻译效果：人们经常提到兰波语言的在场性，它能够即时地令读者眼中生成画面。然而，由于汉语动词完全没有过去时态，中译版会产生比法文原版更强烈的在场效果，因为即使法语能通过纯过去时退回到历史叙事中，在汉语中也只会以现在时表现出来。

　　由此看来，如果说汉语由于缺乏法语特有的语言形式而导致汉译不可避免的损失，那么也有可能通过其独特的语法系统获得其他的效果，暂且不论汉语是象形文字，能够让兰波的作品产生更多视觉效果。我就单单指出一点：汉语拥有一种法语绝对没有的词类，这就是量词。凡是法语文本中出现带有数词、部分冠词或者指示形容词的名词时（un livre，des livres，ces livres），汉译中必然会添加与这一名词相符的量词，通常这些量词能够暗指出这些事物的外形，所以"un livre"会翻译成"一本书"（un *cahier* de livre），"un stylo"会翻译成"一支笔"（un *bâton* de stylo），"un sentiment d'affection"要翻译成"一片情"（une *étendue* de sentiment d'affection）。当然了，这些量词早已词汇化了，在汉语中几乎感受不到量词之下隐含的画面。如果字对字地进行翻译，在法语里很难说得通，甚至完全说不通。中文的这一强制性特点，反而造就出一些汉语创作者特有的文体风格①，于是，量词也可以成为被译者调动的一种资源，以挽救在其他地方失去的一些意义效果。纵观《彩图集》的各个中译本，不难发现叶汝琏教授的译本格外注意量词的运用：他将《繁花》(*Fleurs*)中的诗句"les gazes grises, les velours verts et les disques de cristal qui noircissent（au soleil）"翻译成"匹匹灰罗纱，团团绿鹅绒，只只泛黑的水晶盘"，量词的重复在汉语中产生了相当显著的听觉和视觉效果，在某种程度上恢复了法语文本中令人印象深刻的双声叠韵；再例如，叶教授将《洪水过后》中的" C'est un ennui"这句诗译为"这是一片烦恼"。量词"一片"(« une étendue de»)在一定程度上能够暗示出烦恼的强度，正如在法语中，"水"和"悲伤"均为不可数名词，而兰波却将这两个词均写成了复数形式(« Eaux et tristesses»)，这一不同寻常的运用能够暗示出悲伤情绪的强烈。

---

① 例如，台湾诗人纪弦(Ji Xian)不说"一条狼"(un loup)而说"一匹狼"(un loup)(参见纪弦诗《狼之独步》[*Marche solitaire du loup*])，"条"和"匹"这两个量词在法语中几乎是不可译的，法语读者无法明了前者与后者的区别。但是对于中文读者来说，这匹狼孤独且高大，早已超越了普通的"条"级别，"匹"的不寻常使用能够暗指出这一狼的独特，因为"匹"这个量词一般用于表述"一匹马"。

托多罗夫在他关于兰波的文章中指出:"与句法家马拉美相反,兰波是一位词汇家:他将发音不同却又有着各自意义的单词并连在一起。"①兰波的作品较马拉美而言更简洁零碎且多使用名词句,贴合中文表达习惯,因此更易翻译为中文,况且汉语缺乏形态学标记,不同词类难以区分,因此名词句和谓语句之间的区别不明显。兰波作品在句法层面上为译者提供的这种便利却形成了词汇学层面的困难。毫无逻辑关联的词语的并置,没有文本连续性的相互独立的句子,异质语式的罗列,以及罗列产生的效应,使对其阐释和翻译都变得异常艰难。

"词汇化"的写作是法国读者认为兰波的作品晦涩的原因之一,同时,这种写作方式也使得中文翻译的工作特别困难。事实上,另一个较大的翻译困难在于中法文在词汇学方面的不同:首先,中法文本源不同,无相似之处,印欧语译者可以借助词源学,汉语译者却不能这样做。此外,法语单词和中文单词的语义域很少重叠,因此,通常情况下,单词的多义性较难呈现。例如,法语单词"pavillon"在词典中有几种含义,指建筑、海军或解剖学,在汉语中分别对应于不同词语。这种词汇上的困难将我们直接引向翻译的核心工作,即选词。

词汇的选择

再次援引我刚才提及的例子,兰波的评论家们曾经尝试从各个角度(军旗,房屋)来解释短语"血染的肉色的旌旗"(pavillon en viande saignante),也没有忘记从解剖学和妇科学角度出发对该短语进行色情性的解读。一词多义使作品晦涩难懂,但

---

① Todorov, «Une complication de texte», op. cit., p. 246.

亦使得解读更加自由。至少,法语读者在读到"pavillon"时会身陷其词义的模棱两可之中,这样更具理解优势。法语读者大量接收这个单词所能指称、包含以及暗示的所有内容,而不必被迫指出这个词的确切含义。然而读者兼译者的工作不可能如此模糊与自由。为了将"pavillon"译成汉语,译者必须选择可能的词义之一,并排除其他意义。根据上下文以及法国评论家中最常见的解读,现有的翻译保留了"旗帜"(drapeau)的含义。然而这种译法使得中国读者失去了其他可能的阐释。

在这种选择单词和词义的翻译实践中,将原始文本的多样性解读缩减为一种,牺牲文本意义并过快地进行解释性翻译,几乎是不可避免的风险。让我们再举一个法国评论家们无需争论的、更明显且更不具备多义性的例子:"化学"(chimie)或者"化学的"(chimique)。法国读者在读到《彩图集》中"毫无价值的化学"(« une chimie sans valeur »),"化学的创新"(« La nouveauté chimique »),"寻求个人化学的财富"(« La fortune chimique personnelle »)这些表达时,首先会想到它的科学意义,然后才可能想到它所暗含的意义:化学意味着转变,改变,奇迹。当我们查阅当今中国大陆最常用的法汉词典时,我们发现,在"化学"条目中显示为:含义1.化学;含义2.(扩展词义)神秘的转变。那么我刚才引用的三种情况该如何翻译?这里产生了译者的美学关注点问题。首先请注意,中文单词"化学"本身几乎不具有"神秘"之喻义。然而,译者决定保留其比喻义并避免用"化学"来翻译"化学",意味着在中文版《彩图集》中,我们不会找到如此这般的"化学"这门科学,而不管法国读者的主观理解如何,他们都真真切切地在兰波作品中读到了"化学"一词:"毫无价值的化学"(《历史性的夜晚》),中文变为"一次毫无价值的奇幻","化学的创新"(《运动》),中文变为"神妙的创新","寻求个人化学的财富"(《运动》)中文为"寻找各自的炼金的财富"。这样的翻译选择我们可以欣赏或不欣赏,但我只想通过此例表明,译者既受制于汉语的词汇习惯,同时也被目标受众的期望水平影响。对于习惯某种诗词表达方式的中国读者来说,"化学"一词似乎有些奇怪。译者当然了解兰波作品的奇特,但是在这种特殊情况下,用"奇妙的"或"炼金术"代替"化学",译者是担心其翻译作品的接受程度,也不想以一种"词不达意"的表达令读者失望。然而,请不要忘记,当初兰波的文字正是为了挑战法国公众的期望视野,因为那时的法国公众几乎还没有脱离浪漫主义诗歌的影响。

翻译诗歌的另一主要障碍,是由词源意义和派生意义、具体意义和抽象意义的叠加所产生的多义性。即使译者意识到要翻译的单词的厚度,出于文本连贯性和汉语习惯的要求,他常常只能冒着使形象和具体含义消失的风险而选择派生的和提炼后的含义。在《洪水过后》(*Après le Déluge*)的第一句中(« Aussitôt que l'idée du Déluge se fut rassise »),过去分词"rassise"来自动词"se rasseoir",意思是再次坐下。现有的两种翻译是智识的或心理方面的:a. 洪水的观念刚刚失势,b. 洪水的狂想刚才平静。两个译本非常忠实,但不能使我们感受到身体上的"再次坐下"的感觉,这种感觉在整个文本中暗自发生作用,似乎是一个与"爬升并再次引发洪水"的积极动作相反的动作。

有时候,一个法文表达在翻译成汉语时可能有好几种近义表达,尽管意义相近,但是它们之间存在细微的差异,并且这种差异性会凸显出译者的意图。在《黎明》这首诗开头第一句中,葛雷和叶汝琏将 embrassé 一词译为"拥抱",而程抱一则译为"抱吻"。"拥抱"是指用手臂抱住某人以示亲昵,"抱吻"更强调拥抱并亲吻某人。第一种译法"我拥抱黎明",只是一般陈述并不包含任何情色色彩,而且只有通过继续阅读下文才得以发现

"黎明"这一意象逐渐被拟人化、女性化,同时感受到它隐含的情色内涵;第二种译法"我曾拥吻黎明"瞬间产生一种情色色彩,并且下文中译者将"J'ai senti un peu son immence corps"译为"我触到她宽大的玉体",即把"corps"(身体)译成"玉体",这就更加凸显这一女性化特点。因为"玉体"在汉语中的含义已经固化,指代"女性的身体"。

无论译者有意为之还是无意而为,兰波诗歌中意象的翻译方式总是能反映出译者希望在汉语中保留多大程度的奇异性。中文习惯用语"玉体",或者法文短语 une langue de bois(字面义为"木头的语言",引申义为"政治宣传套话"),都是一些固化的、没有新鲜感的意象,然而兰波所描绘的意象恰恰与其相反,丝毫没有固化的痕迹。他的意象新颖而又充满活力,甚至过于新颖而不被接受,过于鲜活而不能被视为一种文体学意义上的形象比喻,因为比喻意味着含义转换。在法文日常表述中,langue de bois 有一个约定俗成的引申义,即"政治宣传套话"。但是"rose d'eau"的引申义是什么呢? 首先,是否确实有必要知道这个怪异表达的引申义? 通过文体学可以知道,法文中名词＋de＋名词的结构是构成隐喻的主要形式之一。作为一种隐喻类型,这种名词词组暗含本体和喻体:"木头的语言"是指政治演说刻板如木头一般,故不能按照其字面意思去理解,否则会弄巧成拙。按照同样的方法,"rose d'eau"或许是指代一种如同流水一般湿润、柔弱且优雅的玫瑰(此处是本人作为中文读者的个人感受),然而兰波的整个诗学都邀请我们首先理解字面意思:"rose d'eau"就是一种叫做"水玫瑰"的新品种,并且我们没必要去植物学家那里核实。在客观实际中它是否存在,这根本无关紧要,读者只需接受它在文本中的意义,就像我们在现实生活中接受木桌(table de bois)一样。兰波的作品中存在大量这类的怪异表达。这是一些具有双重意义的"意象"：既是一种修辞格，等待读者从隐喻的角度去阐释，又是巴什拉(Bachelard)所说的纯意象，是想象的结果，它就存在于超现实本身，任何理性的语言都无法将其翻译。至少在这个意义上，我认为可以诠释兰波的革命性宣言："我保留转述权。"

鉴于兰波创作具有词语本义与引申义界限模糊的特点，译者在翻译过程中，应该尽可能在中文中使用名词＋de＋名词的形式，以保持兰波表达的模糊性。实际上《彩图集》的译者大多保留了与原文相同的结构(当然因为法汉两种语言的句法差异，名词顺序会发生变化，偶尔也会省略掉"的")："rose d'eau"译为"水玫瑰"(同英文 water rose 一致)，"bras de cristal"译为"水晶的臂"，"anges de flamme et de glace"译为"火焰和冰冻的天使"，这些中文译法都同样保留了奇异性。但是译者有时候也会因想要强调两个名词之间的关系而增加其他词汇：

« des ciels gris de cristal »(《桥》)(字面意思为"水晶的灰天空")译为"水晶般灰暗的天空"；

« des chalets de cristal et de bois »(《城市》)(字面意思为"水晶与木头的亭榭")译为"水晶与木头建构的亭榭"；

« des boulevards de cristal »(《大都市》)(字面意思为"几条水晶的大道")译为"几条晶亮的大道"；

« une cloche de feu rose »(《辞句》)(字面意思为"一座烟花的钟")译为"一座烟花铸的钟"；

« un tapis de filigranes d'argent, d'yeux et de chevelures »(《繁花》)(字面意思为银丝、目光和披发的地毯)译为"银丝、目光和披发织就的地毯"；

« pavillon en viande saignante »(《野蛮》)(字面意思为"血肉的旌旗")译为"血染的肉色的旌旗"；

«Les herbages d'acier et d'émeraude»(《神秘》)(字面意思为"钢铁、翠绿的牧场")译为"翠绿而茁壮的牧场"。这种翻译方法十分符合中文表达习惯,然而却抹去了植物性与矿物性混杂的特点,也就抹去了兰波独有的幻象。

　　至于"阴影重重的营帐也还未撤离通往树林的那条道路"(《黎明》)一句中的"阴影重重的营帐"(«Les camps d'ombres»)这一模糊的表达,因其晦涩(«camps» 和 «ombres»应如何理解?)而出现了三种截然不同的译文:(a) 影群集聚在林间的空地;(b) 团簇的影子没有离开树林的大道;(c) 阴影重重的营帐也还未撤离通往树林的那条道路。程抱一(a)和葛雷(b)将其理解为一幅描绘可能由树木投下浓密阴影的图景,而叶汝琏(c)将其理解为"投下重重阴影的军营帐篷仍未撤出通往树林的道路",这表明以"名词＋de＋名词"形式出现的名词组合很难被解释和翻译。一般来说,明确译出"de"的含义在中译过程中是一种十分常见的方法,有时也是非常必要的做法。但是我认为,在兰波作品的特殊语境里,最好不要添加一些解释性词语,比如"由……建构"(«construits avec»)、"好像"(«comme»)、"由……制造"(«fabriqué avec»)、"由……织就"(«tissé avec»),以便给读者留下理解的自由空间。无论如何,即使由这些词语来指明其涵义,兰波的独特表达也并不比先前更易于理解。

　　对词语的选择也应根据文化的内涵而定,这种文化涵义在《彩图集》里屡见不鲜。例如,《洪水过后》包含许多对《创世记》、洪水主题、《忒勒马克斯》中的人物(尤卡里斯)、蓝胡子故事等的隐性或显性的引用。在此情形下,译者的评注发挥着导向作用。不过,我们仍需思考:倘若没有评注的辅助,中国读者能否理解这些源于《圣经》、神话、文学或其他方面的内在涵义。因为这涉及一些对欧洲文化的引用,所以一切都取决于中国读者的欧洲文化基础。对一名有学识的中国读者而言,"洪水"一词可能使其立即联想到《圣经》,但是像"彩虹""蛛网"这样的词语呢? 不管怎样,必须区分译者的任务和有待每位读者完成的事情。毋庸置疑,译者自身起码应该了解相关的文化背景,否则就可能会造成误读,正如《洪水过后》的两个中译本中,有一个译本的译句为"在紫罗兰的丛林中,抽芽的尤加利树告诉我:春天来了"(转换成法语是 « Dans la futaie de violettes, l'arbre Eucharis bourgeonnant me dit: le printemps arrive »),而原句却是"在萌芽的紫色乔木林中,尤卡里斯告诉我这是春天"(« Dans la futaie violette, bourgeonnante, Eucharis me dit que c'était le printemps »)。

应找到怎样的译入语

翻译实践是一项充满双重性的活动:相对于原作文本,翻译表现为一种阅读形式;而相对于译入语文本,翻译则是一种创作行为。与其他一切文本实践相比,译者更需要通过阅读来写作并以写作而完成阅读。不过,从翻译接受的角度看,人们只会接触到一个文本——独立的唯一文本,不懂法语的中国读者只会阅读用汉语创作的兰波作品。从这个意义上讲,对翻译进行更加深入的思考,不仅应着眼于对原文本的理解,还应着眼于独立于原文之外的译入语的质量。然而,汉语并非一个抽象或同质的实体,在 20 世纪初期,它伴随着五四运动而发生了重大的变革。此外,汉语规则远不像法语那样形式化和可形式化。就《彩图集》的这些译本而言,它们总体上都使用书面表达的现代汉语来完成。但进一步阅读这些译本,同一种语言却因译者的不同而表现得迥然各异,并在各自的译文中显露出自身对母语的掌握情况、个人习语、文学偏好、中国古典与现代诗歌的修养,甚至包括其年龄。此处的评价具有很强的主观性。然而,无论如何,由于兰波的雄心壮志是在法语中"找到一种语言",那么一位尽责的译者仍有必要给自己提出这样一个对称性的基本问题:"要想翻译兰波,应该找到怎样的译入语?"鉴于兰波的诸多译本中出现的显著问题,包括词语的语级、古代汉语和现代汉语的混合、新词的编造、音调的差异等,我们还必须以更加明确的方式提出这一问题:在何种程度上我们可以在汉语中创新而又不至于使译文难以卒读? 如何区分译者所做的近似于兰波那样的词语创新与某些情况下译者所犯的错误甚至是语法错误? 如何让中国读者明白哪些是兰波作品的构成性晦涩,而哪些却是由于使用汉语的机械翻译所平添的晦涩?

这些棘手的问题表明,诗歌翻译不仅是对原文本的一种批评形式,也是一次审视和检验目标语言创新能力的难得机遇。换言之,当我们让兰波经受汉语的考验时,我们同时也在让汉语经受兰波语言的考验。

引用文献

本文提及的《彩图集》中译本的参考目录:
《彩图集》选译三十一题,叶汝琏等译,《法国研究》1988 年第 2 期,第 12—31 页。

Après le Déluge:
1.《洪水之后》,施蛰存译,《域外诗抄》,湖南人民出版社,1987,第 220—221 页。
2.《洪水过后》,叶汝琏译,《法国研究》1988 年第 2 期,第 12 页。

Aube：
1.《晨曦》，程抱一译，《法国七人诗选》，湖南人民出版社，1984，第63页。
2.《黎明》，葛雷译，《现代法兰西诗潮》，百花洲文艺出版社，1993，第127页。
3.《黎明》，叶汝琏译，《法国研究》1988年第2期，第22—23页。

其他参考文献：
秦海鹰:《说在前面》，《法国研究》，1988年第2期，第9—11页。
Todorov, « Une complication de texte: les *Illuminations* », in *Poétique*, n°34, avril 1978.
——. « Remarques sur l'obscurité », in *Rimbaud—Le poème en prose et la traduction poétique*, ouvrage collectif édité et présenté par Sergio Sacchi, Gunter Narr Verlag. Tübingen, 1988.

（高佳华、唐毅、王洪羽嘉译，秦海鹰校）

Obscurité et clarté : Rimbaud à l'épreuve du chinois
Qin Haiying

« Rimbaud songeait-il à ses futurs traducteurs obstinés lorsqu'il déclara: "Je réservais la traduction?" (La phrase elle-même est embarrassante.) Quoi qu'il en soit, depuis lors les traductions de Rimbaud n'ont pas cessé de se multiplier. A cette obstination une raison suffit : une oeuvre aussi splendide ne doit, malgré toute son incommunicabilité, rester le privilège du public français. »[1]

Voilà ce que j'ai écrit il y a plus de 30 ans dans *Etudes Française* (*Faguo Yanjiu*) qui a publié, à la veille du premier colloque international sur Rimbaud en Chine en octobre 1988, un dossier spécial « Espace Rimbaud » qui contient des traductions annotées et commentées d'un choix important des textes du poète (31 « Illuminations », « Alchimie du Verbe », les deux « Lettres du Voyant »). Ces traductions étaient le résultat d'un

---

[1] Qin Haiying, « Avant-dire », in *Etudes françaises* (*Faguo Yanjiu*《法国研究》), n°2, 1988, p. 9.

travail collectif fait par enseignants et aspirants-chercheurs du Centre de Hautes Etudes françaises (de l'Université de Wuhan) sous la direction du professeur Ye Rulian, à l'issu d'un cours de deux semestres dont je me suis chargée et qui est entièrement consacré à la lecture des textes de Rimbaud.

Je mentionne ce numéro de la revue, parce que mes réflexions sur les problèmes de traduction de Rimbaud remontent à cette période-là. Plus tard, dans des interventions ou des cours sur la «poétique de la traduction», j'ai pu me se servir de ce dossier de traduction des *Illuminations* et les confronter à quelques autres versions existantes (celles de Shi Zhecun, Ge Lei, François Cheng) pour examiner de plus près les problèmes spécifiques que posent des traductions de Rimbaud en chinois. Le présent colloque sur «Rimbaud et la modernité» qui inclut dans son programme la réception de Rimbaud en Chine me donne l'occasion de revenir sur quelques unes de mes réflexions qui datent peut-être un peu, mais que je soummets volontiers à nos collègues ici réunis en vue d'une nouvelle discussion.

Avant d'examiner les problèmes que les *Illuminations* posent au traducteur chinois, il convient de rappeler les problèmes que ces mêmes textes ont posés au lecteur français. On sait que les *Illuminations* présentent une «complication de texte» qui a beaucoup occupé les critiques. Un des sujets de discussions les plus souvent abordés, c'est celui de l'obscurité. La question consiste à savoir si ces textes ont un sens, ont des sens, ou n'ont pas de sens du tout, et pourquoi il est difficile ou impossible de comprendre leur sens. Entre la thèse de Todorov qui estime que «Rimbaud a élevé au statut de littérature des textes qui ne parlent de rien, dont on ignorera le sens»① et la thèse opposée de A. Fongaro qui estime que «tout texte littéraire, quelque original, quelque hermétique qu'il soit, a un sens et même un seul sens»②, il y a encore bien des positions intermédiaires chez les rimbaldiens pour expliquer le phénomène de l'obscurité. Todorov, par exemple, a beaucoup insisté sur l'affirmation, chez Rimbaud, «d'une impossibilité d'identifier le référent et de comprendre le sens»③. On voit donc qu'il relie le problème du sens au problème du référent, du réel identifiable. D'autres critiques pensent que l'absence de référent n'est pas la raison principale de l'obscurité de Rimbaud. Certes le texte des *Illuminations* ne parle de rien, rien de vérifiable, ni de référentiel, mais cela ne veut pas dire qu'il n'a pas de sens. Il ne *parle* pas *de* quelque chose, mais il *dit* beaucoup de choses, étranges, hétéroclites, illogiques, déréglées, et tout cela sur le mode présentatif et non représentatif. C'est un dire très performant. Je pense aussi pour ma part que, ce qui crée l'obscurité, ce n'est pas tant l'impossibilité d'identifier le référent des choses évoquées que l'impossibilité, pour un lecteur

---

① Todorov, «Une complication de texte: les *Illuminations*», in *Poétique*, n°34, avril 1978, p. 252.

② Cité par Todorov dans son article «Remarques sur l'obscurité», in *Rimbaud-Le poème en prose et la traduction poétique*, ouvrage collectif édité et présenté par Sergio Sacchi, Gunter Narr Verlag. Tübingen, 1988, p. 14.

③ «Une complication de texte», *op. cit.*, p. 252.

«normal» et cartésien, de comprendre les rapports que le poète établit entre les choses évoquées et de construire une isotopie conforme à la logique du réel. En effet, en dehors d'un tout petit nombre de mots rares, obscurs par eux-mêmes, la plupart des mots utilisés par Rimbaud sont des mots de tous les jours, tels que «rose», «eaux», «cristal», «pavillon», «viande saignante». Ces mots, placés dans un contexte cohérent, prendront un sens clair. L'opacité vient essentiellement de leur combinaison étrange, comme «rose d'eau», «pavillon en viande saignante», «bras de cristal», et de l'insertion de ces syntagmes étranges dans un contexte hétérogène, discontinue ou dans une syntaxe équivoque.

L'obscurité étant reconnue comme trait caractéristique de l'écriture de Rimbaud, la question qu'il nous faut poser ici, c'est de savoir comment traduire cette obscurité en chinois. Et tout d'abord, que veut dire exactement «traduire l'obscurité»? Puisque traduire suppose toujours un minimum d'effort d'interprétation, est-ce à dire que la traduction doit «traduire» l'obscurité, c'est-à-dire l'interpréter, l'élucider, la dissiper pour une meilleure digestion du lecteur de la langue cible? Certainement pas: si Rimbaud est obscur au lecteur français, il doit le rester au lecteur chinois. La traduction n'a pas pour objet de surmonter l'obscurité textuelle, mais de garder le même effet d'obscurité. Le traducteur doit se défendre du danger inhérent à la traduction même, qui est de remplacer la pluralité de l'original par son interprétation univoque. Il doit éviter de fixer un sens en excluant d'autres dans le cas d'un mot polysémique ou d'une tournure ambiguë. Il doit garder l'usage de l'indétermination chez Rimbaud, reproduire les combinaisons insolites, respecter les ruptures dans la continuité, observer le même registre lexical et le changement brusque de registre, reprendre les affirmations contradictoires, le mélange du concret et de l'abstrait, les énumérations hétéroclites, etc., en un mot maintenir en chinois tant que possible les procédés linguistiques utilisés par Rimbaud pour transcrire ses visions étranges et tourbillonnantes. L'idéal sera, sans doute, de traduire Rimbaud « littéralement et dans tous les sens».

Ces principes abstraits sont faciles à formuler, mais la pratique traductrice se révèle toujours plus complexe, et les résultats obtenus présentent bien des surprises. Les remarques suivantes seront centrées sur les difficultés et les problèmes précis tels que j'ai pu observer dans les différentes traductions chinoises des *Illuminations*. On verra que dans le travail concret, beaucoup de contraintes linguistiques et beaucoup de facteurs relevant de la réception ou de l'horizon d'attente du traducteur lui-même, interviennent pour infléchir le texte de départ, renforcer ou au contraire gommer certains effets de sens original, ou ajouter d'autres effets dus à la spécificité de la langue d'arrivée.

Les contraintes de la langue

Comme pour toute traduction du français en chinois, les premières difficultés qui altèrent immanquablement le texte source proviennent de la différence fondamentale entre les deux systèmes de langue. Le cas de Rimbaud ne fait que multiplier ces difficultés, parce que sa langue est elle-même différente, dans une certaine mesure, du français commun. Selon le point de vue de J. P. Chambon, tel qu'il est rapporté par Todorov, « La différence entre Rimbaud et le français commun est, suggère-t-il, comparable à celle qui existe entre l'anglais standard et l'anglais ' noir' », ou encore, entre la syntaxe du français et celle du chinois »[①]. Pour jouer le jeu, on pourrait imaginer qu'une fois traduit en du vrai chinois, Rimbaud trouverait sa vraie image. Dans cette hypothèse, quelle consolation pour le traducteur! Mais, sérieusement parlant, Rimbaud n'est pas du chinois, ni de l'anglais noir. Son étrangeté s'inscrit encore dans la langue française. Certaines ressources du français faisant défaut ou n'ayant pas d'équivalents exacts dans la langue chinoise, les effets produits à l'aide de ces ressources sont par conséquent difficiles ou impossibles à rendre par la traduction. Et le contraire est aussi vrai.

Par rapport au chinois, les ressources spécifiques du français se trouvent essentiellement autour du substantif et du verbe: pour le substantif, c'est le système des genres (féminin, masculin), des nombres (singulier, pluriel), des articles et leur rôle de détermination (pensons à l'emploi du pluriel dans «Eaux et tristesses» d'*Après le Déluge*). Pour le verbe, c'est le système des temps verbaux et leur différente valeur. Si, en chinois, grâce à des moyens linguistiques autres que la conjugaison, on

---

① «Remarques sur l'obscurité», *op. cit.*, p. 15.

peut traduire plus ou moins les nuances entre l'action et l'état, l'imparfait et le parfait, le duratif et l'instantané, par contre, on ne peut absolument pas reproduire les jeux si délicats en français de l'alternance entre le passé simple et le passé composé, entre le discours et l'énonciation historique. Or de tels jeux sont fréquents dans les *Illuminations*. *Aube* en offre un bon exemple. L'effet, dans le texte original, de l'objectivation du sujet, obtenu par le changement du temps verbal, par le passage progressif d'un «je» narrateur assumant un discours au présent à un protagoniste désigné à la troisième personne et inclus dans un récit au passé simple, est très peu sensible dans les trois traductions du même texte que j'ai observées. C'est qu'en chinois il n'y a pas de conjugaison des verbes et il n'y a pas cette distinction faite par Benveniste entre un passé composé qui appartient au discours présent et un passé simple qui est, selon le sentiment du locuteur français, un passé pur de toute intervention du sujet parlant-on sait qu'il y a eu des discussions là-dessus. Mais retenons ici tout de même cette capacité du français à manifester «une intention historique» par le passé simple. Sous cet éclairage, le chinois paraît toujours au présent par son verbe invariable, ou plutôt il est d'un temps indéterminé. Cette spécificité «intemporelle» du verbe chinois n'est pas sans conséquence sur l'évaluation de la version des *Illuminations*: on parle souvent de l'effet de présence chez Rimbaud, les tableaux s'y composant instantanément sous nos yeux. Or en raison de l'absence systématique d'un temps historique en chinois, la version chinoise comporte nécessairement un effet de présence plus fort encore que dans le texte original, puisque même les reculs historiques rendus possibles en français par le récit à l'aoriste seront toujours ramenés au présent en chinois.

Ainsi, s'il y a des pertes inévitables à cause de l'absence en chinois des moyens linguistiques propres au français, il peut aussi y avoir des chances de gagner d'autres effets par des moyens linguistiques propres au chinois. Je mets entre parenthèses la question de l'écriture chinoise réputée figurative, et qui, de ce fait, serait plus à même de reproduire les effets visuels chez Rimbaud. Je veux simplement noter que la langue chinoise comporte une catégorie de mots (une «partie du discours») qui n'a pas d'équivalent dans le français: c'est le «spécificatif numéral»(量词). La contrainte du chinois exige que, chaque fois qu'il y a dans le texte français un substantif avec un déterminant numéral, partitif ou démonstratif (*un* livre, *des* livres, *ces* livres), la version chinoise doit lui ajouter un spécificatif numéral qui suggère souvent la forme physique de la chose désignée: «un livre» doit se traduire en «yi *ben* shu» (一本书, un *cahier* de livre), «un stylo» en «yi *zhi* gangbi» (一支钢笔, un *bâton* de stylo), «un sentiment d'affection» en «yi *pian* qing) (一片情, une *étendue* de sentiment d'affection). Bien entendu, ces spécificatifs sont à tel point lexicalisés que le locuteur chinois ne sent plus l'image qui y est enfouie. Et une traduction mot à mot passe très mal en français, ou ne passe pas du tout. Mais cette contrainte du chinois, exploitée de façon originale, peut devenir chez des écrivains un petit moyen stylistique①, elle peut aussi être une ressource à mobiliser par le traducteur pour sauver certains effets de sens perdus ailleurs. Parmi les traductions des *Illuminations*, on peut par exemple remarquer que celle de Ye Rulian prend parfois un soin particulier de l'emploi de ces spécificatifs : dans *Fleurs*, « Les gazes grises, les velours verts et les disques de cristal qui noircissent (au soleil) » sont traduits par «*pipi* hui luosha, *tuantuan* lu errong, *zhizhi* fanhei de shuijingpan » (匹匹灰罗纱,团团绿鹅绒,只只泛黑的水晶盘) où l'emploi répété des spécificatifs produit un effet sonore et visuel assez sensible en chinois et qui récupère en quelque sorte les allitérations frappantes du texte français ; ou dans *Après le Déluge* dont la phrase exclamative « c'est un ennui » est traduit par « Zhe shi yi *pian* fannao » (这是一片烦恼). Le spécificatif concret « yi pian » (一片, « une étendue de ») suggère plus ou moins l'immensité de l'ennui, tout comme en français le pluriel inhabituel du mot « tristes*ses* » mis en parallèle avec « Eaux » (« Eaux et tristesses ») suggère l'immensité de la tristesse.

Dans son article sur Rimbaud, Todorov a fait remarquer qu' « à l'inverse du syntaxier Mallarmé, Rimbaud est un lexical : il juxtapose les mots qui, loin de toute articulation, gardent chacun

---

① Par exemple, au lieu de dire « yi tiao lang » (一条狼, un loup), Ji Xian (纪弦), poète de Taiwan, dit « yi pi lang » (一匹狼, un loup) (voir son poème *Marche solitaire du loup*, 纪弦诗《狼之独步》. Ici les deux spécificatifs étant à peine traduisibles, le lecteur français ne verra pas la différence entre le premier « Loup » et le second « Loup ». Mais pour le lecteur chinois, toute la grandeur solitaire du loup semble déjà se dégager de l'emploi inhabituel du spécificatif « pi » (匹), appliqué normalement au cheval.

son insistance propre»①. Pour une traduction en chinois, le texte de Rimbaud offre une certaine facilité par rapport à celui de Mallarmé: ses phrases simples, fragmentaires ou nominales, s'accommodent assez bien avec la tendance naturelle de la langue chinoise, dans laquelle, d'ailleurs, la distinction entre phrases nominales et phrases prédicatives n'est pas si nette du fait de l'absence des marques morphologiques pour distinguer les différentes parties du discours. Pourtant cette facilité au niveau syntaxique est à l'origine même des difficultés au niveau lexical. La juxtaposition des mots sans lien logique, les phrases isolées les unes des autres sans continuité textuelle, l'énumération de paradigmes hétérogènes, l'effet de liste, rendent extrêmement difficiles aussi bien l'interprétation que la traduction.

Cette écriture «lexicale» est une des raisons qui explique l'obscurité de Rimbaud pour le lecteur français, mais elle rend surtout ardue la tâche du traducteur chinois. En effet, une autre grande difficulté de traduction tient à la différence lexicologique entre le français et le chinois: le chinois étant une langue sans aucune affinité avec le latin et le grec, il est impossible de compter sur l'étymologie comme pourrait le faire un traducteur de langue indo-européenne; en plus, du fait que les champs sémantiques d'un mot français et d'un mot chinois se recouvrent rarement, il est souvent difficile de rendre la polysémie d'un mot. Le mot français «pavillon», par exemple, a plusieurs sens consignés dans le dictionnaire qui renvoient

---

① «Une complication de texte», *op. cit.*, p. 246.

respectivement aux domaines de l'architecture, de la marine ou de l'anatomie, et qui correspondent aux mots chinois différents. Cette difficulté lexicale nous conduit tout droit à l'opération centrale de la traduction, à savoir le choix des mots.

Le choix des mots

Pour reprendre l'exemple que je viens de citer, les commentateurs de Rimbaud ont essayé tous les sens possibles (drapeau militaire, maison) pour interpréter le syntagme « pavillon en viande saignante » sans oublier une lecture érotique à partir de son sens anatomique et gynécologique. La polysémie est ici source d'obscurité, mais aussi de liberté. Le lecteur français a au moins l'avantage de lire « pavillon » dans son ambiguïté même, il reçoit en bloc tout ce que le mot peut dénoter, connoter, suggérer, sans être obligé de préciser lequel est le sens exact. Mais le travail du lecteur-traducteur ne saurait être aussi flou, aussi libre. Pour traduire « pavillon » en chinois, il est bien obligé de prendre parti, de choisir l'un des sens possibles et exclure d'autres. La traduction existante a retenu le sens de « drapeau », en fonction du contexte et de la lecture la plus courante chez les critiques français. Mais ce choix prive le lecteur chinois d'autres possibilités d'interprétation.

Dans cette opération de sélection de sens et de mots, le danger presque inévitable, c'est de réduire la pluralité du texte original à une seule lecture, de sacrifier le sens littéral et d'aller trop vite vers une traduction interprétative. Prenons maintenant un exemple des plus transparents, des moins polysémiques, sur lequel les commentateurs français n'ont pas à discuter: le mot « chimie» ou «chimique». Lisant ce mot dans les *Illuminations* – «une chimie sans valeur», «La nouveauté chimique», «la fortune chimique personnelle»–, le lecteur français pense d'abord à son sens scientifique, puis éventuellement à tout ce que qu'il peut suggérer: chimie implique transformation, changement, miracle. Quand on consulte le dictionnaire français-chinois le plus utilisé en Chine continentale aujourd'hui, on trouve effectivement que, à l'entrée «chimie», il est indiqué: sens 1. chimie; sens 2. (par extension) transformation mystérieuse. Alors, pour les trois occurrences que je viens de citer, que faut-il traduire? Ici entre en jeu le souci esthétique du traducteur. Notons d'abord que le mot chinois «huaxue» (化学 chimie) en lui-même prend difficilement le sens figuré de «mystérieux». Pourtant le traducteur décide bien de retenir son sens figuré et d'éviter de traduire «chimie» par «chimie», ce qui fait que dans la version chinoise des *Illuminations* on ne trouvera pas la science «chimie» en tant que telle, tandis que le lecteur français, quelle que soit son interprétation subjective, lit bel et bien le mot «chimie» chez Rimbaud: «une chimie sans valeur» (*Soir historique*) devient en chinois «un changement merveilleux sans aucune valeur» (一次毫无价值的奇幻, «La nouveauté chimique» (*Mouvement*) devient «La nouveauté merveilleuse» (神妙的创新), «cherchant la fortune chimique personnelle» (*Mouvement*) devient «cherchant la fortune alchimique de chacun»

（寻找各自炼金的财富）。On peut apprécier ou ne pas apprécier ce choix, mais je veux simplement montrer par là que le traducteur est à la fois tributaire de l'habitude de combinaison lexicale du chinois et de l'horizon d'attente du public visé. Pour un lecteur chinois habitué à une certaine représentation de la poésie, le mot « chimie » pourrait sembler bizarre. Le traducteur est certes conscient de l'étrangeté de Rimbaud, mais dans ce cas précis, en remplaçant « chimie » par « merveilleux » ou « alchimie », il se montre soucieux de la réceptibilité de sa traduction et ne veut pas décevoir le lecteur par une expression qui ne « passerait » pas. Pourtant n'oublions pas que le texte de Rimbaud était fait justement pour lancer un défi à l'horizon d'attente du public français à peine sorti de la grande poésie romantique.

Un autre obstacle majeur de la traduction poétique est la polysémie produite par la superposition du sens étymologique et du sens dérivé, du sens concret et du sens abstrait. Même si le traducteur se rend bien compte de l'épaisseur du mot à traduire, pour la cohérence du texte et l'habitude du chinois, il ne peut souvent choisir que le sens dérivé et intellectuel au risque de faire disparaître l'image et le sens concret. Dans la première phrase d'*Après le Déluge* («Aussitôt que l'idée du Déluge se fut rassise»), le participe passé « rassise » vient du verbe « se rasseoir » qui signifie s'asseoir de nouveau. Les deux traductions existantes sont intellectuelle ou psychologisante: (a) «L'idée du Déluge vient de perdre son influence» （洪水的观念刚刚失势）, (b) «L'idée folle du Déluge vient d'être calmée» （洪水的

狂想刚才平静）。Elles sont bien fidèles, mais ne permettent plus de retrouver le sens corporel, physique de «s'asseoir de nouveau», qui, pourtant, fonctionne en filigrane dans l'ensemble du texte comme un geste négatif en contraste avec le mouvement positif de «Montez et relevez le Déluge».

Parfois, pour traduire un même mot français, on a le choix entre plusieurs synonymes chinois très proches, mais dont les nuances trahissent tout de même l'intention de chaque traducteur. *Aube* commence par «j'ai embrassé l'aube d'été». Deux traductions (celles de Ge Lei et de Ye Rulian) ont rendu «embrassé» par «yongbao»（拥抱）, tandis qu'une troisième traduction (celle de François Cheng) l'a rendu par «baowen»（抱吻）. «yongbao»（拥抱）signifie le geste affectif et amical d'entourer quelqu'un par les bras, «baowen»（抱吻）insiste davantage sur le geste amoureux d'embrasser quelqu'un sur les lèvres. Le premier choix («j'ai pris l'Aube dans mes bras») donne lieu à une phrase qui n'a rien d'érotique en elle-même, ce n'est qu'en lisant la suite du poème que le lecteur chinois saisira la connotation érotique avec une «Aube» de plus en plus personnifiée et féminisée, tandis que le second choix («j'ai embrassé l'Aube sur les lèvres») met d'emblée en évidence la connotation érotique du poème qui sera renforcée quelques lignes plus loin par l'emploi du mot «yuti»（玉体）pour traduire «corps». En chinois, on lit «wo chudao ta kuanda de yuti»（我触到她宽大的玉体）(«j'ai touché son immense corps de jade») qui traduit «j'ai senti un peu son immense corps» du texte français. «yuti» veut dire mot à mot «corps de jade», c'est une image lexicalisée du chinois classique pour dire le corps féminin.

A propos des images chez Rimbaud justement, la façon de les traduire reflète souvent le degré d'étrangeté que le traducteur veut ou ne veut pas préserver en chinois. Contrairement à l'expression chinoise de «corps de jade» qui est une image cliché et à l'expression française «une langue de bois», par exemple, qui est aussi une image lexicalisée, on ne trouve presque pas d'image de ce type chez Rimbaud. Les images y sont neuves et vives, parfois trop neuves pour être acceptables, trop vives pour être considérées comme images au sens de figure de style qui supposerait un transfert de sens. Dans le français courant, «une langue de bois» a un sens figuré et conventionnel. Mais quel pourrait être le sens figuré d'une «rose d'eau»? D'abord, faut-il vraiment comprendre cette expression étrange au sens figuré? La stylistique des figures nous apprend que ce type de construction—deux substantifs reliés par un «de»—est une des formes principales pour construire une métaphore en français. En tant que métaphore, ce type de syntagme nominal implique un comparé et un comparant: «une langue de bois», c'est un discours politique aussi rigide que du bois, elle ne peut pas être comprise au sens propre sous peine d'être ridicule. Selon le même principe, une «rose d'eau» serait une rose aussi humide, aussi fragile et gracieuse que de l'eau (j'imagine selon mon sentiment de lecteur chinois), mais toute la poétique de Rimbaud nous invite à comprendre ces syntagmes d'abord au sens littéral: une «rose d'eau», c'est littéralement, une nouvelle espèce de rose nommée «rose d'eau», et qui n'a pas besoin d'être vérifiée par le botaniste. Qu'elle existe ou non dans la réalité, cela n'a aucune importance, le lecteur doit l'accepter telle qu'elle est dans le texte, comme on accepte la réalité d'une table de bois. Un très grand nombre d'expressions insolites chez Rimbaud fonctionnent de cette façon. Elles sont «images» au double sens du terme: à la fois image en tant que figure de style, qui attend une interprétation de type métaphorique, et image pure au sens que lui donne Bachelard, qui est le fruit de l'imagination, qui existe dans leur surréalité même, irréductible à toute traduction en langage rationnel. C'est au moins un des sens que je pense pouvoir donner à la déclaration révolutionnaire de Rimbaud «je réservais la traduction».

Tenant compte de cette caractéristique de l'écriture rimbaldienne qui brouille la frontière entre le sens figuré et le sens propre, le traducteur doit alors veiller à garder le plus possible l'ambiguïté de l'expression originale en reproduisant la construction «nom+de+nom», tout à fait possible en chinois. Dans la plupart des cas, les traducteurs des *Illuminations* maintiennent effectivement cette même construction (dans l'ordre inverse bien sûr selon la syntaxe du chinois, quelquefois en faisant l'économie de «de» chinois): «rose d'eau» = «shui meiguihua»（水玫瑰花）(comme en anglais «waterrose»), «bras de cristal» = «shuijing de bi»（水晶的臂）, «anges de flamme et de glace» = «huoyan he bingdong de tianshi»（火焰和冰冻的天使）, qui gardent de ce fait la même étrangeté sémantique qu'en français. Mais il arrive aussi que le traducteur précise le rapport qui relie les deux substantifs en ajoutant d'autres mots :

— « des ciels gris de cristal » (*Les Ponts*) devient en chinois « des ciels gris *comme* du cristal »（水晶般灰暗的天宇）；

— « des chalets de cristal et de bois » (*Villes*) devient « des chalets construits avec du cristal et du bois »（水晶与木头建构的亭榭）；

— « des boulevards de cristal » (*Métropolitain*) devient « des boulevards brillants (qui brillent comme du cristal) »（几条晶亮的大道）；

— « une cloche de feu rose » (*Phrases*) devient « une cloche *fondue avec* du feu d'artifice »（一座烟花铸的钟）；

— « un tapis de filigranes d'argent, d'yeux et de chevelures » (*Fleurs*) devient « un tapis *tissé avec* des filigranes d'argents, du regard et des cheveux »（银丝、目光和披发织就的地毯）；

— « pavillon en viande saignante » (*Barbare*) devient « drapeau *tâché de* sang et couleur de chair »（血染的肉色的旌旗）；

— « Les herbages d'acier et d'émeraude » (*Mystique*) devient « herbages vert émeraude et vigoureux »（翠绿而茁壮的牧场）. Cette dernière traduction bien cohérente en chinois fait pourtant disparaître le mélange du végétal et du minéral, trait caractéristique de la vision de Rimbaud.

Quant à l'expression ambiguë « Les camps d'ombres » dans « Les camps d'ombre ne quittaient pas la route du bois » (*Aube*), son obscurité (« camps » et « ombres » sont à comprendre dans quel sens ?) a donné lieu à trois traductions très différentes : (a) 影群集聚在林间的空地；(b) 团簇的影子没有离开树林的大道；(c) 阴影重重的营帐也还未撤离通往树林的那条道路。François

Cheng (a) et Ge Lei (b) l'interprètent comme une image décrivant l'épaisseur des ombres jetées sans doute par des arbres, tandis que Ye Rulian (c) l'interprète comme des «tentes (camps) militaires aux multiples ombres qui ne se sont pas encore retirées de la route qui conduit au bois», ce qui montre que le syntagme nominal sous forme de «nom+de+nom» est assez délicat à interpréter et à traduire. C'est un procédé très fréquent, parfois obligatoire dans la traduction chinoise en général que de préciser le sens du «de». Mais je pense que, dans le cas spécial de Rimbaud, il vaut mieux ne pas ajouter des mots explicatifs tels que «construits avec», «comme», «fabriqué avec», «tissé avec», afin de laisser au lecteur la liberté d'interprétation. De toute façon, même précisées par ces mots, ces expressions insolites ne deviennent pas plus intelligibles qu'avant.

Le choix des mots doit aussi se faire en fonction des connotations culturelles, qui sont nombreuses dans les *Illuminations*. *Après le Déluge* par exemple contient beaucoup de références implicites ou explicites à la Genèse, au thème du déluge, au personnage de *Télémaque* (Eucharis), au conte de la Barbe Bleue, etc... Dans ces cas, les notes critiques des traducteurs jouent un rôle d'orientation. Mais on peut toujours se demander si le lecteur chinois peut saisir ces connotations biblique, mythique, littéraire ou autre sans l'aide des notes critiques. Puisqu'il s'agit des références culturelles européennes, tout dépend au fond de la culture européenne d'un lecteur chinois. Le mot «déluge» pour un lecteur chinois cultivé évoque tout de suite la

Bible, mais qu'en est-il des mots comme « arc-en-ciel », « la toile d'araignée »? Il faut en tout cas différencier ce qui est la tâche du traducteur et ce qu'il reste à faire par chaque lecteur. Ce qui est indiscutable, c'est que le traducteur lui-même doit au moins savoir les références culturelles concernées, sans quoi il risque de faire de fausses lectures comme dans une des deux traductions d'*Après le Déluge* où on lit en chinois « Dans la futaie de violettes, l'arbre Eucharis bourgeonnant me dit: le printemps arrive » (在紫罗兰的丛林中，抽芽的尤加利树告诉我：春天来了) alors que la phrase originale est « Dans la futaie violette, bourgeonnante, Eucharis me dit que c'était le printemps ».

Quelle langue d'arrivée faut-il trouver?

La pratique traductrice est une activité éminemment double: forme de lecture par rapport au texte original, forme d'écriture par rapport à la langue d'arrivée. Et plus que dans toute autre pratique textuelle, le traducteur doit écrire en lisant et lire en écrivant. Mais du point de vue de la réception de la traduction, on n'aura affaire qu'à une seule écriture, à un seul texte autonome: le lecteur chinois non francisant ne lira que du Rimbaud écrit en chinois. En ce sens, une réflexion plus poussée sur la traduction ne doit pas seulement porter sur l'intelligence du texte de départ, mais aussi sur la qualité de la langue d'arrivée, indépendamment de l'original. Or la langue chinoise n'est pas une entité abstraite ni homogène, elle a connu une grande rupture au début de notre siècle avec le mouvement du 4 Mai. D'ailleurs ses normes sont loin d'être aussi formelles, formalisables que le français. En ce qui concerne les traductions des *Illuminations*, elles sont faites, dans l'ensemble, en un chinois moderne de registre écrit. Mais à les lire de plus près, cette même langue présente des aspects assez différents selon les traducteurs et révèlent chez chacun sa maîtrise de la langue maternelle, son idiome personnel, son goût littéraire, sa culture de la poésie classique et moderne chinoise, et même son âge. Ici l'évaluation peut être très subjective. Mais, quoi qu'il en soit, puisque la grande ambition de Rimbaud était de «trouver une langue» au sein du français, il y a toujours lieu pour un traducteur consciencieux de se poser cette même question essentielle en symétrie: quelle langue d'arrivée faut-il trouver pour traduire Rimbaud? Et vu les problèmes précis apparus dans les diverses traductions de Rimbaud concernant le registre lexical, le mélange du chinois classique et du chinois moderne, la fabrication des néologismes, la discordance de ton, etc., on doit encore formuler cette question de façon plus précise: dans quelle mesure peut-on inventer en chinois sans pour autant être illisible? Comment distinguer l'innovation verbale du traducteur qui serait l'équivalent de la nouveauté de Rimbaud et des cas où le traducteur commettrait vraiment des incorrections et même des agrammaticalités? Comment faire savoir au lecteur chinois ce qui était l'obscurité constitutive de Rimbaud et ce qui n'est qu'une obscurité ajoutée à cause d'une manipulation maladroite du chinois?

Ces questions délicates signifient que la traduction poétique n'est pas seulement une forme de critique par rapport au texte source, mais aussi une occasion précieuse d'interroger et de tester la capacité rénovatrice de la langue cible. En d'autres termes, quand on met Rimbaud à l'épreuve du chinois, on met du même coup le chinois à l'épreuve de la langue de Rimbaud.

Références bibliographiques des versions chinoises des *Illuminations* mentionnées dans la présente communication

Traduction de 31 *Illuminations de Rimbaud* par Ye Rulian et al. (《彩图集》选译 三十一题, 叶汝琏等译) dans *Etudes Françaises* (《法国研究》1988 年第 2 期), Université de Wuhan, n° 2, 1988, pp. 12-31.
Après le Déluge :
Hongshui zhihou 洪水之后 par Shi Zhecun 施蛰存 dans son anthologie *Poèmes étrangers* (《域外诗抄》), 湖南人民出版社, 1987, pp. 220-221.
Hongshui guohou 洪水过后 par Ye Rulian 叶汝琏 dans *Etudes Françaises*, *op. cit*, p. 12.
Aube :
Chenxi 晨曦 par François Cheng 程抱一 dans son anthologie *Sept poètes français* (《法国七人诗选》), 湖南人民出版社, 1984, p. 63.
Liming 黎明 par Ge Lei 葛雷 dans son anthologie *Poésie française moderne* (《现代法兰西诗潮》), 百花洲文艺出版社, 1993, p. 127.
Liming 黎明 par Ye Rulian 叶汝琏 dans *Etudes Françaises*, *op. cit*, pp. 22-23.

兰波在中国

李建英

自1921年李璜①(1895—1991)在《少年中国》②上发表《法兰西诗之格律及其解放》首次介绍兰波以来,这位19世纪伟大的法国诗人进入中国视域已经一个多世纪。尽管他经常梦想从西方逃到东方,但是这位"履风之人"生前绝对料想不到身后在中国经历了一场难以想象的文学之旅。这一个多世纪以来,兰波在中国经历了什么?今天,在上海举办中国第二届兰波国际研讨会之际,我们不妨对此作一个回顾,总结一下他在中国读者心目中形象的流变,尤其是审视他在中国现代诗歌发展过程中所扮演的角色,因为说到中国现代诗歌,除了继承自身的传统,

---

① 李璜,1895年生于四川成都,1991年逝世于台湾台北,中国青年党创始人、政治家、作家、法国文学评论家,代表作有《法国文学史》《法国汉学论集》等,1918—1924年旅居法国。

② 1919年7月,受朱塞佩·马志尼(Giuseppe Mazzini)的《少年意大利》(*Young Italy*)启发,中国青年在北京成立了一个名为"少年中国"(La Jeune Chine)的学会。该协会于1925年解散,其信条是"奋斗、实践、坚忍、俭朴",其宗旨是"本科学的精神为社会活动,以创造少年中国"。在它的旗帜下,聚集了毛泽东、李大钊、张闻天、田汉、朱自清、宗白华等百余位在中国历史上发挥过重要作用的青年。它在北京设有总部,在上海、南京、成都和法国巴黎设有4个分部,并创办了《少年世界》和《少年中国》两本杂志,刊载技术和人文科学、文学、哲学等各个领域的文章。

也深受自波德莱尔以降法国诗歌的影响。我想从以下几个角度探讨：一、兰波在中国的形象流变；二、关于兰波作品的汉译；三、兰波在中国现代诗歌发展中发挥的作用；四、诗歌是现代思想的交汇地。

一、2000 年之前的兰波形象流变

在讨论兰波在中国的形象之前，有必要回顾中国诗歌的演变史，即从千年古典诗歌到以清灭亡为起点的现代诗歌的历史。古代诗歌无论是律诗还是绝句，都遵循严格的五言或七言（字/音节）。随着 1919 年新文化运动和五四运动的发展，诗人用现代语言（白话文）写作并导致古典文学语言的消失。新诗的时代由此到来，这时诗歌写作摆脱了韵律和音节的要求。然而新诗的写作走向了极端，用白话文写就的诗歌变得过于散文化，诗意表现力很弱。"无论如何要扭转这种情况"，这是当时文学界的共同心声。于是一些曾经或正在法国留学的有识之士立即产生了引进法国象征主义的想法，兰波正是在这种情形下与波德莱尔、魏尔伦、雅姆（Jammes）、福尔（Fort）、马拉美等人一起被介绍到中国的。

诚然，在新文化运动的早期，兰波并不是中国引进的法国象征主义的主要诗人，"兰波和马拉美似乎在中国文学接受的头十年里，无论是对翻译家还是对中国译介批评者来说，都不是主要的吸引力对象"[①]，公众对法国诗歌的热情也不因他们的作品而生。但兰波并非昙花一现。事实上，从 20 世纪二十年代开始，

---

① 金丝燕：《文学接受与文化过滤：中国对法国象征主义诗歌的接受》，北京：中国人民大学出版社，1994 年，第 136 页。

兰波逐渐为人们所知，成为中国知识分子心中重要的法国现代诗人之一。李璜1921年肯定了兰波在法国诗歌形式方面的创新①，1922年又在《法国文学史》中说："亚尔·吕尔朗博是威尔乃仑和马那尔麦的密友，是象征主义活动的健将。他和他的朋友并称象征派三杰。"②他肯定了兰波的诗歌艺术，并将兰波定义为"象征主义诗人"，他的介绍引起了巨大反响。1924年，茅盾③将保罗·克洛岱尔作为象征派作家来介绍，称兰波与马拉美一样，都是克洛岱尔的先生，即兰波是象征派诗人。④ 1927年4月，郑振铎主编的《文学大纲》(1898—1958年)出版，再次将兰波列为三大象征主义诗人之一："林博特是麦拉尔梅和魏伦的好友，与他们并称为象征派的三杰。"⑤

1929年，李青崖(1886—1969)则强调兰波的现代诗歌革新者的地位，他说："他并不像以前所有的旧诗一般，用一种论理的、诗律的和比喻的形式，去表现思想的、情感的和事物的世界，却只在内心的世界布置，只谈自己，只为自己而谈。"⑥王独清(1898—1940)也关注兰波的诗歌现代性创新，他认为：兰波能够发明元音的颜色"A 黑，E 白，I 红，U 绿，O 蓝"⑦，是因为他拥有只有真正的诗人才拥有的"趣味"(Goût)，这种"趣味"使他能够"疯狂"地发现静中之动，区分清与浊。要成为诗人，必须培养自己的"趣味"，同时还要冒着无法被理解的风险，因为诗歌不是为

---

① 李璜：《法兰西诗之格律及其解放》，《少年中国》2卷12号，1921年6月。
② 李璜：《法国文学史》，上海：中华书局，1922年，第245页。
③ 茅盾(1896—1981)，作家、文学评论家和新闻记者。
④ 沈雁冰、郑振铎：《现代世界文学者略传(一)》，《小说月报》，15卷1号，1924年1月。
⑤ 郑振铎：《文学大纲》，上海：商务印书馆，1927年，第1676页。
⑥ 李青崖：《现代法国文坛的鸟瞰》，《小说月报》，20卷8号，1929年8月。
⑦ Arthur Rimbaud, "Voyelles", *Œuvres complètes*, Paris: Gallimard, 2009, p. 167.

所有人而写的,任何为大众写作的人都不是真正的诗人!① 不难发现他的观点来自兰波的《通灵人书信》,是他对《书信》的诠释,这也是当时最中肯的诠释之一。王独清认为中国现代诗歌发展的正确道路是诗人生活在社会的边缘、不为大众而创作。这种观点的表达在当时是需要勇气的。

而后,诗人、翻译家、教育家、师从瓦莱里的梁宗岱(1903—1983)为完善兰波在中国形象的塑造做出了重大贡献。对他来说,"履风之人"兰波对"出发"怀抱独有的热情。从《醉舟》到《彩图集》,从《彩图集》到《地狱一季》,诗人无不在接连不断的"出发"之中,他的"出发"将我们领到一个极端的高度。在那里,我们只能从他紧闭的双眼中看到星星点点。当诗人陷入眩晕和幻觉时,他以成为通灵人的方式使自己"达到未知"②。在梁宗岱的笔下,兰波的创新特征更加突出,主要体现于诗人经过思考后实现了"通灵"。

如果要列一份兰波在中国译介者的名单,上面还应该有穆木天(1900—1971)、冯乃超(1901—1983)、张若名(1902—1958)等人。通过他们的译介,兰波的颓废者形象开始让位于现代先锋诗人的形象。原先兰波是遥远而神秘的,人们觉得他是那个时代和生活环境的牺牲品,经过不少译介者的评介,一个对时代和生活充满疑问且富有远见的诗人形象逐渐清晰起来。然而,中国读者更全面了解兰波的时代到来,还得等20世纪八十年代程抱一(François Cheng)的文章《介绍兰波》的发表。③ 在他看来,兰波

---

① 王独清:《再谭诗——寄给木天、伯奇》,《创造月刊》,1卷1号,1926年3月。
② 梁宗岱:《韩波》,文章写于1936年3月12日,同年首次发表于《大公报》,现收录于《梁宗岱文集》第二卷,北京:中央文献出版社,2003年,第177—181页。
③ 程抱一:《介绍兰波》,《外国文学研究》,1981年第2期。

的早熟、他的诗歌生涯、他的冒险生活、他对世界文学的空前影响等等，无论从哪个方面看，他都是唯一无二的。程抱一尤其重点介绍了兰波的现代性，认为兰波并不属于过去译介所说的象征主义诗人，而是一位成功革新法国诗歌传统的"革命者"。程抱一的文章被广泛阅读，"革命者兰波"吸引了曾在文化大革命（1966—1976年）中饱受磨难、渴求"自由的自由"的年轻一代。然而，他们对兰波现代性的理解仍然局限于他的反叛和革命性这一点，"革命"在这些接受者心目中等同于阶级斗争。他们接受兰波的革命精神，但拒绝他的革命方法，尤其不能理解他通过"使一切感官错轨"的方式"达到未知"的"通灵"诗学。兰波在日常生活和诗歌创作中的各种"错轨"行为和实践，在他们看来都是不可接受的，甚至是不健康的。事实上，兰波不仅是"使一切感官错轨"的革命者，也是"一切意义"上的革命者；他不仅是反对资产阶级道德、破坏资本主义社会秩序意义上的革命者，也是反对宗教文化传统和革新法国诗歌艺术意义上的革命者。他的革命使命是通过诗歌"改变生活"，为了完成这一使命他甘愿牺牲自己。尽管他深知"苦难是巨大的"，但他依然不断地"为保留自己的精华饮尽毒药"；为了"达到未知"，他"尽可能使自己成为恶棍"，最终他成了"另一个"，成了为人类谋幸福的"盗火者"。因此，关于兰波革命者的形象，乃至今日实际上仍有待进一步认识。

多年来兰波激进的、革命的诗人形象在中国读者心中根深蒂固，这是因为"文学工具论"的观念在几代人的脑海中留下了深深的烙印。但是，正如兰波所说，"我们有的是时间"，随着时间的推移，我们将进一步了解这位诗人，就像法国当初也是经过了多年才比较公正地认识兰波。兰波作为诗人，充满谜团，形象神秘而复杂，其作品丰富而深邃——这些都将不断激起人们对他的好奇和研究兴趣。

二、关于兰波作品的汉译

兰波作品汉译始于20世纪三十年代。第一首译诗收录在侯佩尹1931年编译的诗选《淞沤集》中。① 值得注意的是,他没有收录被许多人看作兰波代表作的《醉舟》。他是否认为《元音》是诗人最好的作品,我们不得而知。不过,将《元音》视为"母音"证明他已经摸到了兰波诗歌的精髓,因为"母音"意为"生成性的字母":对他来说,A、E、I、U、O是能够产生意义的字母,就像母亲能够赋予生命一样。

1949年中华人民共和国成立之前,兰波在我国译介有限,只有十几首诗散见于各类文学杂志,一个主要原因是当时中国处于战乱状态,尤其处在抗日战争时期。动员人民需要的是含义明确的口号,而不是意义含混的现代诗歌。

20世纪八十年代,人们对西方作家的热情高涨,大量翻译他们的作品。对兰波的兴趣也达到了空前的高度,他的大部分作品都被译成了汉语。九十年代之后,葛雷、莫渝(中国台湾译者)、张秋红、王道乾、王以培等人相继完成全译本。译作不仅涉及诗歌,也包括他的书信,尤其两封"通灵人书信"也有了译本。如今,由于兰波作品的爱好者越来越多,各家出版社相继推出或再版了兰波汉译本,市面上已有十几种译本可供选择。

对于这个译介过程,我想引用诗人的一句诗来描述:"当中国墨汁散发着怡人的芬芳,黑色的粉末徐徐飘落在我的夜晚。"② 这

---

① 1931年5月1日侯佩尹翻译兰波的《韵母五字》,刊载于《青年界》第1卷第3期,而后收入侯佩尹的诗集《淞沤集》,南京:南京书店,1931年。
② Arthur Rimbaud, "Phrases", *Œuvres complètes*, Paris: Gallimard, 2009, p. 299.

句诗的意象比较符合我国兰波诗歌译介的特点:"徐徐飘落",散发着怡人中国墨香的兰波诗歌译介经历了一个零星的漫长过程;"黑色的粉末",由于原文的语言艰深难懂,目前的任何一个汉译本都无法避免文字的晦涩。译者在翻译的过程中经常产生这样的疑问:兰波在诗中注入了一个意思还是几个意思,还是如他自己所言其实"它没有任何意思"[①]。由于难以把握确切的含义,译者往往挂一漏万,或者相反,加入了太多不应有的意思。原文的艰涩对广大译者形成了巨大挑战,因为很难找到与原文一致的对等表述,何况汉语和法语存在极大的差异性。

当兰波作品的晦涩成为翻译的一个问题时,也就出现了多种多样的译文:一个诗歌译本出现之后,立刻就会被不同的译者重译、修正,从而诞生新的版本。《醉舟》就是一个很好的例子:据不完全统计,这首诗有大约十五六个汉语版本。被不断修改后的译本,有的更接近原作,但有的译本是译者自己思想的表达,或译者在原作的基础上创作了自己的诗歌。对于某些具有诗人特质的译者来说,兰波的作品是他们审视个人诗歌主张的工具。例如,在遇到很怪异的表达方式时,一些译者会根据自己的理解进行修改。如《元音》中的"A, noir corset velu des mouches éclatantes/Qui bombinent autour des puanteurs cruelles"[②],形容词"éclatantes"几乎被所有中文译者删除或改写了,因为在他们看来,"苍蝇"是令人厌恶的而不是"亮丽的",同时认为"残忍的恶臭"也不是一个恰当的组合。这类错误在中文翻译中非常常见,另外双关语、隐喻、方言、固定表达等等,也是译者难以

---

① Arthur Rimbaud, "A Georges Izambard, Charleville, 13 mai 1871", *Œuvres complètes*, Paris: Gallimard, 2009, p. 341.

② Arthur Rimbaud, "Voyelles", *Œuvres complètes*, Paris: Gallimard, 2009, p. 167.

把握的难点。

然而,汉译也丰富了兰波诗歌。秦海鹰教授的文章《诗歌翻译的得与失——从〈彩图集〉汉译本谈起》①对此做了深入的分析论证。她指出,兰波的原作因汉语特有的语言手段而变得丰富。汉语没有时态和动词变位,所表达的意境是模糊的,而这正符合兰波诗歌的特点;汉语有量词,量词的使用使声音和视觉的意象更可感。她以"un ennui"为例:不定冠词"un"可以有一片、一阵、一种、一个等意思;复数的"un ennui",中文则可以搭配一片片、一阵阵、一个个、一件件等。秦教授的论点使我们认识到:翻译不仅是一种文字向另一种文字在语言和语义上的转换,它也是原文与译文两个文本的相互补充和完善,因此也是两种异质文化之间更广泛的补充和完善。

翻译是一门不完美的艺术,总有需要完善之处。兰波的作品充满了双关语、隐喻,甚至行话,翻译成汉语这种与法语完全不同的语言困难重重。然而,越是困难,越是充满吸引力,越能激发人的好奇心,越能让人全身心投入其中。近年来,普通读者也加入了翻译兰波的行列,他们把译文分享到互联网上,其中不乏优秀的译作。这是一个令人欣喜的现象。我们可以预期,随着译者的增加和同一首诗的版本的增多,中国读者可以充分欣赏到兰波诗歌的美!

三、兰波在中国现代诗歌发展中的作用

20世纪初,西方文学中占主导地位的美学和意识形态思潮

---

① Qin Haiying, "*Gains et pertes de la traduction poétique-réflexion à partir des versions chinoises des Illuminations*",《法国研究》,1998年第2期,第73—91页。

吸引着中国诗人,并对他们的思想产生影响,翻译到中国的西方诗歌构成中国新诗的真正开端。无需判断热衷于兰波等西方诗人的中国诗人构筑的诗歌世界如何,也无需评价这个诗歌世界与西方诗歌存在哪些差距,可以肯定的是,这时的中国诗歌世界与诗歌主题之间的关系已与古代诗人截然不同。新诗人不再按照古诗所要求的结构来创作诗歌,而是试图摆脱格律的束缚,从西方诗歌模式中汲取灵感。对兰波的早期接受是新的文化价值体系形成过程的一部分,中国对兰波的认识与新诗诞生密切相关。二三十年代,关于兰波的文章和书籍就有三十多篇(部),兰波的中文名字也有二十多个[1],这些名字都是由不同的译介者从法语或英语的发音音译而来,证明兰波的爱好者众多。这些译介者认可兰波的诗学价值,坚信兰波新的创作形式和表达方式有助于中国新诗的发展。

兰波诗歌在中国现代诗歌领域发挥了实际的、建设性的作用。我们以戴望舒(1905—1950年)为例。戴望舒被誉为中国现代诗歌的先驱,而"戴望舒全部个性在于他巨大的接受能力"[2]。

---

[1] 关于阿尔蒂尔·兰波(Arthur Rimbaud)这个名字,大约有二十多种译名,例如:尔朗博、赖滇包、兰泡、兰勃、兰颇、兰婆、兰波、蓝保、伦保、韩波、韩鲍、栾豹、林波、林巴特、灵蒲、南波、林博特、凌波、拉姆薄、狼伯、蓝苞、阿尔居尔·兰普、林波特、杏圃、阿瑟·兰波、阿尔蒂尔·兰波等。在所有汉语译名中,"韩波"最尊重法语发音,而"林博特"来自英语,目前中国人一直用"阿尔蒂尔·兰波"来称呼这位法国诗人,原因似乎是"韩波"不够奇特,因为"韩"是中国一个非常流行的姓氏,有可能使诗人被误认为是中国人。"兰"也是一个姓氏,但没有"韩"那么流行,而"兰"是芳香的花朵(玉兰、兰花、泽兰等),被中国古典诗人广泛用于诗词中,单从汉语名字来看,"兰波"似乎已经有了诗意。这一版本的演变为兰波在中国的接受提供了一些线索。

[2] Qiang Dong, «"Je pense, donc je suis un papillon."-L'influence de la poésie française sur la poésie chinoise moderne, à travers l'expérience poétique de Dai Wangshu», Dans *La modernité française dans l'Asie littéraire* (Chine, Corée, Japon), Presses universitaires de France (2004), pp. 175-184.

施蛰存①在论证这一观点时,强调戴望舒诗歌创作与翻译间的某种同步性:"望舒译诗的过程,正是他创作诗的过程。译道生、魏尔伦诗的时候,正是写《雨巷》的时候;译果尔蒙、耶麦的时候,正是他放弃韵律,转向自由诗体的时候。后来,在四十年代译《恶之花》的时候,他的创作诗也用起脚韵来了。"②对此,有必要注意两点:一方面,戴望舒在20世纪四十年代不仅翻译了波德莱尔,还翻译了包括兰波在内的其他诗人。1944年,他将《彩图集》中的《神秘》《车辙》《花朵》《致一种理式》《黎明》和《战争》六首诗译成汉语。另一方面,他作于1934—1945年间的诗集《灾难的岁月》(Années d'épreuves)并不以押韵取胜,而是一部具有法国超现实主义诗歌特征的原创作品。上述两点表明《彩图集》的翻译和《灾难的岁月》的创作是同步进行的,这种"同步"并不偶然。不妨回顾戴望舒的创作历程。1933年,在他取得巨大成功时,他从诗集《望舒草》中删去了约20首诗(这让人想起兰波,他曾要求朋友德默尼烧掉他送出的所有诗作),其中包括当时深受读者喜爱的《雨巷》("Ruelle sous la pluie")。删诗非一时冲动,而是经过深思熟虑做出的决定,体现了他一种坚定的决心,即以一种独立的思考走一条全新的诗歌道路。他说:"诗是由真实经过想象而出来的,不单是真实,亦不单是想象。"③之后,他的诗歌不再抒发孤独、寂寞和忧郁等情感,而是多角度、多层次地揭示历史、人生、人类存在的本质问题。他1944年翻译《彩图集》推动了创作思想的转变,《灾难的岁月》的创作成功是这一转

---

① 施蛰存(1905—2003),著名散文家、翻译家、教育家,华东师范大学中文系教授。
② 施蛰存:《〈戴望舒译诗集〉序》,施蛰存:《文艺百话》,华东师范大学出版社,1994年,第226页。
③ 戴望舒:《戴望舒诗集》,成都:四川人民出版社,1981年,第164页。

变的证明。他在其中采用应和、隐喻和怪异的组合探索诗歌语言的力量,这种全新的现代语言在所处时代备受瞩目:"我躺在这里/咀嚼着太阳的香味"(《致萤火》),"饥饿的眼睛凝望着铁栅"(《等待,其二》),"无形的手掌掠过无限的江山"(《我用残损的手掌》)。戴望舒的创新宣告中国现代诗歌的诞生,而他的灵感与1932年至1935年在法国的经历密切相关,当时其中的两个经历将他引向兰波。其一,他亲身经历了法国超现实主义发展的高峰,而法国超现实主义尊兰波为宗师,承认兰波诗歌的现代性,并将兰波诗学纳入重要影响来源;其二,1936年,艾田蒲(René Étiemble)与亚苏·高克莱尔(Yassu Gauclère)合著的《兰波》出版。而在1935年戴望舒与这位伟大的汉学家合作翻译中国现代文学,次年才离开法国。因此,如果我们承认戴望舒的最后一部诗集《灾难的岁月》是他所有作品中最好的一部,并且认同"如果没有法国诗歌,就不会有戴望舒"[1],那么,也可以说如果没有兰波,就不会有我们所认识的戴望舒。

时间不允许我们逐一分析戴望舒在全部诗歌创作中受到兰波何种的影响,也不允许我们讨论其他受兰波影响而在中国现代诗歌发展中发挥重要作用的诗人。但我们必须接受这样一个事实,即通过对波德莱尔、兰波等诗人的接受,中国诗人总体上完成了自我转变,实现了诗歌主体与世俗自我的分离。在某种程度上,诗歌主体不再单一,体现了不同时代、不同民族、不同形式的共存;主题的多样性使诗歌成了"奇特的、深邃的、丑恶的、美好的"等一切事物的交汇之地。包括善与恶在内的壁垒被打

---

[1] Qiang Dong, « "Je pense, donc je suis un papillon."-L'influence de la poésie française sur la poésie chinoise moderne, à travers l'expérience poétique de Dai Wangshu», Dans *La modernité française dans l'Asie littéraire* (*Chine*, *Corée*, *Japon*), Presses universitaires de France (2004), pp. 175-184.

破之后，很多优秀的诗歌作品也成功颠覆了曾经在一个时代占主流的二元论。

四、诗歌是现代思想的交汇地

随着我国兰波研究以各种形式向前推进，人们也开始关注两种文化背景下诗人的共性。不少研究者发现，不管在中国古代还是现代诗歌史上，不乏存在兰波式的诗人。

我国第一个兰波式的诗人是唐代的李贺（790—817）。他短暂而冒险的一生、叛逆的精神、创造性的想象和敏锐的感知力都与兰波相似。神童李贺七岁作诗，他塑造的诗歌意象只有诗人可见，奇特而大胆。例如这些诗句："巨鼻宜山褐，庞眉入苦吟"①；"一双瞳人剪秋水"②。还有一些描写箜篌音乐旋律的诗句："女娲炼石补天处，石破天惊逗秋雨。"③在另一首诗中，"冷翠烛"④（意为"磷"）让人联想到兰波的"歌唱的磷在黄色和蓝色中苏醒"⑤。死亡是李贺诗中一个重要的主题，他常常使用"墓""鬼""巫""暮""秋""雨"等寓意衰败、悲凉、死亡的词语，这使他成为第一位在诗中如此大谈死亡的诗人。正如伊夫·博纳富瓦（Yves Bonnefoy）在《论兰波》（*Rimbaud par lui-même*）中所说：

---

① 李贺：《巴童答》，李贺著，王琦等评注：《三家评注李长吉歌诗》，上海：上海古籍出版社，1998年，第104页。
② 李贺：《唐儿歌》，李贺著，王琦等评注：《三家评注李长吉歌诗》，上海：上海古籍出版社，1998年，第47页。
③ 李贺：《李凭箜篌引》，李贺著，王琦等评注：《三家评注李长吉歌诗》，上海：上海古籍出版社，1998年，第141页。
④ 李贺：《苏小小墓》，李贺著，王琦等评注：《三家评注李长吉歌诗》，上海：上海古籍出版社，1998年，第46页。
⑤ Arthur Rimbaud, "Le Bateau ivre", *Œuvres complètes*, Paris: Gallimard, 2009, p. 163.

"真正的诗歌,即让生命重生的诗歌,恢复生气的诗歌,诞生于死亡的极端边缘处。"①不管是兰波,还是李贺,都没逃脱作为真正诗人的宿命。因此,艾田蒲有理由将李贺视为中国的兰波,他以高喊绝望来完成反抗。

除了李贺,兰波与唐代的另一位诗人李白(701—762)最为相似,兰波的奔放、清新和诗歌的力量可与之比肩。赞同这一观点的不乏其人,比如北京大学教授刘自强就发现他们的诗表现了同样的快乐。② 兰波式的快乐:"我把绳索从钟楼穿到钟楼,把花环从窗户穿到窗户;把金链从星星穿到星星,我跳舞"③,这正是李白《铜官山醉后绝句》中的快乐:"我爱铜官乐,千年未拟还。∥应须回舞袖,拂尽五松山。"在梦的主题上,两位诗人的相似性也相当明显。《兰波诗全集》的译者葛雷持这一观点。④ 两位诗人都以梦为重要主题。李白写了许多与梦游相关的诗,其中最著名的是《梦游天姥吟留别》。这首诗取材于梦境,诗人以奇特的想象和大胆夸张的表现手法,表达了对昏暗现实的不满和反抗精神,体现了对光明和自由的向往。他在梦中游历于山间,兰波则乘"醉舟"漂荡在海上。然而,无论在地域层面,还是在精神层面,地球对于他们都不够大,他们的"旅行"需要整个宇宙。"脚著谢公屐,身登青云梯。半壁见海日,空中闻天鸡。"⑤这是李白的宇宙。与之相对应的兰波的宇宙是:"梦幻的小拇指,我一路丢撒/诗韵,

---

① Yves Bonnefoy, *Rimbaud par lui-même*, Paris, Seuil, 1961, p. 21.
② Liu Ziqiang," La «poésie objective» de Rimbaud et les paysages des poètes chinois classiques",《法国研究》,1989年第2期,第45页。
③ Arthur Rimbaud, "Phrases", *Œuvres complètes*, Paris: Gallimard, 2009, p. 299.
④ 葛雷:《兰波之梦——兰波诗与李白诗的比较》,《国外文学》,1992年第2期,第53—70页。
⑤ 李白:《梦游天姥吟留别》,李白著,王琦注,《李太白全集》,北京:中华书局,1977年,第705页。

我的客栈在大熊星座。——我的星辰在天边轻轻地发出呼噜呼噜。"①他们都试图通过亦真亦幻的形象"达到未知",在宇宙中发现人的真相。但说到两人各自的特点,我们从李白的诗中读到的是道家思想,他一生屡屡受挫,却在虚无飘渺的宇宙中恬然自若。现实严酷,他梦想到虚空中去生活,从而达到彻底的改变。兰波说,"人生是一场众人的闹剧"②,而李白的人生态度是"手持一枝菊,调笑二千石"③。换言之,李白是以无动于衷的姿态来表达反抗现实。我们不知道兰波是否从中国文明中汲取了灵感,但很显然,他渴望逃往东方。在《不可能》中他这样写道:

  我把殉道者的荣誉、艺术的光芒、发明家的骄傲、掠夺者的狂热交给魔鬼;我回到东方,回到最初和永恒的智慧。——这似乎是一个粗鄙懒惰的梦!④

诚然,兰波所向往的东方不是道家的世界,因此也不是李白的世界,因为诗人兰波是一个热血沸腾的青年,是一个内心总是在燃烧的人。然而,他放弃诗歌、离开欧洲的事实却与道家的"无为"思想不谋而合。"无为"不是一种不作为或被动的态度,而是一种反抗和创造的方式,与李白的无动于衷相对应。正是在这一点上,两个伟大灵魂的相遇了,尽管他们相隔数百年,出

---

① Arthur Rimbaud,"Ma bohême",*Œuvres complètes*,Paris:Gallimard,2009,p. 106.
② Arthur Rimbaud,"Mauvais sang",*Œuvres complètes*,Paris:Gallimard,2009,p. 252.
③ 李白:《宣州醉后寄崔侍御二首》,李白著,王琦注,《李太白全集》,北京:中华书局,1977年,第692页。
④ Arthur Rimbaud,"Impossible",*Œuvres complètes*,Paris:Gallimard,2009,p. 272.

身于两种不同的文化背景。

与兰波相似的诗人还有不少,李贺和李白并不是仅有的两位。但在此我们不能一一比较各位诗人的创作策略或主题与兰波的相似性,而想分析尽管与兰波在时空上相距甚远,但他独特的诗学主张在中国古典诗歌中随处可见。以他的名言"我是另一个"为例。《彩图集》的译者叶汝琏教授认为:"'我是另一个'这句诗人的名言,[……]似乎没有玄妙令人费解,它与中国古典诗歌中的某种经验相似,是同一种启示。"① 刘自强则试图论证杜甫(712—770)"读书破万卷,下笔如有神"中存在一个蜕变为"另一个"的"我","另一个"具象化为他的"神",而这个神与兰波的"另一个"相似。事实上,在中国古典诗歌的历史脉络中,从几乎没有人称代词"我"的《诗经》②,到大量出现"我"的诗歌鼎盛期的唐代诗歌,"我"从来都不局限于诗人的自我。无论书写方式如何,"我"始终是"另一个"。钱钟书在研究诗歌创作与诗人的关系时也表达了同样的观点。他认为,我国优秀的古典诗人在创作过程中,为了找到非同寻常的表现和表达方式,以便提升节奏的连贯性,彰显形象、意象的表现力度,都不遗余力地唤醒和点燃自己的激情。当诗歌创作者试图用语言抓住自己的思想瞬间时,就需要第三种力量。③ 这种力量是思想力量的体现,它能够将普通的词锻造出意想不到的结果,但并不破坏惯常的语法形式,而是将句法与思想和谐地结合在一起,进而捕捉和再现难以表达的事物。钱钟书所论证的是语言的启发性,这种启发

---

① Ye Rulien, "Discours d'ouverture donné",《法国研究》,1989 年第 2 期,第 23—24 页。

② 《诗经》收录了约 300 首中国古代诗歌,创作年代跨越西周(公元前 1046—771 年)到春秋中期(公元前 770—476 年)。它收录了中国最古老的诗歌。

③ 钱钟书:《管锥编》第三卷,北京:中华书局,1982 年,第 1206 页。钱钟书(1910—1998),学者、作家和教育家。

性兰波以"我是另一个"来表述,兰波的这一诗学思想在包括中国诗人在内的各民族伟大诗人身上都有体现。

兰波的其他诗学观点,例如:互为对立的"客观的诗"与"主观的诗"、"通过长期的、广泛的、理性的一切感官的错轨,使自己成为通灵人"以及"发明颜色"等等①,在无数中国古典诗人那里都可以找到,以至于有人提出这样的疑问:兰波所写的两封《通灵人书信》是否构想了一种东方的,特别是中国的诗学? 因为白居易(772—846)早已懂得以感官错轨的方式来描述美妙的音乐旋律:"大珠小珠落玉盘。"而兰波的著名诗句"A 黑,E 白……"又和李清照(1084—1155)的"绿肥红瘦"异曲同工。关于兰波式的行为"错轨",魏末晋初的"竹林七贤"②大约在 1650 年前就已经表现得最为淋漓尽致。例如,"七贤"中的第一位诗人阮籍由于对朝廷的专制和腐败感到失望,总是以叛逆而痛苦的面目示人,与猪共饮,藐视世俗。"七贤"中的另一位诗人刘伶喜欢一丝不挂、赤身裸体地待在家中,他自嘲:"我以天地为栋宇,屋室为裈衣,诸君何为入我裈中!"③这些"错轨"的行为让他们能够"使自己成为通灵人",从而超越时空的界限。其方式与目的与兰波并无二致。

中国古典诗歌是新诗的源头,新诗继承了古典诗歌的许多传统,三四十年代的诗人-翻译家们通过他们的创作和翻译活动,又为新诗创作提供了具有新节奏、独特主题的现代诗歌表达范例,因此新诗是东西方不同文化结合的产物。八十年代诞生

---

① 参见两封《通灵人书信》。Arthur Rimbaud, *Œuvres complètes*, Paris: Gallimard, 2009, pp. 339-349.
② "竹林七贤":阮籍(210—263 年)、嵇康(224 年—263 年,一作 223 年—262 年)、山涛(205 年—283 年)、刘伶(约 221—约 300)、阮咸(生卒年不详)、向秀(约 227 年—272 年)、王戎(234 年—305 年)。
③ 刘义庆:《世说新语•任诞第二十三》。

的"朦胧诗人"是新诗的传承者,他们的风格与五十至七十年代的诗人截然不同,后者打着人民诗人的旗号,实际是他者的代言人。

在朦胧诗人中,顾城①与兰波最相似。2004 年,我在题为"中国的兰波"的博士论文中将他与兰波做了比较。我认为:顾城和兰波一样,两人都对诗歌有非凡的追求,都想革新诗歌艺术。他们都"贪婪"地追求自由和美,随时准备迎接自身的更大挑战。对他们来说,创作和生活一样"苦难深重",因为他们追求"完全体验"。兰波的目标是以成为"通灵人"的方式为人类盗得天火;顾城则希望以炼金术士的方式,燃烧现在,全方位唤醒未来的希望。除了朦胧诗人之外,中国当代诗人中兰波式的诗人还有海子②、潘维③、涂国文④等。海子向往"快乐的幸福"(happy happiness),这种渴求实际上就是兰波对"自由的自由"(la liberté libre)的期待。30 多年前,他在以无数诗篇徒劳地寻找未知之后,在火车的车轮下结束了自己的生命。他没有"在脸上培植毒瘤",也没有"饮尽一切毒药",却在 25 岁时为诗歌献出了生命,成为"诗歌的烈士"。"诗歌的烈士"是他在诗作《献给韩波——诗歌的烈士》中给兰波的称谓。在他看来,兰波心甘情愿地为诗歌现代性受苦受难,放弃属于自己的一切:荣誉、地位、名誉等等。当他认为兰波是"诗歌的烈士"时,他无疑承认兰波是

---

① 顾城(1956—1993),中国现代著名诗人、散文家、小说家。他是中国现代主义诗人群体"朦胧诗人"的杰出代表。
② 海子(1964—1989),原名查海生,是"文革"后涌现出的最著名的诗人之一。他的诗歌充满神秘主义色彩,并受到西方哲学和现代艺术的影响,得到中国年轻一代的广泛赞誉。
③ 潘维(1964—),著名诗人,曾获得 2019—2020 年"中国诗歌网年度十佳诗人奖"。写有《追随兰波直到阴郁的天边》。
④ 涂国文(1966—),诗人、作家、评论家。

他的老师,这位老师通过告别诗歌、去非洲经商的行为为他树立榜样。但他表达对兰波的敬仰之情、使自己成为"诗歌的烈士"的方式,却让人极其痛心。

随着时间的推移,诗人们对兰波的仰慕变成了对他的认同。《献给兰波》,在这个标题下创作的诗歌有十几首之多。潘维在他的《献给兰波》中表达了诗人们对兰波的虔诚向往——"追随兰波直到阴郁的天边"。不仅诗人,小说家也要追随兰波到天边。受到兰波诗歌的启发,当代作家邓一光[①]在他的《醒来已是正午》中引用了大量兰波的诗歌,他笔下的人物在日常生活和工作中不时吟诵。[②]"今天的兰波比以往任何时候都要现代,影响超越了以往任何时候",这是皮埃尔·布吕奈尔(Pierre Brunel)在越秀外国语学院演讲时对兰波在法国接受情况所作的表述,他还补充说道:"今天的诗人很多时候是兰波的继承者,无论他们是自愿还是非自愿地,都与兰波发生关联。"布吕奈尔所描述的兰波在法国的接受情况与在中国的接受状况相似。这里有一个非常有趣的现象,兰波与中国古典诗人和现当代诗人,尽管在历史和文化上都相距甚远,尽管他们未必都读过兰波的作品,却因相似的诗歌理想、诗歌冒险以及对文学现代性的贡献而联系在一起。因此,可以这样说,伟大的思想是没有文化、宗教、种族、民族之分的,它通过诗歌等各种形式跨越时空,与我们相遇。

诚然,兰波在中国的接受程度不如法国,但兰波的诗歌理念和"革新"一切的勇气已经逐渐在中国读者中深入人心。因此,在今天的中国,存在很多兰波式的诗人也就不足为奇了。我相

---

① 邓一光(1956—),著名作家。
② 邓一光:《醒来已是正午》,《小说月报》,2023 年第 1 期,第 3—11 页。

信,在其他国家,非洲、阿拉伯和印度,可能也有很多像阿尔蒂尔·兰波那样,希望"将传统诗歌转化为征服行动"的诗人,因为人类都渴望幸福,而全人类的进步,不管种族如何,都是以类似的方式继续的。

Rimbaud en Chine

LI Jianying

Depuis la première présentation réalisée en 1921 par Li Huang①(1895-1991), dans son article intitulé *La versification de la poésie française ou sa liberté* qui a paru dans la revue *La Jeune Chine*②, Arthur Rimbaud, grand poète français du 19ᵉ siècle, est présent en Chine depuis plus d'un siècle. Cet

---

① Li Huang, né en 1895 à Chengdu du Sichuan, mort à Taibei en 1991, fondateur du Parti de la Jeunesse de la Chine, homme politique, écrivain et essayiste de la littérature française dont les chefs-œuvres sont *L'Histoire de la Littérature française*, *L'Anthologie des essais des sinologues français*, etc. Il a séjourné en France pendant les années 1918-1924.

② *La Jeune Chine*, une association fondée par des jeunes Chinois inspirés de *la Jeune Italie* de Giuseppe Mazzini, en juillet 1919 à Pékin, rompue en 1925, dont le slogan est «Lutte, pratique, tenace, simplicité», et le principe, «participer aux activités sociales de l'esprit scientifique pour créer une jeune Chine». Sous son enseigne s'est réunie une centaine de jeunes qui joueront un grand rôle dans l'histoire de la Chine, tels que Mao Zedong, Li Dazhao, Zhang Wentian, Tian Han, Zhu Ziqing, Zong Baihua, etc. Elle a son siège social à Pékin et 4 agences respectivement à Shanghai, Nankin, Chengdu et aussi en France, à Paris, et elle a créé deux revues: *Jeune Monde* et *Jeune Chine*, où on trouve des articles concernant de tous les domaines: d'ordre de science technique et humaine, littérature, philosophie, etc.

« Homme aux semelles de vent» n'aurait jamais imaginée en vie qu'il y a vécu malgré lui une aventure littéraire bien qu'il rêve de temps en temps de s'enfuir de l'Occident vers l'Orient. Qu'est-ce qui lui est arrivé? Aujourd'hui, à l'occasion du deuxième colloque international sur Rimbaud organisé en Chine qui a lieu à Shanghai, il nous paraît intéressant de reparcourir son itinéraire littéraire en Chine, d'examiner son image originale chez les lecteurs chinois et surtout son rôle au cours du développement de la poésie chinoise moderne qui, semble-t-il, a emprunté deux types de sources: les sources traditionnelles et les sources occidentales. A ce propos, j'aimerais le mettre dans les perspectives suivantes: l'image de Rimbaud en Chine; la traduction de ses œuvres; le rôle de Rimbaud au cours de la modernisation littéraire de Chine; le lieu poétique où les grands esprits se rencontrent.

L'image de Rimbaud en Chine avant 2000

Avant de décrire l'image de Rimbaud en Chine, il nous paraît nécessaire de rappeler l'histoire de l'évolution de la poésie chinoise, celle de la poésie classique qui la dominait pendant des siècles à la poésie moderne dont le début est marqué par l'écroulement de la dynastie des Qing. Les poèmes classiques, que ce soit *lüshi* ou *jueju*, se composent strictement de cinq ou sept pieds (caractères/syllabes). Avec le Mouvement de la nouvelle culture («Xin wenhua yundong»新文化运动) et le Mouvement du 4 mai 1919, on préconisait d'écrire en langue moderne (bai hua, langue parlée) et a obtenu la disparition de la langue littéraire classique. Ainsi est arrivé l'époque de la poésie chinoise moderne, où l'écriture versifiée est libérée des exigences de la rime et du décompte des syllabes. Or, l'entreprise se dirigeait vers l'extrémité de sorte que la poésie chinoise écrite en bai hua était devenue trop prosaïque et faible en évocation suggérée. « Il faut sans aucun doute la ramener», c'était la volonté commune du monde littéraire, et certains pionniers, qui en général ont fait ou faisaient leurs études en France, avaient immédiatement l'idée de recourir au symbolisme français. C'est alors que Rimbaud est introduit ensemble avec Baudelaire, Verlaine, Jammes, Fort, Mallarmé, etc.

Il est vrai, au cours des premières années du Mouvement de la nouvelle culture, Rimbaud n'était pas le sujet principal parmi les poètes symbolistes français importés en Chine, et « Il semble que Rimbaud et Mallarmé ne soient pas les pôles d'attraction ni pour les traducteurs ni pour les interprètes-critiques chinois pendant les premiers dix ans de la réception littéraire en Chine. »[1] L'engouement du public littéraire n'était pas non plus pour lui. Mais, Rimbaud n'était pas un passant éclair. En fait, depuis les années 1920, Rimbaud s'est fait connaître d'une allure progressive, et devenu l'un des premiers poètes modernes français chez l'intelligentsia chinois. Li Huang a affirmé les innovations de Rimbaud sur la forme de poésie dans

---

[1] Jin siya, *La littérature chinoise moderne* (1899-1949) *et la réception de la littérature française* (voir 金丝燕: 《文学接受与文化过滤: 中国对法国象征主义诗歌的接受》, 北京: 中国人民大学出版社, 1994年, 第136页).

la versification de la poésie française ou sa liberté en 1921①, et il a ajouté ces lignes en 1922 dans son ouvrage *l'Histoire de la littérature française* : « Arthur Rimbaud, ami proche de Verlaine et de Mallarmé, était un militant du mouvement du symbolisme, connu ainsi comme l'un des trois grands symbolistes avec ses amis. »② Cette présentation, tout en présidant son art poétique, a identifié Rimbaud au « poète symboliste » dont l'appellation a reçu un grand écho. En 1924, Mao Dun③ a pris à son tour Rimbaud pour poète symboliste en faisant la présentation de Paul Claudel pour l'un des écrivains symbolistes, disant que Rimbaud comme Mallarmé était le maître de celui-là④. En avril 1927, le journal *Outline of Literature* édité par Zheng Zhenduo(1898-1958)a publié un article qui place Rimbaud une fois de plus dans le trio de tête de la poésie symboliste : « verlaine, Mallarmé et Rimbaud sont trois figures de proue du mouvement symbolistes français »⑤.

En 1929, Li Qingya (1886-1969) est intervenu pour défendre son statut d'innovateur de la nouvelle poésie : « Au lieu de faire

---

① Voir *La Jeune Chine*, Vol. 2, No. 12, Shanghai, le 15 juin 1921.

② Li Huang, *L'Histoire de la littérature française*, Editions de Zhonghua Shuju, Shanghai, 1922, p. 245.

③ Mao Dun(1896-1981), écrivain, critique littéraire et journaliste dans la Chine du XXe siècle.

④ Shen Yanbing, Zheng Zhenduo, *Une brève biographie des écirvains de la littérature modiale*, Journal du roman, T. 15, No. 1, Shanghai, le 10 janvier 1924. (沈雁冰、郑振择:《现代世界文学者略传（一）》,上海:《小说月报》(第15卷第1号),1924年1月10日。)

⑤ *Outline of Literature*, édité par Zheng Zhenduo, Shangwu yinshuguan, Shanghai, 1927, pp. 1675-1677.

appel comme dans tous les poèmes du passé au procédé déductif, métrique et métaphorique pour représenter le monde de la pensée, des sentiments et des choses, il (Rimbaud) se lance tout seul dans le monde intérieur, ne parle que de son moi, n'écrit que pour son moi. »① Et en ce qui concerne de la nouveauté de Rimbaud, Wang Duqing (1898-1940) a mis l'accent sur le «Goût» particulier que Rimbaud possède. Selon lui, si Rimbaud est arrivé à inventer les couleurs des voyelles: «A noir, E blanc, I rouge, U vert, O bleu...», c'est parce qu'il a le «Goût» que seul le poète, le vrai, possède, et qui lui permet d'avoir «De la folie» pour découvrir ce qui est dynamique dans un état statique, de distinguer le clair du vague. Afin de devenir poète, on doit cultiver son «Goût». Et il faut prendre le risque d'être hermétique aussi, car la poésie n'est pas pour tout le monde, et celui qui écrit pour le grand public n'est pas un vrai poète! De ces mots, on voit bien que toutes ses idées sont venues des *Lettres du voyant* de Rimbaud. Il les a bien interprétées, c'est l'une des plus pertinentes de toutes les interprétations. Il avait du courage d'exprimer l'idée que le poète vit en marge de la société et que ses poèmes ne sont pas écrits pour les masses populaires, ce qui serait la bonne voie que la poésie chinoise doive prendre vers la modernisation.

Plus tard, Liang Zongdai (1903-1983), ancien étudiant de Paul Valéry, poète, traducteur, pédagogue de la littérature

---

① Li Qingya, Un aperçu de la littérature française moderne, *Journal du roman*, T. 20, No. 8, Shanghai, le 10 août 1929. (李青崖:《现代法国文坛的鸟瞰》,《小说月报》(第 20 卷第 8 号),1929 年 8 月 10 日。)

européenne, arrive à compléter l'image de Rimbaud. Pour lui, «L'homme aux semelles de vent» a une passion exclusive pour le départ. Du *Bateau Ivre* aux *Illuminations*, des *Illuminations* à *Une Saison en Enfer*, le poète, par ses voyages successifs, nous emmène à une hauteur extrême où l'on ne voyait que des points dans ses yeux fermés. Devenu la proie du vertige et sous l'effet d'hallucination, le poète essaie d'«Arriver à l'inconnu»[①] en se faisant voyant. Grâce à Liang, la nouveauté de Rimbaud est plus saillante, qui se traduit par la voyance du poète selon ses réflexions.

S'il fallait établir une liste des introducteurs de Rimbaud en Chine, il faudrait y ajouter Mu Mutian (穆木天) (1900-1971), Feng Naichao (冯乃超) (1901-1983), Zhang Ruoming (张若名) (1902-1958), et beaucoup d'autres. Dans leurs textes, on perçoit que l'image décadente commence à céder la place à l'image des premiers poètes de la modernité. Le poète lointain et énigmatique, victime de son temps et de son milieu étranger, devient un poète visionnaire qui a des questions à interroger sur le temps et sur la vie. Cependant, pour une compréhension plus complète de Rimbaud, il a fallu attendre les années 1980, où François Cheng a débuté une nouvelle introduction de Rimbaud avec son article intitulé Rimbaud[②].

[①] Liang Zongdai, *Rimbaud*, article rédigé le 12 mars 1936, publié d'abord dans un journal quotidien *Dagong Bao* de la même année; actuellement regroupé dans *les Œuvres de Liang Zongdai*, Tome II, les Editions et la traduction centrales, 2003, p177-181.

[②] François Cheng, *Rimbaud*, Studies in Foreign Literature (bimensuelle), No. 2, Wuhan, 1981.

Chez lui, Rimbaud est unique sur tous les plans: sa précocité, sa carrière poétique, sa vie aventureuse, son influence sans précédent sur la littérature mondiale, etc. Il a mis l'accent surtout sur la modernité de Rimbaud qui, selon lui, loin du poète symboliste identifié par des introducteurs chinois précédents, est avant tout un «révolutionnaire» qui a réussi à révolutionner la tradition de la poésie française. Son article a été largement lu et le «rimbaud révolutionnaire» a été, une fois de plus, fasciné à la jeune génération qui, ayant beaucoup souffert pendant la Grande Révolution culturelle (1966-1976), ont soif de «Liberté libre». Pourtant la compréhension de sa modernité se limite encore à la rébellion et à la révolution qui s'expliquent chez eux en lutte de classes. En effet, ils acceptent son esprit révolutionnaire, mais refusent ses méthodes de révolutionner et surtout sa voyance qui se faisait «par le dérèglement de tous les sens». Que ce soit dans la vie quotidienne ou dans la création, ses «Dérèglements» leur semblent inacceptables, mal sains. Mais en fait, Rimbaud est révolutionnaire «De tous les sens», non seulement au sens moral et social, mais aussi au sens spirituel et culturel. Sa vocation révolutionnaire est de «changer la vie» par la poésie, et à laquelle il se sacrifie volontairement. Il ne s'arrête pas à «épuise[r] en lui tous les poisons, pour n'en garder que les quintessences», bien qu'il sache très bien que «Les souffrances sont énormes»; il «[s]'encrapule le plus possible» afin de devenir «un autre» et «un voleur du feu» pour le bonheur de l'humanité.

    En ce sens, aujourd'hui encore, il reste beaucoup à apprendre sur l'image de Rimbaudr évolutionnaire. Si l'image d'un poète radical et révolutionnaire est profondément ancrée chez les lecteurs chinois pendant bien des années, c'est parce que l'idée que la littérature est un outil s'est largement inscrite dans l'esprit des générations. Pour mieux comprendre Rimbaud on a besoin du temps, juste comme la France qui avait besoin bien des années avant de le connaître. Un poète avec une personnalité mystérieuse et complexe, dont les œuvres possèdent une richesse intrinsèque, suscite certainement la curiosité et l'intérêt de continuer à s'interroger sur lui.

La traduction des œuvres de Rimbaud

La traduction des œuvres de Rimbaud en chinois commence dans les années 1930. La première a été consacrée aux *Voyelles* en 1931 par Hou Peiyin, dont la version figure dans *Song Hong Ji*[①], une anthologie des poèmes établie par celui-ci. Il est intéressant de noter que le traducteur n'y a pas groupé le *Bateau Ivre* que beaucoup d'autres ont pris pour le meilleur poème du poète. Est-ce que les *Voyelles* lui paraissent le meilleur? On ne sait pas. Pourtant le fait qu'il a mis «voyelles» en *muyin* prouve qu'il a saisi l'essentiel de la poésie de Rimbaud, car «Muyin» 母音 veut dire «Lettres générant»: Pour lui, A E I U

---

① «voyelles», traduit par Hou Peiyi, publié dans la revue «La Jeunesse» T. 1, No. 3, et édité dans son recueil *Les Saône-Rhône*, Librairie de Nanjing, le 1 mai 1931. (1931年5月1日侯佩尹翻译兰波的《韵母五字》，刊载于《青年界》第1卷第3期，而后收入侯佩尹的诗集《淞沱集》，南京：南京书店，1931年。)

O, ce sont des lettres qui peuvent engendrer le sens ou des sens, juste comme une mère qui peut donner une vie ou des vies.

Avant 1949, l'année de la fondation de la République populaire, Rimbaud n'a pas été assez traduit chez nous, sauf une dizaine de poèmes dispersés dans des revues littéraires de toutes sortes, pour une des raisons majeures que la Chine d'alors se trouvait en désordre, surtout en Guerre de résistance aux agresseurs japonais. Pour mobiliser toute la population, elle avait besoin, par rapport aux poèmes modernes avec un sens obscur, plutôt de slogans portant un sens bien clair.

Une plus grande quantité de traductions ont été réalisées dans les années 1980, qui ont apparemment connu une passion générale pour les écrivains occidentaux et un intérêt sans précédent pour Rimbaud, dont la plupart d'œuvres sont enfin traduites en chinois. Dans les années 90, nous avons déjà l'intégrale en version chinoise consacrée successivement par Ge Lei, Mo Yu (un traducteur de Taiwan), Zhang Qiuhong, Wang Daoqian, Wang Yipei, etc. Non seulement ses poèmes, mais aussi sa correspondance, surtout ses deux lettres dites «Du voyant» sont enfin arrivées aux mains des lecteurs chinois. Aujourd'hui avec l'augmentation des adeptes de Rimbaud, les œuvres complètes en version chinoise ont été éditées et rééditées sans arrêt par de diverses maisons d'éditions pour répondre au besoin, et maintenant il y en a une dizaine aux choix.

En ce qui concerne de ce processus de traduction, j'aimerais citer un vers du poète pour le qualifier: *«Avivant un agréable goût d'encre de Chine, une poudre noire pleut doucement sur ma veillée* », l'image que ce vers présente illustre toute la spécificité de la traduction : elle ressemble en effet à « une poudre noire » qui « pleut doucement ». « Doucement », parce que cette traduction est arrivée d'une allure sporadique au début, « Noire », parce que toute traduction n'a pas pu échapper à l'hermétique, d'autant plus que le texte original déjà est plus dur à craquer qu'une noix. La question se pose souvent au traducteur si Rimbaud y a mis un sens ou des sens, ou bien juste comme ce qu'il a bien déclaré lui-même : « ça ne veut rien dire. ». Dans ce cas-là, il est arrivé très souvent au traducteur de fixer un sens en excluant d'autres, ou à l'inverse, y en ajouter trop. L'hermétique, qui pourrait créer des situations arbitraires, est un grand défi pour tous les traducteurs, car il est bien difficile de trouver des expressions équivalentes, d'autant plus que les deux langues sont incompatibles.

Quand l'obscurité des œuvres de Rimbaud se pose comme un problème, la traduction est devenue le lieu des débats : les textes une fois traduits ne cessent d'être repris, corrigés, présentés dans une nouvelle version, dont *le Bateau Ivre* qui est un bon exemple : à lui seul, il y a une quinzaine de versions chinoises. Parfois les corrections rapprochent le texte de l'original, parfois, l'intérêt du traducteur semble être la précision de sa propre pensée, l'élaboration d'un meilleur poème. L'œuvre de Rimbaud est, pour certains poètes-traducteurs chinois, un instrument d'auto-examen de la conscience poétique. Par exemple, à la rencontre d'une expression qui a l'air étrange, certains traducteurs l'ont modifiée à leur guise. Voyons la traduction des *Voyelles*, «A, noir corset velu des mouches éclatantes/Qui bombinent autour des puanteurs cruelles», l'adjectif «éclatantes» a été avalé ou bien digéré par presque tous les traducteurs chinois, car il leur semblait probablement que «Les mouches» sont plutôt répugnantes mais jamais «éclatantes», et que l'expression *«puanteurs cruelles»* n'est pas une bonne combinaison. Ce gens d'erreurs se voient très souvent dans les traductions chinoises, sans parler du fait que les jeux de mots, les métaphores et les formulations sont souvent perdus lors des traductions.

En contrepartie, les traductions chinoises enrichissent aussi les poèmes de Rimbaud, dont l'idée a été soutenue par Qin Haiying dans son article intitulé *Gains et pertes de la traduction poétique-réflexion à partir des versions chinoises des* Illuminations[①], où elle a bien fait de souligner que l'enrichissement se réalise aux œuvres originales de Rimbaud par des moyens linguistiques propres au chinois, qui sont l'absence du temps et de la conjugaison du verbe et l'emploi du spécificatif numéral. Celle-là pourrait donner une présence floue mais compatible au cas de Rimbaud, celui-ci rendrait l'image plus ou moins sensible par des effets sonores et visuels. Elle y a cité l'exemple de l'expression «un ennui»: l'article indéfini «un» pourrait avoir le sens «une étendu d'ennui» (yipian), «un bon moment d'ennui» (yizhen),

---

① QIN Haiying, Gains et pertes de la traduction poétique-réflexion à partir des versions chinoises des Illuminations, *Etudes françaises*, 1998, numéro 2, l'Université de Wuhai, pp. 73-91.

«une sorte d'ennui» (yizhong), «une chose d'ennui», etc., et s'il était au pluriel «Des ennuis», en chinois ce serait «yipianpian» (une tranche d'ennuis), «yizhenzhen» (coup de blues), «yigege» ou bien «yi jianjian» (tous ces problèmes). Les arguments de la professeure Qin nous permettent de comprendre que la traduction n'est pas seulement une conversion linguistique, textuelle ou sémantique entre le texte original et le texte traduit. Au contraire, elle comporte également un éventail plus large de complémentarité et de perfectionnement mutuels entre les deux textes, ainsi qu'entre les deux cultures hétérogènes.

La traduction est un art imparfait, il reste toujours à désirer. Dans le cas de Rimbaud, dont les œuvres sont semées des jeux de mots, des métaphores et même des jargons, la traduction en une langue qui est complètement différent du français est extrêmement dure. Cependant, plus la réalisation est dure, plus elle est fascinante, plus elle stimule la curiosité, plus elle donne envie de s'y consacrer. Ces dernières années, des lecteurs ordinaires ont rejoint les rangs des traducteurs des œuvres de Rimbaud et ont mis leurs traductions sur Internet, dont certaines sont assez bonnes. C'est un phénomène vraiment ravissant. Nous pourrions nous attendre à ce qu'avec l'augmentation du nombre de traducteurs et la multiplication de versions d'un même poème, les œuvres de Rimbaud finissent par être pleinement appréciées par les lecteurs chinois!

Le rôle de Rimbaud au cours de la modernisation littéraire de Chine

Au début du 20ème siècle, les tendances esthétiques et idéologiques prédominantes dans la littérature occidentale retiennent l'attention et marquent les esprits des poètes chinois et la poésie occidentale traduite en Chine constitue le vrai début de la poésie chinoise en vers libre (les poèmes modernes 新诗). Quel que soit l'univers poétique des poètes chinois qui ont une passion pour les poètes occidentaux comme Rimbaud, quels que soient les parallèles et les différences avec leur poésie, le rapport entre cet univers et le sujet poétique qui les habite n'est plus ce qu'il était chez les anciens poètes. Les poètes chinois de l'époque, au lieu de composer des poèmes d'après des structures définies que la poésie classique exige, ont cherché le moyen de se libérer des rigueurs du mètre poétique en s'inspirant des modèles occidentaux. Les débuts de la réception de Rimbaud s'inscrivent dans la formation de ce nouveau système de valeurs culturelles et la connaissance de Rimbaud est très étroitement liée à la genèse de la poésie moderne de Chine. Le fait qu'une trentaine d'articles et d'ouvrages ont été réalisées à son sujet dans les années 1920 et 1930, et que Rimbaud avait plus de vingtaine de nom chinois[①] mis par de différents introducteurs à partir de la

---

[①] A propos du nom Arthur Rimbaud, il y avait une vingtaine de traductions chinoises, par exemple, 尔朗博(er'langbo), 赖滇包(laidianbao), 兰泡(lanpao), 兰勃(lanbo), 兰颇(lanpo), 兰婆(lanpo), 澜波(lanbo), 蓝保(lanbao), 伦保(lunbao), 韩波(hanbo), 韩鲍(hanbao), 栾豹(luanbao)、林波(linbo), 林巴特(linbate), 灵蒲(lingpu), 南波(nanbo), 林博特(linbote), 凌波(lingbo), 拉姆薄(lamubu), 狼伯(langbo), 蓝苞(lanbao), 阿尔居尔·兰普(a-er-ju-er lanpu), 林波特(linbote), 杏圃(xinpu), 阿瑟·兰波(a se lan bo),阿尔戈尔·兰波(a er di er lan bo), etc. Parmi toutes ces traductions chinoises, 韩波(hanbo) respecte le plus la prononciation française, tandis que 林博特(linbote) est venu de l'anglais, et actuellement les Chinois garde 阿尔蒂尔·兰波 pour identifier le poète français, （转下页注）

prononciation française ou anglaise, témoigne que les amoureux de Rimbaud, qu'ils ont reconnu ses valeurs et sont convaincus que le nouveau mode de création et d'expression rimbaldien serait utile au développement de la nouvelle poésie chinoise, sont nombreux.

En effet, le rôle constitutif de la poésie rimbaldienne est effectivement perceptible dans l'espace littéraire de Chine. Prenons l'exemple de Dai Wangshu (1905 - 1950). Dai est connu comme un pionnier de la poésie moderne chinoise et « toute la personnalité de Dai Wangshu réside dans sa grande capacité de réception »[①]. Ce point de vue, Shi Zhecun[②] l'a justifié en soulignant une certaine synchronicité entre la création des poèmes de Dai et ses traductions : « La traduction et l'écriture de poèmes sont deux activités indissociables chez Wangshu. Lors de la traduction de Dawson et de Verlaine, il a écrit *la Ruelle sous la pluie* ; Lors de la traduction de Gourmont et de

---

(接上页注)pour des raisons, semble-t-il, que 韩波(hanbo) n'est pas assez exotique, car 韩 est un nom de famille très populaire chez les Chinois, on risquerait de le prendre pour un Chinois. 兰 est aussi un nom de famille, mais moins populaire que 韩, et ce caractère chinois 兰 qui veut dire des fleurs parfumées (magnolia, orchidée, eupatoire, etc.), est largement utilisé par les poètes chinois classiques dans leurs poèmes, alors il paraît que 兰波, rien qu'à ce nom chinois, a déjà un sens poétique. Cette évolution de version nous donne quelques suggestions sur l'accueil de Rimbaud en Chine.

① Qiang Dong, « "Je pense, donc je suis un papillon." »-L'influence de la poésie française sur la poésie chinoise moderne, à travers l'expérience poétique de Dai Wangshu», Dans *La modernité française dans l'Asie littéraire (Chine, Corée, Japon)*, Presses universitaires de France (2004), pp. 175-184.

② Shi Zhecun, (1905 - 2003), célèbre essayiste, traducteur, éducateur, professeur au département de chinois de l'Université normale de l'Est de la Chine.

Jammes, il a abandonné la rime et s'est tourné vers le vers libre. Puis, dans les années 1940, lors de la traduction des *Fleurs du mal*, il a utilisé de nouveau la rime dans ses compositions»①. A ces propos, il faudrait encore rappeler deux faits: le premier, dans les années 1940, il a traduit non seulement Baudelaire, mais aussi d'autres poètes dont Rimbaud. Les six poèmes des *Illuminations*: «Mystère», «Ornières», «fleurs», «A une raison», «Aube» et «Guerre» ont été mis en chinois par lui en 1944. Le deuxième, les poèmes écrits en 1934-1945 et regroupés dans un recueil intitulé *les Années d'épreuves* (《灾难的岁月》) ne sont pas ceux qui l'emportent par les rimes, mais par la distinction qu'il s'agit d'une composition originale sous l'influence du surréalisme français. De ces deux faits, nous savons que la traduction des *Illuminations* et la composition des *Années d'épreuves* sont allées de pair, et la «synchronisation» n'a pas eu lieu par hasard. Revenons un peu à l'itinéraire créative que Dai a parcouru. En 1933, au moment où il a obtenu un succès éclatant, il supprime de son recueil *Wangshu Cao* (L'herbe de Wangshu) une vingtaine de poèmes (ce qui nous fait penser à Rimbaud qui a demandé à son ami Demeny de brûler tous ses poèmes qu'il lui avait donnés) dont *la Ruelle sous la pluie*, déjà très appréciés des lecteurs. Cette décision n'a pas été prise d'un coup de tête, mais avec une mûre réflexion qui se traduit

---

① Shi Zhecun, Préface du *Recueil des poèmes de Dai Wangshu*, figué dans son ouvrage *les Cent mots littéraires et artistiques*, Editions de l'Université Normale de Chine de l'Est, 1994, p. 226. (施蛰存:《〈戴望舒译诗集〉序》,收入施氏著《文艺百话》,华东师范大学出版社,1994年,第 226 页。)

en une ferme volonté de s'en aller vers une nouvelle voie poétique avec une pensée indépendante. «La poésie est conçue avec une imagination basée sur le réel, elle ne vient pas uniquement du réel, ni uniquement de l'imagination» ① , dit-il. Par la suite, ses poèmes n'expriment plus des sentiments de solitude, d'isolement et de mélancolie, mais se fait entendre sur les questions essentielles de l'histoire et de la vie, sur l'existence de l'être humain sous de multiples perspectives et à de multiples niveaux. Sa traduction des *Illuminations* réalisée en 1944 laisse entrevoir la trace de sa modification de la pensée créative, ce qui est illustré par la composition des *Années d'épreuves* où il adopte des techniques modernes telles que correspondances, métaphore et combinaisons abracadabrants pour explorer le pouvoir du verbe poétique, dont la nouveauté est très fascinante à son époque: «je suis allongé ici/mâchant le parfum du soleil.» («Aux lumières faibles»), «Les yeux affamés fixent la clôture en fer» («Attendre II»), «La paume invisible embrasse les fleuves et les montagnes à l'infini» («Avec ma paume brisée»). Cette nouveauté chez Dai annonce la naissance de la poésie chinoise moderne, dont l'inspiration, venue d'une part des activités de traduction des *Illuminations*, est aussi strictement liée à son séjour en France de l'année 1932 à 1935, où deux événements l'ont conduit à se diriger vers Rimbaud. Premièrement, il a témoigné de première main l'apogée du

---

① Dai Wangshu, *Recueil des poèmes de Dai Wangshu*, édité pas Dai Anchang, Chengdu, Editions du peuple du Sichuan, 1981, p. 164.

surréalisme français qui prend en fait Rimbaud comme son maître en reconnaissant sa modernité poétique et en l'incluant parmi ses grandes sources d'inspiration; Deuxièmement il a collaboré avec le grand sinologue René Étiemble à la traduction de la littérature chinoise moderne, et celui-ci a fait publier son grand ouvrage *Rimbaud*, coécrit avec Yassu Gauclère, en 1936, l'année suivante du départ de Dai. Alors, si nous acceptons l'appréciation que son dernier recueil des *Années d'épreuves* est le meilleur de tous les siens et celle que «Dai Wangshu n'aurait pas existé sans la poésie française», le Dai poète n'aurait pas été celui que l'on a reconnu sans Rimbaud.

Le temps ne nous permet pas d'analyser en détail à quel degré que Dai Wangshu a porté l'empreinte rimbaldienne dans toute sa création poétique, ni de citer d'autres poètes qui ont joué un rôle important en voie du développement de la poésie moderne grâce à Rimbaud. Mais il faut accepter le fait qu'avec Baudelaire, Rimbaud, etc., les poètes chinois accomplissent à leur tour la séparation du sujet poétique et du moi empirique en faisant une opération d'auto-métamorphose. Le sujet poétique est arrivé à certain degré à revêtir tous les masques, à s'introduire dans toutes les formes d'existence, de toutes les époques et de tous les peuples. La poésie est devenue le lieu où se rencontrent «Le déconcertant, l'insondable, le répugnant, le charmant». Toutes les catégories sont nivelées, celles du Beau comme celles du Laid. Beaucoup de poètes ont réussi à subvertir le dualisme radical qui prédomine à cette époque par leurs poèmes subtils.

La poésie est le lieu où les grands esprits se rencontrent

Au fur et à mesure des études rimbaldiennes qui se progressent chez nous d'une allure variable, les préoccupations portent également sur les points communs entre les poètes de deux différentes cultures, et pas mal d'essayistes se sont rendu compte du fait que les Rimbaud chinois ne manquent pas dans l'histoire de la poésie chinoise, tant à l'époque ancienne qu'à nos jours.

A Rimbaud, on pense d'abord à opposer Li He (790-817), poète de la dynastie des Tang, dont la vie courte et aventureuse, l'esprit de révolte, l'imagination créative et la sensibilité sublime nous conduisent à le mettre à côté de Rimbaud. L'enfant prodige, Li He commence à composer des vers à l'âge de sept ans. Il se fait connaître surtout par son génie de créer des images fabuleuses et audacieuses que seuls les poètes peuvent voir. Lisons ces vers: « A Nez-Géant convient la bure des ermites montagnard/Larges sourcils chantent leur amer chagrin »[①]; « une paire de pupilles coupe l'eau automnale »[②]. Et encore ceux-là pour décrire la mélodie de la musique d'un instrument à cordes appelé *konghou*: « Au

---

① Li He, *ba tong da* (《巴童答》): 巨鼻宜山褐, 庞眉入苦吟。
② Li He, *tang er ge* (《唐儿歌》): 一双瞳人剪秋水. *L'eau automnale* veut dire des œillades; Tout le vers signifie "L'homme a une vue limpide".

ciel où Nuwa① colmata la brèche en faisant fondre une pierre de cinq couleurs/les pierres brisées et le ciel effaré s'amusent avec la pluie d'automne»②. Dans un autre poème, « La bougie froide et verte »③ qui veut dire « phosphore » fait penser à « L'éveil jaune et bleu des phosphores chanteurs» de Rimbaud. Dans les poèmes de Li He, la mort est un thème majeur, et les mots tels que « tombe», « Diable», « sorcière», « crépuscule», « Automne», « pluie», etc., ceux qui signifient le déclin, la tristesse et la mort, y ont une très grande fréquence, ce qui le caractérise comme le premier poète qui a tant parlé de la mort dans ses poèmes. Yves Bonnefoy a bien dit dans *Rimbaud par lui-même* : « La vraie poésie, celle qui est recommencement, celle qui ranime, naît au plus près de la mort. »④ Ni Rimbaud ni Li He n'ont pu échapper au destin qui est fatal à tout vrai poète. Et il n'y a rien d'étonnant si René Étiemble prend Li He pour un Rimbaud chinois qui se révolte en criant son désespoir absolu.

Après Li He, c'est Li Bai (701-762), un poète aussi de la dynastie des Tang, auquel Rimbaud ressemble le plus par

---

① Nuwa est un personnage de la mythologie chinoise dont l'origine remonte à l'antiquité. Déesse créatrice, elle a façonné les premiers hommes avec de la glaise, leur a donné le pouvoir de procréer, a réparé, en faisant fondre une pierre de cinq couleurs, le ciel brisé par Gonggong lors de son combat contre Zhurong (ou Zhuanxu).

② Li He, *Li Ping konghou yin* (李凭箜篌引), 女娲炼石补天处, 石破天惊逗秋雨。

③ Li He, leng cui zhu (冷翠烛), dans le poème du *Tombe de Su Xiaoxiao* (《苏小小墓》).

④ Yves Bonnefoy, *Rimbaud par lui-même*, Paris, Seuil, 1961, p. 21.

l'allure libre, la fraicheur et la puissance poétique. Ceux qui partagent cet avis ne manquent pas. Par exemple, Liu Ziqiang①, professeure de l'Université de Pékin, a trouvé la joie identique chez l'un et chez l'autre incarnée par leurs poèmes②. La joie rimbaldienne: «j'ai tendu des cordes de clocher à clocher, des guirlandes de fenêtre à fenêtre; des chaines d'or d'étoile à étoile, et je danse» est exactement celle de Li Bai dans le poème *L'ivresse du mont Tongguan*: «j'aime le mont Tong/ C'est ma joie./Mille ans j'y resterais,/sans retour. Je danse à ma guise:/Ma manche flottante/Frôle, d'un seul coup,/Tous les pins des cimes!»③ Et au sujet du rêve, l'affinité entre les deux poètes est remarquable, dont l'idée est aussi soutenue par Ge Lei, le traducteur du recueil des *Poèmes complets de Rimbaud*④. Chez l'un comme chez l'autre, le rêve est un thème clé. Li compose beaucoup de poèmes sur le thème de randonnées en rêve dont le plus célèbres est *le Voyage en rêve au chant des adieux à la montagne Tianmu* (*Ballade onirique*)⑤. Le poème conçu à partir d'un rêve et inondé d'imaginations particulières, d'expressions exagérées et audacieuses,

---

① Liu Ziqiang(1924-2019), spécialiste de la littérature française.

② Liu Ziqiang, *La « poésie objective» de Rimbaud et les paysages des poètes chinois classiques*, Etudes françaises, No 2, 1989, Wuhan, p45.

③ 李白,《铜官山醉后绝句》:我爱铜官乐,千年未拟还。// 应须回舞袖,拂尽五松山。

④ Ge Lei, *Les rêves de Rimbaud*, *Guowai Wenxue* (Foreign Literatures Quarterly) No 2, 1992, Pékin, pp. 53-70.

⑤ La Montagne Tianmu se trouve à l'est du district Xinchang, dans la province du Zhejiang. La légende veut que ceux qui gravissent la montagne puissent entendre la fée Tianmu chanter, d'où son nom.

exprime le mécontentement face à la sombre réalité et l'esprit rebelle du poète, l'aspiration de lumière et de liberté. Il voyage en rêve dans la montagne, tandis que Rimbaud voyage en *Bateau Ivre* sur la mer. Mais la Terre n'a pas une dimension assez grande pour leur voyage, ni l'aspect géographique ni la vision mentale ne suffisent. Il leur faut tout l'univers. « Enfilant les sabots de monsieur Xie/Je grimpe à l'échelle des nuages verts/A mi-falaise, j'aperçois le soleil sur la mer/Dans l'air j'entends le chant du coq céleste »[①], l'univers de Li correspond à celui de Rimbaud: « -Petit-Poucet rêveur, j'égrenais dans ma course/Des rimes. Mon auberge était à la Grande-Ourse. -Mes étoiles au ciel avaient un doux froufrou». Par la création des images à la fois réelles et imaginaires, tous les deux cherchent à « Arriver à l'inconnu», à découvrir la vérité humaine de l'univers. Mais s'agissant de l'originalité et l'individualité, on lit du taoïsme dans les poèmes de Li qui, bien qu'il ait essuyé bien des revers pendant toute sa vie, fait une navigation avec une tranquillité dans son univers céleste, qui est en effet un Vide. La réalité est rigoureuse, il rêve de la révolutionner en s'en allant vivre dans ce Vide. « La vie est la farce à mener par tous», dit Rimbaud, et la vie de Li Bai est de « tenir une fleur de chrysanthème et se gausser du mandarin bien payé».[②] Autrement dit, c'est dans l'allure impossible que Li fait connaître sa révolte. Chez Rimbaud, nous ne pouvons pas

---

① 李白,"脚著谢公屐,身登青云梯。/半壁见海日,空中闻天鸡"。《《梦游天姥吟留别》》

② 手持一枝菊,调笑二千石。

savoir s'il s'est inspiré de la civilisation chinoise, mais il nous est évident qu'il nourrit une aspiration de s'enfuir vers l'Orient. Lisons ces vers dans L'Impossible:

«j'envoyais au diable les palmes des martyrs, les rayons de l'art, l'orgueil des inventeurs, l'ardeur des pillards; je retournais à l'Orient et à la sagesse première et éternelle. -Il paraît que c'est un rêve de paresse grossière!»

Certes, l'Orient désiré de Rimbaud n'est pas le monde du taoïsme, donc non celui de Li Bai, car Rimbaud poète, d'une jeunesse ayant le sang qui bout dans les veines, est quelqu'un qui «Brûle toujours» (Breton). Pourtant, le fait qu'il a abandonné la poésie et a quitté l'Europe s'inscrit dans l'idée taoïste du *Wuwei* (non-agir), qui ne s'explique pas en une attitude d'inaction ou de passivité, mais une manière de révolte et de création, qui correspond à l'impassibilité de Li Bai. C'est là où se rencontrent les deux grands esprits malgré l'intervalle des siècles qui les sépare et la différence entre deux cultures qui les ont nourris.

Li He et Li Bai ne sont pas les seuls anciens poètes dignes d'être mis à côté de Rimbaud. Au lieu de les identifier l'un par l'autre en fonction de stratégie créative semblable ou de thèmes communs, notre intérêt s'adresse au phénomène que les anciens poètes chinois partageaient l'idée poétique de Rimbaud dont l'affinité est bien évidente bien qu'ils soient très éloignés dans le temps et dans l'espace. Prenons l'exemple de la fameuse formule de «je est un autre». A ce propos, Ye Rulian(1924-2007), professeur et traducteur des *Illuminations*, a souligné: «[La] formule—*Je est un autre*, pratique fameuse du poète, [...] paraît moins évasive qu'un au-delà, ce qui n'est pas révélation moindre par rapport à ce qu'il existe d'une certaine analogie avec une expérience vécue par la poésie classique chinoise. »① Et Liu Ziqiang a essayé de nous persuader que le vers de Du Fu (712-770): «Ayant lu plus de dix milliers de volumes, j'écris comme s'il y avait un dieu dans ma plume» nous a fait croire que son «je» s'était métamorphosé en un «Autre» qui est son dieu, analogue de l'«Autre» de Rimbaud. En vérité, dans la longue histoire de la poésie classique chinoise, de la première anthologie de poèmes *Shi Jing*②où le pronom personnel «je» est presque uniformément absent, aux poèmes de la dynastie des Tang qui marque son apogée où le «je» est manifestement présent, le «je» ne se limite jamais au «Moi» du poète, il est toujours «un autre», quelle que soit la manière dont il est exprimé. Qian Zhongshu③ n'a pas dit autre chose quand il étudie le rapport de la création poétique avec le poète. Selon lui, au cours de la

---

① Ye Rulien, *Discours d'ouverture* donné, *Etudes françaises*, No 2, 1989, pp. 23-24.

② Shi Jing(诗经), le Classique des vers, ou Livre des Odes, est un recueil d'environ trois cents chansons chinoises antiques dont la date de composition pourrait s'étaler des Zhou occidentaux (1046-771 avant l'ère chrétienne) au milieu des Printemps et des Automnes(770-476 avant l'ère chrétienne). Il contient les plus anciens exemples de poésie chinoise.

③ Qian Zhongshu(1910-1998),écrivain, essayiste, pédagogue.

composition, nos meilleurs anciens poètes n'épargnent pas leurs efforts pour s'éveiller et s'allumer la passion dans l'intention de trouver des moyens et des expressions extraordinaires pour évoquer l'enchainement des rythmes et la densité d'images et de figures. Là où le créateur poétique se définit par une relation entre un moment de son esprit et le langage dont il possède, il existe une tierce puissance. ① Cette puissance est équivalente à celle de la pensée susceptible de façonner le verbe commun à des fins inattendues, sans faire sauter les formes consacrées, mais en conduisant à la fois la syntaxe, l'harmonie et les idées dans la tentative de saisir et reproduire les choses difficiles à exprimer. Voilà le point de la création poétique, sur lequel Rimbaud avait mis l'accent. Ce que Qian a justifié montre les propriétés inspiratrices du langage, qui exercent un rôle primordial chez les grands poètes de toute race, dont les poètes chinois.

Les idées rimbaldiennes, telles que «La poésie objective» opposée «à la poésie subjective», «Le poète se fait voyant par un long, immense et raisonné dérèglement de tous les sens», «Invent [er] les couleurs», etc., se retrouvent chez d'innombrables anciens poètes chinois, de sorte que certains arrivent même à poser la question: Est-ce que Rimbaud a réussi, en écrivant deux Lettres du voyant, à concevoir une poétique orientale et précisément chinoise? Car Bai Juyi (772-

---

① Qian Zhongshu, *Le Bambou et le Poinçon* (Guan Zhui Pian), éd. Zhonghua, Pékin, 1982, volume III, p. 1206.

846）a déjà su mettre en désordre du sens de correspondances pour décrire l'agréable mélodie: «De petites et grandes perles tombent dans une assiette de jade». Et « A noir, E blanc...» de Rimbaud n'est rien d'autre que «Le vert gras, le rouge maigre» de Li Qingzhao （1084 — 1155）, poétesse chinoise. En ce qui concerne du principe de «se faire du voyant par [...] le dérèglement de tous les sens» que Rimbaud a pratiqué, les «sept sages du bosquet de bambous»①, à la fin de la dynastie Wei et au début de la dynastie Jin, avaient déjà mis en œuvre à peu près 1650 ans avant lui. Par exemple, Ruan Ji, le premier poète des «sept sages», déçu par la dictature et la corruption de la Puissance, se donne toujours l'image d'un homme à la fois rebelle et douloureux, défiant le monde en buvant avec des cochons. Un autre poète des «sept sages», Liu Ling a l'habitude d'enlever ses vêtements et de rester tout nu dans la maison, répondant aux moqueries: «je fais du ciel et de la terre ma maison, et de ma maison mon pantalon; pourquoi entrez-vous tous dans mon pantalon?». Les «Dérèglements» leur ont permis de «se faire voyant» et d'arriver à transcender les limites de l'espace et du temps. Leur manière et leur but ne sont pas différents de ceux de Rimbaud.

La poésie chinoise classique est à l'origine de la poésie moderne, qui en a hérité de nombreuses traditions est la confluence des

---

① Les «sept sages du bosquet de bambous» （"竹林七贤"）:Ruan Ji(阮籍, 210-263）, Ji Kang(嵇康, 224-263,ou: 223-262）, Shan Tao(山涛, 205 -283）, Liu Ling(刘伶,221-300）, Ruan Xian(阮咸, dates de naissance et de décès inconnues）, Xiang Xiu(向秀, 227 -272）, Wang Rong(王戎, 234—305）.

sources diverses de la civilisation orientale et occidentale. Les poètes-traducteurs des années 30-40 ont exercé une influence profonde sur les poètes plus jeunes en offrant par leurs activités de création et de traduction les exemples d'une poésie d'expression moderne, aux rythmes nouveaux, aux thèmes originaux, où se fondent agréablement la création classique chinoise et des résonances occidentales. Cela explique la naissance d'un groupe de jeunes poètes dans les années 1980 qui s'appellent «poètes flous», dont le style est très différent de celui des poètes qui vivent dans la période des années 50 aux années 70, ceux-ci, sous le titre de poètes du peuple écrivant pour les masses populaires, sont des porte-parole du gouvernement.

Parmi les «poètes flous», Gu Cheng[①] est le plus proche de Rimbaud. En 2004, je l'ai identifié à Rimbaud dans ma thèse sous le titre: *un Rimbaud chinois*, où j'ai formulé l'avis suivant: Comme Rimbaud, Gu Cheng est porteur d'une exigence poétique exceptionnelle et veut révolutionner l'art poétique. Ils sont tous les deux «Insatiables» de Liberté et de Beauté, prêts à prendre les plus grands risques dans l'aventure et pour l'un comme pour l'autre les «souffrances sont énormes» dans l'acte créateur comme dans la vie, puisqu'ils recherchent «L'expérience totale». Rimbaud entreprend de se faire voyant pour «voler du feu» à l'humanité; Gu Cheng, quant à lui, désire à la manière des alchimistes «transmuer le passé en avenir, brûler le présent, et à tous les

---

① Gu Cheng (顾城, 1956-1993), célèbre poète, essayiste et romancier chinois moderne. Il était un membre éminent des «poètes flous», un groupe de poètes modernistes chinois.

niveaux de l'être, éveiller le futur vigoureux». Mais Gu Cheng n'est pas unique parmi les poètes chinois contemporains. Nous avons aussi Hai Zi①, Pan Wei②, Tu Guowen③, etc. Il y a plus de 30 ans, Hai Zi, ce poète qui avait envie du «Happy happiness», aspiration pareille à celle de Rimbaud assoiffé à «La liberté libre», après avoir cherché en vain l'inconnu de nombreux poèmes s'est donné la mort sous les roues du train. Au lieu de «s'implant[er] et se cultiv[er] des verrues sur le visage», ou de «épuis[er] en lui tous les poisons», il s'est sacrifié la vie à la poésie à l'âge de 25 ans et est devenu lui-même «Le martyr de la poésie», l'appellation qu'il avait dédiée à Rimbaud dans son poème *Le martyr de la poésie—A Rimbaud*. Selon lui, Rimbaud a volontairement souffert et s'est fait souffrir pour la modernisation de la poésie, en renonçant à tout ce qu'il lui appartient: honneur, statut, réputation, etc. Quand il considère Rimbaud pour «Martyr de la poésie», il l'a certainement accepté pour son maître, qui lui a en effet donné l'exemple en disant adieu à la poésie et en se lançant dans les affaires en Afrique. Mais la manière qu'il a envoyée pour lui exprimer son admiration est

---

① Hai Zi (海子, 1964-1989) est le pseudonyme du poète chinois Zha Haisheng (查海生), l'un des plus célèbres après la révolution culturelle. Empreinte de mysticisme et influencée par la philosophie et l'art moderne occidental, sa poésie connaît aujourd'hui une grande renommée auprès des Chinois de la jeune génération.

② Pan Wei(潘维, 1964 -), poète connu, lauréat du Prix des dix meilleurs poètes de l'année 2019-2020 décerné par le réseau chinois de poésie. Il a composé le poème intitulé *Poursuivrons les pas de Rimbaud jusqu'à l'horizon lointain qui n'est pas encore éclairé*(《追随兰波直到阴郁的天边》).

③ Tu Guowen (涂国文, 1966-), poète, écrivain, essayiste.

toutefois extrêmement déchirante.

Au fil du temps, l'admiration que des poètes ont témoigné à Rimbaud s'est transformée en identification avec lui. Une dizaine de poèmes se sont composées sous le même titre : *A Rimbaud*, où les auteurs ont déclaré solennellement qu'ils « poursuivraient les pas de Rimbaud jusqu'à l'horizon lointain qui n'est pas encore éclairé », dont le désir commun est exprimé par Pan Wei dans son poème intitulé *A Rimbaud*. Non seulement des poètes, mais aussi des romanciers et des nouvellistes se sont inspirés des poèmes de Rimbaud, par exemple, Deng Yiguang[①]met dans son roman *Il est midi quand on se réveille* (《醒来已是正午》,*Woke up at noon*) beaucoup de poèmes de Rimbaud que son personnage en récite de temps en temps dans sa vie quotidienne et professionnelle.[②] « Aujourd'hui plus que jamais Rimbaud est moderne, plus que jamais », c'est la déclaration que Pierre Brunel a faite à propos de la réception de Rimbaud en France lors d'une conférence faite à l'Université des langues étrangères de Yuexiu, où il a ajouté aussi ces mots : « Il se trouve que les poètes d'aujourd'hui sont très souvent des héritiers de Rimbaud en quelque sorte et en tout cas ils se rattachent volontairement ou quelquefois involontairement à Rimbaud. » La réception de Rimbaud en France que Pierre Brunel a décrite correspond bien à celle de chez nous. Il me paraît bien intéressant de constater que, malgré les distances historiques, culturelles et géographique,

---

① Deng Yiguang(邓一光, 1956-), écrivain connu.
② Deng Yiguang, *Il est midi quand je me réveille*, Fiction Monthly (《小说月报》), No 1, 2023, pp. 3-11.

Rimbaud et les poètes anciens et contemporains chinois, qu'ils se soient lus ou pas, peu importe, sont reliés par les idéaux et les aventures poétiques similaires, par leur contribution à la modernité littéraire. On peut donc dire que les grandes idées, malgré tout : culture, religion, race, nation, nationalité, distance géographique, etc., se rencontrent et nous rejoignent à travers le temps et l'espace sous diverses formes telles que la poésie.

Certes, l'importance de la réception de Rimbaud en Chine n'est pas à même degré que celle de France, mais Rimbaud a pénétré d'une allure progressive dans l'esprit des lecteurs chinois avec son idée poétique et son courage de tout «révolutionner». Donc, il n'y a rien d'étonné qu'en Chine d'aujourd'hui il existe des Rimbaud. Et je suis sûre que dans d'autres contrées, africaines, arabes, indiennes, il existe aussi sans doute des Arthur Rimbaud et des poètes qui veulent «convertir la poésie conventionnelle en un mouvement de conquête», car l'homme a soif du bonheur, et l'évolution de toutes les humanités, malgré les races, se poursuivent d'une manière similaire.

兰波的不幸与沉默

王以培

> 不幸曾是我的神灵,我倒在污泥中。
>
> ——兰波《地狱一季》

今年是个特殊年份,诗人海子去世三十周年。我们在这里纪念兰波,自然想到海子——同样是年轻的诗人,同样没有老过,也永远不会衰老——海子的年龄,定格在25岁,兰波也只活到37岁(1854—1891)(这也是梵高的寿命;普希金只比他们多活了一岁)。海子写作,直到生命的最后一刻;而兰波不到20岁,便"放弃文学"。这两位都是"通灵诗人",但相对于海子,我想,或许兰波更不幸。说海子是幸福的,因为海子诗云:

我有三次受难:流浪 爱情 生存
我有三次幸福:诗歌 王位 太阳

这是海子的《夜色》。海子认为,"诗歌是一场烈火,而不是修辞练习";诗歌之大,是"主体人类在某一瞬间突入自身的宏

伟"。他如此热爱诗歌,渴望"灵感",以至于葬身"烈焰",并预言了自己死后辉煌的复活

> 春天,十个海子全都复活
> 在光明的景色中
> 嘲笑这一野蛮而悲伤的海子……

即便在悲伤之中,我们依然能感受到这位年轻诗人对诗歌与生命的挚爱。海子为诗歌殉道,如死在爱人的怀中;尽管"野蛮而悲伤",毕竟在预料之中。有生之年,海子已然在诗中预言了自己的三次受难,将换来三生幸福。尽管在今天看来,这幸福如此虚妄、残忍。而相比之下,兰波的命运更无常、更不幸。因为他醒得太早,还不到不惑之年的一半年龄,就意识到诗歌将给自己带来无尽的灾难与不幸,还不到二十岁,诗人已然经历了"地狱一季"。然而,即便彻底放弃了文学,并远远逃离,而"不幸"仍如影随形,直到他生命的最后一刻。兰波曾在无意中说:"诗人是盗火者。"谁知一语成谶:从"文字炼金术"中盗得诗歌神奇的火种,诗人自身也成了受难者普罗米修斯。从他临终前的书信中,我们可以确认,接连发生的不幸出乎他的预料,使他饱受折磨、摧残——谁承想,这位"通灵诗人"一生用的最后一个比喻,竟然是:"我的右腿已肿得像个大南瓜"——"生命对我来说已变得不可能。我是多么不幸,我将变得多么悲惨!"这是1891年5月23日,星期五,兰波在马赛写给家人的书信。诗人于三年后死于孤单的旅途中,临终前右腿已被截肢。"重重忧郁快把我逼疯了,"兰波在书信中说。尽管如此,作为一个人,经受着如此厄运,如此痛苦不幸,兰波从没想到过死,从他临终前的书信中我们看到,他苦苦挣扎、治病,挣钱、读书,渴望回归凡人的生

活。有如奥德修斯在经历了战争、漂泊、苦难、辉煌之后,宁愿放弃永生也要回家,过凡人生活。兰波临终前依然渴望生命,他的最后一句话是在马赛港说:"什么时候把我送到码头?"

  作为一个小小的诗人,兰波诗歌的中文译者,在感叹兰波的诗歌之美、语言之神奇的同时,我如今更关注,并渴望探究的,却是兰波的不幸,与不幸的根源。因为经过长期的翻译、研究与创作实践,我悲哀地发现,与诗歌相伴而生的,不是幸福与荣耀,而是不幸与孤单。诗歌与不幸,才是孪生姐妹,并蒂莲。如兰波在《地狱一季》中说:"不幸是我的神灵,我倒在污泥中。"

  何以至此? 一言以蔽之:"我是另一个。"① 这句带有"明显语法错误"的名言,无意间触及诗歌艺术的本质,也是打开"通灵者"兰波精神世界的一把金钥匙。这话出自 1871 年 5 月 15 日写给导师保罗·德默尼的书信。兰波在信中说:"因为'我'是另一个。如果青铜唤醒铜号,这不是它的错。这对我显而易见:我目睹了我思想的孵化:我注视它、倾听它,我拉一下弓:交响乐在内心震颤,或跃上舞台。"这封信实在值得我们今天深入研究。在信中,兰波接着说:"我认为诗人应该是一个通灵者,使自己成为一个通灵者。——必使各种感觉经历长期的、广泛的、有意识的错轨,各种形式的情爱、痛苦和疯狂,诗人才能成为一个通灵者。"这里有两个关键词,一是 être 的动词变位反常,二是 dérèglement(阳性名词),指(精神)错乱、失常、无序、不规则。通常人们都知道,真正的文学,尤其是诗歌,需要"陌生化",而如何使诗歌语言变"陌生",几乎成了真假诗人的分水岭。而不幸的是,现如今,我们看见的大多数"诗人",无论他们对于世界,或

---

  ① 引自 1871 年 5 月 15 日兰波致保罗·德默尼书信。原文 Je est un autre 相当于英文 I is someone else。

世界对于他们都并不"陌生"，他们的"自我"千篇一律，却误打误撞，在"时代大潮"中一不小心成了"著名诗人"，而一旦发现这条通向荣誉的"捷径"，他们就再也不想走别的路了。除了搞怪，除了拉帮结派，把水搅浑，再也没什么别的高招了。兰波将这些人比做"comprachicos"（西班牙语，指那些混在小孩儿里进行偷窃的人）——"想想看吧，一个人在脸上培植瘊子该是什么样子。"兰波怒斥道，"这些数以万计的朽骨，他们从古至今堆积着独眼的智慧产品，并大言不惭地自诩为作家！"

然而，真正的"通灵者"凤毛麟角，只因他们感受世界的方式不同。在他们眼里，世界是另一个样子，或者说，由于精神深处与生俱来的混沌、错轨（dérèglement），也注定将他们的诗歌语言，连同艺术生命一并引向了未知、孤单、流浪漂泊，甚至死亡的不归路。总之，语言的"陌生化"非人为制造，而缘于天生即"陌生人"（l'étranger）。这个词与这种人曾出现在波德莱尔《巴黎的忧郁》开篇，及加缪的同名小说中。加缪的小说，译成《局外人》，但其实局外人并未生活在"局外"；人们同处一国，一个时代，生活在同一个现实世界却形同"陌路"，所以我想，l'étranger 译成"陌路人"或许更准确。当一个人寻找自我，从内在本质生命里，发现自己是"另一个"，看见异样的世界，活在不同的时空又该如何？鲁迅先生说："这是怎样的哀痛者，和幸福者！"而诗人兰波最终得出结论："我的生活在此是一场真实的噩梦。你们不要想象我会过得好，远非如此。我甚至发现再没有什么生活比我的生活更悲惨了。""总之，我们的生命是一场苦难，无尽的苦难！我们为何要生存？"这是诗人临终前向家人吐露的心声，也是他在经历了苦难与不幸之后，内心深处的真实写照。在此，我们探究诗人不幸的根源，其实也是灵感之源，不如就从这"另一个"开始，看"感官的错轨"如何将少年诗歌引向辉煌壮丽的"歧途"。

1870年9月5日，一个不到16岁的叛逆男孩儿离家出走，从家乡夏尔维勒坐火车闯入巴黎，而迎接他的，不是文学沙龙，却是警察局的铁栏。这便是少年兰波。他在警察局里给导师乔治·伊桑巴尔写信求救："刚一下火车就被抓住，因为没有一分钱，还欠了13法郎的火车票钱，我被带到了警察局，今天，我在马萨等待判决！——噢！我把希望寄托在您身上，就像寄托在我母亲身上；我一向把您看做我的兄弟，恳请帮助我。"而日后的巴黎文学圈中，兰波的身影只是惊鸿一瞥，便永远消失。1873年7月，在告别了魏尔伦之后，这位少年诗人便孤身一人踏上了漫漫征途，足迹遍布欧、亚、非：从伦敦、比利时到荷兰、斯堪的纳维亚半岛、意大利；从塞浦路斯（特鲁多斯山）、埃及（开罗）到阿比西尼亚（埃塞俄比亚旧名，亚丁）、吉布提，一路上当过雇佣军人、家庭教师、工地监工、摄影师、咖啡商人、武器贩子、勘探队员，最终返回马赛港时，依旧是个无望的赤子……而生命中的这种"恍惚变幻"，早已写在他的《童年》里：

> 这个黄毛黑眼睛的宠儿，没有父母，没有家园，比墨西哥与弗拉芒人的传说更高贵，他的领地是青青野草，悠悠碧空……我是那圣徒，在空地上祈祷——就像温顺的动物埋头吃草，直到巴勒斯坦海滨。我是那智者，坐在阴暗的椅子上。树枝和雨点，投在书房的窗上。我是那行旅，走在密林间的大路上；船闸的喧哗覆盖了我的脚步。我长久地凝望着落日倾泻的忧郁金流。我会是一个弃儿，被抛在茫茫沧海的堤岸；或是一位赶车的小马夫，额头触及苍天。

"我"是谁？"我是另一个"——当"古老的欧洲"沉浸在往昔

辉煌的迷梦中,这"另一个"通灵者兰波早已一言不发,冲破了重重边境,重重地域、时空、语言连同生命的疆界,抵达"另一个"未知的国度——

> 有时我在天空看见一片无垠的沙滩,上面有欢快洁白的民族。一艘大金船从我头顶驶过,晨风轻拂着缤纷的彩旗。我创造了所有的节日,所有的凯旋,所有的戏剧。我尝试过发明新的花、新的星、新的肉体和新的语言,我自信已获得了超自然的神力。哎!我不得不埋葬我的想象和回忆!这是对一个艺术家和叙事者的美好荣誉!

然而,所有这一切,都不在此,属于"另一个"。如耶稣说:"我的国不属这世界。我的国若属这世界,我的臣仆必要争战,使我不至于被交给犹太人;只是我的国不属这世界。"(《约翰福音》18:36)少年兰波也是如此,明明天生属于另一个世界(灵性世界),却在这个世界苦苦挣扎、奔波,越努力越无望,直到最终意识到这"错轨"的代价,成为"另一个"的悲哀。然而一切都是命中注定,任何反抗都是枉然。不幸生在了"另一个"时空、世代,只能一辈子孤立无援,无论爱情、友情或诗歌,都是昙花一现。至于后世的赞誉,对于诗人"只此一遭"[①]的生命有何意义呢?据可靠消息,若干年前,有一群激进的法国年轻人将兰波《彩图集》的手稿寄到法国各大出版社,不出所料,到处碰壁。这本来是个玩笑,但结果让人啼笑皆非。试想,假如在中国做同样的试验,将兰波诗集的中译本署上普通人的名字向各大出版社

---

① 美国诗人艾伦·金丝堡诗云:"对你的自我施以温情,他只一遭,难以长存。"

投稿,且不说结果会如何,仅仅产生这个想法都是罪过。

言归正传。兰波的诗歌与生命是一体;而他之所以孤独绝望,因为"诗歌将不再与行动同步,而应当超前"。这是兰波的原话——他身体力行,诗歌超前于生命,生命超前于时代。这是诗歌的幸运,却是诗人的不幸。

有如俄耳甫斯深爱着死去的新婚妻子欧律狄刻,兰波对诗歌文字走火入魔,一场"文字炼金术",足以让读者与作者一并疯狂——

> 现在,让我来讲讲有关我的疯狂的故事。
>
> 很久以来,我自诩能享有一切可能出现的风暴,可以嘲弄现代诗歌与绘画的名流。
>
> 我喜欢笨拙的绘画、门贴、墙上的装饰、街头艺人的画布、招牌、民间彩图、过时的文学、教堂里的拉丁文、满纸错别字的淫书、祖先的小说、童话、小人书、古老的歌剧、天真的小曲、单纯的节奏。
>
> 我梦想着十字军东征、无人知晓的探险旅行、没有文字历史的共和国、半途而废的宗教战争、风俗的变迁、种族和大陆的迁移:我相信一切魔术。
>
> 我发明了元音的颜色!——A 黑、E 白、I 红、O 蓝、U 绿。——我规定每个辅音的形状和变动。早晚有一天,我将凭借本能的节奏,发明一种足以贯通一切感受的诗歌文字。我保留翻译权。
>
> 这起初是一种探索,我默写寂静与夜色,记录无可名状的事物。我确定缤纷的幻影。

然而,正是在这"炼金术"中,他将生命与灵魂一并投入其中,看见了"不该看见的"一切——创作之时,兰波正如那个美少年(俄耳甫斯),可他并不认识冥王哈得斯,更没有跟他达成任何协议,签订任何条约,他只顾"凭借本能的节奏,发明一种足以贯通一切感受的诗歌文字",何惧回头看一眼——

而当诗人一回头,果然看见了另一个世界,发明了内心渴慕的诗歌语言,然而,那不是什么好地方,也没有任何赏心悦目的美景,那不是别处,正是地狱中的场景——

> 在城市里,我的眼前突然呈现出红黑的污泥,仿佛灯光摇晃时,邻家的一面镜子,又像森林中的一片宝藏!太棒了,我喊道,我看见天空一片火海,四面八方,无数珍宝有如万道雷电喷射着火花。

这巨大炫目的灵光,如诗歌本质,让诗人无法承受,随之而来的处境更加悲惨:

> 狂欢和女人的情谊与我无缘,我甚至没有一个伙伴。我看见自己站在被激怒的人群面前,面对行刑队,我哭泣并请求宽恕,而我的不幸他们无法理解。——就像贞德那样——"牧师,教授,法官,你们把我送交审判实在是错了。我从不属于这群人,也从来不是基督徒;我属于面对极刑而歌唱的种族;我不懂法律,也没有道德,我是个未开化的野蛮人,你们搞错了……"而接下来怎么办?最聪明的办法是离开这片大陆,这里,疯狂四处游荡,寻找苦难的人们作为人质。我进入了含的子孙的真正王国。

含(Cham)是黑人的祖先,据《旧约》记载,是挪亚的第二个儿子,因为不敬父亲而受到诅咒。而兰波日后果然离开欧洲大陆,进入非洲荒漠,来到"含的子孙"当中。对于一个"通灵者",所有这一切,无论创作、生活都是在无意识中发生的,如《醉舟》从出发之日起便"抛开了所有船队",也没有"纤夫引航",只"沿着沉沉的河水顺流而下","河水便托着我漂流天涯"——

> 进入大海守夜,我沐浴风暴的洗礼,
> 在波浪上舞蹈,比浮漂更轻;
> 据说这浪上常漂来遇难者的尸体,
> 可一连十夜,我并不留恋灯塔稚嫩的眼睛。

在此,诗歌与生命完美合一,诗人已不再是自己,在"使各种感官经历了长期的、广泛的、有意识的'错轨',各种形式的情爱、痛苦和疯狂"之后,已然化身"醉舟"自言自语——

> 比酸苹果汁流进孩子的嘴里更甜蜜,
> 绿水浸入我的松木船壳,
> 洗去我身上的蓝色酒污和呕吐的痕迹,
> 冲散了铁锚与船舵。

而化身醉舟,诗人终于"成为另一个"——"当他陷入迷狂,终于失去视觉时,却看见了视觉本身!"从自身的创作体验及作品本身,我相信,《醉舟》是一气呵成,无需想象,直接"看见",没有任何思考余地,更不必借助毒品——借助本质生命里的"醉",让狄俄尼索斯在血液中"跳舞跳舞"足矣。有评论家认定,兰波的一些作品是毒品所致,我无论如何不能赞同——即便兰波创作时吸了毒;可瘾君子千千万,兰波只有一个。毒品或许在某种程度上激发了诗人的灵感,这有可能;但与其说兰波靠毒品创作,不如说兰波本身就是毒品,他吸食自己就足够了!何况《醉舟》本身,道出了灵感的源泉——

> 至此我浸入了诗的海面,
> 静静吮吸着群星的乳汁,
> 吞噬着绿色地平线;惨白而疯狂的浪尖,
> 偶尔会漂来一具沉思的浮尸。

所有这一切,非肉眼所见,却一语成谶:这首十七岁(1871年)完成的《醉舟》,竟成了诗人一生浪迹天涯的缩影。

早在出发之前,《醉舟》已预言了自己日后(从非洲荒漠)回望的情景——

> 一阵战栗,我感到五十里之外,
> 发情的巨兽和沉重的漩涡正呻吟、颤抖;
> 随着蓝色的静穆逐浪徘徊,
> 我痛惜那围在古老栅栏中的欧洲!

值得注意的是,"欧洲"一词,在兰波的诗中,及后来的书信中反复出现;

比如《记忆》中:

> 那成千上万的野狼、野种,
> 并不爱恋遍地旋花,却随从
> 风暴来临的庄严午后,
> 潜入乌合之众即将占领的古老欧洲!

比如《地狱一季》中：

> 对于欧洲的家庭，我没有一个不了解的——我听说所有像我这样的家庭都掌握着《人权宣言》。——我认识家里的每个孩子。
> 我的一天已经结束，我就要离开欧洲。海风将在我胸中燃烧，偏远地区的气候将把我的皮肤吹成棕色。

在此后的书信中，兰波又写道：

> 在这里待过几年的人就不能再回欧洲去过冬了，否则他们会很快死于胸部炎症。
> 除我之外，所有的欧洲人都得了病。这里的营地共有20个欧洲人。第一批在12月9日到达这里，现在已经死了三四个。

还有好多"欧洲"不一一列举。无论是逃离、嘲讽，甚至诅咒，最终仍"痛惜那围在栅栏中的古老欧洲"。对于兰波来说，欧洲不仅是他的出生地，祖先的故居，更是神话的家园，流浪精神的归属。而诗人一生心心念，却有家难回；一世孤绝，这又是为什么？

对照兰波的诗歌与生命，年轻的生命与古老的欧洲，我们固然看到这种"超前"：诗歌写在生命之前，生命走在世代之前。而"超前"有时也是"落后"，正如"复兴"如"复古"，何况让祖先的灵魂，古老的神话，从自身复活。因此，与其说"超前"或"落后"，不如说"错过"，也就是诗人及创作者的生命及作品，与其所处的世代并不同步。有人说相比于同时代的俄国人，普希金活在200

年之后。那兰波呢？他至今活在未来，或"古老的欧洲"——"通灵者"无所谓前后；无论活在怎样的世代，他总是孤苦伶仃，"赤条条来去无牵挂"的"另一个"。

而对于一名作者来说，能在有生之年出版作品，并赢得时代的赞誉，当然是幸运幸福的，比如夏多布里昂、雨果、巴尔扎克；可倘若作品与生命一并"超前"，同时代的人根本无法接受理解，作者也只得被迫忍受荒凉孤单。比如曹雪芹老先生，还有少年兰波。而所有这一切，皆命运使然，非个人所愿。你说这是"恩典"，可领受这"恩典"的人，往往苦不堪言。其实起初，兰波也很想出名，出版诗集。1870年5月24日，兰波写信给导师泰奥多尔·德·邦维尔，请求他推荐自己的诗歌，说自己是一个"被缪斯手指触碰过的孩子"，渴望"成为一名帕纳斯诗人"——"如果您能使《Credo in unam》（后改为《太阳与肉身》）在巴纳斯诗群中占一席之地，我会高兴得发疯。"而他同时也意识到，"如果这样说太俗气，请原谅"。但当日后诗人觉醒，如"青铜唤醒铜号"，发现"我是另一个"，终于彻底打消了这一切"非分之想"，而以"另一个自我"，向"另一个世界"喃喃自语，或恶毒诅咒——这便是我们日后所看见的《彩图集》《地狱一季》。在匆匆完成这两部"遗作"之后，兰波心如死灰，从此彻底放弃了诗歌、文学，乃至文明世界，真正如他的祖先高卢人那样茹毛饮血，"在草原上纵火"，成为"那个年代最无能的种族"。而这种"无能"，让人自然联想到波德莱尔的"信天翁"（十四行诗），被船员钉在甲板上，饱受凌辱——"冲天翼妨碍它在地上行走"。而兰波的"荒漠书信"引燃的"荒凉之火"一直燃烧至今。

探寻兰波诗歌与生命线相互交织、激励，我们不难发现一个潜藏的内在逻辑：因为是"我是另一个"，天生注定，别无选择；所以，不属这世界。因为不属这世界，活在世上，也与世人形同陌路——"没有父亲,没有母亲,没有兄弟,也没有姐妹";"祖国?"——"不知它在什么方位";"朋友?"——"不知这个词是什么意思。"——这是波德莱尔(在《巴黎的忧郁》)所描述的"陌路人";兰波也正是如此,难怪这藐视一切的少年,称波德莱尔为"诗人的皇帝";这"皇帝"道出了他内心的苦楚。再说《恶之花》也不单纯是"恶之花",也是痛苦之花,不幸之花。总之,"我是另一个";"通灵者"兰波生活在另一重时空:他的世界与众不同;世界于他,他于世界,咫尺天涯,形同陌路,彼此都是"另一个"。正如另一位"通灵者","红楼"中的宝玉——

> 无故寻愁觅恨,有时似傻如狂。
> 纵然生得好皮囊,腹内原来草莽。
> 潦倒不通世务,愚顽怕读文章。
> 行为偏僻性乖张,那管世人诽谤。

生在"花柳繁华地,富贵温柔乡",却时常感觉"赤条条来去无牵挂",尤其是"发作起痴狂病来",竟怒摔通灵宝玉(第三回),并骂道:"什么罕物,连人之高低不择,还说'通灵'不'通灵'呢!我也不要这劳什子了!"——何以至此?因为"家里姐姐妹妹都没有,单我有,我说没趣;如今来了这么一个神仙似的妹妹也没有,可知这不是个好东西。"回想兰波,一怒之下"抛弃文学"也是如此。世人梦寐以求的"通灵宝玉","创作天赋",真的落在一个人的头上,是祸是福,也未可知。世人都渴望成为的"通灵者",而各感觉的"错轨","各种形式的情爱、痛苦和疯狂"谁来承受?谁愿意"寻找自我,并为保存自己的精华而饮尽毒药"?谁又能"在难以形容的折磨中,他保持坚定的信仰与超人的力量",并"成为伟大的病夫,伟大的罪犯,伟大的诅咒者,——至高无上的智者"而不惜忍受一世孤独凄凉？人们都爱读红楼、梦红楼，仰慕兰波，但假如"宝玉"再世，兰波活在今天，处境会更好些或死得更惨？我们甚至不敢假设。

而说到底，通灵者的不幸，正缘于"通灵"；无论是被"缪斯的手指触碰过的孩子"，或天生含着"通灵宝玉"转世来到人间的宝玉。——玉是什么？是女娲补天的巨石缩成扇坠大小；缪斯是谁？是奥林匹斯山上的文艺女神。而所谓"通灵"，即与祖先的灵魂相同，让女神与元初的神话传说从"通灵者"口中转世复活。如探春诗云："玉是精神难比洁，雪为肌肤易消魂。"整部"红楼"，或可看作一块"通灵宝玉"，是天与地、灵与肉的结合，是祖先精神，从玉人肌肤（生命）中转世复活。一言以蔽之："莫失莫忘，仙寿恒昌"。"通灵者"的创作莫不如此。

回望兰波早期诗歌，说的都是孩子，悲伤的孤儿（《孤儿的新年礼物》）、贫穷受苦的孩子（《惊呆的孩子》）、温柔死去的孩子（《山谷睡人》）、快乐流浪的孩子（《感觉》《绿色小酒店》）、温情恋爱的孩子（《初夜》《传奇》《狡黠的女孩》）、风趣幽默的孩子（《妮娜的妙答》《我的小情人》）、翻箱倒柜的孩子（《橱柜》）、桀骜不驯的孩子（《七岁诗人》），兰波自己一辈子也正是这样一个单纯而丰富的孩子，他"培育了比别人更加丰富的灵魂"。而所有这一切，并非无源之水，无本之木，仔细考究，均来自"前世"之精神血脉。如同宝玉含着女娲的灵魂转世投胎；兰波早期诗歌《太阳与肉身》携着希腊神话中的爱神、美神一并归来，从血脉生命中，转世复活——

> 太阳，这温柔与生命的火炉，
> 将燃烧的爱情注入沉醉的泥土，
> 当你躺在山谷，你会感觉

> 大地正在受孕,并溢出鲜血;
> 她那被灵魂托起的巨大的乳房,
> 出自上帝的爱情,女性的胸膛,
> 饱含着丰沛的乳汁和无限光明,
> 孕育着芸芸众生!
>
> 一切都在生长,一切都在向上!

这开篇第一节便实现了天与地、人与神,上帝与希腊神话的交融合一。

> ——噢,维纳斯,噢,女神!
> 我痛惜那古老的青春时光,
> 多情的林神,野性的牧神,
> 众神缠绵地咬着树皮,
> 在睡莲间亲吻那金发仙女。
> 我痛惜那乳汁遍地的时光,
> 滔滔河水,绿树丛中玫瑰色的血液,
> 从牧神潘的血脉中,注入了整个世界!

这是兰波罕见的一首长诗,从牧神潘与山林水泽的仙女说起,继而又逐一列举了天地万物之母库伯勒——"乘着巨大的青铜车,游遍光辉城池",以及丰产女神阿斯塔耳忒(Astarté),从海水中诞生的爱神阿佛洛狄忒,曾将奥德修斯留在俄古癸亚岛的女神卡吕普索,小爱神厄洛斯,被忒修斯抛下的女神阿里阿德涅,还有宙斯变白牛引诱欧罗巴、化身天鹅诱惑丽达等一系列有关爱神、美神、爱情与生殖的神话故事,讴歌了人类元初的爱情与生命之美——而所有这一切,并非出自书本,而是源于自身的精神血脉与原始冲动——

> 噢,光辉的肉体!噢,光辉的理想!
> 噢,爱情复活,曙光清亮,
> 众神与英雄在她们脚下弯腰鞠躬,
> 洁白的卡吕普索和小厄洛斯
> 身披玫瑰瑞雪匆匆掠过,
> 在她们美丽的脚下,爱抚着女人和花朵!
> 噢,伟大的阿里阿德涅她站在岸边,
> 望着阳光下远去的忒修斯的白帆
> 挥泪呜咽,噢,温柔的少女毁于一旦,
> 别说了!……

女神在此逐一登场,而所有场景不是幻觉,而是视觉,不是幻想,是看见;"通灵者"就这样与神灵相通,从自身的创作中,复活"古老的欧洲"——

> 骑在宙斯这头白牛的脖子上,欧罗巴赤身裸体,
> 像个孩子一样晃来晃去,挥舞着洁白的手臂,
> 扑向波浪中颤抖的天帝强壮的脖颈,
> 天帝缓缓地向她投来蒙眬的目光;
> 她苍白如玉的面孔垂落在宙斯的额上,
> 闭上眼睛,在神圣的一吻中死去,
> 河水呜咽,金色的泡沫
> 在她的头发上开满鲜花……

这正是"欧洲"的来源——不仅是"欧罗巴"这一名称,更包含源自希腊神话的人神合一、生命至上的精神,是对爱神与美神的崇高礼赞。

清代诗人袁枚曾有诗云:"名须没世称才好,书到今生读已迟。"兰波也是,身后才为后人所知;而年少通灵,已然从自身血脉唤醒前世记忆。这也正是"莫失莫忘,仙寿恒昌"的含义。女娲"选择了"宝玉;缪斯"触碰了"兰波;女神只管自身复活,哪管诗人死活。起初,诗人还试图"在难以形容的折磨中",体现"坚定的信仰与超人的力量",但到最后,看清了使命的沉重与自身的孱弱,因而不堪重负。而在此之前,在放弃文学、出征流浪之前,兰波也留下"满纸荒唐言,一把辛酸泪"——"科学,这新贵!进步。世界在前进!世界为何不回转?这是芸芸众生的幻想,而我们走向神灵。坚定不移,我所说的,来自天意。我心里明白,若不用异教徒的话语,便无法说清,因此,我宁愿沉默。"

这是兰波在《坏血统》中留下的"遗嘱",也是文学创作中一个典型的悖论:创作者自言自语,"言说"自身的"沉默"。如鲁迅先生在《野草题记》中说:"当我沉默的时候,我觉得充实;我将开口,同时感到空虚。"这"沉默"有多重语义:通常意义的"沉默",即不说、不写,不发声、不开口。而另一种"沉默"是不向公众、世俗开口,继而放弃今生,只喃喃自语,向来世及后人诉说。整部"红楼"便蕴含着如此巨大的沉默——有生之年,拒绝向世人开口。然而,还有另一层更深、更隐秘的"沉默",用海德格尔的话说:"语言作为寂静之言说,寂静静默,唯有寂静,能让世间万物进入其中。"或如布朗肖所说:"作品所封闭的,正是他不停展现的。"如屈原的《天问》《离骚》,鲁迅的《野草》,当然,还有兰波的《醉舟》——

> 可我已伤心恸哭！黎明这般凄楚，
> 尽是残忍的冷月，苦涩的阳光：
> 辛酸的爱情充斥着我的沉醉、麻木。
> 噢，让我通体迸裂，散入海洋！
>
> 若是我渴慕欧洲之水，它只是
> 一片阴冷的碧潭，芬芳的黄昏后，
> 一个伤心的孩子跪蹲着放出一只
> 脆弱有如五月蝴蝶的轻舟。

而其中开口诉说的"我"不是作者，也不是任何一个人，而是"醉舟"本身，是小船自己在说话；而作者"缺席"，或陷入"沉默"。这既非王国维所说的"有我"，或"无我"之境，而是另一个"我"——这种"人"的缺席，而"非人"（万物）开口，说出的正是另一种本质的语言——"在这种话语中，世界保持沉默。"海德格尔说。我想，也正是在这种沉默中，"通灵者"恍惚变幻，一会儿是《醉舟》，一会又是《黎明》——

> 我拥抱过夏日黎明。
>
> 宫殿正面，万物尚无动静。流水止息。林间道路残留着田野的阴影。我走出去，唤醒湿润、生动的气息，宝石睁开眼睛，羽翼无声地轻飞。
>
> 我遇见的第一件好事：在白晃晃的清新小径，一朵花告诉我她的姓名。
>
> 我嘲笑金色瀑布，她披头散发地穿过松林：在银光闪闪的峰顶，我认出了那位女神。
>
> 于是，我撩开层层面纱。在小路上，我挥动着手臂。在

平原,我把这一切告诉了公鸡。在大城市里,她在钟楼与圆形屋顶之间逃逸;我像个乞丐,在大理石的堤岸猛追。

大路高处,月桂树旁,我用层层披纱将她裹紧,我隐约感到她巨大的身体。黎明与孩子一同倒在树林里。

文中作者在现实中"缺席",而出现在梦中,显然是"另一个我",他不与任何人交流,却化在黎明之中,与宝石、瀑布、公鸡、一朵花,"一条白晃晃的清新小径"互通暗语。此间,一切悄无声息,"醒来已是正午"。而这短暂的午梦,恰好印证了"沉默"是对存在的庇护和隐藏,是无声的嬉戏,无声的聚集,内在的激情涌动。这是海德格尔对沉默的理解和表述,也是兰波作品所体现出的虚无与静默。

有关于此,布朗肖在《文学空间》里论道:"在这种话语中,世间在退却,目的已全无;在这种话语中,世间保持沉默。人在自身各种操劳、图谋和活动中,最终不再言说。在诗歌话语中表达了自身的沉默。"而字里行间,"诗歌的话语不再是某个人的话语:在这种话语中,没有人在说话,而说话的并非人,但是好像只有话语在自言自语;语言便显示出他的全部重要性;语言成为本质的东西"。

不仅如此,布朗肖还借用希腊神话中俄耳甫斯的故事作隐喻,向世人揭示了隐藏在这"沉默"之下,更深更隐秘的创作原理:竖琴手俄耳甫斯拥有超凡的音乐天赋,他的歌声和琴声能使木石生悲,猛兽驯服;而他深爱的仙子欧律狄刻在新婚之夜被毒蛇啮咬,命丧黄泉;深爱欧律狄刻的俄耳甫斯难忍悲伤,只身奔赴冥府,凭着美妙的歌声琴声,打动了渡口船夫,地狱看门恶犬,就连冥王哈得斯也被感动落泪,准许他带着欧律狄刻返回人间,但条件是,在见到人世的第一缕光之前,俄耳甫斯不能回头看身后的爱人。然而冥途将尽,俄耳甫斯却忍不住回头看了一眼,以确认爱人仍跟在身后,而就在那一瞬间,欧律狄刻再次堕入冥府,万劫不复。布朗肖以此作隐喻,认为欧律狄刻象征艺术本源;"俄耳甫斯的目光"正如艺术家与艺术永恒的悖论——艺术家(俄耳甫斯)试图从虚无(冥府)中救出艺术本源(死去而不可见的欧律狄刻),使她复活,重现于人间;然而"直视"灵感及艺术本源,却又使之瞬间毁灭,再度化为虚无。发现这一悖论,布朗肖继而认为,艺术家在创作过程中,必须抵御"灵感"的过度洋溢,从而使作品成形问世。换句话说,只有不去"直视"欧律狄刻,才能使之复活重生。这一切,看起来很有道理,然而,兰波的艺术生命却仿佛同时是在对布朗肖的这项艺术理论的印证与颠覆;在印证中颠覆,在颠覆中印证。为何这么说?因为在我看来,兰波正如那个回头一望的美少年俄耳甫斯——作为一个名副其实的"通灵诗人",他分明以"俄耳甫斯的目光"回头看了一眼,并在刹那间看见了诗歌本身,灵感之源(欧律狄刻)——有《醉舟》为证,《地狱一季》为证。兰波不像瓦莱里那样是个"代数学家";瓦莱里认为"诗永无定稿",而兰波的诗一气呵成,自然天成(我相信)。按布朗肖的话说,这"潜在的火花""闪电的瞬间"和"闪电的爆发"是诗歌的高潮,同时也是诗歌的解体——可问题是诗歌不是幻象,是文字,一旦存在,瞬间永恒。而兰波就这样猛回头,不仅将看见的一切记录在案,而且索性回身,跟着爱人"欧律狄刻"(灵感之源,艺术本质)返回地狱,并完整经历了《地狱一季》——

当一对"妄想狂"的声音从地狱里清晰传来,我们还需要什么别的例证?

请听一个地狱伙伴的忏悔:

"噢,神圣的丈夫,我的主,请不要拒绝您的最忧伤的女仆的忏悔。我已迷失,我已厌倦,我并不纯洁。这是怎样的生命!……

"此后,我将认识神圣的丈夫!我生来就是为了服从他的意旨。——现在,我可以任人抽打!

"现在,我身处世界底层!噢,我的女友!……

"我是地狱中丈夫的奴隶,他失去了疯狂的童女。正是这个魔鬼。他不是幽灵,也不是幻影。可我丧失了德行,被判入地狱,在人间我已死去,——人们不能再杀我!——我怎么对您说呢!我连话也不会说了。我披麻戴孝,我哭,我怕。给我一点清凉吧,主啊,如果您愿意,就行行好吧!

"我是寡妇……我从前就是寡妇……但是,我从前活得认真严肃,我生来并不是为了变成朽骨!……他那时几乎是个孩子……他神秘的温情深深诱惑着我。为了跟随他,我忘却了一切做人的责任。这是怎样的生命!真正的生命并不存在。我们不在这个世界。我跟随他,应当如此。可他常对我发火。我啊,这可怜的灵魂。魔鬼!——他是个魔鬼,您知道,他不是人。

"他说:'我不爱女人。谁都知道,爱情需要重新发明创造。……我呢,本来可以和她们成为好同志,可她们一上来就像一堆干柴,被敏感的野火吞噬……'

"就这样,我的忧伤与日俱增,在我看来,我已在迷途中越陷越深,——所有关注我的人也都会这么认为,如果我不被判入地狱而永远被人遗忘!——我越来越渴望他的善意。他的亲吻和亲切拥抱曾是一片天空,一片阴忧的天空,我进入其中并愿意留在那里,任自己贫穷、聋哑、失明。我已习惯这一切。我觉得我们就像两个自由自在的好孩子，在忧伤的天堂漫步。我们协调一致。怀着激动的心情，我们一起劳动。然而，在一次沁人心脾的爱抚之后，他说：'等我消失了，你回想自己经历的这一切，会觉得很可笑。我们都会得救！然而他的柔情也同样致命。我对他百依百顺。——啊！我真疯了！

"有一天，或许他会奇妙地消失，那时我该知道，他是否重登天宇，我多想看见我的爱人升天！"

这地狱中"奇怪夫妻"的对话实在太疯狂，让人联想到俄耳甫斯与欧律狄刻，而兰波与"通灵诗歌"的对话也大致如此？因为面面相觑，相互直视，电光石火间，双双堕入地狱——原来艺术的本质蕴藏着如此疯狂与风险！

这让我想起自己近年在长江边采风得到的民间神话传说：说风水先生看地，谁看见真地，谁就会瞎了眼睛。还有龙洞里有个龙王小姐，美若天仙，但不能看，一看她就永远消失。"神话千变万化，故事只有一个。"（约瑟夫·坎贝尔）其中隐含的真谛，耐人寻味。

再看诗人海子，他何尝不知道"回头"是一场灾难，却义无反顾，不仅回头凝视，且纵身一跃，在看见的同时，也化为灰烬。海子临终前的诗句已然"通灵"，然而字里行间，充斥着对死亡与灾难的暗示——尽管诗人自身感受如何"幸福"，但那是毕竟是一场痛彻心扉、粉身碎骨的不幸与灾难！

相比之下，"红楼"作者更成熟沉静，深谙"通灵"之危险，艺术灵感不能直视的原理。故借"假语村言"，其中所隐藏的，不仅是真人真事，更有艺术真谛。故"红楼"自始至终，小心翼翼，用"痴呆""无能""似傻如狂"来掩饰"通灵宝玉"，甚至不惜将"通灵宝玉"摔在地上,以此来隐藏、保存自身,忍辱负重,将"通灵宝玉"传于后世。——他成了!"红楼"历经劫难,完好无损,亦真亦幻,足以让通灵者辉煌隐居。

而兰波日后绝望觉醒,故彻底放弃了文学,扔掉"通灵"这一"劳什子",想做回一个普通人好好活下去。但"通灵"非身外之物,不是想得就得,想扔就可以扔掉的——尽管放弃文学,亡命天涯,这诗歌的"盗火者"终究难逃普罗米修斯之厄运——难以想象的艰难困苦,他都撑了过去,熬了过来;而最终残酷的疾病,剥夺了他年轻宝贵的生命。

我们今天阅读兰波已不再冒任何风险,因为诗人已从地狱将这一切,艺术本质、灵感之源带回人间——《地狱一季》也许代表了兰波创作的最高成就——这也正是少年诗人"回头"的代价和所见的一切。诗人也因此堕入地狱;地狱之火如烟花烈焰,瞬间绽放又寂灭。也正是璀璨光焰,即刻耗尽了诗人全部的才华、灵感,连同"通灵"视觉。

无可否认,此后兰波的艺术生命终结了,好像一团野火,在非洲荒漠渐渐枯萎熄灭;没有神,没有亲人去救他,也没有小王子从天而降,给他送去玫瑰、甘泉。然而自始至终,这位"倔强的苦役犯"抱定必死的决心,直到下地狱也不做丝毫让步妥协,或如《醉舟》在诗的海面"通体崩裂"。

所以从这个意义上讲,兰波的"彻底颠覆",反过来印证了布朗肖的艺术理论:艺术家不能回头,"俄耳甫斯的目光"导致毁灭。而悖论正在于,他必定回头,这是俄耳甫斯,也是少年兰波的宿命。

Le malheur et le silence de Rimbaud
Wang Yipei

«*Le malheur a été mon dieu. Je me suis allongé dans la boue.*»

Une saison en enfer, Rimbaud

En tant qu'humble poète, et aussi traducteur chinois de la poésie de Rimbaud, je soupirais devant la beauté de ses poésies, la magie du langage; mais aujourd'hui, j'ai plutôt à cœur d'explorer le malheur de Rimbaud et sa source. Parce que dans la pratique à long terme de la traduction et de la création, je me rends compte que ce qui vient avec la poésie n'est ni le bonheur ni la gloire, mais la solitude et le malheur. Combien de personnes voudront écrire de la poésie en sachant cela? Oui, je crois maintenant que la poésie et le malheur sont des sœurs jumelles, pareilles à deux fleurs de lotus sur la même tige. Dans *Une saison en enfer*, Rimbaud dit: « Le malheur a été mon dieu. Je me suis allongé dans la boue. » Comment en est-il arrivé là? En un mot, «je est un autre». Cette célèbre formule, avec ses « Erreurs grammaticales » évidentes, touche à mon avis l'essence de l'art de la poésie et constitue une clé d'or pour ouvrir le monde spirituel de Rimbaud « voyant ».

Cette diction provient d'une lettre adressée au directeur Paul Demeny par Rimbaud le 15 mai: « car Je est un autre. Si le cuivre s'éveille clairon, il n'y a rien de sa faute. Cela m'est évident: j'assiste à l'éclosion de ma pensée: je la regarde, je l'écoute: je lance un coup d'archet: la symphonie fait son remuement dans les profondeurs, ou vient d'un bond sur la scène. » Il a précisé dans sa lettre: « je dis qu'il faut être voyant, se faire voyant. Le Poète se fait voyant par un long, immense et raisonné dérèglement de tous les sens. » Il s'agit de deux mots-clés ici: l'un est le verbe « être » anormalement conjugué, l'autre est le nom masculin « Dérèglement » (qui désigne un trouble psychologique, une perturbation, un désordre, une irrégularité). On dit souvent que la littérature (en particulier la poésie) nécessite une « Défamiliarisation »; cependant, comment rendre le langage de la poésie « Inconnu » est presque devenu le tournant décisif à distinguer les vrais et les faux poètes. Malheureusement, de nos jours, si l'on regarde autour de nous, on ne trouve que des « poètes » en groupes, qu'ils ne soient pas « Inconnus » du monde, pour qui le monde ne soit pas « Inconnu » pour eux..., Leur « Moi » est monotone, mais frappé à tort jusqu'à ce qu'un jour ils deviennent « célèbres poètes » dans les « Grands moments ». Une fois qu'ils ont trouvé ce « raccourci » pour « La réputation » et « Le bonheur », ils ne veulent plus faire autrement. Pour montrer qu'ils sont différents, en plus d'être bizarres, en plus d'établir une bande pour remuer l'eau, quelles autres astuces peuvent-ils inventer? Rimbaud a déjà vu leurs pièges et les a comparés à des « comprachicos » (espagnols), ceux qui se mêlent aux enfants qui volent et qui défigurent des enfants pour les vendre comme bêtes de foire pour vol. — « Imaginez un homme s'implantant et se cultivant des verrues sur le visage », déclare-t-il dans sa lettre; et: « si les vieux imbéciles n'avaient pas trouvé du Moi que la signification fausse, nous n'aurions pas à balayer ces millions de squelettes qui, depuis un temps infini ont accumulé les produits de leur intelligence borgnesse, en s'en clamant les auteurs! »

Cependant, le véritable « voyant », ayant une manière différente de ressentir le monde, croit que le monde est « un autre »; en d'autres termes, le « chaos » intrinsèque et le « Dérèglement » dans l'esprit sont destinés à introduire leur vie, ainsi que la poésie, dans l'« égarement » « Inconnu », dans une fausse voie solitaire et sans issue, errant, sans retour.

En bref, la « Défamiliarisation » du langage n'est pas créée artificiellement, mais par « L'étranger » naturel (cet « Autre » en soi-même). Cette figure de l'étranger est apparue dans l'ouverture de *Le Spleen de Paris* de Baudelaire et porte le même titre de Camus. Le nom du roman est traduit en chinois comme: « L'homme qui n'a pas de rapport avec son environnement ». Mais en réalité « un étranger » ne vit pas « En dehors du tableau »: On est d'un même pays, d'une même époque, confronté au même monde réel. La manière de ressentir la vie et le monde est fondamentalement différente, donc on emprunte des routes différentes. Je pense donc qu'il serait mieux de traduire ce titre par une traduction plus précise: «L'étranger en chemin». Quand une personne (voyant) se cherche, se «combine» de l'intérieur avec l'univers et devient «un autre», le monde même lui devient «étranger»; il ne peut pourtant vivre ailleurs qu'ici, dans cette vie... Alors il voit également le monde étranger de ses propres yeux et il n'a qu'à vivre ici, dans cette vie, comment cette vie devrait-elle être?—«comme c'est un homme triste et malheureux!», a dit Monsieur Lu Xun. Et le poète Rimbaud en a tiré une conclusion plus tragique: «Ma vie ici est donc un réel cauchemar. Ne vous figurez pas que je la passe belle. Loin de là: j'ai même toujours vu qu'il est impossible de vivre plus péniblement que moi», «Enfin, notre vie est une misère, une misère sans fin! Pour quoi donc existons-nous?» Ce sont les mots originaux écrits à sa mère et à sa sœur dans la lettre avant la mort du poète.

Nous voudrons peut-être explorer sa piste: Que s'est-il donc passé dans sa vie? Quel est ce «Dérèglement» de tous les sens qui a conduit sa vie et sa poésie à l'éclatement, comme dans ce vers du *Bateau ivre* de vie, comment il a fait jusqu'à la vie et la poésie éclate comme «O que ma quille éclate! O que j''aille à la mer!».

Le 5 septembre 1870, Rimbaud, âgé de moins de 16 ans, quitte son domicile et se rend tout seul à Paris en train depuis sa ville natale de Charleville. Il n'est pas accueilli par un salon littéraire, mais par une clôture de fer du commissariat de police. Voici Rimbaud, il a écrit à l'instructeur Georges Izambard au poste de police: « Arrêté en descendant de wagon pour n'avoir pas un sou et devoir treize francs de chemin de fer, je fus conduit à la préfecture, et, aujourd'hui, j'attends mon jugement à Mazas! oh! —J'espère en vous comme en ma mère; vous m'avez toujours été comme un frère: je vous demande instamment cette aide que vous m'offrîtes. » Dans le futur cercle de la littérature parisienne, la figure de Rimbaud n'est qu'un aperçu, et elle disparaîtra à jamais.

En juillet 1873, après avoir rompu avec Verlaine, Rimbaud prit un corps et un esprit douloureux et entreprit seul un long voyage, parcourant l'Europe, l'Asie et l'Afrique: au départ de Londres, de la Belgique, les Pays-Bas, en la Scandinavie, en Italie; De Chypre (colline de Trudos), d'Égypte (Le Caire) et à l'Abyssinie (ancien nom de l'Éthiopie, Aden), Djibouti; il y fut tantôt, en tant que mercenaires, précepteurs, surveillants de sites, photographes, marchands de café et marchand d'armes, équipier d'exploration d'explorateur; après quoi il revint au port de Marseille. Sa dernière phrase avant de mourir fut la suivante: « Dites-moi à quelle heure je dois être transporté à bord?» Ce n'est donc pas un fils prodigue, mais un homme désespéré, impatient de repartir.

Cette vie sans famille, marquée par l'errance, est enregistrée dans ses vers:

>*«cette idole, yeux noirs et crin jaune, sans parents ni cour, plus noble que la fable, mexicaine et flamande;*

son domaine, azur et verdure insolents[...]
    Je suis le saint, en prière sur la terrasse, — comme les bêtes pacifiques paissent jusqu'à la mer de Palestine.
    Je suis le savant au fauteuil sombre. Les branches et la pluie se jettent à la croisée de la bibliothèque.
    Je suis le piéton de la grand'route par les bois nains; la rumeur des écluses couvre mes pas. Je vois longtemps la mélancolique lessive d'or du couchant.
    Je serais bien l'enfant abandonné sur la jetée partie à la haute mer, le petit valet suivant l'allée dont le front touche le ciel. »

C'est un passage tiré du poème *Enfance*. Mais qui est ici ce «je»? «je est un autre». Quand la vieille Europe se complaisait dans sa splendeur d'autrefois, cet «Autre» s'est mis en route. Traversant les frontières des pays, de l'espace et du temps, et brisant toutes les chaînes de la langue et de la vie, il est arrivé enfin en un «pays inconnu»:

«*Quelquefois je vois au ciel des plages sans fin couvertes de blanches nations en joie. Un grand vaisseau d'or, audessus de moi, agite ses pavillons multicolores sous les brises du matin.* »

Tout cela n'est pas dans ce monde, mais fait partie de «L'autre». Comme la parole de Jésus, «Mon Règne n'est pas de ce monde. » Né «Autre», il ne pouvait se dispenser de la lutte dans ce monde, mais il était de plus en plus désespéré. À la fin, il s'est aperçu que c'étaient «toutes les fêtes», les «Nouvelles fleurs», les «Nouvelles chairs» et les «Nouvelles langues» inventées par lui-même qui l'avaient conduit à cet «Enfer». Tout cela est prédestiné. Alors quant aux louanges après sa mort, y a t-il des sens pour «La vie unique» du poète?

Le critique contemporain Philippe Sollers a évoqué dans un texte publié dans Le Monde (*Génie de Rimbaud*, 11 août 2000) la farce faite par un groupe de jeunes Français d'envoyer de façon anonyme le manuscrit des *Illuminations* aux grands éditeurs, et son résultat: un refus partout! La seule idée de faire une telle expérience en Chine est inenvisageable! Mais revenons à notre sujet. La poésie de Rimbaud et sa vie forment certes une unité, mais le désespoir provient de ce qui s'exprime ici: «La Poésie ne rythmera plus l'action; elle sera en avant!» Sa poésie est donc en avant de sa vie et sa vie est en avant de l'époque. Alors, est-ce là la condition du bonheur de la poésie, ou bien celle du malheur du poète? Comme Orphée aimait Eurydice, Rimbaud s'est passionné pour la poésie, et cette «Alchimie du Verbe» est capable de rendre le lecteur aussi fou que le poète:

> «*À moi. L'histoire d'une de mes folies.*
>
> *Depuis longtemps je me vantais de posséder tous les paysages possibles, et trouvais dérisoires les célébrités de la peinture et de la poésie moderne [...] J'inventai la couleur des voyelles! — A noir, E blanc, I rouge, O bleu,*

U vert. — *Je réglai la forme et le mouvement de chaque consonne, et, avec des rythmes instinctifs, je me flattai d'inventer un verbe poétique accessible, un jour ou l'autre, à tous les sens. Je réservais la traduction.*

Ce fut d'abord une étude. J'écrivais des silences, des nuits, je notais l'inexprimable. Je fixais des vertiges. »

Dans « Alchimie du verbe », Rimbaud dit comment il a prodigué toute son énergie pour voir tout ce qui ne devait pas être vu. La passion de Rimbaud lors de sa création était comme celle d'Orphée pour son amour, bien qu'il ne connaisse pas Hadès et ne signe nul contrat avec lui. Il ne s'est concentré que sur sa poésie: « Avec des rythmes instinctifs, je me flattai d'inventer un verbe poétique, accessible, un jour, à tous les sens. » Pourtant, en retournant la tête, il a découvert un autre monde-un monde sans paysage: l'« Enfer ».

«*Dans les villes la boue m'apparaissait soudainement rouge et noire, comme une glace quand la lampe circule dans la chambre voisine, comme un trésor dans la forêt! Bonne chance, criais-je, et je voyais une mer de flammes et de fumées au ciel; et, à gauche, à droite, toutes les richesses flambant comme un milliard de tonnerres.* »

Cette illumination, comme le fond de la poésie, était insupportable pour le poète et sa situation de plus en plus intenable:

«Mais l'orgie et la camaraderie des femmes m'étaient interdites. Pas même un compagnon. Je me voyais devant une foule exaspérée, en face du peloton d'exécution, pleurant du malheur qu'ils n'aient pu comprendre, et pardonnant!— Comme Jeanne d'Arc!—"Prêtres, professeurs, maîtres, vous vous trompez en me livrant à la justice. Je n'ai jamais été de ce peuple-ci; je n'ai jamais été chrétien; je suis de la race qui chantait dans le supplice; je ne comprends pas les lois; je n'ai pas le sens moral, je suis une brute: vous vous trompez..."»

Alors comment faire? «Le plus malin est de quitter ce continent, où la folie rôde pour pourvoir d'otages ces misérables. J'entre au vrai royaume des enfants de Cham.»

Cham, ancêtre des Noirs, est le deuxième fils de Noé. Dans l'Ancien Testament, il est maudit à cause de son manque de respect envers son père. Suivant ses pas à quitter l'Occident, Rimbaud a vécu avec les descendants de Cham dans le désert africain. Réalisés par un «voyant», tous ces choix, y compris aussi bien ceux pour la vie et ceux pour la création, étaient ont été fait inconsciemment, juste comme dans le voyage du *Bateau ivre* : A partir de son départ, «j'étais insoucieux de tous les équipages», «comme je descendais des Fleuves impassibles», sans le guide des délivré des «Haleurs»:

«*La tempête a béni mes éveils maritimes.*
Plus léger qu'un bouchon j'ai dansé sur les flots

> *Qu'on appelle rouleurs éternels de victimes,*
> *Dix nuits, sans regretter l'œil niais des falots!»*

Ainsi le poème et la vie s'unissent, et le poète n'est pas lui-même, mais une métamorphose en «Bateau Ivre» après «un long, immense et raisonné dérèglement de tous les sens», après «toutes les formes d'amour, de souffrance, de folie», et se dit:

> «*plus douce qu'aux enfants la chair des pommes sûres,*
> *L'eau verte pénétra ma coque de sapin*
> *Et des taches de vins bleus et des vomissures*
> *Me lava, dispersant gouvernail et grappin.*»

Métamorphosé en bateau ivre, le poète devient finalement un autre—«Il arrive à l'inconnu, et quand, affolé, il finirait par perdre l'intelligence de ses visions, il les a vues!» Ainsi je crois que *le Bateau Ivre* se suit tout d'une haleine, sans imagination et se voit directement, sans aucune réflexion ni aide de la drogue —à coup de l'ivresse de la vie: il suffit de laisser Dionysos danser dans le sang. Le critique Sollers affirme que certaines des œuvres de Rimbaud sont dues au à la drogue; mais je n'y consens pas du tout. —Bien que Rimbaud se soit peut-être drogué en création de ses œuvres, mais les drogués sont de nombreux, tandis que Rimbaud est unique. Il est possible que la drogue (encourage) stimule son inspiration à un certain degrés; au lieu de créer des poèmes à l'aide de la drogue, on pourrait dire que lui-même, il est drogué et il se consomme! En outre, *le Bateau Ivre* annonce déjà d'ailleurs la source de son inspiration:

«*Et dès lors, je me suis baigné dans le Poème*
De la Mer, infusé d'astres, et lactescent,
Dévorant les azurs verts; où, flottaison blême
Et ravie, un noyé pensif parfois descend;»

Tout n'est pas visuel, mais qui perce à jour le secret d'un seul mot: à l'âge de 17 ans, en 1871, le poète finit *le Bateau Ivre*. En 1871, celui-ci devient la miniature de sa vie du de mouvement.

Très tôt avant son départ, le poète prédit ainsi la scène de revoir le désert africain.

«*Moi qui tremblais, sentant geindre à cinquante lieues*
Le rut des Béhémots et les Maelstroms épais,
Fileur éternel des immobilités bleues,
Je regrette l'Europe aux anciens parapets!»

Notons que le mot «Europe» se répète dans les poèmes de Rimbaud, même dans les lettres. Prenons, par exemple, «Michel et Christine»:

«*voilà mille loups, mille graines sauvages*
Qu'emporte, non sans aimer les liserons,
Cette religieuse après-midi d'orage

Sur l'Europe ancienne où cent hordes iront!»

Un autre exemple, dans *Une Saison en enfer* :

«*j'entends des familles comme la mienne, qui tiennent tout de la déclaration des Droits de l'Homme. — J'ai connu chaque fils de famille*!
Ma journée est faite; je quitte l'Europe. L'air marin brûlera mes poumons; les climats perdus me tanneront.»

Dans une autre lettre, il écrit encore:

«Les gens qui ont passé quelques années à Aden ne peuvent plus passer l'hiver en Europe; ils crèveraient tout de suite par quelques fluxions de poitrine.
Tous ont été malades, excepté moi. Nous avons été ici vingt Européens aux camps. Les premiers sont arrivés le 9 décembre. Il y en a trois ou quatre morts.»

Le mot «Europe» se répète dans les poèmes de Rimbaud: quand il fuit, est moqué, maudit, — durant la fuite, la moquerie ou la malédiction, le poète «regrette [toujours] l'Europe aux anciens parapets»; l'Europe est non seulement son pays de résidence, mais aussi encore le jardin des fables et le lieu d'ancrage de son l'appartenance d'esprit vagabond. La question se pose donc: impose, pourquoi il n'y rentre pas? pourquoi choisit-il d'être isolé pendant toute sa vie?

Établissant un parallèle entre ses poèmes et sa vie, entre sa jeunesse et la vieillesse de l'Europe, on pourrait dire qu'il a choisi le manquer, le définir plutôt que l'idée d'être en avance ou en retard —le « voyant» vit n'importe quelle époque, parce qu'il reste toujours délaissé et malheureux, « un autre» qui est « Né nu, mort nu, vide».

Pour un poète ou un écrivain, comme Hugo ou Balzac, le plus grand bonheur de la vie provient de succès de ses publications et des louanges de l'époque; sinon, au contraire, dans d'autres cas, comme pour Cao Xueqin ou Rimbaud, les œuvres et la vie sont en décalage (elles s'avancent ou se retardent...) et si bien que les contemporains ne peuvent ni les comprendre, ni les accepter, alors que l'auteur est obligé d'en souffrir. Et tout est destiné, de force. Vous pourriez le définir en faveur, mais celui qui le reçois vit dans la misère. Au début, en vue d'être connu, Rimbaud a décidé de publier des poèmes. Le 24 mai 1870, il a écrit à son maître Théodore de Banville pour lui proposer publier ses poèmes, en disant qu' « Il est enfant touché par le doigt de la Muse et qu'il veut être un Parnassien»; mais au « réveil», (comme « Le cuivre s'éveille clairon»), il rejette la pensée indue, en tant qu'un « Autre»; Il murmure ou maudit envers une autre époque—Ainsi *les Illuminations*, *Une Saison en Enfer*... se misent en jour. Après avoir fini ses œuvres (qui seront publiées de façon posthumes), il a abandonné totalement la littérature, et même la civilisation mondiale, pour agir comme ses « Ancêtres gaulois»: on se nourrit de gibier, de poules etc., plaça du feu dans la prairie et devint la race la plus faible.

Cette sorte de faiblesse nous évoque l'albatros chez de Baudelaire:
«À peine les ont-ils déposés sur les planches/Que ces rois de
l'azur, maladroits et honteux/Laissent piteusement leurs
grandes ailes blanches». «Les lettres du désert» allument «Le
feu du désert», qui se répand jusqu'aujourd'hui, en vivant au
cœur de chaque «chacal de désert».

Bref, la poésie de Rimbaud et le fil de sa vie s'entrelacent,
se nourrissent l'une de l'autre: parce que «je est un autre» —
sans père, sans mère, sans frère, sans sœur; le pays? —Je ne
sais pas sa direction; des amis? —Je ne connais pas le sens de ce
mot — le voilà, untel est l'étranger décrit dans Le Spleen de
Paris de Baudelaire, qui l'appelle «roi des poètes». Ce roi
connaît et exprime sans douleur. Les Fleurs du Mal est non
seulement les fleurs du mal (moral), mais aussi les fleurs de
la douleur, les fleurs de la misère.

En sommes, le voyant vit dans un autre espace: son monde
est différent; un fossé existe entre le monde et lui, les deux
s'avancent individuellement et se connaissent mal. Comme
Jade Magique (Jia Baoyu) dans le Rêve dans le pavillon
rouge, «Qui cherche la haine sans raison, parfois comme un
fou; né en riche, floraison et gentillesse dans l'abondance et la
gentillesse, mais qui se sent toujours né et mort nu, vide»;
surtout quand il s'enflamme brusquement et quand il jette
cruellement le jade de voyance par terre en l'injuriant: «On dit
qu'il est précieux, qu'il sait tout prévoir, mais c'est impossible,
parce qu'il ne sait même pas comment choisir son maître..., je
ne veux plus de ce truc!» Pourquoi? «parce que les sœurs de la

famille ne l'ont pas, mais sauf moi, je le trouve ennuyeux, aujourd'hui vient une petite sœur si jolie, et qui ne l'a pas non plus, alors ce truc n'est pas bon. » Pour Rimbaud, « Le rejet de littérature» est pareil.

Tout le monde rêve de disposer du «jade de voyant», ou du « Don d'écrire», mais si quelqu'un en dispose, on ne sait pas si c'est un bonheur ou un malheur. Le monde aspire à être un « voyant», mais qui voudrait subir les « dérèglements» des sentiments et «toutes les formes d'amour, de souffrance et de folie»? Qui veut « chercher le soi-même et boire du poison pour conserver son essence»? Qui peut « Maintenir la foi et la force inhumaine dans une torture indicible» et « Devenir un grand malade, un grand criminel, un grand malfaiteur, — un grand sage», au prix de supporter la solitude et la tristesse de toute la vie? On aime lire *le Rêve dans le pavillon rouge* et admirer Rimbaud, mais si « Le Jade» renaissait et si Rimbaud vivait aujourd'hui, quelle serait leur situation? C'est encore inconcevable.

En fin de compte, le malheur de Rimbaud est dû au « voyant»; Que ce soit un « Enfant touché par le doigt de la Muse» ou un enfant né avec un «jade de voyant», c'est pareil — le jade est la grande pierre en miniature avec laquelle Nuwa rapiéça le ciel; la Muse est une sorte de déesse de la littérature au mont Olympe. Et le « voyant» n'est rien d'autre qu'un contact avec les âmes ancestrales, afin que la déesse et le mythe de l'origine puissent ressusciter par la bouche du « voyant».

Si l'on regarde les premiers poèmes de Rimbaud, il y parle toujours d'enfants: y compris les orphelins tristes (*Les*

Étrennes des orphelins), les enfants pauvres et malheureux (*Les Effarés*), les enfants qui meurent tendrement (*Le Dormeur du Val*), les enfants heureux et errants (*Sensation*, *Au Cabaret-Vert*), les enfants amoureux (*Première Soirée*, *Roman*, *La Maline*), les enfants humoristiques (*Les reparties de Nina*, *Mes Petites amoureuses*), les enfants qui retournent le casier (*Le buffet*) et les enfants récalcitrants (*Les Poètes de sept ans*). Quant à Rimbaud lui-même, il est un enfant simple et ample, qui « cultive une âme plus riche que les autres». Et tout cela, ce n'est ni un cours d'eau sans source, ni l'arbre sans racines, mais cela vient du sang spirituel de « L'ancien». Comme le Jade renaît avec l'âme de Nuwa, les premiers poèmes de Rimbaud, par exemple *Soleil et Chair*, reviennent avec Vénus et Grâce dans la mythologie grecque —C'est le plus long poème de Rimbaud, où il raconte tout d'abord l'histoire d'amour entre Pan et Nymphe, puis l'histoire de la Mère de tout, Cybèle — «sur un grand char d'airain, les splendides cités»; en même temps dans ce poème, Rimbaud évoque les légendes d'Astarté, d'Aphrodite, de Callipyge, d'Eros, etc. Rimbaud cite une série des histoires dans de la mythologie grecque à l'égard de relatives à l'amour et à la beauté, de la génération à la naissance et à la création. Tout cela n'est pas dû à un classicisme, au lieu d'être classique, mais bien à l'instinct primitif, et à la racine spirituelle du poète lui-même — C'est ainsi l'esprit du «voyant» communiquent avec les dieux, à travers les œuvres créatives, et qu'il ressuscite «L'Europe ancienne»:

> «Zeus, Taureau, sur son cou berce comme une enfant
> Le corps nu d'Europé, qui jette son bras blanc
> Au cou nerveux du Dieu frissonnant dans la vague
> Il tourne lentement vers elle son œil vague;
> Elle, laisse traîner sa pâle joue en fleur
> Au front de Zeus; ses yeux sont fermés; elle meurt
> Dans un divin baiser, et le flot qui murmure
> De son écume d'or fleurit sa chevelure.»

C'est bien la source de l'Europe — non seulement le nom d'Europa, mais aussi l'esprit du Dieu, de la suprématie de la vie, qui est issu de la mythologie grecque, et qui est un noble hommage à Vénus et Grâce.

Yuan Mei (1716-1798), poète de la dynastie Qing, écrit dans un poème de ses poèmes: «La célébrité n'est bonne que si elle est louée tout au long de la vie. Il est trop tard pour attendre cette vie pour lire». Que ce soit le Jade ou Rimbaud, eux, les «voyants» réveillent dans le sang les souvenirs de la vie passée. C'est également le sens de l'expression «Ne jamais séparer, ne jamais abandonner». Nuwa «A choisi» le Jade; la Muse «A touché» Rimbaud; Une fois que le poète a réalisé sa mission, il doit se taire à cause de sa propre faiblesse. — «La science, la nouvelle noblesse! Le progrès. Le monde marche! Pourquoi ne tournerait-il pas? C'est la vision des nombres. Nous allons à l'Esprit. C'est très certain, c'est oracle, ce que je dis. Je comprends, et ne sachant m'expliquer sans paroles païennes, je voudrais me taire.» C'est le Tel qui est le

« testament » laissé par Rimbaud dans *Mauvais Sang*, ce qui est aussi un paradoxe dans la création littéraire: Le créateur se parle et « parle » de son propre « silence ». Comme le dit « Inscription d'herbe sauvage » de Lu Xun: « Quand je me tais, je me sens rassasié; je parlerai et me sentirai vide. » Je pense que ce « silence » a une sémantique multiple: on ne veut pas dire, pas écrire, pas parler, pas pousser un cri; L'autre type de « silence » consiste à ne pas s'ouvrir au public, au monde, puis à abandonner cette vie, en murmurant soi-même, à la vie après la mort et aux générations futures. Dans les mots de Heidegger: « La langue comme la parole de silence, c'est le silence qui permet à tout le monde d'y entrer. » Ou comme l'a dit Blanchot: « ce que le travail est fermé est exactement ce qu'il continue de montrer. » Les nombreux mots d'argot dans la poésie de Rimbaud prouvent que ce « silence » est le refuge et la dissimulation de l'existence, qui est le jeu muet, le rassemblement silencieux, ainsi que la passion intérieure.

À ce sujet, Blanchot a déclaré dans *L'Espace littéraire*: « Dans ces mots, le monde recule, et il n'y a plus de but; Dans ces mots, le monde reste silencieux. En fin de compte, l'homme ne dit plus rien de ses efforts, de ses desseins et de ses activités. On exprime le propre silence de soi-même dans le discours de la poésie. » Et entre les lignes, « Les mots de poésie ne sont plus les mots d'une personne: Dans ce discours, personne ne parle. Ce n'est pas un homme qui parle. Mais il semble que seuls des mots se parlent à eux-mêmes; La langue montre toute son importance; Le langage devient l'essence des choses. »

Par ailleurs, Blanchot, en empruntant l'histoire d'Orphée à la mythologie grecque, crée une métaphore allégorie qui révèle au monde les principes de création plus profonds et plus secrets, cachés sous ce «silence»: la harpiste Orphée possède un talent musical extraordinaire, son chant et le son de sa harpe pourraient rendre le bois triste, et la bête apprivoisée; et Eurydice, sa fée bien-aimée, mordue dans la nuit des noces par un serpent venimeux, est enfin morte. Orphée, accablé de chagrin, se rend seul chez Hadès. Et par sa musique merveilleuse émouvant le passeur, le chien Cerbère, même Hadès qui est touché aux larmes lui permet de ramener le retour d'Eurydice au monde, mais à condition de ne pas regarder en arrière son aimée avant d'avoir vu la première lumière du monde. Cependant, arrivé presque au bout de ce chemin des Enfers, Orphée ne peut s'empêcher de jeter un coup d'œil en arrière pour confirmer si son aimée est toujours derrière lui; et à ce moment-là, Eurydice retombe de nouveau dans les Enfers, ne plus jamais être revue... A travers cela, Blanchot fait la métaphore qu'Eurydice symbolise l'origine de l'art; «Le regard d'Orphée» ressemble au paradoxe éternel entre l'artiste et l'art: l'artiste (Orphée) essaie de sauver du néant (chez Hadès) l'origine de l'art (Eurydice morte et invisible), de la faire revivre et réapparaître au monde humain; et pourtant «La vue directe» de l'inspiration et de l'origine artistique les détruit instantanément et les transforme de nouveau en néant.

Blanchot, à la découverte du paradoxe, estime que l'artiste doit résister pendant le cours de composition au débordement excessif de «L'inspiration» afin que son ouvrage puisse prendre forme et voir le jour. En d'autres termes, la seule façon de faire revivre Eurydice est de ne pas la regarder «Directement». Si l'on ne regardait pas directement Eurydice, on pourrait la faire revivre. Tout cela paraît bien raisonnable, tandis que la vie artistique de Rimbaud, semble à la fois à la confirmation et à la subversion de la théorie artistique de Blanchot: la subversion dans la vérification, et la vérification dans la subversion. Pourquoi? Parce que Rimbaud, à mon avis, est bien Orphée, le beau jeune homme qui se retourne: comme un véritable «poète voyant», il donne évidemment en arrière un coup d'œil en arrière et comme «Le regard d'Orphée», voit pendant cet instant la poésie elle-même, c'est-à-dire la source de l'inspiration (Eurydice). *Le Bateau ivre* et *Une Saison en Enfer* sont de bons exemples.

Rimbaud n'est pas algébriste comme Valéry qui estime que «Le poème n'est jamais fini». Son poème, je crois, est tout à fait coulant et naturel, comme la nature elle-même. Cette «étincelle potentielle», cet «Instant de la foudre» et cet «éclat de la foudre», selon les formules de Blanchot, sont l'apogée et en même temps la désintégration de la poésie—mais, en effet, la poésie n'est pas une illusion, c'est un texte, qui une fois qu'il existe, est éternel instantanément. Ainsi, soudain se retourne Rimbaud qui, non seulement met tout ce qu'il a vu dans son volume de poésie, mais aussi tourne tout simplement ses pas vers l'Enfer, encore une fois, en suivant son aimée «Eurydice» (la source d'inspiration, la nature de l'art), et éprouve complètement *Une Saison en enfer*.

De quels autres exemples avons-nous besoin lorsque la voix d'un couple de « Délire » s'entend clairement depuis l'Enfer? Le dialogue entre ce « Drôle de ménage » en enfer est tellement fou (voir le texte original), qu'on se souvient naturellement d'Orphée et Eurydice, ou de Rimbaud et « La poésie du voyant », tous à peu près comme ça?—Retournant soudain la tête, se regardant l'un l'autre, se contemplant mutuellement, tous les deux brusquement tombés dans l'Enfer — alors, l'essence de l'art renferme folie et danger comme tels!

Cela me rappelle aussi le folklore acquis des histoires recueillies ces dernières années, lors de mes activités naturalistes au bord du Yangtsé: on dit que le géomancien qui trouve le vrai sol idéal se retrouvera bientôt aveugle. D'ailleurs, dans la caverne du Dragon habite la fille du Dragon-Roi, celle qui est très belle ne puisse et ne peut être vue, sinon, elle disparaîtra pour toujours aussitôt qu'on la voit sous peine de disparaître. « Il y a bien des mythologies, mais pour l'histoire, il n'y en a qu'une. » (Joseph Campbell) Le vrai sens derrière de cette parole fait l'objet de notre méditation ici.

Quant à l'auteur du *Rêve dans le pavillon rouge*, il connaît bien le danger du « voyant », et le principe par lequel l'inspiration artistique ne peut pas se voir directement, et donc, lui, avec « La parole de Jia Yucun (jeu de mots, signifie: Les fausses paroles perdurent.) », il tient des propos évasifs: ce qui s'y cache, c'est non seulement des faits réels, mais aussi la vérité artistique. Ainsi cet ouvrage, qui se montre toujours circonspect, essaie de déguiser le « jade des communications transcendantes » en le traitant de « Dément », d'« Incompétent », d'« Idiot et fou »; il arrive même à flanquer le jade sans pitié par terre, pour qu'on puisse se dissimuler et se préserver, supporter l'humiliation et transmettre le « jade voyant » aux générations futures. Il a vraiment réussi! *Le Rêve dans le Pavillon rouge*, après avoir connu la fatalité, reste tellement intact et complet, réel et illusoire que le « voyant » futur pourrait se retirer glorieusement du monde.

Par la suite, Rimbaud se réveille avec désespoir, donc il abandonne totalement la littérature, jette ce « truc détestable », le « jade transcendant », et souhaite une vie simple en tant qu'un homme ordinaire. Cependant, le « voyant » n'est point quelque chose au dehors du corps, ni un « truc détestable » tout facile à obtenir ou à jeter. Bien qu'il renonce à la littérature et s'exile au bout du monde, ce « voleur du feu » de la poésie, n'échappera finalement pas enfin au sort de Prométhée. De Nombreuses et inimaginables sont les difficultés et les épreuves inimaginables qu'il réussit à les surmonter; mais c'est finalement la maladie cruelle qui enlève sa vie jeune et précieuse.

Aujourd'hui, nous lisons Rimbaud sans courir le moindre risque, car le poète a déjà rapporté de l'enfer au monde tout cela: l'essence de l'art et la source de l'inspiration. À mon avis, *Une Saison en Enfer* représente la plus haute réalisation de sa création. c'est bien le prix de ce qu'il gagne pour « retourner sa tête » et tout ce qu'il voit. Ce beau jeune homme se prolonge dans l'enfer, en prenant la parachute; Le feu de l'enfer étincelle comme celui des feux d'artifice et s'éteint en un clin d'œil. C'est tout aussi la flamme magique, qui épuise instantanément toutes à la fois l'inspiration, la vie et la voyance du poète.

Effectivement, à partir de ce moment-là, la vie artistique de Rimbaud s'arrête, dépérit, comme un feu sauvage qui s'éteint peu à peu dans le désert de l'Afrique; sans parents, sans petit prince descendant du ciel, lui envoyant la rose et la fontaine. Et du début à la fin, ce «forçat intraitable», déterminé à avoir la détermination de mourir, il ne fait aucun compromis, même il descend en enfer, comme le «Bateau ivre», («Ô que ma quille éclate») sur la mer de la poésie.

Dans ce sens, alors, la «subversion complète» de Rimbaud, confirme à son tour la théorie artistique de Blanchot: l'artiste ne pourra pas regarder en arrière, le «regard d'Orphée» étant destiné à la destruction de tout. Mais le paradoxe est là où il se retourne forcément quand même. C'est là la fatalité d'Orphée, et aussi du jeune Rimbaud.

文学的希望,未来的希望

[法]皮埃尔·布吕奈尔

女士们、先生们:

首先我想说明一点,今天我谈的内容可能非常广泛,在解答你们困惑的同时,抑或也解答我自己的疑问。因而,我倍感欣慰,这是一次亲密的交流。

我手上拿的这本书是让-马里·古斯塔夫·勒·克莱齐奥①的《在中国的十五场座谈:诗意历程与文学交流》(*Quinze causeries en Chine, Aventure poétique et échanges littéraires*),不久前刚由伽利玛出版社(Gallimard)在巴黎出版。勒·克莱齐奥大约比我小一岁,他是我们最伟大的作家之一,于2008年荣获诺贝尔文学奖。他的职业生涯可以说非常国际化,他曾在墨西哥的研究所工作多年,如今他又与中国的关系非常密切。据我所知,他现在经常来南京大学讲学。细读这本书,大家可以发现,这不是十五场讲座,而是十五次座谈②,比起讲座,座谈可以使内容更加贴近内心。虽然时间比较短,但彼此可以对话。

---

① Jean-Marie Gustave Le Clézio(1940-),法国著名作家,诺贝尔文学奖得主。
② 实际上其中有讲座也有座谈。中法文理解不同。

在我看来，勒·克莱齐奥的这本书非常出色，我从中学到了很多，我尤其佩服他对于中国文学广泛而深刻的认识。他在书中说，他从小就痴迷中国文学。我想，他读的那些书多数是译著。他的这十五场座谈是与公众的十五次对话，可以肯定，这是他自身的西方文化与他所掌握的中国文化的对话，因此这种对话在某种意义上是真正的对话典范。阅读这本书令人感到欣慰，同时也让我们对未来产生一定的信心。

在准备今天这次座谈的过程中，我思考了很多。现在我手上拿的这本《今天的法国文学将何去何从》(Où va la literature française aujourd'hui)，是我大约20年前写的。在书中我思考并回答了若干问题，但是今天我们已经身处2019年，而不再是2000年了。在这近20年的时间里，发生了很多事情，我在此略提一二，并以其中一个实例开始我的谈话。

在这近20年间发生了什么？或许你们不难猜到，我在这本书中谈到的不少作家都在这些年间离世了。今天我想谈与我关系特别密切而终生难忘的两位作家。第一位是诗人伊夫·博纳富瓦（Yves Bonnefoy，1923-2016），第二位是创作令人瞩目的米歇尔·布托尔（Michel Butor，1926-2016）。博纳富瓦是2016年7月1日辞世的，而在此半个月前，我们还相见于疗养院。那天，我在巴黎的爱弥尔·左拉大道偶遇他在法兰西公学院的助教，她正要去见伊夫。那天就像今天一样，天气晴朗，伊夫躺在花园中的一张病号安乐椅上，鼻孔里插着管子。可他将那些管子都一一拔去，与我们交谈了很长时间。当时他意识清醒，对自己的身体状况一清二楚，然而他对未来充满信心。半个月后他就去世了，6月15日的交谈成了我们的最后一面。同年8月底，米歇尔·布托尔也去世了。那时我正在家乡度假，夜里11点左右，我的电话突然响了起来，传来了这个噩耗。我与布托尔也是彼此深交的好朋友。在他辞世的 3 年前,我在巴黎举办过一次关于他的大型学术研讨会。

博纳富瓦和布托尔去世的原因都是患上了可怕的疾病,即众所周知的癌症。令人震惊的是,博纳富瓦在得知自己患癌的时候,病情已经发展到了晚期。他在写给我的最后一封信中只说:走在家附近的斜坡上,觉得身体有些吃不消。几个星期之后,他就查出了癌症。而布托尔呢,我完全不知道他患病,奇怪的是,他自己也不知道。恶性肿瘤夺去他生命的过程非常短暂,他在医院仅仅治疗了两天就离开了人世。他们是我们这个时代最伟大的两位作家,一位发扬光大了诗歌,一位发扬光大了小说。提起这两位伟大的作家,有一个现象令我印象深刻。几天前,我有幸接受李建英女士的邀请,参加了在上海师范大学举办的"兰波与现代性"学术研讨会。巧的是,博纳富瓦和布托尔都是兰波的忠实崇拜者,都是兰波作品的伟大评论家。但他们两人的关注点完全不同,博纳富瓦一方面在兰波身上寻找诗学理念,另一方面由兰波思考世界的存在。布托尔却深受兰波流浪生活的影响,走上了游走世界之路。他认为,像兰波那样,始终行走在路上,才是现代英雄的存在方式。

除了这两位伟大的作家之外,还有其他作家也在近 20 年间相继离世了。接下来,我要说说这些年发生的重大事件。事件很能说明问题,我非常重视事件,把它视为看问题的出发点。你们会明白其中的道理。从 2001 年年初到如今的 2019 年年中,发生了很多世界性的重大事件。其中有一件事尤其牵动人心,那就是 2001 年 9 月 11 日上午发生在纽约的"9·11 恐怖袭击事件",对此你们一定记忆犹新。有一位作家,碰巧也是我的朋友,他创作了一个剧本,剧名就叫做《2001 年 9 月 11 日》。它有英语、法语两个版本,然而令人惊讶的是,两个版本有一个共同关联点：这位剧作家试图如古代悲剧那样体现的那个核心，在两个版本中都用英语表达。这位作家的名气不及博纳富瓦和布托尔，但是他的这个剧本确实非常深刻。他就是生于1927年的米歇尔·维纳威尔①，如今已经92岁高龄了。我很久没有见到他了，但是我想跟大家分享的是，上世纪70年代末，他在巴黎三大完成了他的博士论文，后来在该校教授艺术和戏剧文学课程。可最初，他在国际知名的剃须护理品牌吉列（Gillette）公司工作，之后才开始从事文学创作，后又成了文学老师。他依然健在，又创作了这样一个剧本，因此我认为他完全可称作当代文学，尤其是法国当代文学的代表性人物。当震惊世界的事件发生时，作家是这些事件的见证人，他们从中提炼出他们的作品，以便进一步观察世界。这类作家即使他们重拾神话主题，也同样对发生在城邦的事件非常敏感，尤其对发生在类似雅典城的事件，他们与古代悲剧作家没有什么区别。

　　悲剧，这正是我想接下来跟大家谈的，因为悲剧与我目前的研究有关。具体地说，明年我将在法兰西学院组织有关悲剧的系列讲座。悲剧，在有些人看来是一个已经死亡的体裁。它属于古代，因为一提到悲剧，人们首先想到的是古希腊悲剧，或者是由它衍生出来的拉丁悲剧。当然，人们也会想到法国的经典作家，尤其是拉辛，他从古人那里汲取灵感，在某种程度上革新了悲剧体裁。然而，我们应该意识到，悲剧作为一种文学样式没有死，悲剧的事件依然存在，悲剧事件与悲剧之间的关系没有断裂。因为，当人们提到悲剧，不单单指对悲剧创作形式的模仿，而是作家在戏剧中营造的悲剧情感。为了

---

　　① Michel Vinaver（1927-），法国剧作家、小说家，曾任吉列公司总经理。

说明这一点，我要举的第一个例子仍是《2001年9月11日》，作者选择发生在21世纪初的历史悲剧事件，创作了一部现代悲剧。

接下来我要举的例子可能会令你们感到惊讶。事实上，下面这个例子是为了澄清中国到底有没有悲剧的问题。恰巧，我在组织法兰西学院的12场研讨会时，有人建议应该让中国同行谈一谈中国的悲剧。通过商议，我们将与北京大学的董强教授一起于2020年6月15日召开一场题为"悲剧与中国悲剧"的学术研讨会。我还想跟大家分享一个出乎我意料的故事。最近我在巴黎的书店发现了一本华裔女作家的小说，或许你们比我更加了解她，她叫韩素音。这本小说最初用英语而不是汉语写成，它的法语版本从英语翻译而来，题目是《目的地重庆》。这当然是根据自己的经历创作的一部小说，小说的主人公嫁给了一个中国青年，后来去了美国，再后来又回到中国。书中描述了很多可怕的悲剧事件，那些事件发生在当时的中国大地，而"悲惨"这个词出现无数次，因此，整部作品的字里行间弥漫着浓浓的悲剧氛围。她来到重庆这座城市的时候，中国正经历抗日战争的艰难时刻，到处都是炸弹、枪火……

关于悲剧事件和悲剧，我最后还想请大家注意这样一个事实：如今法国文学中的悲剧并不一定是古希腊那种形式的悲剧，不是法国17世纪的悲剧，也不是后来那种意义上的悲剧。现在的悲剧可能与传统的悲剧形式完全不同，甚至我还能找出一些完全不属于戏剧传统的元素。简单的一组对话可以是一部现代悲剧，简单的一段个人独白也可以是一部现代悲剧。更有甚者，在法国，一个演员可以走上舞台饰演多个不同的角色，或者一人承担一部宏大作品所有台词，这样一个演员就完成一台戏的演出。如今这种现象在法国越来越常见。我最近应著名演员伊凡·莫兰①的邀请，就看了一场这样的演出，印象非常深刻。戏剧改编自阿尔贝·加缪（Albert Camus）的小说《堕落》（*La Chute*），这部使他荣获1957年诺贝尔文学奖的小说，实际上是一部悲剧，因为"坠落"②本身是一件可悲的事。试想一下，我在楼梯上本想自己下楼，不料坠落下去，还摔断了一条腿，这是相当可悲的。加缪的小说所描述的坠落，是萦绕在叙述者脑海里的一段记忆。他清楚地记得，他当时站在巴黎塞纳河的岸边，突然听到一声尖叫，随后看见一个年轻的女子从桥上纵身跳下。他目睹了这个女子的自杀行为，却没有采取任何施救措施，于是他陷入了深深的内疚之中。他认为，在道德层面上，他本该去救助那位自杀的女子。于是内疚侵蚀着他的内心：这是一种堕落，是某种意义上的悲剧。

如是说，悲剧，这一古老的体裁，今天从内容到形式都发生了深刻的变化。"悲剧"的定义已经从剧种延伸至悲剧事件或可悲之事，从而模糊了小说与戏剧的界线。因而，只要悲惨的事存在，悲剧的创作就不会缺席，正如您所说，作家是最敏感的。对社会的敏感度成为作家的标杆，兰波的敏感度可谓作家之最，他对后人的影响也是空前的。在此次"兰波与现代性"国际学术研讨会上，专家们分别谈了兰波在德国、意大利、日本、中国的接受与影响，他对法国19世纪和20世纪文学的影响不言而喻，21世纪的兰波如何呢？

说到这次研讨会，我认为非常成功，也十分有意义，兰波的影响是世界性的。不难发现，如今的很多法国诗人，无论是主动地选择继承兰波，还是被动地与兰波产生联系，都以某种方式，

---

① Ivan Morane(1956-)，法国戏剧、歌剧导演、演员、作家。
② 法语 la chute 有"堕落、坠落"等意思。

在一定程度上成了兰波的继承者。事实上,与兰波有关联的诗人群体远比想象的多得多。我曾经列过这样一份名单,在我的藏书中,仅 21 世纪初以兰波的诗句或兰波作品中的某个表述为题名的小说就有 20 多部。其中一位女作家的一部小说取名为《醉舟》,而我们法兰西学院的新院士①也创作了一部作品,其书名《暴风雨的天堂》取自兰波的《彩图集》中的一句诗。可见,兰波的诗歌自 19 世纪末到 20 世纪享誉盛名,而今天他比任何时代都更具现代性。无论当今的诗人们承认与否,他们的确从兰波那里获得了许多灵感。这么多作家深受兰波的影响,我被深深地打动了。第一个打动我的是博纳富瓦,他从不掩饰自己是兰波的继承者。之后打动我的是一些年轻人,他们创作诗歌完全出自内心,在他们的身上,我看到了兰波的清晰印迹。人们总说诗歌是小众的,但我并不认同这个观点,相反,我观察到大量的诗歌作品不断问世,如今的法国诗坛形式多样,百花齐放。我是两三个诗歌奖项评审委员会成员,由此我收到了大量的作品,其中一些由伽利玛那样的大型出版社出版,另一些由个人自费出版,还有一些由省级出版社出版。出版诗歌作品,不仅需要诗歌品味,还需要勇气。

我得承认,我也为诗歌创作付出了很多努力。我此生只写过一本诗集,但我从没想过要公开发表,因为我不希望学校的同事谈论这些诗。于是我自费印刷了诗集,所以这本诗集没有被商品化,没几个人知道这件事。然而,还是出现了意想不到的事。我给诗集命名为《羊群中最可怜的那一只》,这个题目实际上取自杜贝莱的一句诗:"而我不是羊群中最可怜的那一只。"这

---

① Patrick Grainville(1947-),法国著名小说家,龚古尔文学奖获得者,小说 *Le Lien*(《红歌星》),*Le Jour de la fin du monde*, *une femme me cache*(《世界末日:一个女人藏起了我》)等有汉译本。2018 年当选法兰西学院院士。

句诗令我感受颇深。确实,最终我也没能成为那只"最可怜的羊",因为两年后,我发现有人用这个题目出版了自己的作品。也就是说,今天就算我还想以这个题目出版我的诗集,我也已经没有权利了。那位作家有很多身份,既是剧作家,也是电影编剧,他用这个标题出版的作品不是诗集而是戏剧。事情就是这么不可思议。

我想说的是,我们每个人都有写诗的需要,而且很多人都成功地发表了自己的作品,至于出名不出名,他们并不在乎。这样的事,首先发生在学生中。贝尔纳·弗朗科①应该和我有同样的经历,时常有学生塞给我们一本他们创作而尚未发表的诗集,而后来他们还真的成功出版了。我就曾遇到这样一件令人后怕的事,甚至今天我向你们透露都觉得有些尴尬。有天,一个女生送给我一本她创作的诗集,由于当时我太忙,就将她的作品搁置一旁。我的另一个同事也收到了那本诗集,他跟我说:"你有个学生不得了,她写了一本色情诗歌。"那个女生始终没能出版她的诗集,现在想来,假如那本诗集当时出版的话,那将会生出多少滑稽可笑的流言蜚语啊。

如今的诗歌有几个趋势。首先,散文诗的创作远远多于格律诗。我曾有幸为马克·埃林②的一部大型诗集作序,他在法国小有名气,虽然没到众所周知的程度,但在诗坛已经占据重要地位,那部诗集中收录的全都是散文诗。从波德莱尔创作那些短小精悍的散文诗开始,或者自兰波的《彩图集》之后,散文诗这种形式逐渐被人接受,最后成为现代诗人的主要创作形式。但格律诗也没有就此消失,而是出现了自由体的格律诗。比起传

---

① 巴黎四大教授。
② Marc Alyn(1937-),法国作家、诗人。

统的格律诗,现在这种自由体的格律诗更常见。如要像拉辛、勒贡特·德·李勒(Leconte de Lisle)或者早期的兰波那样写出标准的亚历山大体,非做过法语老师不可。兰波早期的诗歌也是传统的格律诗,比如《醉舟》,这首诗长达一百句,每一句都是十二音节。现代的诗人总会给自己更多的创作自由,这就导致读者对作品难免产生各种疑问,比如:这首诗是否写得不怎么样?不分行的作品,属于散文而不是诗?或者频繁分行,是否有意提醒读者这是一首格律诗?

我刚才提到的博纳富瓦,他特别擅长写散文诗。但他也写格律诗,自由体的格律诗。说"自由体"也许用词不当,事实上在他生命的最后,他又恢复了传统格律诗的写作。我还记得他对我说过:现代诗歌创作过于自由了,因而很有必要恢复诗歌的传统形式,以此表达对法国古典诗歌的敬重。他的这种想法是十分罕见的。我想,当今的伟大诗人总有许多不同的想法,拥有尝试各种不同可能性的欲望。真正的诗人就是这样,他不拘泥于某一种形式,总是要探索更多表达的可能性,以此推动文学的进步。博纳富瓦就属于这类伟大的诗人,他始终带着人文关怀,坚持维护传统,同时无止境地追求。

其次,女性诗歌取得了很大的发展,因而出现了一些专门为女性诗歌设置的奖项。在我做过的评审奖项中,有一个奖颁给了维纳斯·库里-加塔[1],她在当今法国诗坛占有非常重要的地位。我和她甚为熟识,她是黎巴嫩人,但常年在法国居住。她有一部作品反响巨大,几年前我们在索邦大学举办过一场她的作品研讨会。如今,法国有一奖项以她的名字命名,这个奖也只颁发给优秀的女诗人。以人名命名的奖项可以使诗人永存。如今

---

[1] Vénus Koury-Ghata(1937-),黎巴嫩裔法国诗人,小说家。

法国诗歌的奖项种类繁多，有单纯的诗歌奖，有外国作品奖，甚至还有"发现奖"。"发现奖"由来已久，但长期以来认知度较低。因此我个人认为，以一个有才华的诗人的名字命名一个奖项，更容易使这个奖项为大众熟知。

今天我很高兴能够与你们分享这些经历，在晚年回顾一生，也十分庆幸自己不是一个埋在书堆里或者被囿于规则的教授。我对诗歌的认识是鲜活的。我这样说，是还想与你们谈谈一位非常重要的、你们也都很熟悉的诗人，他就是程抱一。他是中国人，但是他的表达从本质上讲是法国式的。我们很早就认识了，第一次见面是在一个博士论文答辩会上。之后我们一直保持联系，2005年我在索邦大学组织了一场他的作品的研讨会，不久法国国家图书馆也组织了一场他的作品的大型研讨会。程抱一有一个特点，那就是，在他的作品研讨会上人们总是很难见到他的身影。我还记得在法国国家图书馆举办的那场研讨会上，人们左等右等，总不见他出现，直到下午四点钟他才到场。他解释说，缺席的原因是年纪太大了。他总爱用自己的健康做挡箭牌，推说自己体弱，不堪承受太繁重的事务。我觉得这是他的智慧，这样他就能保证自己有足够的时间和精力投入诗歌创作。他的最新作品《总之王国》（*Enfin le Royaume*），就是我手中的这本书，无论从哪个角度看，都是一部佳作。

首先是发行量。诗歌本是一种不易畅销的体裁，但程抱一的这本诗集取得了巨大的商业成功。第一版问世即售罄，几天之后便加印了第二版。有报道称这部诗集成功卖出了8万册，这个数目对一部诗集而言是巨大的，即使是其他文学作品也十分可观。取得这一成功之后，他又在原来的基础上增添了60首新诗再版，我手中拿的就是这个版本。其中一首诗是写给我的，为此我感到非常荣幸。这首诗不仅体现了程抱一谦逊的品格，还体现了他高超的创作技巧:看似格律工整,却又不自我封闭于规则之中;它是法语严格意义上的四行诗,同时又在短小精悍的形式上有了重大突破,尤其吸收了俳句简洁的形式。这部诗集的成功说明程抱一的诗艺达到了一定的高度,同时也意味着短诗在我们的文化语境中得到了认可。这种诗歌容易阅读,便于记忆,而且能让人产生身临其境之感。

诗集成功的另一个原因在于,处在这样一个困难重重的时代,我和其他人一样,会常常感到悲观,而程抱一的声音能给我们一种安慰,同时他也安慰自己。这是他的诗歌最能打动我的地方,我能理解他的心境。一个老人,知道自己岁月无多,但他不因此而绝望。程抱一已经90岁了,虽说人的寿命可达150岁,但实际上这令人怀疑。我常去就诊的一位名医,还有身为法兰西学术院院士的心脏病专家,他们都说,人不大可能活过120岁。从某个年纪开始,生死的问题便萦绕于人心。程抱一却从不把死亡放在心上,他的作品从不表现对死亡的恐惧,他所呈现的只有信心、对人类环境的接受和他的希望王国——《总之王国》。如果你们愿意,我来朗读他的一首四行诗,这首不是写给我的,而是写给另一位院士克洛德·达根[①]的,他是我的同学和朋友,可他献身于宗教,成为了一名主教。

> 在响彻迷人欢呼声的街心路口,
> 夜晚在一个封闭的世界里呼救,
> 绝望与我们的希望
> 我们不用言语互换交流。

---

① Claude Dagens(1940-),法国天主教高级教士,法兰西学术院院士。

人不可能在接近死亡的时候不感到绝望，但必须让希望战胜绝望，这正是程抱一的诗歌要达到的目的。我想引用他的最后一首四行诗作为结束语，它是献给任何一个人的，或者说是献给我们每一个人的。

> 我们不能忘记
> 无家无亲无助的人们
> 肉体遭受蹂躏，却记忆留存
> 拥有完整的生命，就应该乐观面对人生。

由此，生命最终将战胜死亡。谢谢大家。

（高佳华、王洪羽嘉翻译）

L'espoir de la littérature, l'espoir de l'avenir
Pierre Brunel

Merci beaucoup et je voudrais vous dire d'abord que je parlerai très librement et que je vais essayer de répondre à vos interrogations ou peut être à mes propres questions. Je voudrais faire une première remarque c'est que dans mon esprit cette séance de cet après-midi n'était pas une conférence au sens noble du terme mais quelque chose de plus intime et il se trouve que j'ai eu une confirmation qui m'a beaucoup réconforté.

J'ai apporté le livre avec moi il y a quelques jours a été publié à Paris aux éditions Gallimard, un livre de Jean-Marie Gustave Le Clézio, *Quinze causeries en Chine, Aventure poétique et échanges littéraires*. Le Clézio qui a à peu près exactement un an de moins que moi est un de nos plus grands écrivains. Il a obtenu le Prix Nobel de littérature en 2008. Il a une carrière véritablement internationale. Il a vécu beaucoup au Mexique par exemple. Aujourd'hui ses relations avec la Chine sont très importantes. Je crois même qu'il enseigne presque régulièrement à l'Université de Nankin. Et vous observerez que ce ne sont pas

15 conférences ce sont 15 causeries, c'est à dire un terme qui implique quelque chose de plus intime, de plus court aussi, et permettant un dialogue. Celui que nous aurons Monsieur Franco et moi. C'est un livre que j'ai trouvé remarquable qui m'a beaucoup appris, et j'admire en particulier la connaissance libre mais profonde que Jean-Marie Gustave Le Clézio a de la littérature chinoise, il explique que dès sa jeunesse, il était passionné par la littérature chinoise qu'il a lu essentiellement en traduction, je crois, et il y a tout au long de ses 15 causerie un dialogue avec son public. Très certainement, en tout cas un dialogue entre sa culture occidentale et cette culture chinoise qui l'a acquise. Donc quelque chose qui est véritablement exemplaire. J'ajoute que c'est une lecture en général très réconfortante qui nous invite à une certaine confiance dans l'avenir.

Pour organiser la petite causerie que j'avais prévu venant de moi-même, j'ai cru d'abord que j'allais avoir un livre tout trouvé pour moi. Il se trouve que j'ai publié il y a presque 20 ans. Le livre que j'ai entre les mains, intitulé *Où va la littérature française aujourd'hui*, je suis conscient du fait que j'aurai peut-être à répondre à une semblable question mais qu'aujourd'hui ce n'est plus 2000 mais que c'est 2019. Beaucoup de choses se sont passées entre temps, je voudrais en signaler deux ou trois et m'appuyer quand même sur l'un de ces événements pour aller vers mon propos d'aujourd'hui.

Qu'est ce qui s'est passé en presque vingt ans? Eh bien vous l'imaginez aisément un certain nombre des écrivains dont je parlais sont décédés. Je voudrais en nommer deux dans la mémoire et particulièrement chers. Yves Bonnefoy dont j'ai eu l'occasion de m'entretenir avec un de ces spécialistes en germe ici, Yves Bonnefoy, donc essentiellement un poète, et Michel Butor, il s'est produit quelque chose d'assez étonnant. Yves Bonnefoy est décédé le 1er juillet 2016. Je l'ai appris tout de suite et je l'avais vu quinze jours avant dans la maison de santé où il était soigné avenue Émile Zola à Paris. Je passais par là par hasard. Je rencontre une de ses assistantes au Collège de France. Qui me dit qu'il voulait voir Yves il est là dans le jardin faisait soleil comme aujourd'hui il était couché dans un fauteuil de malade. Il avait des tuyaux dans le nez il a ôté nous avons parlé assez longuement. Il était tout à fait conscient de son état et en même temps confiant dans l'avenir. Il est décédé le 1er juillet. Je l'avais vu le 15 juin. À la fin du mois d'août je me trouvais en vacances dans ma région natale. Mon téléphone sonne un soir vers 11 heures, et on apprend le décès de Michel Butor que j'ai lui aussi très très bien connu. J'avais même organisé trois ans avant un grand colloque sur lui à Paris.

Il se trouve que l'un et l'autre sont décédés d'une maladie terrible que vous connaissez tous, le cancer, et il s'est produit ceci de tout à fait étonnant que Yves Bonnefoy a appris très tardivement, s'il l'a appris, qu'ils étaient atteints de cette maladie. La dernière lettre de lui que j'ai qui remontait à quelques semaines auparavant me disait seulement qu'il avait maintenant du mal à monter la rue en pente dans laquelle il habitait. Quant à Michel Butor, j'ignorais complètement qu'il était malade mais le plus étonnant c'est qu'il ne le savait pas lui-même. J'ai entendu dire qu'il était décédé d'un cancer généralisé . Avant cela, personne ne savait qu'il avait un cancer et il avait été hospitalisé deux jours avant sa mort. Très étonnant, deux de nos plus grands écrivains, l'un illustrant essentiellement la poésie, l'autre illustrant essentiellement le roman dont parlera Bernard Franco, et une chose me frappe aussi puisque si je me trouve parmi vous aujourd'hui c'est que Madame Li m'a fait l'honneur de m'inviter pour un magnifique colloque qui s'est tenu à Shanghai il y a quelques jours sur Rimbaud et la modernité. Il se trouve que Yves Bonnefoy et Michel Butor ont été un grand admirateur de grands commentateurs de Rimbaud. De manière tout à fait différente de manière très personnelle l'un et l'autre. Yves Bonnefoy cherchant chez Rimbaud une poétique bien sûr tout d'abord, mais aussi une manière d'envisager l'existence. Et Michel Butor surtout inspiré par les vagabondages de Rimbaud, sa marche à travers le monde, d'une sorte de Rimbaud toujours en route qui lui apparaissait comme une sorte de héros des temps modernes.

Voilà donc que deux grandes figures, et il y en a d'autres qui ont disparu dans ces vingt ans. Et puis il y a eu aussi des événements très importants, et si vous voulez, c'est un point de départ que je vais aussi choisir pour une illustration à laquelle je tiens beaucoup. Vous allez comprendre pourquoi. Entre le début de l'année 2001 et le milieu de l'année 2019 nous nous trouvons qu'il y a eu de grands événements mondiaux bien sûr. Il y en a qui a été particulièrement marquant. C'est le 11 septembre 2001. Vous vous rappelez l'attentat des tours sur les tours de New York, il se trouve qu'un écrivain que j'ai eu aussi la chance de connaître a imaginé écrit une pièce qui s'appelle *le 11 septembre 2001*. Cette pièce il l'a écrit en français et en anglais. Et si vous voyez le volet qui réunit les deux textes, vous vous apercevrez qu'il y a quelque chose qui est étonnant aussi, c'est que dans ce texte où il a voulu introduire un cœur comme dans la tragédie antique, le cœur ne s'exprime qu'en anglais. Cet écrivain peut être moins connu pour vous que Yves Bonnefoy ou Michel Butor, s'appelle Michel Vinaver. Il est né en 1927. Il est donc assez âgé aujourd'hui, il a donc plus de 90 ans. Je ne l'ai pas revu depuis très longtemps, mais figurez-vous qu'il a soutenu une thèse de doctorat à l'Université Paris 3 à la fin des années 1970, et je me trouvais dans le jury. Par la suite d'ailleurs il a enseigné l'art et la littérature du théâtre dans cette bonne université Paris 3. A l'origine, il travaillait si je puis dire dans le commerce il travaillait pour la marque Gillette. Vous savez la marque des lames de rasoir. Et puis une fois libéré de son travail, il s'était livré à la création littéraire et il avait fini par devenir enseignant. Il est toujours vivant donc et il est l'auteur de cette pièce que je trouve tout à fait caractéristique de la littérature contemporaine et en particulier de la littérature contemporaine en France. Il y a des événements marquants, l'écrivain est à l'écoute de ces événements, et il en extrait une œuvre en cela pour l'observerez. Il n'est pas si différent d'un auteur de tragédie antique, qui, même s'il reprenait des sujets mythiques était sensible à des événements qui s'étaient produits dans la cité même et en particulier dans la cité d'Athènes.

C'est un point si vous voulez que je voudrais l'aborder devant vous aujourd'hui que je m'étais promis d'aborder. J'avais essayé de réfléchir à ce que je pourrais dire aujourd'hui quelque chose qui me tient particulièrement à cœur parce que je travaille sur ce sujet et même le chargé l'année prochaine d'organiser une série de conférences à l'Institut de France sur ce sujet : la tragédie. La tragédie, on pourrait considérer que c'est un genre mort. C'est un genre antique que la tragédie c'est d'abord la tragédie grecque et quelquefois son imitation latine parce qu'elle naît en particulier. Et puis bien sûr nos auteurs classiques en France surtout Racine s'inspirant des anciens ont rénové le genre en quelque sorte. Mais ce qu'il faut bien être conscient aussi c'est que cette tragédie n'est absolument pas morte. Le tragique non plus et la relation entre tragique et tragédie. Car qui dit tragédie ne dit pas seulement imitation d'une forme, mais dit l'inauguration en quelque sorte du sentiment du tragique dans une œuvre dramatique. Et si vous voulez, à ce propos, je vais essayer de donner quelques illustrations. La toute première serait *le 11 septembre 2001*. Cette pièce de Michel Vinaver que je viens d'évoquer car il choisit un événement considéré comme tragique dans notre histoire du début du 21ème siècle, et il en tire une tragédie des temps modernes. Voilà, alors, je vais vous faire part ici d'une surprise. J'ai d'ailleurs demandé un négationnisme. On avait dit la tragédie n'existe pas en Chine et puis je me trouve chargé à l'Institut d'organiser un programme de 12 conférences et celui qui dirige tout cela me dit Vous devriez demander une de ces conférences à notre collègue chinois, notre correspondant chinois que j'ai eu la chance de retrouver à Shanghai il y a quelques jours Monsieur Dong, professeur à l'université de Pékin. Je rencontre à Paris M. Dong avant de le retrouver ici, je lui ai fait la proposition, il est enthousiaste et il nous fera exactement le 15 juin 2020 une conférence sur la tragique et tragédie en Chine. Et puis je vais vous livrer là une expérience inattendue pour moi de lecteurs. Je regarde un tout petit peu mon papier pour ne pas dire de bêtises, mais je trouve en librairie tout récemment à Paris la traduction française d'un roman d'un auteur chinois ou comment dit aujourd'hui j'ai un peu de mal à m'habituer au féminin d'une auteure chinoise, je pense peut être que vous savez cela mieux que moi la première version de cet ouvrage n'était pas en chinois mais plus vraisemblablement en anglais. L'auteure le nom de l'auteure Han Suying, vous connaissez? Et le livre s'intitule dans la traduction française qui est la traduction exacte du titre anglais *destination Zhongdian*. C'est ce son. C'est le récit de *Destination Zhongdian*. C'est le récit certainement transposé à un récit imaginé de sa propre existence, elle est chinoise d'origine, elle épouse un jeune Chinois, elle se rend aux Etats-Unis, elle revient en Chine, il y a des événements terribles tragiques qui se produisent à ce moment-là en Chine et le terme tragique se trouve à plusieurs reprises. Donc le sentiment du tragique est très fort dans son texte, quand elle arrive dans cette ville de Chongqing, c'est la guerre sino-japonaise, il y a les bombes les flammes etc.

Alors je voudrais faire observer une dernière chose au sujet de tragique tragédie. Je resterai là sur ce sujet pour ne pas m'étendre trop longuement. La tragédie aujourd'hui dans la littérature française, ce n'est pas nécessairement la forme tragique telle qu'elle existait en Grèce ou telle qu'elle a existé au 17ème siècle. Encore d'ailleurs plus tard en France. Mais c'est peut-être une pièce tout à fait différente et même je vais le faire observer quelque chose qui n'est pas à l'origine une pièce de théâtre. Un simple dialogue peut être une tragédie moderne ou un simple monologue peut être une tragédie moderne. Plus glorieusement encore, car cela se fait de plus en plus souvent en France quand un acteur lui seul monte en scène et joue en quelque sorte les différents personnages ou les différentes voix d'une œuvre romanesque, il donne un spectacle de théâtre. J'ai assisté tout récemment à quelque chose qui m'a énormément frappé. J'étais invité par un acteur remarquable d'ailleurs Ivan Morane qui m'a révélé à cette occasion qu'il avait été mon étudiante à une représentation seule en scène du livre d'Albert Camus, *La Chute*, qui est à l'origine une sorte de roman qui avait valu à Camus le prix Nobel de littérature en 1959. Et il joue cette œuvre et cette œuvre. Elle apparaît absolument comme une tragédie, une chute est déjà quelque chose de tragique. On m'a soutenu dans les escaliers, alors imaginez que je sois tombé pour avoir voulu descendre les marches tout seul, et que je me sois cassé une jambe, ce serait quelque chose de modérément tragique. Et cette chute dans le livre de Camus est bien c'est quelque chose qui hante la mémoire de celui qui parle et qui se souvient alors qu'il était à Paris sur les quais, il a entendu un cri et ce monsieur soudain tourné pour savoir ce que c'était. Et puis il découvre peu à peu que c'est une jeune femme qui s'est jetée d'un pont et qui s'est suicidée et à laquelle il n'a pas porté secours. Il a donc en lui le remord car il n'a pas fait ce qu'il aurait dû moralement faire. Et ce remords qui le ronge. C'est une sorte de chute et c'est une sorte de tragédie.

Je voudrais maintenant si vous le voulez bien aborder un autre aspect. Et puis je laisserai la parole à mon collègue et ami Bernard Franco. Je voudrais parler un peu de la poésie française aujourd'hui. Il se trouve que nous avions ce remarquable colloque à Shanghai consacré à Rimbaud et la modernité. Il se trouve que les poètes d'aujourd'hui sont très souvent des héritiers de Rimbaud en quelque sorte et en tout cas ils se rattachent volontairement ou quelquefois involontairement à Rimbaud. C'est vrai, des poètes, je ferais observer que c'est vrai même beaucoup plus largement. J'avais préparé une petite liste que je vous épargne, mais en regardant dans ma bibliothèque, je me suis aperçu que j'avais plus de 20 romans du début du 21ème siècle qui avait pour titre un titre de Rimbaud ou une expression tirée de l'œuvre de Rimbaud. Il y a un roman que j'ai nommé bibliothèque j'ai oublié le nom de l'auteur—c'était une femme— « Le bateau ivre ». Je citais ma rencontre avec notre nouvel académicien de l'Académie française qui a écrit un livre qui s'intitule « Le Paradis des orages ». « Le Paradis des orages », c'est une citation d'une des *Illuminations* de Rimbaud. Voilà, cette poésie de Rimbaud, qui, au fur et à mesure du déroulement de la fin du 19ème siècle du 20ème siècle, a acquis une immense réputation là. Aujourd'hui plus que jamais Rimbaud est moderne plus que jamais, et Rimbaud est donc l'inspirateur avoué ou non avoué de nombreux poètes d'aujourd'hui. Je suis frappé par cela dans l'œuvre de certains écrivains d'aujourd'hui à commencer par Yves Bonnefoy qui ne cachait pas ses origines rimbaldiennes. Je suis frappé aussi par cela quand des jeunes gens en particulier qui écrivent spontanément de la poésie la bombe et je vois très bien la marque laissée par Rimbaud. Bien sûr la poésie française d'aujourd'hui est multiple, variée, on dit toujours que c'est presque un genre mineur aujourd'hui, je ne suis absolument pas de cet avis. Je suis frappé au contraire par l'extraordinaire quantité des recueils poétiques qui sont publiés. Il se trouve que je fais partie de deux et même de trois Jurys attribuant des prix de poésie. Je reçois des monceaux de volumes chez moi, alors certains sont vendus par de grands éditeurs comme Gallimard, certains sont publiés à leurs frais par des poètes ou quelquefois des éditeurs souvent des éditeurs de province en France qui ont le goût de la poésie se consacrent avec beaucoup de courage d'ailleurs à la publication d'œuvres poétiques.

Puis vous faire un aveu qui me coûte beaucoup. J'ai écrit dans ma vie un seul recueil poétique je n'ai jamais voulu le publier parce que je ne voulais pas que tant de professeurs d'université en parlent. Je l'ai donc fait publier à mes frais sans jamais le commercialiser. Très rares sont ceux qui le connaissent. J'ai quand même eu une surprise. J'avais donné à ce recueil comme titre *le pire du troupeau*. C'est en fait une citation d'un de nos nouvelles de la renaissance du Bellay qui dans un de ses sonnets inscrit ce vers qui m'a beaucoup frappé: *Sine suis-je pourtant le pire du troupeau*. Malgré tout, je ne suis pas le pire du troupeau. Je m'aperçois qu'il y a deux ans à peu près que ce titre a été utilisé par quelqu'un d'autre dans un texte qui lui ai publié. Si je voulais publier mon recueil aujourd'hui, je n'aurais pas le droit. Et c'est le titre non pas d'un recueil poétique. C'est le titre d'une pièce de théâtre d'un homme qui s'est fait connaître de manière multiple comme écrivain de théâtre et aussi comme cinéaste, voilà très très étrange.

Ça veut dire que chacun de nous a besoin, envie d'écrire de la poésie et vraiment beaucoup beaucoup de gens réussissent à publier en se faisant connaître ou ne se faisant pas connaître à commencer par nos étudiants. Que Bernard Franco a la même expérience que moi. On y est arrivé un étudiant une étudiante nous donne un recueil de poésie pas encore publié ou bien quelquefois plus tard il arrive à publier. Voilà il m'est arrivé une aventure effroyable que j'ose à peine vous raconter. Une étudiante m'apporte son recueil poétique et puis c'est un moment où j'aurais trop de travail je laisse sur mon bureau. Un collègue reçoit le même livre et me dit « tu as une étudiante ce quelque chose, c'était de la poésie érotique ». Elle ne l'a jamais publiée et je crois que si elle l'avait publié, ce serait drôle de bruit.

Voilà alors notons dans la poésie d'aujourd'hui distinguer

plusieurs tendances. C'est hors de tout. Il est sûr que la poésie en prose occupe beaucoup plus de place que la poésie en vers. J'ai eu l'occasion de faire la préface d'ungros recueil d'un poète relativement connu chez nous aujourd'hui, mais pas très connu, mais un poète important, qui s'appelle Marc Alyn, et la préface était pour ce volume de poèmes uniquement en prose. Vous avez donc essayé d'expliquer pourquoi depuis les petits poèmes en prose de Baudelaire ou depuis les *Illuminations* de Rimbaud, cette forme du poème en prose s'était imposée jusqu'à devenir une manière immédiate pour les modernes d'écrire de la poésie. La poésie en vers n'est pas morte pour autant, mais il peut exister une poésie en vers libres, c'est le cas le plus souvent, ou de manière beaucoup plus rare de la poésie en vers régulière. Il faut avoir été professeur de français pour écrire des alexandrins à la manière de Racine, à la manière de Leconte de Lisle, ou à la manière de Rimbaud dans ses premiers poèmes, puisque *le Bateau ivre* par exemple est un long poème de cent vers et tous en vers de douze syllabes. Mais le poète moderne se donne en général beaucoup plus de liberté si bien d'ailleurs que pour le lecteur il y a une interrogation inévitable. Vous finissez par vous demander quelquefois si cette poésie est de qualité moyenne, s'il ne s'agit pas de prose dans laquelle on ménage des blancs ou on va à la ligne plus souvent pour donner l'impression que c'est de la poésie en vers.

Puisque j'ai nommé Yves Bonnefoy tout à l'heure, je ferai une allusion à lui. Il a écrit les poèmes en prose. Il a écrit des poèmes en vers, sinon libres—le mot serait trop fort que libéré en tout cas, mais surtout vers la fin de sa vie, il lui est arrivé de revenir vers des formes de poésie absolument régulière. Je me rappelle encore qu'il m'avait confié qu'il avait éprouvé ce besoin justement à cause des excès selon lui de la liberté dans la poésie moderne de revenir à une forme classique et de rendre ainsi hommage à la poésie française de forme classique. Le cas est relativement rare, et j'imagine qu'il y a chez un grand poète d'aujourd'hui toujours plusieurs tentations, toujours plusieurs sollicitations entre des possibilités diverses et confondent le vrai poète et celui qui ne s'enferme pas dans une forme donnée mais qui se donne la multiplicité des moyens d'expression que l'évolution de la littérature a créé. L'exemple d'Yves Bonnefoy est tout à fait remarquable avec ce souci constant qui a été le sien de garder la mesure et avec ce goût infini qui a été véritablement le sien.

La poésie féminine s'est beaucoup développée, et ce qui explique d'ailleurs que certains prix soient réservés à la poésie féminine. Je faisais allusion au jury dont je fais partie. Il y en a un qui est consacré à une femme poète importante d'aujourd'hui et que je connais bien depuis longtemps Vénus Koury-Ghata d'origine libanaise vivant en France depuis très longtemps qui a une œuvre considérable. Nous lui avons consacré un colloque à la Sorbonne il y a quelques années et maintenant nous l'honorons heureusement toujours vivante par un prix qui porte son nom et qui n'est attribué qu'à une femme avec un couteau à plusieurs femmes car il y a le prix proprement dit il y a le prix étranger et il y a même depuis quelque temps « Le prix Découverte ». Ce que je trouve très bien pour ma part car quelquefois « Le prix

Découverte» c'est un nom qui était complètement inconnu. Le nom de quelqu'un qui a un talent véritable et que par là nous permettons de faire connaître.

Voilà à peu près ce que je voulais dire devant vous aujourd'hui, très simple, mais vous vous en rendez compte de vécu en grande partie par moi, et une des grandes joies que j'ai vers la fin de ma longue existence, c'est justement d'avoir vécu tout cela de n'avoir pas été seulement un professeur de littérature enfermé dans les livres ou dans les règles, mais d'avoir une connaissance vivante de la poésie. Je voudrais dire, si vous le voulez bien, un dernier exemple auquel je tiens beaucoup. Il s'agit de quelqu'un que vous connaissez tous, car c'est un poète chinois, mais un poète essentiellement d'expression française. Il s'agit de François Cheng. Il se trouve que je le connais depuis très longtemps lui aussi. La première rencontre avec lui a été un jury de thèse. Décidément ça sert quelquefois. C'était une thèse présentée par un candidat chinois, et le jury réunissait des spécialistes de la Chine, puis un ou deux comparatistes dont j'étais, et depuis cette date, nous n'avons cessé de nous connaître que j'avais organisé à la Sorbonne un colloque sur lui en 2005, il y a eu un grand colloque sur lui auquel j'ai participé en un peu plus tard à la Bibliothèque nationale de France. Avec toujours ceci de très particulier chez François Cheng, c'est que vous le voyez à peine quand un colloque lui est consacré. Je me rappelle que la première journée du colloque à la Bibliothèque nationale de France on l'avait attendu il n'était pas là, il est arrivé seulement à quatre heures de l'après midi alors il s'abrite toujours derrière son âge. Il a quand même aujourd'hui 90 ans. Il s'abrite derrière sa santé qui va-t-on dit il a toujours été fragile, ça ne l'empêche pas de taches lourdes. Je crois aussi qu'il a la sagesse de se ménager pour pouvoir se consacrer à son oeuvre poétique. J'ai apporté ici je l'ai en main son tout dernier recueil—*Enfin le Royaume*—et c'est un exemple tout à fait admirable à beaucoup d'égards.

La première raison c'est qu'on dit toujours la poésie ne se vend pas, or ça a été un gros succès commercial. Quelques jours après la publication de la première édition, car il y en a eu une seconde depuis et même une seconde édition augmentée. Les journaux annonçaient que 80.000 exemplaires avaient été vendus, ce qui est un chiffre très important chez nous pour un ouvrage de poésie et même pour un ouvrage qui n'est pas de poésie. Ce succès l'a conduit à faire une nouvelle édition augmentée de soixante quatrains inédits, c'est celle que j'ai en main ici. Et alors une très grande fierté pour moi—l'un de ces quatrains est dédié, je vais essayer de le retrouver ou pour vous le dire en pas temps j'avais découpé la page quelque part d'ailleurs, alors ce qui est pour moi très important. C'est non seulement la qualité de cette poésie, sa modestie, car c'est une poésie presque régulière sans toutefois s'enfermer dans quelque chose de trop stricte. Le choix du quatrain qui correspond chez nous au mot qui s'est énormément développé pour les formes brèves et en particulier pour le haïku. Le succès du livre s'explique par la qualité de la poésie de François Cheng, mais s'explique aussi par ce grand succès chez nous du poèmes courts, poèmes que vous pouvez lire très facilement, que vous pouvez mémoriser très facilement, et qui vous donne l'impression que la poésie est immédiate en quelque sorte. Mais je crois qu'il y a eu une autre raison à cela qui me frappe beaucoup, c'est que dans des temps qui sont inévitablement difficiles auxquelles il m'arrive de penser en termes de tragédie comme beaucoup d'autres, François Cheng a une voix qui nous rassure et qui se rassure lui-même. Je ne m'attends pas à trop de difficulté à comprendre cela. Un homme âgé sait qu'il n'en a plus pour longtemps, et en même temps il ne veut pas être désespéré. François Cheng a 90 ans. C'est que même si on nous promet la vie jusqu'à 150 ans on a quand même beaucoup de doutes à cet égard. Je fréquente beaucoup un grand médecin dans mon voisinage et dans l'académie dont je fais partie, un grand spécialiste du cœur qui me dit il est impossible de vivre au-delà de 120 ans. Enfin à partir d'un certain âge on se pose quand même la question. Et François Cheng n'est pas du tout un homme hanté par la mort, n'est pas du tout un homme qui exprime sa crainte de la mort, et vous exprime sa confiance, son acceptation de la condition humaine et son espoir d'un royaume. *Enfin le royaume*. Si vous le voulez bien et sans me reporter au quatrain qui m'est dédié, je vais aussi lire celui-ci est dédié à un membre de l'Académie française que me trouve très bien connaître, car il a été mon camarade d'études autrefois il s'appelle Claude Dagsen. Il est même devenu homme d'église. Il est même devenu évêque et c'est Claude Dagsen que François a dédié le quatrain que je vais dire maintenant.

> *Nous ne fausserons pas les mots échangés*
> *Près du carrefour au hurlement de sirènes*
> *Le soir d'un monde clos criant au secours*
> *Désespérance et notre espérance même.*

On ne peut pas approcher de la mort sans être hanté par le désespoir de la mort, mais l'espérance doit l'emporter sur le désespoir, et la poésie pour François Cheng est faite pour cela. Je citerai pour termine ce dernier quatrain qui lui est dédié à personne et peut être à nous tous.

> *N'oublions pas ceux dans l'abîme privé de milieu*
> *De feu de joue consolante de mains secourable*
> *Eux chair en lambeaux garde pourtant mémoire*
> *D'avoir de tout leur être dit oui à la vie.*

C'est donc la vie qui l'emporte sur la mort. Merci beaucoup.

(Gao Jiahua, Wanghong Yujia sur la base d'enregistrements audio, non relus par l'auteur)

为什么今天我们仍需要兰波?

黄 荭 [法]安德烈·纪尧 鹜 龙

2018年夏天,黄荭教授和博士生鹜龙一起去法国索邦大学访谈19世纪法国文学专家、兰波研究专家安德烈·纪尧(André Guyaux)教授。此文为访谈记录。

"七星文丛"的三版《兰波全集》

纪尧:"兰波的作品都译成中文了吗?"
黄荭:兰波的作品基本上都有中文译本,他全部的法文诗歌、《地狱一季》(*Une saison en enfer*)、《彩画集》(*Illuminations*,也译作《彩图集》和《灵光集》),还有兰波部分拉丁文诗歌和往来书信。

20世纪20年代,兰波就随着中国对法国象征主义诗歌的译介进入中国读者的视野。应该说20世纪20—40年代是兰波译介的第一春,李璜、茅盾、郑振铎、李青崖、徐仲年、梁宗岱、张若名、梁实秋等都从文学史和兰波诗歌创作特色的角度对其作出过评价,侯佩尹、穆木天、戴望舒等诗人作家翻译了他的一部分诗歌。

建国后,兰波的译介进入沉寂期。直到新时期以来,兰波的译介才迎来第二春,80 年代程抱一、张弛、钱春绮等选译过兰波的诗歌;1991 年,花城出版社出版了王道乾译的《地狱一季》,是兰波译作的第一个单行本,之后又出版了他翻译的《彩画集》;1992 年飞白和胡小跃翻译出版《多情的散步——法国象征派诗选》,收录兰波诗歌 38 首;1997 年,葛雷、梁栋翻译出版了《兰波诗全集》;2000 年王以培译出版《兰波作品全集》;2008 年叶汝琏、何家炜翻译出版《兰波彩图集》……

作为象征派代表诗人,他对中国新诗影响重大,因此兰波作品成了中法文学关系、比较文学研究的重要考察对象。

纪尧:没想到兰波在中国已经有好几个译本。

黄荭:最近我在阿尔勒(Arles)碰到兰波研究专家李建英教授,她正在着手重译《兰波全集》并有意翻译伊夫·博纳富瓦(Yves Bonnefoy)写的兰波传记。

纪尧:我读过她写兰波的文章。

黄荭:翻译无定本,重译经典是一种无限接近真的探寻。其实就法文版而言,虽然兰波作品数量并不多,但《兰波全集》也一直在修订和更新,从 1891 年兰波去世至今,光伽利玛出版社的"七星文丛"就已经有过三个版本,我手上的这本就是您 2009 年主编出版的,您可以跟我们聊一聊这版全集跟之前的版本有什么不同吗?

纪尧:这位诗人难以界定,他的人生在文学世界更是独一无二。兰波的文学创作前后不过几年,从十四岁开始一直到十九、二十岁左右。兰波是"七星文丛"的特例,他是为数不多有三版全集的诗人,不仅如此,每次重印的时候都会加入新的研究发现,补充重新发现的作品。实际上,兰波属于最早一批进入"七星文丛"的诗人:1946 年,朱尔·穆凯(Jules Mouquet)与安德烈·罗兰·德·雷内维勒（André Rolland de Renéville）共同主编、出版了第一版《兰波全集》；1972年，安托万·亚当（Antoine Adam）主编了第二版全集。坦诚地说，出版社提出让我再编全集的时候，我把事情压了好一阵子，因为许多重要的文献当时根本拿不到：一大部分兰波手稿在私人收藏家手上。我以前常开玩笑说，估计得等到这些收藏家去世这些手稿才会重见天日。谁曾想过了没多久，其中两位主要的收藏家，雅克·盖兰（Jacques Guérin）和皮埃尔·贝雷斯（Pierre Berès）分别拿出兰波的手稿拍卖，他们提供的宝贵资料成为重编《兰波全集》的重要契机。

黄荭：除了手稿为研究提供第一手研究素材外，新版《兰波全集》还有其他的发现吗？

纪尧：有两个重要的发现：一是兰波后期成行诗作《记忆》（*Mémoire*）有个从未发现的版本，2004年我们考证的时候，这首诗的题目还是《被诅咒的家族》（*Famille maudite*）；二是找到了他发表的论战文章《俾斯麦之梦》（*Le rêve de Bismarck*）。1870年11月25日，兰波化名让·波德里（Jean Baudry）在月初刚成立的激进派报纸《阿尔登进步报》（*Le Progrès des Ardennes*）上发表了讽刺短文《俾斯麦之梦》。2008年，电影导演帕特里克·塔列尔乔（Patrick Taliercio）在兰波出生地夏勒维尔（Charleville）小城偶然发现这篇短文，随后被我们编入全集。

黄荭：我感觉最新的2009年版全集跟之前的版本比好像薄了一些，这是为什么呢？

纪尧：新版一共1100页，比上个版本少了180页。旧版全集书后附有诗人的妹妹伊莎贝尔·兰波（Isabelle Rimbaud）的书信和其他资料。新版的内容几乎是重新编撰的，如序、注释、生平资料等。编辑工作刚开始，我和"七星文丛"的负责人就达成了共识：一切围绕兰波，围绕兰波的一切。但我们还是动了点"小手脚"，为了让读者更好地理解兰波书信的背景，"生活与档案"这一部分收录了家人和朋友写给兰波的信。如果参照分别由魏尔伦（Verlaine）和克洛岱尔（Claudel）作序的两部全集，甚至对比伊莎贝拉的先生帕泰尔纳·贝里雄（Paterne Berrichon）主编的几卷不太尽如人意的兰波诗选，我们能发现，诗人编书的特色更偏重对兰波有一种惺惺相惜的认同和解读，常常给出不够客观的解读。学者编撰的全集，特别是"七星文丛"的解读立场更加中立，着重在评点上下更多工夫，评点的作用是在注释和附录里梳理兰波研究的现状。

黄荭：相比其他版本，您为2009年版全集作的注释更审慎、更克制。

纪尧：在注释中付诸这样、那样的猜测，实际上会让兰波的形象愈发单薄，更何况我们在种种版本里经常读到的是注释者的偏见。比方说，有些版本强行演绎出诗人生活与作品之间存在的关联，可是，事实往往与作品没有任何联系，唯有凭空阐释才能弥补两者的间隙。大多数的情况下，为了给文学作品提供"合理"的解读，从而假想发生过某件事情，依我讲，这样的做法终究会剥夺诗歌的灵魂。

骜龙：教授您刚刚提到兰波手稿，他的手稿目前保存在哪些地方？

纪尧：兰波的手稿主要保存在四个地方。

一是法国国家图书馆，主要收藏有《地狱一季》的草稿、《彩画集》的一大部分原稿，还有数量可观的成行诗作。这些是最重要的一手资料。《地狱一季》用来付印的清样一直没有找到，法国国家图书馆现存四张"草稿"，我们能在网站上看到1873年布鲁塞尔出的第一版《地狱一季》。兰波出版这个小集子的时候，除了送给身边的朋友之外几乎没什么反响,再发现要等到1901年,比利时藏书家莱昂·洛索(Léon Losseau)在布鲁塞尔、出版社的仓库里发现了这批书。

二是雅克·杜塞(Jacques Doucet)图书馆,这里收藏了许多关于兰波的手稿和简笔画,描绘了画家想象中兰波的身影——兰波不在巴黎的这段时间,他的传说已经初现模样。文字和简笔画的作者包括魏尔伦、埃内斯特·德拉艾(Ernest Delahaye)、热尔曼·努沃(Germain Nouveau),他们可以看作是兰波第一批文学后代(postérité littéraire)。所谓"后代",不是指文学谱系上的先后,而是兰波与文学圈子割席、出走非洲后,巴黎涌现出的、最早一批代言兰波命运的诗人和艺术家。在这些"后代"中,魏尔伦功不可没,他编纂了兰波的诗集,今天保存在法国国家图书馆。

三是伦敦的大英博物馆,这里保存着相当一部分重要手稿,主要来自斯蒂芬·茨威格(Stefan Zweig)的收藏。这些藏件是兰波的诗作集。1870年秋天,兰波在杜埃(Douai)这个地方将诗集交给保罗·德默尼(Paul Demeny)。鉴于此,有人执着分类,甚至不顾语言的滥用把这份材料称为"德默尼集子"(«recueuil Demeny»)或"杜埃诗册"(«cahiers de Douai»)。

四是兰波的故乡夏勒维尔至今保存着几份兰波的手稿,其中有诗歌《元音》(Voyelles)的手誊稿,还有一张保罗·克洛岱尔收藏的兰波照片。兰波去巴黎的时候碰见了与文学圈子交往甚密的摄影师艾蒂安·卡尔雅(Étienne Carjat)。两人闹翻之后,卡尔雅烧掉了兰波肖像的负片。克洛岱尔收藏的这张,是兰波家人留给他的,也是负片最早洗出来的一批相片。想要更好地了解兰波,还是要去一趟夏勒维尔。即便是在铁路交通网发达的今天,夏勒维尔仍然算比较偏僻。从巴黎来回只有零星几班直达的列车，不然，就要坐高铁到兰斯，然后转乘大区内的火车。我们在跋涉途中便能体会兰波心里那种与生俱来的流落之感。

弩龙：在夏勒维尔下了火车，可以徒步走到"老磨坊"（Vieux Moulin）。默兹河的一条支流从房子下面穿过，这幢17世纪的房子今天成了兰波博物馆。博物馆斜对面不远，有一幢兰波少年时生活过的公寓。诗人的父亲抛弃了一家老小，母亲只能靠收租为生。路过夏勒维尔市中心的时候，我们还能看见教堂的高塔，让人立马想到《高塔之歌》（*Chanson de la plus haute tour*）。

纪尧：兰波的诗与阿尔登的生活有许多联系：《黎明》（*Aube*）中松林、平原和钟楼都是阿尔登一带的风景。兰波诗中的一些风景很难在现实中找到对应，自从他放弃创作诗歌、去哈勒尔（Harar）之后，他偶尔用照片记录眼中的风景，还会以大自然为背景给自己拍照片。法德公共电视台（Arte）策划过一个系列纪录片，其中一集专门介绍了兰波后来做军火和咖啡生意的埃塞俄比亚城市哈勒尔。纪录片中的哈勒尔和兰波镜头里的城市似乎没太大改变。兰波写信让母亲寄一个照相机给他，故乡小城没有照相机，母亲托人从里昂捎去。有意思的是，纪录片完全没有提到兰波，只拍摄了在城市里逡巡的鬣狗。不过，我们看到兰波在哈勒尔的自拍像，就能想象出一个远离巴黎文学圈的年轻人摆弄相机，然后跑到芭蕉叶下摆好姿势、等待快门的场景。

弩龙：很多人对兰波津津乐道，谈论兰波向来很时髦。听说这版《兰波全集》面世时有过一个小风波。

纪尧："七星文丛"是一套优秀的丛书，不少时候，在"七星文丛"编全集能体现一个主编的声望。这本全集发售之初，有位为兰波作传的作家在《文学半月刊》上撰文批评,言辞十分刻薄。或许,他是想自己编这套全集吧。

我后来给杂志回信,但他们不愿意刊登我的回复。当时,有几位运营文学论坛(Fabula)的年轻学者找到我,这封信才得以在论坛发表。无论是做批评,还是做文学研究,我们都需要秉持负责任的态度。我对此的观点是,应当用语文学家和历史学家的眼光认真地对待兰波的文本,而不是一头扎进难以考证的揣测里。对于曲解兰波诗歌的解读,这次我主编的全集有意缩减了相关篇幅,因为它们带来的信息更多地侧重阐释者自己的观点,而不是兰波的作品。

曾经的和当下的年轻读者

骜龙:教授您在读博士时师从艾田蒲教授研究《彩画集》,当时一些年轻学者非常痴迷兰波。兰波今天还有"年轻的朋友"吗?

纪尧:研究兰波的学者"散居"各地,有意大利、日本的学者,还有来自美国、中国等地的专家。可以说,兰波无处不在。学者身处世界各地却交流不断,还会定期举办交流会。

我们很高兴地看到今天仍有年轻人喜欢兰波,他们一直开拓对兰波的研究。索邦19世纪图书馆里有兰波手稿的复制品,由巴黎政治学院旁边的圣父出版社(Éditions des Saints Pères)出版。创办出版社的年轻人都是兰波的爱好者。他们不仅要复刻兰波的文字,还要还原纸张的大小和墨水的颜色,甚至想再现手稿破碎的页边。(教授带我们去隔壁办公室的架子上看了两幅装在镜框里的复制品。)有意思的是,提出复刻兰波手稿想法的年轻人们坚持要掌握一手资料并走访专家。因为就像我们在访谈开始时谈到的那样,"兰波的个案"如此特别,研究兰波需要非常扎实的功底和过人的辨别力。

骛龙:索邦不仅有兰波的研究,索邦所在的拉丁区曾是兰波在巴黎的根据地。在魏尔伦的引荐下,来自夏勒维尔的兰波有机会结识许多巴黎诗人。

纪尧:我们简单地回顾一下兰波"畅想巴黎"的故事。兰波一直想离开故乡夏勒维尔,1870年8月29、30日,他去比利时的沙勒罗瓦(Charleroi)住了两天。可他还是想去巴黎,手上的火车票只能坐到夏勒维尔和巴黎中间的圣康坦(Saint Quentin),于是在巴黎北站一下车就被抓了起来。铁路警察在案卷里写兰波"没有住处和生活费用",把他转交到警察局,后来关进了马萨监狱(prison de Mazas)。狱中的兰波写信请老师伊藏巴尔来巴黎接他。兰波出狱后,在伊藏巴尔住着的杜埃住了一阵,他的第一次巴黎之行最终泡了汤。

要说兰波第一次真正走进巴黎,应该要等到1871年,他和魏尔伦在过去叫斯特拉斯堡火车站,也就是今天的巴黎东站见面。兰波到巴黎之后经常在拉丁区活动,曾在王子先生街和维克托·库赞街落脚。1871年9月30日,兰波在圣叙尔比斯教堂旁卖酒的店里和"坏小子文学社团"(Vilains-Bonhommes)的成员聚会,说不定是在某次聚会的席间,他朗诵了自己的诗《醉舟》(*Le Bateau ivre*)。巴黎的费鲁街(rue Férou)有面墙今天还刻着这首诗。在索邦对面的街上,有一家兰波住过的克吕尼-索邦旅馆(Hôtel Cluny-Sorbonne),老板专门辟出"兰波住过"的房间。他是否住过这间房子不得而知,不过兰波倒也成了招徕游客的噱头……

黄荭:读者和追随者之外,今天的法国中学课本里还能读到兰波吗?

纪尧：我第一次读到兰波，就是上学的时候在课本里。中学课本里常能读到兰波的早期作品，特别是他写的十四行诗，比如《深谷睡者》(*Le Dormeur du val*)。如果说成年人偏爱《元音》或者《醉舟》，初中生更熟悉《感觉》(*Sensation*)，张口就能背出"在夏天蓝色的夜晚"……

1984和2009年，兰波的诗两度入选法国教师资格考试的考察范围。此外，如果考虑到他作品的丰富与变化，以及对阅读造成的困难，我们可以说他的诗歌非常适合在课堂上讲解。

对兰波的批评一直非常活跃，如今可供研究的课题却越来越少：这么多的批评流派都从他的作品中找寻材料，甚至发现一个独特的视角都变成了难事。我们不能指望从流派之间的龃龉中挖掘新意。我反倒以为，关于魏尔伦的研究一定大有可为。还有一些诗人，他们没有如此高的天分却需要更深入的研究，他们的文学后代以及大而化之的认知把他们逐渐推向遗忘的境地。

骛龙：去年年末，巴黎四大（今索邦大学）答辩通过了一篇博士论文，研究的是20世纪的兰波主义(rimbaldisme)，也就是兰波的"文学后代"。从诗人去世到今天，文学创作跟文学研究一样，拓宽了关于兰波的批评空间。

纪尧："兰波主义"的说法是从20世纪开始出现的，它不仅包含对兰波的研究，也包括对兰波的阅读，20世纪许多法国作家都是兰波的忠实读者。从这个意义上看，成为"兰波主义者"的方式多种多样——阅读兰波，研究兰波，写作兰波。成为"兰波主义者"完全可以是借用《地狱一季》的原型、创作自传性质的虚构作品，也可以是借鉴《彩画集》的风格。无论如何，研究兰波的"文学后代"需要对文学展开广阔的思考，我们可以从"兰波主义"的视角出发关注文学的某个阶段。

由兰波引发的写作和研究

黄荭：说到不同的面相，我最近正在翻译法国当代作家菲利普·福雷斯特（Philippe Forest）的《一种幸福的宿命》（*Une fatalité de bonheur*），这是一本很有特色的书。全书分二十六章，按字母顺序选取了 26 个关键词（其中不乏从兰波作品中挑出来的词）去描绘兰波的创作和人生际遇，既像是对兰波作品的评论集，又像是一个碎片式的关于诗人的传记。而在排列组合的过程中，若隐若现的又是一部关于作家自身生活的小说。

纪尧：非常高兴有作家一直为兰波创作，有些作家选择从兰波家人或兰波生命的见证者的视角出发讲述兰波的一生。1986 年，多米尼克·诺盖（Dominique Noguez）在小说《三个兰波》（*Les Trois Rimbaud*）里假想兰波没有去世：他不但当选法兰西学术院（Académie française）院士，娶了克洛岱尔的姐姐卡米耶（Camille Claudel）为妻，后来还改信了基督教。小说是虚构不假，但情节不全是凭空捏造。事实上，兰波没有改信基督教，《地狱一季》里却谈到了基督；临近写自传的时候，兰波一度热衷于改写《约翰福音》。另一头的魏尔伦改宗信了基督教，他的举动竟然让兰波大为光火。诺盖为兰波虚构的妻子卡米耶的弟弟，大诗人保罗·克洛岱尔平生钟情兰波的作品，最终也改信基督教。生命的种种巧合激发了作者的想象，虚构便在幻想与事实之间应运而生。

兰波告别文学和在非洲谋生的经历能够引起许多人的共鸣，他诗里的关键词成为了思考逃逸的起点，也是作家写作的起点。福雷斯特作品的书名《一种幸福的宿命》耐人寻味，因为从兰波作品选取的"宿命"（fatalité）一词在法语中有好有坏、时好时坏,只有读完故事才能洞悉它的含义。

骛龙:如今,用兰波说兰波、用兰波说自己成为了小说和传记等题材不断开拓的写作方式。有些作品像在写波德莱尔笔下的"前生活"(vie antérieure),还有的作品像在描绘兰波笔下的"不在场的"生活。

纪尧:兰波在《地狱一季》里写道:"真正的生活是不在场的"(«La vraie vie est absente»)。不过这句话不是兰波的独创,有学者在他的手稿背面发现,他曾抄过19世纪法国女诗人玛瑟琳·戴伯尔德-瓦尔莫(Marceline Desbordes-Valmore)的一句诗"你要留心啊,哦我不在场的生活"。手稿正面是兰波1872年创作的诗歌《五月的旗》(Bannières de mai,手稿上的版本取题"耐心/来自一个夏天",法语"Patience/D'un été")。所以说,或许兰波在《地狱一季》里写"真正的生活是不在场的"之前抄过这首诗。

大家今天阅读《地狱一季》更侧重领悟它的风格,这种风格兼具非常口语化和非常书面的语言,有导演甚至将文本搬到了舞台上。魏尔伦认为,这本书是一部"自传"。它的新意不仅来自碎片化的写法,也因为一个文本容纳了不同的文学空间;不仅有回忆,有形象的、字面的想象,还有对《圣经》的借用、铺排传教士善用的工整长句。《地狱一季》是生命之中的生活,也是生命之外的生活。在这个意义上看,我们能够理解为何兰波在今天仍然具备现代性:作者笔下的"生活"不再是沿着时间轴线性前进的一段时间,文学作品可以虚构出彼此影响的"前"生活和"后"生活,也可以虚构寄身于同一时间之内的种种可能。

黄荭:说到生活,法国研究专家菲利普·勒热讷(Philippe Lejeune)曾以兰波1871年5月15日的信中的一句话——"我是另一个"(*Je est un autre*)——作为专著标题。如今我们能读到许多兰波的传记,您打算为兰波写一本传记吗?

纪尧:没有打算。也可以说是还没想过……兰波的生命很短,他的生活中有许多空白和不确定的地方。我们缺少许多能被考证的信息。譬如他在巴黎公社期间的活动至今没有考证,在伦敦、斯图加特、热那亚等地的遭遇也几乎没有可信的材料。关于他在非洲的经历,我们掌握的信件和记录数量上更多,尤其是探讨他的工作和生意,还有他跟老板、同事、顾客相处的内容。然而这些材料不足以写成一部经得起推敲的传记。为他写传记是一场巨大的挑战!

兰波生来就有流亡的气质,他不仅要逃离被他调侃成"夏尔勒屯"(Charlestown)的故乡,还去过许许多多的地方流浪。

骜龙:兰波出发去巴黎前写信给邦维尔(Banville),说自己想成为"高蹈派"的诗人:"我也一样[……],将成为高蹈派。"但他到首都没多久,就批判同行写的是"老一套"(vieilleries)。在您看来,我们今天仍然需要兰波吗?

纪尧:你引用的这句话取自伊夫·博纳富瓦的文集标题《我们需要兰波》(*Notre besoin de Rimbaud*)。或许,我们对他的需要依然存在,这种需要建立在总有关于兰波的事情我们不知道、我们不理解的缺憾之上。

访谈嘉宾简介

安德烈·纪尧,索邦大学教授、比利时皇家法国语言与文学院院士,19世纪法国文学专家,索邦大学出版社"批评的记忆"丛书主编。纪尧教授是波德莱尔与兰波专家,兼事研究于思曼、圣伯夫与布尔热。纪尧教授是 L'Herne 出版社《兰波纪念册》(1993年出版)的集稿人,主编"七星文丛"《兰波全集》(2009年出版),合编"七星文丛"《于斯曼小说与短篇全集》(2019年出版)。

黄荭,南京大学法语系教授,广东外语外贸大学"云山学者"讲座教授,法国文学专家。黄荭教授长期关注、研究以玛格丽特·杜拉斯为代表的女性作家,译著四十余部,著有文集《杜拉斯的小音乐》《一种文学生活》等作品。

鹫龙,南京大学准聘助理教授,南京大学文学博士、索邦大学比较文学博士,译有《兰波这小子》(华东师范大学出版社,2025年)。

Pourquoi avons-nous encore besoin de Rimbaud?

Huang Hong, André Guyaux, Ao Long

En juillet 2018, Huang Hong a visité Sorbonne Université pendant son séjour scientifique à Paris. André Guyaux, professeur de littérature française du XIXe siècle et spécialiste d'Arthur Rimbaud, lui a accordé un entretien ainsi qu'à Ao Long.

Trois Pléiades de Rimbaud

Avant que nous lui posions nos questions, M. Guyaux a commencé la conversation en nous posant lui-même une question : « Les œuvres de Rimbaud sont-elles toutes traduites en chinois ? »

Huang Hong : Les écrits de Rimbaud sont presque tous traduits en chinois : ses poèmes en français, *Une saison en enfer*, les *Illuminations*, ses poèmes en latin et une partie de sa correspondance.

Dans les années 1920, Rimbaud fut introduit en Chine avec la traduction et la présentation des symbolistes français. Ce premier moment de traduction et d'interprétation a duré jusqu'aux années 1940; les commentateurs chinois de Rimbaud sont, entre autres, Li Huang, Mao Dun, Zheng Zhenduo, Li Qingya, Xu Zhongnian, Liang Zongdai, Zhang Ruoming et Liang Shiqiu, qui analysaient les poèmes de Rimbaud en prenant en considération la versification et la place particulière de Rimbaud dans l'histoire de la littérature française. À cela, il faut ajouter la traduction d'un certain nombre de ses poèmes par Hou Peiyin, Mu Mutian et Dai Wangshu.

Après la fondation de la République populaire de Chine, la traduction et la réception de Rimbaud ont été mises à l'arrière-plan. Il faut attendre l'ouverture du pays pour que Rimbaud revienne à nouveau à l'horizon des traducteurs et des chercheurs. Dans les années 1980, François Cheng, Zhang Chi et Qian Chunyi ont choisi et traduit des poèmes de Rimbaud. En 1991, Flower City Publishing House a publié *Une saison en enfer* traduit par Wang Daoqian, et plus tard une traduction des *Illuminations*. En 1992, Feibai et Hu Xiaoyue ont rassemblé leurs traductions poétiques et les ont publiées sous le titre *Une promenade amoureuse: morceaux choisis du symbolisme français*, comprenant trente-huit poèmes de Rimbaud. En 1997, Ge Lei et Liang Dong ont édité les *Poésies complètes de Rimbaud*. Trois ans plus tard, en 2000, Wang Yipei a publié sa traduction des *Œuvres complètes de Rimbaud*. En 2008, Ye Rulian et He Jiawei ont sorti une nouvelle traduction des *Illuminations*.

Considéré comme l'un des porte-parole du symbolisme français, Rimbaud a exercé une influence considérable sur la «Nouvelle poésie» chinoise. C'est pour cette raison que son œuvre représente un objet d'étude toujours d'actualité et touchant aux relations littéraires sino-françaises ainsi qu'à la littérature comparée.

André Guyaux: Il existe donc déjà plusieurs traductions en Chine!

Huang Hong: Oui. À Arles, j'ai eu récemment l'occasion de rencontrer Mme Li Jianying, professeur à l'École normale supérieure de Shanghai et spécialiste de Rimbaud. Elle voudrait proposer prochainement au public chinois une nouvelle traduction des œuvres complètes de Rimbaud et elle envisage de traduire la monographie d'Yves Bonnefoy.

André Guyaux: J'ai lu ses articles sur Rimbaud.

Huang Hong: Jamais un texte littéraire ne peut connaître une traduction définitive, dans la mesure où retraduire un auteur classique n'est qu'un effort pour l'aborder au plus près. Rimbaud n'étant pas un poète abondant, ses « œuvres complètes» se voient constamment révisées: depuis 1891, l'année de la disparition du poète, la Bibliothèque de la Pléiade en a déjà donné trois éditions, jusqu'à votre édition, publiée en 2009. Vous serait-il possible de nous dire en quoi cette édition diffère des autres?

André Guyaux: Rimbaud est un poète hors catégories, son exemple dans la littérature est unique. Sa carrière dans les lettres n'a duré que quelques années, de ses quatorze ans à ses dix-neuf ou vingt ans. Il est aussi un cas unique à la Pléiade, qui a publié trois éditions de ses œuvres complètes, sans compter les retirages, qui ont pu apporter des éléments nouveaux, intégrer des œuvres retrouvées par exemple. En fait, il a été un des premiers poètes à entrer dans la Bibliothèque de la Pléiade : la première édition a paru en 1946, établie par Jules Mouquet et André Rolland de Renéville, la deuxième, celle d'Antoine Adam, en 1972. Quand l'éditeur m'a demandé une nouvelle édition, je dois avouer que je l'ai fait attendre un peu, parce que d'importants documents n'étaient pas disponibles : il y avait des manuscrits dans des collections privées. Je me suis dit qu'il fallait attendre que ces manuscrits soient consultables. En fait, nous n'avons pas attendu très longtemps, car deux grands collectionneurs, Jacques Guérin et Pierre Berès, ont vendu leurs collections et nous avons pu disposer de ces précieux documents pour établir la nouvelle édition.

Hong Huang : Avez-vous fait de nouvelles découvertes ?

André Guyaux : Deux textes importants ont été retrouvés : une version inconnue d'un des derniers poèmes en vers de Rimbaud, peut-être dernier poème : *Mémoire*, qui s'intitule *Famille maudite* dans la version que l'on a retrouvée en 2004, et un article polémique : *Le Rêve de Bismarck*. Le 25 novembre 1870, le jeune poète prend le pseudonyme de Jean Baudry pour faire paraître ce texte satirique dans un quotidien local, *Le Progrès des Ardennes*, fondé au début du mois. En 2008, Patrick Taliercio a révélé ce texte, qu'il avait découvert chez un libraire de Charleville, la ville natale de Rimbaud, et nous l'avons mis dans notre édition.

Huang Hang : Cette nouvelle édition est moins volumineuse que les précédentes.

André Guyaux : Elle compte onze cents pages, soit cent quatre-vingts pages de moins que l'ancienne édition, qui ajoutait des lettres d'Isabelle, la sœur du poète, et d'autres documents. Dans la nouvelle édition, en fait, tout a été refait : préface, annotations, documents biographiques. Le directeur de la Bibliothèque de la Pléiade et moi, nous nous sommes mis d'accord pour ne mettre que ce qui est de Rimbaud. Nous avons un peu « triché » pourtant, en incluant dans la partie « vie et documents » quelques lettres de sa famille et de ses amis. Si nous regardons les œuvres de Rimbaud préfacées par Verlaine ou par Claudel, ou pire, les volumes publiés par le mari d'Isabelle, Paterne Berrichon, on observe que ces éditeurs ont tendance à se reconnaître dans Rimbaud, à donner de son œuvre une interprétation qui manque d'objectivité. Mais les éditions modernes, en particulier dans la « Bibliothèque de la Pléiade », se veulent plus neutres, dans leur appareil critique, qui a pour mission de fournir un bilan de la recherche dans les notes et les notices.

Huang Hong : Par rapport aux autres éditions, vos annotations sont plus rigoureuses et même parfois très prudentes.

André Guyaux : Ce qui fragilise Rimbaud dans la critique, c'est qu'il se prête à un foisonnement d'hypothèses et que dans ces hypothèses, souvent les préjugés de l'interprète apparaissent. Certaines éditions forcent la relation entre la vie et l'œuvre, par exemple. Il n'y a parfois aucun rapport entre les faits et un poème, et d'invérifiables hypothèses prétendent combler cette lacune. Postuler un événement pour rationaliser une œuvre littéraire finit, dans la plupart des cas, par de mauvaises lectures et, si j'ose dire, fait perdre son âme à la poésie.

Ao Long : Monsieur le professeur, vous venez d'évoquer les manuscrits de Rimbaud. Où sont-ils conservés?

André Guyaux : Il y a principalement quatre lieux :

1. D'abord, nous pouvons trouver à la Bibliothèque nationale de France les manuscrits des brouillons d'*Une saison en enfer*, de la plus grande partie des *Illuminations* et d'un certain nombre de poèmes en vers. C'est le fonds le plus important. Le manuscrit d'*Une saison en enfer*, le document qui a servi à l'impression du texte, n'a jamais été retrouvé, mais il existe quatre pages de « Brouillons », conservées à la Bibliothèque nationale, et nous pouvons aussi accéder sur le net à la première édition de ce livre, imprimée à Bruxelles en 1873. Rimbaud en avait donné quelques exemplaires à des amis, mais l'œuvre n'avait alors éveillé aucun écho. Les autres exemplaires, soit à peu près tout le stock, ont été retrouvés, en 1901, par un bibliophile belge, Léon Losseau, dans le magasin de l'éditeur, à Bruxelles.

2. La Bibliothèque Jacques Doucet dispose d'une importante collection de manuscrits *sur* Rimbaud, et de dessins qui le représentent dans des postures fantaisistes : la légende de Rimbaud se crée à ce moment, à partir de son absence. Les auteurs, Verlaine, Ernest Delahaye ou Germain Nouveau, peuvent être considérés comme sa première postérité littéraire, une postérité qui ne s'entend pas dans le sens généalogique et qui désigne les premiers interprètes de son destin, après sa rupture avec le monde littéraire et avant son exil en Afrique. Parmi ces premiers

interprètes, il faut réserver une place privilégiée à Verlaine, qui a constitué un dossier de poèmes de Rimbaud, conservé aujourd'hui à la Bibliothèque nationale.

3. La British Library de Londres conserve également un important fonds de manuscrits, qui vient de la collection de Stefan Zweig. C'est un ensemble de poèmes en vers, confiés à Paul Demeny à Douai, à l'automne de 1870, et que, de ce fait, en appelle, par manie des classements et par abus de langage, «recueil Demeny» ou «cahiers de Douai».

4. La ville de Charleville conserve aussi quelques manuscrits, dont le manuscrit autographe des *Voyelles*, ainsi qu'une photo de Rimbaud qui a appartenu à Paul Claudel. Rimbaud a rencontré à Paris Étienne Carjat, un photographe mêlé aux cercles littéraires. Après leur rupture, Carjat a détruit les clichés. C'est la famille Rimbaud qui avait offert ce tirage à Claudel, l'un des premiers tirages développés à partir du cliché. Pour mieux comprendre Rimbaud, il faut visiter Charleville. Même si la ville ardennaise est reliée par le réseau ferroviaire, elle reste aujourd'hui peu desservie. Il y a quelques trains directs, ou il faut prendre le TGV jusqu'à Reims, puis un train en direction de Charleville. On mesure, maintenant encore, à cet éloignement, le sentiment d'exil congénital que Rimbaud a connu.

Ao Long: Quand on descend du train, on peut aller à pied jusqu'au Vieux Moulin. Un bras de la Meuse passe par-dessous. Ce beau bâtiment, qui date du XVIIe siècle, est aujourd'hui le Musée Rimbaud. Un peu plus loin, en face, nous pouvons visiter la maison où Rimbaud a passé une partie de sa jeunesse. Son père délaissait sa famille et sa mère menait une vie de rentière. Lorsqu'on traverse le centre de Charleville, on voit une tour d'église qui rappelle la *Chanson de la plus haute tour*.

André Guyaux : Il y a beaucoup de liens entre la poésie de Rimbaud et sa vie ardennaise : les « sapins », la « plaine » et les « clochers », d'*Aube*, viennent de paysages des Ardennes. Il est difficile de retrouver certains des paysages qu'il a pu voir, mais, lorsque Rimbaud n'écrit plus de poèmes, il lui est arrivé, au Harar, de photographier des paysages et même de se photographier dans un décor naturel. La chaîne franco-allemande Arte a passé une série de documentaires, dont un reportage sur Harar. Cette ville d'Abyssinie où Rimbaud a vécu et où il s'est occupé de commerce de café et de fusils, n'a pas tellement changé depuis l'époque où il y habitait. Rimbaud écrit à sa mère pour qu'elle lui procure un appareil photo, et comme il n'y en avait pas à Charleville, sa mère a fait expédier un appareil depuis Lyon. Le documentaire d'Arte ne parle pas du tout de Rimbaud, il est consacré aux hyènes qui rôdent dans la ville, mais nous pouvons tout de même nous imaginer, à travers ses autoportraits, le jeune homme—loin de Paris, loin de tout—s'affairer autour de l'appareil avant de se placer sous les palmiers pour y trouver une posture photographique.

Ao Long : Beaucoup de gens parlent encore de Rimbaud et il revient sans cesse à la mode. On m'a dit que votre édition des *Œuvres complètes* avait été attaquée à sa sortie.

André Guyaux : La « Pléiade » est une belle collection, parfois considérée comme un aboutissement de prestige. Au lancement de cette édition, un biographe de Rimbaud a publié une critique très agressive dans *La Quinzaine littéraire*. Peut-être aurait-il voulu faire lui-même cette édition.

J'y ai répondu en écrivant une lettre au magazine, mais ils ont refusé de la publier. Ma réponse a été publiée sur Fabula, un site animé par de jeunes chercheurs, qui ont généreusement accueilli le droit de réponse que la revue où j'avais été attaqué me refusait. Qu'il s'agisse de critique ou de recherche littéraire, il faut prendre ses responsabilités. Mon point de vue est qu'il faut, il faut mener un travail sérieux sur les textes de Rimbaud, en philologue et en historien, au lieu de se lancer dans des hypothèses qui échappent à la vérification. Et mon édition fait délibérément l'économie des interprétations biaisées de la poésie de Rimbaud, qui en général nous en apprennent plus sur les interprètes que sur l'œuvre de Rimbaud.

Les jeunes lecteurs d'hier et d'aujourd'hui

Ao Long : Monsieur le professeur, vous avez fait votre thèse sous la direction d'Étiemble. Il n'est pas étonnant que les jeunes chercheurs d'alors se soient intéressés à Rimbaud. Étiemble pourrait-il trouver, aujourd'hui encore, de « jeunes amis » ?

André Guyaux : Il existe une belle « diaspora » de la critique rimbaldienne, avec des Italiens, des Japonais, des Américains, et des Chinois, entre autres. Rimbaud est partout. Et la critique se coordonne internationalement, en organisant des rencontres régulières.

Nous nous réjouissons de voir que les jeunes aiment Rimbaud et poursuivent la recherche sur son œuvre. Ainsi, tout récemment, les Éditions des Saints Pères ont publié un beau volume de fac-similés de manuscrits des poèmes de Rimbaud. Or les fondateurs de cette maison d'édition sont de jeunes admirateurs du poète. Ils ont voulu reproduire les textes, en se conformant au format des documents, à la couleur de l'encre, jusqu'à respecter les déchirures du papier. (M. Guyaux nous montre deux fac-similés encadrés dans sa bibliothèque.) Ce qui est très intéressant, c'est que le groupe de jeunes éditeurs qui ont pris l'initiative de cette publication ont tenu à s'informer, à consulter les spécialistes. Parce que le « cas Rimbaud», dont nous disions au début de cet entretien qu'il était unique, requiert des compétences très affirmées et des connaissances pointues.

Ao Long: La Sorbonne est un des pôles de la recherche sur Rimbaud. Elle se trouve dans le Quartier latin, qu'a fréquenté Rimbaud. Introduit par Verlaine, le jeune poète venu de Charleville a eu l'occasion de rencontrer de nombreux poètes parisiens.

André Guyaux: Refaisons un peu l'histoire de son « Désir de Paris».

Le 29 et le 30 août 1870, il passe deux jours à Charleroi, en Belgique, où, venant Charleville, il a fugué. Il veut rejoindre Paris, mais il a un billet de train valable seulement jusqu'à

Saint-Quentin, à mi-chemin entre Charleroi et Paris. Il se fait arrêter à la gare du Nord. Déclaré par le commissariat de police « sans domicile ni moyen d'existence », il est conduit au dépôt de la préfecture, puis à la prison de Mazas. De là, il écrit à son professeur, Georges Izambard, pour lui demander de venir le délivrer. Il séjourne ensuite à Douai, où habite Izambard. Donc le séjour à Paris est avorté, en quelque sorte.

La véritable installation se fera à l'automne de 1871. Verlaine l'attend à la gare de Strasbourg, actuelle gare de l'Est. Il a ensuite beaucoup fréquenté le Quartier latin, il a habité rue Monsieur-le-Prince et rue Victor-Cousin. Le 30 septembre 1871, Rimbaud fait forte impression au cercle des Vilains-Bonhommes, qui se réunissait dans une brasserie de la place Saint-Sulpice. C'est probablement à l'une de ces occasions, peut-être ce jour-là, qu'il a lu *Le Bateau ivre*. Ce poème est aujourd'hui gravé sur le mur de la rue Férou. En face de la Sorbonne, l'hôtel Cluny-Sorbonne a aménagé une « chambre Rimbaud ». Nous ne savons pas si c'est vraiment cette chambre qui l'a hébergé, mais Rimbaud est aussi un argument touristique...

Huang Hong: À part des admirateurs et des lecteurs passionnés, peut-on lire des poèmes de Rimbaud dans des manuels scolaires?

André Guyaux: La première fois que j'ai lu du Rimbaud, c'était effectivement à l'école, dans un manuel. Son œuvre a pénétré l'enseignement secondaire, surtout ses premiers poèmes et en particulier ses sonnets, par exemple *Le Dormeur* *du val*. Si les rimbaldiens adultes préfèrent *Voyelles* ou *Le Bateau ivre*, un collégien choisira peut-être *Sensation* : « par les soirs bleus d'été… ».

L'œuvre poétique de Rimbaud a figuré à deux reprises au programme du concours de l'agrégation, en 1984-1985 et en 2009-2010. D'ailleurs, si nous considérons la richesse et la variété de son œuvre, et les difficultés qui peuvent faire obstacle à la lecture, on peut penser que Rimbaud se prête idéalement à l'explication de texte dans une classe.

Quant à la critique, elle reste très active, mais elle vit aussi une sorte d'épuisement : il est devenu difficile de trouver un point de vue original sur une œuvre que tous les courants critiques ont saturée. Et il ne faut pas compter sur la concurrence entre tous ces courants pour trouver du nouveau. Au contraire, il reste encore de belles perspectives dans la recherche sur Verlaine. Et que dire des poètes qui n'ont sans doute pas un aussi puissant génie, mais qu'il faudrait mieux connaître et que la postérité et son regard sommaire ont tendance à oublier.

Ao Long: En 2017, un étudiant de Paris-Sorbonne (devenue Sorbonne Université) a soutenu une thèse sur le « rimbaldisme » au XXe siècle, c'est-à-dire sur la postérité littéraire de Rimbaud. Après la disparition du poète, comme la recherche, la création littéraire a élargi l'espace critique autour de lui.

André Guyaux: Le terme de « rimbaldisme » date du XXe siècle, il désigne non seulement la recherche sur Rimbaud mais aussi le fait que beaucoup d'écrivains contemporains ont été de grands lecteurs de Rimbaud. Dans ce sens, on peut être rimbaldien de plusieurs façons : lire Rimbaud, étudier Rimbaud et écrire à partir de Rimbaud. Être rimbaldien peut tout à fait s'entendre dans le sens d'une fiction autobiographique et prendre *Une saison en enfer* pour modèle, ou bien s'inspirer du style des *Illuminations*. En tout cas, l'étude la postérité littéraire de Rimbaud engage une vaste réflexion sur la littérature et l'on peut toujours s'intéresser à un moment littéraire sous l'angle du rimbaldisme.

L'écriture et la recherche à partir de Rimbaud

Huang Hong : J'aimerais bien rebondir sur les nouveaux horizons que vous venez d'évoquer : je traduis en ce moment *Une fatalité de bonheur* de Philippe Forest, paru en 2016. Ce livre, qui n'est pas un roman à proprement parler, est composé de vingt-six chapitres qui ont pour titre vingt-six mots-clés. Or la plupart de ces mots-clés sont tirés de l'œuvre de Rimbaud. Tout, dans ce livre, semble récrire Rimbaud —son destin, et son œuvre— comme dans un recueil de critiques littéraires, sinon que ce livre est redoublé d'une biographie fragmentée du poète bohémien. Et c'est dans cette mosaïque ingénieusement disposée que se faufile l'autofiction.

André Guyaux : Je me réjouis que des écrivains écrivent pour Rimbaud. Certains racontent la vie de Rimbaud en se fondant sur les témoins ou sur les membres de sa famille. D'autres inventent une autre vie. Ainsi, en 1986, dans *Les Trois Rimbaud*, Dominique Noguez imagine une autre vie du poète : Rimbaud ne serait pas mort jeune, il serait devenu académicien, aurait épousé la sœur de Paul Claudel, Camille, et se serait converti au christianisme. Certes, c'est une fiction, mais qui n'est pas sans fondement biographique. Rimbaud ne s'est pas converti, mais *Une saison en enfer* fait une place au Christ et, à un moment proche de la rédaction de cette autobiographie, il s'amusait à parodier l'évangile de saint Jean. Et Verlaine, de son côté, s'est converti, ce qui agaçait prodigieusement Rimbaud. Et l'épouse imaginaire de la fiction de Noguez, Camille Claudel, était la sœur d'un poète qui s'est converti en lisant Rimbaud. Toutes ces coïncidences sont des ferments de l'imagination et la fiction se fait sa place entre le fantasme et le réel.

Quand nous considérons la vie de Rimbaud, sa rupture avec la littérature et son exil en Afrique frappent souvent ses lecteurs. De «vingt-six mots» de Philippe Forest, s'échappent des réflexions sur l'exil de Rimbaud et se met en route le roman de l'écrivain. Le titre du livre, emprunté à Rimbaud, est évocateur: la «fatalité» se partage entre le bonheur et la mésaventure, et les deux s'alternent si bien que l'on ne comprendra ce titre qu'à la fin du récit.

Ao Long: Parler Rimbaud par Rimbaud ou parler de soi-même par Rimbaud, sont autant de nouvelles formules pour écrire un roman ou une autobiographie. Plusieurs auteurs reviennent à leur «vie antérieure», comme Baudelaire, tandis que d'autres se jettent dans une vie absente.

André Guyaux: Rimbaud dit dans *Une saison en enfer* : «La vraie vie est absente». Or cette expression n'est pas une invention de

Rimbaud: au verso d'un feuillet, il a transcrit un vers d'une poétesse du XIXe siècle, Marceline Desbordes-Valmore: «prends-y garde, ô ma vie absente!» Rimbaud a inscrit ce vers au verso d'un feuillet où se trouve un poème de 1872 (*Bannières de mai*, dans une version intitulée *Patience/D'un été*), donc, probablement, avant d'écrire *Une saison en enfer*, où apparaît la phrase: « La vraie vie est absente. »

D'ailleurs,*Une saison en enfer* est lue pour son style, à la fois très oral et très écrit. Il y a même eu quelques tentatives de mise en scène. Verlaine avait choisi le terme d'«Autobiographie». L'œuvre puise sa force dans sa composition fragmentée, en faisant résonner plusieurs espaces littéraires dans un seul texte: la mémoire, l'imagination, imagée et verbale, et les échappées bibliques, et les grandes périodes de prédicateur. *Une saison en enfer*, c'est les vies dans la vie et les vies hors la vie. D'où la modernité de Rimbaud: sous sa plume, le récit de vie n'est ni chronologique ni linéaire, la vie antérieure vient interférer dans le postulat d'une vie ultérieure, et plusieurs possibilités habitent un seul instant.

Huang Hong: Philippe Lejeune a donné comme titre à l'un de ses ouvrages une phrase empruntée à la lettre du 15 mai 1871: *Je est un autre*. Il existe plusieurs biographies de Rimbaud, y avez-vous pensé comme projet d'écriture?

André Guyaux: Non. Ou pas encore... Sa vie courte, ou du moins ce que nous en savons, est remplie de vides et d'incertitudes. Nous manquons d'informations authentifiées par des documents. On n'a rien, par exemple, qui puisse témoigner de ses activités pendant la Commune, quasi rien sur ce qu'il a fait à Londres, à Stuttgart ou à Gênes. Sur son séjour en Afrique, nous avons des lettres et des témoignages plus nombreux, mais surtout sur son travail, ses commerces, ses relations avec ses patrons, ses collègues, ses clients. Et tout cela ne fait pas une biographie qui tienne. Et en même temps, c'est un beau défi!

Il y a chez Rimbaud un «Exil de naissance», pour fuir «charlestown», comme il a surnommé sa ville natale, et ensuite il s'est exilé de tant d'autres lieux.

Ao Long: Avant d'arriver à Paris, il a écrit à Banville en lui disant qu'il voulait être parnassien: «Anch'io [...], je serai Parnassien». Mais peu après son arrivée dans la capitale, il ne voit que des «vieilleries» chez ses confrères. Selon vous, avons-nous encore besoin de Rimbaud?

André Guyaux: Vous citez la belle formule d'Yves Bonnefoy, qui a intitulé le recueil de ses textes sur Rimbaud *Notre besoin de Rimbaud*. Peut-être ce besoin existe-t-il, fondé sur un manque englobant tout ce que nous ne savons pas, tout ce que nous ne comprenons pas.

Intervenants

André Guyaux, professeur de littérature française du XIXe siècle à Sorbonne Université, membre de l'Académie royale de langue et de littérature françaises de Belgique, dirige la collection «Mémoire de la critique» aux Presses de Sorbonne Université. M. Guyaux est spécialiste de Baudelaire et de Rimbaud. Il a également travaillé sur Huysmans, sur Sainte-Beuve, sur Bourget. M. Guyaux a dirigé un *Cahier de l'Herne Rimbaud* (1993), édité les *Œuvres complètes* de Rimbaud dans la Bibliothèque de la Pléiade (2009) et codirigé l'édition des *Romans et nouvelles* de Huysmans dans la même collection (2019).

Huang Hong, professeur de littérature française à l'Université de Nankin, chercheuse « Yunshan Scholar» à l'Université des études étrangères du Guangdong. Mme Huang est à la fois spécialiste de la littérature française, notamment des femmes écrivains, surtout de Marguerite Duras, traductrice d'une quarantaine d'œuvres littéraires, essayiste et auteur des ouvrages tels que *La Petite Musique de Marguerite Duras*, *Une vie littéraire*.

Ao Long, professeur assisfant (tenure-track) à l'Llniversité de Nankin, docteur de littérature et littérature comparée, traducteur de *Rimbaud le fils* (2025).

图书在版编目(CIP)数据

兰波与现代性/ 李建英主编. --上海：华东师范大学出版社,2024. --ISBN 978 - 7 - 5760 - 5716 - 4
Ⅰ. I565.065-53
中国国家版本馆 CIP 数据核字第 2025JZ5229 号

华东师范大学出版社六点分社
企划人　倪为国

兰波与现代性

主　　编　李建英
责任编辑　高建红
特约审读　张家郡
责任校对　古　冈
封面设计　夏艺堂艺术设计＋夏商

出版发行　华东师范大学出版社
社　　址　上海市中山北路 3663 号　邮编　200062
网　　址　www.ecnupress.com.cn
电　　话　021 - 60821666　行政传真　021 - 62572105
客服电话　021 - 62865537
门市(邮购)电话　021 - 62869887
地　　址　上海市中山北路 3663 号华东师范大学校内先锋路口
网　　店　http://hdsdcbs.tmall.com
印 刷 者　上海景条印刷有限公司
开　　本　787×1092　1/32
印　　张　16.75
字　　数　300 千字
版　　次　2025 年 4 月第 1 版
印　　次　2025 年 4 月第 1 次
书　　号　ISBN 978 - 7 - 5760 - 5716 - 4
定　　价　89.80 元

出 版 人　王　焰

(如发现本版图书有印订质量问题,请寄回本社客服中心调换或电话 021 - 62865537 联系)